Robert Hültner

Inspektor Kajetan kehrt zurück

Am Ende des Tages

Zwei Fälle in einem Band

btb

Inspektor Kajetan kehrt zurück

Roman

Er war kein Held.
Dazu hatte er zuviel Phantasie.

THEODOR PLIVIER

München, Ende August 1928

Während des Tages war der graue Himmel wie ein verwaschenes Leintuch über der Stadt gehangen. Am späten Nachmittag sank die Wolkendecke tiefer, stäubend feiner Niederschlag brachte das Pflaster und das matte Blattwerk der Straßenbäume zum Glänzen. Als die Dämmerung hereinbrach, rissen die Wolken auf, es wurde wieder etwas milder, doch plötzlich färbte schwefelgelber Schein den Abendhimmel. Das Gezwitscher der Vögel verstummte. Jäh prasselte ein Wolkenbruch mit ohrenbetäubendem Getöse herab, scheuchte die Städter in ihre Häuser und brachte das geschäftige Treiben auf den Straßen und Gassen zum Erliegen. Eine endlos wirkende Zeit goss es wie aus Kübeln. Rasch schwollen Isar und die Bäche der südlichen Vorstadt an.

Allmählich klang das Unwetter ab und ging in ein lautloses Nieseln über. Als der mitternächtliche Glockenschlag der Giesinger Kirche wimmernd ausklang, erfüllte das Rauschen von Fluss und Bächen noch immer die Luft. Nebel wälzte sich durch die Gassen, dicht wie der Dampf in einer Waschküche.

Vom Haidhauser Hochufer kommend hastete Lipp Kerschbaumer durch den Lichthof einer milchig schimmernden Straßenlampe an der Ohlmüller-Straße, um sogleich vom Dunkel der schmalen Gassen wieder verschluckt zu werden.

Kurze Zeit später platschte er durch die Pfützen im lichtlosen Innenhof einer aufgelassenen Sägemühle und verschwand in der Tür eines heruntergekommenen Gebäudes. Er tastete sich das unbeleuchtete Stiegenhaus in den ersten Stock hinauf. Auf dem Absatz hielt er inne und lauschte in die Dunkelheit. Aus einem Schlitz unter einer Türe am Ende des Flurs schimmerte Licht. Leises Gemurmel war zu hören, ein Bodenbrett knarrte unter einem schweren Schritt.

Lipp Kerschbaumer atmete durch, um seinen hämmernden Puls wieder unter Kontrolle zu bekommen. Er hastete auf die Türe zu und stieß sie auf. Das Licht einer Kerze flackerte. Die beiden Männer in der kleinen Kammer fuhren alarmiert herum und starrten ihn an.

»Da ist er ja«, hörte er eine erleichterte Stimme.

Lipp holte röhrend Luft. »Wer ist es gewesen!?« Mit einem Hackentritt schlug er die Tür hinter sich zu. »Wer hat geschossen?«, rief er. Er presste seinen Rücken an das Türblatt, als könne er damit das Eindringen eines weiteren Unglücksboten verhindern. »Hölzl!?«

Der Angesprochene war ein untersetzter Mann mit fleischigem Gesicht und kleinen, dunklen Augen unter der wulstigen Stirn.

»Endlich bist da, Kerschbaumer«, beschwichtigte er den Ankömmling. »Wo bist denn so lang geblieben?«

»Ich hab euch was gefragt!«

»Plärr noch lauter! Scheinst wohl scharf drauf zu sein, dass uns die Grünen gleich erwischen, oder was?«

»Wers gewesen ist, möcht ich wissen«, keuchte Lipp. Sein Blick flog in die Ecke der Kammer, in der Jakl Dosch auf einer Wandbank gekrümmt kauerte und noch immer stoßend atmete. Wie sie es vereinbart hatten, war jeder von ihnen nach diesem unglückseligen Unternehmen auf unterschiedlichen Wegen zum aufgelassenen Holzlager in Untergiesing gerannt, um das weitere Vorgehen zu beraten.

»Jakl!« Lipp zog den Rotz hoch. »Bist dus gewesen?«

Der Angesprochene hob sein hohlwangiges Gesicht. »Was schaust ausgerechnet mich an?« Matte Empörung klang aus seiner Stimme. »Möchtst dus vielleicht mir anhängen?«

»Ich schau euch alle zwei an!«

»Weckts nur das ganze Viertel auf«, sagte Hölzl. Der Parteifunktionär griff sich einen Schemel, ließ sich darauffallen und streckte die Beine von sich. »So ists recht. Genauso gehört sichs für ein geheimes Parteikommando.« Er kramte in seiner Jackentasche und zog ein verbeultes Päckchen Zuban hervor. »Ganz genau so.«

»Wer es war, möcht ich wissen!«, schrie Lipp. Seine alte Narbe an der Stirn pochte.

Hölzl streifte ihn mit einem zornigen Blick, steckte sich eine Zigarette an der Kerze an und nahm einen tiefen Zug. »Hock dich hin, Lipp«, sagte er beherrscht. »Geschehn ist geschehn.« Er wischte sich mit dem Handrücken über die feuchte Stirn, drehte sich zum Fenster und sah in die tintige Nacht hinaus. Regen prasselte gegen die Scheiben. »Der Schöttl ist ein Lump gewesen. Er hats nicht anders verdient.« Sein Blick kehrte zu Lipp zurück. »Es ist egal, wers gewesen ist. Jeder von uns hat eine Pistole dabei gehabt, und zum Schluss ist es drunter und drüber gegangen. Aber deswegen brauchst jetzt nicht gleich die Nerven zu verlieren. Kein Mensch hat uns gesehen.«

Lipp Kerschbaumer trat einen Schritt vor. Seine Schuhe schmatzten beim Gehen, von den Säumen seiner durchnässten Kleidung tropfte noch immer Wasser und bildete kleine Pfützen zu seinen Füßen. Sein Gesicht glühte, die nassen Haare klebten ihm in Strähnen über Stirn und Schläfen. Das Licht der Lampe, die von der Decke der niedrigen Kammer baumelte, ließ seine noch jungen Züge ausgemergelt erscheinen.

»Du warst es, Hölzl«, sagte er leise.

»Reiß dich zusammen! Noch bin ich der Kommandant.«

»Drauf scheiß ich ab jetzt! Gibs endlich zu.«

»Auf was ein Genosse wann scheißen darf, ist noch nicht ausgemacht, Kerschbaumer«, sagte Hölzl ungerührt. »Und wie kommst überhaupt drauf, dass ich es gewesen bin? Hast dus vielleicht gesehen?«

Lipp schien die Frage nicht gehört zu haben. »Warum hast du geschossen? Es war anders ausgemacht. Er hätt einen Denkzettel kriegen sollen. Ein paar Watschen, sonst nichts!«

Hölzl paffte und sah an ihm vorbei. »Ob dus gesehen hast, hab ich dich gefragt.«

Lipp spürte, wie sein Herzschlag vor ohnmächtiger Wut zu poltern begann. Eine Übelkeit kroch heran.

»Der Lipp hat recht. Von Schießen ist nie die Red gewesen«, warf Jakl verdrossen ein. Er hielt seine Arme um seinen Oberkörper geschlungen, als friere ihn.

Wieder unterdrückte Hölzl einen zornigen Impuls. »Jetzt hörts einmal zu, Genossen«, begann er. »Wir spielen hier nicht Räuber und Schandi, kapiert? Die Partei ist von oben bis unten von Spitzeln verseucht. Fangen wir einen, schleicht sich von der anderen Seite wieder ein neuer rein.« Er hob seine Stimme: »Kerschbaumer! Dosch! Muss ich euch erzählen, wie viele von uns schon eingefahren sind, weil bei der Verhandlung auf einmal einer von diesen Drecksäuen als Zeuge aufgetaucht ist? Die besten Kameraden waren drunter! Ist euch das auf einmal egal?«

»Da drum gehts doch gar nicht«, sagte Jakl. »Aber wenn ich gewusst hätt, dass –«, Hölzl schnitt ihm mit einer gereizten Handbewegung das Wort ab und fuhr beschwörend fort: »Wir haben vom Genossen Grabow persönlich den Auftrag, diese Drecksäu unschädlich zu machen. Wenn ihr gemeint habt, es langt, denen ein bissl mit dem Finger zu drohen, dann habt ihr in einem Geheimen Parteikommando nichts verloren, verstanden?«

»Dieser Grabow … keiner in der Partei kennt ihn, bloß du.«

Hölzl verdrehte die Augen zur Zimmerdecke. »Darf ich nicht drüber reden, Dosch. Wie oft soll ichs dir noch erklären.«

»Was hat uns eigentlich ein Russ zu befehlen? Wir sind die bayerische Partei.«

»Und von der Komintern hast auch noch nie was gehört, stimmts?«

»Doch …«, sagte Jakl müde.

»Na, wenigstens etwas«, seufzte Hölzl.

»Du kapierst nicht!«, setzte Jakl wieder an. »Hätt ich gewusst, dass einer bei der Sach draufgehen kann, hätt sich die Partei einen anderen suchen müssen.« Er hob sein schmales Gesicht zu Hölzl. »Und ich wars nicht, der geschossen hat.« Er drehte sich zu Lipp. »Hab doch nicht einmal entsichert gehabt.« Seine letzten Worte waren in ein Flüstern übergegangen.

Hölzl strich sich in gespielter Verzweiflung mit der Hand über seinen Schädel. »Kapiert ihr denn allweil noch nicht, ihr Anfänger? Es ist komplett egal, wem von uns ein Schuss abgegangen ist. Ist wie bei den Weibern. Ist nicht vorgesehen gewesen, richtig, kann aber vorkommen! Je nervöser einer ist, desto eher!«

Lipp lachte grimmig auf. »Genauso werdens die Richter auch sehn.«

Hölzl ging nicht darauf ein. »Genossen!«, setzte er wieder mit eindringlicher Stimme an. »Ich sags noch mal: Keine Sau hat uns gesehen. Es gibt also bloß eins, das uns gefährlich werden könnt. Nämlich, wenn einer von uns jetzt die Nerven verliert!« Drohend ergänzte er: »Das aber wird die Partei nicht zulassen, da könnts Gift drauf nehmen.« Er fixierte Jakl, dessen Schädel zwischen seine Schultern zu schrumpfen schien. Hölzl registrierte befriedigt sein erschöpftes Nicken, warf seine Zigarette zu Boden und sagte lauernd: »Du auch, Kerschbaumer? Haben wir uns verstanden?«

Lipp war noch immer fassungslos. Er klappte den Mund ein paarmal auf und zu, bevor er hervorstieß: »Habt ihr überhaupt eine Ahnung, was jetzt losgeht? Wenn ers nicht überlebt –«

»Dann hat ers nicht anders verdient!«, fiel ihm Hölzl heftig ins Wort.

»Aber wir … wir werden als Mörder gesucht!« Dass er spürte, wie seine Augenwinkel feucht wurden, machte Lipp nur noch zorniger. »Was ist mit den Genossen im Ruhrgebiet droben wegen einer gleichen Sach passiert, vor zwei Jahren? An die Wand gestellt sinds worden!«

»Klassenjustiz ist das gewesen«, sagte Hölzl. »Sogar die Bürgerlichen habens zugeben müssen.«

»Und damit, dass die Bürgerlichen hinterher was zugeben, könnens jetzt die Würmer füttern, oder was?!« Lipps Stimme überschlug sich. »Hölzl … bist dus gewesen? Red, sonst –!«

»Es muss endlich durchgegriffen werden! Gründlich!«

»Ob du geschossen hast?! – Du warst es!«

»Zum letzten Mal«, sagte Hölzl beherrscht. »Hast dus gesehen?«

»Nein! Bin doch schon wieder im Hausgang gewesen, wies gekracht hat!«

»Also nichts hast gesehen«, stellte Hölzl fest. »Ich sag dirs noch mal, Lipp. Reiß dich ja zusammen. Die Geduld der Partei hat Grenzen.«

»Ich … ich trau dir nicht, Hölzl …« Lipps Stimme klang jetzt heiser. »Ich hab dir noch nie getraut …«

Der Mund des Funktionärs zuckte. Verächtlich maß er sein Gegenüber. »Kann auf Gegenseitigkeit beruhen, Kerschbaumer.

Ich frag mich auch langsam, auf was für einer Seiten du eigentlich stehst.« Er bemerkte, dass ihn Dosch ungläubig anstarrte. Seine Stimme wurde wieder drängend: »Herrgott! Ihr seids doch keine Weiber! Ihr müsst es endlich kapieren! Es ist Krieg, Genossen!« Wie zur Bekräftigung schlug er seine Hände auf seine Oberschenkel. »Und jetzt ist Schluss mit der Winslerei! Hab ichs denn mit Kommunionbuben zu tun, oder was?« Er stand auf und ging zum Fenster. Der Regen hatte nachgelassen. Hölzl schob den Saum des verschlissenen Vorhangstoffes zurück und sah prüfend in die Nacht hinaus. Er zog den Vorhang wieder zu und kehrte zu seinem Schemel zurück. »Und jetzt reden wir darüber, was wir den Kriminalern sagen, wenn sie uns …«

»Ich trau ihm nicht, Jakl«, setzte Lipp wieder an. »Der ist nicht sauber –« Sein Magen krampfte sich. Er tat einen ungelenken Schritt zurück und tastete nach der Türklinke.

»Wohin gehst?«, sagte Hölzl scharf.

»Aufs Scheißhaus …«, würgte Lipp hervor. »Ich muss … speiben. Oder wärs dir … lieber, ich täts da herin?«

Er wartete Hölzls Entgegnung nicht mehr ab, ging hinaus und zog die Türe hinter sich zu. Seine Kehle wurde eng, Säuregeschmack füllte seinen Gaumen. Er rang nach Luft, wankte einige Meter vorwärts, bis er die Türfassung des Aborts mit seinen Fingern ertastet hatte, drückte die Türe auf und griff nach dem Abortdeckel.

In diesem Moment hörte er mehrere Schläge, die an die Haustüre unter ihm donnerten, nur wenige Augenblicke danach das Splittern und Bersten des nachgebenden Holzes, dann das Poltern der Stiefel und den hechelnden Atem mehrerer Männer auf der Stiege.

Lipp zog die Türe hinter sich zu und hielt den Atem an. Durch den Schlitz unter der Türe huschte der Schein flackernder Lampen vorüber. Sekunden später dröhnten nur wenige Meter entfernt wieder Schläge.

»Polizei!!«, hörte er eine laute Stimme. »Waffen weg! Einzeln und mit erhobenen Händen herauskommen!«

Lipp stieg auf das Abortbrett, suchte nach dem Fensterhaken, drehte ihn, öffnete das schmale Fenster und wand sich hinaus. Noch immer fiel Regen. Unter ihm gurgelte der schwarze Stadtbach. Der Geruch abgestandener Lauge und Fäkalien drang an seine Nase. Er stieß sich ab. Als er im Wasser landete, spürte er einen Schlag. Ein reißender Schmerz schoss durch seine Wade. Er tauchte unter.

Südostbayern, Bezirk Dornstein, Anfang September 1928

Der gelbe DAAG der »Alpenkraftpost« bremste kurz hinter der Stauffenbrücke abrupt ab. Er war kaum am Straßenrand zu stehen gekommen, als ein Dutzend Gendarmen, die Waffen schussbereit gehoben, den Wagen umstellte.

Kajetan atmete flach. Er sah zu den Ausgängen. Vor jedem hatten sich Polizisten postiert. Er saß in der Falle.

Einer der beiden Beamten, die Uniform wies sie als Sergeanten der Grenzpolizei aus, hatte sich bereits in der Nähe des Ausstiegs an der Seite des Kondukteurs postiert, während der andere damit begann, den Mittelgang langsam abzuschreiten und jeden der Reisenden zu mustern.

War während der Fahrt noch munteres Stimmengewirr zu hören gewesen, so war dies beim Auftreten der beiden Sergeanten – jeder den Daumen der Rechten in den Gürtel gehakt, in Griffnähe zur Pistolentasche – in beunruhigtes Gemurmel und schließlich in lähmendes Schweigen übergegangen. Als hätte das Auftreten der Staatsmacht die zwei Dutzend Passagiere in ein Häuflein kleinlauter Sünder verwandelt, von denen jeder in diesem Moment in seinem Gedächtnis gekramt und auch prompt darin etwas gefunden hatte, das ihn ein Strafgericht befürchten ließ, duckten sich die Passagiere unter dem durchdringenden Blick des Sergeanten weg.

Kajetan knetete den Hutrand auf seinem Schoß; seine Handflächen waren heiß und schweißfeucht. Ein verkrampftes Hüsteln drang an sein Ohr. Aus den Augenwinkeln fischte er den misstrauischen Blick seines Nebenmannes auf.

Der Grenzpolizist kam näher. Seine Miene ließ keine Regung erkennen, nur seine Augen lebten. Er bewegte sich leicht vornübergebeugt, war angespannt, auf überraschende, gefahrvolle Situationen vorbereitet.

Kajetan wagte einen verstohlenen Blick. Er bemerkte, dass der Grenzer die Alten, die Frauen und Kinder nur mit einem kurzen Blick streifte und niemand nach Papieren fragte.

Sie suchten einen Mann. Einen, der als gefährlich eingeschätzt wurde, vielleicht sogar bewaffnet war. Einen, auf dessen Papiere sie nichts gaben, weil anzunehmen war, dass sie gefälscht waren. Von dem sie jedoch eine Personenbeschreibung hatten, welche eine vermutlich nicht veränderbare, unverwechselbare Äußerlichkeit aufwies.

Kajetan betrachtete sich in der Spiegelung des Fensters. Noch immer kam er sich fremd vor: Er hatte seinen Bart bis auf eine kleine Bürste über der Oberlippe abrasiert, sein Kopfhaar beinahe militärisch gestutzt und seinen Scheitel verlegt, was sein Gesicht breiter wirken ließ. Aber würde er die Beamten damit täuschen können?

Dabei war bisher alles nach Plan gelaufen. Noch vor Sonnenaufgang hatte die Witwe Süssmayr, seine Nachbarin in der Hildegardstraße, an die Tür des Verschlags hinter ihrem Bücherlager geklopft. In diesem hatte sich Kajetan bereits seit mehreren Wochen verborgen gehalten, nachdem nicht mehr daran zu zweifeln war, dass es ein Mordkommando auf ihn abgesehen hatte. Dabei hatte er keinen Schimmer, wer es überhaupt darauf anlegte, ihn aus dem Weg zu schaffen. Und warum? Er ahnte, dass es etwas mit seinem letzten Fall zu tun haben musste, in dessen Verlauf er mit der erst kürzlich gegründeten Politischen

Polizei in einen Konflikt geraten war, der ihm beinahe das Leben gekostet hatte. Ein Fall, bei dem nicht ausgeschlossen war, dass auch die Nazi-Partei in ihn verwickelt war. Waren es die Nazen, die Jagd auf ihn machten? Arbeitete die Polizei mit ihnen zusammen? Aber wie kämen auf die Republik vereidigte Polizeibeamte dazu, mit Feinden des Staates gemeinsame Sache zu machen? Ein unglaublicher Skandal wäre das doch, hatte er Frau Süssmayr bestürmt. Worauf die alte Frau ihn nur ein wenig mitleidig gemustert, fast unmerklich den Kopf geschüttelt und geschwiegen hatte. Nur eines sei sicher, meinte sie: dass Kajetans Wohnung im Hinterhaus seit Tagen von wenig vertrauenerweckenden Gesellen observiert würde, denen man die schlechte Absicht schon am Gesicht ablesen könne. Denen in die Hände zu fallen würde sie ihm jedenfalls nicht wünschen.

Ein letztes Mal hatte ihm die alte Frau eingeschärft, wie er den Weg bis zur Grenze zurückzulegen, mit wem er, wenn er dort angekommen sei, Kontakt aufnehmen müsse. Er war nicht einmal mehr dazu gekommen, sie zu befragen, wie es eine biedere Ladnerin wie sie zustande gebracht hatte, innerhalb kürzester Zeit Kontakt zu jener geheimen Schleuserorganisation herzustellen, die ihn bald über die grüne Grenze bringen sollte. Zu mehr als einer Andeutung darüber, dass ihr verstorbener Ehemann eben ein alter Soze gewesen sei, der als junger Kerl noch die Verbotszeit miterlebt hatte, hatte sie sich nicht bewegen lassen.

Nachdem Kajetan die Anweisungen zu ihrer Zufriedenheit wiederholt hatte, steckte sie ihm wortlos den neuen Ausweis und ein Bündel Scheine zu. Beinahe schroff wehrte sie seinen Dank ab. Sonst sei er gesund? Was fasele er da? Habe er ihr nicht vor Kurzem in einer verzweifelten Lage geholfen? Na also!

Sie drängte ihn zur Tür. Vor der Toreinfahrt stand ein Fuhrwerk, wie sie die Bauern des Umlandes zur Belieferung des Viktualienmarktes benutzten. Der behäbige Fuhrknecht und die Alte verständigten sich mit einem verschwörerischen Nicken. Nachdem sie sich mit flinken Blicken in alle Richtungen vergewissert hatte, dass noch niemand auf der morgendlichen Gasse zu sehen war, winkte die alte Frau in das Hausinnere. Kajetan schlüpfte hinter die Plane der Ladefläche und kroch unter die leeren Kartoffelsäcke.

Wenig später hörte er, wie das Gefährt das holprige Pflaster der Altstadtgassen verließ und in die Prinzregentenstraße einbog. Schnaubend quälte sich das Zugtier das Isarufer empor. Nach mehreren Stunden hielt das Fuhrwerk außer Sichtweite des Grafinger Bahnhofs, und kurz darauf befand sich Kajetan bereits auf dem Weg durch eine unwirkliche, von Nebel verhüllte Landschaft. Dampfige Wärme erfüllte die Luft seines Abteils, sie vermischte sich mit dem süßlichen Qualm, der aus der Pfeife eines älteren Mannes mit gefurchten Zügen emporstieg. Neben ihm fütterte eine stämmige Bäuerin ihren kleinen Jungen mit Brotstücken. Die anderen Fahrgäste – ein ungesund rotgesichtiger Bursche im Armeerock und ein älterer Mann in einem schäbigen dunklen Anzug und ölig über die Glatze geklebtem Haar – sinnierten schläfrig vor sich hin und lauschten dem gleichmäßigen Takt, den die Räder des Zugs auf den Gleisnähten schlugen.

Gegen die Mittagszeit riss der Himmel auf. Die gezahnte Silhouette des Gebirges glitzerte in der Ferne, als Kajetan den Zug eine Station vor dem Grenzbahnhof verließ und nach kurzem Warten in den Wagen der »Alpenkraftpost« umstieg.

Der Bus war bis auf wenige Plätze besetzt. Mehrere Passagiere waren an ihren gewalkten Jankern als Bewohner der Region auszumachen, bei anderen verrieten Kleidung und Ausrüstung, dass es sich bei ihnen um Touristen oder Bergsteiger handeln musste. Auch Kajetan trug wetterfeste Wandermontur und Rucksack. Niemand nahm Notiz von ihm, nicht mehr jedenfalls, als es die Höflichkeit erforderte, mit der sich die in enge Sitze gepferchten Reisenden untereinander zu arrangieren hatten. Die nervöse Wachsamkeit, die noch zu Beginn seiner Reise seinen Puls beinahe schmerzhaft angetrieben hatte, war allmählich von ihm abgefallen und dem Gefühl gewichen, er befände sich bereits in Sicherheit.

Er hatte sich zu früh gefreut.

Der Grenzpolizist war nur noch wenige Schritte von ihm entfernt. Er verharrte bei einem jüngeren Mann mit eingefallenen Wangen, der sich bemühte, der strengen Musterung des Beamten trotzig standzuhalten.

»Tuns den Hut runter!«, befahl der Fahnder. Der junge Mann gehorchte.

»In Ordnung!«, gab der Grenzer schließlich brummend von sich. Er drehte ab.

Ein Kleinkind auf den vorderen Plätzen hatte zu weinen begonnen, als sich neben Kajetan ein dunkler Schatten aufbaute. Kajetan hob das Gesicht, streifte für den Bruchteil einer Sekunde den ausdruckslosen Blick des Polizisten. Hinter dessen Stirn schien es zu arbeiten.

Kajetans Muskeln spannten sich unwillkürlich, sein Herz pochte an seine Rippen. Panik ergriff ihn. Flieh!, schrie jede Faser seines Körpers, doch im selben Augenblick erfüllte ihn das Gefühl einer lähmenden Resignation.

Er hatte verloren.

Und jetzt würde er sich nicht weiter lächerlich machen.

Er würde aufstehen, die Hände heben und sagen: Ersparen wir uns das Theater, Leute. Ihr habt mich.

Er öffnete den Mund. Seine Zunge fühlte sich pelzig an.

»Wohin gehts?«, hörte er. Es musste die Stimme des Sergeanten gewesen sein.

Vor Kajetans Augen flirrte es.

»Nach …«, er musste husten, »… ins Gebirg.«

»In Ordnung.«

Der Fahnder ging weiter. Als Kajetan die Augen wieder hob, hörte er die nölende Stimme seines Sitznachbarn wie aus weiter Ferne: »Um was gehts denn eigentlich, Herr Wachtmeister? Wen suchens denn?«

»Meinens, dass Ihnen des was angeht?«, raunzte der Sergeant über die Schulter.

»Entschuldigens, ich –«

»Ruhe!«

Kajetan saß wie betäubt. Erst nach einer geraumen Weile nahm er wahr, dass die Grenzpolizisten den Wagen wieder verlassen hatten und der Bus die Fahrt unter dem jetzt umso lebhafteren Geschnatter der Passagiere fortsetzte. Je mehr seine Benommenheit wich, desto deutlicher spürte er, dass es in seinem Magen zu rumoren begonnen hatte. Er würde den Kondukteur bei der nächsten Station bitten müssen, ihn für einige Minuten aus dem Wagen zu lassen.

Gemeinde Zellach, Bezirk Dornstein (Oberbayern)

Schon berührte die sinkende Sonne die Zinnen des Gebirges im Westen, doch noch immer spannte sich ein makellos tiefblauer Himmel über das Zellacher Tal. Über den ostwärts gerichteten Hängen herrschte bereits Dämmerung, als der staubgelbe Bus die letzte Steigung vor dem Ort emporschnaubte, wenig später auf den Dorfplatz einbog und neben der Kirchhofsmauer zu stehen kam.

Die letzten Fahrgäste verabschiedeten sich voneinander unter gelassenem Geplauder. Der Kondukteur sprang federnd vom Trittbrett, hantierte am Verschluss einer Seitenklappe, öffnete sie, entnahm ihr einen schlaffen Postsack und steuerte die Poststation am Ende des Platzes an.

Kajetan hatte sich an der Haltestange neben der Einstiegstüre festhalten müssen. Einige Atemzüge lang hatte er das Gefühl, der Boden schwanke unter seinen Füßen – die letzten Kilometer auf der schmalen Gebirgsstraße waren eine Tortur gewesen, Kurve hatte sich an Kurve gereiht, polternd, schaukelnd und spotzend hatte sich der Wagen auf der von Schlaglöchern übersäten Straße das Hochtal hinaufgekämpft.

Kajetan atmete tief durch. Klamme Kälte füllte seinen Gaumen, biss in seine Schleimhäute wie winzige Nadelstiche, er musste heftig niesen. Ein älterer Wanderer, der schweren Schrittes die Hauptstraße hinaufstapfte, sah zu ihm herüber, wandte sich aber, als sich ihre Blicke kreuzten, sogleich wieder ab.

Ein eisiger Windhauch fegte über den Dorfplatz, versetzt mit dem süßfaulen Geruch dampfenden Dungs. Eine gelassene Ruhe lag über dem Ort; nur noch wenige Menschen waren unterwegs. Über einigen der Dorfhäuser, die sich auf mehreren Hangstufen um die kalkgelb verputzte Pfarrkirche scharten, stand die dünne Rauchsäule eines Herdfeuers. Die Felder des engen Talgrundes waren abgeerntet, einige der schmalen Ackerstreifen bereits schwarz aufgebrochen. Das plumpe Geläut einer Weideglocke drang an Kajetans Ohr, von einer Mühle im tiefer liegenden Ortsteil flog das Kreischen einer Holzsäge heran, irgendwo sprachen Leute miteinander; alle Geräusche vermischten sich mit dem steten Rauschen des milchgrünen Baches, dessen Wasser um glatt geschliffene Kalksteinblöcke tänzelte.

Er hob den Kopf. Im Westen und Osten flutete der Nadelwald wie ein schwarzes, lanzenbewehrtes Heer die steilen Hänge empor, an deren Ende er in herbstlich flammenden Laub- und Föhrenwald überging, um schließlich in von Felsblöcken übersäten Geröllhängen auszubranden. Darüber erhoben sich, fast senkrecht in schwindelerregende Höhen aufragend, die nackten Zinnen des Hochgebirges. Hoch über der Talsohle im Süden war ein baumloser Bergsattel zu erkennen, auf den sich das graue Band einer Straße zuschlängelte. An ihrem höchsten Punkt fing ein hell verputztes Gebäude das letzte Licht der untergehenden Sonne. Die Grenzstation.

Kajetan griff nach seinem Rucksack und machte einige unentschlossene Schritte zur Mitte des Platzes, als ihn ein energisches Klingeln hinter seinem Rücken zusammenfahren ließ. Ein kleines Mädchen mit wippenden Zöpfen, das Gesicht vor Eifer und Anstrengung gerötet und energisch in die Pedale ihres klapperigen Fahrrades tretend, bog vor ihm auf den Vorplatz der Gemischtwarenhandlung ein, sprang vom Rad und verschwand unter dem dünnem Patschen ihrer nackten Sohlen im Laden, den im selben Moment zwei Frauen mit gefüllten Einkaufskörben verließen, die, nachdem sie Kajetan einen flüchtigen Blick zugeworfen hatten, gemächlich über den Platz davonschlenderten.

Kajetan drückte sein Kreuz durch. Er bemerkte, dass sich die Luft binnen weniger Minuten abgekühlt hatte. Fröstelnd schulterte er seinen Rucksack und knöpfte seine Jacke bis unter das Kinn zu.

Bis jetzt hatte er den Zettel noch nicht zu Hilfe nehmen müssen, den man ihm in München in die Hand gedrückt hatte. Jetzt brauchte er ihn. Ein handgeschriebener Brief mit belanglos privatem Inhalt war es, der mit einem einfachen Zahlencode zu dechiffrieren war. Kajetan buchstabierte:

Peterbauerhof. Hinter Kirchplatz ueber Bruecke, erste Zweigung bergwaerts hoch …

Kajetan verstaute das Papier, fixierte die beschriebene Brücke und machte sich auf den Weg.

Die von Rillen der Fuhrwerke gefurchte Schotterpiste wand sich im Zickzack über strohbraune Hangstufen empor. Nach etwa einer Stunde flachte sich der Weg ab, um sich zu einer kleinen Rodung zu öffnen. An ihrem Ende stand der Peterbauerhof, breit und gedrungen, mit wettergrauen Holzschindeln gedeckt, von Obstbäumen in Herbstlaub umgeben.

Das Haus musste uralt sein. Über dem massigen Erdgeschoss – ein von wenigen Fensteröffnungen durchbrochenes Mauerwerk – hob sich das balkengezimmerte, von einer Altane umgürtete Obergeschoss. Der über der Stallung mit Brettern verschlagene Wirtschaftstrakt lehnte sich an die Rückseite des Hofgebäudes.

Ein Hund schlug empört an, als sich Kajetan dem Haus näherte. Wie überall in den Bergen war die Haustüre nicht verschlossen. Auf sein Rufen antwortete eine Frauenstimme aus einem Raum am Ende des dunklen Hausflurs. Kajetan folgte ihr.

Die junge Frau unterbrach ihre Arbeit nicht. Sie stand vor dem Herd und rührte in einer Pfanne. In einem Topf perlte kochendes Wasser. Dampf umnebelte sie und rötete ihr Gesicht. Sie war klein und stämmig, hatte das volle, dunkelbraune Haar unter ein Kopftuch verstaut, trug eine Schürze über einer ausgewaschenen Bluse und knöchellangem Kittel. Sie streifte ihn mit einem prüfenden Blick, bevor sie seinen Gruß erwiderte.

»Um was gehts?«

Den Peterbauern müsse er sprechen, sagte Kajetan. Er sei doch hier richtig?

Sie bestätigte es, ihm ihr Profil zuwendend. Der Bauer sei noch beim Viehgatter, müsse aber bald zurück sein. Sie wischte sich mit dem Handrücken über die glänzende Stirn und wies zur Stubentür. »Wenns Ihnen derweil hinhocken möchten, Herr?«

Kajetan nickte dankend, trat unter den niedrigen Türsturz hindurch und ließ sich am Tisch nieder. Eine Weile hörte er nichts als das leise Scheppern des Küchengeschirrs nebenan, dann ein angestrengtes Stöhnen. Er sprang auf und sah, dass sich die junge Frau in der Küche abmühte, ein Schaff an den Ausguss zu wuchten.

Er packte wortlos an. Sie streifte ihn mit einem dankbaren Blick.

»Was hat Er da verloren?«, schnauzte eine Stimme hinter ihm. Ein untersetzter Mann stand auf der Türschwelle, das Gesicht dunkel vor Wut. Er machte einen drohenden Schritt auf Kajetan zu.

»Er will zu dir«, sagte die junge Frau schnell.

»Was hat er dann in der Kuchl herumzuschlieffen?!«

»Karl. Spinn dich aus. Er hat mir bloß geholfen.«

Kajetan fasste sich. »Ich muss mit Ihnen reden, Peterbauer«, sagte er. »Ich hab gehört, dass Sie ein zuverlässiger Bergführer sein sollen.«

Der Bauer sah ihn scheel an. »Wer sagt dir so was?«

»Ein Herr Knecht in München, von dem ich Sie lieb grüßen soll.«

Lieb. Knecht. Die Parole. Die Züge des Bauern entspannten sich, zeigten aber noch immer Skepsis. Kajetan streckte die Hand aus. Der Bauer ergriff und drückte sie. Er nickte kaum merklich, als er dabei den abgewinkelten Mittelfinger seines Besuchers erspürte.

»Der Gruß geht retour«, sagte er.

»Gehts rüber«, sagte die junge Frau. »Ihr stehts mir im Weg umeinand.«

Der Peterbauer brummte etwas zur Antwort und ging voraus. In der Stube angekommen, zog er die Türe hinter sich zu.

»Nicht, dass die Schwester und ich ein Geheimnis voreinander hätten«, erklärte er. »Es ist bloß: Was die Lies nicht weiß, kann sie auch keinem erzählen.« Der Bauer deutete auf die Bank. Kajetan setzte sich.

»Und nimm mirs nicht krumm, dass ich dich …« Der Peterbauer unterbrach sich und rieb sich verlegen die stoppelige Wange. »Hab dich für einen anderen gehalten.«

Kajetan winkte verständnisvoll ab. Der Bauer hängte seine Schürze an den Wandhaken und nahm am anderen Ende des Tisches Platz. »Es ist nämlich schon länger keiner mehr da gewesen. Hab mir schon fast gedacht, dass die Zeiten besser werden und es den ganzen Krampf nimmer braucht.« Resigniert fügte er hinzu: »Hab ich mich wohl täuscht.«

»Bleibt er zum Essen, Karl?«, rief Lies durch die Tür.

»Nein.« Der Peterbauer sah Kajetan an. »Pass auf: Ich brauch ein paar Tag, um den Genossen drüben Bescheid zu sagen. Die sinds, die dich über die Muntenwand bringen. Die ist nämlich schon auf der österreichischen Seiten.«

»Es sind nicht Sie, der mich –?«

Der Bauer schüttelte den Kopf.

»Wo denkst hin? Ich kann nicht so lang von der Arbeit fort. Von mir kriegst bloß die Stell gesagt, wo sie dich abholen und durch die Wand bringen.«

Die Wand? Es hörte sich nicht nach einem bequemen Weg an. Der Bauer bestätigte es.

»Der Muntensteig ist kein kommoder Spazierweg. Wirst dich anseilen müssen.« Der Bauer grinste spärlich. »Bequemere Wege gäbs freilich. Aber da riskierst du, dass du einer Streifen der Grenzpolizei oder einem Revierjäger in die Quer kommst.«

»Wird denn oft kontrolliert da oben?«

»Sie sind seit einiger Zeit wieder schärfer geworden.« Der Peterbauer kratzte sich am Handrücken. »Frag mich nicht, wieso. Geschmuggelt wird bei Weitem nimmer so viel wie noch vor ein paar Jahr, das kanns nicht sein. Das Lästigste aber ist, dass es sich früher sofort rumgesprochen hat, wenn wieder eine Patrouille ansteht. Heut aber kriegst es fast nimmer raus.« Er hob das Gesicht und lächelte. »Aber in die Muntenwand hat sich noch keiner von denen reingetraut.«

»Wie lang wirds dauern, bis Sie –«

»Bis ich die Genossen von der Gilde drüben erwischt hab? Ein, zwei Tag tät ich sagen. Eher gehts nicht.«

»Kann ich derweil bei Euch unterkommen?«

Der Bauer schüttelte den Kopf. »Auf gar keinen Fall. Dafür kennen mich ein paar Leut im Dorf zu gut.« Er machte eine Kopfbewegung in Richtung der Küchentüre. »Und der Lies möcht ich auch nicht alles auf die Nasen binden.« Er verzog den Mund zu einem leichten Grinsen, das aber sofort wieder erlosch. »Du hast auch keinem gesagt, dass du zu mir gehst? Oder nach dem Weg zu mir gefragt?«

Kajetan verneinte. Er habe es genauso gemacht, wie man ihm gesagt hatte.

»Gut. Das Gescheiteste ist, dass du dir für ein paar Tag beim ›Taffern‹-Wirt drüben ein Zimmer nimmst und den Sommerfrischler markierst. Genug Geld dafür hast?« Das Nicken Kajetans registrierend fuhr er fort: »Du gehst am besten auf der Stell los, bevors finster wird.« Er sah aus dem Fenster. Die Dämmerung hatte sich ausgebreitet. Langsam verglühte auch der rötliche Schimmer der Felswände im Osten. »Und wenn dich unterwegs jemand fragt, was du in der Näh vom Peterbauer zu suchen hast, dann lass dir was einfallen. Du hättest dich vergangen, oder so. Kapiert?«

»Wie krieg ich mit, wenns so weit ist?«

»Wirst dann schon merken«, sagte der Peterbauer. Wieder verkniff er den Mund zu einem schmalen Lächeln. »Du solltest es dir jedenfalls nicht mit den Kellnerinnen vom ›Taffern‹ verscherzen.«

»Mit denen soll sichs einer eh nie verscherzen«, gab Kajetan zurück.

Der Peterbauer lachte leise. »Das ist gescheit.«

Das Gasthaus »Taffern« lag an der Grenzstraße, einige Gehminuten oberhalb des Kirchdorfs, von dem es eine in das Tal ragende, bewaldete Felszunge trennte. Es war ein Gebäude aus dem 16. Jahrhundert, wenn nicht älter, behäbig, dreistöckig, bis an die Giebel aus Stein gebaut. Die der Straße zugewandte Fassade mit ihren meterdicken Wänden, tiefen Fensterlaibungen, runden Türöffnungen und holzschindelgedecktem Walmdach atmete Behaglichkeit und den unaufdringlichen Stolz seiner Erbauer. Eine verblasste, über dem Portal auf den kalkgelben Putz gemalte Fuhrleute-Szene erzählte davon, welche Gäste hier die Jahrhunderte hindurch Rast gemacht hatten.

Kajetan bat eine durch den geräumigen Hausflur huschende Bedienstete, nach den Wirtsleuten zu rufen.

Kurze Zeit später öffnete sich die Türe zum Gastraum. Eine Frau erschien, umkränzt von ausfallendem Licht und behäbigem Gemurmel. Mit kurzem Augenaufschlag taxierte sie ihn, bevor sie die Türe hinter sich zuzog, mit geschäftsmäßiger Freundlichkeit grüßte und sich hinter einem schmalen Pult postierte. Kajetan schätzte sie auf höchstens Mitte dreißig. Sie war kräftig gebaut, das volle, bäuerlich schöne Gesicht mit dichten, dunklen Brauen war von kastanienbraunen, zum Gretl-Kranz geflochtenen Haaren gerahmt. Sie stand aufrecht, den stattlichen Busen gereckt, die Linke auf die Hüfte gestemmt. Es musste die Wirtin sein.

»Der Herr wollen über die Nacht bleiben?«

Sie ließ eine Reihe ebenmäßiger Zähne sehen und sah ihn erwartungsvoll an. Kajetan, vom schnell zurückgelegten Fußmarsch noch immer außer Atem, bestätigte mit einem Nicken.

»Sind der Herr allein unterwegs?«

»Ja.«

»Ein Einzelzimmer also.« Sie zog das Belegbuch heran und schlug es mit einer resoluten Bewegung auf. Sie nickte zufrieden, als bestätige sich ihr das, was sie bereits wusste. »Habens Glück, Herr. Die Nummer sechs ist frei.« Sie bedachte ihn mit einem freundlichen Lächeln. »Wissens«, erklärte sie, »in der Nachsaison haben wir zwar nimmer viel Gäste, aber allerweil zu wenig Einzelzimmer.«

»Eines tät mir schon reichen«, gab Kajetan launig zurück.

Sie gab ein kontrolliertes Lachen von sich und erkundigte sich nach der Dauer seines Aufenthalts. Zwei, vielleicht drei Nächte, antwortete Kajetan. Er würde am Tag seiner Abreise rechtzeitig Bescheid sagen.

»Wie der Herr möchten.« Sie nahm seinen Pass in Empfang, griff sich einen Stift, beugte sich über das Belegbuch und trug seinen Namen ein. Dann schlug sie das Buch zu, schob es zur Seite und gab ihm den Schlüssel.

»Erster Stock, Zimmer sechs. Ich lass Ihnen Bescheid geben, wenns zum Essen ist.« Wieder blitzten ihre Zähne. »Einen schönen Aufenthalt wünsch ich Ihnen bei uns, Herr Paul.«

»Den werd ich haben, Frau Wirtin«, sagte Kajetan.

Sie hatte sich bereits abgewandt. »Ich bin nicht die Wirtin«, korrigierte sie über die Schulter. Kajetan schien es, als hätte sich kurz ein Schatten über ihr Lächeln gelegt. »Ich kümmer mich bloß um die Wirtschaft.« Sie rief mit befehlsgewohnter Stimme in die Tiefe des weiten Hausflurs: »Mariedl?« Ihre Stimme war im Gewölbe noch nicht ausgehallt, als am Ende des Ganges eine Türe klappte und sich ein junges Mädchen näherte.

»Mariedl, du zeigst dem Herrn gleich die Sechs, hast mich verstanden?«

»Ist recht«, sagte das Mädchen mit gesenktem Kopf.

Die Kammer roch nach altem Mobiliar, war aber blitzsauber. Den gewachsten Bohlenboden bedeckte ein Flickenteppich, aus der gestärkten Bettwäsche strömte der Duft eines herben Waschmittels.

Kajetan öffnete das Fenster und beugte sich hinaus. In der Ferne glühten die Lampen der Grenzstation durch die Finsternis. Sein Blick wanderte höher. Der Mond war noch nicht aufgegangen, nur ein einsamer Stern flimmerte in der scharfen Luft.

Vor dem Nachthimmel zeichneten sich die pechschwarzen Umrisse des Hochgebirges ab.

Ein plötzlicher Schauder durchlief Kajetan. Dort oben musste sich der illegale Grenzübergang befinden. Die Barriere schien ihm mit einem Mal unüberwindlich, etwas Feindseliges ging von ihrer lauernden Unbewegtheit aus.

Er schloss das Fenster, hockte sich auf die Bettkante und vergrub sein Gesicht in seine Hände. Bleierne Müdigkeit ergriff ihn.

Er wusste, wie gefährlich diese Momente für ihn waren, in denen er ins Grübeln geriet, in denen die Zuversicht mehr und mehr aus ihm wich, wie die Luft aus einem angestochenen Ballon.

Prompt brach sich wieder eine Verzagtheit Bahn, die ihn in den letzten Wochen schon mehrmals heimgesucht hatte. Sie hatte ihn das erste Mal überfallen, als er sich in diesem lichtlosen Bretterverschlag in München verkriechen hatte müssen. Er hatte sich wie ein gefangenes Tier gefühlt, zu lähmender Untätigkeit verdammt; es zerfraß seinen Stolz, wie ein Kleinkind auf die Hilfe und die Entscheidungen seiner alten Nachbarin angewiesen zu sein.

Er stemmte sich gegen dieses Gefühl. Es gelang nicht mehr. Seine Gedanken gerieten sofort wieder in einen fiebrigen Wirbel, stolperten übereinander, verkeilten sich.

Wie sollte es überhaupt weitergehen, nachdem man ihn über die Grenze geschleust haben würde? Er überschlug im Geiste seine Barschaft. Mit dem, was er bei sich hatte, waren, wenn er sparsam war, vielleicht drei Monate zu überstehen. Doch nach dieser Zeit würde er sich nur noch in die Schlangen irgendwelcher Wohlfahrtsspeisungen in Innsbruck oder Wien schmuggeln können, würde obskuren Hilfsorganisationen etwas vorjammern müssen, um eine warme Speise oder ein paar Münzen in die Hand gedrückt zu bekommen. Und wie lange sollte das gehen?

Nein, er musste versuchen, drüben so schnell wie möglich auf die Beine zu kommen. Als Saisonhelfer in einem abgelegenen Gehöft vielleicht, für Kost und Logis? Als Waldarbeiter? Oder gar – ha! – frech und offen, wieder als Detektiv? Aber ginge das überhaupt, ohne Land und Leute zu kennen, ohne Verbindungen zu haben, die er in seinem Beruf dringend brauchte?

Jede der Lösungen, die im Gewirr seiner Gedanken auftauchten und die er zu greifen versuchte, entglitt ihm wie glitschige Fische, sie bespöttelten einander als Schnapsidee, und sofort stürmte auch wieder eine andere Sorge heran: Wo würde er überhaupt bleiben können? In Österreich, wo, wie man gelesen und gehört hatte, die Rechten und die Hitlerischen ebenfalls damit begonnen hatten, die Republik zu unterwühlen? Oder sollte er nach Italien gehen, wo aber auch Mussolini und seine schwarzen Kolonnen bereits an der Macht waren? Vielleicht in die Schweiz hinüber, wo man ausländische Habenichtse erst recht nicht mit offenen Armen empfing? Während er noch über diese Fragen brütete, schlugen seine überreizten Gedanken erneut einen Haken: War es überhaupt richtig gewesen zu fliehen? Hatte er sich von seinen Feinden zu früh die Schneid abkaufen lassen? Hätte er nicht doch ausharren, losbrüllen, die Fäuste schwingen, dreindreschen sollen in die dreisten und siegesgewissen Visagen seiner Gegner? Er hatte sich diese Frage immer wieder gestellt, und jedes Mal schmerzte sie ihn mehr. War er ein Waschlappen, ein Feigling, der nicht Manns genug war, sich zu wehren?

Kläglich verteidigte sich eine innere Stimme, dass seine Entscheidung richtig gewesen war, weil er diesem Kampf niemals gewachsen gewesen wäre. Einer wie er konnte nicht gegen einen Feind gewinnen, der sein Netz wie eine Spinne über die Stadt gesponnen hatte, überall und nirgends lauerte und dessen Beweggründe ihm fremd waren. Keine Vernunft war mehr darin zu erkennen; was er davon wahrnahm, war nichts als Dummheit. Und grenzenlose Brutalität.

Gleichzeitig fühlte er zu seinem Erstaunen – denn sonderlich sentimental war er nie gewesen –, wie sehr er doch an seiner Heimatstadt hing.

Denn mochte München manchmal noch so unwirtlich sein, in der kalten Jahreszeit nach dem bitteren Ausstoß der Biersiedereien, nach Schwefel und Kohlerauch stinken, mochten die Leute dort einmal freundlich und voller Güte, ein anderes Mal wieder entsetzlich dumm, vom Grant und von Bosheit zerfressen sein – er hatte einfach alles gekannt. Er hatte die Sprache der Menschen seiner Umgebung verstanden, ihre groben wie ihre feinen Gesten begriffen und daher immer zu wissen geglaubt, was zu tun war, wenn er wieder einmal in eine verzwickte Situation geraten war. Und hin und wieder war es ihm sogar gelungen, das Richtige zu tun.

Lackenkaser, ca. 1500 M. ü. d. M.

Lipp Kerschbaumer schob die verwitterte Türe des Kasers hinter sich zu und schlurfte zur Pritsche. Er hielt die Luft an, biss die Zähne zusammen. Jeden Muskel angespannt, ließ er sich vorsichtig auf die Schlafbank sinken. Als seine Schulterblätter das Brett berührten, presste er den gestauten Atem durch die Zähne. Der pochende Schmerz in seinem Bein klang langsam aus und ging in ein dünnes, heißes Pochen über.

Wieder war alle Mühe umsonst gewesen. Er hatte sich den steilen Pfad zum Engpass emporgeschleppt, doch die Höhlung unter dem Felsblock war leer gewesen wie an den Tagen zuvor. Seine Helferin hatte es wieder nicht geschafft, das Versteck mit einem Laib Brot, etwas geräuchertem Fleisch und sauberem Verbandszeug aufzufüllen. War ihr etwas zugestoßen, hatte sie jemand beobachtet und abgefangen? Hatte man sie gezwungen, sein Versteck preiszugeben? Waren seine Verfolger längst unterwegs, bezogen sie bereits Posten im Wald um die Blockhütte, um ihn festzunehmen?

Nein. Sie würde ihn nie verraten. Allein schon damit, wie sie ihn, von den Dorfleuten unbemerkt, in diesen von der Welt vergessenen Kaser hinaufgelotst hatte, hatte sie ihm ihre Umsicht bewiesen. In dieses Hochtal begab sich kein Bauer und Jäger mehr, seit der Talweg von einem Felssturz in die Schlucht gerissen worden war. Denn dadurch war auch der Pfad verödet, der einst vom höhergelegenen Engpass am Lackenkaser vorbei ins

Tal führte. Kein Hirte würde diese beschwerliche Sackgasse ohne Not betreten. Die Grenzpatrouillen mieden ihn erst recht. Auch sie wussten: Kein Schmuggler oder Illegaler käme je auf die Idee, auf diesem Pfad die Grenze zu überqueren.

Auf der Herdstelle knisterte letzte Glut. Lipp starrte mit weiten Augen zum rauchgeschwärzten Dachstuhl. Zwischen den Sparren flatterten staubsatte Spinnweben in der Zugluft. Aus dem gleichmäßigen Rauschen vor dem Kaser hob sich ein hoher Ton, näherte sich wispernd, rüttelte sacht an den gesprungenen Scheiben des winzigen Fensters und segelte wieder in die Nacht zurück.

Als er ein Junge war, hatte Lipp die Nächte auf den einsamen Hochalmen geliebt, und noch bis vor wenigen Wochen war er mit seinem Schicksal auch leidlich zufrieden gewesen. Jetzt aber hatte es ihn mit einem brutalen Tritt aus allem gestoßen, was zuvor sein Leben ausgemacht hatte. Noch immer verstand er nicht, wie er in diese hoffnungslose Lage hatte geraten können. Hatte er sich nicht immer bemüht, jeden seiner Schritte mit Bedacht zu tun? Er war nie ein gedankenloser Luftikus wie viele seiner Altersgenossen gewesen, hatte seine Entscheidungen meist quälend lange abgewägt. Etwas in seinem Inneren hatte ihm immer zugeraunt, dass das Leben einem wie ihm nicht allzu viele Fehler erlauben würde.

Wo hatte er seine Vorsicht über Bord geworfen, wo versäumt, auf sein inneres Alarmsignal zu hören? Und warum?

War der Dosch-Jakl an allem schuld? Weil er ihn in etwas hineingezogen hatte, was nie wirklich das Seine gewesen ist?

Ihre Freundschaft hatte bei einem Sommerfest des Kanu-Vereins ihren Anfang genommen. Eine laue Nacht war es gewesen, farbige Lampions hingen zwischen den Bäumen, Musik spielte zum Tanz auf. Lipp hatte es auf ein Mädchen abgesehen und sich – da er sich bewusst war, nicht gerade ein Meister der geschmeidigen Annäherung zu sein, ihm die Angst vor einer Abfuhr jedes Mal die Kehle zuschnürte und er sich zum Affen machte – ein wenig Mut angetrunken. Prompt kam er einem anderen ins Gehege, der sich ebenfalls sicher war, dass der kokette Augenaufschlag der hübschen Haidhauserin nur ihm gegolten haben konnte.

Es musste der Alkohol gewesen sein, der Lipp damals dazu verleitet hatte, sein schmächtig wirkendes Gegenüber zu unterschätzen. Jakl war nämlich durchaus in der Lage, seine körperliche Unterlegenheit mit überraschender Wendigkeit auszugleichen. Flink tauchte er unter Lipps klobigen Angriffen weg, hielt den wutentbrannt auf ihn einstürmenden Gegner mit schmerzhaften Faustschlägen auf Brust und Bauch auf Distanz und setzte nach, als diesem langsam zu dämmern begann, dass er dieses Mal womöglich kein leichtes Spiel haben würde. Irgendwann floss etwas Klebriges in Lipps linkes Auge, und er ahnte, dass es sein Blut sein könnte. Spätestens jetzt fanden die anderen Festgäste, dass die Sache kein Spaß mehr war. Energisch trennte man die beiden Kampfhähne.

Im Morgengrauen krochen Lipp und Jakl aus einem Gebüsch hinter dem Vereinsheim hervor. Noch immer halb bewusstlos, kotzten sie sich die Seele aus dem von Bier und Schnaps vergifteten Leib und teilten ihre Wut auf die Weiber, was ihr ramponiertes Selbstbewusstsein wieder halbwegs aufmöbelte. Derart einig geworden, beschlossen sie zögernd, sich auch sonst gar nicht so übel zu finden. Sie verziehen sich schließlich, dass Lipp neben einem mächtig geschwollenen Auge eine verschorfte Wunde am Haaransatz, Jakl einen abgebrochenen Eckzahn als Andenken an ihre misslungene Brautschau behalten würde.

Ihr Ansehen in der Ruderabteilung stieg wieder, als sie in den nächsten Monaten ordentlich loslegten. Zweimal heimsten sie bei der Landesmeisterschaft gegen die starken Nordbayern gute Plätze ein, einmal verpassten sie sogar knapp den Sieg.

So unähnlich sich die beiden äußerlich waren – Jakl war klein und schmalschultrig, wogegen Lipp eher die Solidität eines bäuerlichen Kraftkerls ausstrahlte –, so ähnelten sie sich darin, mit Worten nicht groß um sich zu werfen.

Was bei Lipp schließlich dazu führte, dass er sich eines Tages in der Schlange der Stempelgeld-Empfänger vor dem Arbeitsamt wiederfand. Er hatte seinem Meister bei Krauss-Maffei wortlos eine gescheuert, nachdem dieser ihn zu Unrecht beschuldigt hatte, ein Werkteil verhunzt zu haben. Obwohl die Kollegen und die Abteilungsräte gegen Lipps Rauswurf Sturm liefen, wurden deren Eingaben niedergebügelt. Monate vergingen, ohne dass er eine Arbeit fand. Immer häufiger griff er zum Bierkrug.

Bis Jakl ihn sich eines Abends vorknöpfte. Er solle endlich mit seiner Winselei aufhören, es sei ja nicht mehr zum Anhören. Was glaube er denn, warum er bei seiner Arbeitssuche auf so gar keinen grünen Zweig mehr käm? Ausgerechnet er, der eine Kraft habe wie ein Ochs, zupacken könne wie drei?

Lipp hatte ihn angeglotzt und ratlos die Schultern gezuckt.

Weil es eine schwarze Liste gibt, du Depp! Und weil darin dein Name steht, mit dem Zusatz: Gefährlicher Aufwiegler. Vermutlich Kommunist.

Lipp hatte sich empört. Diese Drecksäue! Er und Kommunist! Lüge!

Jakl hatte ihn von der Seite angesehen. Nach einer Weile erkundigte er sich in beiläufigem Ton, ob es nicht langsam Zeit dafür wäre.

Lipp, zunächst unschlüssig, war schließlich einer Einladung Jakls zu einer Veranstaltung der Giesinger Sektion gefolgt. Prompt musste er miterleben, wie diese von einer SA-Horde überfallen wurde. Wie immer hatte sich Lipp die Geschichte erst einmal ruhig angeschaut. Als jedoch abzusehen war, dass die Angreifer Erfolg zu haben drohten, schwollen seine Schläfenadern an – er war schließlich gekommen, um sich einen Vortrag über genossenschaftliches Bauen anzuhören, und was er bis zum Auftritt der Störer zu hören bekommen hatte, hatte interessant geklungen. Niemand hatte das Recht, ihn daran zu hindern, auch noch den Rest des Vortrages zu hören. Er stürzte sich in das Gewühl, versetzte dem Großmaul an der Spitze des Trupps mehrere krachende Ohrfeigen, packte ihn am Braunhemd, machte eine Drehung und schleuderte ihn den Angreifern entgegen. Der Anführer schlitterte über mehrere Tischplatten, bevor er seinen Kameraden vor die Füße plumpste. Überstürzt traten diese daraufhin den Rückzug an.

Bescheiden hatte Lipp das Lob der Anwesenden abgewehrt. Der Vortrag wurde wie geplant fortgesetzt. Die Versammlung endete in feuchtfröhlicher Geselligkeit, und noch am selben Abend unterzeichnete Lipp den Aufnahmeantrag in die bayerische Kommunistische Partei.

Nur wenige Monate später sah es danach aus, als müsse er diesen Schritt schon wieder bereuen. Die Nazen putschten, ihr Marsch wurde jedoch nach wenigen Kilometern von einer kleinen Abteilung der Landespolizei an der Feldherrnhalle gestoppt. Aber nicht nur Hitlers Partei wurde verboten, sondern auch die, der sich Lipp angeschlossen hatte.

Es war purer Trotz, dass er es sich nicht nehmen ließ, weiter zu deren geheimen Versammlungen zu gehen. Es war unter seiner Würde, seine Meinung verbergen müssen. Er war schließlich kein Verbrecher.

Die Polizei teilte seine Ansicht nicht. Lipp wurde geschnappt, eines Verstoßes gegen das Parteiengesetz verdächtigt und in eine Zelle im Keller der Polizeidirektion gesperrt. Obwohl er nach wenigen Tagen wieder freikam, war die Festnahme ein Schock für ihn gewesen. Wie ein wildes Tier war er in der Zelle herumgetigert, seine Brust drohte zu zerspringen, und er hatte Angst, verrückt zu werden.

Zermürbende Monate vergingen, bis die Partei ihre Schlupfwinkel endlich verlassen konnte. Mit unverminderter Energie wurde die Propagandaarbeit wieder aufgenommen.

Lipps Sache war es jedoch nie gewesen, sich bei Straßenaktionen und Demonstrationen vor die Leute zu stellen, Parolen zu brüllen oder gar Reden zu halten. Sollte doch jeder tun und denken, was er für richtig hielt. Wenn er nur den anderen in Frieden ließ.

Dafür konnten die Genossen stets auf Jakl und ihn zählen, wenn kräftige Burschen für den Saalschutz gesucht wurden. Als sie wieder einmal einem Trupp der Braunen heimleuchten hatten müssen, die frech in eine Versammlung in der »Haidhauser Bierhalle« geplatzt waren, hockte man anschließend noch in kleiner Runde zusammen.

Der Genosse Reinhard Hölzl, der Lipp bis dahin nicht aufgefallen war, von den anderen jedoch mit vertraulichem, zugleich respektvollem Unterton als »Harti« angesprochen wurde, gesellte sich zu ihnen, entschuldigte sein Zuspätkommen mit einer wichtigen Sitzung, die länger als geplant gedauert habe. Er nickte anerkennend, nachdem ihm vom Geschehenen berichtet worden war. Ja, Leute wie Lipp und Jakl brauche die Partei. Duckmäuser, Maulhelden und windelweiche Herz-Jesu-Sozen, die sofort den Schwanz einzögen, wenn es gefährlich wurde, gäbe es schließlich genug.

Jakl, Lipp und Hölzl hatten ein Stück des Weges gemeinsam, als sie nach Mitternacht durch das schlafende Franzosenviertel gingen. Dabei war der Funktionär damit herausgerückt, dass man sich in der Parteispitze Sorgen um das um sich greifende Spitzelwesen mache. Die Münchner Genossen seien leider viel zu gutgläubig, würden jedem neuen Mitglied zu schnell Vertrauen schenken. Und was sei das Ergebnis? Vom Sonnleitner Ignaz, der bei der Sacco-und-Vanzetti-Demonstration vor wenigen Monaten wegen Widerstands verhaftet worden war, hätten Jakl und Lipp gehört? In letzter Minute habe eine dieser Ratten gegen ihn ausgesagt und dafür gesorgt, dass der Sonnleitner fast ein ganzes Jahr in Stadelheim eingebuchtet wurde.

Jakl und Lipp erinnerten sich. Eine gute, gemütliche und verlässliche Haut war der Sonnleitner-Naz gewesen, wie sie Aktiver in der Ruderabteilung der »Naturfreunde«. Sein Schicksal hatte jeden im Verein erschüttert. Naz' junge Ehefrau, zuvor schon feinnervig und vom Alltag überfordert, hatte wenige Tage nach der Urteilsverkündung den Gashahn aufgedreht. In letzter Sekunde waren sie und ihre zwei kleinen Kinder gerettet worden, doch seither dämmerte sie in der geschlossenen Abteilung der Psychiatrie vor sich hin. Bei ihren Kindern hatte gerade noch verhindert werden können, dass sie in ein Heim gesteckt wurden. Entfernt wohnende Verwandtschaft hatte sie aufgenommen, dem Ansehen nach nicht übertrieben erfreut.

Drecksäue, hatte Jakl geschimpft, und Lipp hatte zustimmend genickt. Allerdings, hatte Jakl mit Bestimmtheit hinzugefügt, für die Haidhauser, die Auer und die Giesinger Sektion könne er, was Spitzel beträfe, jederzeit die Hand ins Feuer legen. Hölzl hatte ihn schief angesehen und eine Weile beredt geschwiegen. Schön wärs, meinte er dann. Schließlich rückte er damit heraus, dass der geheime Abwehrdienst der Partei …

»Was? So was gibts?«, unterbrachen ihn seine beiden Zuhörer fast gleichzeitig. Unsere Partei hat doch eine Tscheka?

Freilich hat sie so was, hatte Hölzl geantwortet. Was seien die Zwei bloß für Träumer? Auch die Nazen hätten schließlich ihre geheimen Kommandos, von der Politischen Polizei würde er erst gar nicht anfangen. Da sei es doch mehr als logisch, dass die Partei ebenfalls so was brauche, oder?

Hölzl war kurz stehen geblieben und hatte die beiden am Ärmel gepackt: Dass das alles natürlich unter ihnen bleiben müsse, sei ja wohl klar, oder? Wehe, auch nur ein Wort davon dringe an die Öffentlichkeit! Er spreche nur deshalb offen zu ihnen, weil er die Überzeugung gewonnen habe, ihnen beiden könne die Partei vertrauen.

Lipp und Jakl waren einige Minuten schweigend neben ihm her getrottet, bevor Hölzl andeutete, selbst bereits seit Längerem in einem der Tscheka-Kommandos aktiv zu sein.

Was er da so zu tun habe, hatte Jakl wissen wollen.

Nun – Hölzl zögerte wieder, rückte aber dann doch mit der Antwort heraus –, nun, wie er ihnen schon erklärt habe, sei der derzeit absolut dringlichste Auftrag, die Spitzel in der Partei zu enttarnen.

Lipp war noch skeptisch. Seien es wirklich so viele?

Hölzl hatte geseufzt. Leider mehr, als er selbst für möglich gehalten habe. Jedenfalls habe er kürzlich den Schöttl Franz von der Sektion Haidhausen unter die Lupe nehmen müssen.

»Den?!«, riefen Lipp und Jakl fast gleichzeitig.

»Ja, der!«, hatte Hölzl ärgerlich gezischt. Hielten sie ihn etwa für einen Schwätzer? Wollten sie außerdem unbedingt gleich das halbe Franzosenviertel aufwecken mit ihrem Geplärre?! Und bevor sie ihn jetzt noch weiter mit offenem Maul anstieren und dann sagen würden, dass sie sich das überhaupt nicht vorstellen könnten, weil der Frisör Franz Schöttl doch so ein patentes Mannsbild sei, bei allen wegen seiner Geselligkeit beliebt, bejubelter Solist beim »Volkschor« außerdem –

… du spinnst, hatte Jakl gejapst. Der Franzl doch nicht!

Hölzl wirkte, als habe er selbst noch gegen seine Erschütterung angesichts dieser Entdeckung anzukämpfen. Aber leider gebe es mittlerweile überhaupt keinen Zweifel mehr. Die Sache sei so traurig wie einfach: Könnten sie sich noch dran erinnern, wie der flotte Schöttl-Franz im letzten Jahr gut ins Schwitzen gekommen ist, weil ihm so ein Weibsbild – er war ja umschwärmt wie noch was, fast neidisch hätt eins werden können – hat anhängen wollen, er hätt sie dazu gezwungen, zur Engelmacherin zu gehen?

Jakl hielt dagegen: Aber der Franz ist doch freigesprochen worden! Diese Flitschn hat doch zum Schluss zugeben müssen, dass alles erstunken und erlogen gewesen ist!

Eben, hatte Hölzl sarkastisch genickt. Und genau damit haben sie ihn sich wahrscheinlich eingekauft. Lieber Herr Schöttl, näselte er, einen schmierigen Ermittler nachahmend, wir lassen die Anklag gegen Sie fallen, und dieses hysterische Weib bringen wir auch dazu, dass sie die Goschen hält – wenn Sie uns Ihrerseits entgegenkommen …

»Schmarren!«, war Jakl herausgeplatzt. »Ich kenn den Franzl doch!«

Hölzl wurde ungehalten. Die Partei gehe überhaupt nicht leichtfertig mit so was um! Es gebe eindeutige Beweise! Er wiederhole es: Ein!-deutige! Er selbst habe den Frisör einige Wochen beschattet, nachdem ein erster Verdacht aufgetaucht sei. Das Ergebnis habe sogar ihn umgehauen: Der Frisör hatte seit einiger Zeit eine neue Kundschaft, die sich meist nach Geschäftsschluss – seine Angestellte hat er dabei jeweils gnädig schon nach Haus geschickt – noch rasieren ließ.

Lipp hätte fast laut aufgelacht. Das sei doch ein Witz! Das sei der Beweis?

Das allein natürlich noch nicht, räumte Hölzl ein. Aber zwei dieser Kunden habe er eindeutig identifizieren können. Sie gingen in der Polizeidirektion ein und aus, seien dort offensichtlich derart daheim, dass sie an der Pforte nicht einmal mehr ihren Ausweis zeigen müssten.

»Wirklich kein Zweifel?«, hatte Jakl sich vergewissert, noch immer fassungslos.

Wenn er es ihnen doch sage, gab Hölzl zurück. Weder daran, dass der Schöttl-Franz ein Spitzel sei, noch daran, dass es nur seine Aussage gewesen sein konnte, die den armen Sonnleitner-Ignaz und seine Familie ins Unglück gerissen hatte.

Mit kummervollem Seufzen hatte Hölzl hinzugefügt: »Tja, Genossen. Die Welt ist halt leider nicht so schön, wie wir sie gern hätten. Und wie weit wir mit unserer Gutmütigkeit kommen, haben wir ja im Neunzehner Jahr gemerkt, oder? Schon wieder vergessen, wie unsere Leut damals wie die Hasen zusammengeschossen worden sind?«

Keiner der drei Männer hatte mehr ein Wort gesprochen, als sie sich am Isartorplatz voneinander verabschiedeten.

Damit hatte alles begonnen. Nein, Jakl trug keine Schuld. (Wie mochte es ihm jetzt überhaupt gehen? Fliehen hatte er in dieser Nacht im Holzlager an der Entenbachstraße wohl nicht mehr können. Oder doch?)

Er, Lipp, war allein für die missliche Lage verantwortlich, in die er geraten war. Weil er nicht mehr auf seine warnende innere Stimme gehört hatte, sondern sich von der Empörung über diese Spitzel-Schweinereien hatte übermannen lassen. Und weil es ihm geschmeichelt hatte, als ihm Hölzl mitteilte, dass man ihn zum Mitglied eines geheimen Parteikommandos erkoren hatte –

ausgerechnet ihn, den noch immer ein wenig unbeholfen auftretenden Buben vom Land, den arbeitslosen Stempelgeld-Ansteher und Gelegenheits-Hilfsarbeiter.

Jetzt aber war er dahin, dieser kurze, mickrige Glanz in seinem Leben, diese kindische Freude am Abenteuer, jetzt moderte er auf dem halb verfallenen Lackenkaser vor sich hin, konnte nicht mehr vor und nicht mehr zurück. Von Tag zu Tag schwand seine Hoffnung, sein lädiertes Bein würde noch rechtzeitig verheilen. Was war es überhaupt, das ihm beim Auftreten immer häufiger höllische Schmerzen bereitete? Hatte er sich, als er in den Mühlbach sprang und wahrscheinlich auf ein Abflussrohr geprallt war, einen Fußknochen angebrochen? Was auch immer es sein mochte – mit dieser Verwundung würde er es nie schaffen, über die Muntenwand ins Österreichische zu gelangen.

Und bald würde Schnee fallen, er sah die Zeichen, konnte ihn riechen. Dann würde es auch seiner Helferin endgültig unmöglich werden, ihn noch zu unterstützen.

Lipp fühlte, dass seine Kräfte zur Neige gingen. Bald würde er eine Entscheidung fällen müssen. Viele Möglichkeiten hatte er jedoch nicht mehr zur Auswahl. Eigentlich waren es nur noch zwei.

Er würde sich stellen müssen. Oder mit allem Schluss machen.

Im Kaser herrschte jetzt eine Stille wie in einer Gruft. Der Wind hatte sich gelegt, der Mond war noch nicht aufgegangen.

München, Polizeidirektion Ettstraße, Abt. VI

Kommissar Leopold Amrainer versuchte, sich seine Verbitterung nicht anmerken zu lassen. Kaum tauchten irgendwelche Schwierigkeiten auf, hatte Polizeirat Dr. Trattner nichts Besseres zu tun, als sich ihn als Sündenbock auszusuchen. Konnte dieser blasierte Idiot nicht endlich wenigstens in Erwägung ziehen, dass es seine immer fragwürdiger werdenden Operationen selbst sein könnten, die Ursache für die Häufung der Pannen in der Politischen Abteilung der Münchner Polizeidirektion waren? Ein Kerl mit Rückgrat würde außerdem nicht zögern, als Abteilungsleiter die Verantwortung auf sich zu nehmen. Nicht so Trattner. Er war eitel, selbstgefällig, hielt sich für ein Genie der Polizeiarbeit. Fehler machten immer nur die anderen.

Amrainers Nackenhaare stellten sich wieder auf, als er das sägende Organ des Polizeirats in seinem Rücken vernahm.

»Ich frage mich noch immer, wie Ihnen das passieren konnte, Herr Kommissar«, nölte Dr. Trattner. »Ich hatte Sie doch ausdrücklich darauf hingewiesen, dass uns keiner der Täter entwischen darf! Und was ist? Wir stehen da wie die Idioten! Die Zeitungen mokieren sich bereits über uns. Die Politische Abteilung sei unfähig, dem roten Terror Herr zu werden! Und wem habe ich das wieder einmal zu verdanken?«

Ruhig bleiben, Amrainer. Dieser Idiot ist es nicht wert, dass du dir seinetwegen ein Magengeschwür zulegst. Irgendwann wird sich der Oberschlaumeier im Gestrüpp seiner famosen Geheimoperationen verfangen und auf der Schnauze landen, dass es nur so kracht.

»Habs Ihnen doch schon erklärt«, verteidigte er sich lahm. »Der Philipp Kerschbaumer ist grad auf dem Abort gewesen, wie unsere Leut ins Haus sind. So was ist halt nicht vorauszusehen.«

»Ein dummer Zufall also wieder einmal, was?«

Der Polizeirat war näher gekommen. Ein Hauch Kölnisch Wasser drang an die Nase des Kommissars. Er hielt angewidert die Luft an.

»Ja«, sagte er heiser.

Der Polizeirat beendete seinen Rundgang und nahm wieder hinter seinem Schreibtisch Platz.

»Aber leider wieder einer, der nicht hätte passieren dürfen, Herr Kommissar Amrainer«, stellte Trattner eisig fest. »Ich meine mich weiterhin entfernt daran erinnern zu können, dass professionelle Polizeiarbeit beinhalten würde, bei einer derartigen Aktion das entsprechende Gebäude in einer Weise zu umstellen und zu sichern, dass keiner der Hausinsassen durch einen rückwärtigen Ausgang entkommen kann. Ich würde sogar zu behaupten wagen, dass es sich dabei um das einfache Einmaleins der Polizeiarbeit handelt.«

Amrainer fühlte sich unbehaglich. Was die verunglückte Aktion im Holzlager an der Entenbachstraße betraf, war es schwer, seinem Vorgesetzten zu widersprechen. Tatsache war, dass er dem Einsatzleiter der Schutzpolizei zu sehr vertraut hatte. Dieser hatte ihm versichert, dass sich auf der Rückseite der verlassenen Sägemühle keine Tür oder ein Fenster befände, das verwinkelte Gebäude außerdem an den Bach grenze. Das winzige, von einem meterhoch wuchernden Holunder kaschierte Abortfenster mussten seine Leute übersehen haben. Dass er den Trottel von Einsatzleiter in einem Tobsuchtsanfall zusammengestaucht hatte, nutzte ihm jetzt auch nichts mehr. Philipp Kerschbaumer, der dritte Täter im Mordfall Schöttl, hatte fliehen können.

»Wenn Ihnen dazu nichts einfällt, mein lieber Herr Kommissar Amrainer, dann sage ich Ihnen, was ich vermute: Sie haben sich aus purer Bequemlichkeit zu sehr auf die Kollegen von der Schupo verlassen, obwohl ich Ihnen eingeschärft habe, jeden der Schritte dieser zuweilen äußerst unsicheren Kantonisten penibelst zu überwachen.«

»Es… es ist eben eine ziemlich komplizierte Aktion gewesen«, wehrte sich Amrainer schwächlich.

»Drei Männer von über einem Dutzend Beamter festzunehmen ist kompliziert?«, gab Trattner gehässig zurück. »Würde mir das ein Schutzmann auf der Straße sagen, könnte ich es ihm abnehmen. Nicht aber einem Kommissar der Politischen Abteilung – meiner Abteilung.«

Amrainer schüttelte gekränkt den Kopf. »Wir sind in den Tagen davor fast Tag und Nacht unterwegs gewesen, weil uns unser Gewährsmann immer wieder veränderte Zugriffsorte mitteilen hat lassen und den Zeitpunkt der gesamten Operation mehrmals verschoben hat.«

Der Polizeirat machte eine wegwerfende Handbewegung. »Ihre Erklärungen interessieren mich nicht. Mich interessiert einzig und allein, dass meine Anordnungen ausgeführt werden. Das ist wieder einmal nicht geschehen.« Er fixierte sein Gegenüber kalt. »Ich sage Ihnen mit aller Deutlichkeit: Meine Geduld hat einen Punkt erreicht, an dem ich nicht mehr gewillt bin, auch nur den geringsten weiteren Fehlschlag hinzunehmen. Habe ich mich deutlich ausgedrückt?«

Kommissar Amrainer sah auf den Boden. »Jawohl.«

»Dann wäre hierzu alles gesagt«, schloss Dr. Trattner. »Jetzt erwarte ich Ihren Bericht darüber, was die Nachforschungen ergeben haben.«

Amrainer räusperte sich in seine Faust. »Unsere Verbindungsleute arbeiten mit größtem Nachdruck.«

Hinter Trattners blanken Gläsern blitzte es auf. »Faseln Sie mir nicht die Ohren voll, ja?! Ich will Ergebnisse hören, keine Erbauungsreden!«

Amrainer hatte sich unwillkürlich geduckt. Mit belegter Stimme fuhr er fort: »Wir gehen mittlerweile davon aus, dass der Philipp Kerschbaumer nimmer in der Stadt ist.«

»Woher wollen Sie das wissen?«, kläffte der Polizeirat.

»Unsere Gewährsleute haben bei allen seinen Freunden und Bekannten Erkundigungen eingezogen. Das Ergebnis ist negativ.«

»Hören Sie, Sie Ermittlergenie! In München gibt es Tausende von Löchern, wo sich eine Ratte wie er für längere Zeit verstecken könnte!«

»Aber nicht, ohne von irgendjemand unterstützt zu werden. Der Kerschbaumer war, auf Deutsch gesagt, arm wie eine Kirchenmaus. Er ist Hals über Kopf abgehauen, ohne mehr mitzunehmen als das, was er auf dem Leib hat. Das wenige, was ihm gehört hat, haben wir in seiner Unterkunft im Ledigenheim sichergestellt. Aber nicht einmal im Leihhaus hätt er dafür noch was gekriegt. Er hätte demnach spätestens nach, sagen wir, einer Woche mit jemand aus seinem Umfeld Kontakt aufnehmen müssen, um nicht zu verhungern.«

»Dann weiter«, drängte der Polizeirat, verärgert darüber, dass er in diesem Punkt Amrainer recht geben musste. »Gibt es Anhaltspunkte, wohin er geflüchtet sein könnte?«

»Er war, wie gesagt, eine arme Sau –«

»Fällt Ihnen eigentlich auf, dass Sie sich wiederholen?«

Für den Bruchteil einer Sekunde gab Kommissar Amrainer sich der Vorstellung hin, wie er der blasierten Herrenreiter-Visage Trattners eine schallende Ohrfeige verpassen würde. Er räusperte sich nervös.

»Ich möcht damit bloß sagen, dass damit schon mal ausgeschlossen werden kann, dass er in einen Zug gestiegen ist und sich so weit entfernt hat, dass er für uns nimmer erreichbar ist. Ins Ausland beispielsweise. Das hätt er sich unmöglich leisten können.«

»Richtig«, räumte Trattner ein. »Zumindest dann, wenn ihm niemand eine größere Summe zugesteckt hat.«

»Er dürft niemanden kennen, der mehr als nur ein Zehnerl übrig hat.«

»Und was ist mit seinen Parteigenossen? Der berühmten ›Roten Hilfe‹?«

»Können wir ebenfalls ausschließen. In den ersten zwei, drei Tagen hat definitiv keine Kontaktaufnahme stattgefunden, und bereits am dritten Tag hat, wie wir ja wissen, die KP den Anschlag auf den Schöttl verurteilt und die Täter als Parteischädlinge bezeichnet.«

Trattner winkte unwirsch ab. »Bekannt. Was also bleibt ihm?«

»Erfahrungsgemäß zieht es Leute von dieser Sorte, wenn sie in Not sind, immer dahin zurück, wo sie herstammen. Wenn einem keiner mehr hilft, tuts noch am ehesten die Familie. Alles, was wir bisher aus seinem Umfeld wissen, ist, dass das irgendwo im Chiemgau oder noch südlicher sein muss.«

»In der Nähe der Grenze also.« Trattners dünne Lippen zuckten geringschätzig. »Und wozu gibt es ein Einwohnerregister, wo all dies festgehalten sein müsste?«

»Wir haben bis heute Mittag dran gearbeitet, alle möglichen Verstecke in München zu überprüfen. Erst seit Kurzem können wir mit hoher Wahrscheinlichkeit ausschließen, dass er noch hier ist. Auch die Kriminalabteilung ist dieser Überzeugung.«

»Dann können wir ja erst recht beruhigt sein«, bemerkte Trattner ätzend. Er holte mit einer affektierten Bewegung seine Taschenuhr hervor und klappte den Deckel auf. »Jetzt ist es zwei Uhr nachmittags. Von hier zum Einwohneramt benötigt auch der lahmste Polizeibeamte nicht mehr als fünf Minuten, ganz abgesehen davon, dass der zivilisierte Teil der Menschheit bereits darüber informiert sein sollte, wie ein Telefonapparat funktioniert.«

Er erwarte die Information jeden Augenblick, sagte Amrainer.

»Die erwarte ich in der Tat ebenfalls«, näselte der Polizeirat. Er verstaute seine Uhr wieder in seiner Jackentasche. »Nun gut, Amrainer. Dann hören Sie mir jetzt zu: Aus Gründen, die Ihnen bekannt sein dürften, ist es nicht erstrebenswert, dass Kerschbaumer mit der Kripo in Berührung kommt. Für Sie, Kommissar Amrainer, bedeutet das: Sobald Sie seinen wahrscheinlichen Aufenthaltsort eingrenzen können, veranlassen Sie, dass in allen Grenzstationen in diesem Bereich verstärkt Ausschau gehalten wird. Nicht nur die Grenzwache, auch die Zollpolizei wird eingeschaltet, verstanden?«

»Alles schon geschehen«, warf Amrainer erleichtert ein.

»Na immerhin.« Trattner rang sich einen anerkennenden Blick ab und diktierte im Generalston weiter: »Zusätzlich haben die Kontrollgänge direkt an der grünen Grenze ab sofort intensiviert zu werden. Des Weiteren ist die Revierjägerschaft der entsprechenden Region umgehend zu informieren. Auch sie hat ihre Kontrollfrequenz bis zum Fahndungserfolg zu erhöhen. Und zuletzt ist mit der österreichischen Grenzpolizei Kontakt aufzunehmen. Grundsätzlich gilt: Falls sich neuerliche Probleme abzeichnen sollten, sei es mit einer der genannten Behörden oder anderer Art, bin ich augenblicklich zu informieren. Und das Wichtigste: Sobald der Bursche irgendwo aufgegriffen worden ist, ist er sofort unserer Abteilung zu überstellen. Haben Sie mich verstanden?«

»Natürlich«, sagte Kommissar Amrainer steif. Hielt ihn Trattner eigentlich für einen Anfänger? Was er befohlen hatte, war Routine, und Amrainer hatte längst die entsprechenden Anordnungen getroffen.

Eine unüberhörbare Besorgnis mischte sich in den Ton des Polizeirats, als er fortfuhr: »Wenn dieser Kerschbaumer nämlich irgendeinem Idioten von der Kriminalabteilung über den Weg läuft, könnten ein paar Köpfe rollen.« Mit drohendem Unterton ergänzte er: »Ich garantiere aber, dass es nicht der meine sein wird.« Er wartete eine Bemerkung des Kommissars nicht ab und sprach weiter, nun wieder sachlich: »Was ist eigentlich mit dem Zweiten? Dieser Jakob Dosch?«

»Ist ein ziemlich zäher Hund, aber immer noch ohne Bewusstsein. Er ist in Behandlung.«

»Sie wird hoffentlich demnächst zum Abschluss kommen.«

»Es wird alles dafür getan«, versicherte Amrainer. »Überraschungen wirds da keine mehr geben.«

»Gibts Neuigkeiten von Ihrem Mann?«

»Dem Hölzl?«

Trattner nickte ungeduldig. »Noch alles in Ordnung mit ihm?«

»Er weiß genau, was ihm blüht, wenn er nicht spurt. Aber solange ich ihm regelmäßig sein Geld anweise, ist damit nicht zu rechnen.«

»Und er ist noch da, wohin Sie ihn in Urlaub geschickt haben?«

»Das Leben in Wien ist um diese Zeit noch sehr angenehm.

Im Übrigen steht er unter Beobachtung durch zuverlässige Gewährsleute.«

Der Polizeirat lehnte sich zurück.

»Es ist wohl klar, dass ich nichts anderes erwarte«, sagte er herablassend.

Amrainer legte seine Hände auf seine Oberschenkel und beugte sich vor, um aufzustehen. »Dann werd ich jetzt –«

»Hat irgendjemand gesagt, dass Sie entlassen sind?«, fauchte Trattner. Der Kommissar sank auf den Stuhl zurück und sah den Polizeirat fragend an. »Da wäre nämlich noch etwas, Herr Kommissar Amrainer.« Trattner richtete seine grauen Augen auf sein Gegenüber und ruckelte an seinem Brillengestell. »Eine Sache, bei der ich mich hundertprozentig auf Sie verlasse. Und wenn ich hundertprozentig sage, meine ich das auch. Sollten Sie dabei Mist bauen, sind Sie endgültig geliefert. Hab ich mich deutlich genug ausgedrückt?«

»Sie drücken sich immer deutlich aus, Herr Polizeirat«, sagte Amrainer mit ausdrucksloser Miene.

»Es dürfte Ihnen nämlich nicht entgangen sein, dass ich unbedingten Gehorsam verlange, Herr Kommissar. Ich stehe allerdings auch nicht an, treue Gefolgschaft zu belohnen. Wobei Ihnen als Stichwort genügen dürfte, dass demnächst einige Umbesetzungen in der Münchner Polizeidirektion erfolgen werden. Ob Sie bei etwaigen Höherstufungen berücksichtigt werden, liegt also in Ihren ureigensten Händen. Haben Sie das begriffen?«

Der Kommissar nickte.

»Dann hören Sie zu, Amrainer.« Trattner kritzelte einen Namen auf einen Zettel. »Sie beschatten ab sofort diese Person.« Er schob die Notiz über die Tischplatte. Amrainer beugte sich darüber. Er hob überrascht die Brauen.

Hatte der Kriminalrat endgültig den Verstand verloren?

»Oha«, sagte er.

»Ja. Oha«, echote der Polizeirat herablassend, nahm den Zettel wieder an sich und riss ihn in kleine Fetzen. »Und sollten Sie auch nur einem einzigen Menschen von diesem Auftrag erzählen, erledige ich Sie persönlich. Sie wissen vermutlich, dass ich kein Freund metaphorischer Ausdrucksweise bin. Ich meine es also ernst.«

»Ich weiß.« Amrainer zwang sich zu einem beschwichtigenden Lächeln. »Aber … was heißt ab sofort? Ich hab nämlich noch –«

»Ich brauche die Information nicht morgen oder noch später, sondern gestern. Und jetzt verschwinden Sie.«

Zellach

Im Gebirge hielt der Herbst Einzug. In den Nächten hatte das Thermometer bereits die Frostgrenze berührt. Die Luft war scharf und feuchtkalt geworden. Erst gegen Mittag gelang es einer milchigen Sonne, sich durch den Morgennebel zu kämpfen und einige Flecken blassblauen Himmels freizulegen.

Die vergangenen drei Tage hatte Kajetan damit verbracht, im Dorf den von Natur und ländlicher Ruhe begeisterten Feriengast zu geben. Am Dorfkiosk erstand er demonstrativ einen Wanderstock, womit er die wenigen Sehenswürdigkeiten des Ortes abklapperte – ein mit barockem Zierrat überladenes Kirchlein, einige Kapellen, eine lauschige Waldklamm mit beeindruckenden Wasserfällen. Interessiert studierte er die Wegweiser, mit denen der neue »Verkehrs- und Verschönerungsverein Zellach« seine Feriengäste durch Dorf und die Landschaft lotste.

Noch immer hatte der Peterbauer nichts von sich hören lassen. Zwar hatten sich gestern ihre Wege zufällig gekreuzt, als der Bauer mit seinem Pferdefuhrwerk über die Dorfstraße rumpelte, doch vergeblich hatte Kajetan auf ein unauffälliges Zeichen des Wiedererkennens oder gar der Aufmunterung gewartet. Der Peterbauer hatte mit ausdrucksloser Miene über ihn hinweggesehen und war kurz danach in der verrußten Höhle der Dorfschmiede verschwunden.

Auch an diesem Morgen war er wieder losmarschiert. Verbissen stapfte er gegen seine innere Unrast an. Die Bewegung tat ihm gut. Sie riss ihn aus seinen Grübeleien und brachte ihn dazu, von seiner Umwelt doch ein wenig Notiz zu nehmen.

Mittägliche Ruhe herrschte, als Kajetan wieder im Dorf eintraf. Er betrat das Café unterhalb des Kirchplatzes, bestellte eine Melange und ein Stück Apfelkuchen. Das Café war leer bis auf zwei ältere, städterisch gekleidete Damen, die sich hin und wieder eine vergrämte Bemerkung zuwarfen.

Mit der Bedienung, einer sich träge bewegenden, dafür umso gesprächigeren jungen Frau, war er schon gestern ins Plaudern gekommen. Sie möge den Herbst, der sommerliche Trubel im Gebirge sei nicht ihre Sache, hatte die junge Frau gemeint und dabei gegähnt.

Kajetan hatte freundlich Belangloses erwidert, als ihn eine Gruppe junger Männer vor dem Fenster ablenkte. Mit Schaufeln, Pickeln und ledernen Arbeitsschürzen ausgerüstet, marschierte der kleine Trupp mit behäbig wippenden Schritten die Dorfstraße hinab. An ihrer Spitze schritt ein hoch aufgeschossener, in eine flatternde Soutane gekleideter Mann in den Dreißigern. Seine Augen unter der hohen Stirn leuchteten vor Eifer. Fuchtelnd trieb er die Männer zur Eile.

Das Mädchen war Kajetans Blick gefolgt.

»Der neue Herr Hochwürden ist recht dahinter, dass das Klausenmoos trockengelegt und der Bach gedämmt wird«, erzählte sie. »Damit die Bauern da unten ein bisserl mehr Ackergrund haben und sich nicht gar so notig dahinzufretten brauchen.« Sie schenkte Kajetan mit unschuldigem Lächeln einen Blick in ihr züchtiges Dekolleté, während sie Kuchenteller und Kaffeetasse zurechtrückte und eine hartnäckige Fliege vom Kuchen wedelte. »Wird ja in der Stadt drin nicht anders sein. Die einen haben mehr, die anderen weniger, gell?«

Es würde dem Pfarrer bestimmt hoch angerechnet werden, hatte Kajetan vermutet.

Sie ließ sich mit einer Antwort Zeit. »Von den meisten schon«, meinte sie schließlich.

Wo er übrigens untergekommen sei? Ob er zufrieden sei?

Ach, im »Taffern« wohne er? Das sei keine schlechte Adresse. Elias Thannheiser, der Wirt, habe sein Haus im Griff, besser als mancher seiner Konkurrenten. Über den »Neuwirt« etwa, der dem Herrn Mannhardt gehöre – ein Auswärtiger aus München sei das, der sich aber mordswichtig mache im Dorf –, höre sie hin und wieder Beschwerden, aber bittschön, sie habe nichts gesagt, gell? Mit seiner Wirtschafterin, der Tischler Erna, habe der Thannheiser jedenfalls einen guten Griff getan. Was umso wichtiger sei, da Mena – seine Ehefrau sei das – für das Wirtschaftliche eher, naja, weniger begabt und eine ziemlich zurückhaltende Person sei. Sie selber kümmere sich nicht darum, es ginge sie schließlich nichts an. Aber manche Leute im Dorf machten sich Gedanken, weil –

Sie unterbrach sich, als eine Kundin an die Ladentheke trat.

Die Kaffeetasse schwenkend, sinnierte Kajetan vor sich hin. Dass an seiner Unterkunft nichts zu beanstanden war, stimmte. Dennoch war ihm aufgefallen, dass im »Taffern« eine seltsam gespannte Atmosphäre herrschte. Noch immer hatte er die eigentliche Wirtin nicht zu Gesicht bekommen. Dagegen war er dem »Taffern«-Wirt schon mehrmals begegnet. Elias Thannheiser war ein leutseliger Mittdreißiger mit kantigen Zügen und einem etwas verwegenen Schnauzer, stämmig und gewandt, Energie und Gelassenheit gleichermaßen ausstrahlend. Die Wirtschafterin dagegen, so umsichtig und zuvorkommend sie mit ihren Gästen verkehrte, schien mit ihren Bediensteten streng umzuspringen. Das Hausmädchen Mariedl, mittlerweile die einzige Kellnerin, wirkte in ihrer Gegenwart stets ein wenig verschüchtert, und ein alte Hausmagd war, als sie sich einmal im Gastraum hatte sehen lassen, von ihr mit einem barschen Befehl wieder in den Wirtschaftstrakt zurückgescheucht worden.

»Na, so was …« Die Stimme der jungen Frau holte Kajetan aus seinen Gedanken. Sie schaute aufmerksam aus dem Ladenfenster auf die Straße. Er folgte ihrem Blick und sah gerade noch, wie ein Mannschaftswagen der Grenzwache hinter der Straßenbiegung im Süden verschwand.

»Die Wachter siehst sonst bloß alle heiligen Zeiten im Dorf. Seit ein paar Tag aber sausens überall herum wie ein Schwarm aufgescheuchter Imben.«

Kajetan tat uninteressiert. »Ist denn was passiert?«

Sie zuckte die Schultern. »Weiß keins genau. Aber es wird geredet, dass sie nach einem suchen, der in München droben einen umgebracht haben soll.«

Aus der Ecke ertönte ein erstickter Schrei.

»Ein Mörder?«, hauchte eine der beiden Damen entgeistert.

Die Bedienung wandte sich ihnen zu. »Angeblich, ja. Aber wenns mich fragen, dann ist das ein Schmarren.« Sie tippte sich an die Stirn. »Als ob so einer so blöd wär, sich ausgerechnet bei uns in Zellach zu verstecken.« Sie lächelte den beiden Frauen beruhigend zu. »Glaubens mir, da braucht eins überhaupt keine Angst zu haben.« Zu Kajetan gewandt, fügte sie hinzu: »Die Leut reden halt viel, wenn der Tag lang ist, gell?«

Kajetan pflichtete ihr bei. Kurze Zeit später verließ er das Café. Im »Taffern« angekommen, fiel sein Blick auf ein verschlossenes Kuvert, das Unbekannte während seiner Abwesenheit unter die Tür geschoben hatten. Sein Herz machte einen Satz. Er riss den Brief mit zitternden Fingern auf.

Eine krakelige Skizze wies den Weg zur Holzstube im Wald des Peterbauern. Er sollte noch heute vor Einbruch der Dunkelheit dort sein.

Der Peterbauer tigerte bereits ungeduldig auf und ab, als Kajetan, vor Anstrengung schnaufend, auf der mit Gestrüpp überwachsenen Lichtung vor einem primitiven, mit Baumrinde gedeckten Unterstand ankam. Der Bauer sah argwöhnisch um sich, bevor er ihn in das Innere der Holzstube schleuste.»Endlich!« Kajetan wischte sich mit dem Ärmel über die Stirn. »Hab schon gemeint, Sie haben mich vergessen, Peterbauer.«

»Ist nicht eher gegangen«, sagte der Bauer brummelnd. »Zur Zeit ist überall der Teufel los. Auch auf der österreichischen Seit sind die Posten verstärkt worden. Irgendein Halunk soll sich in der Näh rumtreiben. Soll einer sein, der in München droben was angestellt hat. Was Genaues bringst aber aus keinem raus.« Er sah Kajetan schief an. »Dir kann die ganze Gaudi ja nicht gelten, oder?«

»Peterbauer, ich kann Ihnen bloß sagen, dass ich keinen –«

»Hab ich das gesagt? Kann mich doch auf meine Leut verlassen. Und deswegen kannst endlich einmal mit deiner gespreizten Sie-Sagerei aufhören.« Der Bauer kratzte sich am Hinterkopf und rückte seinen Hut wieder zurecht. »Ist bloß saudumm, dass das alles akkurat jetzt passieren muss.«

»Warum soll der Mörder eigentlich ausgerechnet bei euch zu finden sein?«

»Möcht halt wahrscheinlich auch über die Grenz«, vermutete der Peterbauer. Er sah nach oben. »Wird er sich aber schwertun. Einen Bergführer findet so einer nicht. Und ohne den schafft ers auf keinen Fall.« Nachdenklich fuhr er fort: »Höchstens, wenn …« Er unterbrach sich und schüttelte den Kopf.

»Wenn er von da wär?«, beendete Kajetan den Satz.

Der Bauer bestätigte mit einem Nicken. »Aber dann täten wir wissen, um wens sich handelt. Im Dorf ist jeder bekannt, der irgendwann auf München gegangen ist. Unter denen aber ist keiner, der so dermaßen unter die Räder gekommen sein könnt.« Wieder schien ihm ein Gedanke gekommen zu sein. Er öffnete den Mund zu einer Bemerkung, machte dann aber eine unwillige Handbewegung.

»Was jetzt deine Geschicht angeht, so hab ich rauskriegt, dass übermorgen wieder die Jäger aufsteigen. Schon zum zweiten Mal in der Woch. Das heißt, dass du unbedingt morgen früh schon rauf musst, sonst rennst ihnen direkt vor die Büchs. Auch wenn sie einen anderen suchen – wenn die Patrouille einen in der Näh der Grenz erwischt, nehmen sie ihn erst einmal fest und lassen ihn von den Kriminalern auseinanderklauben. Das dürfen wir nicht riskieren.«

Der Bauer kramte in seiner Schürzentasche und zog eine Skizze hervor. Mit dem Zeigefinger erklärte er den Weg zum Treffpunkt, eine vor vielen Jahren aufgelassene Almhütte. »Das ist die Bärenalm. Du musst einmal dort übernachten, weil die von der Gilde erst am nächsten Tag da sein können. Im alten Stall liegt noch ein bissl Heu, damit deckst dich zu, verstanden? Dass es saukalt da oben ist, brauch ich dir ja nicht zu sagen. Aber die eine Nacht wirst überstehen.«

»Wie ist es eigentlich auf der anderen Seite? Patrouillieren die Österreicher nicht auch?«

»Schon.« Geringschätzigkeit klang aus der Stimme des Bauern. »Aber in die Muntenwand trauen sich die Herren Beamten nicht rein. Brauchst dir keine Sorgen zu machen.« Er sah Kajetan zweifelnd an. »Hast alles kapiert? Ist der Weg klar?«

Kajetan steckte die Skizze ein. »Peterbauer, ich …«, er suchte nach Worten, fand aber nichts als ein hilfloses »… ich hoff, ich kanns dir einmal vergelten«.

»Lass gut sein«, wehrte der Bauer ab. »Schau du bloß, dass du drüben gut weiterkommst. Und jetzt hau ab. Wird bald finster.«

»Ich möcht dich noch was fragen«, sagte Kajetan.

»Dann machs kurz.«

»Peterbauer – wenn die dir draufkommen, dass du mir und anderen über die Grenz hilfst, bist du geliefert.«

Der Bauer nickte grimmig. »Kann sein. Aber unsereins ist auch nicht grad auf den Kopf gefallen.«

»Aber du kennst mich nicht einmal.«

»Vielleicht kenn ich dafür die, die dich kennen?«

»Wer sind die?«

In den Augen des Peterbauern blitzte kurz Misstrauen auf, bevor er sich zu einer Antwort entschloss. »Wirst doch schon was vom Bauernbund gehört haben?«

Kajetan erinnerte sich vage. Im November 1918 war ein Führer des Bayerischen Bauernbundes Arm in Arm mit Kurt Eisner von Kaserne zu Kaserne gezogen. Ein Regiment nach dem anderen war zu den Revoluzzern übergelaufen. Am Abend desselben Tages waren die Jahrhunderte, in denen die Dynastie der Wittelsbacher über das Land geherrscht hatte, nur noch Geschichte gewesen. Nach dem Sturz der Räterepublik aber war der linke Flügel des Bauernbundes Zug um Zug entmachtet worden.

Der Peterbauer ergänzte finster: »Die Schwarzen und die Braunen drücken uns zwar von Jahr zu Jahr mehr auf die Seit, aber ein paar von uns gibts noch.«

Es klang trotzig und bestimmt. Eine leise Erschöpftheit in seinen Worten jedoch verriet seine Zweifel. Er hob die Hand zu einem angedeuteten Gruß und stiefelte davon. Nach wenigen Schritten hatte ihn der Wald verschluckt.

Kurz nach Sonnenaufgang, nachdem er seine Rechnung beglichen und dabei die Wirtschafterin beiläufig hatte wissen lassen, dass er noch einige Tage im Nachbardorf verbringen wollte, verließ Kajetan den »Taffernwirt«. Die eisige Luft glitzerte, dichter Nebel lastete über dem Tal und verhüllte die Sicht bis auf wenige Meter. Er war einige Schritte gegangen, als er einen warmen Bass in seinem Rücken vernahm.

»Gutmorgen, der Herr! Auch schon so früh auf?«

Aus dem Nebel tauchte Elias Thannheiser auf, gehüllt in einen wärmenden Wolljanker, den Hut über eine schwarze Stoffmütze gestülpt, und wie immer, wenn Kajetan ihn getroffen hatte, strotzend vor Tatkraft und guter Laune. Seine schweren Schuhe verrieten, dass er sich ebenfalls im Aufbruch befand.

Kajetan erwiderte den Gruß.

»Gehts wieder auf Wanderung, der Herr? Und wohin?« Der Wirt lachte beschwichtigend. »Nicht, dass ich neugierig wär. Aber es schadt nie, falls Ihnen was passieren sollt, verstehens? Dann wissen wir gleich, wo wir suchen müssen.«

Kajetan wiederholte, was er der Wirtschafterin erzählt hatte. Freilich könnte er auch den Postbus ins Nachbardorf nehmen, aber andere Gäste hätten ihm von diesem Höhenweg, den er stattdessen nehmen wolle, vorgeschwärmt. Der Wirt nahm es mit Erleichterung auf.

»Da kann nicht viel passieren, wenns auf dem Weg bleiben.« Befriedigt taxierte er Kajetans Kleidung. »Vernünftig angezogen sinds auch.« Er zog den Wollschal um seinen Hals enger und griff nach der Türklinke. »Das Wetter wird noch ein paar Tag halten. Aber man weiß halt nie, gell? Um diese Jahreszeit kanns ziemlich schnell umschlagen.« Er wiederholte: »Bleibens auf dem Weg, dann kann nichts passieren, gell?« Er wünschte einen schönen Tag, sagte, dass er sich freuen würde, Kajetan wieder einmal als Gast begrüßen zu dürfen, winkte jovial zum Abschied und verschwand im Haus.

Kajetan schritt zügig aus. Nach wenigen Kilometern Wegstrecke am Ufer eines kleinen Bergsees bog er in eine seit Längerem nicht mehr genutzte Driftrinne ab. Sie endete an einem ausgeräumten Holzeinschlag und ging in einen von Unkraut und Farn überwucherten Waldpfad über.

Die Steigung nahm stetig zu. Aus dem Waldboden dampfte der Geruch feuchter Erde, und in die scharfe Gebirgsluft mischte sich der bittersüße Brodem faulenden Holzes. Kajetan spürte, wie ihm der Schweiß aus den Poren trat und sich wie ein kalter Film über seine Gesichtshaut legte. Stur hielt er seinen Blick auf den Pfad gerichtet. Felsplatten und Geröll zu seinen Füßen schimmerten feucht. Er atmete stoßend, dachte an nichts, verlor jedes Zeitgefühl. Immer wieder musste er anhalten, um nach der Wegmarkierung Ausschau zu halten.

Fast unmerklich verflüchtigte sich der Nebel, faserte mehr und mehr in dünnen Schwaden aus, zwischen denen der Himmel matt blaute. Immer öfter lichtete sich der Wald und gab einen Blick auf die nebelverhüllten Täler und das leuchtende Grau des Hochgebirges frei.

Die Vormittagssonne brannte bereits seit geraumer Weile kräftig auf ihn herab. Dann hatte er die Baumgrenze unter sich gelassen. Er bewegte sich auf einem mit Felsblöcken übersäten Latschenfeld auf den Fuß der Steilwände zu.

Er bemerkte, dass seine Schritte unsicher zu werden begannen. Seine Muskeln rebellierten und drohten ihm nicht mehr zu gehorchen, seine Kehle brannte.

Kajetan erkannte, dass er zu schnell gegangen war. Er taperte auf ein schmales, von splitterigem Geröll bedecktes Plateau zu, ließ sich erschöpft zu Boden fallen, lehnte sich an einen Felsblock und ließ seinen hämmernden Pulsschlag abklingen. Er hob sein Gesicht zum Himmel und schloss die Augen. Dann und wann trug ein fein fächernder Wind das Krächzen einer Dohle heran. Tief unter ihm trommelte ein Specht. Irgendwo löste sich Geröll, dann war es wieder still.

Kajetan sah noch, dass sich im Süden wattige Wolken an die Gipfel drängten. Ein Windstoß zauste sein Haar. Dann fielen ihm die Augen zu.

Mit einem Sprung war Kajetan auf den Beinen. Ein siedend heißer Schrecken raste durch seine Adern, sein Herz klopfte bis zum Hals. Benommen sah er um sich. Die Sonne, als milchiger Stern hinter einer graublauen Wolkendecke nur noch zu erahnen, neigte sich bereits dem Westen zu. Ein schneidend kalter Wind ließ das Latschenfeld unter ihm erschauern. Aus der Höhe löste sich ein helles Rauschen. Feiner Regen setzte ein.

Fünf bis sechs Stunden – weil die Patrouillen-Pisten zu umgehen und deshalb weite Umwege zu machen waren – müsse er für den Aufstieg zur Bärenalm einrechnen, hatte ihm der Peterbauer erklärt und ihm mehrmals eingeschärft, sich früh auf den Weg zu machen!

Fluchend schulterte Kajetan seinen Rucksack und lief mit weiten Schritten los. Nach kurzer Zeit stockte er, zerrte die Skizze aus seiner Jacke, warf einen raschen Blick darauf und hastete weiter.

Der Nebel wurde von Minute zu Minute undurchdringlicher. Bald konnte Kajetan den Verlauf des Pfades nur noch wenige Schritte vor sich erkennen. Er führte jetzt in gerader Linie steil nach oben. Immer mehr wich das Geröll nach unten zurück, das Steilgelände mündete in einen mit struppigem Gras bewachsenen Hang, an dem seine Schuhe nur noch mit Mühe Tritt fanden. Immer wieder glitt er aus, rutschte einige Meter zurück und musste erneut nach einer Wegmarke suchen. Schließlich kletterte er, sich in Wasen und niedriges Gestrüpp krallend, auf allen vieren höher.

Der Wind nahm an Wucht zu, als die Steigung plötzlich zurückging. Sich gegen den fauchenden Sturm stemmend, versuchte sich Kajetan zu orientieren. Die Skizze flatterte in seinen Händen. Er hob den Kopf und kniff die Lider zusammen. Hier musste sich irgendwo eine Wegmarkierung befinden, die der Bauer eingetragen hatte.

Durch den Nebelschleier konnte er eine leicht abschüssige Trampelspur ausmachen. Natürlich! Davon hatte der Peterbauer gesprochen: Er würde, um nicht auf die Streife der Revierjäger zu stoßen, einen schmalen Pass zu überqueren haben, um dahinter auf den direkten Weg zur Bärenkaser zu gelangen. Kajetan hastete los.

Der Sturm verlor bald an Kraft, doch noch immer nieselte dünner Regen herab. Der Weg schien seit Langem nicht mehr benutzt worden zu sein. An einigen Stellen war er bereits in die Tiefe gebrochen, dann war wieder solide Befestigung zu erkennen. Noch immer führte der Pfad in gleichmäßigen Windungen in die Tiefe. Als sich die ersten Kiefern aus dem Nebel schälten, kamen Kajetan erste Bedenken. Hatte er sich verirrt? Er tappte noch einige Kehren weiter in die Tiefe, dann blieb er mit zitternden Knien stehen. Wieder zog er die Skizze hervor. Nach dieser musste er sich kurz vor einer Abzweigung befinden, an der er auf den alten Weg zur Bärenalm traf. Er setzte zögernd den Weg fort. Rasch hob sich der Wald zu beiden Seiten des Saumpfades. Die Sicht wurde besser.

Durch die Baumstämme blinkte matt eine graue Fläche auf.

Ein See? Hier? Kajetan ächzte innerlich: Die Zeichnung des Bauern brauchte er nicht mehr zu Hilfe nehmen. In ihr war kein See eingezeichnet. Aber was war das? Eine dünne, vom Wind verwirbelte Rauchsäule stand über dem grauen Dach eines niedrigen, von hohem Gebüsch fast verdeckten Blockhauses.

Kajetan bahnte sich einen Weg durch das Uferdickicht und umrundete den kleinen See, bis er eine Stelle erreichte, von der aus er die Hütte in Augenschein nehmen konnte.

Wie eine Station der Grenzwache sah sie keinesfalls aus. Tür und Fensterläden waren verrammelt, der Dachfirst bog sich durch, Schneedruck hatte die hölzernen Dachschindeln durcheinandergeschoben, und hinter der Hütte moderten die Reste einer Einfriedung vor sich hin. Auf der Fläche zwischen Hütte und Ufer wucherte kahles Schilfrohr und Unkraut.

Kajetan blieb einige Meter vor dem Eingang stehen.

»Ist wer da?«

Keine Antwort.

Er trat vorsichtig näher. Die verrosteten Scharniere knirschten, als er die Türe vorsichtig aufstieß und sich unter den niedrigen Sturz beugte. Schwaden eines dumpffeuchten Geruchs schlugen ihm entgegen. Langsam gewöhnten sich seine Augen an das Dunkel. Die kleine Kammer starrte vor Schmutz, Spinnweben hingen von nässeschwarzen Sparren herab. Das Mobiliar bestand aus einer blank gewetzten, schlicht gezimmerten Bank, einem kleinen Tisch und einigen Hängeregalen. Auf einem Strohsack in der Ecke neben der Feuerstelle lag ein zerwühltes Deckenbündel. Ein kleines Feuer zischelte auf einer gemauerten Herdstelle vor sich hin. Noch vor Kurzem musste jemand ein Stück Holz nachgelegt haben.

Kajetan wiederholte seine Frage.

Wieder nichts.

Kajetan wollte enttäuscht kehrtmachen, als er ein fast unhörbares Schnauben in seinem Rücken vernahm. Er wirbelte herum und blickte in ein Paar tief in den Schädel gesunkener Augen, in denen Panik loderte.

Dann sah er das Messer, das der Mann umklammert hielt.

Kajetan wich zurück. Er hob die Arme auf Brusthöhe und zeigte seine leeren Hände.

»Entschuldigens, ich …«, stotterte er. »Ich hab meinen Weg verloren … hab den Rauch gesehn … wollt bloß nach dem Weg fragen …«

Der Mann dachte einige Atemzüge nach. Langsam ließ er das Messer sinken, trat aus dem Schatten und schob die Türe zu, ohne Kajetan aus den Augen zu lassen.

»Bist allein?«

Kajetan nickte. Der Unbekannte warf ihm einen noch immer argwöhnischen Blick zu, packte einen Krückstock, schleppte sich an ihm vorbei und schob ein Aststück in die Flamme. Der Feuerschein erhellte ein hohlwangiges, von einem schmutzfarbenen, verfilzten Schopf und einem wuchernden Bart gerahmtes Gesicht. Er setzte sich auf den Herdsockel und legte das Messer an seine Seite.

»Vergangen hast dich?«, bröckelte es zwischen seinen rissigen Lippen hervor.

Wieder nickte Kajetan. Sein Ziel sei die Bärenalm.

Der Bärtige atmete rasselnd.

»Versprichst mir eins?«, flüsterte er nach einer Weile.

Kajetan zuckte die Schultern. »Ja?«

»Dass du keinem erzählst, dass du da heroben einen gesehen hast.«

»Ich versprechs«, sagte Kajetan.

Wie kann die Welt bloß so närrisch sein, dachte er. Die Hälfte der bayerischen Polizei suchte nach einem flüchtigen Verbrecher – und ausgerechnet er, der Ex-Inspektor und Drei-Quartel-Detektiv, musste auf ihn stoßen. Aber sollte der Mann, dem er gegenüberstand, wirklich jener mordbereite Verbrecher sein, bei dem ein derartiger Aufwand, wie er seit Tagen von Grenzschutz und Gendarmerie getrieben wurde, gerechtfertigt war?

»Brauchst keine Angst zu haben«, fuhr Kajetan fort und grinste müde. »Wenn mich nicht alles täuscht, gehts mir nicht viel anders als dir.«

Eine geschmerzte Grimasse begleitete das Husten des Bärtigen. »Du … du möchst auch rüber?«

»Erst auf die Bärenalm. Da warten Leut auf mich, die mich rüberbringen.«

»Bist ein Politischer?« Es war mehr eine Feststellung als eine Frage.

Kajetan nickte unbestimmt. Eine längere Geschichte sei das, meinte er.

Der Bärtige betrachtete ihn nachdenklich. »Dann reden wir nicht lang umeinand«, sagte er schließlich. »Auf dem normalen Weg schaffst dus nimmer, da müsstest die Hälft der Streck wieder zurück. Aber es gibt eine Abkürzung zur Bärenalm. In zwei Stunden bist dort, und so lang wirst auch noch gut Licht haben.« Stöhnend stemmte er sich aus dem Sitz und humpelte zur Tür. Kajetan folgte ihm nach draußen.

Der Bärtige wies in die Richtung, aus der Kajetan gekommen war. Am schnellsten käme er ans Ziel, wenn er wieder zum Pass zurückgehen und dort in die entgegengesetzte Richtung über einen Grat steil nach oben steigen würde. Ein paar riskante Stellen gebe es, vor allem ein altes Schneefeld in einer Rinne. Aber alles sei noch ohne Seil zu schaffen.

Nur das Wetter gefalle ihm nicht.

Kajetan bedankte sich.

»Warum bist du eigentlich selbst nicht schon lang drüben?«, wollte er zum Abschied wissen. »Du kennst dich doch aus, wie wenn du da daheim wärst?«

»Bins ja auch.« Der Bärtige deutete auf seinen linken Fuß. Er war dick mit schmutzigen Stoffstreifen umwickelt. »Aber ich muss noch warten.«

»Wegen was suchen die dich eigentlich?«

»Schleun dich. Mir gefällt das Wetter nicht.«

Das Gesicht des Bärtigen versank in der Dunkelheit der Hütte, als Kajetan die Türe hinter sich zuzog.

Nach einem atemlosen Marsch erreichte er den Pass. Sich gegen den wummernden Gratwind stemmend, folgte er der Markierung, die ihm der Bärtige genannt hatte. Der kaum sichtbare Trampelpfad wies steil nach oben. Der Sturm peitschte dichte Wolken vor sich her. Der Himmel verdunkelte sich.

Kajetan hielt den Hut auf seinen Kopf gepresst. In seinen Ohren rauschte das Blut, er hörte nur noch seinen keuchenden Atem. Rasch gewann er an Höhe. Der zerklüftete Grat wurde schmaler, zu beiden Seiten des Pfades gähnte der Abgrund. Die Luft war eiskalt geworden.

Kajetan stockte. Schwebend wie eine Feder tänzelte eine Schneeflocke vor seinem Gesicht vorbei. Er schielte ihr benommen nach, als hätte er dergleichen noch nie gesehen.

Es waren nur wenige Minuten vergangen, als er durch den wirbelnden Schnee nur noch mit Mühe seine Hand vor den Augen erkennen konnte.

Der Winter war da.

Stur und benommen wie ein Betrunkener stapfte Kajetan voran.

Langsam wich das Dunkel um ihn.

»Wo bin ich?«, murmelte Kajetan. Er versuchte, sich aufzurichten. In seinem Kopf explodierte ein rasender Schmerz. Übelkeit klumpte sich in seinem Magen.

»Auf dem Etterkaser,« hörte er eine ferne Stimme. Kajetan kippte die Augen in die Richtung, in der er sie vermutete. Wieder zuckte ein Gewitter durch sein Gehirn. Er presste die Lider zusammen, atmete stoßend, bis sich der Aufruhr hinter seiner Stirn gelegt hatte. Vorsichtig öffnete er die Augen.

An der Herdstelle der schwach beleuchteten Kammer stand gebückt eine junge Frau. Sie legte ein Stück Holz auf die Feuerstelle. Ein Flämmchen züngelte. Das Holz knackte.

»Wie … wie komm ich denn … her?«

»Weißt es gar nimmer?«

Kajetan grunzte etwas, was ein »Nein« bedeuten sollte. In seinem Kopf herrschte Leere. Kurz tauchte aus der dumpfen Erinnerungslosigkeit die Empfindung einer namenlosen Panik auf, die er durchlitten haben musste. Ein Zittern durchlief ihn, brandete durch Rumpf und Gliedmaßen.

Das Feuer loderte höher. Die Sennin griff nach den Henkeln eines Kessels und befestigte ihn am Haken über den Flammen. Dann strich sie mit den Händen über ihre Schürze, wandte sich zu einem Hängeregal und ließ die Finger ihrer Linken suchend über eine Reihe von Töpfen wandern.

»Du bist unter der Rotwand gelegen. Hast dich nimmer gerührt.« Die Stimme der jungen Frau war weich, aber sie sprach schleppend, als bereite es ihr Mühe, ihre Gedanken für die folgenden Sätze zu ordnen. »… hab erst gemeint, dass du hin bist. Bist kalt wie ein Eiszapfen gewesen und halb unterm Schnee.«

»… Schnee?«, flüsterte Kajetan fiebernd. Es hatte geschneit?

»Bloß ein kleines Stäuberl. Aber zum Erfrieren hätts gelangt.« Wieder hielt die Sennin kurz inne, als müsse sie Kraft schöpfen, bevor sie weitersprechen konnte. »Wollt schon wieder fort und schauen, ob ich noch zur Mitteralm hinabkomm, um die Gendarm zu holen, bevors finster wird.«

Sie hatte mittlerweile eine Handvoll Teekraut aus einem der Töpfe gefischt. Ihre Holzschuhe schlurften über die Bohlen, als sie zur Feuerstelle zurückkehrte.

»Aber …?«

»… dann hast auf einmal doch noch einen Schnaufer getan.«

Kajetan hatte ihre Bewegungen verfolgt. Die Sennin war klein und zierlich. Ihre dunklen Haare hatte sie zu einem Zopfkranz geflochten. Wenn sie ging, schien sie erst mit dem linken Fuß Stand zu suchen, um daraufhin den anderen nachziehen zu können. Ein kleiner Höcker ragte aus ihrem Rücken.

»Und … Sie haben mich …?«

Sie goss den Tee auf. »Hab dir ein paar runtergehaut. Und dann bist auf einmal aufgestanden, als wie wenn nichts gewesen wär, hast furchtbar dumm geschaut und zu reden angefangen.«

Kajetan versuchte, sich die schwere Tuchent von seiner Brust zu schieben. Augenblicklich schoss ein kreischender Schmerz von den Rippen zum Schultergelenk und wieder zurück. Er stöhnte auf.

»Bleib liegen«, mahnte sie über die Schulter.

»Was … was hab ich geredet?«

»Habs nicht gut verstehen können.« Sie hielt wieder kurz inne, bevor sie weiterredete. »Dass dus pressant hättst, weil irgendwer auf dich warten tät.«

»Ich … ich kann mich nimmer erinnern …«

Sie drehte ihr Gesicht zu ihm. Es schimmerte sogar im warmen Licht des Herdfeuers noch bleich wie Porzellan. Ihre großen Augen standen ein wenig auseinander, ihr Mund, den sie beim Sprechen kaum zu öffnen schien, war klein und mädchenhaft.

»Du bist draufhin drei, vier Schritt gangen, als wenn nichts gewesen wär, und dann wars ganz aus.« Sie goss den Tee in eine Blechtasse, entkorkte eine kleine Steingutflasche und zählte einige Tropfen einer Flüssigkeit hinein. Sie testete das Getränk mit einem kleinen Schluck, bevor sie fortfuhr: »Dann bist umgefallen. Wie ein Trumm Baum.«

Kajetan sah die Sennin ungläubig an. Wie hatte sie ihn hierherschleppen können?

Bevor er fragen konnte, schlurfte sie an sein Bett, hob seinen Kopf an und hielt ihm die Tasse an die Lippen. Dampf stieg ihm in die Nase. Er musste niesen. Sofort durchraste ihn wieder der Schmerz. Er schrie auf.

»Musst trinken«, sagte sie nüchtern. »Brauchst eine Wärm.«

Der Tee war heiß und würzig. Kajetan atmete schwer. Dann nippte er folgsam. Eine wohltuende Hitze flutete seinen Körper.

»Was hast denn da oben überhaupt verloren gehabt? Ist doch weit und breit kein Steig da oben?«

»Hab mich … wohl vergangen«, murmelte er zwischen zwei Schlucken.

Sie schüttelte tadelnd den Kopf. »Dass die Stadterer auch allerweil so dumm sein müssen …«

Nachdem Kajetan die Tasse geleert hatte, ließ sie seinen Kopf behutsam zurücksinken und wischte mit einem Tuch über seine feuchte Stirn. Erst jetzt bemerkte Kajetan, dass die obere Hälfte seiner Stirn verbunden war. Als er ihr ein mattes Dankeslächeln zuwarf, wich sie seinem Blick aus. Sie humpelte zum Fenster und sah forschend in die pechschwarze Nacht hinaus. Der Wind trieb einzelne Schneeflocken vor den Scheiben vorbei. Einen Moment sah es aus, als betrachtete sie sich in einem Spiegel. Ihr Kinn zuckte, dann hatte sie sich wieder in der Gewalt.

»Es hört wieder auf …« Sie ging zurück, zerteilte die Glut des

Herdfeuers und hing ihre Schürze an den Haken. Dann nahm sie die Lampe, wünschte ihm eine gute Nacht und steuerte auf die schmale Tür zu, die zu ihrer Schlafkammer führte. Eine Weile lauschte Kajetan noch dem Knistern der ersterbenden Glut und dem dünnen Säuseln des Windes vor der Hütte, dann fiel er in einen bleiernen Schlaf.

Wer Wachtmeister Kaspar Panholzer nicht näher kannte, konnte von seiner Erscheinung nichts anderes als beeindruckt sein. Der Leiter der Gendarmeriestation Zellach strahlte allein schon wegen seiner hünenhaften Gestalt Autorität aus, und ein bäuerlich breiter Schädel mit eindrucksvoller Knollennase, verziert von einem prachtvollen Kaiser-Franz-Bart, und eine väterlich dunkle Stimme verstärkten diesen Eindruck. Zwar waren seine Bewegungen mit den Jahren träger geworden, umhüllte seine Uniform einen imponierenden Bauch (weshalb sie ihm der Schneidermeister Mitius seit einigen Jahren regelmäßig nachschneidern musste), doch die Dörfler gestanden einem Endfünfziger wie ihm eine etwas stärker gewordene Statur zu – wenn sie diese von einer Respektsperson nicht gar erwarteten. Die meisten Zellacher mochten ihn, sofern sie nicht wegen irgendeiner ärgerlichen Chose schon einmal mit ihm aneinandergeraten waren und noch dazu den Kürzeren gezogen hatten. Jetzt, da das Ende seiner Dienstzeit in Sicht war, glaubte man sogar eine zunehmende Altersmilde an ihm festzustellen. Der Zuneigung war keineswegs abträglich, dass Wachtmeister Panholzer an manchen Tagen mit verräterisch roter Nase seinen Dienst verrichtete. Wusste man doch, dass auch er wie jeder seine Sorgen hatte, dass er mit einer keifigen Alten (eine »schwierige Person« sei sie, hieß es dazu im Dorf nachsichtig) geschlagen war sowie mit einem nicht übertrieben hellen Sohn, der laut getönt hatte, etwas Besseres werden und nicht in diesem Kuhdorf versauern zu wollen, sich aber seit vielen Jahren irgendwo in Norddeutschland als schlecht bezahlter Kontorist abmühte.

Viele Zellacher schätzten ihren Gendarmen vor allem deshalb, weil sie schon bald erkannt hatten, dass sich hinter seiner massigen Erscheinung ein gutmütiger Riese verbarg. Davor, den verzwängten und überheblichen Paragrafenreiter zu geben, wurde Panholzer durch sein eher phlegmatisches Naturell bewahrt. Seine Eitelkeit hielt sich in Grenzen, das Wort Ehrgeiz schien in seinem Sprachschatz nie existiert zu haben, und viele Torheiten so mancher jungen Hitzköpfe bog er mit klugem Augenmaß zurecht. Wie er auch Maßnahmen, die ihm von seinen Oberen oder einer zunehmend unverständlicheren Politik aufgebürdet wurden, mit für alle Zellacher sichtbarer Distanziertheit auszuführen pflegte.

Auch jetzt fühlte sich Wachtmeister Panholzer nicht wohl in seiner Haut. Er warf einen verstohlenen Blick auf den Peterbauern und seine Schwester, die schweigend auf der Stubenbank ihres Hauses Platz genommen hatten.

»Wir habens ja bald, Karl.« Er versuchte, seiner Stimme einen begütigenden Klang zu verleihen. »Ist mir doch selber zwider, die ganze Sach.«

Der Bauer schwieg. Seine Kiefer mahlten.

»Hab halt auch meine Vorschriften«, setzte Panholzer nach. Er hob unbeholfen die Schultern. »Da kann eins nichts machen. Hat ja keins was gegen euch.«

Der Peterbauer sah an ihm vorbei. »Weiß schon, Kaschpe«, knurrte er. »Ihr seids arm dran.«

Der Wachtmeister spürte, wie Zorn in ihm aufstieg. Die Aufsässigkeit des Bauern ging zu weit, so sehr er für dessen Unmut Verständnis hatte. Eine scharfe Antwort lag ihm auf den Lippen, und er wäre ihm ohne zu zögern über das Maul gefahren, wenn er selbst von dieser Maßnahme überzeugt gewesen wäre.

Das aber war nicht der Fall. Die Anweisung war an diesem Morgen telefonisch von der Gendarmeriehauptstation gekommen, deren Leiter sich auf ein dringliches Fahndungsersuchen der Landeskriminalpolizei in München berief. Im Gemeindegebiet Zellach halte sich mit hoher Wahrscheinlichkeit ein Individuum namens Philipp Kerschbaumer auf, gegen den wegen einer politischen Mordtat Haftbefehl erlassen worden sei. Personenbeschreibung und maßgebliche Details seien per Kraftrad-Kurier bereits zur Hauptstation unterwegs. Da der Gesuchte vermutlich versuchen würde, über die grüne Grenze zu entweichen, hätten ab sofort verstärkt Landesstreifungen stattzufinden, für die dem Posten Zellach zwei Hilfsgrenzaufseher beigestellt werden könnten, beide ebenfalls bereits per Fahrrad in Marsch gesetzt. Darüber hinaus ergehe der Befehl, im entsprechenden Abschnitt alle grenznahen Gehöfte zu durchsuchen sowie alle Almhütten, sofern sie zu diesem Zeitpunkt überhaupt noch bewirtschaftet waren oder als möglicher Unterschlupf dienen könnten.

Gegen die Streifungen an der grünen Grenze hatte Wachtmeister Panholzer keine Einwände. Ein bisschen Bewegung würde ihm nicht schaden, und die Sache wäre jeweils erledigt, wenn die bekannten Pfade abgeschritten waren. Niemand konnte darüber hinaus von ihm verlangen, sich ins unwegsame Hochgebirge zu begeben. War dieses Gebiet schon für erfahrene Alpinisten eine Herausforderung, so würde ein Stadtmensch erst recht davor zurückschrecken, egal ob harmloser Sommerfrischler oder Verbrecher.

Gegen die Hausdurchsuchungen aber hatte er Protest eingelegt, und er hatte nachgelegt: Habe man etwa Zweifel an seiner

Erfahrung? Daran, dass er – als Chef des Zellacher Gendarmeriepostens, und das nun schon fast seit zehn Jahren – die Leute in der Gemeinde nicht in- und auswendig kenne? Könne man sich in der Gendarmeriehauptstation nicht vorstellen, welchen Unmut diese Aktion wieder in der Bevölkerung auslösen würde? Und wer hätte es auszubaden? Die Herrschaften da oben bestimmt nicht!

Offenbar hatte sein Vorgesetzter vonseiten des als umgänglich bekannten Panholzer keine derartige Widerborstigkeit erwartet, denn aus dem Hörer waren zunächst einige geschnaubte Atemzüge gedrungen, bevor es ungehalten daraus gequarrt hatte: Selbstverständlich müsse nicht jeder Hof auf den Kopf gestellt werden. Da die Tat aber einen politischen Hintergrund habe, seien all jene Höfe zu filzen, von deren Bewohnern bekannt war, dass diese etwas mit dem Bauernbund oder dem Reichsbanner, also mit den Sozen, zu schaffen hatten. Nach vorliegenden Informationen sei dieser Kerschbaumer nämlich aktiver Kommunist, und die Bagage halte bekanntlich wie Pech und Schwefel zusammen. Außerdem könne eine erhöhte Gefährdung der Bevölkerung durch eine mögliche Bewaffnung des Täters nicht ausgeschlossen werden.

Noch einmal hatte Panholzer versucht, sich die unangenehme Aufgabe vom Hals zu schaffen: Noch nie hätten sich die Sozen in Zellach mit etwas bemerkbar gemacht, was über einen heftigen Wirtshaus-Disput hinausgegangen sei, und auch der Bauernbund sei seit Jahren kaum mehr aktiv, wenigstens in seiner Gemeinde. Infrage kämen sowieso bloß ein oder zwei Höfe, deren Besitzer dieser Partei zugeschrieben werden könnten, ansonsten aber, und dafür verbürge er sich persönlich, über einen ordentlichen Leumund verfügten. Bei den beiden Burschen beispielsweise, die sich gelegentlich bei den Bezirkstreffen des Reichsbanners in Dornstein sehen ließen, handele es sich um einen mittellosen Holzarbeiter und einen Handwerksgesellen, die genug damit zu tun hätten, selbst über die Runden zu kommen. Er kenne sie, harmlose Kerle seien es, der eine außerdem im Ort beliebt, weil er ein guter Sänger und der beste »junge Liebhaber« sei, den die hiesige Theatergruppe je gehabt habe, und –

Der Leiter der Gendarmeriehauptstation war seinem Untergebenen barsch ins Wort gefallen. Der Befehl habe auf der Stelle ausgeführt zu werden! Ob sich Panholzer nicht vorstellen könne, dass man derzeit auch in der Hauptstation unter beträchtlichem Druck stehe? Einen derartigen Zirkus habe er in seiner ganzen Amtszeit noch nicht erlebt. Sogar einer von der Politischen Polizei aus München habe gemeint, sich bei ihm wichtig machen zu müssen. Da aber sei er endgültig aus der Haut gefahren und habe den Anrufer mit Hinweis auf die bekannte und eindeutige Zuständigkeit von Landeskriminalpolizei und Gendarmerie abgebürstet. – Und jetzt kein Geschwafel mehr, Herr Wachtmeister, sonst werden andere Saiten aufgezogen!

Bevor der Wachtmeister auf diese Drohung reagieren hatte können, brach die Verbindung ab.

Wieder streifte er den Bauern mit einem Blick aus den Augenwinkeln. Der Peterbauer war aufgebracht, das konnte er verstehen. Er war eigentlich kein unebener Mensch, der Karl. Erst recht kein Dummkopf. Dass er sich kurz nach Kriegsende eine Zeit lang mit den Volksjägern gemein gemacht hatte, die auf das Jagdprivileg des Staates und der reichen Revierbesitzer pfiffen und Wildfleisch an die hungernden Kleinhäusler des Dorfes verteilten, hatte er ihm längst verziehen. Nein, mit ihm war auszukommen. Nach einiger Zeit würde dessen Wut verraucht sein.

Aber eine Weile würde es diesmal dauern. Einen Hof von Bewaffneten durchsuchen zu lassen, war schließlich mehr als eine beiläufige Zeugeneinvernahme. Sie erregte Aufsehen bei den Nachbarn, ließ böswillige Gerüchte aufkommen, sorgte für Misstrauen in der Gemeinde. Einem Kleinbauern musste diese Entwürdigung besonders schmerzen. Wendeten sich auch noch seine Nachbarn, mit denen ihn ein gewachsenes Netz gegenseitigen Beistands verband, von ihm ab, so konnte es seine Existenz bedrohen. Und diese war, wie der Wachtmeister nur zu gut wusste, armselig genug. Nur ein paar mickrige Ackerbreiten, mühsam abzuerntende Grasleiten und ein paar Morgen Bergwaldes umgaben die Rodung. Karls Mutter lag schon lange unter der Erde, und der brave, doch altersschwachsinnige Peterbauer senior dämmerte seit Jahren in seiner Kammer im ersten Stock seinem Ende entgegen. Würde Lies, die jüngere Schwester des Bauern, nicht fleißig mitwerken, so sähe es auf dem Peterbauerhof finster aus. Aber was, wenn Lies einmal einen Hochzeiter fände und fortginge?

Obwohl der Peterbauer selbst längst die Dreißig überschritten hatte, war auch er noch nicht zum Heiraten gekommen. Wurde er damit im Dorf gehänselt, gab er meist säuerlich zurück, dass ihm vor lauter Arbeit nun einmal keine Zeit dafür bliebe, um die Weiber herumzuschwänzeln. Die Wahrheit aber war, dass er noch immer zu glauben schien, den Heiklen spielen zu können. Jedenfalls verschmähte er die verkniffenen Überständigen des Dorfes, mit denen ihn der zunehmend ratlose Schmuser zu verkuppeln suchte. Die jungen Frauen dagegen, die dem zurückhaltenden und spröde wirkenden Peterbauern gefielen, rissen sich nicht darum, sich ein Leben voller Plackerei auf einem armseligen Hof einzuhandeln, wo eine Bäuerin im Sommer das Frischwasser noch aus dem Quellbachbrunnen schöpfen und die Tiere einen halben Kilometer zum Tränken führen musste. Hinzu kam, dass er ob seines Fleißes und seiner

Verlässlichkeit zwar im Dorf respektiert, aber auch ein wenig als Sonderling verschrien war, als einer, der sich lieber mit allerlei versponnener Politisiererei abgab als mit dem rechten, christkatholischen Glauben …

Um das lastende Schweigen zu brechen, suchte Panholzer Lies' Blick. Er machte eine Kopfbewegung zur Stubendecke.

»Wie gehts Euerm Vater?«, fragte er mitfühlend.

Die junge Frau zuckte die Schultern.

»Er liegt halt oben und kann nicht sterben.«

»Sind halt doch eine zähe Rass, die Peterbauern«, meinte Panholzer unbeholfen. »Kennt er euch denn überhaupt noch?«

Lies schüttelte den Kopf. »Schon lang nimmer.«

Erleichtert hörte der Wachtmeister die beiden Gendarmen kurze Zeit darauf Bericht erstatten: Nichts hatten sie gefunden. In Haus, Stall und Heuboden keine Spur des Gesuchten.

Der Bauer hatte mit grimmiger Genugtuung zugehört. Der Zugang zu dem winzigen Versteck, das er schon vor Jahren auf der Bergseite in den Fels getrieben hatte, war gut kaschiert. Vermutlich hatten die Beamten auch wenig Lust, den lichtlosen Kellerraum ausführlicher zu inspizieren. Aber auch wenn sie das Versteck entdeckt hätten – es wäre leer gewesen. Schon seit einiger Zeit hatte der Bauer nicht mehr gewagt, einen Flüchtenden auf seinem Hof zu verstecken. Die Zeiten, in denen dieser sich auf dem abgelegenen Peterbauerhof hätte sicher fühlen können, hatten sich geändert. Die Polizei organisierte sich Jahr um Jahr besser, Befehle mussten längst nicht mehr per Kurier in die abgelegenen Dörfer übermittelt werden, es gab Telefon, ein Netz von Polizeifunkstationen war über das ganze Land geworfen. Die Welt kam näher, sickerte in die entlegensten Rodungen. Mit ihr staksten die Masten der Stromleitungen durch die Landschaft. Schon gab es im Dorf Wichtigtuer, die ihr neues Radio bestaunen ließen und mit Einladungen zu Konzerten der »Deutschen Stunde aus München« protzten.

Wachtmeister Panholzer hatte den Bericht der beiden Beamten erlöst aufgenommen. Er wandte sich an den Bauern.

»Siehst es, Karl«, sagte er, sich um einen versöhnlichen Ton bemühend, »jetzt haben wirs schon wieder überstanden. Du weißt, dass es nicht gegen dich gerichtet ist. Aber wenns um einen flüchtigen Mörder geht, darf die Kriminalpolizei halt keinen Pardon kennen. Und da kann ich mich auch nimmer dagegen –«

Er stockte, als er das entrüstete Gesicht des Bauern bemerkte.

»Hör ich recht?«, fragte dieser rau. »Einen Mörder suchts ihr?«

»Allerdings«, bestätigte der Wachtmeister. Er warf einen warnenden Blick zu Lies, bevor er fortfuhr: »Tuts mir aber den Gefallen, ihr Zwei, und rennts jetzt nicht gleich von Haus zu Haus damit. Dass mir auch noch das ganze Dorf hysterisch wird, darauf kann ich gut verzichten, verstanden?«

Der Bauer hakte nach: »Aber was … was soll der denn angestellt haben?«

»Wenn ich ›Mörder‹ sag, Karl, dann kannst dir die Frag eigentlich sparen, oder? Er wird im ganzen Land gesucht, weil er in München droben einen über den Haufen geschossen hat.«

»Ja … dann … ein Räuber, oder was?«

Der Wachtmeister zuckte die Schultern. »Jedenfalls soll das Bürscherl schon etliches auf dem Kerbholz haben und bewaffnet sein. Und weil er wahrscheinlich weiß, dass es um seinen Hals geht, wird er davon auch Gebrauch machen, wenn ihm einer in die Quer kommt.«

Das Gesicht des Peterbauern hatte sich verfärbt. Er sprang auf. »Und nach einem Mörder suchst du ausgerechnet bei mir?«, brauste er auf. »Du stellst mir am helllichten Tag, wo ich das

Geschau der ganzen Nachbarschaft hab, mein Haus auf den Kopf? Und traust dich mir ins Gesicht zu sagen, dass ich einen Schwerverbrecher verstecken könnt? Möchtst mich unbedingt in die Schand bringen?«

»Das möchte ich nicht, du Ochs!«, blaffte Panholzer zurück. »Ich hab dir erklärt, dass es erstens reine Routine ist, und mir zweitens die Kriminalpolizei im Kreuz hockt. Du hast deine Arbeit, Karl, und ich hab die meine.«

Er wandte sich wütend zur Türe. »Abmarsch, Männer!«

»Sag mir bloß noch das eine, Kaschpe«, trat der Peterbauer mit bebender Stimme nach. Panholzer stand schon auf der Schwelle. Er drehte sich um und sah den Bauern argwöhnisch an.

»Was möchtst noch?«

Die Augen des Bauern funkelten herausfordernd. »Haben wir jetzt eigentlich einen Freistaat bei uns? Ich mein, eine Republik, wo das Volk das Sagen hat? Oder gehts eher wieder retour? Zur guten alten Zeit?«

»Karl«, gab der Wachtmeister beherrscht zurück, »ich geb dir einen guten Rat und ich sags dir gradaus: Du weißt, dass es weit kommen muss, bis ich einem was krummnehm. Aber es gibt andere, bei denen das einmal nimmer gut ausgehen könnt. Also halt besser deinen Schnabel. Haben wir uns verstanden?«

Er winkte den beiden Beamten und marschierte mit knallenden Schritten hinaus.

Lies atmete auf, erhob sich und griff nach der Klinke der Küchentür. »Gut dahin und gleich vergessen«, sagte sie leichthin. Aufgewühlt fuhr er herum. Sie erschrak, als sie in seinen böse funkelnden Blick sah.

»Was hast?«, fragte sie konsterniert.

»Lass mich zufrieden.« Er drehte ihr schroff den Rücken zu, warf die Stubentür scheppernd hinter sich zu und stürmte über den Hof. Der Zorn schnürte ihm die Luft ab. Was erlaubte man sich eigentlich mit ihm? War er ein hergelaufener Grattler? Ein Verbrecher? Wie konnte sich jemand anmaßen, sein eigenes Haus, seinen eigenen Grund und Boden – sein Reich! – zu durchsuchen, in seine Schränke zu gaffen, die Bettdecken zu heben, im Heuboden herumzustochern?

Und dann auch noch Lies! Dieses verlogene Weibsbild! Seit einigen Tagen schlich sie sich immer wieder vom Hof, und mittlerweile gab es für ihn keinen Zweifel mehr: Sie log ihm ins Gesicht, wenn sie sich mit einer fadenscheinigen Ausrede in den Wald begab, wo sie es vermutlich mit irgendeinem losen Burschen, einem nichtsnutzigen Hilfsjäger oder einem auswärtigen Habenichts von Holzarbeiter trieb. Nach dem, was Panholzer soeben berichtet hatte, war nicht einmal auszuschließen, dass sie sich mit einem haltlosen Stadtmenschen eingelassen hatte, einem Verbrecher noch dazu, einem Mörder! Und jedes Mal fehlte in der Speisekammer etwas! Einmal ein Stück Geräuchertes, dann wieder ein ganzer Laib Brot, den sie ihrem Hungerleider vermutlich in den Mund stopfte. Für wie blöd und blind hielt sie ihn, dass sie glaubte, er würde es nicht bemerken?

Nein, seine Schwester hatte nichts daraus gelernt, dass sie ihre Familie mit ihrem Leichtsinn schon einmal schlimm ins Gerede gebracht hatte. Ein Glück nur, dass der Skandal damals nicht hier in Zellach geschehen war, sondern in einem Dorf im Osten des Bezirks, eine Halbtagereise entfernt. Mit Schimpf und Schande hatte sie der dortige Bräuwirt aus Dienstverhältnis und Haus verjagt, als ihre Verfehlung ans Tageslicht gekommen war. Eigensinnig, wie sie schon als Kind gewesen war, hatte sie auch damals nicht eingestehen wollen, dass sie etwas Unrechtes getan haben sollte, war sie doch nur wieder ihrem dummen, leichten Herzen gefolgt, das sie in die Arme eines Fremden geführt hatte, dessen Namen sie nicht einmal richtig aussprechen konnte und der eines Tages verschwunden war.

So sehr man das junge Mädchen zuvor wegen ihres Fleißes und ihrer Anstelligkeit geschätzt hatte, so gründlich war ihr Ruf ab diesem Tag ruiniert gewesen. Da sich niemand mit dem herrischen Bräu anlegen hatte wollen, fand sich in weitem Umkreis kein anderer Bauer, der Lies eine Stellung gegeben hätte. Sein Kind in die Gosse zu stoßen kam für den alten Peterbauern jedoch nicht in Frage. Bei aller Entrüstung über Lies' Fehltritt zeigte er trotzig Größe und holte sie wieder an den elterlichen Hof zurück. Viele Jahre sah es danach aus, als hätte sich ihre verantwortungslose Verträumtheit gelegt und wäre sie vernünftig geworden. Sie arbeitete hart, führte das Ackerross genauso mannhaft und energisch, wie sie schwerste Heuballen von der Grasleite schleppte, und machte sich schließlich auf dem Hof, den der junge Peterbauer mittlerweile übernommen hatte, unentbehrlich. An manchen Tagen wechselten der junge Bauer und seine Schwester sogar freundliche Worte miteinander. In solchen Momenten bemerkte er, dass er sie mochte, und dass aus ihren unergründlichen Augen manchmal wieder etwas schimmerte. Etwas, das ihm ihre gemeinsame Kindheit wieder ins Gedächtnis rief.

Der Peterbauer hatte sich sogar einmal bei der Überlegung ertappt, ob er Lies nicht Unrecht getan hatte. Was hatte sie denn Fürchterliches getan? Sie, damals noch keine siebzehn, hatte geliebt. Sie hatte dabei nicht lange nachgedacht, sich dieser Liebe hingegeben, und das mit einer Furchtlosigkeit, die ihm insgeheim beinahe Bewunderung abnötigte. Dann aber fühlte er wieder, dass ihn die Bigotterie des Dorfes zu zermürben begann. Alles verschloss sich wieder in ihm, machte dem Misstrauen Platz, Lies könnte sich wieder gehen lassen und endgültig in die Schande gerissen werden. Aber wenn sie es schon selbst nicht konnte, musste er, der Ältere, seine Schwester davor beschützen! Nichts hatte sie eingesehen, von niemandem ließ sie sich etwas vorschreiben und sie war zweifellos im Begriff, ihrer Flatterhaftigkeit und sträflicher Unbekümmertheit wieder nachzugeben! Lange würde es nicht mehr dauern, da würde man sich auch in Zellach die Mäuler darüber zerreißen. Aber es war diesem verantwortungslosen Ding offenbar vollkommen gleichgültig, dass die Verachtung auch ihn vernichten würde.

Der Gedanke an Lies, an ihren trotzigen Stolz, mit dem sie boshafte Anspielungen an sich abperlen ließ, an ihre schweigende Kraft, mit der sie an seiner Seite in Haus und Stall, auf Feld und im Wald arbeitete – all dies verwirrte ihn jetzt wieder, und erneut stieg das Gefühl einer unbestimmten Bedrohung in ihm auf.

Und maßloser Zorn. Getäuscht hatte sie ihn, hintergangen! Ihm schwindelte bei dem Gefühl, die Geschehnisse um ihn herum nicht mehr kontrollieren zu können. Als säße er auf einem Gefährt, das auf einen Abgrund zuraste.

Seine Schritte wurden unsicher, sein Puls hämmerte, wie ein Betrunkener klammerte er sich an den Holzgriff des Stalltores.

Ein alarmierender Ruf aus der Tiefe, dem ein schwaches Echo folgte, holte den Bauern in die Wirklichkeit zurück. Er ging zum Gatter, von dem aus er die Senke vor der Rodung einsehen konnte.

An der letzten Wegschleife vor dem Waldrand hatte die Gruppe des Wachtmeisters angehalten. Vom Tal kommend und ein Fahrrad neben sich herschiebend, löste sich jetzt eine Gestalt aus dem Schatten des Waldes. Der Peterbauer erkannte einen der Revierjäger, der jetzt, bei Panholzer und seinen Männern angekommen, händefuchtelnd auf sie einredete und immer wieder in verschiedene Richtungen deutete. Was gesprochen wurde, konnte der Bauer nicht verstehen. Der Haltung Panholzers war zu entnehmen, dass er ungläubig zugehört hatte, dann ein, zwei knappe Rückfragen stellte, die der Revierjäger mit nachdrücklichem Nicken und erneutem Fuchteln beantwortete.

Schließlich winkte der Wachtmeister seinen Männern energisch. Eilig, nun fast im Laufschritt, setzte sich der Trupp talwärts in Bewegung.

Wieder zermarterte Kajetan sein Gehirn, wie er hierhergekommen sein konnte, auf diesen Strohsack, in diese Hütte, und erneut stemmte sich etwas mit unerbittlicher Macht dagegen, sich daran zu erinnern, was ihm widerfahren war. Schließlich wagte er eine vorsichtige Kopfbewegung.

Durch ein winziges Fenster drang graues Tageslicht in den Kaser. Er war allein. Er verharrte einige Atemzüge, bevor er sich ächzend zur Seite wälzte, die Knie anzog und die Beine aus seinem Lager schob. Er warf die Zudecke zurück, stellte seine Füße auf den Boden und stemmte sich in den Sitz.

Augenblicklich spannten sich seine Muskeln, sirrte ein Kopfschmerz heran, brauste das Blut in seinen Ohren, zuckte ein dumpfer Schmerz von seinen Schultern bis zum Oberschenkel und wieder zurück. Um ihn drehte sich alles, die Welt war aus dem Gleichgewicht, er hatte keinen Halt mehr, der Boden vor ihm schwankte wie ein Boot im Sturm. Er schloss schnell die Augen, atmete hastig, um der Übelkeit Herr zu werden, die in seinem Magen zu gären begonnen hatte. Sein Gaumen fühlte sich trocken an, er schluckte.

Er blieb eine Weile bewegungslos sitzen. Der Aufruhr in seinem Inneren beruhigte sich. Vorsichtig stand er auf.

Die Luft war eisig und roch nach Erde, nach alter Milch und der herben und zugleich süßlichen Ausdünstung eines Viehstalles. Der kleine Raum, in dem er die Nacht verbracht hatte, war peinlichst aufgeräumt und wirkte beinahe unbewohnt, hätte nicht auf der Herdstelle noch warme Asche vor sich hin geschwelt. Er zog sich an, humpelte zu einem fleckigen Spiegel auf der Anrichte neben der Feuerstelle, rieb seine verschwiemelten Augen. Er erschrak. Seine rechte Schläfe leuchtete violett, durch den Stirnverband war bräunliches Blut gesickert. Noch immer erinnerte er sich an nichts.

Er trat ins Freie. Die Sonne verbarg sich hinter einem feinen Wolkenschleier. Die strohige Almwiese war mit einer dünnen Schneeschicht bepudert, und durch die griesig glitzernde Luft schimmerten die beinahe transparenten Umrisse des Hochgebirges, dessen Steilwände und Felszinnen mit weißen Schlieren übergossen waren.

Kajetan folgte einem Geräusch, das von der Rückseite der Hütte kam. Aus einer Tür neben einem aufgezäunten Stapel Brennholzes drang eine Stimme. Die Sennin redete beruhigend auf die Tiere ein.

»Gutmorgen«, grüßte Kajetan.

Die junge Frau warf einen Placken mit Heu durchsetzten Dungs durch eine Luke auf den Misthaufen hinter der Hütte. »Morgen ist gut«, gab sie zurück. Sie setzte die Gabel ab und betrachtete ihn prüfend. Was sie sah, schien zu ihrer Zufriedenheit auszufallen.

»Gehst?«, sagte sie.

Kajetan nickte.

»Dann steh mir nicht länger im Weg umeinand.« Sie wandte sich wieder ihrer Arbeit zu. Kajetan trat einen Schritt zur Seite.

»Wollt bloß noch fragen …«, begann er.

»Was?«

»Was … was gestern mit mir passiert ist.«

Wieder schleuderte sie eine Ladung Mist ins Freie. Sie wies mit dem Kinn nach draußen.

»Da drüben«, sagte sie. »Über der Rotwand bist auf einem Schneefeld ausgerutscht. Hast Glück gehabt, dass in der Rinne schon Schnee gewesen ist.« Sie rieb die Wange an ihrer Schulter. »Frag mich die ganze Zeit, was du da oben überhaupt verloren gehabt hast.«

»Ich … ich weiß es nimmer.«

Die Sennin warf ihm einen skeptischen Blick zu. Schließlich meinte sie: »Hie und da ist es ganz gut, wenn sich eins an nichts mehr erinnert.«

Eine der Kühe war unruhig geworden und drängte sich an die Sennin. Sie lachte leise. »Gell, Braunaugerl, den kennst?« Sie lehnte die Gabel an einen Stützbalken und wandte sich an Kajetan. »Das Braunaugerl ist schuld, dass du noch auf der Welt bist. Meint allweil, sie müsst es der Gams nachtun, und steigt mir allweil am weitesten in die Wand rein.« Sie tätschelte die Kruppe des Tieres. »Was hab ichs schon hauen müssen. Aber es hilft nichts, sie muss halt allweil so därrisch sein.«

Kajetan räusperte sich. Er legte seine Hand auf die Flanke des Tieres und streichelte es ungelenk. Die Kuh schwenkte den schweren Kopf herum und musterte ihn gleichmütig.

Die Sennin schob die Kuh energisch an den Heubarn zurück und griff wieder nach der Gabel. »Jetzt geh, Braunaugerl. In den Schnee lass ich euch heut nicht naus.«

»Ihnen auch noch mal …« Von einem Fuß auf den anderen tretend, suchte Kajetan nach Worten. »Dankschön halt noch mal, gell?«

»Gib lieber Obacht das nächste Mal. Solche Spaßettl kann ich nicht brauchen. Als wenn ich nicht schon genug zu tun hätt.« Sie stieß die Gabel wieder in eine Mistplacke. »Den Weg kannst nicht verfehlen. Die Markierung ist leicht zu sehn.«

Kajetan räusperte sich. »Dann halt ich Sie nimmer länger auf. – Wie lang werd ich denn brauchen?«

Die Ladung flog ins Freie.

»In drei Stund bist unten.«

»Unten?« Kajetan sah sie überrascht an. »Aber die Bärenalm muss doch … die ist doch …«

Sie stellte die Gabel ab. »Hast du raufgeschaut?« Sie packte ihn am Ärmel, zog ihn vor den Stall und streckte den Arm nach Osten aus. Durch eine steile Flanke über dem Etterkaser fräste sich ein schmales, unter dem Schnee kaum noch wahrnehmbares Felsband steil nach oben. »Auf die Bärenalm kommt keins mehr, schon gar nicht so ein ungeschicktes Mannsbild wie du. Und da oben ist jetzt schon über ein halber Meter Schnee.« Sie kehrte wieder in den Stall zurück. »Wofür hätt ich dich dann eigentlich gestern aus der Wand geholt?«

Kajetan taperte ihr nach. »Aber …«

Sie wirbelte herum. »Willst draufgehn?«, schrie sie. Ihre Augen brannten. »Willst es unbedingt?«

Kajetan schwieg bestürzt. Sie drehte ihm ihren schmalen Rücken zu.

»Geh endlich«, sagte sie.

Schniefend durchquerte Kajetan die Almwiese. Das frostharte Gras knirschte unter seinen Tritten, als er den wellig bestoßenen, von Felsblöcken übersäten Hang emporstieg. Dann senkte sich der breite Almweg in die Tiefe. Nach einigen Kehren hatte er die Schneegrenze hinter sich gelassen. Der Boden schmatzte vor Nässe. Die Vegetation verdichtete sich, schon tauchte unter ihm der Hochwald aus dem Nebel. Dann raschelte totes Laub unter seinen Schuhen.

Obwohl er langsam marschiert war, begannen seine Knie plötzlich wieder zu zittern. Er blieb stehen, holte Atem und wischte sich den Rotz unter seiner Nase ab.

Er dachte an die Worte der Sennin. Natürlich hatte sie recht gehabt. Es war Irrsinn, auch nur daran zu denken, bei diesem Wetter noch höher zu steigen, mit nichts als seinem läppischen Touristen-Schuhwerk, ohne Steigeisen, ohne Seil, viel zu dünn bekleidet für winterliche Temperaturen. Hätte auf der Bärenalm überhaupt noch jemand auf ihn gewartet? Was wäre gewesen, wenn er dort niemand mehr angetroffen hätte? Der Bauer hatte ihm die Alm beschrieben: Vor Jahrzehnten aufgegeben, rottete sie seither vor sich hin, das Dach nur noch ein Gewirr geborstener Balken, eingebrochen bis auf eine kleine Nische um die ehemalige Feuerstelle und einen Teil der Stallung. Wäre es ihm auch gelungen, sich zu ihr durchzuschlagen – nicht eine Nacht hätte er in dieser Schneewüste überstanden. Er schalt sich einen Idioten. Aufgewühlt setzte er seinen Weg fort.

Je näher er dem Talgrund kam, desto unruhiger wurde er. Sein Plan war gescheitert. Vor dem nächsten Frühsommer war der geheime Übergang nicht mehr zu benutzen. Wie sollte es nun weitergehen?

Als Erstes würde er den Peterbauer aufsuchen müssen. Vielleicht gab es noch die Möglichkeit, an einer anderen Stelle über die Grenze zu kommen. Wenn nicht –

Er blieb stehen. Hatte er Stimmen gehört? Oder war es nur das Gluckern des Bergbachs, über dessen Ufer sich der Almweg entlangwand? Die karrenbreite Piste machte eine scharfe Kehre.

Dann sah er sie. Ein halbes Dutzend Männer, darunter mehrere Gendarmen, die Gewehre geschultert. Ihr Gespräch erstarb augenblicklich. Kajetan blieb stehen. Auch die Männer verharrten wie angewurzelt und starrten ihn wie eine Erscheinung an. Unwillkürlich machte Kajetan einen Schritt zurück. Er wusste im selben Moment, dass er einen Fehler beging.

»Halt! Stehen bleiben!«

Die Männer rannten los. Ein Schuss krachte.

Kajetan hob die Hände. Er war müde, grenzenlos müde.

Wie ein Boxer in den Ring stürzte der untersetzte, säbelbeinige Mann mit fliegenden Mantelschößen durch die Tür des Zellacher Gendarmeriepostens. Wachtmeister Panholzer stand stramm und salutierte.

»Mach keine Staatsaktion, Kaschpe«, brummte Kriminalkommissar August Glaser. »Ich bins bloß. Wo hast ihn, deinen Mörder?«

Der Wachtmeister, noch immer mit eingezogenem Bauch und herausgestreckter Brust, wies auf einen seiner Hilfsgendarmen, der die Tür zum Nebenraum bewachte.

»Hm.« Der Kommissar knöpfte seinen Mantel auf und warf ihn über einen Wandhaken. Sein Hut segelte hintendrein.

»Ein Sauwetter hast mir wieder bestellt!« Glaser schniefte und wischte sich mit dem Handrücken über seinen borstigen Schnauzer. »Ihr Zellacher seids mir vielleicht eine hinterfotzige Bagasch. Schreibts in der Reklame für die Sommerfrischler, dass man bei Euch gesund wird – ja, von wegen! Jedsmal hol ich mir wieder einen Katarrh bei euch.«

Er griff nach dem Rapport, den ihm Panholzer entgegenhielt.

»Untersuchung des Tatorts und Personalien des Verhafteten«, erklärte der Gemeinde-Gendarm. »Und schon ein paar Zeugenaussagen. Zu recht viel mehr hab ich noch keine Zeit gehabt.«

»Hm. Von den Angehörigen hast nichts?«

»Direkt angehörig ist bloß seine Frau. Sie ist noch aushäusig, muss aber im Lauf des Tags heimkommen.«

Der Kommissar machte eine wegwerfende Handbewegung. Murmelnd überflog er das Blatt. »Verweigert Aussage…«, las er murmelnd.

»Grüß Gott, die Herrschaften!«, ertönte es hinter ihnen. Im Türrahmen stand ein fassrunder Mann und lüpfte andeutungsweise seinen flotten Jägerhut. »Herr Wachtmeister! Ich muss schon bitten! Meinen Sie nicht, ich müsste informiert werden?«

Glaser drehte sich missmutig um.

»Was möcht der Hanswurst?«, fragte er Panholzer. »Soll sich schleichen.«

Der Wachtmeister schluckte. »Ah… ah… Gust… Herr Kommissar… Das wär der Herr Mannhardt vom Hotel ›Neuwirt‹, der Vorsitzende vom Zellacher –«

»›Verkehrs- und Verschönerungsverein‹, richtig!«, ergänzte der Ankömmling und wippte auf den Sohlen. »Die Gäste im Ort sind einigermaßen beunruhigt… und –!«

»Soll sich schleichen, hab ich gesagt.« Der Kommissar beugte sein Gesicht wieder über den Rapport.

»Wa –?« Mannhardt schnappte empört nach Luft. »Ich… ich werde mich beim Bezirksamt beschweren!«

Panholzer berührte ihn beschwichtigend am Arm und führte ihn in den Flur. »Jetzt… ah… gehts grad überhaupt nicht, Herr Mannhardt… wir sind… der Herr Kommissär ist grad mitten bei der Ermittlung… müssens verstehen…«

Mannhardt richtete seinen Hut aus, schoss einen giftigen Blick auf den Kommissar ab und marschierte hinaus. Panholzer schloss die Tür hinter ihm und stellte sich neben Glaser, der noch immer in den Bericht vertieft war.

»… macht geltend, sich an nichts erinnern zu können«, las der

Kommissar laut. Er gab ein verächtliches Schnauben von sich. »Was für eine nagelneue Ausred.«

»Unser Doktor hat ihn sich angeschaut«, wandte der Wachtmeister ein. »Ein Gedächtnisverlust wär schon möglich, meint er. Zum Beispiel nach einer stärkeren Gehirnerschütterung.«

Glaser warf einen geringschätzigen Blick zu ihm hinauf. »Ist bloß auffallend, dass mir jeder zweite Ganov mit so was daherkommt.«

Er reichte die Blätter zurück. »Und? Was meinst? Ist es der Kerschbaumer?«

Panholzer nickte, schien aber nicht vollständig überzeugt. »Die Größe stimmt ungefähr, die Haarfarb könnt auch hinkommen und das Alter, hm, schwer zu sagen …«

»Das Auffälligste soll eine Narbe auf der Stirn sein.«

»Ausgerechnet da hat er eine frische Verletzung.«

Glaser verzog den Mund. »Ein Schlauberger, was?«

Panholzer zuckte die Schultern. »Habt wenigstens ihr in der Bezirksinspektion schon eine Fotografie gekriegt?«

»Pffh!«, machte der Kommissar. »Ja. Eine uralte, auf der er ausschaut wie tausend andere. Von der Weiten aufgenommen, bei irgendeinem Sportkampf. Noch nicht einmal die Fingerabdrück hab ich. So viel zum Thema moderne Kriminaltechnik, mit der die Herrschaften in München sich aufblasen wie der Frosch beim Trompetenspielen.«

Wachtmeister Panholzer kratzte sich am Hinterkopf. »Aber mit irgendwas wird er doch zu identifizieren sein.« Sein Gesicht hellte sich auf. »Weißt, was das Einfachste wär?«

»Frag nicht, red.«

»Der Kerschbaumer soll doch von Schwarzberg sein. Das ist gute fünfundzwanzig Kilometer von da in Richtung Salzburger Grenz.«

Glaser unterbrach ihn: »Spar dir deine Vorträg. Werd meinen Bezirk grad noch kennen.«

»Wenn wir uns vom Schwarzberger Posten einen kommen lassen, der ihn noch von früher kennt …?«

»Ist ausnahmsweis einmal eine gute Idee, Kaschpe«, lobte Glaser. »Bevor wir lang drauf warten, bis uns die Münchner seine Fingerabdrück zum Zeug bringen, rufst gleich den Schwarzberger Posten an.«

»Habs schon getan, Gust«, verkündete der Wachtmeister.

Der Kommissar nickte anerkennend. Er wandte sich in die Richtung des Hausflurs.

»Nossak? Wo bleibst denn?!«, rief er. »Schlaf mir nicht wieder ein!«

Kurze Zeit später trat ein hochgewachsener junger Mann mit unsicherem Grinsen durch die Tür. Er führte linkisch die Hand an die Schläfe.

»Hab grad noch den Wagen –«

»Kaschpe«, dröhnte Glaser, »damitsd dich auskennst: Das wär der Herr Kriminalassistent Nossak. Ist seit gut vier Wochen bei uns.« Der Kommissar wies auf den Ortspolizisten. »Und das, Nossak, ist der Wachtmeister Kaspar Panholzer von Zellach.« Sein kräftiges Gebiss zeigte eine Lücke zwischen den Schneidezähnen, als er grinsend hinzufügte. »Beim Tarocken ein Halunk, wies abdrehter nimmer geht, aber als Gendarm durchaus zum Brauchen.«

Panholzer winkte geschmeichelt ab. Bevor die beiden Männer Begrüßungsfloskeln austauschen konnten, winkte Glaser befehlend. »Auf! Packen wir ihn uns, unseren Kunden!« Mit diesen Worten scheuchte er den Hilfsgendarmen beiseite und marschierte in das Nebenzimmer. Nossak folgte ihm.

»So, Freunderl …«, die struppigen Brauen des Kommissars

hoben sich entgeistert, als er den Gefangenen erblickte. Er sah den Wachtmeister streng an.

»Wir sinds nicht gewesen, die ihn so zugerichtet haben«, erriet Panholzer seine Gedanken. Er fügte mit säuerlicher Miene hinzu: »Wirst lachen, Gust, aber es ist schon bis nach Zellach durchgesickert, dass die Folter abgeschafft ist.«

»Was dann? Hingefallen oder was?« Glaser fixierte Kajetan scharf, rückte sich einen Stuhl zurecht und pflanzte sich darauf. »Kannst dus mir vielleicht erzählen?«, fragte er.

»Ich möcht was fragen«, sagte Kajetan.

»Ich glaubs fast, Meister.« Der Kommissar verzog seinen Mund, legte seine kräftigen Arme auf den Tisch und beugte sich vor. »Ich glaub aber auch, dass du erst einmal auf meine Frag antwortest. Haben wir uns verstanden?« Er wartete die Antwort nicht ab. »Also, Freunderl: Du gibst an, du wärst ein Handlungsvertreter aus München, heißt Kajetan Paul – was uns auch dein Ausweis sagt. Der so nagelneu ausschaut, als hättst ihn erst gestern von der Druckerei geholt.«

»Das –«

»Bist noch nicht dran, Freunderl! Du hörst mir erst noch ein bisserl zu, bevor du deinen frechen Schnabel aufreißt. Und das tust du genau dann, wenn ichs dir erlaub, verstanden? Also: Was deinen Namen betrifft, so ist es heutzutag kein großes Kunststück, einen Ausweis nachzumachen. Dass ich das überprüfen lass, wird dir ja wohl klar sein. Wie dir auch klar sein wird, dass ich rauskrieg, wenn du mich aufs Kreuz legen willst. Und was dann passiert, sollt dir am allerklarsten sein. Dann nämlich kann ich ziemlich grantig werden. Und das, lass dir gesagt sein, wird dann nimmer sehr lustig.« Er setzte ein nachdrückliches Nicken hinzu. »Also? Du bleibst dabei, dass du so heißt?«

»Weils stimmt.«

»Er bleibt dabei«, sagte der Kommissar gedehnt. Während er seine Pfeife aus der Tasche holte, sie stopfte und in Brand setzte, betrachtete er sein Gegenüber unverwandt. Eine Qualmwolke ausstoßend, fragte er in beiläufigem Ton: »Und der Name Kerschbaumer, Philipp – der sagt ihm wahrscheinlich auch nichts?«

Kajetan dachte nach. Dann schüttelte er den Kopf.

Für einen Moment war Glaser unsicher. War der Kerl wirklich so begriffsstutzig? Oder saß er einfach nur einem gewieften Lügner gegenüber?

»Ja oder nein?«, setzte er scharf nach.

Kajetan schüttelte den Kopf. »Wer soll das sein?«

»Ich frag!«, schnauzte der Kommissar. »Und zwar zum letzten Mal: Sagt dir der Name Kerschbaumer was?!«

»Noch nie gehört.«

»Soso.« Glasers Augen wurden zu Schlitzen. »Habs mir fast gedacht. Dann erzählst mir jetzt einmal, was du ausgerechnet in der Näh vom Tatort gesucht hast.«

Kajetan rollte hilfesuchend die Augen nach oben und stöhnte leise. »Ich … ich weiß es doch selber nicht.«

»Du meinst, du kannst dich nimmer dran erinnern, wie du hinaufgekommen bist?«

Kajetan nickte lahm. »Wie ich raufgekommen bin, weiß ich grad noch. Aber dann …«

»Interessant«, fiel ihm der Kommissar ins Wort. »So eine raffinierte Ausred hab ich noch nie gehört. Respekt, Meister. Ganz ehrlich.« Wieder ließ er eine Rauchwolke zur Decke steigen.

»Das ist keine Ausred!«, fuhr Kajetan hitzig auf.

Der Kommissar schlug mit der Faust auf den Tisch. »Blas dich nicht auf, Mannderl«, bellte er. »Wenn da herin einer schreit, dann bin ich das, verstanden?!« Er schniefte ärgerlich, zog ein kariertes Taschentuch aus seiner Rocktasche, trompetete wie ein übel gelaunter Elefant hinein und verstaute es wieder.

Kajetan holte Luft. »Dürft ich endlich einmal erfahren, um was es überhaupt geht?! Und mit wem ich red?«

Glaser sah ihn verdutzt an. Sein Blick wanderte zu Panholzer. »Der weiß das noch gar nicht? Stimmt das? Was sind denn das für Sitten bei Euch?«

»Freilich weiß ers!«, verteidigte sich der Wachtmeister aufgebracht. »Hab ihm doch gesagt, dass er wegen Mord verhaftet ist! Ist schließlich Vorschrift.«

Glaser musterte Kajetan. »Fängst jetzt schon an zu lügen?« Tücke funkelte aus seinen Augen. »Bürscherl, ich sehs schon. Wir werden eine rechte Freud miteinander haben.«

»Wegen Mordes, ja! Aber nicht, an wem. Und auch nicht, warum er ausgerechnet mich verhaftet –«

Glaser unterbrach ihn ärgerlich. »Meinetwegen! Dann hol ichs der Form halber nach, weil dus bist. Nummero eins: Du stehst im dringenden Verdacht, den Thannheiser Elias, Wirt vom Gasthof ›Taffern‹ zu Zellach, umgebracht zu haben. Selbiger Thannheiser ist – und weil du so ein Genauer bist, mach ichs extra pedantisch – heut in der Früh von zwei Revierjägern tot aufgefunden worden. Und zwar unter Umständen, die einen Unfall so gut wie ausschließen. Auf Deutsch: Es hat einer nachgeholfen. Nummero zwei: Die Verdachtsgründe sind so zwingend und einfach, wie sie zwingender und einfacher nicht sein könnten: Du hast zuvor im Gasthof vom Thannheiser logiert, bist am gleichen Tag, an dem auch der Wirt auf den Berg gegangen ist, zu einer angeblichen Wanderung ins Nachbardorf aufgebrochen, wo du aber nach Aussage von allen Hotels oder Pensionen nie angekommen bist. Dafür bist einen Tag drauf ganz woanders erwischt worden, nämlich fast metergenau da, wo die Leiche gefunden worden ist.«

»Ich –«

Der Kommissar brachte ihn mit einer Handbewegung zum Schweigen. »Drittens hast du ein paar Verletzungen, die mindestens eineinhalb Tag alt sind. Die interessanterweise so ziemlich genau zum gleichen Zeitpunkt entstanden sein müssen, an dem auch der Thannheiser umgebracht worden ist. Und zum Schluss gleich noch zu deiner anderen Frag, weil ich heut nämlich meinen höflichen Tag hab: Du redest mit dem Herrn Kriminalkommissar August Glaser von der Bezirksinspektion der Bayerischen Landespolizei in Dornstein. Von dems heißt, dass der Nam besonders gut passt, weil …«, er warf einen Beifall heischenden Blick auf Panholzer, bevor er sich wieder Kajetan zuwandte und ergänzte: »… weil sich bisher noch ein jeder geschnitten hat, der sich mit ihm hat anlegen wollen! So, Freunderl. Sind wir mitgekommen? Alle Fragen erledigt?«

»Bloß noch eine«, sagte Kajetan.

An der Schläfe des Kommissars bildete sich ein Wulst. »Wenns sein muss«, sagte er beherrscht.

»Wieso werd ich eigentlich geduzt?«

»Hä?«, wieherte der Kommissar auf, für einen Moment verblüfft. Er nahm die Pfeife aus dem Mund. »Wieso sollt ich nicht? Ist schließlich so der Brauch bei uns!« Er holte Panholzers zustimmendes Nicken ein und ergänzte: »Wenns dir noch nicht aufgefallen sein sollt: Wir sind da nicht bei euch in München droben, sondern herunt auf dem Land. Da wird nicht so gespreizt getan.«

»Kein Grund, mich wie einen Grattler anzureden.«

»Frechheit!«, empörte sich der Assistent. Glaser hob warnend den Finger und grinste verschlagen. »Nein, nein, Nossak – bei dem, glaub ich, müssen wir aufpassen. Schaut ganz danach aus, als hätten wirs mit einer ziemlich noblen Herrschaft zu tun.« Er sah Kajetan direkt an. »Einer, die sich mit unseren Vorschriften ziemlich gut auskennt.« Seine Stimme wurde wieder schneidend. »Zum Beispiel, weil er schon öfters damit zu tun gehabt hat?«

»Ich hab mir nichts zuschulden kommen lassen!«, beharrte Kajetan. »Also kann ichs verlangen.«

Glaser durchbohrte Kajetan mit einem wütenden Blick. Sein Gesicht war dunkel geworden. Er musste sich zur Beherrschung zwingen. Schon zu Beginn des Verhörs hatte er zu seiner Verblüffung bemerkt, dass sein Gegenüber vom ersten Augenblick einen unbändigen Widerwillen bei ihm ausgelöst hatte. Glaubte dieser eingebildete Geck mit seiner Falschspielervisage etwa, die Beamten auf dem Land mit seinem Gehabe einseifen zu können? Er würde sich noch anschauen!

»Richtig!« Der Kommissar setzte ein hämisches Grinsen auf. »Das kann der gnädige Herr verlangen. Ist mir jetzt direkt nicht so geläufig gewesen.« Er suckelte an seiner Pfeife. »Für fachliche Hinweise jeder Art bin ich allweil dankbar. Sogar, wenn die von einem halbseidenen Stadtfrack kommen.«

Er lehnte sich zurück, ohne sein Gegenüber aus den Augen zu lassen. »Und nachsagen lassen wir uns erst recht nichts!« Er zwinkerte Panholzer boshaft zu. »Hinterher täts gar noch heißen, auf dem Land hätten die Leut keine Manieren.« Er spitzte den Mund und spuckte seitlich auf den Boden. »So was wär uns ganz arg, was, Kaschpe?«

Der Wachtmeister entschied sich für ein unentschiedenes Schmunzeln. Der Kommissar legte die Hände übereinander. »Und wenn dem gnädigen Herrn ein legerer Ton gar so zwider ist, dann kann ich gern auch anders.« Er kläffte unvermittelt los: »Und ich möcht jetzt auf der Stell eine Antwort, was du … was Er da oben gesucht hat!«

»Ich … weiß es doch nimmer«, antwortete Kajetan gequält. »Wahrscheinlich … Erholung.«

»Normaler Tourist, möcht Er uns weismachen, hm?«

»Vielleicht … Ich hab Erholung gebraucht, und da … hab ich mir gedacht, dass es im Gebirg vielleicht doch ruhiger ist.«

»Soso.« Glaser grinste boshaft. »Und? Sinds der Meinung noch allweil? Bezüglich der Erholung?« Der Kommissar wurde wieder sachlich. »Welche Erklärung gibt der feine Herr weiters dafür, dass er gestern nicht ins Nachbardorf gegangen ist, wie ers der Wirtschafterin vom ›Taffern‹ auf die Nase gebunden hat?«

»Werd mich halt verirrt haben.«

»Ach geh«, spottete Glaser. »Er verirrt sich andauernd, kann sich an nichts mehr erinnern, fällt beim Wandern aufs Hirn – muss schon sagen, so was von einem Tatterer kommt einem selten unter. Wär direkt zum Erbarmen. Wenn ichs bloß glauben könnt.«

Kajetan senkte den Blick auf seine Handfessel. »Probieren Sies wenigstens«, sagte er leise.

»Na gut, wenns dem gnädigen Herrn Spaß macht«, lenkte der Kommissar herablassend ein. »Er hat sich also verirrt und ist einen vollen Tag und eine volle Nacht im Gebirg umeinandgestolpert.« Er machte eine kleine Pause. »Dabei sinds wahrscheinlich auch ein paar Meter abgestürzt, daher die Verletzungen, richtig?«

Etwas anderes könne er sich nicht vorstellen, bestätigte Kajetan.

Glaser schüttelte den Kopf, sah Panholzer an und seufzte gespielt. »Dass sich die Stadterer aber auch allweil so dappig anstellen müssen? Dass die nie begreifen wollen, dass sie im Gebirg nichts verloren haben? Sollen doch herunten bleiben, die schönen Pensionärswegerl entlanghatschen, das Geld in die Wirtshäuser tragen und sich beim Heimatabend was vom schönen Leben im Gebirg vorjodeln lassen.«

Der Wachtmeister pflichtete ihm bei. »Ein Kapitel für sich …«

»Du sagst es, Kaschpe.« Glaser drehte sich wieder zu Kajetan. »Kommen wir aber wieder zu unserem Kapitel zurück, Meister. Einem, das mit ›Märchen und Sagen‹ überschrieben ist.«

»Aber anders kann ichs mir doch selber nicht erklären!«

»Dann erklär ich dem gnädigen Herrn jetzt einmal was.« Der Kommissar lehnte sich zurück und verschränkte seine Finger vor seinem Bauch. »Zufälligerweis hats oben schon seit ein paar Tag mehrere Grad unter null, und es hat grad gestern sogar den ersten Schnee gegeben. Wenn da einer keinen Schutzengel hat, erfriert er.« Der Kommissar ließ seine tabakgelben Zähne sehen, als er grinsend hinzufügte: »Ich bezweifle aber, dass so ein Engel große Lust hat, so was wie Sie zu beschützen.«

Kajetan fühlte, wie ihm heiß wurde. Fieberhaft überlegte er. Ab seinem Erwachen auf dem Etterkaser setzte seine Erinnerung wieder ein. Sollte er zugeben, dass er bei der Sennin war? Sie würde es bestätigen, warum auch nicht? Doch abgesehen davon, dass dies als Alibi wenig taugte – die Alm lag in verdächtiger Nähe zu jenem Treffpunkt, den ihm der Peterbauer genannt hatte, damit in der Nähe des illegalen Grenzübergangs. Sicher war der Polizei des Bezirks bereits zu Ohren gekommen, dass in diesem Gebiet ein Pfad über die Grüne Grenze existierte. Und das wiederum würde den Verdacht nähren, dass Kajetan dahin unterwegs gewesen war. Woraufhin man sich als Nächstes fragen würde, warum er das Land illegal verlassen wollte. Das aber musste er unbedingt vermeiden.

Er brauchte Zeit.

Glaser beäugte ihn lauernd. »Hats uns auf einmal die Sprach verschlagen?«

Im Wachraum nebenan setzte das durchdringende Geklingel des Telefonapparates ein. Panholzer stürzte hinaus. Kurze Zeit später kehrte er aufgeregt zurück.

»Ist für dich, Gust!«

Der Kommissar runzelte die Stirn.

»Wer istn dran?«

»München! Polizeipräsidium!«, japste der Wachtmeister. »Einer von der Abteilung Politische Polizei!«

Die Falten auf der Stirn des Kommissars vertieften sich. »Hä?«

Der Wachtmeister wedelte aufgeregt mit den Händen. »Jetzt komm halt! Der wartet doch!«

»So weit kommts noch!«, fuhr Glaser auf. »Die Geschicht ist in unserem Bezirk passiert! Und ist außerdem Sach der Kriminalpolizei, und von keinem anderen!«

Der Wachtmeister sah ihn flehend an. »Aber was soll ich denn … sags ihm doch selber, Gust …«

»Was du ihm sagen sollst?« Der Kommissar drehte ihm die Schulter zu und sah Kajetan an. »Dass er mich am Arsch lecken kann.«

Panholzer ließ die Schultern fallen und taperte hinaus.

»So!«, sagte Glaser. »Dann wieder zu dem Herrn, der allweil noch glaubt, dass er bei uns seinen Gesellenbrief zum Komiker machen kann. Dass mich keine einzige von seinen windigen Erklärungen bisher überzeugt hat, wird ihn wohl kaum wundern.«

»Ich hab keinen umgebracht«, sagte Kajetan. »Herrgottnochmal! Es ist ein Zufall gewesen, dass ich ausgerechnet an der Stell vorbeigegangen bin.«

»Zufall.« Glasers Mund zuckte gehässig. »Der gnädige Herr gestatten ein Lächeln.«

»Lachens, so viel Sie wollen!«, fuhr Kajetan auf, von plötzlichem Zorn ergriffen. »Aber ermittelns gefälligst auch in andere

Richtungen! Ziehen Sies wenigstens in Betracht, dass es einen anderen Täter gegeben haben könnt, Sie dritte Garnitur von einem Provinzkriminaler!«

Glaser donnerte seine Faust auf den Tisch, schoss aus seinem Stuhl und beugte sich, die Hände auf die Platte gestützt, zu Kajetan. Seine Nasenflügel bebten. Für einen Moment sah es aus, als wolle er sich auf ihn stürzen.

Der Wachtmeister kam zurück. Beunruhigt sah er vom einen zum anderen.

»Weißt, was ich jetzt am liebsten tät, Kaschpe?«, sagte der Kommissar mit kehliger Stimme. Panholzer nickte überzeugt, fügte aber besorgt hinzu: »Aber du haust ihm jetzt keine rein, Gust. Gell?«

Der schnaubende Atem des Kommissars antwortete ihm.

»Ich hab ja eine Kultur«, grunzte er schließlich, löste sich aus seiner Starre und ließ sich auf den Stuhl zurückplumpsen. Nossak atmete hörbar aus.

»Weißt was, Kerschbaumer?«, sagte der Kommissar mit gezwungener Gelassenheit. »Du fängst schön langsam an, mir auf die Nerven zu gehen.« Entschlossen stand er auf und rief im Ton eines Befehlshabers: »Wachtmeister Panholzer!«

Der Ortsgendarm schlug die Hacken zusammen.

»Kaschpe, der Herr Oberschlauberger aus der Stadt meint, den harten Knochen spielen zu müssen. Der wird sich noch anschauen.« Glaser wandte sich an seinen Assistenten. »Aber den fieseln wir uns lieber in der Bezirksinspektion ab, was, Nossak?«

Der Angesprochene lachte pflichtschuldig. »Genauso machen wirs. Fahren wir auf der Stell?«

Glaser sah ihn entgeistert an. »Hats dich? Hast nicht gehört, was unser feiner Herr, der im Nebenberuf mindestens Professor auf der Polizeischul sein muss, grad gesagt hat? Nennst du das vielleicht Ermittlungen, was wir bisher gemacht haben? Noch nicht einmal mit dem Doktor haben wir geredet.« Er deutete befehlend zur Tür. »Du schwingst dich jetzt raus und schaust dich nach einem ordentlichen Zimmer für uns um, für den Fall, dass wir heut nimmer fertig werden. Verstanden? Abmarsch!«

Nossak hatte einen roten Kopf bekommen. Er nickte eckig und verließ eilig das Zimmer.

»Und du, Kaschpe, sperrst unseren Kunden derweil wieder hinter ins Kastl. Deine Hilfsgendarm sollen sich vor der Tür aufstellen.«

Panholzer salutierte. Zwischen den Augen des Kommissars bildete sich eine Falte.

»Jetzt lass den Käs doch endlich«, brummte er. »Schick dich lieber. Hab noch mit dir zu reden.«

»Mach die Tür zu«, sagte der Kommissar. Wenig später kehrte der Wachtmeister in den Vernehmungsraum zurück. Panholzer gehorchte und sah Glaser abwartend an.

»Kaschpe…«, begann Glaser, nachdem er sich wieder ausgiebig geschnäuzt hatte. »Auf deine Nasen hab ich allerweil was geben können, groß genug ist dein Zinken ja. Was sagst du? Ist es der Kerschbaumer oder ist ers nicht? Und hat er auch noch den Thannheiser auf dem Gewissen?«

Der Wachtmeister griff sich einen Stuhl und setzte sich. »Tja, wenn wir wenigstens die Fingerabdrück hätten…«

»Haben wir aber nicht!«, raunzte Glaser ungeduldig. »Deine Auffassung möcht ich gefälligst hören, kapiert?«

Panholzer war unsicher. »Es spricht fast alles dafür, dass es der Kerschbaumer ist… die Umständ… sein verdächtiges Benehmen… aber da wär was, was mir noch ein bisserl spanisch vorkommt…«

Der Kommissar sah ihn aufmerksam an. »Red?«

»Na, dass der Kerl ausgerechnet von oben gekommen ist. Und dass der Weg, auf dem wir ihn erwischt haben, direkt ins Dorf geht. Er geht also nicht in Richtung Grenze, sondern in die Richtung vom Dorf, wo er sich doch ausrechnen kann, dass es da schon vor Polizei grad so wimmeln muss.«

»Hm …« Glaser wiegte den Kopf.

Der Wachtmeister zuckte die Schultern. »Gut, vielleicht hat er gehofft, dass der Thannheiser nicht gleich gefunden wird. Vielleicht ist er aber auch bloß ein blöder Hund. Die meisten Mörder sind doch so dumm, dass es wehtut.«

»Blöd ist der nicht!«, entgegnete Glaser, und wieder wunderte er sich über die Heftigkeit, mit der dieser Satz aus ihm geplatzt war. Er brauchte einige Sekunden, um sich wieder zu sammeln. »Ich vermut eher«, fuhr er fort, nun wieder konzentriert, »dass er gar keine andere Möglichkeit mehr gehabt hat. Soweit ich informiert bin, ist der alte Schmuggler-Steig ins Österreichische saumäßig gefährlich.«

Der Wachtmeister stimmte ihm zu. »Er müsst durch die Muntenwand gehen, eine andere Möglichkeit gibts nicht«, erklärte er. »Ich hab mirs bisher erspart, da reinzusteigen. Bin schließlich kein Selbstmörder.«

»Eben.« Glaser zog nachdenklich an seiner Pfeife. »Dazu kommt, dass es gestern Nacht oben geschneit hat. Da hat er wohl einsehen müssen, dass da kein Drüberkommen mehr ist. Was also tut er? Er geht wieder hinab, vielleicht in der Hoffnung, sich auf halber Höh irgendwo bis in die Nacht verstecken und danach wieder ins Flachland schleichen zu können. Drüben im Bregenzer Wald beispielsweis solls noch keinen Schnee geben.«

Panholzer war noch immer skeptisch, sagte aber nichts. Der Kommissar fuhr fort: »Und damit gleich zum Motiv: Sag,

Kaschpe – es ist doch gut möglich, dass der Thannheiser davon informiert gewesen ist, dass sich der Kerschbaumer in der Gegend herumtreiben soll. Oder?«

»Gut möglich. Einer von den Revierjägern könnts ihm gesteckt haben. Sind ja oft beim ›Taffern‹ gehockt.«

Glaser stand auf, legte die Hände hinter seinem Rücken zusammen und ging grübelnd auf und ab. »Und dann hats ein saudummer Zufall gewollt, dass die beiden aufeinandergestoßen sind. Vielleicht hat der Thannheiser sogar versucht, ihn zu packen.« Er blieb stehen und sah Panholzer an. »Bei der Gelegenheit: Was hat der Thannheiser eigentlich da oben verloren gehabt?«

»Er hat eine Alm droben, den Etterkaser. Nachdems Vieh heuer früher als sonst ins Tal runter muss, ist er deswegen wohl hinauf.«

Glaser nickte abwesend. Dann schüttelte er den Kopf. »Nein, nein … er ist es.« Als wollte er sich selbst davon überzeugen, wiederholte er es: »Es ist der Kerschbaumer.«

Er zog eine Uhr aus seiner Jackentasche und ließ den Deckel aufspringen. »Der Doktor müsst fertig sein«, sagte er.

Der Wachtmeister hatte die Leiche des »Taffern«-Wirts im Behandlungszimmer der Zellacher Bezirksfürsorgestelle aufbahren lassen. Gerichtsarzt Doktor Mühlauer war gerade dabei, seine Instrumente im Waschstein zu reinigen.

»Gratuliere«, sagte er zu den eintretenden Beamten. »Ich würde sagen, der Verdacht hat sich bestätigt.«

»Überlassens das mir«, grummelte Glaser. »Was habens rausgefunden?«

»Ich bitte inständig um Verzeihung, Herr Kommissar, wenn ich versehentlich gewagt haben sollte, auch nur in die Nähe Ihres Kompetenzfeldes zu geraten.«

»Stehlens uns nicht die Zeit, ja?«

»Das würde ich bei Ihnen doch niemals wagen, Herr Kommissar.« Der Doktor legte seine Geräte in seinen Koffer, trocknete seine Hände ab und stellte sich neben die Bahre. »Also, erstens: Der Mann war, wie man so sagt, in seinen besten Jahren und kerngesund. Zweitens: Der Mann war definitiv nicht betrunken. Drittens…« Der Arzt griff an das Leichentuch und legte Kopf und Oberkörper der Leiche frei. »… die Leiche weist die für einen Bergunfall typischen Blutergüsse und Abschürfungen sowie eine schwere Schädelverletzung auf, bei der das Gehirn nicht unerheblich in Mitleidenschaft gezogen wurde. Eine Verletzung, die ihn vermutlich künftig schwer beeinträchtigt hätte, die aber, um schon einmal vorzugreifen…« Der Arzt hob den Zeigefinger und sah über den Brillenrand, »… nicht unmittelbar zum Tod geführt hat. Des Weiteren, für einen Bergunfall ebenfalls nicht untypisch, findet sich je ein Bruch des linken Oberarmes und des Kniegelenks, ebenfalls links.« Der Arzt deutete auf den Hals der Leiche. »Und nun viertens: Zum Tod hat letztendlich ein rasanter Blutverlust durch diese verletzte Halsarterie geführt.«

»Ein Messerstich?«, wollte Glaser wissen.

»Ich vermute eher, es handelte sich um einen an- oder abgebrochenen Ast, dick und steif genug, um ihm die Halsarterie aufzureißen.«

»Moment!«, fuhr der Kommissar auf. »Ein Ast? Das könnt aber doch auch heißen, dass er einfach bloß saudumm gefallen ist?«

Der Doktor nickte ungerührt. »Sicher. Wir können andererseits aber auch nicht ausschließen, dass er – mangels geeigneter Tatwaffe seitens des Täters – mit einem angebrochenen oder entsprechend präparierten Ast attackiert und dann in die Tiefe geworfen worden ist. Eine derartige Wunde ist für einen Absturz tatsächlich etwas ungewöhnlich. Ich würde sagen, das müssen Sie, meine Herren, direkt am Tatort verifizieren. Wenn sich auf dem Weg beispielsweise erhebliche – ich betone: erhebliche, und rede dabei von mehreren Litern – Blutspuren befinden, dürfte diese letztere Variante die wahrscheinlichste sein.«

Glaser sah den Wachtmeister fragend an. Dieser schüttelte verneinend den Kopf. »Auf dem Weg haben wir, glaub ich, kein Blut gesehen, Gust.«

»Glaubst du?«

»Es ist uns jedenfalls auf dem Weg nichts aufgefallen.«

»Diese Menge würde sogar einem Blinden auffallen«, mischte sich Dr. Mühlauer ein.

»Und drunten, wo er gelegen ist, Kaschpe?«

»Da schon. Ziemlich viel sogar.«

»Bin ich jetzt deppert?«, ereiferte sich der Kommissar. »Dann könnts ja genauso gut doch ein hundsgemeiner Unfall gewesen sein? Wenn einer den Thannheiser abgestochen hat, mit was auch immer, dann hat er das garantiert nicht an der Stelle getan, wo er gefunden worden ist. Kaschpe, du hast doch gesagt, dass man auf den Felsvorsprung unter dem Weg bloß kommt, wenn man mit dem Seil absteigt.«

Panholzer bestätigte mit einem Nicken. Glaser fuhr aufgebracht fort: »Und nachdem oben offenbar kein Blut gewesen ist, muss sich der Thannheiser die Verletzung zwischen dem Weg oben und dem Fundort seiner Leiche zugezogen haben! Also? Wer von uns kann bis drei zählen? Ich kanns grad noch, und deswegen sag ich Euch: Wir haben da nichts anderes als einen hundsnormalen Bergunfall!«

Der Arzt lächelte überlegen. »Ich will Ihnen Ihre Arbeit keinesfalls abnehmen, lieber Herr Kommissar. Warum ich Ihnen trotzdem vorhin gratulieren wollte, hängt damit zusammen, was ich noch entdeckt habe.«

»Himmelherrgottsakrament!«, platzte Glaser heraus. »Jetzt machen Sies doch nicht gar so spannend.«

»Wären Sie so freundlich, Ihre Cholerik ein wenig zu zügeln?«

»Cholerisch? Ich!?«

Glasers Aufgebrachtheit ignorierend, deutete der Pathologe auf das Gesicht des Toten. »Sehen Sie diese Verletzungen um die Augenpartie? Lauter kleine und größere Einstiche, teilweise bis zu einem dreiviertel Zentimeter tief. Und jetzt …« Er schob eines der Lider zurück. »… sehen Sie sich das an.«

Der Wachtmeister wandte sich entsetzt ab. Glaser schluckte. Thannheiser hatte keine Augen mehr. Seine Augäpfel bestanden nur noch aus einer blutdurchtränkten, gallertartigen Masse. Der Doktor schob das Lid wieder über die Höhlung. »Da diese Verletzung unmöglich durch den Sturz entstanden sein kann, gibt es nur eine Erklärung: Der Mann wurde geblendet. Er war natürlich augenblicklich ohne jede Orientierung, muss zudem rasende Schmerzen verspürt haben, ist vermutlich halb besinnungslos umhergetorkelt und schließlich abgestürzt.« Er zog das Tuch wieder über den Körper. »Wie das der Richter würdigen wird, weiß ich natürlich nicht. Aber ich würde sagen: Jemanden im Hochgebirge seines Augenlichts zu berauben ist gleichbedeutend damit, ihn zu töten.«

Dr. Mühlauer öffnete eine schmale Metallkassette und brachte mit der Pinzette zwei undefinierbare Splitter zum Vorschein. »Diese Partikel habe ich aus der Augenwunde isolieren können.«

Die beiden Beamten kniffen ihre Augen zusammen.

»Fichte«, kam ihnen der Doktor zu Hilfe. »Astholz der jungen Fichte, daneben eine Fichtennadel. Vor allem Ersteres ist steif genug, um diese Augenwunden zu verursachen.«

Glaser schob seinen Hut in den Nacken und knetete nachdenklich seine Nasenspitze. Der Gerichtsarzt verstaute seine Beweisstücke wieder in seiner Kassette, streifte sich die Handschuhe ab und begann, seinen grauen Kittel auszuziehen. »Eine eingehendere Untersuchung ist meinerseits nicht mehr nötig, damit auch keine Überführung in das Labor des Bezirksgerichts.« Er sah über die Schulter. »Es sei denn, Herr Kommissar, dass Sie noch weitere Informationen brauchen – Nicht? Dann ist der Leichnam –«

»Moment noch, Herr Doktor«, unterbrach Glaser. »Wie stell ich mir das mit dieser Blendung vor?«

»Wie diese Attacke abgelaufen sein könnte? Nun, wie ich Ihre beispielhafte Ermittlungsarbeit kenne, Herr Kommissar, wird Ihnen das Ihr Mörder bestimmt binnen kürzester Zeit genauer erklären.« Der Doktor machte eine kurze Pause, in der er die Wirkung seiner Spitze auskostete, fuhr dann aber zügig fort: »Aber da Sie mich danach fragen: Ich bin davon überzeugt, dass der Täter vor allem das Überraschungsmoment ausgenutzt hat. Dazu stelle ich mir vor, dass er zuvor die Spitzen einiger Fichtenzweige abbricht, sie in der Hand bündelt, so dass sie dem ahnungslosen Opfer als harmloser Fichtenboschen erscheinen müssen, mit dem man etwa den Herrgottswinkel oder vielleicht auch das Haupt eines über die Maßen erfolgreichen Kriminalkommissars bei der Ordensverleihung schmückt – «

»Was ein gewohnt unpassender Scherz sein soll, verstanden. Weiter.«

»Nun, im geeigneten Augenblick dreht er diesen Boschen so, dass die spitzen Bruch- oder Schnittstellen nach vorne stehen, und schlägt sie ihm mit Kraft in die Augenpartie. Die Folgen sind so verheerend, wie Sie vorhin gesehen haben. – Noch Fragen?«

Die beiden Beamten verneinten stumm.

»Gut. Der Leichnam ist damit für die Beerdigung freigegeben.« Er ging zur Anrichte und klappte den Koffer zu. »Ich darf mich dann mit Ihrer Erlaubnis verabschieden. Den Bericht gebe ich gleich in der Bezirksinspektion ab. In Ordnung?«

In Zellach hatten die Ereignisse Bestürzung ausgelöst. Der Dorfplatz war für diese Jahreszeit ungewöhnlich belebt, vor den Läden standen die Dörfler und debattierten aufgewühlt miteinander. Wachtmeister Panholzer grüßte ernst nach allen Seiten, als er mit dem Kommissar zur Gendarmeriestation zurückging.

Kommissar Glaser hatte keine Augen für seine Umgebung. Den Oberkörper leicht vornübergebeugt, stiefelte er mit ausgreifenden Schritten und sichelnden Armen voran. Der Wachtmeister hatte Mühe, Schritt zu halten.

»Weißt, was mich am meisten wurmt, Kaschpe?«, presste der Kommissar durch die Zähne.

»Hm?«

»Dass er recht hat! Dieser Sauhund!«

Schnaufend holte Panholzer auf. »Der Doktor?«

»Frag doch nicht so blöd, Kaschpe! Unseren sauberen Kunden mein ich. Den, der bei dir in deinem Kastl hockt.«

»Den Kerschbaumer.«

»Wer sonst?« Die Stimme des Kommissars war voller Verachtung. »Der aber meint, er könnt mich für dumm verkaufen! Und behauptet, dass ers nicht ist, sondern Kajetan Paul heißt.«

»Ahja …« Panholzer verstand. »Und … aber mit was soll der jetzt auf einmal doch wieder recht haben?«

»Mit was wohl!«, wütete Glaser los. »Dass ich noch in andere Richtungen ermitteln muss! Auch wenn ich zehnmal überzeugt davon bin, dass er und kein anderer unser Kandidat ist! Auf einen Kilometer seh ichs ihm an, dem verschlagenen Lumpen!«

»Jaja … schon …«, japste Panholzer. Sein Gesicht war gerötet. »Aber, Gust, ich versteh noch allweil nicht recht. Wo, in Gottsnam, willst denn da überhaupt noch herumstöbern?«

Auf dem Platz vor der Station angekommen, verlangsamte der Kommissar seine Schritte. Er senkte die Stimme. »Kaschpe, pass auf: Ich muss als Erstes wissen, ob der Thannheiser Elias Feinde gehabt hat. Ob er, beispielsweis, irgendwann einmal in was verwickelt gewesen ist, was im Dorf ungutes Blut geschaffen hat.«

Der Wachtmeister wischte sich mit dem Ärmel den Schweiß von der Stirn und setzte eine wissende Miene auf. »Da brauch ich nicht lang nachzudenken, Gust. Das kann ich dir gleich sagen.«

»Dann tus gefälligst.«

»Es gibt bloß eine Antwort: Es gibt nichts. Jedenfalls nichts, was uns bei dem Fall helfen könnt.«

Glaser blieb stur. »Denk trotzdem nach!«

»Gust! Wenn ichs dir doch sag! Gut, mit dem Herrn Mannhardt hat er vor einiger Zeit wohl ein Gewirks gehabt.«

»Mannhardt? Ist das ein Hiesiger?«

»Er ist von München zugezogen, hat vor ein paar Jahr den alten ›Neuwirt‹ gekauft und ein Hotel draus gemacht. Er ist, wie soll ichs nennen, ziemlich umtriebig, was den Fremdenverkehr in Zellach betrifft.«

»Ist das womöglich der Gschaftlhuber, der sich vorhin hat aufmandeln wollen?«

»Das ist er gewesen, ja.«

»Der euer Dorf verschönern möcht, weils gar so gräuslich ist? Hat ers Schuhplatteln auch schon als uraltes Zellacher Brauchtum einführen lassen, damit sich eure Burschen und Madeln auch garantiert für die Stadterer zum Affen machen können?«

Der Wachtmeister grinste betreten. »So ungefähr.«

»Gut. Um was ist es bei dem Streit zwischen den Zweien gegangen?«

Panholzer wand sich. »Das ist nie so richtig aufgekommen, hat mich auch weiters nicht interessiert. Soweit ich gehört hab, hat der Mannhardt seinerzeit dem alten ›Taffern‹-Wirt selig – ich red vom Vater von der Mena –«

»– die Frau, respektive jetzt die Witwe vom Elias Thannheiser«, drängte der Kommissar. »Weiß ich. Also? Was ist da gewesen?«

»Der Mannhardt hat dem Alten Wirtschaft und Gasthaus abschwatzen wollen. Wie der Thannheiser Elias aber dann beim ›Taffern‹ eingeheiratet hat, wars damit natürlich aus. Der Mannhardt soll damals vor Wut in die Tischkanten gebissen haben.«

»Aha? Und danach sind die zwei wieder Gutfreund geworden, oder was?«

»Das grad nicht«, räumte Panholzer ein. »Auch deswegen, weil der Thannheiser es politisch mit den Königstreuen gehabt hat, der Mannhardt aber mit der Volkspartei. Neuerdings, so heißts, soll er sogar ein bisserl mit den Nazen schmusen.« Er fügte bestimmt hinzu: »Aber bevor du aus so was jetzt einen verkehrten Schluss ziehst, Gust, lass dir gesagt sein: In einem Dorf wie Zellach ist es mit dem Politisieren nicht so weit her. Die Leut lassen jedem seine Spinnerei, man muss ja miteinander leben. Die Leut können es sich gar nicht leisten, sich wegen so einem Krampf zu zerkriegen.«

Der Kommissar war stehen geblieben. Erwartungsvoll sah er zu Panholzer hoch. »Aber trotzdem –?«

»Jetzt spinn dich gefälligst aus, Gust!«, unterbrach der Wachtmeister energisch. »Der Mannhardt und dem Thannheiser was antun wollen! Das hat der überhaupt nicht nötig, weil er eh schon einer von den Reichsten in Zellach ist. Und weil er einer ist, ders auf die hinterfotzige Art anpackt, wenn er einen dick hat.« Er senkte seine Stimme. »Er ist, unter uns gesagt, ein feiger Hund. Große Goschen, nichts dahinter.«

»Habt ihr Sozen oder Kommunisten in Zellach?«

»Es gibt keine Ortsgruppe von denen, wenn du das meinst. Ein paar tun bei der Holzarbeitergewerkschaft und beim Reichsbanner mit. Der Bauernbund ist bei uns vor dem Krieg und kurz danach ziemlich stark gewesen, aber die Zeit ist auch schon lang vorbei.« Er warf Glaser einen ungehaltenen Blick zu. »Warum fragst mich eigentlich ausgerechnet nach denen? Kannst mir glauben, wenn ich bloß mit den paar Sozen bei uns zu tun hätt, hätt ich ein ruhiges Leben.«

Die Stirn des Kommissars kräuselte sich zweifelnd, bevor er erklärte: »Ich frag dich deswegen, weil der Kerschbaumer bei den Kommunisten ist.« Er machte eine bedeutungsvolle Pause und fuhr streng fort: »Und weil ich mich in den letzten Jahr ein paarmal hab wundern müssen, dass sich die Spur von ein paar Leuten, die wegen politischer Verbrechen gesucht worden sind, ausgerechnet in Eurer Gegend verliert. Dass das was mit der Grenz zu tun hat, liegt auf der Hand. Aber nach dem, was du mir gesagt hast, kommt eins ohne Hilfe nicht ins Österreichische rüber. Also muss es Leut geben, die denen helfen.«

»Kann sein«, parierte der Wachtmeister aufgebracht. »Wenn du mir jetzt auch noch einen guten Rat gibst, wie ich als Dorfgendarm rausfinden soll, ob unter den paar Tausend Sommerfrischlern, die wir jedes Jahr haben, einer dabei ist, der nicht ganz sauber ist und ob ein Bauer sich als Bergführer bloß ein Zubrot verdient oder so einem über die Grenze hilft, dann wär ich dir ehrlich dankbar.«

»Reg dich wieder ab«, lenkte Glaser ein. »Du weißt, wie ichs mein. Mir ist bloß vor einiger Zeit der Name von einem hiesigen Bauern untergekommen. Und zwar in Zusammenhang damit, dass nach einem Zeitungsschreiber – oder wars ein Dichter? – gefahndet worden ist.«

»Kann mich dran erinnern. Auch daran, dass ich mir damals gedacht hab, dass es jetzt aber arg wird.«

»Wieso?«

»Seit wann wird bei uns nach Dichtern oder so was gefahndet?«, wunderte sich Panholzer. »Umgänglichere, oder wennsd willst, harmlosere Leut kenn ich nicht. Kann mich noch erinnern, wie vor dem Krieg einmal der Herr Ganghofer bei uns logiert hat. Der Roman, den er damals geschrieben hat, war zwar ein ziemlicher Krampf, aber wenn das schon strafbar wär …«

»Soweit ich mich erinnern kann, hat der, den sie damals gesucht haben, sich mit dem Herausgeber von den ›Münchner Neuesten Nachrichten‹ angelegt, den Prozess verloren, worauf er für mehrere Jahr ins Zuchthaus hätt sollen. Weil er aber nach der Revolutionszeit schon einmal schmecken hat dürfen, wies da drin ausschaut, ist er ab- und ein paar Monate später in der Schweiz wieder aufgetaucht.«

»Ein Soze also.«

»Blöde Frag, Kaschpe«, sagte Glaser.

»Stimmt«, gab der Wachtmeister zu. »Wer von den Zellachern solls denn gewesen sein, von dem du seinerzeit gehört hast?«

»Soweit ichs noch im Kopf hab, ist von einem ›Peterbauer von Zellach‹ die Red gewesen.«

»Ich kenn den Karl«, sagte Panholzer überzeugt. »Gegen den ist nichts zu sagen. Außerdem hab ich ihm eh erst grad das Haus auf den Kopf stellen müssen.«

»Ergebnis?«

»Keins natürlich! Die ganze Geschicht ist überflüssig gewesen wie ein Kropf!«, sagte Panholzer erbost. »Außer, dass ich mirs wieder mal eine Zeit lang mit dem Bauern verdorben hab. Der Karl und mit einem Mörder unter einer Decken stecken! Wer bloß auf so eine Idee kommen kann! Und jetzt sei so gut, Gust, und erzähl mir, was das alles auch noch mit dem Mord am Thannheiser zu tun haben soll!«

»Weiß ich doch auch noch nicht«, musste Glaser gestehen. »Ich rühr halt ganz gern in der Soß rum, verstehst? Im Moment schmeckts mir allerdings noch überhaupt nicht, muss ich zugeben.«

Panholzer lachte leise. »Und ziemlich trüb ist sie auch.« Er deutete zur Tür. »Wieso gehen wir nicht rein?«

»Weil ich noch mit dir allein reden möcht, Panholzer. Der Nossak muss nicht alles hören.«

»Warum?«

»Darum.«

»Versteh.«

»Wir sind außerdem noch nicht ganz fertig. Denk noch einmal scharf nach. Andere Feinde hat der Wirt tatsächlich nicht gehabt?«

Der Wachtmeister gab einen gequälten Seufzer von sich. »So glaub mirs doch endlich, Glaser. Du bist auf dem Holzweg. Einer wie der Thannheiser hat Konkurrenten, die bestimmt nichts lieber tun, als hintenrum dumm über ihn daherzureden. Aber keinen Todfeind. Der Thannheiser ist außerdem ein durchaus reeller Wirt gewesen, hat den ›Taffern‹ wieder gut auf die Höh gebracht. Von ihm ist keins je ausgeschmiert worden. Nachsagen hat man ihm da nichts können, auch keine Weibergeschichten. Gut verheiratet ist er nämlich auch gewesen.«

Glaser kniff die Brauen zusammen. »Was hebst das gar so

raus? Dass sich zwei gut verstehen, solls doch hin und wieder geben.«

»Wie soll ichs dir erklären ...«, seufzte Panholzer. »Also ... du musst wissen, dass die Mena, seine Frau, die Kinderlähmung gehabt hat und ihr da ein bisserl was geblieben ist. Ein Hax zu kurz, und ein bisserl einen Buckel. Der Thannheiser andrerseits ist ein fesches Mannsbild gewesen, nach dem hätten sich viele die Finger abgeschleckt. Aber nein, er nimmt sie. Gut, sie ist ein herzensgutes Ding, hat ein recht netts Gsichterl, ist recht gescheit, aber ... wie soll ich sagen ...«

»Herrschaftszeiten, Kaschpe! So wies halt ist!«, schimpfte der Kommissar.

»Naja«, fuhr Panholzer zögernd fort, »dass sie durchaus was zum Zeug gebracht hätt, weil sie immerhin die Erbin vom ›Taffern‹ gewesen ist, das hätt natürlich den einen oder anderen interessiert ... aber dann möchte man halt doch schon was Gesundes, verstehst? Dass es einen Nachwuchs gibt, ist für einen jungen Bauern halt einmal wichtig. Gut, ein paar Hungerleider hätts schon gegeben, die aufs Haus spekuliert haben und sie als lästiges Möbel akzeptiert hätten. Aber die hat sie schnell rasiert! Aber wie! So eine Bescheidene sie auf der einen Seit ist, so stolz kann sie nämlich schon auch sein, die Mena.«

»Aber den Thannheiser hat das mit ihrem Hax und ihrem Buckel nicht gestört«, wiederholte Glaser nachdenklich.

»Er mag sie so, wie sie ist, soll er gesagt haben. Dass er seiner Mena allweil recht schön getan hat, ist dem Thannheiser jedenfalls im Dorf hoch angerechnet worden.«

»Hm ...«, machte Glaser. Der Kommissar zog sein Taschentuch hervor und schnäuzte sich. »Also keine Feinde im Dorf, was?«

»Gust, zum allerletzten Mal: Nein«, antwortete der Wachtmeister. »Und jetzt fängts an, mich zu frieren.«

In der Station ließ sich Glaser auf den Stuhl fallen. Er stützte seine Ellbogen auf die Lehne und faltete die Hände.

»Eins interessiert mich trotzdem noch, Kaschpe. Die Jäger haben den Thannheiser in der Früh gefunden, haben dich geholt, und kaum bist du wieder im Dorf gewesen, hast du bei mir angerufen. Bei einem normalen Bergunfall hätt sich Eurer Doktor die Leich angeschaut, einen Totenschein ausgestellt und ich hätte meine Ruh gehabt.« Er sah zu Panholzer hinauf. »Wieso bist du dir gleich so sicher gewesen, dass es kein einfacher Bergunfall gewesen ist? Das mit den Augen hast du ja noch gar nicht wissen können.«

Der Wachtmeister legte seine Pickelhaube ab und strich sich über sein schütteres Haar. »Kann ich dir sagen, Gust. Der Almweg ist oberhalb der Stell, wo er gefunden worden ist, fast zwei Meter breit und fast eben. So lang ich denken kann, ist da weder jemals ein Mensch noch ein Almvieh abgestürzt. An der Stell nämlich, Gust, kann keins abstürzen. Außer, er wär komplett besoffen gewesen. Ich wiederum hab gewusst, dass sich der Thannheiser zwar durchaus einmal den einen oder anderen Schluck gegönnt hat, aber niemals schon in der Früh. Deswegen ist für mich klar gewesen, dass da wer nachgeholfen haben muss. Wie, wissen wir ja jetzt.«

Glaser ergriff die Armlehnen, stemmte sich aus dem Stuhl, legte die Hände hinter seinem Rücken zusammen und ging grübelnd auf und ab.

»Du sagst, der Thannheiser ist unterwegs gewesen zu seiner Alm …«

Panholzer hatte hinter seinem Schreibtisch Platz genommen.

»Richtig«, bestätigte er.

»Seit wann kümmert sich eigentlich ein Bauer selber drum? Der wird doch seine Leut dafür haben?«

»Das … ah … ist bei den Thannheiserischen alles ein bisserl anders gewesen. Als Sennin nämlich ist seine Frau oben gewesen – die Mena.«

»Ah?« Der Kommissar blieb stehen und sah Panholzer verwundert an. »Also weißt, Kaschpe – es ist zwar bekannt, dass die Zellacher eine extrige Rass sein können, aber eine Bäuerin, die selber auf der Alm ist, ist mir bisher eher selten untergekommen.«

Der Wachtmeister zuckte die Achseln. »In Zellach jedenfalls hat sich keins was dabei gedacht. Die Leut auf dem Land können da überhaupt recht leger sein, da täusch dich bloß nicht. Wenns notwendig ist, wird da nicht erst im Benimmbüchl nachgeschaut. Einer guten Bäuerin grausts vor nichts, musst du wissen. Und wenns nicht grad eine ganz Gespreizte ist, ist sie sich erst recht nicht für die Almarbeit zu schad. Außerdem ist die junge Thannheiserin eh nie so gern unter die Leut gegangen. Wegen ihrem Buckel, nehm ich an. Und wie vor ein paar Wochen der alte Senn, der sonst die Arbeit auf dem Etterkaser geschmissen hat, aufgeben hat müssen, da ist halt sie eingesprungen. Der Thannheiser solls überhaupt nicht gern gesehen haben, aber einen Ersatz hat er auch nicht so schnell auftreiben können, so mitten unterm Jahr. Außerdem soll die junge Mena allweil schon gern mit dem Vieh gewesen sein und hat die Almarbeit gemocht.«

Glaser ließ sich wieder in den Sessel plumpsen. Er rieb sich den Nacken.

»Trotzdem«, sagte er. »Der Elias Thannheiser ist keiner von den Armen gewesen. Für eine Aushilf wird so einer grad noch ein paar Kreuzer in seiner Kassa übrig gehabt haben.«

»Hast ja recht«, pflichtete ihm Panholzer bei. »Für viele Bäuerinnen käms eher nicht in Frag, auf die Alm zu gehen. Haben ja auch herunten mit dem Haushalt genug zu tun. Aber für den und die Gastwirtschaft hat der Thannheiser ja schließlich eine tüchtige Wirtschafterin gehabt, die ihm alles geschmissen hat. Die Mena dagegen –« Er unterbrach sich. Von der Dorfstraße drang das Geläut schwerer Kuhglocken herein. Der Wachtmeister wuchtete sich aus dem Sessel und stellte sich an das Fenster. Er winkte den Kommissar zu sich. Glaser, der gerade nach seiner Pfeife gekramt hatte, sah neugierig auf.

»Sie kommen«, sagte Panholzer.

Thannheisers Herde kehrte von der Alm zurück. An der Spitze des Zuges, sich auf den Hirtenstock stützend und ein Bein leicht nachziehend, ging Mena. Ein knöchellanger, schwarzer Hirtenmantel umschlotterte ihre hagere Gestalt. Ihr Gesicht war bleich, und es schien ihr Mühe zu bereiten, sich aufrecht zu halten. Die Menschen auf dem Dorfplatz hatten ihre Gespräche unterbrochen und betrachteten sie befangen.

»Das ist sie, die Mena …«, sagte Panholzer, unwillkürlich flüsternd, als wohne er einer Feierlichkeit bei.

»Denk mirs schon.« Glaser drehte sein Gesicht zu Panholzer, ohne seinen Blick von der behäbig dahintrottenden Herde und den beiden Sennen zu nehmen. »Sag einmal, Kaschpe … eins wundert mich …«

»Hm?«

»Schau dir mal das Vieh an. Ists bei euch nicht auch der Brauch, dass die Küh beim Almabtrieb einen Schmuck aufgesetzt kriegen?«

»Du meinst die Kränze, die Furkel?«

»Wie ihr das auch nennt.« Glaser nickte und wies auf die Dorfstraße. »Die Viecher da unten haben jedenfalls nichts.«

»Das muss so sein«, belehrte ihn Panholzer. »Seit altersher werden die Furkel bloß dann aufgesetzt, wenn es den Sommer über kein Unglück auf der Alm gegeben hat.«

»Verstehe«, murmelte der Kommissar. Er deutete an das Ende

des Zuges, dem ein gebückter Alter folgte und die Tiere mit Stockhieben antrieb.

»Und wer ist der zusammengewerkelte Alte hintendran?«

»Der alt Dori. Ist schon seit Lebtag lang Knecht beim ›Taffern‹ gewesen.«

In diesem Moment löste sich unter dem Fenster der Bann. Der Zug geriet ins Stocken. Eine ältere Frau trat tränenüberströmt aus der Reihe, ging auf Mena zu, ergriff ihre Hand und sprach tröstend auf sie ein. Zwei weitere Frauen folgten ihr, berührten ihre Schultern. Mena Thannheiser unterbrach kurz ihre Schritte, nickte ihnen mit abwesender Miene zu, bis sie die Herde wieder vorwärts schob.

Dann war sie hinter einer Straßenbiegung im Süden verschwunden. Nachdenklich drehte sich Glaser um. Dann sah er entschlossen auf.

»Kaschpe, wir kommen nicht drum rum, aber ich muss dich jetzt doch noch ein bisserl herumsprengen. Ich muss unbedingt noch mit ein paar Leuten reden. Was ich sie fragen will, weiß ich selber noch nicht genau. Ich … ich möcht bloß sichergehen, verstehst?«

»Nicht ganz, wenn ich ehrlich sein muss, Gust. Heißt das denn, dass du auf einmal nimmer glaubst, dass der Kerschbaumer den Thannheiser auf dem Gewissen hat? Oder gar, dass wir doch den Falschen haben und dieser Paul doch so heißt, wies in seinem Pass steht?«

»Ich möcht einfach sichergehen!«, wiederholte Glaser plötzlich gereizt. Wieder fühlte er Zorn in sich aufsteigen. Er wollte, musste diesen Kerl überführen! Dabei durfte er sich keinen Fehler leisten. Der Mann war mit allen Wassern gewaschen!

Der Wachtmeister betrachtete ihn kopfschüttelnd. Er gab einen Seufzer von sich.

»Gust, dann sei wenigstens so gut und sag einem einfachen Dorfwachtmeister wie mir, was dir im Hirn rumgeht. Mir, der ich das Dorf lang genug kenn …«

»Streitet keiner ab, Panholzer!«, beschwichtigte der Kommissar brummig.

»Dann hör mir aber auch zu, Gust: Ich sags zum allerletzten Mal: Mir fällt kein einziger Grund ein, den irgendeiner aus Zellach gehabt haben könnt, den Thannheiser umzubringen!« Mit einer Heftigkeit, die ihn selbst verblüffte, brach es aus ihm heraus: »Und langsam wirds mir zwider, Gust, dass ich mir bei dir mein Maul fransig reden muss.«

Glaser nahm seine Pfeife aus dem Mund und sah Panholzer kühl an. »Dann tät ich doch vorschlagen, dass du dir die Polizeiordnung wieder mal vornimmst. In der unter anderem drinsteht, was ein Beamter der Gendarmerie zu tun hat, wenn die Kriminalpolizei bei Ermittlungen seine Hilfe anfordert.«

»So brauchst mir aber auch nicht zu kommen«, sagte der Wachtmeister verletzt.

»Ich komm jedem, wie ers braucht, Kaschpe. Es hat nichts damit zu tun, dass ich dich schätz.«

Panholzer gab auf. Er zuckte mit den Schultern. »Von mir aus … wenn du unbedingt meinst …«

»Ja, ich meins«, bekräftigte Glaser. Er versuchte ein versöhnliches Grinsen. »Je früher du fertig bist, desto eher hast mich los.«

Es war noch dunkel, als Kajetan Schritte vor der Zelle hörte. Einige unverständlich gemurmelte Worte zwischen Wachtmeister Panholzer und dem Nachtposten folgten, kurz darauf das Klirren eines Schlüsselbundes. Dann drehte sich der Schlüssel im Schloss. Knirschend schwang die schwere Zellentüre in den Raum. Eine Lampe an der Decke flammte auf.

Geschmerzt kniff Kajetan die Lider zusammen.

»Aufstehen, Herr.« Panholzer wirkte übermüdet. »Sie werden ins Bezirksgericht überführt.«

Kajetan wälzte sich von der Pritsche und folgte dem Wachtmeister in die Wachstube.

Er hatte nicht geschlafen, von einer erschöpften halben Stunde zwischen zwei Kontrollen seines Bewachers abgesehen. Vergeblich hatte er sein Gehirn nach einem Ausweg zermartert. Den Gedanken an einen Ausbruch hatte er früh fallen gelassen; die winzige Fensterluke war mit fingerdicken Stäben vergittert, und jeder Versuch, sich an ihnen zu schaffen zu machen, hätte den Bewacher sofort alarmiert.

Er hatte sich zuletzt nur noch ausgemalt, was nun weiter geschehen würde. In der Bezirksinspektion würde sich seine Identität rasch klären. Damit hätte er zwar die Mordanklage als vermeintlicher Kerschbaumer vom Hals, aber noch nicht den Verdacht, den »Taffern«-Wirt ums Leben gebracht zu haben. Dieser Provinz-Kriminaler schien sich regelrecht darin verbohrt zu haben, und er schien nicht einsehen zu wollen, dass die Indizien mehr als mager waren. Doch gerade in Fällen wie diesem war die Dauer der Untersuchungshaft ein einziges Glücksspiel. Hatte er Glück, dann – und nur dann – würde er in einem halben Jahr wieder freikommen. Hatte er es nicht, geriet er bei der Verhandlung außerdem an einen ehrgeizigen Richter und beschränkte Beisitzer, so konnte ihm lebenslanges Zuchthaus blühen.

Kaum weniger beängstigend war, dass seine Verfolger in München früher oder später davon Wind bekommen würden, dass er noch am Leben war. Es würde ihnen ein Leichtes sein, ihn endgültig loszuwerden. Die Zeitungen würden eine kurze Notiz, einen »Selbstmord in der Zelle« oder ein »beim Fluchtversuch erschossen«.

Kommissar Glaser erwartete ihn mit düsterer Miene. Auch er wirkte übernächtigt.

»Hand her, Kerschbaumer«, befahl er knurrend. Er schloss die Handschelle um Kajetans rechtes Gelenk, befestigte die andere an seiner Linken, verabschiedete sich einsilbig von Panholzer und bugsierte seinen Gefangenen ins Freie.

Hinter der Station wartete Assistent Nossak, fröstelnd die Arme um sich geschlungen. Der Motor des dunkelgrünen Simson-Supra schnurrte fahrbereit. Glaser schob Kajetan auf den Rücksitz und ließ sich neben ihm auf das Polster fallen, löste seine Kettenschelle und befestigte sie am Holm des Vordersitzes.

Der Kriminalassistent legte den Gang ein und bog auf die Dorfstraße ein. Die Scheinwerfer stocherten durch den glitzernden Nebel. Noch war kein Mensch unterwegs, nur aus dem dampftrüben Fenster der Bäckerei bleckte gelbes Licht.

Nach wenigen Minuten hatten sie das Dorf hinter sich gelassen. Dichte Nebelschwaden flogen ihnen entgegen. Nossak fluchte leise. Er saß verkrampft über das Lenkrad gebeugt. Mit zusammengekniffenen Augen starrte er durch die Windschutzscheibe auf die nassschwarze Fahrbahn.

Glaser brütete vor sich hin, den Kopf zwischen den Schultern. Sein starrer Blick schien ein Loch in das Leder des Vordersitzes zu sengen. Schon am Abend zuvor hatte er seine Unzufriedenheit an Nossak und Panholzer ausgelassen, und auch jetzt brodelte es noch in ihm.

Der Rest des vergangenen Tages war ein einziger Reinfall gewesen. Die Witwe des Thannheiser war für eine Vernehmung nicht ansprechbar gewesen. Glaser hatte das nicht hinnehmen wollen. Doch Wachtmeister Panholzer machte ihm mit überraschender Entschiedenheit klar, dass er keinen Finger dafür krumm machen würde, die Witwe zwangsweise vorführen zu lassen. Stattdessen hatte er ihm den Pfarrer angeschleppt, der mit auffallendem, für Glasers Geschmack etwas übertriebenen Nachdruck bestätigte, dass der Tod ihres Gatten die arme Frau Thannheiser in eine schwere seelische Krise gestürzt habe, weshalb er inständigst ersuche, nein, als Priester und Mensch sogar fordere, zum jetzigen Zeitpunkt auf eine Vernehmung zu verzichten – soweit sein Schweigegelöbnis davon nicht angetastet sei, könne er immerhin bestätigen, dass Frau Thannheiser ihren Mann tatsächlich um einen Besuch auf dem Etterkaser gebeten habe. Eine Menge organisatorischer Dinge seien zu besprechen gewesen, denn die Thannheiser-Alm sei in den letzten Jahren etwas vernachlässigt worden. Jetzt mache sich die junge Frau deshalb Vorwürfe, fände aber Trost im Gebet.

Von den Stallarbeitern des »Taffern« war ebenfalls wenig herauszubekommen gewesen; die alte Magd schluchzte nur Unverständliches vor sich hin, dem Glaser mit Mühe entnehmen konnte, dass sie ihr Lebtag noch nie mit der Polizei zu tun gehabt habe und lieber sterben wolle, als in die Schande zu kommen. Auch der Hausknecht, der alte Dori, reagierte auf Fragen des Kommissars mit unverhohlenem Argwohn. Von irgendwelchen Unstimmigkeiten oder Feindschaften gegenüber ihrem Brotgeber, mümmelten die beiden durch ihre schlechten Zähne, könnten sie nichts berichten. Es war nutzlos gewesen, dass Glaser zu erklären versuchte, selbst im Bezirk geboren worden zu sein, dass seine Eltern ebenfalls dem Bauernstand angehörten und einige Familienmitglieder noch immer einen Hof im Unterland bewirtschafteten. Aber er war nicht mehr einer der Ihren; er verkörperte Staat und Macht, und von beiden war noch nie Vernünftiges ausgegangen.

Das Moar-Mariedl, Dienstmädchen und Kellnerin auf dem »Taffern«, war nicht mehr rechtzeitig anzutreffen gewesen; sie hatte sich bereits aufgemacht, bei einem Bauern im Nachbardorf um eine neue Anstellung anzufragen. Der Hotelier Mannhardt wiederum hielt sich zu angeblich wichtigen Gesprächen mit einem Reiseveranstalter in Rosenheim auf.

Nur dem vereinten und energischen Einsatz von Wachtmeister Panholzer und Kriminalassistent Nossak war es zu verdanken gewesen, dass sich zuletzt noch der Peterbauer in die Station zitieren ließ.

Ob er seine Zeit zum Verplempern habe?, polterte er. Was habe ausgerechnet er mit dem Mord an Thannheiser zu tun? Welche Drecksau versuche ihn da hineinzuziehen?

»Jetzt spiel nicht den Beleidigten, Peterbauer!«, hatte ihn der Kommissar in die Schranken gewiesen. »Es geht um eine Zeugenaussage, um nichts anderes. Kein Mensch sagt, dass du verdächtigt wirst. Und damit du klar siehst: Ob einer ein Soze ist, ein Indianer oder gar ein Chines, ist mir wurscht. Solang er sich nichts zuschulden kommen lässt. Kapiert?«

»Dann frag endlich. Muss heim in den Stall.«

»Du bist ein Bauernbündler, Peterbauer.«

»Wenn dus schon weißt, was fragst dann?«

»Weil der Thannheiser beim Königsbund war, und sich der Bauernbund und der Königsbund wie Hund und Katz gegenüberstehn, Peterbauer.«

»Pah! Als ob die Hanswursten noch einer ernst nehmen tät.«

»Euch Bauernsozen nimmt erst recht keiner mehr ernst. Jedenfalls sind die Königsbündler in euerem Gäu noch ziemlich stark, und wos geht, machen sie euch schlecht. Zum Beispiel, dass ihr alle miteinander halbe Bolschewisten seids, nichts von der Kirch wissen und am liebsten alles enteignen wollts.«

»Das geht bloß gegen die Großen. Was haben irgendwelche Großkopferte so viel Grund und Wald zu haben? Möchtst mir vielleicht weismachen, dass so was gerecht ist, wo unsereins mit Müh und Not übers Jahr –«

»Spar dir deine Propaganda, Peterbauer!«, war ihm Glaser in die Parade gefahren. »Ihr Sozen habts euch bei der Fürstenenteignung vor ein paar Jahr nicht durchsetzen können, da brauchst mir jetzt gar nichts vorwinseln. Entweder hat man die Mehrheit oder man hats nicht. So einfach ist das.«

»Jaja ...«, hatte der Bauer geknurrt.

»Wie bist du selber eigentlich zum Thannheiser gestanden, Peterbauer?«

»Dass einer so sterben muss, gönn ich keinem. Aber sonst ist er mir wurscht gewesen.«

»Du hast ihn nicht mögen«, hatte Glaser gefolgert. »Und wieso?«

Der Peterbauer gab einen verächtlichen Ton von sich, sagte aber nichts.

»Peterbauer – ich hab Zeit. Ganz viel Zeit. Wie schauts da bei dir aus? Hast mir nicht gesagt, dass du gleich wieder in den Stall musst?«

»Fütterst du meine Viecher?«

»Wenn ich auf meine Fragen eine anständige Antwort krieg, bleibts ihnen zum Glück erspart, Peterbauer. So viel Liebe zur Kreatur könnt ein Bauer schon aufbringen. Also: Was für einen Grund hats gehabt, dass du den Thannheiser nicht mögen hast?«

»Weil er ein falscher Hund gewesen ist.«

»Gehts ein bisserl genauer?«

»So was spürt eins halt. Der Thannheiser hats allweil mit den Großkopferten gehabt. Über unsereinen hat der drüber geschaut.«

»So was hast du dick, gell?«

»Ich mag keinen über mir und keinen unter mir.«

»Alle Menschen sollen gleich sein, was?«, spottete Glaser. »Aber jetzt tät ich sagen, lassen wir die Sozen-Sprüch. Peterbauer, ich möchte von dir wissen, wo du gestern in der Früh gewesen bist.«

»Wo ein Bauer in der Früh ist.«

»Im Stall.«

»Gratulation, da kennt sich einer von den Oberen ja glatt einmal aus.«

Nossak war dem Auftritt des Peterbauern stirnrunzelnd gefolgt. »Etwas Respekt vor dem Herrn Kommissar, ja?«

»Dafür sorg ich noch allweil selber, kapiert?«, fauchte Glaser. Er widmete sich wieder dem Bauern. »Gibts Zeugen dafür, dass du daheim gewesen bist?«

»Meine Schwester. Und mein Vieh. Das kann zwar nicht reden, aber dafür umso lauter schreien, wanns kein Futter kriegt. Kann ich jetzt endlich –?«

»Nein! Wann du gehst, erfährst schon noch! – Sagt dir der Nam Kerschbaumer was?«

Der Peterbauer hatte gestutzt. »Wer soll das schon wieder sein?«

»So heißt der, den wir gestern kassiert haben, und der einen Mord in München und wahrscheinlich auch den am ›Taffern‹-Wirt auf dem Gewissen hat. Tu mir den Gefallen und stell dich nicht so blöd. Jeder im Dorf weiß es, also wirst es auch du schon gehört haben. Ich frag noch mal: Was sagt dir der Nam Kerschbaumer?«

»In Schwarzberg oder im Klausertal drüben solls einen Bauern geben, der sich so schreibt. Mehr weiß ich auch nicht. Was fragst denn überhaupt?«

»Tu nicht so scheinheilig, Peterbauer. Wenn ich was dick hab, dann ist es das, wenn mich einer für blöd verkaufen möcht. Drum pass jetzt genau auf, was ich dir sag: In eurer Gegend passierts allweil wieder, dass sich die Spur von dem einen oder anderen verliert, der wegen was Politischem zur Fahndung ausgeschrieben ist. Dass du als alter Bauernsoz davon nichts weißt, kannst mir nicht weismachen.«

»Glaub, was d'willst, Kommissär. Ich hab mit deinem Kerschbaumer, oder wie der heißt, nichts zum tun!«

Glaser war aufgestanden und hatte dem Bauern mit einem Wink zu verstehen gegeben, ihm zu folgen. Er hatte die Sichtklappe der Arrestzelle zurückgeschoben und den Bauern hineinsehen lassen.

»Und, Peterbauer? Kennst ihn allweil noch nicht?«

Der Bauer schien für einen Moment verblüfft zu sein.

»Das soll ... der Dings sein ... der ...?«

»... der Kerschbaumer, genau«, hatte Glaser herablassend ergänzt. »Du sagst es. Philipp mit Vornamen, wenn dus genau wissen willst. Der, nach dem im ganzen Land wie angestochen gesucht worden ist. Und den wir erwischt haben.«

Der Peterbauer hatte ihn verächtlich gemustert. »Seids ja richtige Füchs ...«

»Halt deinen Schnabel! Gib endlich zu, dass du den Kerschbaumer kennst. Und dass du ihm hast helfen wollen, über die Grenz zu kommen.«

»Nein.«

»Nähmst das auf den Eid?«

»Jederzeit.«

»Dass auf Falscheid Zuchthaus steht, weißt?«

»Ist auch recht so. Drum hörst von mir nichts anderes als das, was die Wahrheit ist. Ich kenn ihn nicht, den Kerschbaumer. Und was den Herrn da drin angeht, bild ich mir ein, dass ich ihn im Dorf spazierengehn gesehen hab.«

»Tarnung. Und Frechheit!«

»Bieg dirs nur hin, wie dus brauchst.«

Glaser hatte den Bauern fluchend zum Teufel geschickt. Allein die ehemalige Wirtschafterin hatte der Wachtmeister am späten Nachmittag noch auftreiben können. Sie bestätigte, was sie bereits Panholzer zu Rapport gegeben hatte. Jawohl, ein Gast namens Paul, Vorname Kajetan, habe im »Taffern« für einige Tage gewohnt. Besonderes sei ihr nicht aufgefallen, der Herr sei höflich und zurückhaltend gewesen, habe höchstens ein wenig angespannt gewirkt, aber wo würde sie hinkommen, wenn sie sich über die seelischen Zustände jedes Gastes Gedanken machen würde? Mit Sicherheit könne sie aber ausschließen, dass es einen Konflikt zwischen Thannheiser und diesem Herrn gegeben hat. Der Wirt hätte es ihr nicht verschwiegen.

»Hat er Ihnen immer alles gesagt?«, hatte Glaser wissen wollen. Worauf sie nachdrücklich, mit einem Anflug von Stolz um die Lippen genickt hatte.

Den Grund für Thannheisers Wanderung bestätigte sie ebenfalls. Mena Thannheiser habe einige Tage zuvor über einen der Revierjäger ausrichten lassen, ihr Mann möge zu ihr auf den Etterkaser kommen. Es gäbe ein paar Dinge zu bereden, der Zaun um den Anger nahe der Alm müsse ausgebessert werden, das Schindeldach des Kasers sei an einigen Stellen verrottet, und außerdem traue sie dem Wetter nicht. Sie befürchte, dass die Kühe in diesem Jahr früher ins Tal gebracht werden müssten, wozu sie Hilfe brauche.

Es sei nicht eben üblich, dass eine Bäuerin selbst auf die Alm gehe, hatte Glaser eingeworfen.

Die Wirtschafterin hatte die Achseln gezuckt. Die Mena Thannheiser sei da halt eigen gewesen. Sie selbst habe das nie gestört, denn bei der Arbeit im Gasthof sei sie kaum zu brauchen gewesen.

Wenn ihr der Wirt immer alles gesagt habe – wisse sie dann auch, ob er Feinde gehabt habe?

Sie verneinte entschieden. Herr Thannheiser sei überall respektiert worden.

Gab es dafür politische Feinde?, hatte der Kommissar nachgehakt. Elias Thannheiser sei immerhin beim Heimat- und Königsbund aktiv gewesen, der in dieser Region noch ziemlich einflussreich sei. Was bekanntlich weder den Volksparteilern noch den Sozen und Nazen in den Kram passte.

Auch das hatte die Wirtschafterin kategorisch verneint. Thannheiser war offenbar Geschäftsmann genug gewesen, um das mit der Politik nicht zu übertreiben.

Zum Schluss hatte Glaser wissen wollen, wie es jetzt mit dem Gasthof weiterginge.

Ein bitteres Lachen war die Antwort gewesen. Nichts ginge weiter. Binnen kurzer Zeit würde Mena Thannheiser alles in den Graben gefahren haben. Sie selbst habe bereits die Koffer gepackt.

Glaser war überrascht gewesen: Sie hatte gekündigt? Ausgerechnet jetzt?

Etwas anderes sei ihr nicht übrig geblieben, erklärte Frau Tischler grämlich, die junge Thannheiserin sei heimgekommen, habe sie nur stumm und hasserfüllt angestarrt. Worauf die Wirtschafterin gewusst hatte, was sie zu tun habe. Jetzt sei sie darüber fast froh, denn sie wolle keine Nacht mehr im Haus einer Verrückten bleiben, bei allem Mitleid mit einer Frau, die gerade ihren Mann verloren habe, aber anders könne man das leider nicht mehr sagen.

Schon während des Gesprächs hatte der Kommissar eine zunehmende Gereiztheit bei sich festgestellt, obwohl alles, was er bisher in Erfahrung bringen konnte, seine Sicht der Dinge bestätigte: Thannheiser hatte im Dorf keine Feinde. Nur ein Mensch hatte ein plausibles Motiv, ihn zu ermorden: Kerschbaumer!

Trotzdem war Glaser von Stunde zu Stunde verdrossener geworden. Seine Unzufriedenheit hatte sich schließlich zum Wutausbruch gesteigert, nachdem Panholzer mit vielsagender Miene in den Verhörraum gekommen war. Anruf aus der Bezirksinspektion Dornstein! Dringend! Der Leiter der Bezirksinspektion, der Herr Kriminalrat persönlich, sei am Apparat!

Der Inspektionsleiter hatte in markigem Befehlston angeordnet, dass der Gefangene nicht erst in die Dornsteiner Bezirksinspektion, sondern unverzüglich nach München zu transportieren sei.

Glaser hatte empört Einspruch erhoben. Erst habe der Mord an Thannheiser aufgeklärt zu werden! Für diesen Fall aber sei eindeutig die Kriminalabteilung der Dornsteiner Inspektion zuständig, und damit er, Kommissar Glaser, und kein anderer! Halte man ihn in München für einen unfähigen Idioten?

Der Inspektionsleiter war ihm massiv über den Mund gefahren: Wehe, Glaser wage es, sich diesem Befehl zu widersetzen! Dieser sei von, jawohl!, höchster Stelle gekommen! Aus der Zentrale der Landeskriminalpolizei und damit aus dem Innenministerium!

Fluchend hatte Glaser sich fügen müssen. Gleichzeitig hatte es ihm gedämmert, dass das Spiel von vornherein abgekartet gewesen sein musste. Er hatte sich schon darüber gewundert, warum ihm der Kriminalrat den nagelneuen und einzigen Simson-Supra überlassen hatte, den er doch, vor Stolz auf die moderne Motorisierung seiner Inspektion fast platzend, normalerweise wie seinen Augapfel hütete.

Glaser war es nach und nach wie Schuppen von den Augen gefallen: An der Lösung des Thannheiser-Falles war man in

München wenn überhaupt, dann nur in zweiter Linie interessiert. Viel wichtiger schien es den Herrschaften zu sein, eines gefährlichen Politischen habhaft zu werden. Mit einem Prozess gegen Kerschbaumer würde es wieder einmal gelingen, dem bürgerlichen Publikum Schauer über den Rücken zu jagen und aller Welt die Bedrohung durch Sozen und Kommunisten zu demonstrieren.

Der Kommissar warf einen verstohlenen Blick auf Kajetan. Wusste der Mann überhaupt, dass vermutlich das Schafott auf ihn wartete?

Eigenartig. Glaser empfand plötzlich keinen Triumph mehr. Auch der Widerwillen, dessen Heftigkeit ihn selbst überrascht hatte, war nahezu verflogen. Er hatte einer Nachdenklichkeit Platz gemacht, die ihn zuweilen überkam, wenn er in einem Verbrecher auch dessen Lebenstragödie erahnte.

Dennoch – als Mörder kam allein Kerschbaumer in Frage, und dafür musste er die Quittung bekommen. Nur er hatte ein Motiv, ein anderes gab es nicht, weder ein persönliches noch ein politisches. Die Ehe der Thannheiserischen mochte ungewöhnlich gewesen sein, war aber in Ordnung. Auch Thannheisers Konflikt mit dem Zellacher Hotelier gab nichts her; Intriganten wie Mannhardt mordeten nicht, sondern bedienten sich anderer Waffen. Und mochten die unterschiedlichen politischen Einstellungen gelegentlich zu bissigen Debatten an Zellacher Biertischen führen, so schlug man sich deswegen nicht die Köpfe ein.

Kerschbaumer dagegen hatte seine verbrecherische Natur schließlich schon in München unter Beweis gestellt, sich in der Nähe des Tatorts herumgetrieben, war höchstwahrscheinlich mit gefälschtem oder gestohlenem Pass unterwegs und hatte ein überzeugendes Motiv: Er wollte ins Ausland flüchten und konnte nicht riskieren, entdeckt zu werden. Es muss zu einem Handgemenge zwischen ihm und Thannheiser gekommen sein … der Mörder packte einen herumliegenden trockenen Ast, setzte seinen Kontrahenten außer Gefecht, indem er ihm die Augen ausstach … und ließ ihn seelenruhig in die Tiefe stürzen …

Ja, so musste es gewesen sein. Aber jetzt sollte sich seinetwegen die Landeskriminalpolizei damit herumschlagen. Es ging ihn nichts mehr an.

Der Kommissar sah auf seine Uhr. Eine gute Stunde waren sie bereits unterwegs. Es war hell geworden, doch die Sicht hatte sich nur wenig gebessert. Noch immer segelten zähe Nebelschwaden auf sie zu. Schwarze Baumriesen, die Rinde vor Nässe gesättigt, wölbten ihr welkes Laub über die Straße.

Nachdem der Wagen einige tiefer gelegenen Ortschaften durchquert hatten, trat die Straße wieder in den Schatten einer Felsenge ein, die letzte, bevor sie endgültig das Flachland erreichen würden. Die Fahrbahn wand sich in leichter Steigung auf eine niedrige Kuppe und hielt auf ein Felstor zu. Nossak schaltete herunter. Der Motor röhrte auf.

Nossak sah die dunkle Adler-Limousine zuerst. Er wischte hektisch mit dem Ärmel über die beschlagene Scheibe. Der Wagen stand schräg über den rechten Fahrstreifen, der Vorderreifen schien sich im Gestrüpp des Straßenrandes verfangen zu haben.

»Ist scheints ein Unfall«, sagte Nossak. »Sollen wir …«?«

»Nein, tun wir nicht.« Glaser stieß sich ab und krallte sich mit der Linken an die Lehne des Vordersitzes. »Fahr langsamer.«

»Sowieso.« Nossak bremste ab. Langsam näherten sie sich der Unfallstelle. Zwei schemenhafte Gestalten waren im Nebel zu erkennen. Eine davon war über die geöffnete Kühlerhaube gebeugt, die andere machte Anstalten, den Wagen auf die Straße zurückzuschieben.

Kajetan beobachtete den Kommissar. Dieser sah gebannt nach vorne. Seine Kiefer mahlten.

»Bleib stehen!«, sagte Glaser heiser.

»Wir kommen gut vorbei«, beruhigte ihn Nossak. »Keine Sorg.«

»Bleib stehen!«, kommandierte der Kommissar scharf. Nossak wandte sich fragend um.

Glaser brüllte: »Stehen bleiben, sag ich!«

Nossak trat heftig auf die Bremse. Der Wagen stand. Kajetan kippte wieder in die Lehne zurück. Verwirrt bemerkte er, dass Glaser seine Pistole gezückt hatte. Er folgte dem Blick des Kommissars, der noch immer nach vorne starrte.

Eine der beiden Gestalten richtete sich auf.

»Fahr rückwärts!«, keuchte Glaser. »Sofort.«

»Aber …«

»Tu, was ich dir sag!!«

Nossak zuckte zusammen. Krachend legte er den Gang ein, warf den Arm über die Rücklehne und ließ den Motor aufheulen. Mit quietschenden Reifen schlingerte der Simson-Supra zurück.

Noch immer fassungslos sah Kajetan, wie Glaser seine Pistole entsicherte. War der Mann noch ganz bei Sinnen? Er warf einen Blick nach vorne. Die beiden Gestalten hatten sich in Bewegung gesetzt und rannten auf sie zu.

»Schneller!!«, schrie Glaser.

Mit ohrenbetäubendem Kreischen schrammte der Wagen einen Begrenzungsstein, bevor Nossak scharf den Lenker einschlug, zurückkurbelte und mit aufheulendem Motor in Richtung Gebirge zurückjagte.

Hinter ihnen knallte es dumpf. Das Geräusch wurde von den Felswänden zurückgeworfen und pflanzte sich durch die

Schlucht fort. Augenblicklich begann der Wagen zu rütteln. Nossak versuchte krampfhaft, das schlingernde Fahrzeug in der Spur zu halten.

»Der Reifen!«, kreischte er. »Der Reifen ist hin!«

»Fahr!«, brüllte Glaser. »Oder ich bring dich um!«

Die Wagnerei im nächsten Dorf war für luxuriöse Gefährte wie einen Simson-Supra nicht ausgerichtet. Der Schmied tat dennoch sein Bestes, den Wagen wieder notdürftig fahrbereit zu machen.

Rumpelnd bog er Stunden später wieder auf den Platz hinter der Gendarmeriestation ein. Der flatternde Kotflügel schwang aus. Glaser riss die Tür auf.

Der Wachtmeister stürzte alarmiert aus der Tür.

»Gottseidank!«, rief er. »Gust, ich muss dir …« Sein Blick fiel auf das ramponierte Automobil. »Habts ihr einen Unfall gehabt?«

»Der Nossak ist sogar zu blöd zum Rückwärtsfahren!«, wütete Glaser. Krachend schlug er die Wagentüre hinter sich zu, umrundete das Fahrzeug und zerrte Kajetan aus dem Fond.

»So, Bürscherl!«, schnaubte er, »das ist euch danebengegangen.«

Kajetan öffnete verdattert den Mund. Bevor er ein Wort herausbrachte, keifte der Kommissar: »Stell dich bloß nicht so blöd! Das nutzt dir auch nichts mehr.« Er wandte sich an den Wachtmeister. »Seine Kommunistenspezl haben wieder mal besonders schlau sein wollen!«

Panholzer klappte den Mund auf und zu. »Sei mir nicht bös, Gust, aber ich kapier erst recht nichts. Außerdem muss ich dir –«

»Wundert mich nicht«, blaffte der Kommissar und stapfte wortlos zur Station. An der Pforte drehte er sich noch einmal um. »Kaschpe! Den Gefangenen auf der Stell wieder ins Loch zurück! Und du, Nossak, bringst das Auto zum Wagner rüber.

Der soll uns augenblicklich das Blech wieder dranpappen und den Reifen richten.« Er verschwand in der Station.

»Gust! So wart halt!«, rief ihm der Wachtmeister nach. »Ich muss dir was …«

Krachend fiel die Tür ins Schloss.

Mit verwirrtem Gesichtsausdruck wandte sich Panholzer an Nossak. Der zuckte mit den Schultern.

»Da waren zwei auf der Straß«, erklärte er, »der Glaser hat gemeint, dass sie den Kerschbaumer befreien wollten.«

»Gibts doch nicht!«, entfuhr es Panholzer. »Wir sind doch … wir sind nicht bei den Indianern!«

»Unter uns gesagt bin ich mir auch nicht sicher, ob der Herr Glaser da nicht ein bisserl hysterisch ist«, sagte der Assistent. Er packte Kajetans Ellbogen und sah zu Panholzer. »Dann sperrens mir halt die Zelle wieder auf, Herr Wachtmeister.«

»Das … das wollt ich dem Herrn Kommissar grad sagen. Das geht nicht.«

»Wieso?«

»Weil da einer drin ist.« Der Wachtmeister musste Luft holen. »Es ist der Kerschbaumer. Aber diesmal ist es der echte.«

Nossak riss den Mund auf. Sein Blick wanderte ungläubig von Panholzer zu Kajetan und wieder zurück.

Der Wachtmeister nickte bestätigend. »Ist noch keine Viertelstund her. Der Doktor ist grad bei ihm.«

»Ja, aber dann …« Nossak musste schlucken. Er deutete auf seinen Gefangenen. »… dann … dann wär das ja der Falsche gewesen?«

Kommissar Glaser vermied es, Kajetan anzusehen. »Wie oft soll ichs Ihnen noch sagen?«, sagte er mürrisch. »Sie können gehen. Die Sach hat sich erledigt. Für Sie jedenfalls.« Er räusperte sich.

»Und … ah …« er kramte angestrengt in seinem Gedächtnis nach Worten, die ihm vor Urzeiten zum letzten Mal über die Lippen gekommen sein mussten, »… ah … nichts für ungut.«

»Heben Sie sich keinen Bruch, Herr Kommissar.« Kajetan griff nach seinem Rucksack, den ihm Panholzer reichte. »Möcht ja jetzt nicht unhöflich sein, meine Herrschaften. Aber ich bin irgendwie froh, wenn ich Sie nimmer sehn muss. Verstehens das?« Ohne die beiden Männer noch eines Blickes zu würdigen, verließ er den Wachraum. Der Kommissar sah ihm aus den Augenwinkeln nach.

»Hau ab«, maulte er verdrossen.

Der Kommissar starrte auf die Türe, hinter der Kajetan verschwunden war.

Und doch ist mit diesem Kerl irgendwas faul …

Aber was?

Sofort nach seiner Rückkehr hatte er die Gendarmeriestation jener Gemeinde alarmiert, in deren Gebiet sie diese mysteriöse Autopanne zur Umkehr veranlasst hatte. Die Auskunft war kurze Zeit später eingetroffen: Außer einer Reifenspur am Fahrbahnrand habe man nichts Verdächtiges feststellen können. Ein größerer Personenwagen – ja, ein »Adler« könnte es durchaus gewesen sein, so genau kenne man sich dann doch noch nicht aus – habe nach Auskunft einer älteren Zeugin, die zur Frühmesse unterwegs gewesen sei, das Dorf nach Norden durchquert. Irgendwelche Auffälligkeiten seien jedoch nicht festzustellen gewesen. Der Verkehr habe in den vergangenen Jahren enorm zugenommen, an manchen Tagen durchquerten fast ein Dutzend Autos den Ort, und die Leute achteten nicht mehr so darauf wie noch vor einigen Jahren.

Sah er womöglich schon Gespenster?

Was ging hier eigentlich vor?

Und warum hatte sich das Einwohnerbüro der Münchner Polizeidirektion noch immer nicht gemeldet? Wieso dauerte das so lange? Gut, bei Licht besehen war die Angelegenheit bereits wieder hinfällig. Kerschbaumer war schließlich gefasst.

Aber mit diesem angeblichen Vertreter war trotzdem irgendetwas nicht in Ordnung! Glaser ballte unwillkürlich die Fäuste. Er musste die Sache selbst in die Hand nehmen! In der Dornsteiner Bezirksinspektion gab es jemanden, der schon öfters bewiesen hatte, dass auf ihn zu zählen war. Auf sie, korrigierte sich Glaser, und er ertappte sich dabei, dass ihm bei diesem Gedanken ein wenig warm ums Herz geworden war.

Das Mittagsläuten klang in der Ferne schwebend aus, als Kajetan wieder vor dem Peterbauerhof eintraf. Der Bauer hatte soeben das Tor zum Heustock zugeschoben und ging ihm entgegen. Er wirkte müde.

»Ich weiß, dass du nicht scharf drauf bist, wenn ich zu dir komm, Peterbauer«, sagte Kajetan. »Aber ich hab mir nicht anders zu helfen gewusst. Was passiert ist, wirst ja schon gehört haben.«

Der Bauer nickte. »Gehört und gesehen«, sagte er. »Gehen wir in die Stuben. Muss uns keiner sehn.« Er wies mit einer Kopfbewegung zum Bergwald über dem Hof. »Ist wahrscheinlich schon langsam Spinnerei von mir. Aber ich bild mir manchmal ein, als ob da oben irgendwo wer mit seinem Fernglas hocken könnt.«

»Wer?«

»Was weiß ich. Einer, dens halt interessiert, wer bei mir aus und ein geht. Hast schon was gegessen?«

Kajetan verneinte. Der Bauer hielt seine Hände unter den spärlichen Strahl des Außenbrunnens, wusch sie und trocknete sie an seiner Schürze ab. Sie betraten das Haus.

»Pouss dir doch endlich einmal die Schuh ab, Karl! Allweil tragst mir deinen Dreck in die Stuben«, empfing ihn Lies. Sie stellte eine dampfende Suppenschüssel auf den Tisch. Dann sah sie Kajetan.

»Der kriegt nichts«, sagte sie.

Kajetan glotzte sie an.

»Was ist?«, sagte der Bauer.

»Er ist es gewesen!«, stieß sie hervor.

»Was … wer?«, stotterte Kajetan.

»Stell dich nicht so blöd!«, geiferte Lies, das Gesicht vor Wut verzerrt. »Der den Lipp hingehängt hat! Weil du selber deinen Kopf aus der Schling ziehen hast wollen!«

»Das kannst doch gar nicht wissen, Lies!«, versuchte sie der Peterbauer zu beruhigen. »Habs dir schon mal gesagt!«

»Wer solls denn sonst gewesen sein? Raus mit ihm, oder …!«

Kajetan schnappte nach Luft. »Ich hab weder einen hingehängt noch hätt ichs tun können«, protestierte er. »Und erfahr ich endlich, um was es geht?«

»Na, um den, dens heut früh auf dem Lackenkaser verhaftet haben«, erklärte der Bauer.

»Den Mörder vom ›Taffern‹-Wirt?«

»Er ist kein Mörder!«, stieß die junge Frau hervor. »Raus!«

»Jetzt halt endlich einmal deinen Schnabel!«, dröhnte der Bauer. »Woher sollt er überhaupt gewusst haben, wo sich der Lipp versteckt hat?« Er sah Kajetan an. »Stimmts? Du bist ja nie beim Lackenkaser gewesen, gell?«

»Ist … das eine Alm an einem See?«

Ein plötzliches Misstrauen glomm aus dem Blick des Bauern. »Du bist dort gewesen?«

»Ich sags doch, Karl! Er ist bei ihm gewesen! Er hat ihn hingehängt! Wer solls denn sonst getan haben?!«

Der Bauer sah Kajetan fragend an. »Aber … das ist doch gar nicht der Weg gewesen, den ich dir gezeigt hab?«

»Weil ich mich vergangen hab!«

»Und du hast den Kerschbaumer da gesehen?«

»Ja! Aber so viel hab ich mir grad noch zusammenreimen können, dass es ihm nicht viel anders geht als mir.« Kajetan reckte seine Brust. »Und deswegen hab ich auch bei den Gendarmen nichts von ihm gesagt!«

»Ha! Wers glaubt!«

Lies knallte die Küchentür hinter sich zu. Kajetan sah ihr aufgebracht hinterher, dann wieder zum Peterbauern. »Was außerdem gar keine Kunst gewesen ist. Weder der Wachtmeister noch der Kommissar haben mich danach gefragt.«

Der Bauer maß ihn skeptisch.

»Glaubs dir ja«, sagte er schließlich. Er hängte seinen Arbeitsschurz an den Wandhaken und ließ sich mit leisem Ächzen auf der Tischbank nieder.

»Ich bins nicht gewesen«, beteuerte Kajetan. »Sag ihr das.«

»Ist doch jetzt wurscht«, sagte der Bauer. »Der Panholzer und der Kommissär haben jetzt einen, dem sie die Geschicht mit dem Thannheiser anhängen können. So gern ich ihm helfen möcht, so wenig weiß ich, wie ichs anstellen könnt. Vielleicht reißt ihn ein guter Rechtsanwalt vor Gericht noch raus, ich wünschs ihm.« Er machte eine lahme Kopfbewegung. »Hock dich schon nieder.«

Kajetan setzte sich zögernd. Der Bauer wandte sich zur Küche. »Lies! Jetzt fang dich gefälligst wieder! Du tust ihm Unrecht.«

»Entweder er verschwindet, oder ich!«, drang es durch die Tür.

»Da herinn hab ich auch noch was anzuschaffen!«, brüllte der Peterbauer. »Auf der Stell gehst her!«

Lies erschien im Türrahmen. Ihre Augen waren gerötet. »Geschirr! Und Besteck! Und ein Brot schneidest auf!«, befahl der Bauer.

Sie bewegte sich nicht. Bockig presste sie die Lippen aufeinander.

»Ich hab ihn nicht angegeben«, wiederholte Kajetan. »Ich schwörs dir. Bei allem, was mir jemals heilig gewesen ist.«

Hinter Lies' Stirn arbeitete es.

»Lies«, redete ihr nun auch der Peterbauer zu, »meine Leut haben mir gesagt: Wenns einen gibt, für den sie die Hand ins Feuer legen können, dann ist ers.«

Die junge Frau ließ ihre Schultern fallen. »Wer … wer solls denn sonst gewesen sein«, flüsterte sie. »Hat doch keiner gewusst, dass sich der Lipp da oben versteckt.«

»Es … es soll einer von Zellach gewesen sein, der sie zu dem Versteck geführt hat«, sagte Kajetan.

Der Bauer drehte sich mit einem Ruck zu ihm. »Was?«

Kajetan nickte bekräftigend. »Ich habs durch die Tür aufgeschnappt, wie einer der Jäger mit dem Kommissar geredet hat. Einen Namen hab ich nicht hören können, der hätt mir wahrscheinlich auch nichts gesagt. Und die Tür ist auch gleich wieder zugemacht worden.«

Der Peterbauer stierte einen Moment wie abwesend vor sich hin. Dann schüttelte er den Kopf. »Musst dich verhört haben. Vom Dorf kanns keiner gewesen sein. Ganz ausgeschlossen!« Er winkte seiner Schwester. »So hock dich endlich her«, sagte er. »Die Suppen wird kalt.«

Kajetan atmete auf. Lies brachte Geschirr und Besteck, holte den Brotlaib aus der Schublade und begann, Scheiben abzusäbeln.

»Eine arme Sau, der Kerschbaumer …«, sagte der Bauer bewegt. »Es heißt zwar, dass er in München droben einen erschossen haben soll, aber ich glaub eher, dass er sich da in was reinziehen hat lassen. Und dass er auch noch den Thannheiser umgebracht haben soll, kann ich mir erst recht nicht vorstellen. In dem Zustand, in dem ich ihn gesehen hab, gleich dreimal nicht.«

Kajetan stimmte ihm zu. »Er ist wahrscheinlich auch einer von denen gewesen, die du über die Grenz bringen hast wollen?«

Die junge Frau setzte sich, schlug ein Kreuzzeichen und füllte die Teller. Der Bauer griff nach dem Löffel. »Ach wo. Der Kerschbaumer ist doch von da. So einer braucht keinen Führer.«

»Aber gewusst habt ihr, dass er sich da oben versteckt?«

»Erst seit Kurzem, und auch bloß, weil –« Er stockte und wechselte einen Blick mit Lies. Er sah Kajetan offen an. »Nimm mirs nicht krumm. Es ist nicht, dass ich dir nicht trauen tät … aber es ist wahrscheinlich besser, wenn du nicht so viel davon weißt. Für dich und für … uns.«

Kajetan nickte stumm.

Eine Weile war nichts als das Klicken des Bestecks und das leise Schlürfen des Peterbauern zu hören.

»Gut«, lobte Kajetan in das Schweigen.

Der Bauer pflichtete ihm brummig bei. Lies hielt den Kopf gesenkt. Nachdem er sich zweimal nachschenken hatte lassen, schob der Bauer den Teller von sich.

»Merci«, sagte er. Lies sah überrascht auf. Sie sammelte Geschirr und Besteck ein und ging in die Küche.

Der Bauer lehnte sich zurück und begann, seine Pfeife zu stopfen.

»Was schlagst jetzt vor, Peterbauer? Was soll ich tun?«

»Frag mich was Leichteres. Dass es heuer so früh Schnee gibt, hat keins erwartet. Die Genossen von der Gilde drüben haben gar nicht erst aufsteigen können.« Der Peterbauer hielt eine

Streichholzflamme über den Pfeifentopf und begann zu schmauchen. »Wie hast du die Nacht da oben überhaupt überstanden? Hab mir Mordssorgen gemacht. Hättst glatt erfrieren können.« Mit einer Kopfbewegung deutete er auf Kajetans Verband. »Und den Pletzer da auf deinem Hirn? Wo hast den überhaupt her?«

Er wisse es selbst nicht mehr genau, antwortete Kajetan. Wahrscheinlich sei er einige Meter abgestürzt. Eine Sennin hätte ihn aufgeklaubt.

Der Peterbauer nahm seine Pfeife aus dem Mund. »Was für eine Sennin?«

Er sei nicht dazu gekommen, sie nach ihrem Namen zu fragen, sagte Kajetan. Die Alm habe Etterkaser oder so ähnlich geheißen.

»Dann kanns bloß die Thannheiser Mena gewesen sein«, stellte der Bauer fest. Er übersah Kajetans Verblüffung. »Na, dann hast jedenfalls noch ein Mordsmassl gehabt. Aber die Frag ist, wie wirs jetzt anstellen …« Er massierte nachdenklich seine Nasenwurzel. »Soweit ichs seh, gibts bloß noch zwei Möglichkeiten. Die eine ist, dass ich einen Pascher auftreib, der …« Er fing Kajetans fragenden Blick auf. »Ich mein einen Schmuggler, der dich auf seinem Fuhrwerk versteckt und über die reguläre Grenz bringt. Die andere wär, dass du ins Allgäu rübergehst. Da hats noch nicht so viel Schnee.« Der Peterbauer überlegte einen Moment. Dann nickte er entschlossen. »Ich probiers zuerst mit einem von den Paschern in Saalfelden drüben. Der alte Mangstl möcht zwar ein bissl Geld sehen, ist aber zuverlässig.«

»Viel?«

»Einen Zehner normalerweis. Hast noch so viel?«

Kajetan überschlug rasch in Gedanken, wie viel ihn der verlängerte Aufenthalt in Zellach kosten würde. Noch musste er sich keine Sorgen machen. Er nickte.

»Gut«, fuhr der Peterbauer fort. »Wenn der Mangstl sich aber sperrstellen sollt, kriegst von mir eine Adress in Sonthofen. Aber für das eine wie für das andere brauch ich noch mal gut zwei, drei Tag. Solang kannst, mein ich, noch warten. Die Wachtl werden dich nach der Blamage wahrscheinlich erst mal in Ruh lassen.«

Er empfahl Kajetan, sich in der Pension »Schönblick« im Dorf einzumieten. Sie sei einfach und die billigste im Dorf. Die Besitzerin sei zwar ortsüblich neugierig, mit Panholzer und den Ortsgrößen aber eher über Kreuz und die Letzte, die der Obrigkeit eine Information zukommen ließe.

Kajetan stand auf.

»Bloß noch eine Frag, Peterbauer. Habt ihr, du und noch einer, heut früh probiert, das Polizeiauto aufzuhalten?«

Der Bauer runzelte die Stirn. »Was?«

Kajetan berichtete, dass an diesem Morgen Unbekannte versucht hatten, ihn zu befreien. Ungläubig hatte der Peterbauer zugehört.

»Das ist ja der größte Schmarren, den ich je gehört hab«, platzte er ärgerlich heraus. »Als ob ich für so was Zeit hätt. Bin ich vielleicht der Räuber Kneißl?«

»Aber wer kanns dann gewesen sein?«

»Ist überhaupt gewiss, dass sich der Kommissär das nicht bloß eingebildet hat? Eine Phantasie scheint der ja zu haben, wenn er schon glaubt, dass ein Schwerkranker wie der Kerschbaumer Lipp ein Brackl Mannsbild wie den Thannheiser umgebracht haben soll.«

Kajetan zuckte die Schultern. »Weiß nicht. Der tut zwar, als ob er nicht bis drei zählen könnt, aber unterschätzen sollt man ihn auch nicht.«

»Schmarren!«, wiederholte der Peterbauer entschieden. »Außerdem: Wenn dich einer befreien hätt wollen, müsstest es du doch am besten wissen, oder?«

»Tu ich aber nicht«, sagte Kajetan. Im gleichen Moment schoss ihm ein Gedanke durch den Kopf. Er musste auch gleichzeitig dem Peterbauern gekommen sein, denn dieser sprach ihn aus: »Und wenns gar keine Befreiung hätt werden sollen? Sondern das Gegenteil?«

Kommissar Glaser zog sich den Stuhl zurecht und vergewisserte sich mit einem Seitenblick, ob Nossak, der an einem Tisch am Ende des Zimmers saß, seinen Notizblock bereithielt.

»So, Kerschbaumer …« Er betrachtete die zusammengesunkene Gestalt, die ihm gegenübersaß. Zehn, höchstens fünfzehn Minuten für ein Verhör könne er verantworten, hatte der Dorfarzt mitteilen lassen, nachdem er den Gefangenen untersucht und dessen verletzten Fuß versorgt hatte.

»Dass du der Philipp Kerschbaumer bist, streitest ja nimmer ab, oder?«

Lipp hielt den Kopf gesenkt. »Nein …«, flüsterte er.

»Würd dir auch nichts mehr nützen.«

Vor wenigen Minuten hatte der Kommissar den früheren Gendarmen des Schwarzberger Postens verabschiedet. Dieser war am frühen Nachmittag mit dem Fahrrad eingetroffen und hatte Lipps Identität bestätigt. Mit bekümmerter Miene hatte er sich an den Gefangenen gewandt.

»Lippl … Lippl … dass es so weit hat kommen müssen? Was du deine Leut antust …« Er hatte sich zu Panholzer umgedreht. »Ich kenn den Lippl schon, wie er noch Rotzglocken geläutet hat. Ein frecher Lauser ist er gewesen, hast ihm aber nichts krummnehmen können. Und seine Alten, die Kerschbaumerischen, waren grundanständige Leut. Aber so arm und notig, dass es einen erbarmt hat.« Er seufzte. »Wahrscheinlich ists der Bluts-Krieg gewesen, der ihn aus dem Gleis geschmissen hat… na ja, wär ja nicht der Einzige…« Er warf einen letzten Blick auf den Gefangenen und verabschiedete sich.

Lipp hielt sein Gesicht in seinen Händen verborgen. Die Handkette klirrte dünn.

»Ich hab nichts getan«, flüsterte er.

»Erzähl mir keine Märchen, Kerschbaumer. Soweit mir bekannt ist, gibts eindeutige Beweise, dass du in München droben einen erschossen hast –«

»Stimmt doch nicht…«, begehrte der Gefangene kraftlos auf.

»Kann ich nicht beurteilen, interessiert mich auch nicht. Der Staatsanwalt und seine Zeugen scheinen da jedenfalls ganz anderer Meinung zu sein. Mich interessieren erst mal bloß drei Sachen, Kerschbaumer. Erstens, wie du hergekommen bist, zweitens, wieso du ausgerechnet nach Zellach bist, und drittens, wer aus dem Dorf dich versorgt hat.«

»Mich hat keiner –«, setzte Lipp an.

Glaser ließ ihn nicht zu Wort kommen. »Fangen wir von vorn an. Wie bist du hergekommen? Mit dem Zug oder mit dem Postauto kannst nicht gekommen sein, weil schon am Tag nach dem Mord an jeder Station kontrolliert worden ist. Also? Wer hat dich gefahren?«

»… bin zu Fuß gangen.«

»Was?«, Glaser wechselte einen ungläubigen Blick mit Panholzer, der neben der Tür zum Vernehmungsraum Aufstellung genommen hatte. »Mit deinem angebrochenen Hax willst über hundert Kilometer gegangen sein? Komm mir nicht mit so was, Bürscherl! Lüg mich bloß nicht an!«

»Wanns aber so gewesen ist…«, flüsterte Lipp.

Glaser holte seine Pfeife hervor und stopfte sie, während er sein Gegenüber nachdenklich musterte. Eine Jäger-Patrouille hatte Kerschbaumers Versteck am frühen Morgen entdeckt. Lipp hatte noch versucht zu fliehen, war aber nur bis zum Waldrand gekommen, wo ihn seine Kräfte verließen und er widerstandslos festgenommen werden konnte. Einer der Jäger hatte zu Rapport gegeben, dass der Mörder geweint habe, und dem Beamten schien es, als sei Kerschbaumer beinahe, ja, erleichtert gewesen. Wie alle überhaupt erstaunt waren, da sie sich ein völlig anderes Bild von der Gefährlichkeit des Gesuchten gemacht hatten. Von Waffe übrigens keine Spur, wenn man von einem angerosteten Hirschfänger absähe, der aber eh mehr als Handwerkszeug einzustufen sei.

Der Kommissar setzte die Pfeife in Brand und blies eine Rauchwolke über den Tisch.

»Na gut, wills dir einmal glauben. Dann weiter: Wieso kommst du grad ausgerechnet nach Zellach? Du bist doch von Schwarzberg?«

Lipp ließ den Kopf herabsinken und schwieg.

»Hast dir gedacht, dass die Polizei bei dir daheim als Erstes suchen wird, hm?«

Lipp schüttelte matt den Kopf. »... wollt halt über die Grenz ...«

Glaser nickte befriedigt.

»Das nehm ich dir sogar ab, Kerschbaumer. Aber dann bist nicht weitergekommen, weil du dir deinen Fuß so angebrochen hast, dass du niemals durch die Muntenwand gekommen wärst. Kannst uns übrigens dankbar sein, dass wir dich erwischt haben. Noch ein paar Tag länger, und du hättst dir deinen Fuß abhacken können. Oder wärst wegen Blutvergiftung eingegangen.«

Lipp nickte matt.

»Dann die dritte Frag: Wir haben im Lackenkaser Lebensmittel gefunden, aber keinen Pfennig Geld. Wo hast du das Essen hergehabt? Hast dus gestohlen?«

»… hab noch nie was gestohlen …«, flüsterte Lipp.

»Wer hat dich dann versorgt? Wars der Peterbauer?«

Der Gefangene schüttelte den Kopf.

»Mach nicht den Fehler und halt mich für blöd, Kerschbaumer. Ich weiß zufällig, dass der Peterbauer-Karl gestern in der Näh vom Lackenkaser gewesen ist.«

»Der ist das gewesen?«

»Willst mir vielleicht weismachen, du hättst ihn nicht gekannt?«

»Wenns doch wahr ist …«

Der Kommissar seufzte. »Warum lügst mich an, Kerschbaumer? Weil du ihn nicht reinziehen willst? Dazu ists leider zu spät. Er ist gesehen worden. Aus welchem anderen Grund soll er zu dir gegangen sein, als dem, dir was zu essen zu bringen?«

»Weiß ich doch selber nicht«, gab Lipp müde zurück. »Er ist zur Tür rein, hat mich bloß wie einen Geist angestiert und ist gleich wieder fort.« Er sah auf. »Ists … er gewesen, der mich verraten hat?«

»Geht dich nichts an.« Glaser machte eine kleine Pause, in der er versuchte, die Miene seines Gegenübers zu ergründen, bevor er hinzufügte: »Wenn, dann höchstens, ohne es zu wollen.«

»Der Peterbauer hat mir nie geholfen«, murmelte Lipp nach einer Weile. »Er hat bis gestern gar nichts von mir gewusst. Muss … muss ein Zufall gewesen sein, dass er mich gefunden hat.«

»Dass du allweil noch nicht kapierst, dass deine Lügerei keinen Zweck mehr hat?«

Kerschbaumers Kinn fiel wieder auf seine Brust.

»Ist die Wahrheit«, flüsterte er.

»Soso. Aber wenn ers nicht gewesen ist, der dich in den letzten Wochen da oben durchgefüttert hat, wer dann? Wars einer von deinen Kommunisten-Spezln?« Der Kommissar unterbrach sich. »Schmarren, was red ich. Das kann schlecht sein. Deine Partei hat dich ja rausgeschmissen.«

Lipps Augen irrten ungläubig über das Gesicht des Kommissars.

»Rausgeschmissen?«, flüsterte er.

»Das weißt noch gar nicht?«, setzte Glaser nach. »In allen Zeitungen hats dringestanden. Deine Genossen wollen mit dir nichts mehr zu tun haben. Du und deine Spezl, ihr wärts – wie ist geschrieben worden? – verantwortungslose Abenteurer und Parteischädlinge. Was noch das Freundlichste gewesen ist. In eurer ›Roten Fahne‹ haben sie euch sogar als Spitzel von der Politischen Polizei und bezahlte Provokateure hingestellt, und –«

»Ist … ist nicht wahr«, stammelte Lipp. Der Kommissar fuhr ungerührt fort: »… und dass ihr den Mord an einem angeblichen Spitzel bloß begangen habt, damit die Partei schneller wieder verboten werden kann.« Glaser suckelte genüsslich an seiner Pfeife. »Da allerdings muss ich dich jetzt direkt in Schutz nehmen vor deinen ehemaligen Freunderln, Kerschbaumer. Und ich finds so verlogen und hinterfotzig, wenn die sich jetzt auf deine Kosten aus dem Schlamassel rausziehen wollen. Wärst tatsächlich ein bezahlter Provokateur gewesen, tätst jetzt nicht wie ein Häuferl Elend vor uns sitzen, sondern könntst in irgendeiner Beizen im Ausland dein Judasgeld aus dem Fenster schmeißen und mit Weibern poussieren. Die Polizei hat außerdem genug damit zu tun, mit ihrer anderen Arbeit nachzukommen. Da kann ich mir schlecht vorstellen, dass sie sich ihre eigenen Fälle auch noch selber zusammenfabriziert.«

Lipp hatte mit wachsender Bestürzung zugehört.

»Ausgeschlossen …?«, hauchte er fassungslos.

»Jawohl. Aus der Partei. Mit Schimpf und Schande, wies so schön heißt«, bestätigte der Kommissar. »Aber lassen wir das. Sag mir bloß noch eins: Wieso hast dann auch noch den Thannheiser umbringen müssen?«

»Hab keinen umgebracht!!«, röhrte Lipp auf.

Glaser beugte sich ruckartig vor, dachte aber im selben Moment an die mahnenden Worte des Arztes. »Lüg nicht schon wieder, Kerschbaumer!«, sagte er beherrscht. »Der Thannheiser hat dich gesehen, stimmts? Angst hast gehabt, dass er dich verraten könnt! Gibs doch zu!«

»Nein …«, wimmerte Lipp. Sein Kopf sank vornüber. Er schluchzte haltlos.

Panholzer räusperte sich. »Glaser … eine Viertelstund, hat der Doktor gesagt … jetzt sind wir schon weit drüber …«

»Weiß ich schon selber«, brummte der Kommissar. Er stand auf und befahl mit einer Kopfbewegung, den Gefangenen wieder in seine Zelle zu bringen. Der Kriminalassistent öffnete die Tür zum Wachraum und rief nach dem Hilfsgendarmen.

»Nossak, du gehst mit ihm mit«, herrschte ihn Glaser an.

»Zu Befehl.« Der Assistent zog den Gefangenen vom Stuhl und führte ihn aus dem Verhörraum.

Glaser und Panholzer kehrten in den Wachraum zurück. Glaser dehnte sich ächzend, ging ans Fenster und sah versunken in den trüben Tag hinaus. Seine Pfeife war ausgegangen. Er stopfte sie mit bedächtigen Bewegungen nach und steckte sie wieder an. Der Wachtmeister gähnte. Schweigen breitete sich aus.

»Was meint dein Zinken, Kaschpe?«, sagte der Kommissar schließlich durch die Rauchwolke hindurch. Panholzer war ratlos. »Also …« Er räusperte sich. »… wenn das, was wir grad gehört und gesehen haben, ein Theater gewesen ist, dann wär der Kerschbaumer so ungefähr das Durchtriebenste, was ich in meinem ganzen Leben gesehen hab.«

Glaser streifte ihn mit einem zustimmenden Blick. »Aber man täuscht sich halt manchmal …«, sagte er nachdenklich. »Ich hab mich bei einem früheren Kollegen, der auf München gegangen ist, nach der Sach erkundigt.«

»Und?«

»Sie sind zu dritt gewesen. Der Kerschbaumer und noch zwei andere. Den sie erschossen haben, ein Friseur namens Schöttl, soll ein Spitzel gewesen sein, der sich bei den Kommunisten eingeschlichen hat. Die drei sind bloß eine Stund nach dem Mord in ihrem Versteck überrascht worden. Der Kerschbaumer hat noch rechtzeitig abhauen können, der zweite hat tags drauf beim Transport nach Stadelheim unter ziemlich zweifelhaften Umständen abhauen können und soll jetzt im Ausland sein, der dritte hat sich vor ein paar Tagen in der Zelle aufgehängt. Ist alles natürlich eine Mordsblamage für die Münchner Polizei. Drum müssen sie sich jetzt auf Teufel komm raus an den Kerschbaumer halten. Sonst kriegens keinen gescheiten Prozess zustand. Den aber brauchens unbedingt.«

»Damits wieder gut dastehen.«

»Und wahrscheinlich auch, damits den Roten wieder anständig eine einschenken können.«

»Noja«, gab Panholzer zu bedenken, »wenn die aber meinen, einfach Leut über den Haufen schießen zu dürfen, gehörts ihnen auch nicht anders.«

»Hast vollkommen recht«, räumte der Kommissar ein. Er nuckelte eine Weile stumm an seiner Pfeife. »Was anderes, Kaschpe. Ich hab mir heut nachmittag noch mal den Tatort oben angeschaut.«

Der Wachtmeister verbiss sich eine Bemerkung. »Und?«, fragte er.

Glaser ließ eine Rauchwolke aufsteigen. »Spuren findst natürlich keine mehr, weil die Küh vom Etterkaser danach drüber sind. Aber immerhin hab ich unterhalb des Wegs die Stell gefunden, wo er sich den Hals aufgerissen hat. Ein abgestorbener Strunk auf halber Höh ist es gewesen. Aber das Wichtigste, Panholzer: Es ist tatsächlich so, wie du gesagt hast. An der Stell stürzt keiner ab, völlig ausgeschlossen. Den Weg kann ein Blinder gehen.« Er hob den Finger. »Was theoretisch übrigens heißen kann, dass der Thannheiser noch eine längere Wegstreck entweder von oben oder von unten zurückgelegt hat, nachdem ihm der Kerschbaumer die Augen ausgestochen hat.«

»Was vielleicht drauf rauslaufen könnt, dass ihm die Geschicht bloß als schwere Körperverletzung mit Todesfolge ausgelegt wird«, folgerte Panholzer.

Glaser stieß ein galliges Lachen aus. »Vorausgesetzt, dass er einen Richter findet, der auch nur eine einzige Sach gelten lässt, die zu seinen Gunsten auszulegen wär.« Er schüttelte überzeugt den Kopf. »So einen aber findet er nicht. Drauf zu verzichten, sich wieder als Retter der Nation aufblasen zu können, wird garantiert keiner von den Herrschaften über sich bringen.« Er feuerte die Pfeife nach. »Hat sich die Einwohnerstelle in München eigentlich noch allweil nicht gemel…?«

Nossak kam zurück. Glaser maß ihn mit einem ärgerlichen Blick.

»Ist der Gefangene in Sicherheit?!«, schnauzte er.

Nossak nickte eifrig.

»Dann gehst jetzt rüber und gibst an die Bezirksinspektion durch, dass wir den Kerschbaumer identifiziert haben, dass er aber vor morgen früh nicht transportfähig ist. Und dass außerdem unser Auto noch repariert werden muss. Verstanden?«

»Aber der Wagner hat schon heut Vormittag gemeint, dass er höchstens ein, zwei Stunden dafür ...«

»Nossak! Mach mich ja nicht rasend! Du tust, was ich dir sag!«

»Jawohl, Herr Kommissar.«

Glaser wartete stirnrunzelnd ab, bis der Assistent die Türe hinter sich geschlossen hatte. Dann wandte er sich wieder dem Wachtmeister zu: »Wie ist der Kerschbaumer eigentlich gefunden worden? Bin nicht ganz schlau draus geworden, was der Forstmeister da zusammengeschwafelt hat. Wie und wo genau haben sie ihn erwischt?«

»Na, Gust, du selber hast doch gestern noch die Jäger angewiesen, den Peterbauern zu überwachen.«

»Stimmt. Hab ich glatt vergessen.«

»Und kaum sinds ein paar Stunden auf dem Posten überhalb vom Hof, da sehens durchs Fernglas, wie die Tür vom Peterbauerhof aufgeht, die Peterbauern-Lies rauskommt und auf den Wald hinter dem Haus zugeht. Die Jäger denken sich erst noch gar nichts. Aber kurze Zeit drauf geht wieder eine Tür auf, diesmal die vom Stall, und es ist der Peterbauer selber, der herauslinst und dann in genau die Richtung schleicht, in der seine Schwester verschwunden ist. Während die aber den normalen Weg in Richtung zum Kleinen Muntenhorn nimmt, bleibt er immer ein Stück hinter ihr im Wald. Grad so, als wollt er unter gar keinen Umständen, dass sie ihn sehen kann.«

»Er spioniert ihr nach, willst sagen.«

»Genau danach hats jedenfalls ausgeschaut«, bestätigte Panholzer. »Er ist ihr nachgeschlichen wie einer, der seine Alte beim Fremdgehen erwischen will.«

»Und weiter?«

»Eine Zeit lang verlieren die Jäger die zwei wieder, aber dann taucht oben am Engpass die Lies wieder auf. Sie bleibt ein paar Minuten stehen, verschwindet kurz hinter einem Felsblock, kehrt dann wieder um und geht zurück. Der Peterbauer sieht es, duckt sich, lässt sie vorbei und rennt weiter zu dem Platz, an dem sie vorher umgekehrt ist, geht ebenfalls ein paarmal hin und her, verschwindet dann aber auf der anderen Seite vom Pass. Und zwar genau da, wos zum alten Lackenkaser hinabgeht, und wo –«

»– bisher noch nicht gesucht worden ist. Wieso eigentlich?«

»Kanns bloß raten. An und für sich ist der Lackenkaser bloß von unten, von der anderen Talseite aus zu erreichen. Der Weg aber ist vor dem Krieg bei einem Felssturz in die Schlucht gerissen worden, worauf, weils wohl nicht das erste Mal gewesen ist, die Alm endgültig aufgegeben werden hat müssen. Der Weg von oben her, vom Engpass, den der Peterbauer genommen hat, ist demnach sowohl ein Umweg als auch eine Sackgasse, abgesehen davon, dass er schon längst überwachsen ist und ihn ein Auswärtiger nie finden würd. Und – unter uns gesagt – reißen sich unsere Jäger auch nicht unbedingt gern einen Haxen aus, wenn ihnen Sachen aufgetragen werden, die sie von ihrer anderen Arbeit abhalten.«

Glaser winkte uninteressiert ab. »Wie ists weitergegangen?«

»Während die Jäger also noch überlegen, ob sie von ihrem Standplatz direkt über einen Grat zum Engpass rübersteigen sollen, da sehen sie auf einmal den Peterbauern wieder zurückkommen. Und jetzt rennt er auf dem Weg wie ein angestochener Stier nach unten. Fast, als ob er die Lies doch noch einholen möcht.«

»Oder vor ihr wieder auf dem Hof sein«, mutmaßte der Kommissar.

»Kann auch sein. Die Jäger jedenfalls haben gerechnet. Von ihrem Standplatz aus hätten sie den Bauern und seine Schwester nicht mehr abfangen können. Gleichzeitig hats ihnen gedämmert, dass da, wo der Peterbauer eine Zeit lang verschwunden ist, der alte Lackenkaser sein muss. Kurz darauf fängts aber zu wettern an, und sie wissen, dass sie bei einem Gewitter ohne Ausrüstung nicht mehr über den Grat kommen. Also haben sie in ihrer Hütte, die ganz in der Näh ist, übernachtet und sind am nächsten Tag gleich in der Früh zum Lackenkaser abgestiegen.«

Nossack kam strahlend zurück.

»Herzlichste Gratulation!«, platzte er los. »Der Herr Kriminalrat gratuliert uns zu unserem Erfolg.«

Glaser verzog den Mund.

»Hat er gefressen, dass wir heut nimmer fahren?«

»Hab ihn überzeugen können. Morgen Mittag müssen wir aber unbedingt in München sein, sagt er.«

Glaser grunzte befriedigt. »Was noch?«

»Dass die Bezirksinspektion Dornstein wieder einmal stolz auf Sie sein kann, Herr Kommissar.«

»Jaja ...«, brummte Glaser.

»Jetzt tu nicht so bescheiden, Gust«, tadelte der Wachtmeister wohlwollend.

»Das muss ich auch sagen!«, sekundierte der Assistent. »Sie sind wirklich viel zu bescheiden, Herr Kommissar.« Er wechselte einen einverständigen Blick mit Panholzer.

»Auf einen Zufall kann eins wohl schlecht stolz sein«, hielt Glaser mürrisch dagegen. Er wechselte das Thema und wandte sich wieder Panholzer zu: »Auf Deutsch, Kaschpe – es sind also die Peterbauern-Lies und ihr Bruder gewesen, die uns zum Versteck vom Kerschbaumer geführt haben?«

»Die Lies nicht, Gust«, korrigierte Panholzer. »Dein Auftrag war schließlich nicht, sie zu beobachten. Der Peterbauer wars. Wär er seiner Schwester nicht nachgeschlichen, wär kein Mensch auf die Idee gekommen, da oben nachzuschauen.«

»Wir verhaften die zwei, oder?«, mischte sich Nossak ein.

Glaser brachte ihn mit einem strengen Blick zum Schweigen. »Das wirst mir überlassen.«

Nossak schluckte. Der Kommissar fuhr ernst fort: »Kaschpe, Nossak – die Gschicht mit den Peterbauer-Leuten bleibt vorläufig unter uns, haben wir uns verstanden?«

»Ist doch klar«, sagte der Wachtmeister. Er wirkte erleichtert.

»Nossak? Kann ich mich einmal auch auf dich verlassen?«

»Jawohl, Herr Kommissar.«

Der Kommissar nahm es befriedigt auf.

»Gut. Dann übertragst jetzt dein Geschmier in Reinschrift, damit wir unseren Rapport draus machen können, verstanden? Danach kannst zum Essen gehen. Fällst mir ja sonst noch vom Fleisch.«

Der Assistent gehorchte wortlos und verließ die Wachstube. Glaser zog die Stirn in Falten. »Was wars übrigens, Kaschpe, was ich dich vorhin hab fragen wollen? Ahja! Ob sich die Einwohnerstelle in München schon gerührt hat!«

Der Wachtmeister verneinte bedauernd.

»Einen Saustall haben die da oben«, knurrte Glaser. »Und da soll unsereins gescheit arbeiten können. Ich sags dir, Kaschpe – große Goschen und nichts dahinter! Aber auf unsereinen runterschauen, das können sie.«

»Sie werdens schon nötig haben«, meinte Panholzer gleichgültig. Ihn beschäftigte etwas anderes: »Aber jetzt muss ich dich doch einmal was fragen, Gust.«

»Dann tus halt.«

»Brauchen wir denn das alles noch? Dass der, den wir jetzt haben, der Kerschbaumer ist, daran gibts doch überhaupt keinen Zweifel mehr. Soweit ich außerdem mitgekriegt hab, hast du mit diesem Fall nichts mehr zu tun. Wieso schaust du dir dann den Tatort noch mal an? Den Kerschbaumer zu verhören, wär auch nimmer deins gewesen. Was aber tust du? Bohrst und gründelst trotzdem weiter. Wieso lässt du nicht aus, wie ein Hund seinen Knochen?«

»Wahrscheinlich ein Geburtsfehler.«

Der Wachtmeister schüttelte lachend den Kopf. »Ich glaubs fast.« Dann schlug er sich mit der Hand auf die Stirn und rief: »Herrgott! Wo hab ich bloß mein Hirn in letzter Zeit! Fast hätt ichs vergessen! – Gust, du sollst bei deiner Frau in Dornstein anrufen! Unbedingt!«

Den Rest des Tages brachte Kajetan damit zu, sich vom Dorfarzt den Kopfverband abnehmen und die Wunde versorgen zu lassen. Der Doktor zeigte sich zufrieden. Alles sei ordentlich verheilt, ein weiterer Verband nicht mehr nötig, ein Pflaster genüge vollkommen, frische Luft wäre jetzt das Beste. Eine kleine Narbe würde bleiben. Der Arzt hatte geschmunzelt: So nehme halt jeder sein kleines Souvenir nach Hause, nicht wahr?

Die Besitzerin der Pension »Schönblick« war eine hagere Witwe in den Sechzigern und bereits ein wenig schwerhörig. Sie hatte die Empfehlung des Peterbauern mit einem erfreuten Lächeln quittiert und ihn umstandslos bei sich einquartiert. Da sich die Betten der einfacheren Quartiere von Zellach zu Saisonende als Erste leerten, war er der letzte Feriengast des Hauses.

Kajetan saß gerade beim Abendessen, als Kommissar Glaser den Essraum betrat, auf Kajetans Tisch zusteuerte und sich ohne Umschweife setzte.

»Ich stör doch nicht.«

Kajetan warf ihm einen reservierten Blick zu.

»Die Antwort könnens Ihnen wohl denken.«

»Sinds doch nicht so nachtragend. Hab mich entschuldigt, oder nicht?«

»Herr Kommissar«, Kajetan ließ die Gabel sinken. »Ich kann zwar verstehen, dass man als Polizist hie und da ziemlich einsam ist, weil einen wenig Leute mögen, bin mir aber trotzdem nicht sicher, ob ich der Richtige für eine zünftige Gesellschaft bin.«

»Könntens recht haben.«

»Dann redens nicht lang rum. Was wollens?«

Der Kommissar legte seinen rechten Arm auf die Tischplatte und lehnte sich behäbig zurück. »Na hörens, Herr Paul! So ungemütlich müssens auch nicht gleich tun.« Er grinste falsch. »Sagens, wie gehts uns denn allerweil?«

Kajetan konzentrierte sich demonstrativ auf sein Essen. Die Wirtin hatte Tellerfleisch mit Kren und Salzkartoffeln aufgetragen.

»Geht schon, danke«, mampfte er. »Und selbst?«

»Geht auch, danke, geht auch«, erwiderte der Kommissar gedehnt. »Auch wenn mans mir wahrscheinlich nicht direkt anmerkt. Aber dass ich hie und da grantig schau, muss ein Geburtsfehler sein. Kann ich auch nichts dafür.«

Die Wirtin war an den Tisch getreten. Glaser bestellte ein Glas Bier. Er schaute wieder Kajetan an. »Ist außerdem nicht persönlich gemeint. Überhaupt nicht.«

Eine Pause trat ein. Kajetans Ärger wuchs.

»Zum Grantig-Schauen gibts ja auch keinen Grund mehr, oder? Sie haben ihn ja endlich, Ihren Doppelmörder«, sagte er. Die Wirtin stellte das Bierglas auf den Tisch und zog sich wieder in ihre Küche zurück.

»Ja, man ist zufrieden.« Der Kommissar hob das Glas. »Prost, der Herr.«

Kajetan ignorierte die Geste, was Glaser jedoch nicht zu bekümmern schien. Er nahm einen tiefen Schluck, grunzte genüsslich, setzte das Glas wieder ab und wischte sich mit dem Handrücken über den Mund.

»Aber ganz zufrieden kann man halt nie sein«, begann er bedächtig. »Sicher ist, und da habens recht, dass es sich bei dem, den wir heut erwischt haben, um den gesuchten Philipp Kerschbaumer handelt, der in München wegen Mordes bald vor Gericht stehen wird. Wenn er auch behauptet, unschuldig zu sein. Was er gleich gar nicht zugeben mag, ist, dass er auch den Thannheiser umgebracht hat.«

Kajetan hatte ein Stück Fleisch abgesäbelt und wollte es sich zum Mund führen, ließ aber jetzt die Hand sinken. »Und jetzt muss ich wieder dafür herhalten, oder was?«, sagte er verärgert. »Habens nicht auch langsam das Gefühl, dass da ein Komödi fürs Bauerntheater draus wird? Und zwar eine ziemlich fade?«

Glaser hob die Hände und grinste beschwichtigend.

»Gottswillen, nein, Herr – äh – Paul. Da brauchens keine Angst mehr haben.«

Wieder trat eine Pause ein. Kajetan bemerkte, dass er sich mehr und mehr anzuspannen begann.

»Sie werden dann auch bald wieder auf München heimfahren, nehm ich an?«, begann der Kommissar in harmlosem Ton.

»Wird mir ja keiner verdenken können, nachdem ich mich in Zellach so gut hab erholen können.«

Der Kommissar gab den Zerknirschten. »Das kann keiner, da habens vollkommen recht.« Er nickte bekräftigend, griff wieder nach seinem Glas und trank.

Kajetan sah dem Kommissar direkt ins Gesicht.

»Machen wirs kurz, Herr Kommissar. Sie sagen mir jetzt auf der Stell, was Sie von mir möchten, und dann lassens mich gefälligst in Ruh! Einverstanden?«

»Jetzt sinds halt nicht gar so ungemütlich«, tadelte Glaser. »Find bloß, dass Sie sich ganz gut gehalten haben …«, er machte eine kurze Pause und fuhr leiser fort: »… dafür, dass Sie eigentlich tot sind.«

Kajetans Magen krampfte sich.

»Wissens, Herr Paul – oder sagen wir besser – Herr Kajetan, ich hab auf München, genauer gesagt, zur Einwohnerstelle, telegrafieren lassen, um rauszufinden, ob mit Ihrem Pass auch alles in Ordnung ist.« Glaser lächelte falsch. »Hätt ja schließlich auch in Ordnung sein können! Ich ermittel nämlich in alle Richtungen, wie sichs gehört, gell? Von München hab ich zwar allweil noch nichts gehört, aber dafür hab ich vor einer halben Stund eine zwar eher inoffizielle, aber dafür umso interessantere Information retour gekriegt. Könnens Ihnen denken, wie die lautet?«

Kajetan bemühte sich um einen herablassenden Ton. »Dass alles in Ordnung ist, was denn sonst.«

»Nicht ganz«, korrigierte Glaser süffisant. »Die Antwort ist vielmehr gewesen: Einen Herr Paul, Vorname Kajetan, gibts nicht. Dafür aber wär ein Herr Kajetan, wiederum mit Vornamen Paul, im Angebot gewesen.« Der Kommissar blickte versonnen in sein Glas. »Ganz schön raffiniert, muss ich zugeben. Da tauscht einer auf seinem falschen Pass bloß Vor- und Zunamen aus, und schon kommt er auf der Fahndungsliste nimmer vor. Gleichzeitig wird sein Risiko kleiner, dass er einmal verkehrt reagiert, wenn er mit seinem richtigen Namen angerufen wird.«

Glaser nahm einen Schluck. Bedächtig stellte er das Glas ab. »Außerdem ist mir, wie man so schön sagt, zu Ohren gekommen, dass Sie früher einmal –«

Die Tür des Gastraumes flog auf. Wachtmeister Panholzer kam atemlos hereingestürzt. Sein Gesicht war puterrot.

»Da bist ja!«, rief er, wirkte aber nicht erleichtert. »Gust! Musst kommen! Auf der Stell!«

Glaser sah alarmiert auf.

»Der Kerschbaumer…«, keuchte Panholzer.

Der Kommissar schoss mit einem Ruck hoch. Der Stuhl polterte hinter ihm zu Boden.

»Sag bloß nicht…?«

Der Wachtmeister nickte zerschmettert. »Er hat sich… hat sich…«

Glaser stieß den Wachtmeister beiseite und rannte zur Tür. Dort drehte er sich noch einmal um und streckte den Zeigefinger befehlend aus: »Kajetan! Sie fahren nicht ohne meine Erlaubnis! Sie bleiben im Dorf, ist das klar?!«

Lipp Kerschbaumer lag auf der Pritsche, den Mund leicht geöffnet. Zwischen den Zähnen drängte die violette Zunge hervor, um seinen Hals wand sich ein Streifen abgerissenen Leinentuchs, das andere Stück hing noch am Fensterknauf. Verstohlen äugte der Wachtmeister zu Glaser.

Das Gesicht des Kommissars war dunkel. Sein Brustkasten hob und senkte sich.

»Alle in die Station«, befahl er schließlich und marschierte wortlos voran. In der Wachstube angekommen, setzte er sich schwer. Stumm deutete er Panholzer und Nossak, ebenfalls Platz zu nehmen. Er stützte seine Ellbogen auf den Tisch und nahm sein Gesicht in die Hände. Für einen Moment wirkte er erschöpft.

»Tod in Polizeigewahrsam…«, sagte er rau.

Die beiden Männer senkten die Köpfe.

Der Kommissar sah mit einem Ruck auf. »Ich möcht jetzt auf der Stell wissen, wie das passieren hat können.« Er sah den Wachtmeister scharf an. »Da die Hilfsgendarmen wieder abgezogen worden sind, bist du für die Bewachung zuständig gewesen, Kaschpe.«

»Ja …«, stöhnte Panholzer gepeinigt.

»Wann bist dus letzte Mal beim Kerschbaumer gewesen?«

Der Wachtmeister zwinkerte nervös. »Ziemlich genau um acht«, berichtete er. Leiser fügte er hinzu: »Wie … wie ich wieder in die Station gekommen bin.«

»Du bist weg gewesen?!«

Panholzer wetzte auf dem Stuhl hin und her.

»Ich habs dem Herrn Wachtmeister angeboten«, stand ihm Nossak bei. »Seiner Frau gehts grad nicht so gut. Hab eh nichts zu tun gehabt.« Er richtete sich auf dem Stuhl auf. »Die Station ist jedenfalls keine Sekunde unbesetzt gewesen.«

Glasers Blick war von Panholzer zu Nossak und wieder zurück gewandert.

»Wie lang bist du weg gewesen?«

»Eine knappe Stund, nicht länger«, sagte Panholzer. »Meine Frau … ich hab ihr eine Suppen …«

Der Kommissar winkte ungeduldig ab. »Und nachdem du um acht den Nossak abgelöst hast, bist du gleich als Erstes hinter in den Karzer gegangen.« Panholzers stumme Bestätigung einholend, fuhr er fort: »Hast du aufgesperrt und bist zu ihm rein?«

Panholzers schlaffe Wangen zitterten, als er den Kopf schüttelte. »Ich hab bloß durch die Türklappen geschaut.«

»Und hast was gesehen?«

»Dass der Kerschbaumer auf der Schlafbank liegt.«

»Wie hast du das sehen können? War das Licht noch an?«

»Hab die Lampe dabeigehabt und reingeleuchtet.«

»Hast sein Gesicht gesehen?«

Panholzer zögerte mit einer Antwort. »Er … er ist mit dem Gesicht zur Wand gelegen, soweit ich mich erinnern kann. Ich hab ihn an seine Haar erkannt.«

»Aber du hast nicht deutlich gesehen, dass er es gewesen ist.«

Die Frage verwirrte den Wachtmeister. »Wer … wer solls sonst gewesen sein?«

Glaser ging nicht darauf ein. »Und gerührt hat er sich auch nicht, wie du reingeleuchtet hast?«

»Nein, er hat schon geschlafen. Freilich, ich hab mich gewundert, weil es noch so früh gewesen ist. Die wenigsten können da drin ja ein Aug zumachen. Vielleicht hat ihm der Doktor noch eine Spritzen gegeben, hab ich mir halt gedacht.«

»Geschlafen hat er, behauptest du …« Der Kommissar überlegte. »Und draufhin bist wieder in die Wachstuben gegangen, oder?«

»Ja.«

»Und? Weiter?«

»Ich hab den Herrn Nossak gefragt, obs was gegeben hätt, solang ich weg gewesen bin. Nein, hat er gemeint. Dann haben der Herr Nossak und ich noch ein bisserl geratscht …«

»So? Über was?«

Der Wachtmeister sah zu Nossak, dann wieder zu Glaser. »Über nichts Bestimmtes. Darüber, wies halt so ist bei uns. Was die Gendarmerie auf dem Dorf normalerweis zu tun hat …« Panholzer sandte einen fragenden Blick zu Nossak. Dieser räusperte sich und ergänzte: »Obs auf dem Land seit dem Krieg mehr Verbrechen als vorher gibt, wie das mit den illegalen Grenzgängern ist, den Schmugglern und Schleusern und so. Eher Fachliches. Hat mich halt interessiert.«

Der Blick des Kommissars umfasste die beiden Männer. »Wie lang habt ihr geratscht?«

»Die Zeit ist schnell vergangen«, erklärte Nossak. »Eine dreiviertel Stund ungefähr.«

Panholzer nickte bestätigend.

»Und weiter?«, bohrte der Kommissar.

»Dann hab ich Hunger gekriegt und wollt schauen, ob ich im Dorf noch was zum Essen krieg«, berichtete Nossak. »Aber bevor ich gegangen bin, hab ich noch einmal zum Kerschbaumer geschaut, und da …«

»Wieso bist du eigentlich noch mal rüber?«, wollte Glaser wissen. »Eine Viertelstund später hätt der Herr Wachtmeister doch eh wieder bei ihm reingeschaut?«

Der Kriminalassistent zuckte mit den Achseln. »Weiß auch nicht genau … mir ist halt immer noch im Kopf rumgangen, was uns heut früh passiert ist. Dass probiert worden ist, einen Gefangenen zu befreien.«

»Du bist also misstrauisch gewesen, möchst sagen.«

»Irgendwie, ja«, räumte der Assistent ein. »Hab mir halt gedacht, lieber einmal zu viel nachschauen als zu wenig. Ich wollt vor allem noch mal sehen, ob das Schloss auch wirklich sicher ist. Auf die Blamage jedenfalls, dass uns der Kerschbaumer noch mal auskommt, wär ich nicht besonders scharf gewesen.«

»Ich auch nicht«, sagte Glaser düster. »Jetzt ist er bloß tot.«

»Furchtbar …«, murmelte Panholzer.

Der Kommissar fasste sich wieder und fixierte Nossak: »Und um nachzuschauen, hast du den Schlüssel mitgenommen.«

»Freilich. Sonst hätt ich ja nicht gleich reinkönnen, wie ich ihn am Fensterkreuz hab hängen gesehen.«

»Freilich, freilich …«, wiederholte Glaser. »Und du hast ihn auch gleich abgeschnitten, richtig?«

Nossak nickte. »Hätt ja sein können, dass er noch lebt. War aber alles zu spät. Dann hab ich dem Herrn Wachtmeister geschrien.«

Glaser wandte sich wieder an Panholzer. »Wie war die Leich, wie du gekommen bist?«

»Wie meinst …?«

»War sie noch lebwarm oder schon kalt?«

»Eher noch warm, jedenfalls noch nicht steif. Er muss sich kurz nach meiner letzten Kontrolle aufgehängt haben.«

Der Kommissar nickte ein paar Mal nachdenklich. Er wirkte mit einem Mal niedergeschlagen. Seine Schultern sanken herab. »Also dann … es ist schon, wies ist. Kaschpe, du holst euren Doktor wegen dem Totenschein, und du, Nossak, du rufst jetzt gleich noch den Doktor Mühlauer in Dornstein an, verstanden?«

Nossak räusperte sich. »Bin schon so frei gewesen. Er hat sich sauber bedankt, heut noch rausfahren zu müssen. Was es da noch zu obduzieren gäb, wenn sich einer aufgehängt hat, hat er gesagt.«

»Interessiert keinen. Wann ist er da?«

»Er kommt morgen in der Früh.«

Glaser sagte nichts. Er stand auf, knöpfte seinen Mantel zu und ging zur Tür.

»Wo … wo gehst hin?«, fragte Panholzer.

»Geht dich einen Dreck an«, schnauzte Glaser über die Schulter zurück. »Ich brauch jetzt ein bissl frische Luft. Sonst erstick ich noch.«

Krachend fiel die Tür hinter ihm zu. Nossak sah ihm achselzuckend nach und wandte sich erklärend an den Wachtmeister: »So ist er halt, der Herr Kommissar. Darf man ihm nicht übel nehmen. Grad jetzt nicht. Wenn er wo nicht weiterkommt, saust er bei der Tür raus, rennt stundenlang in der Gegend umeinand. Und wenn er zurück ist, weiß er, was er tun wird.«

Panholzer winkte müde ab. Er griff nach seinem Umhang. »Weiß schon.«

»Sie und ich haben jedenfalls keine Schuld.«

Der Wachtmeister wich seinem Blick aus.

»Nein …«, sagte er leise. Wortlos verließ er die Station.

München, Palais Plechstein

Frau Kommerzienrat Plechstein, ganz Herrscherin ihrer noblen Stadtresidenz am Münchner Karolinenplatz, nickte hoheitsvoll. »Einen Nebenraum? Aber mit größtem Vergnügen, verehrter Herr Doktor, lieber Herr Obergruppenführer. Daran mangelt es glücklicherweise nicht. Bitte folgen Sie mir.« Nach allen Seiten huldvoll nickend, durchschritt sie den Salon und öffnete eine Flügeltüre. »Bitte sehr. Hier sind die Herren völlig ungestört.«

Die beiden Männer bedankten sich höflich und gingen an ihr vorbei. Die Gastgeberin zwinkerte verschwörerisch. »Sie haben gewiss bedeutende Dinge zu bereden. Vollstes Verständnis.«

Sie zog die Türe hinter den beiden Männern zu.

»Nun, Herr Doktor Trattner? Was haben Sie Wichtiges auf dem Herzen?«, fragte Obergruppenführer Schneidberger, während er sich in den Fauteuil fallen ließ. Der Polizeirat setzte sich ebenfalls. Das lebhafte Geplauder der Abendgesellschaft war nur noch gedämpft zu hören.

»Ich habe vor allem gute Nachrichten, den Fall Schöttl betreffend.«

Der Obergruppenführer schlug die Beine übereinander. »Ahja? Schön. Berichten Sie.«

Der Polizeirat lachte gekünstelt. »Sie hatten doch hoffentlich keine Zweifel, dass die Operation gut verlaufen würde, Herr Obergruppenführer.«

Schneidberger legte die Finger aneinander. »Nun, Sie müssen zugeben, nach der Flucht dieses – wie war noch gleich der Name?«

»Kerschbaumer!«

Der Obergruppenführer nickte. »– dieses Kerschbaumer gab es doch einen gewissen Anlass zur Sorge, finden Sie nicht? Nicht auszudenken, wenn er einem unbedarften Kripo-Beamten, und deren gibt es in der Münchner Polizei leider noch etliche, in die Finger geraten wäre.«

»Ich kann Sie völlig beruhigen. Der Mann wurde an der Grenze gefasst, und –«

»An welcher?«

»Der österreichischen, nicht weit von Salzburg. In einem Dorf namens Zellach, Bezirk Dornstein.«

»Ahja. Reizende Gegend. Und wo befindet er sich jetzt?«

»Im Leichenschauhaus«, sagte Trattner knapp.

»Ach«, sagte der Obergruppenführer.

Trattner nickte selbstgefällig. »Er konnte umgehend unschädlich gemacht werden.« Der Polizeirat lächelte überlegen. »Nachdem auch unser zweiter Kunde, der –«

Schneidberger hob abwehrend die Hand. »Bitte verschonen Sie mich mit Namen und sonstigen unbedeutenden Details. Ich kann mir sie nie merken.«

»Natürlich«, beeilte sich Trattner. »Ich wollte Sie lediglich davon unterrichten, dass auch der zweite Mann vor einigen Tagen, äh, verschieden ist. Womit keinerlei Gefahr mehr von dieser Seite besteht.«

»Schön«, sagte der Obergruppenführer. »Es wäre der Sache in der Tat nicht dienlich gewesen, wenn es zu einem öffentlichen Prozess gekommen wäre. Apropos Schöttl – sagen Sie: War denn von vornherein vorgesehen, dass dieser Friseur bei der Aktion stirbt? Immerhin war er doch wohl einer Ihrer Informanten?«

»Nun, einen wirklich wichtigen Mann hätten wir selbstverständlich nicht geopfert«, sagte der Polizeirat überlegen. »Dieser Schöttl aber war für uns letztlich völlig unergiebig. Mehr noch, er hat uns an der Nase herumgeführt, hat uns mit belanglosen Informationen abspeisen wollen. Wir kamen zu der Erkenntnis, dass er nicht wirklich bereit war, seine Versprechen einzulösen. Was somit ein Bruch der Vereinbarung war, die wir mit ihm getroffen hatten.«

»Verstehe.« Der Obergruppenführer nickte anerkennend. »Ich gratuliere Ihnen jedenfalls, Herr Polizeirat. Sie haben Ihre Leute zweifellos im Griff. Sehen Sie, so etwas imponiert der Partei: Führungsstärke und unbedingte Zuverlässigkeit.«

Polizeirat Trattner wehrte geschmeichelt ab. Eine leichte Hitze flutete ihn. Dass es in Zellach beinahe zu einer peinlichen Panne gekommen wäre, weil das mit der Liquidierung beauftragte Kommando einen irrtümlich festgenommenen Touristen ins Visier genommen hatte – dies war eines dieser Details, mit dem er Schneidberger nicht behelligen sollte.

»Und, äh, der dritte Mann? Ist auch da alles noch in Ordnung?«

»Hören Sie, Herr Obergruppenführer. Haben Sie Anlass zu zweifeln?«

»Ich frage lediglich nach, wenn Sie gestatten.«

»Wir basteln gerade an seiner Legende à la ›unerkannt entkommen‹, damit er bald wieder zum Einsatz kommen kann. Dieser Hölzl –«

»Keine Namen, wenn nicht unbedingt nötig.«

»... der Mann ist Gold wert. In der KP werden wir ihn zwar nicht mehr einsetzen können, aber irgendwelche Anarchisten nehmen ihn bestimmt mit Handkuss auf. Er ist derzeit jedenfalls in Wien in bester Obhut und lässt es sich obendrein gut gehen. Er wird so lange in Deckung bleiben, bis die Kriminalpolizei die Ermittlungen im Fall Schöttl einstellt. Ich rechne in Bälde damit.« Trattner lächelte zuversichtlich, setzte aber sogleich eine besorgte Miene auf. »Nicht immer erhalten wir von den anderen Abteilungen, besonders von der Kriminalpolizei, die erwünschte Unterstützung. Aber wir haben mittlerweile nun doch einige Übung darin, hier korrigierend einzugreifen.«

Schneidberger nickte wohlwollend. »Davon bin ich überzeugt, Herr Doktor.«

»Ich erwähne nur den Fall von Marain«, sagte Trattner.

»Unnötig, mich daran zu erinnen, Herr Polizeirat. Seien Sie versichert, dass ich ein sehr gutes Gedächtnis habe. Und ich kann nur wiederholen: Sie haben der nationalen Sache dabei allerbeste Dienste geleistet.«

Trattner senkte den Kopf.

»Nur das war mein Anliegen«, sagte er.

Wieder wurde ihm heiß, als er an diese Affäre dachte. Auch sie wäre ihm fast aus dem Ruder gelaufen, als sich unerwartet dieser abgehalfterte Detektiv – ein gewisser Paul Kajetan – ins Spiel brachte. In letzter Sekunde hatte er Schlimmeres verhindern können. Aber auch hier hatte er Wert darauf gelegt, dass die Partei nicht davon Wind bekommen hatte. Es hätte Irritationen auslösen, seinem Ruf als präzisem Planer und erfolgreichen Strategen schaden können. Und wieder einmal zahlte sich aus, dass er immer Wert darauf gelegt hatte, unnötige Mitwisserschaft an seinen Operationen zu vermeiden.

»Schön.« Der Obergruppenführer legte beide Hände auf die Stuhllehne. »Sehr schön. Nochmals: Gratuliere, Herr Polizeirat.« Er machte Anstalten aufzustehen. »Einen Augenblick noch bitte, Herr Obergruppenführer«, sagte Trattner schnell. »Es gäbe da noch eine Angelegenheit, die ich gerne kurz mit Ihnen reflektieren würde.«

Schneidberger sah ihn mit einem Anflug von Ungeduld an. Er lehnte sich wieder zurück.

»Ach ja? – Bitte. Sprechen Sie.«

»Nun, Herr Obergruppenführer … ich … äh … habe mit großer Freude zur Kenntnis nehmen können, dass die nationale Bewegung bei der Besetzung maßgeblicher Stellen mittlerweile einen enormen, wenn nicht sogar entscheidenden Einfluss ausübt.«

Schneidberger nickte selbstgefällig. »Ich streite es nicht unbedingt ab.«

»Und … äh … in diesem Zusammenhang würde ich noch einige Worte mit Ihnen über die in Kürze stattfindende Neubestallung des Polizeidirektors wechseln. Ich … äh …«

Der Obergruppenführer verstand. »Reden wir nicht drum herum, mein lieber Trattner. Sie möchten, dass Sie dabei berücksichtigt werden. Richtig?«

Der Polizeirat nickte hastig. »In Anbetracht meiner Verdienste würde ich meinen, dass mir ein gewisses Anrecht darauf nicht abgesprochen werden kann.«

»Aber das ist überhaupt keine Frage!«, beteuerte Schneidberger.

Trattners Puls ging schneller. »Das heißt, ich renne bei Ihnen bereits offene Türen ein? Bitte missverstehen Sie mich nicht, ich wollte keinesfalls die Entscheidung der Partei –« »Natürlich, natürlich. Lieber Herr Doktor, Sie wissen doch, dass Sie selbstverständlich jederzeit auf meine Unterstützung zählen können.« Das generöse Lächeln wich einer bedauernden Miene. »Ich fürchte nur, dass eine Intervention meinerseits –«

»Aber – Herr Obergruppenführer! Sie sind der mächtigste Mann der Münchner SA!«

»Bitte lassen Sie mich ausreden, Doktor Trattner. Glauben Sie mir, wenn es in meiner Hand läge, gäbe es darüber überhaupt keine Debatte. Soweit ich jedoch informiert bin, ist darüber bereits eine Entscheidung gefallen. Und zwar durch den Führer persönlich. Ich würde mich, ehrlich gesagt, doch sehr wundern, wenn Sie als Leiter der Politischen Abteilung nicht bereits wüssten, von wem die Rede ist.«

Der Polizeirat fühlte ein Stechen in der Brust. Erwin von Schnitzler! Dieser eitle Emporkömmling! Dieser Speichellecker! Die Inkompetenz in Person!

»Selbstverständlich«, sagte der Polizeirat gepresst.

»Tja!« Schneidberger öffnete die Hände zu einer bedauernden Geste. »Ich kann nur wiederholen: Wenn es in meiner Hand läge, dann –«

»Von Schnitzler ist völlig ungeeignet!«, platzte der Polizeirat heraus.

Der Obergruppenführer hob die Brauen.

»Das bedarf einer Erklärung«, sagte er reserviert. »Immerhin ist Erwin von Schnitzler ein verdienter Dreiundzwanziger und stand vor der Feldherrnhalle unweit des Führers! Wie allgemein bekannt ist, vergisst der Führer jene nicht, die ihm in schwerer Zeit treu zur Seite gestanden haben.« Seine Lider verengten sich. »Weshalb halten Sie von Schnitzler für nicht geeignet?«

Trattner holte Luft. Jetzt ging es um alles. »Ich habe, wie es meine Aufgabe ist, Erkundigungen eingezogen«, haspelte er los, »und zu meiner Bestürzung feststellen müssen, dass es in Herrn von Schnitzlers Privatleben Details gibt, die – um es einmal schonend zu formulieren – nichts anderes als unappetitlich bezeichnet werden können!«

Der Obergruppenführer hatte unbewegt zugehört.

»Sind Sie sicher?«, fragte er schließlich. »Ist Ihnen bewusst, welchen Verdacht Sie damit aussprechen?«

»Es ist kein Verdacht! Nicht mehr! Von Schnitzlers bevorzugte Gaststätte in München ist der ›Arndthof‹! Eine Gaststätte, die der Polizeidirektion aus ungezählten Protokollen bekannt ist! Übelster sodomitischer und homosexueller Abschaum verkehrt dort!«

Erleichtert stellte Trattner fest, dass Schneidberger nun doch ins Grübeln zu kommen schien. Das gedämpfte Murmeln im Salon nebenan schwoll an, explodierte in markigem Gelächter und flaute wieder ab.

»Erwin von Schnitzler …!«, sagte der SA-Führer fassungslos. »Das wäre doch … das ist doch unglaublich! Und es gibt wirklich keinerlei Zweifel?«

»Absolut keinen!«, beteuerte der Polizeirat erregt. Und dann sprudelte es aus ihm heraus: »Herr von Schnitzler ist dort in Begleitung seines Lustknaben mehrmals gesichtet worden. Und wenn Sie sich jetzt vielleicht noch fragen sollten, wieso es bisher nicht vorgekommen ist, dass er bei einer der zahlreichen Razzien in dieser Spelunke verhaftet worden ist, dann kann ich Ihnen ebenfalls die Erklärung dafür geben, und sie ist nicht minder skandalös: Als Leiter der Abteilung III der Polizeidirektion konnte er sich direkt Kenntnis über alle geplanten polizeilichen Maßnahmen verschaffen!« Die Stimme des Polizeirats zitterte. »Es ist ein Skandal!«

Der Obergruppenführer betrachtete sein Gegenüber mit unbewegter Miene.

»Nun …«, setzte er nachdenklich an, »das könnte womöglich doch … einiges ändern …«

»Herr Obergruppenführer! Der Führer muss davon in Kenntnis gesetzt werden!«

»Ja!«, sagte Schneidberger entschlossen. »Sie haben völlig recht.« Er erhob sich. »Beenden wir das Gespräch an dieser

Stelle, Herr Polizeirat. Das, was jetzt zu tun ist, duldet wahrhaftig keinen Aufschub mehr.«

Der Polizeirat nickte mehrmals. »Nein! Der Führer muss –«

Schneidberger unterbrach ihn: »Ihnen und mir ist natürlich klar, dass von Schnitzler über beste Verbindungen verfügt. Ich muss Sie also bitten, vorerst mit niemandem über diese Angelegenheit zu sprechen! Haben wir uns verstanden?«

Der Polizeirat stand ebenfalls auf. Er reckte Brust und Kinn. »Verstanden!«, bellte er.

Der Obergruppenführer streckte ihm die Hand entgegen. »Herr Doktor Trattner, ich darf Ihnen im Namen der Partei noch einmal meinen Dank für Ihre Umsicht aussprechen.«

Der Polizeirat ergriff Schneidbergers Hand und drückte sie innig.

»Es geht mir nur um das Wohl der Partei, Herr Obergruppenführer!«

Schneidberger zog seine Hand zurück. »Das haben Sie bewiesen, Herr Doktor.« Er tippte an seine Schläfe. »Sie werden von mir hören.«

Der SA-Führer verließ den Raum mit energischen Schritten. Der Polizeirat sah ihm triumphierend hinterher. Ein berauschendes Glücksgefühl überkam ihn, als er sich ausmalte, was jetzt geschehen würde: Der Obergruppenführer würde auf direktem Weg in die SA-Zentrale fahren, sich von dort aus mit dem Führer verbinden lassen und ihn darüber unterrichten, was er soeben von dem überaus fähigen Leiter der Politischen Polizei – jawohl, von ihm! – erfahren hatte.

Es läutete jedoch weder das Telefon in Hitlers Wohnung in der Thierschstraße, noch das der Pension »Moritz« auf dem Obersalzberg. Sondern der Apparat in der von Schnitzlerschen Villa in Nymphenburg.

Erst nach geraumer Weile wurde abgehoben. Erwin von Schnitzler, leicht angesäuselt, meldete sich launig. Es war nicht zu überhören, dass er sich gestört fühlte. Eine laute, vor Verletztheit brüchige Stimme klirrte durch den Hörer, beschimpfte ihn als Dreckschwein und befahl ihm, auf der Stelle – »Ich sagte: Auf der Stelle, du Idiot! Bist du taub oder schon besoffen? Das ist ein Befehl!« – im Büro des Obergruppenführers zu erscheinen.

Zellach

Kajetan hatte sich entschieden. Er würde nicht mehr länger auf eine Nachricht des Peterbauern warten. Es wurde gefährlich. Der Kommissar wusste Bescheid. Natürlich, er hatte eine Anfrage nach München geschickt! Da sich Meldestelle und Kripo im selben Gebäude der Münchner Polizeidirektion befanden, nur ein Stockwerk voneinander entfernt, würde dort längst durchgesickert sein, dass er noch am Leben war. Die Jagd wäre eröffnet.

Er musste fort. Noch heute Abend. Der Plan, den er hatte, verdiente diesen Namen zwar kaum, war aber seine einzige Chance. Im Schutz der Dunkelheit würde er versuchen, bis zur nächsten Bahnstation zu gelangen und sich danach ins Westallgäu durchzuschlagen.

Kajetan stopfte hastig den Rucksack und war dabei, ihn zuzuschnüren, als ihn ein energisches Klopfen zusammenzucken ließ. Er hielt den Atem an und lauschte.

»Mach auf!«, hörte er eine gepresste Stimme.

Glaser! Panik erfasste Kajetan. Er hatte zu lange gewartet! Aber – wenn Glaser vorhatte, ihn festzunehmen, würde er dann erst klopfen?

»Ich bin schon im Hemd«, log er und versuchte, schläfrig zu klingen.

»Mach auf! Sonst hau ich die Tür ein!«

Kajetan zog den Riegel zurück. Der Kommissar schoss an ihm

vorbei, schleuderte seinen Hut auf den Tisch und funkelte ihn wutentbrannt an.

»Verlogener Hund«, wetterte er. »Von wegen schon im Hemd.« Er sah sich im Zimmer um. »Oha!« Er deutete auf den gepackten Rucksack. »Was hab ich dir gesagt? Keine Abreise ohne meine ausdrückliche Erlaubnis! Komm ich ja grad recht!«

Kajetan kippte die Augen zur Zimmerdecke. »Was wollens denn noch«, sagte er kraftlos. »Wenns mich wieder verhaften möchten, dann –«

Glaser baute sich schnaubend vor ihm auf.

»Halt deinen dummen Schnabel, Kajetan! Deswegen bin ich nicht da!« Kajetan schaute ihn verständnislos an. Der Kommissar trat einen Schritt näher. Sein Atem roch säuerlich.

»Hör mir zu, Kajetan. Ich hab keine Lust mehr, noch lang drum rumzureden. Ich weiß, wer du bist. Und ich weiß vor allem, dass du früher bei uns gewesen bist. Als Inspektor bei der Mordkommission in München!«

»Respekt«, sagte Kajetan. »Sie haben eine Phantasie.«

Der spöttische Ton brachte Glaser noch mehr in Rage. Er trat einen Schritt vor. »Hör endlich mit deiner Lügerei auf! Sonst vergess ich mich!«

»Dann sagens endlich, was Sie möchten! Herrgottnocheinmal!«

»Mit dir reden, du Arschloch!«, schrie der Kommissar.

Kajetan sah ihn mit offenem Mund an.

»Ja!«, knurrte Glaser. »Und mit deiner blöden Siezerei kannst auch aufhören.« Er schnäuzte sich und steckte das Tuch wieder ein. »Mich pratzelst du nicht, kapiert? Ich weiß nämlich auch noch ein paar andere Sachen von dir. Beispielsweis, dass du vor meiner Zeit in Dornstein gewesen bist. Wo du nach einer ziemlich heiklen Gschicht – in Walching drunten, wie du dich vielleicht erinnern kannst – dann endgültig und hochkant rausgeschmissen worden bist. Vorher allerdings, wird sich erzählt, sollst du einer der besten Kriminaler von ganz München gewesen sein.«

»Ein Schmarren«, sagte Kajetan.

»Kapierst dus denn allweil noch nicht?«, schnauzte Glaser. »Es hat keinen Zweck mehr zu lügen.«

»Schmarren ist, dass ich der Beste gewesen bin«, stellte Kajetan klar. »Es hat einen Haufen Gute gegeben. Bis dann Leut ans Ruder gekommen sind, die daran kein Interesse mehr gehabt haben. Und die bloß noch den eingestellt haben, der nach ihrer Pfeife tanzt.«

Der Kommissar winkte mürrisch ab. »Meinst, du erzählst mir was Neues?«

»Jetzt hock dich schon hin«, sagte Kajetan. »Erfahr ich dann langsam, um was es geht?«

Glaser griff sich einen Stuhl, ließ sich stöhnend darauf nieder und knöpfte seinen Mantel auf.

»Ich habs dick«, flüsterte er. »So dermaßen dick …«

Kajetan hockte sich auf die Bettkante. »Ist kaum zu überhören.«

Glaser beugte sich ruckartig vor. »In diesem Dorf stinkt was, Kajetan! Ärger wie zehn Misthaufen! Aber ich komm und komm nicht dahinter, was. Der Panholzer ist eine gute Haut, aber viel zu eingewachsen im Dorf, um da einmal dreinzufahren. Und die Leut im Dorf selber, jeder sonst wahrscheinlich eine Goschen wie sonst was, bringen auch ihr Maul nicht auf. Gegen einen Polizisten von außerhalb halten die zusammen wie Pech und Schwefel. Jeder scheißt sich in die Hosen, dass er wie ein Denunziant dasteht.« Er ballte die Fäuste. »Ich komm einfach nicht weiter!«

»Glaubs dir. Aber wieso sagst das ausgerechnet mir?«

»Warum wohl«, fuhr Glaser auf. »Weil ich möcht, dass du mir hilfst.«

Kajetan lachte verwundert auf. »Is nicht dein Ernst!«

»Und ob er das ist. Hab dirs ja gesagt: Der Panholzer ist vielleicht zu brauchen, wenn im Wirtshaus wieder einer abgestochen wird, aber zu sonst nichts.«

»Und was ist mit deinem Assistenten?«

»Der Nossak?« Glaser gab einen verächtlichen Ton von sich. »Komplette Fehlbesetzung. Mir wird allerweil klarer, warum uns der von München geschickt worden ist. Stinkfaul. Unqualifiziert. Nichts wie Weiber und Vögeln im Kopf, und saudumm daherreden. Aber ehrgeizig! Die haben den loswerden wollen, wenn du mich fragst.«

»Tja, Glaser … ich seh trotzdem nicht, wo ich dir helfen kann. Mögen tu ichs schon gleich dreimal nicht. Weil ich nämlich selber grad die eine oder andere Sorg hab.«

Der Kommissar sah ihn herausfordernd an. »Du wirst gar nicht lang gefragt. Du tust es, verstanden?«

»Hä?!« Kajetan wurde wütend. »Und wenn nicht?«

Glaser verzog verächtlich den Mund. »Stell dir einfach vor: Du bist Kriminalkommissar und hörst, dass einer, mit dem du grad gemütlich dein Bier trinkst, von Amts wegen schon seit ein paar Wochen tot ist. Was tätst dann?« Er hob den Finger. »Richtig! Du tätst dir denken, dass da irgendwas nicht ganz sauber ist.«

»Hab dir schon gesagt, dass das auch ein Irrtum vom Meldeamt sein kann«, wandte Kajetan schwächlich ein.

»Freilich, kann sein«, sagte Glaser. »Ich glaubs halt erst mal nicht. Ich glaub eher, dass da einer was gedeichselt hat, damit er in aller Ruhe abdampfen kann. Warum er das muss, weiß ich noch nicht so genau, werds aber schon noch rauskriegen. Nach allem, was ich bisher so über denjenigen hab läuten hören, hat er sich möglicherweis mit ein paar Leuten angelegt, die nicht ganz seinen Humor und deswegen nicht so gspaßig gefunden haben, was er so alles anstellt. Was ja auch der Grund sein soll, warum ihn die Polizei gefeuert hat.«

»Hast dus eigentlich schon mal als Spengler probiert, Glaser?«

Der Kommissar runzelte die Stirn. »Spinnst du?«

»Ich mein, weil du so schöne Dichtungen fabrizieren kannst.«

»Ist keine Dichtung, Freunderl«, widersprach Glaser. »Und hör endlich auf, den Kasperl zu spielen. Ich hab keine Lust mehr, lang mit dir zu verhandeln.« Er reckte das Kinn. »Entweder du tust, was ich dir sag, oder ich zieh andere Saiten auf. Kapiert?« Drohend fuhr er fort: »Und bild dir bloß nicht ein, dass du aus dem Dorf abhauen kannst. Fünf Minuten, nachdem ichs gemerkt hab, weiß es schon jeder Posten in ganz Bayern.«

»Aber ... was soll ich denn überhaupt tun?«

»Ganz einfach. Mit ein paar Leut im Dorf reden. Mir sagt nämlich keiner was, weil ichs nicht so hinterfotzig kann wie du.«

»Und nach was soll ich die Leut fragen?«

Glaser rollte die Augen nach oben. »Nach was wohl? Stell dich nicht so blöd. Wir haben einen toten Wirt und einen toten Verdächtigen – dass der Kerschbaumer sich aufgehängt hat, hast schon gehört?«

Kajetan nickte ernst. »Wie hat euch das bloß passieren können?«

Der Kommissar überhörte die Frage. »Dass ers getan hat, kann ein Schuldeingeständnis sein –«

»Oder auch nicht«, beendete Kajetan Glasers Satz.

»Richtig.« Glaser nickte verdrossen. »Und weil ich halt einmal so gestrickt bin, möcht ich da gern noch ein bisserl nachgründeln, kapiert? Was das Motiv für den Mord am ›Taffern‹-Wirt beispielsweis angeht, bin ich mir überhaupt noch nicht klar. – Gut, es könnt schon so gewesen sein, dass ihn der Kerschbaumer aus Angst vor Entdeckung umgebracht hat.«

»Und was spricht dagegen, Glaser? Er soll immerhin in München droben schon einen auf dem Gewissen gehabt haben.«

»Erstens, Kajetan – und ich wunder mich jetzt schon, dass ich das einem angeblichen Meisterpolizisten überhaupt erzählen muss –: Wenn einer als Mörder gesucht wird, heißts erst mal noch lang nicht, dass er auch tatsächlich einer ist. Und zweitens: Wieso bringt er den Thannheiser ausgerechnet um, indem er ihm die Augen aussticht und ihn in die Schlucht fallen lässt? Warum nicht so, wie sichs gehört? Mit einem Messer beispielsweis? Und warum versteckt er die Leich nicht wenigstens, um einen anständigen Vorsprung zu kriegen? Und drittens hab ich mir sowohl den Tatort wie auch die Alm, in der sich der Kerschbaumer verkrochen hat, noch mal angeschaut. Für den Weg vom Tatort zum Lackenkaser hab ich …« Glaser hob den Zeigefinger »… der ich noch gut zu Fuß bin und keinen wundbrandigen Hax hab wie der Kerschbaumer, fast zwei Stunden gebraucht. Die Frag ist also, warum einer, der bei jedem Schritt vor Schmerz aufschreien muss, sich so was antut. Wenn er ins Dorf hätt wollen, vielleicht weil er eingesehen hat, dass er früher oder später an einer Blutvergiftung eingehen wird, dann hätt er den direkten, um vieles kürzeren Weg ins Tal nehmen können. Was aber tut er? Steigt stattdessen sogar noch ein paar Meter höher und trifft da auf den Thannheiser.«

»Vielleicht hat er sich verirrt?«, überlegte Kajetan.

»Blödsinn. Der Kerschbaumer ist in der Näh aufgewachsen. Und wos ins Tal geht und wo zum Gipfel, merkt sogar der Dümmste.« Glaser verzog geringschätzig den Mund. »Mit Ausnahme eines gewissen gewesenen Meisterpolizisten aus München, der wie eine blinde Henn durch die Landschaft stolpert.«

»Demnach hätt sein Ziel der Etterkaser sein müssen?«

Glaser nickte anerkennend. »Und jetzt frag ich dich, wer ganz zufällig Sennin auf diesem Kaser ist? Die Frau vom Thannheiser! Von der ich nichts anderes zu hören krieg, als dass sie mit dem Wirt eine vorbildliche Ehe geführt hat. Bei der wir uns aber andererseits wundern, dass sie für mehrere Wochen allein auf die Alm geht.«

Kajetan verschränkte die Arme vor der Brust. »Was wär draus zu schließen?«

»Das sollst du eben rausfinden. Gut möglich, dass wir schon mal eine Erklärung dafür kriegen, woher die ganzen Lebensmittel stammen, die wir im Versteck vom Kerschbaumer gefunden haben.«

»Möglich«, stimmte Kajetan zu.

Glaser stand auf und begann, sich den Mantel wieder zuzuknöpfen.

»Also dann? Ich kümmer mich derweilen um eine andere Spur. Zum Beispiel die, ob da nicht doch irgendwas Politisches dahinter gewesen sein könnt.«

Kajetan sah ihn zweifelnd an.

»Politisch! Ja! Für das, was heut in der Früh auf der Fahrt nach München passiert ist, gibts nämlich genau drei Erklärungsmöglichkeiten: Erstens, dass ich mir die Sach tatsächlich bloß eingebildet hab und es sich doch um eine harmlose Panne gehandelt hat. Zweitens, dass ich es mir nicht eingebildet hab und dich jemand befreien hat wollen, weil er gemeint hat, dass du der Kerschbaumer bist. Und drittens, und davon bin ich mittlerweile überzeugt, dass jemand genau das Gegenteil vorgehabt hat. Nämlich, dich – also den angeblichen Kerschbaumer, der in eine ziemlich undurchsichtige politische Mordsach verwickelt ist – aus dem Weg zu räumen.«

»Aber –«

Der Kommissar hob abwehrend die Hand. »Und fürs Letztere gibts auch wieder mehrere Möglichkeiten: Erstens, jemand – ein fanatischer Königstreuer beispielsweis – wollt sich für den Mord am Thannheiser rächen. Der Elias Thannheiser war bei den Königstreuen, und die wiederum streiten sich sowohl mit den Nazen als auch mit den Sozen. Die Sozen und Kommunisten wiederum, die eine Zeit lang gar nicht mal so schlecht dagestanden sind auf dem Land, sind sowohl mit den Nazen wie auch mit den Königstreuen über Kreuz. Kurz: Jeder hackt auf jedem herum. Also, wenn du mich fragst –«

»Ich frag dich aber nicht, Glaser!«, unterbrach Kajetan heftig. »Es ist dein Fall, und den löst gefälligst selber!«

»Stiehl mir nicht die Zeit«, sagte Glaser kühl. »Du hast praktisch keine andere Wahl. Ein Wort von mir, und du sitzt morgen früh schon im Schubwagen nach München.«

»Du … du erpresst mich also.«

Glaser nickte grimmig. »Er hats erfasst. Lang genug hats gedauert.«

Kajetan schnappte empört nach Luft. »Das ist …!«

»Blas dich nicht auf!«, schnitt ihm der Kommissar das Wort ab. »Du kriegst schließlich auch was von mir. Jeder andere hätt dich sofort wieder in den Kasten gesteckt. Ich aber drück nicht bloß ein Aug zu, sondern auch das zweite und mein Hühneraug dazu. Wenn mir wer dahinterkommt, gehör ich der Katz.«

»Aber wie stellst dir das vor?«

»Nachdem du eh wie ein Grattler daherkommst, gehst am besten zum Frisör, oder zum Schneidermeister, der dir deine Hosen flicken soll. Oder was weiß ich. Irgendwas wird dir als gewesener Meisterermittler grad noch einfallen, auch wenn ich dich, wenn ich ehrlich bin, für einen Angeber wie die meisten Münchner halt. Ich selber werd mir vor allem den aufgeblasenen Hotelmenschen und das Zimmermädel vom ›Taffern‹ vorknöpfen.«

Kajetan ließ die Schultern fallen und stöhnte auf. Schließlich sagte er: »Dann sag mir bloß noch eins, Glaser: Woher weißt du das alles von mir? Dass ich Polizist gewesen bin? Und auch das von Walching?«

Der Kommissar warf ihm einen überheblichen Blick zu. »War ziemlich einfach. Ich hab mit der Bezirksinspektion in Dornstein telefoniert. Und da gibts zufällig eine ehemalige Schreibkraft, die sich einbildet, dich von früher her ein bissl zu kennen.«

»Die mich kennt?«, sagte Kajetan. Eine Ahnung beschlich ihn. Sein Puls beschleunigte sich.

Glaser nickte giftig. »Es wird ihm doch nicht so schnell dämmern?«

»Die Agnes!«, rief Kajetan. »Die gibts noch?« Agnes und er waren ein Paar gewesen, sie hatte ihm das Exil in diesem vergessenen Winkel des Landes erträglich gemacht. Gleichzeitig regte sich sein schlechtes Gewissen. Nachdem er wieder nach München zurückgekehrt war, endgültig aus der Polizei gefeuert und ohne Arbeit, hatte er sich nie mehr bei ihr gemeldet.

»Blöde Frag.« Glasers Stimme klang eigenartig belegt. »Ja. Die gibts noch.«

»Dann … dann grüß sie von mir, ja?«

»Das werd ich nicht tun«, explodierte der Kommissar. »Garantiert nicht! Ich versprech dir dafür aber eins: Wenn du der Agnes jemals wieder auch bloß von der Weiten zublinzelst, dann hau ich dir dermaßen eine aufs Aug, dass dir die Blinzlerei ein für alle Mal vergeht.« Er hob die geballte Linke dicht vor Kajetans Gesicht und zeigte mit dem Finger der anderen Hand auf seinen Ehering. »Kapiert, Kajetan? Ich mach keinen Witz.«

Er setzte seinen Hut auf und rückte ihn zurecht.

»Also? Morgen um sechs in der Kriegerkapelle neben der Kirch.«

Er schlug die Tür hinter sich zu.

Dass das Thermometer während der Nacht schon wieder unter die Frostgrenze gefallen war, schien die Wirtin der Pension »Schönblick« nicht zu beeindrucken. Für einen einzigen Gast schon jetzt zu heizen, sah sie nicht ein.

Immerhin schenkte sie Kajetan ein warmes Lächeln, als dieser, sich fröstelnd die Oberarme reibend, die Gaststube betrat.

»Ah? Der Herr ist schon auf?«, rief sie aufgeweckt. »Hockens Ihnen hin. Ich stell Ihnen gleich einen Kaffee hin.«

Kajetan kauerte sich an einen Tisch neben dem kalten Kachelofen.

Wenig später dampfte eine Schale Kaffee vor ihm. Zwei Scheiben Graubrot, ein Stück Butter und einen kleinen Topf Marmelade hatte die Wirtin schon vor seiner Ankunft für ihn vorbereitet.

Während er den ersten Schluck kostete, fuhr die Wirtin fort, die Bohlen des Fußbodens mit einem feuchten Lappen zu wischen.

»Haben der Herr gut geschlafen?«, fragte sie, ohne aufzusehen.

Kajetan bejahte. »Wie ein Ross.«

»Ich auch. Wissens, ich habs nimmer so mit dem Hören. Mich bringt nichts draus, wenn ich einmal schlaf.«

»Aha.«

»Und? Wie gefällts Ihnen bei uns in Zellach?«

Sie richtete sich auf, als ihr einfiel, was jeder im Dorf mitbekommen hatte. Sie schlug sich mit einer verlegenen Geste vor den Mund und lächelte entschuldigend. »Wollt sagen …«

»Schon vergessen«, versicherte Kajetan. »Von so was darf eins sich die paar Tag Urlaub, die eins hat, nicht versauen lassen.« Er griff nach einer Brotscheibe und begann, sie mit Butter zu beschmieren.

»Habens recht.« Sie sah aus dem Fenster. »Freilich, das Wetter könnt ein bisserl besser sein …«

»Aber die Ruhe da bei Ihnen, die tut einem gut.«

»Sie haben auch genau die richtige Zeit erwischt. Im Sommer ist allweil ein Trubel, dass eins gar nimmer zu Schnaufen kommt. So viel Sommerfrischler, und jedes Jahr werdens mehr. Jetzt wär eigentlich die Zeit, wos langsam ein bisserl ruhiger zugeht.«

Kajetans Lebensgeister waren bereits wieder erwacht.

»Warum sagens ›wär‹?«

Sie richtete sich auf und sah ihn ungläubig an. »Na, Sie fragen was! Sie sind doch fast selber unters Radl gekommen bei der ganzen Gaudi, die wir grad haben.«

Kajetan biss in das Brot. »Ach, das meinens«, mampfte er, den Gleichgültigen spielend.

Sie schrubbte emsig weiter. »So was passiert bei uns nur alle hundert Jahr, das dürfens mir glauben. Aber es sind überhaupt recht unruhige Zeiten, findens nicht auch, Herr? Und obs zu was Besserem führt? Ich glaubs nicht.«

Kajetan stimmte ihr zu.

»Naja«, fuhr sie fort, »die Gschicht wird auch bald wieder vergessen sein. Aber dass ausgerechnet bei uns ein Mörder erwischt wird … und sich dann auch aufhängt … es ist ja fast wie in der Stadt drin.«

Kajetan schwenkte wie abwesend seine Kaffeetasse. »Ist denn

schon sicher, dass der, der sich aufgehängt hat, der Mörder gewesen ist?«, fragte er beiläufig.

»Na hörens? Wenn ich unschuldig bin, häng ich mich doch nicht auf?« Sie hielt nachdenklich inne. »Wobei mir die Sach schon auch komisch vorgekommen ist. Ausgeraubt hat er den Wirt vom ›Taffern‹ ja angeblich nicht. Wieso also bringt er ihn dann um? Ich kann mir bloß vorstellen, dass der Thannheiser den Lump zufällig getroffen hat und mit ihm zu streiten angefangen hat. Der Thannheiser hat nämlich schon auch ein herrischer Mensch sein können.«

»Herrisch?«

Sie widmete sich wieder ihrer Arbeit. »Man hats ihm nicht gleich angesehen. Aber grad vor ein paar Wochen hat er seinen Hausknecht von einem Tag auf den anderen davongejagt.«

»Aber ansonsten soll der Wirt im Dorf doch recht angesehen gewesen sein?«

Sie warf den Lumpen in den Putzeimer, wrang ihn aus und breitete ihn wieder über die Bohlen.

»Naja…«

»Nicht?«

Die Wirtin setzte zögernd an: »Wissens, ich bin da ein bisserl parteiisch. Und man soll über die Toten ja nichts Schlechtes sagen. Aber wenn der Elias einen Vorteil für sich gesehen hat, ist er nimmer zum bremsen gewesen.«

»Sind Sie denn einmal selber mit ihm zusammengerückt?«, erkundigte sich Kajetan. »Hats einmal Streit gegeben?«

Sie putzte weiter. »Ach wo. Gestritten haben wir nie. Aber nicht deswegen, weils keinen Grund gegeben hätt, sondern deswegen, weil eins aufpassen muss, mit wem sich eins anlegt. Das Sagen haben halt allweil die Großen. Wies halt überall ist, netwahr?« Sie schien zu fühlen, dass Kajetan mit dieser Antwort noch nicht zufrieden war. »Um ein Wegerecht ist es gegangen. Es hätt mir erlaubt, ein kleines Salett anzubauen. Ich hätt im Sommer halt ein bissl mehr Geschäft gehabt. Aber der Thannheiser hat gemeint, sich spreizen zu müssen. Ich hätt ihm ja Konkurrenz machen können. Ich! Zum Lachen ist das gewesen.«

Sie sah zu ihm herüber. »Wollens noch eine Schale Kaffee? – Schon, gell?« Sie lief in die Küche, kam mit der Kanne zurück und schenkte ihm nach. »Tja … und so hats enden müssen mit ihm … Morgen wird er eingegraben. Aber ob so viel Zellacher kommen werden? Wo die Leich sein wird, ist auch noch nicht gesagt worden.«

»Wahrscheinlich beim ›Taffernwirt‹ oben, oder?«

Sie schüttelte entschieden den Kopf. »Der ist zu. Die Mena – also die Witwe – mag keinen Menschen mehr sehen. Sie hat bloß noch ein paar Leut, die ihr den Stall machen. Denen vom Wirtshaus hats schon allen gekündigt. Seit ihr Mann tot ist, soll sie …«, die Wirtin machte eine beredte Miene und wedelte mit der Hand vor ihrer Stirn, »… nimmer ganz richtig sein.«

»Schlimm«, sagte Kajetan.

Die Wirtin nickte bekümmert. »Die Mena derbarmt mir am meisten bei der ganzen Geschicht.«

»Ich hab mir sagen lassen, dass die zwei eine recht gute Ehe geführt haben.

Sie warf ihm einen ausdruckslosen Blick zu. »So sagen die Leut, ja …« Sie brach ab und stand auf. »Aber was erzähl ich. Sie kommen da her und wollen einen schönen Urlaub machen, und …«, sie lachte, »… am End tätens mir noch ganz schwermütig werden!«

Die Kioskbesitzerin blinzelte freundlich hinter ihren dicken Brillengläsern. »Eine Wanderkarten sucht der Herr?« Sie deutete auf einen Ständer neben den Postkarten. »Schauens einmal, obs das Rechte finden. Viel aber werd nimmer dabei sein. Die Saison ist ja schon vorbei.« Mit entschuldigendem Lächeln fügte sie hinzu: »Wissens, ich seh ja nimmer gescheit. Für eine neue Brillen noch Geld rauszuschmeißen, rentiert sich für eine alte Kachel wie mich nimmer.« Sie kicherte. »Manchmal ists gar nicht so schlecht, wenn eins nimmer so gut sieht. Dafür hört eins umso besser.«

»Habens recht.« Kajetan zog ein Mäppchen heraus und entfaltete es unschlüssig.

»Wo solls denn hingehen?«, erkundigte sich die Alte.

»Bin noch am Überlegen.«

»Naja, weit rauf kommens ja eh nimmer, Herr. Die ganzen Almen haben schon abgetrieben, da ist keiner mehr droben.« Sie deutete nach oben. »Und Sie sehens ja selber, wie weit runter es schon geschneit hat. Ich schmeck ihn schon seit ein paar Tag, den Schnee. Sie geben schon Obacht, gell?«

»Vielleicht marschier ich ein bisserl in Richtung Grenz. Da gibts doch noch ein Gasthaus, oder?«

»Wenns den ›Taffern‹ meinen, da brauchens zur Zeit nicht raufgehen.« Sie beugte sich vor und senkte ihre Stimme. »Ein Todesfall. Ganz tragisch, Herr. Ganz tragisch.«

»Was Sie nicht sagen?«

»Ganz, ganz tragisch, Herr …«, sie winkte bewegt ab. »Ich mag gar nimmer dran denken. Nein, den Weg könnens Ihnen sparen.«

»Jetzt habens mich aber neugierig gemacht. Was ist denn passiert?«

»Der Wirt vom ›Taffern‹ … er ist umgebracht worden …«

»Hab davon gehört. Ist es wirklich wahr?«

Die Alte nickte. Den Mörder habe der Herr Wachtmeister

zwar erwischt, aber dieser habe sich gleich darauf selbst gerichtet, als er einsehen musste, welche Todsünde er begangen habe.

»Und seitdem ist der ›Taffernwirt‹ zu. Die Leut fragen sich, wies da oben jetzt weitergeht. Die Junge jedenfalls, also seine Witwe, muss auch ganz gebrochen sein, was eins so hört. Lasst keinen mehr zu sich, bloß noch den Herrn Hochwürden.« Die alte Ladnerin seufzte. »Und kaum solls wieder daheim gewesen sein, hat sie die Tischler Erna, wo ihre Wirtschafterin gewesen ist und eine recht tüchtige Person, rausgeschmissen. Was glaubens, wie die jetzt zwider ist? Erst hats Jahr um Jahr den ›Taffernwirt‹ nach vorn bracht, weil der Thannheiser allweil politisch rumgschafteln hat müssen, und dann wird sie einfach rausgebissen. Im Dorf sagt ein jeds, dass das eine Dummheit von der Mena gewesen ist. – Haben der Herr was gefunden?«

Kajetan entschied sich für eine billige Broschüre mit Beschreibungen des Wanderwegs um Zellach und zählte der Ladnerin das Geld auf die Ladentheke. Sie nahm die Münzen hoch und hielt sie sich an die Nasenspitze, als würde sie daran schnüffeln wollen.

»Stimmt haargenau, Herr«, sagte die Ladnerin. »Und einen recht schönen Tag wünsch ich dem Herrn noch.«

Die Ellbogen auf die Tischplatte gestützt und durch den Rauch seiner Pfeife blinzelnd, betrachtete Kommissar Glaser das Mädchen, das ihm gegenüberstand.

»Du bist also das Moar-Mariedl?«

Das Mädchen presste die Lippen zu einem Strich und nickte ruckend.

»Das ist sie«, bestätigte der Wachtmeister, der im Hintergrund des Verhörraumes Platz genommen hatte. »Ist beim Thannheiser seit Lichtmess in Dienst gestanden.«

Glaser nickte onkelhaft, nahm die Pfeife aus dem Mund und

deutete einladend auf den Stuhl. Sie trat näher, nahm eckig Platz und legte die Hände auf ihrem Schoß übereinander.

»Die Frau Thannheiser hat dich rausgeschmissen, hab ich mir sagen lassen«, begann der Kommissar die Vernehmung.

»Ausgestellt«, berichtigte das Mädchen. »Weil sie den ›Taffern‹ zumacht. Eine Zeit lang wenigstens.«

»Wirst deswegen bös auf sie sein, stimmts?«

»Nein«, sagte sie. »Bin ich nicht.«

»So?« Glaser lehnte sich zurück. »Na, ich wills dir einmal glauben.«

Mariedls Lider flatterten. Auf ihrer Wange bildeten sich rosa Flecken. »Ich lüg nicht«, sagte sie leise. Der Kommissar unterdrückte eine ärgerliche Bemerkung und lenkte ein: »Hat keins gesagt. Mich wunderts bloß, verstehst? Bist ihr vielleicht deswegen nicht bös, weil sie dich erbarmt?«

Sie bestätigte mit einem Nicken. »Ich … ich versteh halt, dass es ihr jetzt nicht gut geht, und mir tuts im Herzen weh, wenn ich seh, dass sie sich jetzt so … so einsperrt. Bloß noch der Herrn Hochwürden darf zu ihr kommen. Sie hat mir außerdem einen guten Eintrag gemacht ins Dienstbotenbuch.«

»Soso …« Wieder ließ Glaser seinen Blick über das Mädchen schweifen. Mariedl war keine Schönheit, ihr Gesicht war von Sommersprossen übersät, sie war stämmig gebaut, mit kräftigem Busen und Armen, die zupacken konnten. Sie saß aufrecht, wirkte gefasst, doch aus ihren dunklen und aufgeregt geweiteten Augen sprach gespannte Wachsamkeit. Der Kommissar kannte ihn nur zu gut, diesen Ausdruck, in dem sich Furcht vor der Obrigkeit mit Trotz und Misstrauen mischten. Leider war dieser Ausdruck bei den Unschuldigen wie bei denen, die was zu verbergen hatten, derselbe, was die Sache für den Kommissar nicht leichter machte.

Er entschied sich dafür, einen väterlichen Ton anzuschlagen.

»Mariedl, dann erzählst mir jetzt, wies so zugegangen ist beim ›Taffern‹. Bist denn gut ausgekommen mit den Wirtsleuten?«

Mariedl überlegte kurz. Zögernd begann sie: »Mit dem Elias – also dem Wirt – hats nie was geben. Er hat den Dienstboten zwar nichts durchgehen lassen, aber das ist anderswo nicht anders. Nein, ich könnt wirklich nichts Schlechtes über den Elias sagen ...«

Glaser hatte ihr aufmerksam zugehört. »Aber über andere schon?«

Ihr Gesicht verschloss sich. »Wieso sollt ich –?«

»Weil ichs frag, Mariedl, deswegen. Sei so gut, ja, und lass dir nicht alles aus der Nasen ziehen. Wie bist beispielsweis mit der Thannheiser Mena ausgekommen?«

Ihre Antwort kam schnell. »Gut. Sie hat sich nie in meine Arbeit eingemischt und sich auch nie raushängen lassen, dass eigentlich sie die Wirtin ist.«

»Wie ists mit der Wirtschafterin gewesen, der Frau Tischler?«, bohrte Glaser weiter.

Mariedl zuckte die Schultern. Sie wich seinem Blick aus. »Mei ...«

»Jetzt red schon«, sagte der Kommissar. »Hab nicht den ganzen Tag für dich Zeit.«

»Was soll ich sagen ... die Erna ist halt eher eine Herrische gewesen. Das hat ein jedes gewusst und sich danach gerichtet.«

»Du hast sie nicht mögen«, schloss der Kommissar.

»Ich bin zum Arbeiten dort gewesen und nicht zum Mögen. Ich könnt auch nicht sagen, dass sie mir je was Schlechtes angetan hätt. Es ist bloß der Ton gewesen, mit dem sie mit einem geredet hat. Und der Blick, mit dem sie über einen drübergeschaut hat. Und wenn sie einem was angeschafft hat, hast jedenfalls meinen können, dass ihr der ›Taffern‹ gehört.«

»Aber der Thannheiser Elias hat gut mit ihr geschafft?«

»Von einem Streit wüsst ich jedenfalls nichts.«

»Und wie ist der Thannheiser mit dem Gesind allgemein ausgekommen? Hats da einmal einen Streit gegeben?«

»Nichts, was es nicht auch anderswo hie und da gäb«, sagte Mariedl. »Und um den Pius, der vor ein paar Wochen rausgeschmissen worden ist, wars eh nicht schad. Stinkfaul ist er gewesen, und saufrech zu mir.«

Glaser horchte auf. »Rausgeschmissen? Wer?«

»Der Hochegger Pius. Der Elias und die Erna sind schon länger mit ihm unzufrieden gewesen, aber vor ein paar Wochen hats dann endgültig geblitzt. Aber grimmig, das kann ich Ihnen sagen.«

»Wegen was?«

»Weiß nicht. Der Pius wird halt wieder blöd dahergeredet haben, das hat er ja gut können. Jedenfalls hat ihm der Elias auf einmal eine Mords-Watschen eingeschenkt und ihn hochkant rausgeschmissen.«

»Wo ist er jetzt?«

»Der Herr Mannhardt vom Hotel hat ihn, glaub ich, als Hausl eingestellt.«

»Kannst du dir vorstellen, Mariedl, dass er so einen Hass auf den Thannheiser gehabt hat, dass er ihm was antut?«

»Der?«, platzte Mariedl ungläubig heraus. »Der Pius und sich mit dem Wirt anlegen? Der redet höchstens schlecht über andere Leut, aber mehr traut der Feigling sich nicht.«

»Soso …« Glaser sog wieder nachdenklich an seiner Pfeife. »Dann bloß noch eins, Mariedl: Du kennst doch den Peterbauern-Karl, oder?«

Eine leichte Röte flammte ihre Wangen. »Nicht werd ich meine Nachbarn kennen.«

»Was istn das eigentlich für einer?«

»Ich … ich könnt nichts sagen über ihn.«

»Mariedl! Wenn ich jetzt noch einmal hör, dass du nichts sagen könntst, dann könnts passieren, dass ich was sag! Hast verstanden? Also! Maul auf! Was ist der Peterbauer für einer?«

Sie zupfte nervös an ihrem Kopftuch. Ihr Gesicht glühte. »Der unserige Hof und der Seinige sind nebeneinander, und wir sind allerweil gut miteinander ausgekommen.«

Zwischen den struppigen Brauen des Kommissars bildete sich eine Falte. »Bist taub?«, blaffte er. »Was hab ich gefragt?«

Mariedl verknotete die Finger auf ihrem Schoß. »Der Karl selber … na ja, er ist halt ein bisserl, wie sag ich … er hat sein eigenen Kopf, liest sogar Bücher … leicht hat ers ja auch nicht als einschichtiger Bauer …« Sie richtete sich entschlossen auf. »Ein grundguter Mensch ist er, der Karl. Ein bisserl extrig höchstens. Hie und da kommt mir vor, als tät er sich vor was fürchten …«

»Fürchten? Vor was?«

»Oder … als tät er sich einbilden, dass keins ihn mag … aber wenn ihn wer mag, dann merkt ers gar nicht, und –«

Glaser unterbrach sie ärgerlich. »Vielleicht gehört er zu denen, die so was brauchen«, knurrte er.

Mariedl sah ihn erstaunt an. »Zu was braucht eins denn so was?«

»Frag nicht so dummes Zeug! Sag mir lieber, ob er den Philipp Kerschbaumer gekannt hat.«

»Ist das der, der wo –?«

»Sich aufgehängt hat, ja«, polterte der Kommissar. »Stell dich nicht so blöd! Das ganze Dorf redet davon, also wirst dus auch schon gehört haben! Also? Hat er ihn gekannt? Weißt du da was?«

Mariedl schüttelte ihren Kopf. »Gar nichts.«

Glaser ließ sich in die Lehne zurückfallen.

»Gut«, brummte er resigniert. »Kannst wieder heimgehen.«

Das Mädchen stand auf, flüsterte einen kaum hörbaren Gruß und ging. Der Kommissar sah ihr missmutig nach. Natürlich, die Bagage hielt wieder einmal zusammen, möchte es sich mit den Nachbarn nicht verderben. Er klopfte seine Pfeife aus und drehte sich zu Panholzer.

»Was meinst? Hat sie uns was vorgemacht?«

»Ich glaubs nicht, Gust. Das Mariedl ist eine ehrliche Haut. Auf die lass ich ungern was kommen.«

Glaser stand schwer auf, dehnte seinen Rücken und stützte sich auf das Fensterbrett.

»Es ist bloß so, dass der alte Moar, ihr Vater, bei uns als eingeschriebener Bauernbündler geführt ist.«

»Das hat sie doch wahrscheinlich gar nicht gewusst, Gust. So gut müsstest du die Leut bei uns doch noch kennen, dass ein gestandener Bauer – egal, bei was für einer Partei er ist – der Meinung ist, dass die Politik die Weiber halt einmal nichts angeht. Auf der anderen Seite gehts aber auch darum, dass man den Leuten in der Familie keine Mitwisserschaft, bei was auch immer, anhängen kann. Leuchtet mir durchaus ein. Dir nicht?«

Der Kommissar nickte stumm. Er konnte es sich also sparen, die Schwester des Peterbauern vorzuladen und sie zu fragen, ob ihr Bruder es war, der Kerschbaumer in dessen Versteck versorgt hatte. War das überhaupt noch wichtig?

Er vernahm Panholzers gequälte Stimme in seinem Rücken.

»Lass es doch endlich bleiben, Gust. Es geht dich doch nichts mehr an.«

»Der Mord am Thannheiser geht mich schon noch was an.«

»Aber das gehört doch zusammen.«

»Haben wir Beweis oder Geständnis, Kaschpe?«

»Die Münchner wollten den Kerschbaumer haben. So scharf sind sie darauf, dass sie ihn heut früh gleich für ihre Gerichtsmediziner abgeholt haben. Sollen die sich doch jetzt damit herumschlagen. Du nimmst denen bloß die Arbeit ab.«

»Der Mord ist in meinem Bezirk passiert und nicht in München droben. Und jetzt lass mich gefälligst zufrieden.«

Panholzer stand auf und ging um seinen Schreibtisch herum.

»Gust«, sagte er flehentlich, »du handelst gegen die Anweisungen!«

Der Kommissar starrte aus dem Fenster und sagte nichts.

»Gust …« Die Stimme des Wachtmeisters wurde eindringlicher. »Wir kennen uns jetzt zwar schon eine Zeit lang, aber manchmal bist du mir noch allweil ein Rätsel. Gehts dir ums Prinzip, oder was?«

»Schmarren«, widersprach der Kommissar barsch.

»Gust! Irgendwas … irgendwas frisst bei dieser ganzen Geschicht doch an dir!«

Glaser wirkte für einen Moment überrascht.

»Mach mir doch nichts vor«, setzte Panholzer nach. »Ich kenn dich doch.«

Der Kommissar kratzte an seiner stoppeligen Wange. Er warf dem Wachtmeister einen zweifelnden Blick zu, bevor er sich zu einer Antwort entschloss. »Ich erklärs dir einmal so, Kaschpe. Wie ich angefangen hab bei der Kriminalpolizei, kurz nach dem Krieg ist das gewesen, da hab ich gleich im ersten Jahr einen Mordserfolg landen können. Ich hab einen von den Roten erwischt, der nach der Räte-Gaudi zuerst hat nach Ungarn abhauen können, den es dann aber wieder heimgezogen hat. Er ist ja verheiratet gewesen, hat ein kleines Kind gehabt, na, und das Geld ist ihm wohl auch ausgegangen. Ein Lehrer ist es gewesen, so ein magerer Hänfling. Viel war nicht dabei, ihn zu finden. Trotzdem hats mich damals vor Stolz fast zerrissen.«

»Versteht eins doch. Als Anfänger?«

Glaser sah an ihm vorbei. »Den Prozess, hab ich mir gesagt, den schaust du dir an. Bin als Zeuge ja eh geladen gewesen. Aber: Sie haben ihm so gut wie nichts nachweisen können! Es hat keinerlei Schriftsachen oder Indizien gegeben, die bewiesen hätten, dass er mit den Sauereien der Räte-Leute etwas zu tun gehabt hat. Mit der Ausnahme, dass er einmal seine Unterschrift auf eine Flugschrift eines ›Revolutionären Künstlerrates‹ gesetzt hat, in der gefordert worden ist – ich habs mir gemerkt, weil es gar so verrückt gewesen ist, Kaschpe –, dass Wandertheater gegründet werden sollen, die den Leuten auf dem Land Mozart und so Zeugs vorspielen. Aber nichts hat es ihm genutzt. Nur Belastungszeugen haben aussagen dürfen, die anderen sind mit allen Tricks, die so eine Prozessordnung hergibt, abgelehnt worden. Obwohl sich der Hirschberg, der damals schon einer der schärfsten Verteidiger von ganz München gewesen ist, wie so ein alter Römer ins Zeug gelegt hat, haben sie ihn wegen Hochverrats für acht Jahr ins Zuchthaus nach Landsberg gesteckt. Wo er ein Jahr drauf an einer Herzkrankheit gestorben ist, weil die Gefängnisleitung, angeblich aus Sicherheitsgründen, keinen Doktor zu ihm gelassen hat. Dass der Direktor nicht zur Verantwortung gezogen worden ist, brauch ich wohl nicht extra zu sagen.«

»Versteh«, meinte Panholzer. »So eine Geschicht nagt an einem. Du möchst es also nicht noch einmal –«

»Blödsinn«, fuhr der Kommissar dazwischen. »Schau ich aus, als ob ich einen an mir nagen lassen tät?«

»Eigentlich eher nicht«, gab Panholzer zu. »Aber wenns dir weder darum noch ums Prinzip geht, dann kapier ich dich gleich dreimal nicht.«

»Es ist ganz einfach, Kaschpe. Ich hab dir die Geschicht von damals erzählt, weil dabei alles nach Recht und Ordnung zugegangen ist. Die Bewertung der Beweise wie auch die Strafhöhe waren Ermessenssach des Richters, wie auch das, welche Zeugen er zulässt. Die Justiz ist ja unabhängig. Die einen haben über das Urteil gelästert, die anderen dazu geklatscht, und ich bin belobigt worden. Kommst noch mit?«

Der Wachtmeister versuchte, seine Verwirrung zu überspielen. »Halbhalb.«

»Dann erklärs ich dir mal so: Ich möcht ganz einfach wissen, wo der Has hinläuft, verstehst? Das möchte ich immer. Bei allem. Ich lass mich nicht gern zum Deppen machen. Und was meinen und deinen Beruf betrifft, Kaschpe, so kann es sein, dass wir was übersehen. Dass sich um uns herum was … wie sag ich? … zusammenbraut.« Glaser kam einem verblüfften Einwand Panholzers zuvor und fuhr fort: »Dir kanns freilich wurscht sein, Kaschpe. Du hockst deine paar Jahr noch ab, und wenn du dich auf deine alten Tag nicht noch beim Wildern erwischen lässt oder die Pfarrersköchin anpackst, kannst es dir als Pensionär gut gehen lassen. Aber so weit bin ich eben noch nicht. Und ich bin verheiratet, hab bald fünf Kinder daheim. Wenn ich was überseh, dann …«

»Gleich fünf?«, rief Panholzer. »Es sind doch noch keine vier Jahr her, dass du geheiratet hast?«

Der Kommissar zuckte die Schultern. »Eins hat die Frau mitgebracht, zwei sind Zwillinge, und eins ist ein Dreivierteljahr alt«, erklärte er in einem Ton, der Panholzer deutlich machte, dass es an der Zeit war, das Thema zu wechseln.

»Ich glaub, ich kapier dich langsam«, sagte er. »Einer wie du muss sich anpassen. Wenn er aber nicht weiß an was, schauts schlecht aus.«

»Tu nicht auf Pfaff, Panholzer«, sagte Glaser verärgert.

Der Wachtmeister betrachtete ihn lange. Dann ließ er hilflos die Schultern fallen und sagte leise: »Aber muss es denn unbedingt sein, dass du mir so eine Unruh ins Dorf bringst, Gust? Sind wir doch froh, dass wir die Geschicht vom Hals haben.«

»Gebens Obacht, bittschön«, sagte Kajetan. Der Dorfbarbier, ein rotgesichtiger Mann in den Vierzigern, lächelte beflissen. »Aber freilich, Herr«, versicherte er. »Da habens Ihnen aber sauber das Hirn blessiert. Sinds hingefallen?«

Kajetan warf ihm einen Blick über den Spiegel zu und grinste schief: »Ein Flachländer wenn halt in die Berg geht …«

»Tja, da heißts aufpassen, da habens recht.« Mit einer behutsamen Geste kämmte der Barbier Kajetans Haar zurück. »Mit so einem Pletzer habens sogar noch ein Massl gehabt. Was glaubens, was unsere Bergwachtler jedes Jahr an unvernünftige Leut aus dem Gebirg holen müssen? Und fast jedes Jahr passierts, dass ein Toter darunter ist.« Er zückte die Schere. »Tja. Bei uns, das ist halt schon was anderes als in einem Park in der Stadt drin.«

»Stimmt, an Aufregungen fehlts wirklich nicht bei Ihnen.«

Der Frisör lächelte mitfühlend. »Habs schon gehört, dass unser Wachtmeister bei Ihnen wieder mal übers Ziel rausgeschossen ist. Aber einen richtigen Mord haben wir nur alle heiligen Zeiten, und solang wie ich in Zellach bin, ist noch nie einer passiert. Hat man sich wenigstens anständig entschuldigt bei Ihnen, wie sichs gehört?«

»Ein ›nichts für ungut‹ haben die Herrschaften immerhin rausgebracht.«

Der Barbier schmunzelte. »Ich weiß jedenfalls, dass es dem Panholzer peinlich wie noch so was gewesen ist. Wird Ihnen übrigens hoch angerechnet, Herr, dass Sie nicht gleich wieder abgereist sind. Jeder andere hätts getan.«

»Mich bringt man nicht so leicht draus. Und Gottseidank ist der Richtige ja doch noch erwischt worden.«

Der Barbier warf einen prüfenden Blick in den Spiegel, bevor er die Schere wieder ansetzte. Einige Minuten schnibbelte er stumm weiter. Dann, als fühle er sich bemüßigt, für Unterhaltung zu sorgen, bemerkte er: »Ja … Gottseidank ist die Gaudi jetzt vorbei …« Er seufzte. »Wissens, Herr, ich hab ja Verwandtschaft in Schwarzberg drüben, von wo der Bazi hergekommen ist. Obwohl er früher mal mit ein paar Leuten bös zusammengeruckt sein soll, sinds trotzdem alle ganz erschlagen. Keiner hat sich vorstellen können, dass der Kerschbaumer Lipp – so hat der geheißen – zu so was fähig gewesen sein soll. Vor allem fragen sich die Leut, warum ers überhaupt getan hat. Ums Geld ists ihm ja nicht gegangen, soweit ich informiert bin. Also warum?« Er schüttelte den Kopf. »Nein, keiner von den Schwarzbergern verstehts.«

Kajetan bemühte sich um einen unbeteiligten Ton. »Oft steckt bei so was eine ganz private Sach dahinter.«

»Ach woher«, hörte er die Stimme des Barbiers an seinem Ohr. »Was hätten denn die zwei miteinander zu tun gehabt? Der Thannheiser ist doch erst vor ein paar Jahr nach Zellach gekommen, da ist der Kerschbaumer doch schon lang in München droben gewesen.«

»Ach? Ist dieser Herr Thannheiser gar kein Hiesiger gewesen?«

»Der muss von irgendwo in der Passauer Gegend her sein. Woher er und seine Mena – die ist Tochter vom früheren ›Taffern‹-Wirt, verstehens? – sich kennengelernt haben, weiß ich gar nicht. Soweit ich gehört hab, solls auf dem Dornsteiner Markt gewesen sein, wo er damals wohl beim Höllbräu als Fuhrknecht oder Schankkellner gearbeitet hat. Da muss es wohl gefunkt haben zwischen den Zweien.«

»Sie sollen sich sehr gern gehabt haben.«

»Es hat ihm jedenfalls nichts ausgemacht, dass sie ... ein bisserl ... wie soll ich sagen ... verstehens?«

Das klinge jetzt doch ein wenig rätselhaft, meinte Kajetan.

»Naja ... die Mena hat doch als Kind die Kinderlähmung gehabt. Und da ist ihr halt was geblieben, wie den meisten.« Der Barbier drückte Kajetans Kopf behutsam nach vorne und kämmte die Haare am Hinterkopf durch. »Aber sie ist trotzdem allweil eine Stolze gewesen ...« Er schien etwas hinzufügen zu wollen, ließ es aber und arbeitete schweigend weiter.

Kajetan suchte seinen Blick im Spiegel. »Stolz?«

Der Barbier sah ihn nicht an. »Ja ... so, als wär ihr gar nicht richtig klar gewesen, dass sie ... also, wie soll ich sagen ... dass sie halt nur eine Halbe gewesen ist ... verstehens, wie ich mein? Im Dorf hats jedenfalls früher allweil geheißen: Wenn der alte Wirt im Grab ist, wird die Mena den ›Taffern‹ nimmer lang halten können.«

»Warum eigentlich?«

»Gute Frage, Herr. Was halt manchmal so geredet wird, nicht wahr? Dabei soll sie grad mit dem Vieh recht geschickt gewesen sein und sich besser angestellt haben als mancher Bauer.« Der Frisör seufzte. »Aber es wird jetzt drauf rauslaufen, dass der ›Taffern‹ auf die Gant kommt. Und dann steigert ihn halt der, der wieder mal das meiste Heu hat.«

»Grad billig geht so ein großer Gasthof ja bestimmt nicht her.«

»Oh, ein paar gibts schon, die ihn sich leisten könnten. Der Herr Mannhardt beispielsweis, dem der ›Neuwirt‹ gehört, soll sogar noch zu Lebzeiten vom alten Wirt beim ›Taffern‹ deswegen angeklopft haben. Wollt das alte Haus abreißen und ein mordsgroßes und modernes Alpenhotel hinstellen.«

»Wär fast schad drum gewesen.«

Der Frisör stimmte ihm zu. »Der ›Taffern‹ ist ja die älteste Wirtschaft weit und breit, die gibts mindestens schon seit dem Mittelalter, wenn nicht länger. Andererseits hätten viele im Dorf nichts gegen ein neues Hotel gehabt. Es fehlen halt überall Fremdenbetten. Uns, den Kleinen, den Ladnern und dem Handwerk, hätts jedenfalls nicht geschadet.« Er seufzte. »Tja. So hat halt alles seine zwei Seiten, gell? Man mischt sich besser nicht ein.«

»Habens recht«, sagte Kajetan.

»Und wir zwei habens auch gleich …« Der Frisör drückte sein Kreuz durch, steckte die Schere in den Aufnäher seines Kittels und warf einen zufriedenen Blick auf sein Werk. »Ists recht so?«

»Ganz recht«, lobte Kajetan.

Der Frisör hatte ihm den Schneidermeister Mitius empfohlen. Dessen Werkstatt befand sich in einem einstöckigen Haus im Unterdorf. Der Schneider, ein hohlbrüstiger, phlegmatischer Mittdreißiger mit schütterem Haar, ruckelte umständlich an seiner Brille, ging in die Hocke und kniff die Augen zusammen.

Er verzog grämlich den Mund. »Naja, einen Schönheitspreis kriegen wir dafür nimmer. Andererseits … ein solider Stoff ist es, der auch nicht grad billig gewesen sein wird. Und zum Wandern ist so eine Hosen allweil noch gut genug.« Wieder korrigierte er sein Brillengestell, als er Kajetan ansah. »Wissens was? Ich näh Ihnen einfach einen Einsatz in die Stelle, die Sie sich da aufgerissen haben. Wenns wollen, machen wirs gleich auf der Stell. Mein anderes Sach kann noch warten.« Mitius schmunzelte karg. »Brauchens Ihnen nicht zu genieren. Ich leb einschichtig, da schaut Ihnen keiner was weg.«

Kajetan schlüpfte aus der Hose und reichte sie dem Schneider, der damit zu einem Regal schlurfte und sie an einen Stoffballen hielt.

»Sinds wo hängen geblieben, gell?«, wollte der Schneider wissen. Er wies auf einen Hocker neben einem Kanonenofen. »Hockens Ihnen doch derweil hin.« Er trennte einen Stoffstreifen ab und kehrte auf seinen Schemel zurück.

Bei einer Wanderung sei es passiert, erzählte Kajetan. Einige Meter sei er abgestürzt. Der Schneider warf ihm einen mitfühlenden Blick zu.

»Habens aber Glück gehabt. So was kann schlimm ausgehen. Wo ist es denn passiert?«

»Oberhalb der … wie heißt die Alm gleich wieder? … vom Etterkaser.«

Der Schneider befeuchtete das Ende eines Fadens mit den Lippen, kniff die Augen zusammen und fädelte ihn durch das Nadelöhr.

»Oberhalb vom Etterkaser? Ist da überhaupt ein Steig?«

»Kennen Sie die Alm?«

»Die gehört zum ›Taffern‹«, sagte Mitius, während er damit begann, den Flecken über den Riss zu nähen. Er seufzte leise. »Aber jetzt muss man wohl bald sagen: Hat ihm gehört. Von der schlimmen Geschicht mit dem Wirt werdens ja bestimmt gehört haben.«

Kajetan nickte bestätigend. »Man kann sichs gar nicht vorstellen. Das Dorf wirkt so … so friedlich. Und dann so was.«

Der Schneider sah nicht auf. »Friedlich … na ja. Wann man halt nicht dahinter schaut, gell?« Er nickte gedankenvoll und fuhr fort: »Wos Menschen gibt, da gibts auch Streitereien. So ists halt einmal. Man mischt sich besser nicht zu viel ein.«

»Dieser …« Kajetan tat, als suche er nach dem Namen des getöteten Wirts.

»Thannheiser«, kam ihm Mitius zu Hilfe.

»… der doch recht angesehen gewesen sein soll im Dorf, oder?«

»Freilich. Wer was hat, der kriegts Ansehen gleich mitgeschmissen. So ist es doch überall, oder?«

Kajetan lächelte einfältig. »Entschuldigens, wenn ich neugierig bin. Aber so Kriminalsachen erlebt man auch nicht alle Tag.«

Geübt zog der Schneider die Nadel durch den Stoff. »Versteh Ihnen schon. Aber wenns mehr wissen möchten, fragens leider den Falschen. Ich hör gar nicht hin bei so was. Ich muss gut auskommen mit den Leuten, sonst kann ich gleich zusperren. Der Thannheiser und ich sind uns jedenfalls nie in die Quer gekommen. Ich bin hie und da bei ihm hinten gewesen und hab seinen Leuten das Gewand gerichtet. Aber, wie gesagt, damit ists jetzt wohl vorbei.« Der Schneider schnaubte leise. »Alles ist irgendwann vorbei ...«

»Meinens, dass der ›Taffern‹ zugemacht wird?«

»So wirds wohl kommen, ja. Seine Frau, heißts, versteht vom Wirtschaftlichen nichts. Früher oder später wird der ›Taffern‹ auf die Gant kommen. Schad ists um das schöne Haus.« Der Schneider seufzte. »Aber was willst machen? Es kann eins einem anderen das Leben nicht abnehmen. Wann sich eins unbedingt ruinieren möcht, kannst auch nichts dagegen tun. Oder?«

»Tja ...«, machte Kajetan nachdenklich. »Damit habens wohl nicht unrecht.«

Eine Weile arbeitete der Schneider stumm weiter.

»Wie beim Lipp, dem armen Teufel, der sich aufgehängt hat«, setzte er plötzlich an, als hätte ihn in diesem Moment eine wehe Erinnerung befallen.

Kajetan bemühte sich, sich seine Überraschung nicht anmerken zu lassen. Der Schneider kannte Kerschbaumer?

»Freilich. Der Lipp und ich sind in Schwarzberg drüben aufgewachsen. Als Buben sind wir allweil gut an gewesen, wir zwei.« Er ließ die Arme sinken. »Wir sind rechte Lausbuben gewesen damals … ich, ein Schneiderbub, mager wie ein Zwirnsfaden, und er aus einem Bauernhof, wos notiger kaum hätt zugehen können, das hat gut gepasst …«, er lächelte versonnen, »aber das ist schon lang her …«

»Aber … hat es nicht geheißen, dass der Mörder von München ist?«

Der Schneider nahm seine Arbeit wieder auf. »Ja. Aber da ist er erst nach dem Krieg hin. In Schwarzberg war kein Bleiben mehr für ihn.«

»Wegen der Arbeit wahrscheinlich.«

»Nicht deswegen.« Mitius schüttelte den Kopf. »Er ist fort, weil er gemeint hat, dass er sich mit den Leuten anlegen muss, hat dabei aber den Kürzeren gezogen. Ein sturer Hund ist er allerweil schon gewesen. Drum wunderts mich fast nicht, dass alles jetzt so gekommen ist mit ihm.« Der Schneider sah auf. »Tuns mir aber den Gefallen, und erzählen Sies nicht im Dorf herum, dass ich ihn gekannt hab, gell? Es gibt leicht ein dummes Gered.«

Kajetan versprach es. Wieder verstrich eine Pause, in der nichts als das mühsame Schnaufen des Schneiders zu hören war. Kajetan gähnte demonstrativ, bevor er sich wieder an den Schneider wandte: »Es … es hört sich fast so an, als ob Sie ihm gar nicht zutrauen würden, dass er ein Mörder ist?«

Der Schneider seufzte. »Was einer wie ich meint, zählt eh nicht. Ich misch mich in nichts mehr ein. Is ja eh schon wurscht. Jetzt ist er tot.«

»Aber wenn er in seinem Heimatdorf schon was angestellt hat, dann kanns doch sein, dass er …«

»… zum Verbrecher geworden ist? Nein. Was er damals getan hat, hat er aus Blödheit getan. Damals hats nämlich eine Geschicht gegeben, aus der er sich besser hätt raushalten sollen.«

»Sinds mir nicht bös, aber jetzt habens mich neugierig gemacht.«

Der Schneider lächelte lahm. »Ich merks schon. Aber die Geschicht ist schnell erzählt. Der Bräu von Schwarzberg hat unterm Krieg eine Handvoll Kriegsgefangene zum Arbeiten gehabt. Franzosen sinds gewesen. Die hat er so dermaßen schikaniert, dass sogar fast einmal der Pfarrer dazwischen gegangen wär. Ein paar Wochen bevor der Krieg aus war, hats einer von denen nimmer ausgehalten und ist auf den Bräu losgegangen. Der hat natürlich gleich nach den Gendarmen geschrien. Wie die aber gekommen sind, ist der Franzos – ein sauberer Bursch ists gewesen, Jean-Marie, mein ich, hat er geheißen – verschwunden gewesen. Und obwohl sofort im ganzen Bezirk nach ihm gesucht worden ist, haben sie ihn nicht gefunden.« Der Schneider hob die Hose gegen das Licht und besah prüfend die Naht, während er weitersprach: »Kaum ist der Krieg aber aus gewesen, ist er auf einmal wieder da gewesen. Und rausgekommen ist, dass es ein Dienstbot, ein dummes Ding von kaum siebzehn Jahr, gewesen ist, die ihn die ganze Zeit in einem Verschlag über ihrer Kammer versteckt hat. Da ist natürlich der Teufel losgewesen. Der Bräu hat sie vor alle Leut halb totgeschlagen und ›Franzosenhur‹ geschimpft. Keiner hat einen Finger gerührt für sie. Außer einem.«

»Der Kerschbaumer.«

Der Schneider nickte. »Er ist wie ein Närrischer dazwischen, hat dem Bräu ein paar geschmiert und das Madl dann zum Postauto gebracht, mitten durchs Dorf am helllichten Tag, durchs Geplärr und die Beleidigungen. Tags drauf hat er selber sein Zeug gepackt und ist nie mehr heimgekommen. Drum denk ich mir: In was auch immer der Lipp da reingerauscht sein mag – ein Verbrecher oder gar ein Mörder ist der nicht. Und ich denks mir heut noch. Aber wer will das jetzt noch wissen?«

»Seine Leut vielleicht. Oder das Madl von damals? Was ist aus der eigentlich geworden?«

»Sie werdens nicht glauben, aber die lebt sogar bei uns in der Gemeinde.«

»Da? In Zellach?«

Mitius wandte sich um und sah Kajetan über die Brille an. »Aber wers ist, möcht ich nicht sagen. Sinds mir nicht bös. Ich habs Ihnen überhaupt bloß deswegen gesagt, weil Sie nicht von da sind. Ich möcht nicht, dass die am End auch noch ins Gered kommt. Es langt schon, was sonst dumm im Dorf dahergeredet wird. Wissens, in so einem Dorf ist es fast wie in einer Viehherden. Wenn du mittendrin bist, kannst dus ganz warm haben, und du kommst über den Winter. Wenn du dich aber nicht einpassen magst oder kannst, erfrierst.«

Der Schneider stand auf, drückte sein Kreuz durch und hielt Kajetan die Hose hin. »Dann hätten wirs schon wieder. Schaut fast wieder aus wie neu, hm?«

Der Hotelier schob die Türe des Büros hinter sich zu, ging hinter seinen Schreibtisch und platzierte sich schwungvoll in seinen Stuhl.

»Nehmen Sie doch bitte Platz, Herr Kommissär. Ich bin unseren Behörden natürlich jederzeit gerne behilflich. Zuvor aber die Frage: Es ist alles zu Ihrer Zufriedenheit bei uns? Sie fühlen sich wohl in unserem Haus?«

Glaser nickte knapp, setzte sich und kramte Pfeife und Tabaksbeutel aus seiner Manteltasche.

»Es geniert Sie doch nicht«, sagte er. Mannhardt öffnete den Mund zu einer Antwort, klappte ihn aber wieder zu, als er sah, dass der Kommissar schon dabei war, seine Pfeife zu stopfen. Er räusperte sich.

»Äh … nein.«

Glaser brummte befriedigt. Er hielt ein Streichholz in den Pfeifentopf, sog schmatzend und blies eine Rauchwolke zur Decke.

»Was kann ich …?«, begann der Hotelier, stockte aber. Dem fragenden Blick des Kommissars folgend, sah er auf seine Armschlinge.

»Ach, das …« Er lächelte gezwungen. »Ärgerlich, aber nicht weiter tragisch. Ein … ein kleines Missgeschick. Kommt bald weg. Noch mal: Womit kann ich Ihnen behilflich sein, Herr Kommissär?«

Glaser nahm die Pfeife aus dem Mund. Als Erstes würde er sich gerne ein genaueres Bild davon verschaffen, welcher Mensch der ermordete Wirt gewesen sei. Wie sei Mannhardt zu ihm gestanden? Habe er häufig Kontakt zu ihm gehabt?

»Um mit dem Zweiten anzufangen, Herr Kommissär: Häufig wäre nun wirklich übertrieben. Unsere Zusammenkünfte waren in der Regel sachlicher und amtlicher Natur. Worin eigentlich schon die Antwort auf Ihre erste Frage enthalten sein dürfte. Ich gebe gerne zu, Herr Thannheiser und ich pflegten nicht das, was man eine enge Freundschaft nennt. Mir hat unter anderem nicht zugesagt, dass auf dem ›Taffern‹ mit dem Gesinde ziemlich diktatorisch umgesprungen worden ist.« Er hüstelte. »Mit seiner Gattin dagegen, der Frau Philomena, war ein weitaus besseres Auskommen.«

»Sie haben sie gut gekannt?«

»Das wäre ebenfalls übertrieben. Aber es ist schließlich kein Geheimnis, dass meine Jagd sich nur unweit des Etterkaser befindet, präziser gesagt, ich stoße auf diese Alm, wenn ich mich auf dem Nachhauseweg befinde. Der Etterkaser gehört zum ›Taffern‹, wie Sie sicherlich wissen. Wenn die junge Frau dort anwesend war, war sie stets freundlich. Allerdings schien sie doch ein wenig unter dem Einfluss ihres Gatten zu stehen, mit dem ich, wie ich bereits angedeutet habe, nicht immer einer Meinung gewesen bin.«

»Welcher Art waren diese Meinungsverschiedenheiten, wenn man fragen darf?«

Mannhardt nickte großzügig. »Dürfen Sie. Im weitesten Sinne ging es darum, in welcher Weise die wirtschaftliche Situation von Zellach zu verbessern wäre. Da es meine Aufgabe als Vorsitzender des ›Verkehrs- und Verschönerungsvereins‹ ist und ich von mir behaupten darf, diesbezüglich über einige Erfahrung zu verfügen, hatte ich – aber das geschah, wohlgemerkt, noch bevor Herr Thannheiser die Haustochter heiratete und den ›Taffern‹ übernahm – die Idee entwickelt, an diesem herrlichen Platz –«

»Sie reden vom ›Taffern‹-Anwesen?«

»Sicher. Dort wollte ich – selbstverständlich im ländlichen Stil, keine Frage! – ein modernes Hotel errichten. Die Krux in unserem Dorfe ist nämlich, dass das Übernachtungsangebot leider immer noch zu dürftig ist, sowohl zahlenmäßig als auch, was einen gewissen Komfort angeht. Sehen Sie, viele Leute in Zellach sind immer noch der Meinung, es genüge heutzutage, während des Sommers einfach mit der Familie unters Dach zu ziehen und die frei werdenden Räume anzubieten. Ich muss Ihnen jedoch nicht sagen, Herr Kommissär, wie diese oft ausgestattet sind. Kein fließendes Wasser, miserable Betten, fragwürdige Hygiene. Dass der moderne Gast es zwar liebt, der Natur nahe zu sein, den Geruch eines Misthaufens unter dem Fenster jedoch nicht unbedingt goutiert, werden Sie sich vorstellen können.«

»Und das hat der Herr Thannheiser anders gesehen?«

»Aber keineswegs!«, beteuerte der Hotelier. »Es gab damals lediglich einige … äh … atmosphärische Verstimmungen, als ich meine Pläne begraben musste. Ich hatte nämlich den alten Wirt schon fast von meinen Vorstellungen überzeugt. Ich muss fairerweise zugestehn, dass ich damals in meiner verständlichen Enttäuschung ein wenig zu weit gegangen bin und ihm … nun … äh …«

Glaser hakte nach: »Was haben Sie dem Herrn Thannheiser vorgeworfen?«

»Nun … äh …« Die Erinnerung an diese Auseinandersetzung schien Mannhardt peinlich zu sein. »Ich habe ihm vorgeworfen, eine Art … äh … Erbschleicher oder Ähnliches zu sein und die junge Frau, welche ja, wie Sie sicherlich bereits wissen, behindert war, nur geheiratet zu haben, um an das Haus zu kommen. Er war natürlich tödlich beleidigt.«

Kommissar Glaser verzog den Mund. »Nicht ganz unverständlich, würd ich erst einmal sagen.«

»Sicher«, gab der Hotelier zu. »Ich habe mich damals jedoch entschuldigt und mich zudem vergewissern können, dass mein Verdacht nicht berechtigt war. Er hat seine Frau wirklich geliebt, trotz ihrer … nun … Beeinträchtigung.« Er legte eine kurze Pause ein und fuhr nachdenklicher fort. »Auch wenn mir nach Bekanntwerden des Todes von Herrn Thannheiser im ersten Moment der Gedanke gekommen ist …« Er machte eine wegwerfende Handbewegung. »Nein, lassen wir das.«

Der Kommissar runzelte die Stirn.

»Was für ein Gedanke?«

Der Hotelier wand sich. »Bitte … ich … es ist wirklich … also, mir kam im ersten Moment der Gedanke … der Mord an Herrn Thannheiser geschah doch in der Nähe der Alm, in der sich seine Frau aufhielt, also könnte doch auch sie … aber, bitte, Herr Kommissär! Nein! Es ist wirklich zu abwegig!«

»Weil die zwei sich wirklich gern gehabt haben?«

»Aber natürlich! Wenn Sie mir nicht glauben wollen, so erkundigen Sie sich doch im Ort. Und jetzt, bitte, vergessen wir das. Schließlich ist der wahre Täter ja gefasst worden, nicht wahr? Und was die Differenzen betrifft, die ich seinerzeit mit Herrn Thannheiser hatte, so möchte ich nur noch anfügen, dass der damalige Streit nun wirklich schon sehr lange zurückliegt. Mehr als zwei Jahre, ich bitte Sie!«

»Hm …« Glaser paffte eine Weile vor sich hin. »Und seither hats keinen Streit mehr gegeben?«

Mannhardt schüttelte nachdrücklich den Kopf. »Wie gesagt, wir pflegten eine gewisse Distanz, verkehrten aber höchst zivil miteinander.«

»Und politisch? Wie hats da ausgeschaut?«

Der Hotelier lächelte anerkennend. »Respekt, Herr Kommissär. Sie haben sich kundig gemacht. Aber die Antwort ist auch hier Nein. Gewiss, ich fand – und sagte das auch ganz offen – Herrn Thannheisers Parteinahme für die Monarchie einigermaßen albern und unzeitgemäß, aber der politische Wettstreit ist nun mal das Merkmal unserer heutigen Kultur. Finden Sie nicht?«

Glaser schürzte nachdenklich die Lippen.

»Sie sagen, Ihre Jagd ist in der Nähe vom Etterkaser …«, setzte er an. »… und dass Sie gelegentlich auch dort eingekehrt sind.«

»Richtig, Herr Kommissär. Jedoch, wie Sie richtig bemerkt haben, nicht allzu häufig. Genauer gesagt, kann ich mich nur an ein Mal in letzter Zeit erinnern. Und bevor Sie weiterfragen, möchte ich noch einmal betonen: Wenn ich Frau Thannheiser dort antraf, kamen wir immer bestens miteinander aus. Ich gestehe Ihnen sogar, dass mir die tapfere junge Frau imponierte. Ich wollte ihr deshalb auch kürzlich mein ehrliches Beileid zum Tode ihres Gatten aussprechen, aber dieser – verzeihen Sie, Herr Kommissär, ich bin tiefgläubig, aber dennoch! – dieser Pfaffe ließ mich nicht zu ihr vor.«

»Sie meinen den hiesigen Herrn Pfarrer?«

»Ja. Pardon. Aber –«

»Hat er gesagt, warum er Sie nicht ins Haus lassen wollt?«

»Das hielt er nicht einmal für nötig!«, rief Mannhardt, noch immer empört. »Er wiegelte sogar das Gesinde gegen mich auf!«

Glaser war nur mäßig interessiert. »Ah, gehns zu?«

»Ich habe vor, mich beim Erzbischöflichen Ordinariat zu beschweren! Jawohl!« Der Hotelier krallte seine Rechte in die Lehne und beugte sich vor. »Der Mann ist außerdem ein Kommunist! Eine Schande! Anstatt sich, wie es sich für einen ordentlichen Pfarrer gehört, auf die Seelsorge zu konzentrieren, engagiert er sich für die Schulausbildung! Wirft den Bauersleuten vor, die Kinder zu oft in der Erntearbeit einzusetzen, statt sie in die Schule zu schicken! Bildet sich ein, sich zu Gesundheitsfragen äußern zu müssen, wagt allen Ernstes – in der Predigt, Herr Kommissär! Stellen Sie sich das vor! In der Predigt! –, die Kinder zu ermahnen, sich nach dem Abortgehen die Hände zu waschen, weil damit Krankheiten wie die Kinderlähmung übertragen werden könnten! Mag er ja recht haben! – Aber, lieber Gott im Himmel, doch nicht im Gottesdienst! Er kennt die Leute in den Bergen nicht! Das ist ein zäher Schlag, nicht so verweichlicht wie das Stadtvolk! Da wird kein Getöse gemacht, wenn Schwächeres abstirbt. Das Starke ist es, das hier zählt, Herr Kommissär! Was Substanz hat, setzt sich durch! Wenn uns der Herrgott diese wunderbare Natur hier in den Bergen geschenkt hat, müssen wir doch auch ihre Gesetze respektieren!«

Glaser setzte zu einer Bemerkung an. Der Dorfverschönerer war jedoch nicht mehr zu bremsen. »Dieser Pfaffe hat doch keine Ahnung! Kommt von irgendwoher aus dem Ruhrgebiet! Und hat jetzt auch noch durchgesetzt, dass das Klausenmoor entwässert wird! Angeblich sei dies dringend erforderlich, weil die Zellacher Bauern zu wenig Anbaufläche hätten! Dabei bräuchten wir seit Jahren dringend eine Freibadeanstalt für die Touristen! Alles war schon bereit, Pläne, Finanzierung, Pächter! Da funkt uns dieser Sozialromantiker dazwischen! Von Tourismus allein, tönt er, könne man nicht leben! Nur diejenigen könnten es, die über größere Besitzungen verfügten! Purer Sozialneid, zu dem er die braven Leute aufstachelt! Was brauchen wir hier, frage ich Sie, so viele Bauern? Wir brauchen Arbeiter für die Holzverarbeitung, vor allem aber Bedienstete für das Gastgewerbe! Das ist die Zukunft! Der Mann ist gefährlich, sage ich Ihnen! Und er wird verschwinden, Herr Kommissär, das garantiere ich!«

Mannhardt hatte sich in Rage geredet. Seine welken Wangen hatten sich verfärbt, seine Stirn schimmerte feucht. Glaser hatte regungslos zugehört.

»Sie sagen dazu nichts?«, fragte der Hotelier irritiert. Er zog ein Tuch aus seinem Gilet und betupfte sich die Stirn.

Der Kommissar nahm wieder die Pfeife aus dem Mund.

»Sie sollen einen jungen Burschen eingestellt haben, der zuvor beim ›Taffern‹ im Dienst gewesen ist.«

Der Hotelier korrigierte den Sitz seiner Brille. »Sie sprechen vermutlich von Pius – Pius Hochegger. Das ist richtig, Herr Kommissär. Der junge Mann tat mir leid. Ich wusste, dass er ein bedauernswertes Schicksal hinter sich hatte. Die Mutter Kriegerwitwe, er selbst wächst unter ärmlichsten Bedingungen, ohne Halt und Vorbild heran. Ich gebe zu, ich fand es nicht schön von Herrn Thannheiser, ihn –« Mannhardt unterbrach sich. »Aber sagen Sie, Sie werden doch den Burschen nicht in den Kreis möglicher Verdächtiger einbeziehen? Herr Kommissär! Das ist lächerlich!«

»Ich möcht trotzdem mit ihm reden. Wenns geht, gleich.«

»Das tut es leider nicht. Er ist seit Kurzem nicht mehr in meinem Dienst. Ich musste ihn wieder entlassen.«

Der Kommissar hob fragend die Brauen.

»Er … äh … hat gestohlen. Nichts Weltbewegendes, eine Flasche Wein aus dem Keller, aber immerhin … wehret den Anfängen, sage ich.«

»Haben Sie ihn angezeigt?«

Mannhardt schüttelte den Kopf. »Das wollte ich seiner armen Mutter nicht antun. Ich riet ihm, das Dorf zu verlassen, was er daraufhin auch getan hat. Womit sich auch vermutlich die Frage nach seinem Alibi erledigt, da ich ihn zufällig am Morgen des Todestages von Herrn Thannheiser in Dornstein gesehen habe. Vor einer Suppenküche der SA. Es wäre ihm sehr zu wünschen, dass ihm dort endlich ein wenig Manneszucht beigebracht wird, nicht wahr?«

Glaser zuckte die Schultern. »So was schadet nie.« Die Rauchwolke über seinem Kopf trieb auf den Hotelier zu. Mannhardt hüstelte in seine Faust.

»Wie wirds denn jetzt mit dem ›Taffern‹ oben weitergehen?«, nahm der Kommissar das Gespräch wieder auf.

Wie aufs Stichwort schlüpfte Mannhardt in die Rolle des verantwortungsbewussten Lokalpolitikers. »Ein trauriges Kapitel, das Sie da ansprechen, Herr Kommissär. Ich bin in der Tat wenig hoffnungsvoll, dass es Frau Thannheiser lange machen wird. Sie scheint völlig schwermütig geworden zu sein. Unendlich lange wird man der Sache natürlich amtlicherseits nicht zusehen können. Ich bin mir da mit dem Herrn Bezirksamtmann, mit dem ich zufällig erst heute Morgen darüber gesprochen habe, einig. Ich fürchte, es wird darauf hinauslaufen, dass man über eine Entmündigung von Amts wegen nachdenken muss, sowie, in ihrem Interesse, an eine Unterbringung in einer, äh, Heilanstalt.«

»Und dann?«

Mannhardt hob bedauernd die Schultern. »Dann wird es vermutlich zu einer Versteigerung kommen.« Der unentwegte Blick des Kommissars begann ihn unruhig zu machen. »Hätte ich Ihre Fragen damit zufriedenstellend beantwortet?«

Glaser erwiderte sein angestrengtes Lächeln nicht. »Waren Sie an dem Tag, an dem der Herr Thannheiser ermordet worden ist, ebenfalls auf dem Etterkaser? Oder in der Nähe davon?«

Die Miene des Hotelbesitzers vereiste.

»Machen Sie sich bitte nicht lächerlich, ja? Nur weil ich politisch mit jemandem nicht übereinstimme oder wirtschaftlich mit ihm konkurriere – nein, hören Sie, das ist doch allzu albern! Ich weigere mich, weiter darauf einzugehen.« Seine Stimme wurde lauter: »Und ich sage Ihnen jetzt ehrlich: Ich finde diese Unterstellung unerhört, ich könnte etwas mit dem Tod des Herrn Thannheiser zu tun haben! Jawohl, unerhört!«

»Ich unterstelle Ihnen überhaupt –!«

Mannhardts Stimme verfiel in einen schrillen Diskant: »Polizeirat Doktor Obermeier, den ich des Öfteren schon als Jagdgast zu begrüßen die Ehre hatte, dürfte nicht sehr erbaut sein!«

Die Furche zwischen den dichten Brauen des Kommissars hatte sich vertieft. »Erstens habens meine Frage noch nicht beantwortet«, sagte er kalt. »Und zweitens tät ich aufpassen, Herr Mannhardt. Bei Nötigung kann ich einigermaßen ungemütlich werden.« Seine Stimme wurde schneidend. »Waren Sie oben, oder nicht?«

»Nein!«, rief der Hotelier. »War ich nicht! Ich war ungefähr drei Wochen vor seinem Tod das letzte Mal dort. Sogar beim Etterkaser, jawohl! Die Frau Thannheiser und ich haben ein bisschen geplaudert! Fragen Sie sie doch selbst! Das ist die Wahrheit!«

Die Bedienung des Dorfcafés war auf dem Laufenden: Die frühere Wirtschafterin des »Taffern« hatte sich seit ihrem Rauswurf in der Pension »Gamsbichler« außerhalb des Ortes eingemietet und würde schon bald von hier wegziehen.

Resolut hatte Erna Tischler die Zimmertür geöffnet. Kajetan lüpfte seinen Hut und nannte seinen Namen. »Sie können sich noch an mich erinnern, Frau Tischler?«

Er bemerkte einen sauertöpfischen Zug um ihre Mundwinkel, der ihm vor einigen Tagen nicht aufgefallen war.

»Freilich.« Sie musterte ihn reserviert. »Um was gehts?«

»Ich wollt Sie um einen Rat fragen.« Kajetan lächelte gewinnend. »Wenns bittschön eine Minute für mich Zeit hätten?«

Sie hob die Brauen. »Wüsst nicht, was ich Ihnen raten könnt. Hab außerdem nicht viel Zeit.« Sie wies hinter sich. Auf dem Bett lag ein geöffneter Koffer, daneben ein Stapel Kleider. »Sehn ja, dass ich beim Packen bin. Muss mich eh schleunen, wenn ich das Postauto noch kriegen möcht.«

»Es würd nicht lang dauern. Bitte entschuldigens vielmals.«

Sie trat zurück, ließ ihn eintreten und schloss die Tür hinter ihm.

»Aber machen Sies kurz. Um was gehts?«

Kajetan drehte den Hut in seinen Händen. »Nun … ich muss Ihnen erst einmal ein Geständnis machen, Frau Tischler. Ich bin kein normaler Tourist, sondern freier Akquisiteur für ein größeres Maklerbüro in München.«

»Freier was?«

»Eine Art Vermittler auf Provisionsbasis. Ich suche nach interessanten gastronomischen Objekten im ländlichen Bereich und bringe sie mit interessierten Investoren zusammen.«

Sie verstand. »Deswegen sinds nicht gleich wieder heimgefahren, nachdems in Zellach gar so freundlich behandelt worden sind. Die Leut haben sich schon gewundert.«

Kajetan lächelte. »Dann wissen Sies hiermit.«

Sie verschränkte die Arme vor ihrer Brust. »Schön. Weiter?«

»Ich hab da vor allem einen Kunden, der mit dem Gedanken spielt, sich in dieser schönen Gegend zu engagieren. Er ist Mitinhaber eines durchaus namhaften Hotels in München und möchte sich ein eigenes Standbein verschaffen.«

»Das Ganze heißt auf Deutsch?«

»Dass ich vor allem deshalb nach Zellach gekommen bin, um hier nach einem interessanten Objekt zu suchen. Ich hab mich deshalb ein bisschen bedeckt gehalten, weil die Preise sofort in die Höhe gehen, sobald man offen als Makler auftritt. Wenn man sich aber erst einmal gewissermaßen als Mensch und nicht als Geschäftsmann präsentiert, dann sind die Chancen höher, das eine oder andere günstige Angebot an Land zu ziehen. Verstehens?«

»Und wieso sagens das mir?«, fragte sie, noch immer distanziert. »Zum Verkaufen hab ich nichts, und außerdem werd ich weggehen von Zellach. Halten tut mich da nichts mehr.«

»Das verstehe ich«, sagte Kajetan teilnahmsvoll.

»Nichts verstehens.«

»Ich meine, nach dem, was Sie wahrscheinlich in den letzten Tagen haben durchmachen müssen.«

»Ist meine Sach.« Sie hatte die Türklinke nicht aus der Hand gelassen und machte Anstalten, die Tür wieder zu schließen. »Ich glaub, wir habens dann, oder?«

»Einen kleinen Moment noch, Frau Tischler. Wie Sie sich denken können, hab ich von dieser schlimmen Sache mit Ihrem früheren Arbeitsherrn gehört. Und auch davon, dass der ›Taffernwirt‹ über kurz oder lang verkauft werden muss, weil die Witwe mit der Geschäftsführung wahrscheinlich – entschuldigen Sie, so habe ich das gerüchteweise gehört – überfordert ist.«

»Überfordert?«, stieß sie hervor. »Sie sind wirklich ein höflicher Mensch.«

Kajetan deutete eine Verbeugung an. »Das gehört zu meinem Beruf.«

»Hörens, Herr: Wir brauchen nicht lang drum rumreden. Der ›Taffern‹ ist jetzt schon ruiniert. Es hat bloß die zwei Tag gebraucht, seit denen dieses Weib das Regiment hat.«

Kajetan pflichtete ihr bekümmert bei. »Wieso hat sie eigentlich nicht Ihre Hilfe in Anspruch genommen? Ich mein, Sie sind eine erfahrene Wirtschafterin, haben das Haus doch vorbildlich geführt! Was Besseres kann ihr doch gar nicht passieren. Sind Sie denn nicht gut mit ihr ausgekommen?«

Die Tischler schüttelte entschieden den Kopf. »Hab nie was gegen sie gehabt. Habs allerweil behandelt, wie sichs gehört.«

»Aber, dann versteh ich nicht …?«

»Weil sie nicht richtig ist da oben!« Sie deutete auf ihre Stirn. »Weil sie überhaupt nicht richtig ist! Weil sie nicht einsehen will, dass sie einen lahmen Hax und einen Buckel hat und deswegen zu nichts nutz ist!«

»Ahso?«

»Sie hat doch nicht einmal für die Almarbeit getaugt und hat den Elias holen müssen! Hätt sie das nicht getan, tät er noch leben und wär nicht diesem Saukerl untergekommen!« Ihre Stimme wurde schrill. »Ich weiß nicht, was dieses Weib sich überhaupt vorstellt! Vielleicht träumts davon, dass sich die Mannsbilder jetzt wieder um sie reißen? Da täuscht sie sich aber gewaltig! Als ob auf so was einer scharf wär!« Sie lachte verächtlich auf. »Gut, irgendein Grattler vielleicht, der ein Dach über den Kopf braucht! Aber doch kein normales Mannsbild! Wie kommt so eine überhaupt dazu, sich so was einzubilden? Wenn ich weiß, dass ich ein Krüppel bin und für die Arbeit kaum taug, dann weiß ich doch auch, was für Ansprüch ich zu stellen hab, verstehens mich?«

»Gewiss, Frau Tischler.«

Die Wirtschafterin hatte sich wieder in der Gewalt. »Sie hätt zur rechten Zeit entmündigt gehört, dann wär alles nicht so weit gekommen.«

»Aber der Herr Thannheiser scheint sie doch schon sehr … äh … geliebt zu haben. Ich mein, irgendwas … äh … Liebenswertes muss sie also gehabt haben.«

Ihr Kinn zuckte. Sie drehte sich abrupt um und starrte aus dem Fenster.

»Hörens, Herr …« Ihre Stimme klang brüchig. »Ich hab allweil noch nicht verstanden, was Sie von mir wollen. Und ich glaub, ich möchts auch gar nicht wissen. Also lassens mich in Frieden. Hab Ihnen gesagt, dass ich nicht viel Zeit hab.«

Kajetan nickte bekümmert. »Es ist … ich fürchte, ich bin umsonst gekommen. Ich wollte Sie nämlich fragen, ob Sie mir behilflich sein könnten, ein Gespräch mit der Witwe zu führen. Sie soll sich von der Welt zurückgezogen haben, und da dachte ich, dass Sie vielleicht ein gutes Wort für mich einlegen …«

Sie drehte sich wieder um. Aus ihren Augen blitzten Wut und Schmerz. »Das sinds ja bei mir grad recht, Sie Komiker!« Sie stieß ein hartes Lachen aus. »Leider hab ich grad gar keinen Humor übrig, Herr! Überhaupt keinen!«

»Aber die Vernunft muss so einer Frau doch sagen –«

»Einer Wahnsinnigen könnens doch nicht mit Vernunft kommen, Sie Narr!« Sie streckte die Hand in die Richtung, in der der »Taffern« liegen musste. »Gehens nur rauf zu ihr!«, höhnte sie. »Die wird Ihnen was husten!«

Sie schien entschlossen, das Gespräch zu beenden, und bewegte die Tür unmissverständlich. Kajetan setzte seinen Hut auf.

»Dann … ah … entschuldigens bittschön die Störung.« Er drehte sich zum Flur. »Mein Beileid noch mal, gell? Wie … wie wirds denn jetzt mit Ihnen weitergehn?«

Sie maß ihn kühl.

»Um mich braucht sich keins Sorgen zu machen. Ich bin allweil zurechtgekommen. Wiederschaun, Herr.«

Kommissar Glaser, der zuletzt der Baustelle am Klausenmoos einen Besuch abgestattet hatte, aber auch dort von den Arbeitern misstrauisch beäugt und mit belanglosen Informationen abgespeist worden war, ging über den Kirchplatz auf das Gebäude der Zellacher Gendarmerie zu. Als er die Stufen zum Eingang betrat, stürzte Kriminalassistent Nossak auf ihn zu.

»Da sinds ja! Ich such Ihnen schon die ganze Zeit!« Der junge Mann fuchtelte aufgeregt mit den Händen. »Anruf vom Chef selber! Wir sollen sofort wieder in die Bezirksinspektion zurück! Der Chef ist mir am Telefon fast ins Gesicht gesprungen! So hab ich ihn noch nie erlebt! Er sagt: Sie …« Der Assistent stockte betreten.

Glaser schob ihn zur Seite und betrat die Station.

»Was?«

Der Assistent taperte ihm atemlos hinterher. »… Sie sollten endlich einmal lernen, was der Unterschied zwischen …«

»Was?!«

»… einem Polizisten und einer Wildsau ist und …«

»Was noch!?«

Nossak trat unglücklich von einem Fuß auf den anderen.

»Raus damit!«

»… dass Sie ins Narrenhaus gehören täten mit Ihren Verdächtigungen gegen anständige Bürger. Der Fall Thannheiser sei außerdem als abgeschlossen zu betrachten.«

»Der kann mich kreuzweis!!«, schrie der Kommissar. »Wir bleiben!«

Nossak streckte die Brust heraus. »Und er hat noch gesagt:

Wenn wir nicht auf der Stelle zurückkommen täten, seis eine Befehlsverweigerung, und Sie hätt er eh schon lang auf seiner Listen. Seine Geduld wär jetzt zu End.« In flehendem Ton fügte er hinzu: »Er meints ernst, Herr Kommissär. Lassens mich da nicht auch noch drunter kommen, ich bitt Sie.«

Glaser dachte nach.

»Ist der Wagner überhaupt schon fertig mit unserem Auto?«

»Freilich. Ist ja bloß der Kotflügel gewesen, den er hat wieder hinbiegen müssen, und der Reifen.«

»Hat er die Bremsen nachgeschaut?«

»Was?«

»Hörst du schlecht?«

»Wegen der Bremsen … da hab ich gar nicht nachgefragt. Da hat doch gar nichts dran gefehlt?«

»Aber wenn was fehlen tät? So wie du über die Banketten gerumpelt bist, kanns leicht auch die Bremsen erwischt haben. Was wär dann? Das nennst du sorgfältig mit Staatseigentum umgehen?« Er straffte sich. »Nichts da. Erst werden die Bremsen nachgeschaut, gleich morgen in der Früh. Kanns nicht verantworten, dass da was passiert. Um uns wärs nicht schad. Aber um das teure Auto.«

»Aber …«

Glaser schlug ihm krachend auf die Schulter. »Ich nimms auf mich, Nossak. Tu, was ich dir sag, und halt einfach deinen Schnabel.«

Ein in ungelenkem Sütterlin geschriebener Zettel an der Pforte des »Taffern« verkündete, dass das Gasthaus geschlossen sei. Kajetan drückte die Klinke herab. Die Tür war versperrt, sein Klopfen vergeblich.

»Frau Thannheiser?!«

»Es ist zu, Meister«, rief ihm ein Fuhrknecht zu, der hinter ihm auf seinem Gefährt auf die Straße zur Grenzwache eingebogen war. »Da plärrst umsonst.«

Kajetan trat einige Schritte zurück und suchte mit den Augen die Fenster des ersten Stockes ab. In den Scheiben spiegelte sich der bewölkte Himmel. Das Haus wirkte wie ausgestorben. In großer Höhe krächzte ein Rabe.

Unschlüssig ging Kajetan auf und ab. Er war gerade im Begriff, den Rückweg anzutreten, als er das gedämpfte Muhen einer Kuh hörte. Er horchte auf, versuchte, das Geräusch zu orten. Es war aus der Stallung hinter dem Wirtshaus gekommen.

Das Tor zwischen Wohnhaus und Stall stand offen. Zögernd betrat Kajetan die düstere Remise. Wieder rief er. Ein leises Scharren, gefolgt vom gelassenen Muhen eines Stallviehs antwortete ihm.

Kajetan verharrte einen Moment unschlüssig. Dann schob er die Türe zum Tenn des Gasthof-Traktes auf. Seine Schritte hallten auf dem Steinboden.

»Ist niemand daheim?«

Mit einem dumpfen Klacken fiel die schwere Türe hinter ihm ins Schloss. Wieder blieb er stehen, rief laut den Namen der Witwe und horchte. Nichts regte sich.

Wenn Mena Thannheiser oder eine andere Person im Haus waren, so musste sie ihn gehört haben. Erhielt er keine Antwort, so konnte dies nur bedeuten, dass er nicht willkommen war. War aber niemand im Haus, so wäre erst recht nicht angebracht, Zimmer für Zimmer abzusuchen.

Kajetan zuckte die Schultern. Glaser würde ihm keinen Vorwurf machen können. Er hatte getan, was ihm möglich war.

Er hatte die Türe hinter sich noch nicht zugezogen, als ihn ein Schwirren herumfahren ließ. Instinktiv duckte er sich, doch schon brüllte ein Schmerz durch seine Schulter. Kajetan schrie auf und schnellte herum.

Vor ihm, geduckt, die Beine angriffsbereit ausgestellt, bewaffnet mit einem schweren Knüppel, stand ein dürrer, zwergenhafter Alter mit zottigem Bart, die Züge tief gefurcht. Unter dem Gestrüpp seiner eisgrauen Brauen loderte ein hasserfüllter Blick. Kajetan hatte sich von seiner Verblüffung noch nicht erholt, als der Angreifer erneut ausholte. Kajetan machte einen Satz zur Seite, der Knüppel sirrte eine Handbreit neben seiner Schläfe vorbei.

»Bist du närrisch geworden?«, brüllte Kajetan. Wieder sauste der Knüppel um Haaresbreite an ihm vorbei.

»Ich … erschlag euch …«, presste der Alte zwischen seinen Zahnstummeln hervor und setzte wieder zu einem Schlag an. Kajetan unterlief seinen Hieb und stürzte sich auf ihn, um ihm den Knüppel zu entwinden. Der Alte schlug wie ein Rasender um sich. Kajetan bekam den Stock zu fassen, riss ihn seinem Angreifer mit einem Ruck aus den Händen und schleuderte ihn hinter sich. Es schien den Zorn des Verrückten nur noch mehr anzufachen. Er senkte die Schultern, hechtete mit einem unterdrückten Laut auf Kajetan, stieß ihn aus dem Stand, setzte nach und drosch mit beiden Fäusten auf ihn ein. Kajetan wehrte die Schläge ab, bis er sich endlich mit einem kräftigen Haken befreien konnte. Der Alte riss seinen Mund auf, stöhnte fast unhörbar auf und torkelte an die gegenüberliegende Wand. Die Tiere, in ihren Pferchen unruhig geworden, gaben Laut. Ihre Ketten klirrten.

Kajetan ließ die Fäuste sinken und wischte sich mit dem Handrücken über die blutende Unterlippe. Er holte keuchend Luft.

»Ist endlich Schluss?!«, schrie er. »Was hab ich dir …?«

Seine Stimme erstarb. Der Alte hatte einen Sapie mit beiden

Händen gepackt, hielt ihn wie einen Speer, die rostschartige Spitze auf Kajetan gerichtet. Sein ausgemergeltes Gesicht war wutverzerrt. Er kam näher.

»Nein …«, flüsterte Kajetan. Ein eisiger Schauer durchrieselte ihn. Dann, mit einem Schlag, stampfte das Blut durch seine Adern, weitete sich ein brennender Schmerz hinter seiner Stirn, wuchs an. Der Boden begann zu wanken. Vor seinen Augen flimmerte es, und plötzlich sah er sich hoch im Gebirge, am Rande eines steilen Schneebretts … sieht sich einige Schritte gehen … seine Füße sinken ein … sinken tiefer … er verliert das Gleichgewicht … das Schneebrett setzt sich unter ihm in Bewegung … er kommt ins Rutschen … fällt auf den Rücken … gleitet immer schneller in die Tiefe … immer schneller … er rast auf den Abgrund zu …

Die Tür zum Tenn krachte schmetternd an die Wand. Der Kopf des Alten flog herum.

»Dori!«, gellte eine Stimme. »Den Sapie weg!«

Kajetan atmete hechelnd und kämpfte gegen eine Welle der Übelkeit. Langsam löste sich der Schleier vor seinen Augen. Zwischen ihm und dem Verrückten stand, die Rechte befehlend ausgestreckt, die hochgewachsene Gestalt des Pfarrers.

Der Alte starrte einige Sekunden stumpf an ihr vorbei. Dann gab er ein Knurren von sich, feuerte seine Lanze zur Seite und stapfte ins Freie.

»Der … der wollt mich abstechen«, stammelte Kajetan. »Der … der hätt das glatt getan!«

Die Nasenflügel des Pfarrers bebten. Sein Gesicht war blass, seine Stirn glänzte. Dann ließ er die Schultern herabsacken und wischte sich mit dem Handrücken über die Stirn.

»Sind Sie verletzt? Hat er Ihnen was getan?«

Kajetan setzte zu einer Antwort an, doch seine Knie gaben

nach. Er torkelte an die Wand und rutschte an ihr herab. Etwas krampfte sich in seinem Magen, stieg höher, ließ seine Kehle eng werden. Mit weitem Bogen kotzte er sich Angst und Panik aus dem Leib. Erst nach einer Weile bemerkte er, dass sich der Pfarrer zu ihm herabgebeugt hatte und ihm auf Rücken klopfte.

»Es ist zum Verzweifeln …«, murmelte er. Er betrachtete Kajetan besorgt und wiederholte. »Hat er Ihnen was getan?« Er hielt ihm ein Taschentuch entgegen.

Kajetan wischte sich mit zitternder Hand den Mund ab. Sein Magen hatte sich wieder beruhigt. Er schmatzte, rollte den bitteren Speichel in seinem Mund und spuckte aus. »… ich werds überstehn«, krächzte er. Er stand auf, immer noch ein wenig zitterig in den Knien.

»Gottseidank«, sagte der Pfarrer.

»Gott sei Dank?« Ein jäher Zorn überkam Kajetan: »Schmierens Ihnen Ihre Salben ins Haar! Der Mann gehört doch ins Narrenhaus! Möcht wissen, was ich ihm getan hab!« Er nickte entschlossen. »Ich zeig ihn an!«

»Ich kann Ihnen zwar versprechen, dass Derartiges nie wieder vorkommen wird. Aber ich kanns Ihnen nicht verdenken …«

Kajetan spürte, wie seine Anspannung nachzulassen begann.

»Er ist krank, oder?«

Der Pfarrer sah wie abwesend an ihm vorbei und schüttelte fast unmerklich den Kopf. »Der Dori ist verzweifelt«, sagte er. Sein Blick kehrte zu Kajetan zurück. »Was wollten Sie hier?«

»Mit der Frau Thannheiser reden.«

»Sind Sie ein Bekannter von ihr?«

»Nein und ja.«

»Das darf ich wie verstehen?«

Mena Thannheiser habe ihm vor einigen Tagen das Leben gerettet, als er in der Nähe ihrer Alm abgestürzt sei, erklärte

Kajetan. Er habe sich noch einmal bedanken wollen. »Und nachdem ich das vom Tod ihres Mannes gehört hab, wollt ich ihr noch Beileid wünschen.«

Der Pfarrer hatte Kajetans Worte mit verstehendem Nicken begleitet. »Das ist gut gemeint von Ihnen. Aber Frau Thannheiser ist im Augenblick nicht in der Lage, mit Ihnen zu sprechen. Unser Herrgott hat ihr eine ungeheure, eine schicksalhafte Prüfung auferlegt. Bitte haben Sie Verständnis.«

»Dann sagen Sie mir wenigstens, warum dieser Geisteskranke mich umbringen hat wollen. Oder fällt das unter das Beichtgeheimnis?«

Der Pfarrer verneinte ernst. »Der Dori ist der letzte Vertraute von Frau Thannheiser. Er war sein Leben lang Hausknecht auf dem ›Taffern‹. An Frau Thannheiser hängt er mit abgöttischer Liebe, schon seit ihrer Kindheit.« Er nahm Kajetans fragenden Gesichtsausdruck wahr. »Nein, nicht, was Sie bei diesem Wort vermuten. Es ist die Liebe einer Art älteren Bruders, ja, fast wie die eines Vaters. Hinzu kam, dass sie der eigene Vater, der alte ›Taffern‹-Wirt, ohne es zu wollen und aus unbeholfener Sorge um ihre Zukunft, immer spüren ließ, dass sie für ihn wegen ihrer Krankheit nie ein vollwertiger Mensch sein würde. Dori hat das nie getan, und deshalb hat auch sie ihn immer geliebt.«

Kajetan hatte aufmerksam zugehört. Seine Wut und seine Anspannung lösten sich. »Aber wieso geht er auf mich los?«

»Wenn der Dori gewusst hätte, weshalb Sie gekommen sind, hätte er Sie niemals angegriffen. Seit dem Tod Herrn Thannheisers aber scheint auch er wie unter einem Schock zu stehen. Und dieser hat sich zu einer maßlosen Wut ausgewachsen, als sich schon am Tag nach diesem furchtbaren Geschehen die ersten Kaufinteressenten einfanden, sich breit und bräsig an den Tisch setzten und Frau Thannheiser in aller Gemütlichkeit das

Kompliment machten, sie sei doch eine vernünftige Person und sähe deshalb gewiss ein, dass sie wegen ihrer Behinderung doch nie zur Führung des ›Taffern‹ in der Lage sein würde.«

Er machte eine Pause, in der diese Szene vor seinen Augen vorüberzuziehen schien. Kajetan sagte nichts.

»Es waren Leute, die ich jeden Sonntag auf der Kirchenbank sitzen und Frömmigkeit heucheln sehe.« In die Stimme des Priesters mischte sich ein bitterer Ton. »Ich kann Ihnen nur versichern, dass mir jede unverheiratete Magd mit drei ledigen Kindern im Herzen lieber ist als diese Pharisäer.« Aus seinen Augen blitzte Genugtuung, als er hinzufügte: »Dem Penetrantesten unter ihnen hat Dori übrigens dermaßen heimgeleuchtet, dass er noch heute seinen Arm in der Schlinge trägt.«

Kajetan erwiderte sein schmales Schmunzeln. Er rappelte sich auf, sah sich suchend nach seinem Hut um, entdeckte ihn und stülpte ihn sich über den Kopf.

»Übrigens …«, er räusperte sich. »Danke.«

»Sie können sich revanchieren«, erwiderte der Pfarrer. »Indem Sie auf die Anzeige verzichten.«

Die Luft in der Zellacher Kriegerkapelle war modrig und roch nach kaltem Weihrauch. Durch das trübe Glas eines schmalen Bogenfensters sickerte das graue Licht des vergehenden Tages und hauchte einen fahlen Schimmer auf die steinernen Bodenplatten.

Kajetan war gerade in die Tafel der Gefallenen vertieft, als er hinter sich die Türe der Kapelle mit einem blechernen Knall zuklappen hörte. Glaser trat an seine Seite.

»Achtundvierzig sinds«, sagte er. »Und das bei einem Dorf mit guten tausend Einwohnern.« Er gab einen verächtlichen Laut von sich. »Verreckt dafür, dass unser König sich unbedingt eingebildet hat, Belgien müsst auch noch zu Bayern gehören.«

Fröstelnd zog Kajetan seine Schultern zusammen.

»Komm.« Der Kommissar wies mit einer Kopfbewegung zum Ende des kleinen Raumes und ging voraus, steckte eine Kerze vor dem Bild einer Mater dolorosa auf und entzündete sie. Er trat in die vorderste Bank und bedeutete Kajetan, ihm zu folgen.

»Und?«, fragte Kajetan, nachdem er sich neben Glaser auf der Kniebank niedergelassen hatte. »Betet ein bayerischer Polizist neuerdings erst einen Rosenkranz, wenn er was aufzuklären hat?«

»Red nicht so blöd daher«, knurrte Glaser. »Fang an.«

Kajetan holte Luft. »Ich sag dir gleich als Erstes: Mir reichts. Lös deine Fälle gefälligst selber. Ich hab nimmer die Nerven dazu.«

Der Kommissar sah ihn nicht an. »Hab mir doch gleich gedacht, dass du ein Schlappschwanz bist.«

»Mir wurscht, was du denkst. Ich tu nimmer mit.«

»Werden wir dann schon sehn.«

»Werden wir nicht!«, fauchte Kajetan. »Glaser! Ich bin bei der Polizei hochkant rausgeschmissen worden, obwohl mir keiner hat nachweisen können, dass ich was verkehrt gemacht hab. Machts euern Dreck selber! Ich sehs nicht ein, dass –«

Glaser unterbrach ihn grob: »Hör endlich auf mit deinem Geplärr und fang an! Was –«

»Aber danach ist endgültig Schluss, kapiert?«

»Bin nicht taub«, zischte der Kommissar. »Red endlich: Hat der Thannheiser Feinde im Dorf gehabt?«

Kajetan stöhnte auf. Dann berichtete er: Soweit er es beurteilen könne, sei Elias Thannheiser in keine nennenswerten Streitereien verwickelt gewesen. Die eine oder andere Meinungsverschiedenheit in wirtschaftlichen Dingen mag es gegeben haben, aber keine davon hätte eine Todfeindschaft begründet. Dass er hin und wieder recht herrisch aufgetreten sein muss, habe einigen Leuten zwar nicht gefallen. Anerkannt worden sei aber, dass er den »Taffern« wieder in die Höhe gebracht hätte. Besonders hoch angerechnet habe man ihm, dass er seine Frau sehr anständig behandelt habe.

»Wieso eigentlich?«, Glaser warf ihm einen verwunderten Blick zu. »Gehört sich doch erst einmal so, oder?«

»Die Frau hat sich als Kind die Kinderlähmung eingefangen, von der ihr eine Behinderung geblieben ist.«

Der Kommissar nickte gallig. »Aha. Und da ist es bei den Leuten eher normal, wenn man mit so einer nicht anständig umspringt.«

»Der Experte in ländlichem Brauchtum bist du«, lästerte Kajetan. »Vom Landleben haben wir Stadterer ja keinen Dunst.«

»Spar dir dein Geschwafel. Bei was ist der Wirt mit anderen über Kreuz gekommen?«

»Wenn ichs mir richtig zusammenreim, dann könnt sein, dass ein hiesiger Hotelbesitzer, ein Herr Mannhardt, dem früheren Besitzer vom ›Taffern‹ einmal ziemlich zugesetzt hat, weil –«

»Ist bekannt«, fiel ihm Glaser ins Wort. »Sonst noch was? Gibts irgendein politisches Gewirks im Dorf?«

Kajetan verneinte. Die Bedienung des Caféhauses hatte ihm erzählt, Elias Thannheisers Engagement beim Heimat- und Königsbund habe, von ein paar Versammlungen vor der letzten Wahl abgesehen, bestenfalls Stammtisch-Umfang gehabt. Vieles deute darauf hin, dass er damit nur Mannhardt eins auswischen wollte, weil dieser mit der Bayerischen Volkspartei und neuerdings mit den Deutschnationalen mauschele. Thannheiser solle verärgert darüber gewesen sein, dass die Nationalen in der Region immer mehr an Einfluss gewinnen würden.

»Und mit ihnen sein Konkurrent, der Mannhardt«, folgerte

der Kommissar. »Also, dann scheints doch wieder auf den Kerschbaumer zuzulaufen. Hast da was rausgebracht?«

»Nicht viel. Einer beschreibt den Kerschbaumer als einen im Grunde hochanständigen Kerl, dem nie und nimmer ein Mord zuzutrauen wär. Er soll weiters einmal ein Gspusi gehabt haben, das heute in Zellach lebt.«

»Der Name?«

Er habe nachgefragt, erwiderte Kajetan, aber keine Auskunft bekommen. Sicher sei nur, dass die Frau eine Zeit lang als Dienstmagd in Schwarzberg gearbeitet hat.

»Dann ist sie uninteressant«, brummte Glaser.

»Wieso?«

»Weil die Mena Thannheiser die Erbin des ›Taffern‹-Wirts gewesen ist. So eine verdingt sich nicht woanders.«

Kajetan sah ihn erstaunt an. »Sag bloß, du hast sie in Verdacht gehabt, dass …?«

»Wieso nicht? Witwen profitieren vom Tod ihres Mannes, materiell gesehen. Was ist, wenn sie uns ein Theater vorspielt? Kennt einer von uns sie so gut, dass das ausgeschlossen werden kann?«

Kajetan nickte zögernd. Dann erzählte er von der Nacht, die er auf dem Etterkaser zubrachte. Mena Thannheiser habe ihm das Leben gerettet.

»Aber trotzdem«, meinte Glaser. »Wenn sie diejenige gewesen wär, die den Kerschbaumer mit Essen versorgt hat, dann hätt die Geschicht doch gleich ganz anders ausgeschaut, oder?« Er rieb sich den Nacken. »Aber vergessen wirs. Hast noch was zum Kerschbaumer rausgekriegt, was uns weiterbringen könnt?«

Kajetan zögerte einen Augenblick, entschied sich aber schließlich, Glaser reinen Wein einzuschenken. Er habe den Mann auf der Alm, wo er sich versteckt gehalten hatte, getroffen. Am Tag, an dem der Thannheiser umgebracht worden ist.

»Und das sagst erst jetzt?!«, brauste Glaser auf. »Der Kerschbaumer hätt ein Alibi gehabt? Bloß um dich selber nicht verdächtig zu machen, hast es ihm nicht gegeben? Weißt du, was du bist? Du bist –«

»Halt deine dumme Goschen!«, zischte Kajetan ärgerlich zurück. »Ich bin abgestürzt und hab tatsächlich einige Zeit keine Erinnerung mehr gehabt! Wie du mich damals vernommen hast, war er außerdem noch überhaupt nicht in Verdacht, den Thannheiser umgebracht zu haben. Und ein Alibi hätt er damit auch nicht gehabt. Der Wirt ist vormittags gestorben, ich bin erst am Nachmittag zum Lackenkaser gekommen.«

Glaser sah es ein. »Deswegen brauchst nicht gleich wieder den Beleidigten spielen«, lenkte er ein. »Sag mir lieber, was der Kerschbaumer dir da erzählt hat.«

»Dass er kein Mörder und unschuldig ist. Und, dass er über die Grenz möchte, aber –«

»– wegen seinem gebrochenen Fuß nicht weiterkommt. Jaja. Ist das alles?«

Kajetan berichtete, er habe bei einigen Leuten noch ein wenig zu bohren versucht, ob die Thannheiserische Ehe tatsächlich so harmonisch gewesen sei, wie es allenthalben geschildert wurde. Doch bis auf gelegentliche und eher harmlose Meinungsverschiedenheiten, wie sie überall vorkämen, habe er nichts Gegenteiliges gehört. Lediglich im Gespräch mit der ehemaligen Wirtschafterin habe er sich des Eindrucks nicht erwehren können, dass es vielleicht doch Probleme gegeben haben könnte.

»Vielleicht war eine auf die andere eifersüchtig?«, überlegte der Kommissar.

Könnte sein, räumte Kajetan ein. Aber er glaube es eher nicht. Die Wirtschafterin habe auf ihn den Eindruck einer nüchternen und selbstbewussten Frau gemacht. Wäre sie in den Wirt verliebt gewesen, hätte sie es ihm zu verstehen gegeben und bei einer Abfuhr sofort ihre Koffer gepackt.

»Der Tod vom Thannheiser hat ihr auch keinen Vorteil gebracht, im Gegenteil«, ergänzte Glaser. »Außerdem hat sie ein Alibi, genauso wie übrigens auch der Hausknecht. Bleibt eigentlich bloß noch der Pfarrer, der mir übrigens ziemlich aufgedreht vorkommt. Dass die Mena Thannheiser nur noch mit ihm redet, leuchtet mir zwar ein, aber sie scheint sich ja direkt unter seinem Kittel verkrochen zu haben.«

»Muss zugeben, dass ich an dem Punkt parteiisch bin, Glaser. Wenn der Pfarrer nicht dazwischengegangen wär, hättst jetzt die dritte Leich im Dorf. Mein Gespür sagt mir außerdem, dass er kein Falscher ist.«

»Bleib mir daheim mit deinem Gespür«, knurrte der Kommissar. »Gibts noch was?«

Kajetan verneinte. Glaser fluchte leise.

»In dir hab ich mich ja sauber getäuscht, du Großmaul.«

»Ah? Und was hat ein gewisser Meisterpolizist – möcht jetzt keinen Namen nennen, aber fängt mit ›G‹ an und hört mit ›laser‹ auf – so viel mehr rausgekriegt? Andere blöd anreden kann er, aber selber bringt er nichts zustand! Was hast überhaupt den ganzen Tag getan? Ich darf mich fast abstechen lassen, und du –!«

»Wenn du dich auch so blöd anstellst? Aber wenns dich interessiert: Ich hab mir unter anderem den Mannhardt vorgeknöpft!« Er gab einen angewiderten Laut von sich. »Ein paar mehr von der Sorte, dann krepier ich auch bald! Nämlich an der Gallen!«

»Und?«

»Nichts. Ist zwar ein schmieriger Kunt, unsympathisch bis dortnaus, bringt aber keinen um. Vögel wie der haben andere Tricks, wie sie die Leut ausschmieren. Da ein Gerüchterl streuen, dort einem wichtigen Menschen ein paar Scheine in den Arsch schieben …« Nachdenklich fügte er hinzu: »Was mich bloß gewundert hat, ist, dass er so auf dem Zellacher Pfarrer rumgehackt hat. Hat gleich gar nimmer aufhören wollen damit.« Eine Bemerkung erwartend, warf er Kajetan einen fragenden Blick zu.

Dieser zuckte stumm die Schultern. Er richtete sich auf und stemmte sich aus der Bank. »Wir habens dann, oder? Ich muss fort.«

»Nein!«, raunzte der Kommissar. »Du gehst, wenn ich es dir sag, kapiert?«

»Ich hab getan, was ich hab tun können, Glaser! Jetzt ist Schluss! Ich hab andere Sorgen wie die, einem begriffsstutzigen Kommissar unter die Arm zu greifen! Du weißt ganz genau, warum ich da bin!«

Glaser deutete mit einer befehlenden Kopfbewegung auf die Kniebank. »Ich muss unbedingt noch was von dir wissen, Kajetan. Dann kannst dahin gehen, wo der Pfeffer wächst.«

»Dann red endlich.«

Der Kommissar legte seine Linke auf die Betbank und sah zu Kajetan auf. »Du hast mir doch gesagt, dass du bei der jungen Thannheiserin auf der Alm übernachtet hast, nachdem du abgestürzt bist. Ist dir da was aufgefallen?«

Kajetan überlegte. »Sie … sie hat eigentlich ganz ruhig gewirkt. Ist ernst und zurückhaltend gewesen, fast ein bisserl … ja, traumhappig. Würd sagen, dass sie ein Mensch ist, der viel in sich gründelt, keinen an sich ranlassen möchte, und erst recht keinen in sich reinschauen.«

»Wie hats im Etterkaser ausgeschaut?«, bohrte Glaser weiter.

Kajetan versuchte sich zu erinnern. »Sauber … ja, ziemlich sauber. Und ordentlich, nichts ist herumgestanden, alles ist aufgeräumt gewesen, war da, wos hingehört …«

»Nichts hat herumgestanden? Auch nicht irgendwelche abgeschnittenen Astgabeln, gefärbte Holzspreißel oder Spän, Girlandenzeugs, Bändl oder so was?«

»So was schon gleich gar nicht.« Kajetan fügt ein nachdrückliches Nicken hinzu.

»Bist sicher? Auch keine Fichtenäst?«

»Wenn ichs dir sag.«

Glaser kniff seine Lider zusammen. Nachdenklich wanderte sein Blick über Kajetans Gesicht.

»Naja«, sagte er schließlich verächtlich. »Ist also doch nicht so weit her mit dem besten Polizisten von ganz München. Hab mirs ja gleich dacht.« Er erhob sich ächzend. »Ihr da droben kochts auch bloß mit Wasser.«

»Musst es ja wissen«, sagte Kajetan ärgerlich. »Wenn ich jedenfalls einmal einen Gefangenen bewachen hab müssen, ist der am nächsten Tag noch lebendig gewesen.«

Er legte die Hand an die Schläfe zu einem stummen Gruß und wandte sich zum Ausgang.

Glaser war müde. »Hau ab. Und wenn du auch bloß einem einzigen Menschen was davon erzählst, dass ich dich hab laufen lassen, dann weißt, was dir blüht, verstanden?«

Er stand auf, trat aus der Gebetsbank, drehte sich zum Altarbild und deutete einen Kniefall an. Kajetan war bereits vorausgegangen und drückte die schwere Tür auf.

Die Nacht war bereits hereingebrochen. Ein scharfer Wind trieb Nebelschwaden über den menschenleeren Kirchplatz. Kajetan schlug den Kragen hoch und wollte losmarschieren, als er in seinem Rücken Glaser leise seinen Namen rufen hörte, dann dessen Hand spürte, die ihn in den Schatten der Türlaibung zurückzog. Ärgerlich wollte sich Kajetan aus dem Griff des Kommissars befreien.

»Da!« Glaser wies mit einer Kopfbewegung zum Pfarrhof.

Soeben war der geschlossene Gäste-Landauer des »Taffern« auf den Kirchplatz eingebogen. Er hielt vor der unbeleuchteten Fassade des Pfarrhauses.

»Der auf dem Kutschbock ist der alte Knecht«, flüsterte Kajetan.

»Maul halten«, raunte Glaser.

Der Pfarrer sprang heraus, umrundete den Wagen und öffnete den Verschlag der Kutsche. Er half einer schmalen, verschleierten Gestalt beim Aussteigen. Die beiden sprachen leise und drängend miteinander, ihre Worte waren nicht zu verstehen. Der Pfarrer holte einen Koffer aus der Kutsche, stürzte die Stufen zum Eingang empor und schloss die Pforte auf. Nervös mit der Hand wedelnd, trieb er die Verschleierte zur Eile an. Sekunden später waren beide im Haus verschwunden. Der Schlüssel drehte sich knirschend. Der Zweispänner setzte sich wieder in Bewegung und verschwand in der Dunkelheit.

Die beiden Männer glotzten sich an. Glaser fand als Erster seine Sprache wieder. Er sah zum Pfarrhaus empor. Im ersten Stock bleckte jetzt Licht aus einem Fenster. Die Vorhänge waren zugezogen. »Die Thannheiserin und der Pfaff…«, sagte er leise. »Jetzt wirds Tag…«

Kajetan sah ihn an. »Kapierst du das?«, flüsterte er.

Glaser sah noch immer unverwandt auf den Pfarrhof. »Nein…«, sagte er. »Aber manchmal kapiert eins was bloß deswegen nicht, weil es eins nicht kapiern möcht.«

»Ja«, sagte Kajetan. »Aber ich muss jetzt weiter.«

»Dann verzieh dich endlich, du Maulheld.«

Jachenau

Polizeirat Trattner wusste, dass er sich jetzt am Riemen reißen musste. Er durfte nicht alle Welt sehen lassen, wie es in ihm jauchzte. Wann überhaupt hatte es das zuletzt in seinem Leben gegeben, dieses Gefühl tiefster Zufriedenheit? Es war lange her.

Er ergriff die ihm unter dünnem Geschmeideklimpern dargebotene Hand der Gastgeberin, verbeugte sich schwungvoll, hauchte einen angedeuteten Kuss ins Nichts. »Es war ein unvergesslicher Tag, Gnädigste! Meinen allerherzlichsten Dank.«

Frau Direktor sandte einen entzückten Blick zu ihrem Gatten. Trattner schnellte wieder in die Gerade. »Und auch Ihnen, lieber Herr Direktor, meinen herzlichsten Dank.«

Den Mund des Gastgebers umspielte ein sattes Lächeln. Er wippte seinen fülligen Körper auf den Sohlen. »Es war uns ein Vergnügen, Herr Doktor!«

»Beehren Sie uns bald wieder!«, sekundierte seine Gattin säuselnd.

»Wie gerne«, rief der Polizeirat. »Sie wohnen ja hier wirklich wie …« Er unterbrach sich, als suche er nach Worten, drehte sich um und schwang seine Rechte schwärmerisch über das vor ihnen liegende Gebirgspanorama, dessen Zinnen noch im letzten Licht der untergegangenen Sonne glühten. »… wie im Paradies! Ach! Würde es meine Tätigkeit nur öfter zulassen, dass ich Ihren Einladungen folgen könnte.«

Die Kommerzienrätin seufzte teilnahmsvoll. Sie wollte zu

einer tröstenden Bemerkung ansetzen, als sie einen weiteren Gast erspähte und nach hinten eilte. Sie winkte. »Auf Wiedersehn, Herr Doktor!«

Trattner erwiderte ihren Abschiedsgruß und legte die Hand an die Schläfe.

»Herr Generaldirektor! Auf Bälde!«

»Mit dem allergrößten Vergnügen, Herr Doktor!« Der Gastgeber hob schlaff die Hand auf halbe Höhe. »Kommen Sie gut nach Hause. Und achten Sie auf das Wild, ja?«

Der Polizeirat versprach es. Er trabte behände die Treppen der Jagdvilla hinab, spürte seine schmerzenden Knie nicht mehr, die ihm fast den ganzen Tag zu schaffen gemacht hatten, und stiefelte beschwingt über den von rauchenden Fackeln beleuchteten Kies des Vorplatzes.

Kommissar Amrainer warf seinen Zigarettenstummel zu Boden, öffnete die Tür zum Fond der Amtslimousine und nahm Haltung an. Trattner warf noch einen letzten Blick auf die Jagdvilla, deren hell erleuchtete Fenster in den Abend strahlten. Obergruppenführer Schneidberger machte gerade der wieder sichtlich bewegten Dame des Hauses zackige Honneurs.

»Herr Obergruppenführer!«, rief er über den Platz. Schneidberger reckte sich und spähte ins Dunkel.

»Sie brechen ebenfalls bereits auf, Herr Obergruppenführer? Müssen Sie noch in die Parteizentrale? Ich käme direkt daran vorbei! Wir könnten noch ein wenig plaudern!«

Trattner konnte das erfreute Gesicht des Obergruppenführers im Gegenlicht ausmachen. Schneidberger hob die Hand zu einer bedauernden Geste.

»Zu gerne, Herr Doktor! Aber ich habe noch eine wichtige dienstliche Angelegenheit in Garmisch zu erledigen! Besten Dank! Kommen Sie gut nach Hause! – Wir sehen uns!«

Trattner winkte komplizenhaft zum Abschied und ließ sich auf die weiche Sitzbank fallen.

»Los, Amrainer!«, befahl er aufgeräumt. »Und machen Sie ein wenig Tempo, ja? Ich habe noch Wichtiges in der Direktion zu erledigen!«

Der Motor schnurrte los, die blanken Scheinwerfer leuchteten einen Halbkreis aus, dann bog der Wagen in die Landstraße ein. Der Polizeirat sah ein letztes Mal zurück. Die Villa versank hinter ihm im Dunkel der Nacht.

Der Polizeirat rekelte sich gelöst im Sitz. Ja, es waren nicht nur höfliche Floskeln gewesen, mit denen er seine Gastgeber zum Abschied bedacht hatte. Der Tag in der Jachenau war einfach herrlich gewesen. Und was seine Pläne betraf, ein voller Erfolg. Sicher, während der Jagd war er ein wenig außer Atem geraten, je nun, mit vierzig war man eben kein unbeschwerter Springinsfeld mehr. Aber das war eben der Preis.

»Na, Amrainer?«, rief er leutselig nach vorne. »Langer Tag heut für Sie gewesen, was? Werden sich gelangweilt haben.«

Der Kommissar wandte ihm kurz sein Profil zu. Keinesfalls, beteuerte er. Man sei sehr großzügig gewesen, habe ihn sogar zum Nachmittagskaffee in der Küche eingeladen.

»Ach! Schön!«

»Sehr schön, ja.« Amrainer dachte an das schwarzhaarige Küchenmädchen mit den versprechenden Augen. Herrgott, waren diese Landweiber gut gestellt, anders als die schwindsüchtigen Gerüste im »Regina« oder im »Odeon«... dieser Busen, diese Hüften, da hatte einer doch noch was in der Hand... er musste sie wiedersehen!

Das Fahrgeräusch lullte den Polizeirat wohlig ein. Er ließ den Tag Revue passieren.

Die Empfehlung des Obergruppenführers, der Einladung zur

Jagd zu folgen, war ein glänzender Schachzug gewesen. Die Teilnehmer waren bedeutende, dem Führer nahestehende Persönlichkeiten.

Und es hatte sich auch wieder eine, wenn auch nur kurze Gelegenheit zu einem vertraulichen Gespräch mit dem Obergruppenführer ergeben. Er habe den Führer informiert, hatte Schneidberger berichtet. Wie nicht anders zu erwarten gewesen sei, habe dieser sich angewidert gezeigt. Zu Deutsch: Von Schnitzler sei so gut wie aus dem Rennen, sein unsoldatisches Verhalten werde darüber hinaus Konsequenzen haben. Der Führer habe zwar noch nicht zu erkennen gegeben, wie er sich zu entscheiden gedenke, sich aber über die Arbeit der Politischen Polizei lobend geäußert:

»Solche Männer brauchen wir!«

»Was habens gsagt?«, hörte Trattner die Stimme des Fahrers.

Er fühlte sich ertappt. »Nichts, Amrainer« sagte er schnell. »Ich spreche manchmal mit mir.«

Der Kommissar lachte pflichtschuldig und sah wieder nach vorne. Der Motor brummte gleichmäßig. Die Scheinwerfer bohrten sich durch die klare Nacht.

Trattner betrachtete sein Bild in der Spiegelung des Fensters. Er gefiel sich. Wieder überschwemmte ihn ein Hochgefühl. Er stand kurz davor, die Früchte seiner Mühen zu ernten. Jawohl, Mühen! Schließlich ging er noch immer ein enormes Risiko ein, wenn er den Apparat der Politischen Polizei den Nationalsozialisten bereitstellte. Man konnte es drehen und wenden wie man wollte: Er hatte sich nun einmal auf die Republik vereidigen lassen. Die Republik und nicht die Partei war es, die ihm sein Salär und – nicht zu vergessen! – seine Pension als hohem Staatsbeamten garantierte. Sicher, die nationale Bewegung war nicht mehr aufzuhalten. Aber noch waren deren Wahlergebnisse bescheiden, noch gaben in Berlin die Sozialdemokraten den Ton an, noch war es nicht opportun, sich aus der Deckung zu wagen.

Als ihn jedoch Obergruppenführer Schneidberger vor einigen Wochen beiseite genommen und ihm dargelegt hatte, dass die Partei zu einer – wie er sich ausdrückte – formal gesehen sicherlich ein wenig außerrechtlichen, im Interesse der nationalen Sache jedoch zwingend gerechtfertigten Notwehrmaßnahme hatte greifen müssen, hatte er Verständnis aufgebracht. Es durfte schließlich nicht sein, dass der Ruf des Führers mutwillig beschädigt würde. Der Mann, der dies partout nicht einsehen wollte und drauf und dran war, Lügen über die soldatischen Verdienste des Führers zu verbreiten, hatte unschädlich gemacht werden müssen. Was Agenten der Partei auch entschlossen erledigten. Die Liquidierung des Unruhestifters hatte man als Selbstmord kaschiert.

Weil die Sache aber, wie Trattner fand, ärgerlich unprofessionell durchgeführt worden war, drohte sie heikel zu werden. Er hatte zunächst die bewährten Methoden praktiziert, um die Ermittlungen der Kripo mit dem üblichen Repertoire (verlegte Akten, lückenhafte Beweise, gezielte Auswahl willfähriger Gutachter, wenn nötig, Behandlung uneinsichtiger Augenzeugen) aufs tote Gleis zu schieben.

Bald aber hatte Trattner sich eingestehen müssen, dass er das Maul beinahe zu voll genommen hatte. Ein junger Beamter der Kriminalabteilung drohte auszuscheren, gab sich mit den Ermittlungsergebnissen nicht zufrieden, zweifelte den vermeintlichen Selbstmord an. Es hatte nichts gefruchtet, ihm den Fall zu entziehen – er hatte, welch empörende Disziplinlosigkeit, weiter ermittelt! Erst in letzter Sekunde konnte er nachdrücklich zur Räson gebracht werden. Die Erleichterung des Polizeirats währte jedoch nur kurz. Denn plötzlich tauchte wie aus dem Nichts ein abgehalfterter Detektiv namens Paul Kajetan auf, der offensichtlich drauf und dran war, die Beteiligung von Partei und Politischer Polizei an der Ermordung des Barons von Marain herauszufinden! Dieser Kajetan als Kronzeuge – ein Albtraum! Er musste ausgeschaltet werden!

Trattner war gehörig ins Schwitzen gekommen, hatte schlaflose Nächte durchlitten. Bis ihm endlich die erlösende Nachricht überbracht wurde, dass auch diese Gefahr beseitigt war: Die Leiche des Detektivs war in einer Kiesgrube im Münchner Westen aufgefunden worden. Zwar war der Körper bis zur Unkenntlichkeit verstümmelt, doch noch leserliche Dokumente hatten ihn als den lästigen Schnüffler ausgewiesen.

Trattner konnte aufatmen. Damals gönnte er sich sogar ein Gläschen Sekt, was er sonst nie tat. Er hasste Alkohol, verachtete alles, was den gesunden Organismus schwächen könnte, hielt auf Disziplin.

Doch dann geschah vor einigen Tagen das Ungeheuerliche: Aus einer kleinen Gendarmeriestation in den Bergen traf eine Überprüfungsanfrage ein. Die Meldestelle war irritiert gewesen und hatte sich bei der Kripo erkundigt, wo glücklicherweise ein misstrauischer Beamter sofort geschaltet hatte. Es war Trattner heiß und kalt über den Rücken gelaufen, als er erkennen musste, dass er sich wieder zu früh gefreut hatte: Dieser Paul Kajetan schien doch noch am Leben zu sein! Irgendwo im Oberland, in der Nähe der Grenze. Natürlich, der Bursche hatte ins Ausland fliehen wollen! Wie viel Leben hatte dieser Kretin eigentlich?

Würde ihn dieser Albtraum bis ans Ende seines Lebens verfolgen? Und musste dieser Schweinehund ausgerechnet jetzt auftauchen, wo Trattner vor der Krönung seiner Karriere stand? Die Presse der Vaterlandsverräter würde sich schäumend auf ihn stürzen, das Reichsjustizministerium sich einmischen, die

Ermittlungen im Fall von Marains, vielleicht sogar die in der Sache Schöttl würden wieder aufgenommen werden! Trattner wäre erledigt gewesen. Als Beamter, aber auch für die Partei. Versager liebte man dort nicht. Wo liebte man sie überhaupt?

Der Polizeirat wusste, dass er nun sofort etwas unternehmen musste. Noch waren nicht alle Abteilungen der Landespolizei auf Parteilinie gebracht, und gerade bei der Kriminalpolizei gab es noch immer unzuverlässige Elemente, denen zuzutrauen war, dass sie auf die Interessen der Partei keine Rücksicht nehmen würden. In fieberhafter Eile hatte er einen Plan geschmiedet, seine Kontakte aus Freikorps-Zeiten ins Oberland aktiviert, Instruktionen herausgegeben.

Keine Frage war, dass er die Einladung zu diesem Jagdausflug nicht ausschlagen durfte; der Obergruppenführer hatte ihm die Wichtigkeit dieses Treffens eindringlich vermittelt. Trattner verdonnerte Kommissar Amrainer, ihn ins Gebirge zu chauffieren und tagsüber Kontakt zu seinen Verbindungsmännern zu halten. Als die Jagdgesellschaft zurückkehrte, reichte ihm Amrainer endlich die erlösende Nachricht. Trattners Stift zitterte, als er sie dechiffrierte: Zielperson ermittelt. Exekution bevorstehend.

Trattner schloss erlöst die Augen.

Alles würde gut werden.

Die Straße hatte das Ende des Hochtals erreicht und senkte sich in die Schlucht. Dunkles Gehölz flog vor den Wagenfenstern vorbei.

Das verblüffte »Oh?« des Fahrers war die letzte menschliche Äußerung, die Trattner in seinem Leben vernahm. Der Wagen schoss an der nächsten Kurve ungebremst geradeaus weiter, durchbrach mit ohrenbetäubendem Krachen die hölzerne Seitenbegrenzung, prallte frontal auf einen Felsblock, überschlug sich zweimal, geborstene Äste und prasselndes Gestein mit sich reißend, und stürzte, schon jetzt ein grotesk flatterndes Gebilde aus zerbeultem Blech, zersplittertem Glas und blutend aufgerissenen und verrenkten Körpern, in freiem Fall in die Tiefe. Ein stumpfes »Tock« ertönte, brach sich an den Felswänden. Dann herrschte Stille. Nach einer Weile glosten Flammen durch die Finsternis. Sie breiteten sich rasch aus.

Zellach

Kajetan hatte sich früh schlafen gelegt. Für das, was er vorhatte, musste er ausgeruht sein. Während des Tages hatte er immer wieder über verschiedene Pläne nachgegrübelt, bis er endlich zu einer Entscheidung gekommen war. Darauf, dass der Peterbauer irgendwann eine Lösung gefunden haben würde, konnte er nicht mehr warten.

Er würde sich nach Mitternacht aus dem Haus stehlen und zur Hauptstraße Richtung Norden marschieren. Niemand würde ihn dabei sehen, nachts gab es auf dieser Route so gut wie keinen Verkehr, und vor jedem Fahrzeug könnte er sich rechtzeitig in die Büsche schlagen, wenn er dessen Scheinwerfer von Weitem wahrnehmen würde. Bereits in der Kreisstadt würde er schon nicht mehr auffallen. Von da an musste er sich durch das Alpenvorland zum Bregenzer Wald und zur Schweizer Grenze durchschlagen.

Er würde es schaffen. Etwas anderes blieb ihm nicht übrig.

Er schloss die Augen und versuchte, seinen Atem zu kontrollieren. Der Schlaf wollte nicht kommen. Er richtete sich auf, wanderte in der Kammer umher, sah durch das Fenster in die mondhelle Nacht, legte sich wieder auf das Bett. Mit einem Schlag schüttelte ihn wieder die Angst vor der ungewissen Zukunft, fühlte er sich gelähmt und beunruhigt zugleich. Kaum hatte er die Augen geschlossen, drängte auch wieder dieses Bild heran: Wie er oben im Gebirge stand … einsamer als der letzte

Mensch nach einer Weltenkatastrophe … inmitten eines Schneefeldes, das nun unter ihm wegbrach und ihn in die Tiefe rutschen ließ … schneller, immer schneller auf den Abgrund zu. Er musste die Augen wieder öffnen und durchatmen, bis das Tosen in seinen Ohren endlich abklang und nach einer Weile das beruhigende Glucksen des Baches hinter dem Haus zu hören war.

Es war zuerst nur ein feines, silbernes Klimpern, das ihn aufhorchen ließ.

Es war vom Fenster gekommen. Kajetan richtete sich auf und lauschte mit angehaltenem Atem in die Stille. Er wollte sich schon wieder auf das Kissen zurückfallen lassen, als das Geräusch wieder ertönte, und darauf gleich noch einmal. Jetzt war er hellwach. Kein Zweifel – jemand hatte Kiesel gegen die Scheibe geworfen. Wer konnte es sein? Der Peterbauer?

Kajetan wand sich aus dem Bett, öffnete das Fenster und spähte in die Dunkelheit hinaus.

»Ssst!«, hörte er.

Am Bachufer wenige Meter unter ihm, mit dem Schattendunkel der Uferweiden verschmolzen, stand eine Gestalt. Sie winkte mit weit ausholender Bewegung. »Komm runter!«, rief eine gepresste Stimme. »Der Peterbauer schickt mich!«

Mit fliegenden Bewegungen schlüpfte Kajetan in seine Jacke, packte seinen Rucksack, legte einen Geldschein auf den Nachttisch und schlich aus dem Haus.

Kriminalassistent Nossak löste sich aus dem Schatten und sah sich forschend um. Bevor Kajetan etwas sagen konnte, flüsterte er: »Du musst sofort abhauen. Der Glaser hat vor, dich gleich morgen in der Früh zu verhaften. Hab mitgehört, wie er auf München telefoniert hat.«

»Nein!«, flüsterte Kajetan.

»Wenn ichs dir sag!«, raunte Nossak. »Du kennst ihn nicht.

Der ist eine ganz linke Sau! Spekuliert auf seine Beförderung.« Er winkte ungeduldig. »Komm endlich. Wir bringen dich über die Grenz.«

Er winkte und lief geduckt voraus. Kajetan trabte benommen hinterher.

»Du … und der Peterbauer?«, stotterte er. »Ihr … ihr seids …?«

»Was denn sonst?«, gab Nossak leise zurück. »Kameraden halten eben zusammen!« Er deutete zu einem Steg. »Wir müssen ums Dorf rumgehen. Auf der Hauptstraß könnt uns wer sehen.«

Kajetan nickte und folgte Nossak über den Bach. Der Assistent trieb zur Eile. Er streckte die Hand aus: »Da rauf! Der Weg macht hinter dem Wald eine Kehre und kommt dann direkt auf die Grenzstraß! Da wartet der Peterbauer auf dich.«

Nach wenigen Minuten hatten sie das Dorf hinter sich gelassen. Der Schotterweg wand sich ein Waldstück empor. Trockenes Laub knirschte unter ihren Tritten. Immer wieder sah sich Nossak sichernd um. Das Rauschen eines Wasserlaufs nahm zu. Der Assistent beschleunigte seine Schritte.

Im Licht des Mondes schimmerte eine Holzbrücke durch das Geäst. Das Tosen des Baches wurde stärker. Kajetan erinnerte sich, dass er diesen Weg vor zwei Tagen entlanggegangen war. Unter der Brücke zwängte sich der Bach durch eine Felsenkluft, stürzte über einen haushohen Wasserfall und bildete darunter einen schäumenden Gumpen.

»Schlaf nicht ein!«, drängte Nossak.

Kajetan konzentrierte sich auf den Weg zu seinen Füßen. Seine Gedanken purzelten noch immer wild durcheinander. Der Peterbauer und der junge Polizist waren Verbündete? Und wie hatte er sich nur derart in Glaser täuschen können?

Plötzlich bemerkte er, dass sich Nossak einige Schritte zurückfallen hatte lassen.

Eine plötzliche Ahnung jagte ihm einen Schauder über den Rücken. Im gleichen Augenblick hörte er ein metallisches Klicken hinter sich. Er schwenkte herum.

Der Assistent stand wie angewurzelt, die Pistole in der Hand. Er lauschte angespannt in die Dunkelheit.

»Ich bild mir ein, ich hätt da hinten was gehört!«, flüsterte er. »Ich trau dem Glaser nicht. Die Drecksau bringts glatt fertig und schleicht uns nach. Vielleicht hat er mich gehört, wie ich aus dem Haus bin!« Er machte eine befehlende Geste. »Geh du schon weiter! Dem Weg nach!«

»Aber ich hör nichts«, raunte Kajetan.

»Sollst weitergehn, hab ich gesagt! Wir dürfen keine Zeit verlieren.«

Kajetan ging zögernd rückwärts. Seine Muskeln spannten sich. Neben ihm orgelte der Bachlauf. »Gehen sollst du! Herrgottzack! Schneller! Der Peterbauer kann nicht ewig auf dich warten!«, zischte Nossak.

Kajetans Puls jagte. Er ging einen Schritt auf seinen Begleiter zu. »Bevor ichs nachher vergess, Nossak«, sagte er leise, »ihr müsst unbedingt die Parole ändern, hörst?«

»Was?« Nossaks Gesicht stand dunkel gegen das Licht des Mondes.

Kajetan näherte sich geduckt. »Der Glaser hat sie irgendwie rausgekriegt. Er weiß, dass es ›Spartakus‹ ist. Ihr müsst es unbedingt ändern, verstehst?«

»In Ordnung«, gab Nossak nach kurzem Überlegen zurück. »Ich gebs den Genossen weiter. Aber jetzt geh endlich –«

Kajetan schnellte auf ihn zu, krallte seine Rechte in die Pistolenhand seines Gegners, drückte sie mit einem Ruck nach unten und drehte sie, bis die Waffe zu Boden fiel. Nossak schrie auf und taumelte zurück. Bevor Kajetan nachsetzen konnte, fand er seinen Stand wieder, wehrte Kajetans Kinnhaken ab und parierte mit einem wuchtigen Schwinger. Kajetan torkelte einige Schritte zurück, stolperte über eine Wurzel und fiel auf den Rücken. Nossak stürzte sich auf seine Pistole, hechtete mit einem Satz hinter Kajetan und presste die Mündung der Waffe an dessen Schläfe.

»Na gut«, keuchte er. »Dann ist jetzt eben Schluss mit dem Theater.« Er packte Kajetans Schulter und versuchte, ihn emporzuziehen. »Los! Auf!«

Kajetan machte sich steif. »Dann schieß halt...«, ächzte er.

»Bin ich ein Narr?«, höhnte Nossak. »Damit fünf Minuten später das ganze Dorf wach ist? Und der Trottel von Glaser mittendrin?« Wieder zerrte er am Stoff von Kajetans Jacke. »Wer sagt außerdem, dass ich dich umlegen möcht? Vielleicht wollen auch bloß ein paar Leut mit dir reden?« Er schob seine Linke unter die Achsel des Liegenden und zog ihn mit einem Ruck hoch. »Wenn du allerdings noch einmal probierst, mich aufs Kreuz zu legen, dann schieß ich dir die Knie ab, kapiert?«

Er hievte Kajetan in die Gerade und begann, ihn in die Richtung der Schluchtbrücke zu schleifen.

Im gleichen Augenblick drang eine befehlende Stimme an sein Ohr.

»Nossak! Pistole weg und Händ in die Höh!«

Der Assistent wirbelte herum, presste seinen linken Oberarm um Kajetans Hals. Kajetan spürte die Mündung an seiner Schläfe.

»Wenn du herkommst, ist er tot!«, schrie Nossak.

»Einen besseren Gefallen könntst mir gar nicht tun, du Trottel! Dann hast keine Deckung mehr!«

Nossak atmete keuchend. »Zurück, Glaser!«, gellte er. Er bebte am ganzen Körper. »Ich schieß!«

»Ich sags nicht noch mal! Pistole weg, Händ in die Höh!«

Nossak verstärkte den Druck um Kajetans Hals. »Ich schieß, Glaser! Ich mach kein Witz!« Er versuchte, Kajetan in die Richtung des Baches zu schleifen.

»Gibs auf, Nossak! Du kommst nimmer raus, so oder so! Beim Kerschbaumer kannst dem Richter vielleicht noch weismachen, dass du ein blöder Bub gewesen bist, der sich hat anstiften lassen. Aber wenn du jetzt noch einen Zweiten umbringst, dann gibts eine Kopfrasur in Stadelheim! Aber so weit wirds gar nicht kommen. Kennst es ja, unser ungeschriebenes Gesetz: Wer auf einen Polizisten anlegt, ist tot.«

»Glaser! Hör mir zu«, krächzte Nossak. »Der Sauhund gehört uns! Er ist zum Tod verurteilt worden! Er ist ... ein Verräter an der nationalen Sach! Sei gescheit, Glaser! Wir sind doch Kollegen! Wenn du mich –«

»Kollegen?!«

»Ich hab den Auftrag von ganz oben! Wenn du mich behinderst, gehts dir auch an den Kragen!«

Kajetans Puls ruckte. Er rollte seine Augen zu Nossak. Der Druck auf seinen Hals verstärkte sich.

»Vielleicht, Nossak. Aber vorher bist du dran!« Der Kommissar trat einen Schritt vor, die Pistole im Anschlag. »Zum letzten Mal! Ich verhafte dich wegen Mordes an Philipp Kerschbaumer. Pistole fallen lassen und Händ rauf!«

»Bleib stehn!!«, heulte Nossak auf. »Ich drück ab!«

Der Kommissar lachte gehässig. »Mit was denn, du Narr? Für wie blöd hältst mich eigentlich?« Ohne seinen Gegner aus den Augen zu lassen, griff er in seine Manteltasche. »Was meinst, was das ist, Nossak?« In seiner ausgestreckten Hand blinkten Patronen. »Ich sags dir: Die sind in deinem Magazin gewesen. Ich habs rausgenommen, seit ich dich in Verdacht hab!«

Kajetan fühlte, wie sich der Druck der Pistolenmündung für den Bruchteil einer Sekunde lockerte. Er ließ sich blitzschnell hinabsacken und stieß gleichzeitig mit seiner Rechten nach oben. Drei rasch aufeinanderfolgende Schüsse donnerten, und ein grelles Sirren schwirrte durch die Luft. Kajetan spürte einen Schlag. Es wurde schwarz um ihn.

Kajetan träumte. Er schlummerte in einer sacht schaukelnden Wiege, umsummt von einer mütterlichen Melodie. Wärme durchströmte ihn, Gesichter schwammen an ihm vorbei, einige kamen ihm bekannt vor, sie lächelten ihm zu oder betrachteten ihn mit liebevoller Besorgnis.

Eines davon kehrte immer wieder. Ein Gefühl des Widerwillens begann in Kajetans Traum zu sickern. Das melodische Summen wich einem hellen Rauschen. Wieder tauchte dieses Gesicht auf. Oder war es nur diese Stimme, dumpf und kehlig, wie in Watte gehüllt, die ihn eines sehen ließ?

Nein, begehrte es matt in ihm auf, nicht schon wieder … Er spürte einen jähen Impuls, aufzuspringen. Es gelang nicht. Er öffnete mühsam seine verklebten Lider, blickte in eine blendende Helligkeit, stöhnte gepeinigt. Sofort schloss er wieder die Augen.

»Endlich …«, sagte die Stimme.

Kajetan wagte blinzelnd einen zweiten Versuch. Langsam wich der Schleier vor seinen Augen.

»Wie kann eins bloß so blöd sein!« Der Kommissar trug wie üblich seine mürrische Miene zur Schau, doch durch seine Stimme klang Erleichterung. »Tät sich glatt abschießen lassen wie ein Schießbuden-Manndl auf dem Oktoberfest. Hätt dich wirklich für gescheiter gehalten, Kajetan.« Er seufzte. »Ich sags ja: Großes Maul und nichts dahinter.«

Kajetans Gaumen füllte sich mit Speichel. Er schluckte.

»Glaser, du …?«, versuchte er.

Seine Augen rollten in den Höhlen. Was war geschehen?

»Was passiert ist?«, sagte der Kommissar. »Sag bloß, du hast schon wieder deinen Schwund? Jetzt wirds langsam wirklich arg mit dir.«

Erst jetzt bemerkte Kajetan, dass sich seine linke Schulter taub anfühlte. Glaser war seinem Blick gefolgt.

»An der Schulter hats dich erwischt«, erläuterte er nüchtern. »Ein Querschläger. Wird wieder, aber anständig Blut verloren hast, und ausgeschaut hast wie nach einer Notschlachtung. Der Doktor hat dir mehr Spritzen reingehaut wie ein Zimmerer Nägel in einen Dachstuhl.«

Kajetan lächelte matt. Seine Augen wanderten im Raum umher.

»Wo bin ich überhaupt?«

Der Kommissar grinste boshaft. »Im Himmel jedenfalls noch nicht. Wärst auch der Erste, der mich mit einem Engel verwechselt.«

Kajetans Lachen ging in ein schmerzhaftes Husten über. Glaser wartete ab, bis es sich gelegt hatte, dann erklärte er: »Du bist in der Zellacher Bezirksfürsorg. Seit über zwölf Stunden. Ehrlich, so kommod möcht ichs auch einmal haben.«

Kajetans Gaumen fühlte sich trocken an. Seine Augen kippten flehend zu einer Karaffe auf dem Tisch. Glaser verstand, sprang auf, goss ein Glas Wasser ein und führte es ihm an den Mund. Kajetan trank gierig. Der Kommissar nahm ihm das leere Glas ab und pflanzte sich wieder auf seinen Stuhl.

»Sonst alles in Ordnung?«

Kajetan nickte.

»Wie … wie bist dem Nossak auf die Schlich gekommen?«, fragte er.

»Der Kund hat mir von Anfang an nicht geschmeckt. Misstrauischer bin ich geworden, wie diese Halunken neulich in der Früh probiert haben, unser Auto aufzuhalten. Außer dem Panholzer hat nämlich keiner gewusst, wann wir abfahren und welche Strecke wir nehmen – der aber hat, wie er mir gesagt hat, mit keinem drüber geredet.«

»Aber ... was wollten die eigentlich damit bezwecken?«

»Was wohl? Der Nossak hat zu dem Zeitpunkt noch geglaubt, dass du der Kerschbaumer bist. Den wollten sie wegräumen, damit er vor Gericht nicht reden kann. Bei der Gelegenheit übrigens: So wies ausschaut, war der Kerschbaumer zwar nicht unbedingt ein Unschuldslamm, aber kein Mörder. Er und einer von seinen Genossen sind wahrscheinlich ziemlich gemein reingelegt worden.«

»Und dann ...?»

»Dass der Nossak aber nicht bloß nicht sauber ist, sondern bei ihm was stinkt wie zehn Scheißgruben auf einmal, das ist mir klar geworden, wie ich den Obduktionsbericht vom Kerschbaumer gekriegt hab. Der Doktor Mühlauer, der ihn sich noch angeschaut hat, bevor ihn die Münchner abgeholt haben, hat rausgefunden, was ich schon vermutet hab: Die Ligatur auf dem Hals ist zwar halbwegs schräg verlaufen, aber nicht so, wie sie hätt sein müssen, wenn sich der Kerschbaumer selber ans Gitterkreuz gehängt hätt. Zweitens hat die Spurbreite nicht mit dem Stoffstreifen übereingestimmt, den der Kerschbaumer angeblich hergenommen hat.«

»Aber wie hat ers angestellt? Die Zelle ist doch dauernd bewacht gewesen?«

»Ganz einfach. Während der Panholzer für kurze Zeit weg gewesen ist, ist der Nossak in die Zelle rein und hat den Kerschbaumer, der viel zu schwach gewesen ist, als dass er sich noch hätt wehren können, mit seinem Gürtel erwürgt. Dann hat er ihn auf die Bank gelegt und ihm die Decke so übers Gesicht gezogen, dass der brave Panholzer ihn danach für schlafend hat halten müssen. Eine Dreiviertelstunde danach ist der Nossak noch mal rein, hat den Toten ans Fenster gehängt und den Wachtmeister alarmiert. Wer da kein misstrauischer Hund ist –«

»Wie du –«

Glaser nickte selbstgefällig. »– der muss erst mal von einem Selbstmord ausgehen.«

»Diese Sau«, murmelte Kajetan.

»Tja, und wie ich gestern Nacht mitkrieg, dass er sich aus dem Haus schleicht, bin ich ihm nach. Den Rest weißt ja.« Er schüttelte den Kopf. »Und du Armleuchter fällst auch noch drauf rein.«

»Was … was ist mit ihm?«

»Wirst wohl grad noch bis drei zählen können, oder? Er hat auf mich angelegt.«

»Aber du hast ihm doch gesagt, dass du seine Munition rausgenommen hast?«

»Krampf. Ist ein Trick. Fast zum Schämen, so alt.«

»Also doch.« Kajetan grinste schwach. »Hab ich mich doch nicht getäuscht in dir, du Halunk.«

»Und ich nicht in dir. Wenn der Kajetan bloß halbwegs was im Hirn hat, hab ich mir gedacht, dann nutzt er das jetzt aus.«

Glaser stand auf. »Aber jetzt muss ich weiter.« Er setzte seinen Hut auf, deutete einen Gruß an und drehte sich zum Ausgang.

»Wart noch«, sagte Kajetan heiser. Glaser sah ihn über die Schulter fragend an. Kajetan machte eine matte Kopfbewegung zum Stuhl. »Muss dich noch was fragen, Glaser.«

»Wasn noch?«, murrte der Kommissar. »Mir pressierts.«

»Du weißt, wer den Thannheiser auf dem Gewissen hat?«

Glaser gab einen leiser Seufzer von sich. Er drehte sich um, warf seinen Hut auf das Bett, zog den Stuhl heran und setzte sich.

»Ja, das tu ich«, sagte er. »Und du weißt es auch, stimmts?«

Kajetan nickte. »Wie bist du drauf gekommen?«

»Es ist zuerst die Art und Weis gewesen, wie der Thannheiser sterben hat müssen«, begann er. »Die Augen sind ihm ausgestochen worden. Wer tut so was, hab ich mich gefragt? Einer wie der Kerschbaumer hätt ein Messer oder einen Prügel genommen. Vor allem hätt er die Leich so gut versteckt, dass er genug Vorsprung hat. Die zweite Frage war dann, warum jemand so was tut ...« Er brach ab.

»Die Mena hat ihn geblendet«, sagte Kajetan. »Dass der Thannheiser sterben könnt, hat sie in dem Moment wahrscheinlich gar nicht bedacht. Sie wollt bloß eins: Er sollt sein wie sie. Sollt spüren, wie mit einem umgegangen wird, wenn eins ein Krüppel sein muss.«

Der Kommissar nickte ernst. »Der Elias Thannheiser ist ihr Leben gewesen, ihre große Liebe, wies in den Hefterl allweil heißt. Wahrscheinlich auch ihre erste. Aber dann kommt sie dahinter, dass er mit der Wirtschafterin was hat. Einen Ausrutscher hätt sie ihm vielleicht noch verzeihen können, aber nicht, dass der Thannheiser und die Tischler schon lang vor der Hochzeit ein Paar gewesen sind.«

»Das war so?«

Glaser nickte. »Hab mich erkundigt. Die zwei haben in Passau fest zusammengewohnt und sind sogar einmal deswegen von irgendeinem bigotten Nachbarn angezeigt worden, haben sich aber irgendwie rauswinden können.«

Kajetan fixierte eine blasse Verfärbung an der Wand. »Und wie nennen wir das?«, fragte er.

»Es ist eine ... eine ...« Glaser suchte nach einem geeigneten Wort »... bodenlose Niedertracht. Ja, das ist es.«

»Ich glaub, es ist was viel Schlimmeres«, sagte Kajetan leise.

Der Kommissar sah ihn fragend an. »Wie meinst das?«

»Ich mein ... einen Plan, die Mena irgendwann aus dem Weg zu räumen, haben die zwei ja gar nicht gehabt.«

»Dafür gibts jedenfalls keinen Hinweis«, stimmte Glaser zu.

»Siehst ...« Noch immer bereitete Kajetan das Sprechen Mühe. »... und genau das ist es, was die Mena wahrscheinlich fertiggemacht hat.«

Hätte Mena herausgefunden, dass Elias Thannheiser und Erna Tischler den Plan verfolgten, sie zu töten, um an den »Taffern« zu kommen – es wäre schmerzlich genug gewesen, aber wenigstens hätte sie gewusst, dass sie es mit gemeinen Verbrechern zu tun hat. Die Fronten wären klar gewesen.

»Der Thannheiser und die Tischler sind aber keine Verbrecher gewesen«, stimmte Glaser zu. »Und erst recht keine Mörder. Der Thannheiser ist nie einer Arbeit aus dem Weg gegangen. Überall, wo er als Fuhrknecht oder Schankkellner gearbeitet hat, haben sich die Leut mit Lob fast überschlagen. Tüchtig und pfennigehrlich sei er gewesen. Nicht anders die Wirtschafterin. Ein Wirt in Schärding hat mir gesagt, die Tischler Erna wär die tüchtigste Kellnerin gewesen, die er jemals gehabt hat. Freundlich, umsichtig, zuverlässig.«

»Eben«, fasste Kajetan zusammen. »Anständige und rechtschaffene Leut sind der Thannheiser und die Tischler gewesen. Dass Elias Thannheiser Mena geheiratet hatte, dass er alles mit ihr tat, was Eheleut miteinander tun, das wusste die Tischler, und das hat sie nicht gestört. Menas Liebe hat für sie nicht existiert. Der Thannheiser und sie – das war, wie es sich gehörte. Wie es die Natur vorgesehen hat. Die beiden haben kein schlechtes Gewissen gehabt, und von der zuweilen lästigen Versteckspielerei vielleicht abgesehen, haben sie nicht gelitten.«

Glaser nickte nachdenklich. »Für die Wirtschafterin muss die Mena einfach kein …«, er suchte nach den geeigneten Worten, »… kein ganzer Mensch gewesen sein. Einer, auf den man nicht einmal eifersüchtig zu sein braucht. Für den Thannheiser ists nicht anders gewesen. Die Mena, muss er sich gesagt haben, die ist nicht in der Lage, so eine Wirtschaft zu führen. Das müssen Leut machen, einem Krüppel stehts nicht zu. Der hat nichts verloren unter richtige Leut.« Er stützte seine Ellbogen auf die Knie. »Was für eine Demütigung …« Er wiederholte es. »Was für eine dermaßene Demütigung …«

Gedämpft drang der Lärm eines Pferdefuhrwerks durch das Fenster, das gutturale »Wüah« des Fuhrmannes und das Wiehern der Rosse. Irgendwo lärmten ausgelassene Kinder. Die Schule musste zu Ende sein. Dann war es wieder still.

»Ich habs mir einfach aus dem zusammengereimt, was ich gehört hab«, beendete Kajetan nach einer Weile das Schweigen. »Und du?«

Der Kommissar ließ sich in die Lehne zurückfallen. »Ich weiß es von dir, Kajetan.«

»Von mir?«

»Du hast mir erzählt, wie es auf dem Etterkaser, wo du damals übernachtet hast, ausgeschaut hat. Nichts wär rumgestanden oder -gelegen, hast du gesagt, keine Astgabeln, keine gefärbten Holzspän oder Bänder, nichts.«

Kajetan verstand nicht. »Und?«

Glaser seufzte nachsichtig. »Ihr Stadterer könnts das freilich nicht wissen. Es ist bei uns der Brauch, dass die Senner ihre Viecher schön herrichten, wenn sie am End vom Sommer wieder ins Tal getrieben werden. Es ist jedsmal schön zum Anschauen, die Küh haben richtige Kronen auf ihre Köpf, die die Sennin aus Fichtenzweigen, farbige Spän, Bänder und was weiß ich noch alles herstellt.«

»Komm auf den Punkt, Glaser.«

»Der ist, dass es eine Mordsarbeit ist, diesen Schmuck herzustellen. Die Sennin muss schon zwei, wenn nicht gar drei Wochen vor dem Almabtrieb damit anfangen.«

»Die Thannheiser Mena hats aber nicht getan«, warf Kajetan ein. »In der Alm ist nichts zu sehen gewesen!«

»Eben, Kajetan. Die Küh dürfen bloß dann geschmückt werden, wenn die Herde vollständig geblieben ist, die Sennin oder der Senner nicht schwer krank geworden oder in der Familie gar wer gestorben ist. Wenn aber –«

»Ja«, unterbrach Kajetan. »Jaja. Kannst aufhören …«

Mena hatte gar nicht erst begonnen, die Furkeln vorzubereiten. Weil sie gewusst hatte, dass ein Unglück geschehen würde. Und das konnte sie nur wissen, weil sie sich dazu entschlossen hatte, es selbst herbeizuführen.

»Und jetzt?«, fragte Kajetan. Seine Stimme klang belegt.

»Ich hab lang überlegt. Dann aber hab ich entschieden, dass ich sie verhaften muss.«

»Glaser«, sagte Kajetan eindringlich. »Weißt, warum ich es dir gestern nicht schon gesagt hab, dass ich davon überzeugt bin, dass sies gewesen ist?« Er wartete die Antwort nicht ab. »Weil ich ohne sie nimmer leben tät. Und weil das, was der Mena angetan worden ist, auch eine Art Mord gewesen ist.«

»Ach …« Der Kommissar winkte ab. »Es nutzt doch nichts, Kajetan. Und glaub ja nicht, dass es mir drum geht, eine Belobigung einzufahren. Da pfeif ich drauf. Aber – wo kämen wir denn da hin? Sogar, wenn sie mirs Leben gerettet hätt – es müsst mir wurscht sein.«

Kajetan starrte an die Decke. »Dann ... dann wirst sie also schon verhaftet haben?«

Glaser verneinte kopfschüttelnd. »Ich wollts, bin aber nicht recht weit kommen. Ich bin zum Pfarrer rüber und wollt sie holen. Der aber steht vor der Tür wie der Erzengel persönlich, sagt, die Mena Thannheiser hätt Kirchenasyl bei ihm. Wehe, hat er gesagt, ich tät mir einfallen lassen, sie mit Gewalt rauszuholen.« Glaser zuckte die Achseln. »Tja. Hab ich halt wieder abziehen müssen. Kirchenasyl gibts zwar schon seit ein paar hundert Jahr nimmer, aber wehe, einer respektierts nicht.«

Es klopfte. Ohne eine Aufforderung zum Eintreten abzuwarten, steckte Hotelier Mannhardt den Kopf durch die Tür und stürmte, von der Anwesenheit Glasers nur kurz irritiert, auf das Krankenbett zu. Entgeistert glotzte Kajetan auf einen Blumenstrauß, dann auf das vor Eifer glänzende Gesicht des Hoteliers.

»Im Namen des ›Verkehrs- und Verschönerungsvereins Zellach‹ sowie der gesamten Gemeinde unsere allerherzlichsten Genesungswünsche!«, rief der Hotelier überschwänglich, die Stimme vor Teilnahme triefend, das Gesicht von professioneller Bekümmertheit gefurcht. »Also, was Ihnen passiert ist – Glauben Sie mir: So was ist noch niemals – ich betone: Niemals! – geschehen! Glauben Sie mir: Unser Ort ist ein Hort der Sicherheit, der Ruhe und der Rechtschaffenheit!«

Kajetan sah aus den Augenwinkeln, wie Glaser zur Statue erstarrt die Szene mit offenem Mund verfolgte.

»... und ich erlaube mir, Ihnen als Zeichen unserer tiefen Anteilnahme diesen Strauß heimatlicher Blumen sowie einen Gutschein –«

Jetzt kam Bewegung in den Kommissar. Er trat mit einem schnellen Schritt hinter Mannhardt. Sein Gesicht war puterrot.

»Du Sau!!«, röhrte er und ließ seine Hände krachend auf die Schultern des Hoteliers fallen. »Du dreckige Sau!!«

Mannhardt machte sich empört frei und wich zurück. »Lassen Sie mich los! Sind Sie wahnsinnig geworden?!«

Außer sich vor Wut stürzte sich der Kommissar auf den Hotelier, riss ihm den Blumenstrauß aus der Hand und fetzte ihn ihm um die Ohren, bis er nur noch die zerfaserten Stiele in der Faust hielt. Dann packte er den vor Entsetzen Gelähmten am Revers seiner Trachtenjoppe, schleifte ihn an die Wand und presste ihn nach oben.

»Du bist es gewesen!«, keuchte er. »Du bist auf den Etterkaser rauf und hast es der Mena gesteckt! Weil du den ›Taffern‹ hast haben wollen!«

»Ich wollte sie doch nur warnen …«, haspelte Mannhardt mit bebender Stimme. »Der Knecht, den Thannheiser entlassen hatte, hatte mir berichtet, dass er … er hatte einmal ein Gespräch belauscht … ich meinte es doch nur gut mit der armen Frau … ich sah es als meine Pflicht an …«

Glaser fletschte die Zähne. »Tu deine Brillen runter.«

»Wie-wieso?«

»Weil ich dir eine runterhauen werd.«

»Aber ich habe doch nichts Gesetzwidriges –!«

»Brillen runter!«, brüllte Glaser.

»Sind Sie –?«

Glaser zog aus. Seine Hand landete klatschend auf Mannhardts linker Wange, dann auf der rechten. Das Brillengestell flog durch die Luft und landete klimpernd in einer Ecke. Der Hotelier torkelte und fiel zu Boden.

»Und damit dus weißt, Mannhardt: Nichts wird mit dem ›Taffern‹! Die Thannheiserin geht von Zellach fort und hat alles dem Pfarrer überschrieben!«

Der Hotelier tappte nach seiner Brille, fand sie und setzte sie sich mit flatternden Fingern auf. Schniefend rappelte er sich auf. Seine Wangen waren von flammender Röte überzogen.

»Das wird ein Nachspiel haben!«, greinte er. Glaser tat einen schnellen Schritt auf ihn zu und baute sich wieder vor ihm auf. Der Hotelier hob schützend die Hände vor sein Gesicht.

»Das wird es nicht, Mannhardt.« Glaser rang um Beherrschung. »Wir haben ein höfliches Gespräch geführt, wir zwei.« Er drehte sich um. »Stimmts?«

»Stimmt«, pflichtete ihm Kajetan bei. »Kanns jederzeit beschwören.«

»Du hörst es. Und solltest du jemals auf die Idee kommen, dass es anders gewesen sein könnt, dann garantier ich dir, dass es im gleichen Moment das ganze Dorf weiß, was du für eine Drecksau bist! Dass du dann in Zellach ein für alle Mal einpacken kannst, dürft dir klar sein!« Wieder nahm der Kommissar eine drohende Haltung ein. »Und jetzt geh mir aus dem Aug, du Lump. Sonst vergess ich mich tatsächlich noch.«

Der Hotelier ging rückwärts zur Tür. Dort angekommen, straffte er seine Weste und reckte das Kinn. »Es werden noch andere Zeiten kommen, Herr Kommissär. Das verspreche ich –«

Glaser duckte sich zum erneuten Angriff. Mannhardt zuckte zusammen und wieselte blitzartig hinaus.

Der Kommissar weitete seinen Kragen und atmete durch.

Kajetan grinste anerkennend. »Respekt, Glaser. Hab gar nicht gewusst, dass du so feine Manieren hast.«

»Drecksau«, brummelte der Kommissar in die Richtung des Verschwundenen. Langsam kehrte seine normale Gesichtsfarbe zurück. Er rückte sich den Stuhl zurecht und setzte sich.

»Ist das wahr mit dem Pfarrer?«, erkundigte sich Kajetan.

»Macht mit der Linken auf Seelentröster und staubt mit der Rechten das Haus ab?«

Glaser rieb sich den Nacken. »So tät ichs ausnahmsweis mal nicht sehn. Die Thannheiserin hat keinen großen Gust mehr auf die Welt und muss mit dem fertig werden, was sie getan hat. Ein Kloster von den Klarissinnen in der Oberpfalz nimmt sie auf, und aus dem Haus wird ein Spital für Kinder aus dem Bezirk, wie sichs der Pfarrer schon lang eingebildet hat.« Der Kommissar knöpfte seinen Mantel zu. »So, jetzt werd ichs aber packen. Ich hab noch einen Haufen Rapporte zu schreiben.« Er grinste boshaft. »Schätz mal, ich werd denen einen bisserl den Provinz-Deppen geben und von einem tragischen Bergunfall an einem Gastwirt schwafeln, der zunächst nach einem Mord ausgeschaut hat. Und von einem fanatischen Nationalen namens Nossak, der gemeint hat, einen privaten Feldzug gegen die Kommunisten führen zu müssen, einen Gefangenen erwürgt hat und zum Schluss sogar noch auf einen harmlosen Touristen losgegangen ist.«

»Habs ja immer gesagt, Glaser. An dir ist ein Dichter verloren gegangen.«

»Mal schauen, ob ich damit durchkomm.« Glaser griff nach seinem Hut.

»Und die Peterbauern-Leut lässt mir in Ruh, ja?«, sagte Kajetan.

»Du weißt, dass seine Schwester den Kerschbaumer –?«

»Du lässt sie in Ruh, verstanden?«

»Hab nichts anderes vorgehabt.« Ein spärliches Lächeln kräuselte Glasers Mund. »Die nützen mir in Freiheit mehr als im Zuchthaus. Wenn nämlich wieder einmal nach einem gefahndet wird, dann weiß ich jetzt, wo ich als Erstes hinschauen muss«, sagte er. »Außerdem hat der Peterbauer wahrscheinlich genug dran zu beißen, dass es ausgerechnet sein Misstrauen gegen seine Schwester gewesen ist, die dem Kerschbaumer das Kreuz gebrochen hat.« Er stand auf. »Aber du? Was wirst jetzt anstellen? Dass es mir lieber ist, wenn du mir nimmer unter die Augen kommst, kannst dir ja denken.«

»Was wohl?« Kajetan warf ihm einen verdrossenen Blick zu. »Schauen, dass ich woanders über die Grenz komm, was denn sonst.«

»Über die Grenz?« Der Kommissar wedelte mit der Hand vor seiner Stirn. »Du stehst allweil noch ein bisserl im Nebel, hm?«

»Wieso?«

»Was glaubst denn, was seit heut in der Früh bei der Polizei im ganzen Land los ist? Der Teufel selber! Zugehn tuts wie in einem aufgescheuchten Wespennest, seit die Sach mit dem Nossak bekannt geworden ist. Dass ein Kriminaler von der Politischen Abteilung eingekauft ist und auf einen von der Kripo anlegt, geht den hohen Herrschaften dann doch zu weit, von den Kollegen gar nicht zu reden. Bis ins Innenministerium rauf wird sich jetzt in die Hose geschissen vor Angst, dass es an die Öffentlichkeit kommt. Jetzt ist nämlich auch dem Blindesten klar, dass die Politische Polizei in München bis in die Führungsspitze rauf schon von den Hitler-Leuten unterwandert ist und dass die Politischen mit den Geheimkommandos von den Nazen zusammengearbeitet haben. Die verhaftet worden sind, singen wie die Zeiserl und erzählen, dass mehr als einmal Provokateure losgeschickt worden sind, um irgendwelche Sauereien anzustellen, die dann so dummen Buben wie dem Kerschbaumer in die Schuh geschoben worden sind. Und das ist übrigens auch der Grund gewesen, warum sie den Kerschbaumer unbedingt verräumen wollten – dass der womöglich vor Gericht über diese Mankeleien aussagt, ist ihnen zu riskant gewesen. Und dein Pech, Kajetan, ist wiederum gewesen, dass in dem ganzen Gewurl bis auf München durchgesickert ist, dass du doch noch lebst. Wieso sie auf dich besonders scharf gewesen sind, wirst selber am besten wissen. Mir reichts, wenn ich weiß, mit wem du dich angelegt hast.«

»Und ab jetzt wird alles besser, was?« Kajetan lachte bitter. »Glaubst an den Osterhasen auch noch, gell? Gut, vielleicht wird der eine oder andere abgesetzt. Aber da rücken doch sofort andere nach, die kein Fünferl besser sind.«

»Kann sein«, gab Glaser zu. »Aber erst wird sich die nächste Zeit geduckt, verstehst? So sinds nämlich, die wahrhaft Deutschen – wenns gut und leicht läuft, zerreißts ihnen fast die Heldenbrust vor Angeberei, wenn nicht, dann wird der Schwanz eingezogen und gewinselt. Und was ihren Anführer betrifft, den Hitler, so weiß der genau, dass er kein Reichsdeutscher ist und ausgewiesen wird, wenn er sein Maul allzu weit aufreißt. Glaub mir, es kann nimmer lang dauern, da werden die Leut das ganze Theater durchschaut haben.«

Kajetan bedachte den Kommissar mit einem zweifelnden Blick. »Meinst?«

»Aber freilich. Ich sehs doch jeden Tag bei uns im Bezirk. Wer ist es denn, der den Nazen nachrennt? Ein paar Hungerleider, denen es wurscht ist, von wem sie sich zahlen lassen, verzogene Bürscherl, die Helden spielen wollen, eine Handvoll aufgeblasene Akademiker und Lehrer. Je weniger sie in der Hosen haben, desto mehr reißen sies Maul auf.« Glaser nickte zuversichtlich. »Dazu kenn ich meine Landsleut zu gut, Kajetan, als dass sie sich von solchen Kasperln regieren lassen wollen.«

»Deinen Glauben möcht ich haben.«

»Außerdem wird dich vielleicht noch interessieren, dass es gestern Nacht den Chef der Politischen Polizei, einen gewissen Polizeirat Doktor Trattner, mit seinem Auto aufgestellt hat. Soll irgendwo unterhalb der Jachenau von der Straß abkommen und danach gute fünfzig Meter in die Schlucht gekracht sein. Soweit ich mir hab sagen lassen, muss die Straß trocken gewesen sein.«

»Du meinst …?«

»So eine Bremsleitung zu manipulieren ist schnell geschehen. Aber ruhe in Frieden, sag ich. Der Trattner nämlich ist es gewesen, bei dem all diese Sauereien zusammengelaufen sind.«

Kajetan brauchte einige Sekunden, bis er begriff. Er sah Glaser zweifelnd an: »Woher willst denn das alles wissen?«

Glaser zuckte die Schultern. »Vielleicht gibts bei der Polizei heutzutag doch noch ein paar Leut, die einen eigenen Kopf haben und hie und da auch miteinander reden? Telefon gibts, nebenbei gesagt, auch schon seit ein paar Jahr.«

»Aber … dann …«

»Ja! Herrgottnocheinmal!«, polterte Glaser. »Eine lange Leitung hat der Mensch! Du kannst wieder heim! Dafür, dass du eine Zeit lang von München weg gewesen bist – Kajetan, jetzt stell dich doch nicht gar so blöd an! –, da wird dir doch irgendein Märchen einfallen! Und wenns bloß ist, dass du denen weismachst, dass dir dein Pass gestohlen worden ist und dus erst jetzt gespannt hast!«

Kajetan musste nachdenken. »Du … du meinst also, ich soll …«

Der Kommissar rollte in gespielter Verzweiflung seine Augen zur Zimmerdecke. »Ja. Stadterer haben im Gebirg nichts verloren.«

Er setzte seinen Hut auf, grüßte mit einer lässigen Handbewegung und ging zur Tür. Er hatte die Klinke bereits ergriffen, als er noch einmal stehen blieb, sich halb zu Kajetan umdrehte und ihm einen eigenartigen Blick zuwarf, als überlege er, ob er nicht noch Wichtiges vergessen hatte. Dann schüttelte er kaum merklich den Kopf, brummte Unverständliches und ging.

Kajetan lauschte den sich entfernenden Schritten. In der Ferne bimmelte das Totengeläut, mit dem Elias Thannheiser zu Grabe gelassen wurde.

Ein feiner, heißer Schmerz wuchs aus seiner Schulter, doch damit wich auch die Taubheit, und ein Kribbeln fuhr durch seine Glieder. Zögernd bewegte er seine Finger, schloss und öffnete sie.

NACHWORT DES AUTORS

Dass sich hinter so manch erhabener Schönheit nicht selten umso gnadenlosere Lebenshärte verbirgt, gilt natürlich nicht nur für die Landschaft im Süden Bayerns. Je länger man sich mit der Geschichte gerade dieser Region und der in ihr lebenden Menschen beschäftigt, ihren Erfahrungen und Erzählungen (auch Gedichten und Liedern) lauscht, umso mehr vertieft sich der Kontrast zwischen dem Ausdruck überbordend barocker Lebenslust, herzensvoller Güte, Humor und musischer Lebensgewandtheit auf der einen, lähmender Melancholie, kaltschnäuziger Rücksichtslosigkeit und Verbohrtheit auf der anderen Seite. Dieser Kontrast bildet – neben der Brisanz der politischen Konstellation in den 20er Jahren – eine der Grundmelodien dieses Romans. Es war mir wichtig, weder in die Klischees von stadtferner Idylle noch in jene von provinzlerischer Dumpfheit zu verfallen. Wie in jeder sozialen Formation findet sich auf dem Land beides – der Unterschied besteht allein darin, dass sich diese Gegensätze im dörflichen Zusammenleben weit weniger kaschieren lassen als in der Anonymität der Städte.

Die Fälle, in welche Paul Kajetan in diesem Roman verwickelt wird, beruhen im Kern auf realen Geschehnissen in den 20er Jahren des vergangenen Jahrhunderts. Die Unterwanderung etwa der Parteien des linken Spektrums durch Spitzel und agents provocateurs ist historisch belegt. Bei der Gestaltung dieser Kapitel waren mir Prozessprotokolle und zeitgenössische Darstellungen, unter anderem von Egon Erwin Kisch und Hans Fallada, besonders hilfreich. Vom Schicksal jener jungen Frau, welche mich zur Figur der Mena Thannheiser anregte, erfuhr ich dagegen nur durch persönliche Erzählungen; ihr Fall, obwohl damals bei den meisten Dorfbewohnern ein offenes Geheimnis (und von mir nicht nur aus dramaturgischen Gründen, sondern auch mit Rücksicht auf noch lebende Familienangehörige bzw. Nachkommen entsprechend modelliert), gelangte meines Wissens nie auf die strafrechtliche Ebene. Er nahm übrigens in Wirklichkeit ein weniger spektakuläres, aber letztlich nicht minder tragisches Ende. Aber auch für die meisten der anderen Personen des Romans gilt, dass ihnen reale Lebensgeschichten zugrunde liegen, und auch hier waren Gespräche mit Zeitzeugen meist ergiebiger als der Blick in die Archive. Die Geschichte der bäuerlichen Links-Opposition in Bayern scheint die Wissenschaft bisher wenig interessiert zu haben, wie sich sowohl konservative als auch »linke« Historiker schwertun mit der Einordnung der sog. »Sozialpriester«, von denen viele für ihre Parteinahme zugunsten der Ärmsten der Gesellschaft im Dritten Reich einen hohen Preis bezahlen mussten.

Für die Gestaltung des Hauptschauplatzes, des fiktiven Ortes Zellach, habe ich mich mit der Geschichte einiger Orte in der Nähe ehemaliger illegaler Grenzübergänge, wie sie von politischen Flüchtlingen oder Schmugglern im Berchtesgadener Land benutzt wurden, beschäftigt. Bei der Darstellung der Hochgebirgsszenen konnte ich teils auf eigene Erfahrungen und Begehungen, teils auf Lebenserinnerungen von Flüchtlingen (darunter Wilhelm Hoegner) und Essays von Egon Günther zurückgreifen. Wertvolle Hinweise zu almwirtschaftlichen Praktiken und Traditionen konnte ich den Veröffentlichungen von Helmut Silbernagel entnehmen.

Bei bayerischen Dialogen habe ich versucht, das Regional- und Volkssprachliche vor allem in Satzbau, spezifischer Rhetorik und typischen Begrifflichkeiten wiederzugeben, ansonsten eine am Hochdeutschen orientierte Schreibweise gewählt. Sie erlaubt all jenen, die des (Alt-)Bayerischen mächtig sind, beim Lesen die ihrer Sprach- und Hörerfahrung entsprechenden Intonationen, Vokaltönungen und Verschleifungen usw. selber vorzunehmen. Dass sich Sprachen immer verändert haben (wie die etymologischen Notizen im Glossar belegen, in denen es von volkslateinischen, französischen, italienischen und jiddischen Einflüssen auf das Bayerische geradezu wimmelt) und auch heute beständig wandeln, mag manchen irritieren. Zu verhindern ist es aber nicht – eine Sprache überlebt nur dann, wenn sie benutzt und gesprochen wird. Viel entscheidender ist die Frage, ob sich in diesem Prozess auch Denken und Welt-Begreifen verändern.

Ich bedanke mich bei Katrin Sorko für sowohl engagierte als auch inspirierte Hilfe bei der Recherche, bei Martin Mittelmeier für sein kundiges und kooperatives Lektorat, sowie bei allen, die mich mit Detailinformationen, Anregungen und Kritik unterstützt haben: Dr. Johanna Schalm, Robert Bierschneider (Bayerisches Staatsarchiv), Dr. Christoph Bachmann (Bayerisches Hauptstaatsarchiv), Dr. Ernst Aichner (Bayerisches Armeemuseum), Dr. Bettina Gundler (Deutsches Museum), Karl Komposch (Gemeindechronist Ramsau), Franz Haselbeck (Stadtarchiv Traunstein), Manfred Pils (»Naturfreunde« Wien), Stefan Betz, J. Martin Bauer, Claus Biegert, Franz Wieser und Georg Simader.

Robert Hültner

GLOSSAR

abdreht	listig, ausgebufft
Adler	Mittelklasse-Limousine
agent provocateur	Spitzel, der z. B. in Protestbewegungen oder oppositionelle Parteien eingeschleust wird, um deren Radikalisierung voranzutreiben und damit Verbot und Zerschlagung durchzusetzen
Altan(e)	umlaufender Balkon bei südbayr. Bauernhäusern
Barn	Heu- und Futterraufe
Bauernbund	Im letzten Drittel des 19. Jh. gegründete bayerische Bauernpartei mit ausgeprägt antiklerikaler und sozialreformerischer Programmatik, in Klein- und Mittelbetrieben Ober- und Niederbayerns stark verankert. Nach dem Ersten Weltkrieg Zusammenarbeit mit USPD, Teilnahme an der Räterepublik, danach Richtungsstreitigkeiten, die der rechte Flügel für sich entschied. 1933 Auflösung und teilweise Verschmelzung mit NSDAP
Beizen	Kneipe
DAAG	In Süddeutschland häufig verwendeter Linienbus (u. a. »Alpenkraftpost«), geschlossen, ca. 25 Plätze, rechtssteuernd
därrisch	widerspenstig, störrisch
Dreiundzwanziger	Früh-Nazi, Teilnehmer am missglückten Hitlerputsch 1923

Drift(-rinne)	Hier: Hohlweg zum Abtransport gefällter Stämme
Engelmacherin	Frau, die (illegale) Abtreibungen vornimmt
Etter	Umzäunung (einer Weidefläche)
etwas zum Zeug bringen	Eine ordentliche Mitgift in die Ehe bringen, auch: etwas besorgen
extrig	sonderlich
fieseln	(ab)nagen
Furkel	andere Schreibweise: Fuikel (a. d. Volkslateinischen »forca« = gabelförmiges Gebilde, auch Geweih). Prachtvoller Schmuck der Tiere beim Almabtrieb
Gant (a. d. Ital.)	Zwangsversteigerung
Gaudi (a. d. Volkslat.)	Hier: Unruhe, Krawall
Gehns zu?	Ausdruck des Desinteresses. Etwa: Was Sie nicht sagen?
Gendarmerie	Ortschaftlich und bezirksamtlich gebundene Schutz- und Ordnungspolizei (im Gegensatz zur Kriminal-Landespolizei, die dem Landes-Innenministerium unterstellt war)
Geschwisterkind	Nichte, Neffe
Gilde	Alpinisten-Sektion der (hier: österreichischen) »Naturfreunde«, einem bedeutenden Verein der Arbeiterbewegung
Gosch(en)	Mund, Mundwerk (Begriff assoziiert je nach Kontext Redegewandtheit oder Geschwätzigkeit)
Grattler	Landstreicher, Nichtsnutz
Gspusi (a. d. Ital.: Sposa = Braut)	Geliebte
Holzstube	Meist eher schlichter Unterstand für Waldarbeiter
Imben	Bienen

jemandem schöntun	jemand liebevoll behandeln, schmeicheln
Kalter	Hier: Regenwasser-Zisterne
Kaser (a. d. Lat. »casa« = Haus)	Im südostbayr. Gebirge gebräuchlicher Name für Almhütte
Klachl	ungehobelter Kerl
Komintern	»Kommunistische Internationale«, Zusammenschluss kommunistischer Parteien in verschiedenen Staaten, v. KPdSU dominiert
Kondukteur (a. d. Frz.)	Fahrer eines Linienbusses
Königspartei	hier eigentlich: »Bayerischer Heimat- und Königsbund« Nichtparlamentarische Vereinigung zur Wiedererrichtung der Monarchie mit zunächst eher diffusen, teilweise separatistischen Tendenzen (Abspaltung Bayerns vom Reich, enge polit. Zusammenarbeit mit Frankreich). Hauptsächlich im ländlich-kleinbürgerlichen Altbayern verankert, vom bürgerlichen Zentrum, Deutschnationalen und Nazis bekämpft, von den Linksparteien ignoriert, da monarchistische Ideen in der Arbeiterschaft kaum Echo fanden.
Kren	Meerrettich
Kund(e)	zweifelhafter Kerl (ursprüngl. »Bekannter«) auch: Stromer
Lack(en) (a. d. Volkslat., vgl. lac, lago)	kleinere Wasserfläche, Weiher
Landauer	Pferdekutsche (i. d. R. zweispännig, mit Verdeck)
Landesstreifung	Patrouillen entlang der grünen Grenze durch Grenz- und Zollpolizei und Gendarmerie
Latschen (a. d. Ladin.)	Hochgebirgsföhren
Leich	Leichenschmaus

Liebknecht	Karl L., auch in Bayern populärer Führer der linken Sozialdemokratie, Kriegsgegner 1914, später mit Rosa Luxemburg führender Kopf des revolutionären Spartakus-Bundes. 1919 ermordet.
Ligatur	durch Unterbrechung der Blutzufuhr entstehende Hautmale bei Erdrosselten
Massl (haben) (a. d. Jidd.)	Glück haben, guter Ausgang einer kniffligen Angelegenheit
meschant (a. d. Frz.)	unsympathisch, bösartig
Moos	hier: Moor
Pletzer (a. d. Frz. blesser – verletzen)	Schürfwunde
pouss(en) (a. d. Frz.)	hier: schlagen, treten
poussieren (a. d. Frz.)	schmusen, knutschen
pratzeln	hinters Licht führen, übervorteilen
Rass	hier: Menschenschlag
Reichsbanner	Militanter Schutzbund republiktreuer deutscher Parteien, 1924 gegründet, von SPD dominiert
Rotzglocken läuten	Redewendung: ein liebenswerter kleiner Junge sein
Salett	Saalanbau einer Gaststätte
Sapie	lanzenartiges Arbeitsgerät der Holzfäller/ Zimmerer
schlieffen (Doppellaut i-e!)	kriechen, schleichen, schlüpfen
Schmuser	Heiratsvermittler
… sich geschnitten haben	Redewendung: auf die Nase fallen, den Kürzeren ziehen

Simson-Supra	populäre Mittelklasse-Limousine, von der Polizei bevorzugt
Sozen, Nazen	Sozialdemokraten/Sozialisten und Nationalsozialisten
Spaßettl	unpassender Scherz
speiben (jeweils auf beiden Silben betont!)	erbrechen, kotzen
Taffern	Auch: »Tafern« (a. d. Volkslat.) Taverne, Gasthöfe, deren Geschichte weit ins Mittelalter zurückreicht
Tatterer	klapperiger, seniler Alter
Tenn	hier: Hausflur
Traumhappig (auch: traumhappert)	schlaftrunken
Tscheka	Urspr. Sowjetische Geheimpolizei (später GPU), angebl. geheimes KPD-Parteigericht, für die 20er Jahre jedoch nicht nachgewiesen. Propagandist. Vorwurf, um Staatsfeindlichkeit zu belegen.
Verbotszeit	Von Bismarck erlassenes Verbot der deutschen Sozialdemokratie (1878–1890)
Volksjäger	In den Hungerjahren nach dem Ersten Weltkrieg setzten sich die Einwohner einiger bayerischer Gebirgsgemeinden über das Jagdverbot in den staatlichen und privaten Revieren hinweg, um die ärmere Bevölkerung (Gütler, Tagelöhner und Arbeiter) versorgen zu können.
Wachtl	(Schutz-)Polizisten
zahnen	grinsen, spöttisch lächeln
Zuban	populäre Zigarettenmarke
zwider	unangenehm, ärgerlich

Am Ende des Tages

Roman

So sinnlos das Ganze auch erscheinen mochte,
es musste einen tieferen Grund geben.
Kein Windhauch regte sich, kein Blatt fiel,
kein Vogel schrie ohne Grund.

TONY HILLERMAN

Hart wie Stahl war ich
und liebte keinen.
nur den einen,
den ich liebte

JACQUES PRÉVERT

1

Valentin wagte nicht zu atmen. Das Geräusch, das ihn aus dem Schlaf geschreckt hatte, klang noch in ihm nach. Ein papierenes Knistern. Ein Marder oder ein anderes Nachttier, das sich im Spalier unter dem Fenster verfangen hatte? Hungriges Wild aus dem bereits seit Wochen verschneiten Hochwald? Oder nur das Dachgebälk, das, obschon uralt, noch immer arbeitete und beim Wechsel der Jahreszeiten manchmal ein helles Knacken hören ließ?

Der junge Bauer kannte all diese Geräusche seit seiner Kindheit. Nie hatten sie ihn beunruhigt oder gar in Panik versetzt. Was war los mit ihm? So schreckhaft wie in letzter Zeit war er doch nie gewesen? Oder warnte ihn sein Instinkt zu Recht? Auch wenn die mörderischen Raubüberfälle, die sich in den Jahren nach dem Krieg gehäuft hatten, zurückgegangen waren – wer wie er mit seiner kleinen Familie außerhalb des Dorfes wohnte, musste vor lichtscheuem Gesindel durchaus noch immer auf der Hut sein.

Wieder hielt er die Luft an. Er lauschte, die Finger in die Bettdecke gekrallt. Durch die bedampften Scheiben sickerte aschfarbenes Licht in die Schlafkammer.

Nach einer Weile atmete er aus. Er war einfach überreizt, das war alles. Der gestrige Arbeitstag hatte Kraft gekostet, der Abtransport der gefällten Stämme aus dem steilen und durchweichten Gelände des Bergwalds war lebensgefährlich gewesen. Erst nach Anbruch der Dämmerung hatten sie die letzte Fuhre abliefern können. Danach hatte er mit dem Sägewerksbesitzer um seinen Lohn feilschen müssen. Harsche Worte waren gefallen. Es hatte Valentin mitgenommen, er stritt nicht gerne. Mit schmerzenden Gliedern war er nachhause gestapft, wo er nur noch die allernötigste Stallarbeit erledigt, das Nachtbrot hinuntergeschlungen und einige Worte mit seiner Frau gewechselt hatte, um kurze Zeit später erschöpft in das Bett zu fallen.

Valentin kippte den Kopf zur Seite und betrachtete die schlummernde Frau zu seiner Rechten. Sie sah abgezehrt aus. Das Mondlicht tiefte Kerben in ihre Wangen. Aus ihren geöffneten, rissigen Lippen drang ein schabendes Geräusch. Es versetzte ihm einen Stich. Thekla war noch keine dreißig.

Noch immer lebte das Bild in ihm, wie er sie, bei einem der ersten Kirchweihfeste nach dem Krieg, zum ersten Mal gesehen hatte. Sein Herz schlug ihm bis zum Hals, als er sie, eine sichere Abfuhr erwartend, stotternd um einen Tanz bat. Sie war heftig errötet, hatte die Augen gesenkt, und, nachdem sie einen verstohlenen Blick in ihre Umgebung geworfen hatte, mit einem scheuen Lächeln eingewilligt.

Sie waren noch nicht lange verheiratet, als sich erste Schatten über das Glück der jungen Familie legten. Wie viele andere im Dorf hatte auch Valentin sein weniges Erspartes verloren, nachdem der Kassierer der örtlichen Raiffeisenbank sämtliche Einlagen privat verspekuliert hatte. Die geringen Erträge gingen noch weiter zurück, die Schuldenlast des Hofs wuchs. Eine graue Verhärmtheit hatte sich über ihr Leben gestülpt. Vor nicht allzu langer Zeit hatte Valentin versucht, sich daran zu erinnern, wann er Thekla zuletzt lachen gehört hatte. Es hatte ihm nicht einfallen wollen, und vergeblich hatte er darüber nachgedacht, wie es ihm gelingen könnte, sie wieder glücklich zu sehen. Bis ihm eine unerwartete Fügung zu Hilfe gekommen war.

Und bald würde alles gut werden. Valentin wurde ruhig. Seine

Glieder entkrampften sich. Eine Weile lauschte er noch der raunenden Stille um ihn. Er zwinkerte. Dann fielen ihm die Augen zu.

In diesem Augenblick hörte er es wieder. Ein helles Knistern. Wie Schritte auf reifhartem Gras. Jetzt trieb es Valentin hoch. Er schlug die dampfende Tuchent zurück. Jedes Knarren der hölzernen Bettstatt vermeidend, wälzte er sich aus dem Bett. Durch eine abgewetzte Stelle seiner Bettsocken spürte er die Kälte der Bohlen. Er warf einen Blick auf seine Frau und auf das kleine Bettchen an ihrer Seite. Auch der Kleine schlief tief und fest.

Valentin zog die Türe zur Kammer behutsam hinter sich zu, wartete einige Atemzüge, bis sich seine Augen an die Dunkelheit gewöhnt hatten. In seinem Nachthemd schlotternd, tastete er sich auf dem Flur voran, fand die Hauslampe, machte Licht und betrat die Treppe zum Erdgeschoss. Vorsichtig setzte er Schritt vor Schritt in die Tiefe. Die Kerzenflamme flackerte und warf verzerrte Schatten an die Wand.

Plötzlich schnürte ihm das Gefühl einer namenlosen Bedrohung die Kehle zu. Wie von einem Faustschlag in die Eingeweide getroffen, krümmte er sich. Sein Herz schlug dröhnend gegen seine Rippen. Er klammerte sich an das Geländer, und für einen Moment war nichts als taube Leere in seinem Gehirn. Im gleichen Augenblick wurde ihm wieder bewusst, was ihn in diesen fiebrigen Aufruhr versetzte. Und dass es nicht allein das Gefühl eines nahenden Unheils war, was ihn bereits seit Tagen peinigte.

Es war Scham. Vor Kurzem hatte er etwas getan, was er noch nie getan hatte. Von dem er sich nie hatte vorstellen können, dass er dazu fähig wäre.

Der junge Bauer spürte erneut, wie seine Augenwinkel vor hilflosem Zorn feucht wurden. Er schniefte, verachtete sich dafür, dass er einmal schwach geworden war. Und fast noch mehr dafür, dass es ihm zu schaffen machte.

Ein gestandenes Mannsbild wollte er sein? Lächerlich, was er sich da vorwarf! Wurde nicht überall auf der Welt getrickst, mal weniger, oft mehr? Wer von den Leuten im Dorf konnte wirklich von sich behaupten, seine Weste sei rein? Waren es nicht gerade die Frömmler, über die man sich hinter vorgehaltener Hand die schlimmsten Verfehlungen erzählte? Und da verging er wie ein greinender Betbruder vor Scham, schiss sich wie ein Schulbub aus Angst vor Bestrafung in die Hose? Wegen eines lächerlichen Fehltritts, bei dem er niemand wirklichen Schaden zugefügt hatte, für den es nie einen Beweis oder Zeugen geben würde?

Außerdem waren es nicht Gier und Bosheit gewesen, die ihn dieses eine Mal dazu gebracht hatten, gegen seine Prinzipien zu handeln. Nur aus Liebe zu einem Menschen, der ihm alles bedeutete und um den er sich sorgte, hatte er es getan. Gegen ein Gebot, ein Gesetz mochte er dabei verstoßen haben. Nicht aber gegen die Gerechtigkeit.

Aber war er wirklich gerissen genug vorgegangen? Was wäre, wenn seine Tat doch einmal ans Tageslicht käme? Was, wenn er übersehen hatte, dass man ihm längst auf den Fersen war? Vielleicht würde er bei einigen im Dorf noch auf Mitleid und Verständnis stoßen, aber auch das wäre nicht gewiss. Und würde ihm nicht helfen, wenn er vor dem Richter stände. Das Urteil würde ihn nicht den Kopf kosten, aber es würde ihn vernichten. Alles würde er verlieren. Man würde ihn meiden, mit dem Finger auf ihn zeigen. Auf ewig würde das Zeichen des Ehrlosen auf seiner Stirn brennen.

Valentin holte tief Atem. Er schüttelte den Kopf. Nein. Es bestand keine Gefahr. Zugegeben, für allzu Raffiniertes war er von je zu einfach gestrickt, alle halbscharigen Winkelzüge waren ihm immer zuwider gewesen. Aber er war kein Dummkopf. Hätte es auch nur das geringste Risiko gegeben, dass man ihn ertappen könnte, wäre er dieses Wagnis niemals eingegangen.

Die Kälte machte sich wieder bemerkbar. Valentin fasste sich, löste seine Finger vom Geländer und ging weiter. Im Erdgeschoss angekommen, stellte er die Lampe ab, nahm die Jagdflinte vom Haken, drückte die Klinke der Haustüre herab und trat ins Freie.

Milchiges Mondlicht beschien die Rodung. Die Luft war kalt und scharf. Sie roch nach dem Schnee, der seit Wochen bereits die Gipfel bedeckte. Valentin hob den Kopf. Sein dampfender Atem schwebte in Wölkchen zum schwarzblauen, von flirrendem Gestirn gestanzten Himmel. Im Unterland heulte ein Hund heiser auf, das Echo brach sich an den Wänden des Hochtals und erstarb. Einen Augenblick war es Valentin, als würde sich die Erde nicht mehr drehen. Dann hörte er wieder das Rauschen des Bergwaldes. Kälte kroch seine Waden empor. Nichts bewegte sich.

Ich hab mich geirrt, dachte er. Ich bin einfach überreizt, das ist alles.

Valentin ging in das Haus zurück, zog die Tür ins Schloss, schob den Riegel vor und hängte die Flinte zurück. In diesem Moment erschauerte er von einem eisigen Luftzug. Die Kerzenflamme flackerte auf und verlöschte. Valentin starrte in die Dunkelheit. Die Zugluft kam von der Tür, die den Wohntrakt vom Stall abtrennte.

Valentin gab einen verärgerten Laut von sich. Die verdammte Seitentür, dachte er. Nicht nur, dass sie sich seit einiger Zeit nicht mehr verriegeln ließ, jetzt schwang sie offensichtlich schon bei der leisesten Luftbewegung auf. Wenn der Schmied nur endlich Beschlag und Schloss reparieren würde, seit Wochen verspricht er es, immer sind ihm andere Aufträge wichtiger. Gleich morgen früh werde ich ihm auf die Füße steigen. Na, der kann sich auf etwas gefasst machen.

2

Der Beamte des Meldeamts in der Ettstraße sah von seinem Register auf. »Also jetzt noch einmal ganz von vorn, Herr …«

»Kajetan. Paul.«

»Jaja.« Der Beamte schnaubte. »Sie sagen, Sie hätten Ihren Ausweis verloren …«

Kajetan bestätigte mit einem Nicken. »Kann mir auch gestohlen worden sein. Hab keinen Dunst, ehrlich.«

»… und dass Sies erst ein paar Monate später gemerkt haben und …«

»Richtig.«

»Redens mir nicht dauernd drein, ja? Wir sind hier auf einer Behörde und nicht in einer Judenschul, verstanden?«

Kajetan lächelte beschwichtigend. »Entschuldigung.«

»Möcht ich Ihnen auch geraten haben«, brummte der Beamte, nun ein wenig umgänglicher. »Dann … wo sind wir stehen geblieben?«

»Bei meinem Ausweis.«

»Ah ja. Sie möchten einen neuen Ausweis.«

Kajetan nickte geduldig.

»Weil Ihnen der alte gestohlen worden ist.«

»So ist es.«

Der Beamte beugte sich wieder über das Meldebuch.

»Und Ihr Name ist Kajetan, Vorname Paul.« Er sah zweifelnd auf. »Kajetan schon mit K, oder?«

»Mit K«, sagte Kajetan. »Wie sich's gehört.«

Der Beamte sah nicht auf.

»Hmm … ja, aber …«

Auf das, was jetzt folgen würde, war Kajetan vorbereitet. Vor einigen Monaten war auf dem Ostfriedhof ein Mann begraben worden, der in das Quetschwerk einer Kiesgrube in einem Münchner Vorort geraten war. Die grauenhaft zugerichtete Leiche konnte nur noch anhand von Fetzen seiner Papiere identifiziert werden. Die Ermittler hatten sie zusammengesetzt und gelesen: Paul Kajetan.

Der Tote war in Wahrheit ein Kripo-Beamter gewesen, der sich den Nazis als Agent angedient und den Auftrag erhalten hatte, Kajetan zu liquidieren, nachdem ihnen dieser, wenn auch eher unabsichtlich, wiederholt in die Quere gekommen war. Ein Zufall hatte den Mordplan in letzter Minute vereitelt und den Agenten das Leben gekostet. Die misslungene Attacke auf sein Leben hatte Kajetan aber endgültig klargemacht, dass er sofort aus der Stadt verschwinden musste. Wissend, dass die Leiche seines Gegners bei seinem Auffinden kaum noch zu identifizieren sein würde, hatte er ihr seinen Ausweis zugesteckt, sich aus der Stadt geschlichen und zu einem Dorf an der Grenze durchgeschlagen. Doch ein ungewöhnlich früher Wintereinbruch im Gebirge verhinderte, dass er sich über einen Schmugglerpfad ins Ausland davonmachen konnte. Kein Ausweg schien in Sicht. Dann aber versicherte ihm ein zuverlässiger Gewährsmann, dass seine bisherigen Gegner entmachtet oder tot waren und er gefahrlos wieder nach München zurückkehren konnte.

Der schnaubende Atem des Meldebeamten holte ihn aus seinen Gedanken.

»Aber das … das geht nicht!«, stieß er hervor.

Kajetan gab den Ahnungslosen. »Wieso denn?«

»Wieso, fragt er!« Sein Gegenüber warf seine Hände in die Höhe. »Weil Sie tot sind!«

Kajetan bedachte sein Gegenüber mit einem entwaffnenden Schmunzeln. »Das meinens jetzt aber nicht ernst, gell?«

»Im meinem Register ist es so vermerkt! Sie sind tot! Seit heuer, achtundzwanzigster August!« Er tippte erregt auf das Meldebuch. »Hier! Schwarz auf weiß! Tot!«

»Jetzt hörens aber auf!« Kajetan zeigte gegen seine Brust. »Schau ich vielleicht wie ein Toter aus? Sie! Der erste April ist lang vorbei, und zum Fasching ists noch hin!«

»Aber wenns doch da steht!«

»Dann muss es ein Irrtum sein!«

»Ausgeschlossen!« Das Gesicht des Meldebeamten hatte sich gerötet. »Sie, Herr – entweder sind Sie ein Schwindler und möchten mir einen Bären aufbinden, oder …«

Kajetan stemmte seine Fäuste in die Hüften. »Schwindler?!«, sagte er scharf. »Also, das muss ich mir nicht sagen lassen!«

Der Beamte verstummte für einen Moment. Er roch Autorität. »Aber … aber da muss doch ein Irrtum …« Er warf hilfesuchende Blicke um sich, um schwächlich zu enden: »Ich mein … das geht doch nicht gegen Sie, wenn ich sag, dass Sie tot sind …« Er schüttelte den Kopf. »Aber … aber Sie müssen sich täuschen, Herr.«

»Darin, dass ich nicht tot bin?«

»Da-dann … dann stimmt halt der Nam nicht!«

»Ja, bin ich denn im Narrenhaus?«, fuhr Kajetan auf. »Ich werd doch wohl am besten wissen, wie ich mich schreib!« Der Beamte schnappte nach Luft. Er drosch mit der Faust auf sein Meldebuch. »Ein Bürger namens Paul Kajetan ist gestorben! Noch gestorbener geht gar nicht! Und wenns möchten, sag ich Ihnen auch noch die Sektion auf dem Ostfriedhof, wo sein Kommunalgrab ist!«

Kajetan spielte den Fassungslosen. Als fehlten ihm nun endgültig die Worte, schüttelte er den Kopf. Schließlich lenkte er gefasst ein: »Bittschön, Herr. Schauens mich einfach an. Und dann sagens mir, ob ich lebendig bin oder nicht.«

Der Beamte kramte ein Tuch unter seinem Ärmel hervor und tupfte sich den Schweiß von Stirn und Glatze.

»Es muss irgendjemand in der Verwaltung ein Fehler unterlaufen sein«, setzte Kajetan begütigend nach. »Der Ihre ist es bestimmt nicht.« Der Blick des Beamten irrlichterte über Kajetans Gesicht. Hinter seiner Stirn arbeitete es.

Kajetan nickte bekräftigend. »Das Meldeamt kann da bestimmt nichts dafür.«

Der Beamte trat von einem Fuß auf den anderen.

»Ja ... schon ...«, räumte er ein, »freilich seh ich, dass Sie nicht tot sind ... Sie wissen doch, wie ichs mein ...«

Kajetan schenkte ihm ein verständnisvolles Lächeln. »Kommt ja wahrscheinlich auch nicht alle Tag vor, hm?«

»Ja, so was ... so was ist mir mein Lebtag noch nicht untergekommen.« Der Meldebeamte strich sich mit der Hand über den kahlen Hinterkopf. »Was tu ich jetzt?«, lamentierte er. »Muss ich da jetzt den ganzen Behördengang zurückverfolgen oder was?«

Er hielt inne. In seinem Blick glomm Misstrauen auf ... »Ich muss mit einem Oberen telefonieren.« Er wies befehlend auf eine Sitzbank an der Wand. »Sie warten derweil, ja?«

Kajetans Puls ging schneller. »Jetzt machens doch keine Umständ«, sagte er jovial. »Sie korrigieren einfach, was der schlampige Kollege ...«

Der Meldebeamte ließ ihn nicht ausreden. »Sie rühren sich ja nicht von der Stell!« Er stieß den Zeigefinger drohend in Kajetans Richtung. »Haben Sie mich verstanden?« Er verschwand im Nebenraum und zog die Türe hinter sich zu. Wenig später drang eine gedämpfte Stimme durch das Türblatt. Die Worte des Meldebeamten waren nicht zu verstehen, wohl aber, dass er aufgeregt war.

Kajetan spürte, wie ihm heiß wurde. Ab jetzt musste er auf der Hut sein.

Der Beamte kam zurück. Minuten später schwang die Tür hinter Kajetan auf.

»Ah!«, rief der Beamte triumphierend. »Die Kriminalabteilung nimmt sich der Sach gleich selber an.«

Der Kommissar war ein junger, breitschultriger Mann. Er musterte Kajetan von oben bis unten.

»Der ist es?«, fragte er über die Schulter.

Der Meldebeamte nickte eifrig. »Hab mir ja gleich gedacht, dass da eine Lumperei dahintersteckt.«

»Unverschämtheit!«, sagte Kajetan hitzig.

Der Miene des Kriminalbeamten blieb ausdruckslos. »Kommens mit«, sagte er.

Kajetan schnappte entrüstet nach Luft. »Lassen Sie sich doch erst einmal erklären ...«

Der Kommissar packte seinen Oberarm.

»Red ich böhmisch?« Der Griff war hart.

»Wohin überhaupt?«

»Gleich nach ganz oben«, krähte der Meldebeamte. »Und wies ausschaut, danach gleich nach ganz unten.«

3

Dr. Leopold Herzberg hatte Mühe, seine Erschütterung zu verbergen. Obwohl erst einige Wochen vergangen waren, seit er seinen Mandanten zum letzten Mal besucht hatte, schien ihm Ignaz Rotter während dieser Zeit um Jahre gealtert. Das Gesicht des einst stämmigen Mittdreißigers war grau, seine Schultern hingen schlaff herunter, seine dunkel umrandeten Augen waren tief in die Höhlen gesunken. Der Anwalt stellte seine Aktenmappe ab und streckte ihm die Hand entgegen.

»Wie geht es Ihnen, Herr Rotter?« Herzberg hörte, wie seine Stimme im kahlen Besprechungsraum des Straubinger Zuchthauses nachhallte. Was für eine jämmerliche Frage, dachte er. Ein Blinder würde erkennen, dass der Mann nicht mehr lange durchhält.

Der Zellenwärter wandte sich teilnahmslos ab und ließ sich auf einem Schemel neben der Tür nieder.

Ignaz Rotter ergriff die Hand des Anwalts, drückte sie kraftlos und murmelte eine Begrüßung. Herzberg erwiderte sie beklommen.

»Und …?«, flüsterte der Gefangene.

Der Anwalt wies auf Tisch und Stühle in der Mitte des Raums. Er hüstelte sich die belegte Stimme frei. »Nehmen wir doch erst einmal Platz, Herr Rotter«, sagte er. Er wiederholte seine Geste.

Der Gefangene, den Blick an die Brust seines Gegenübers geheftet, bewegte sich nicht. Der Anwalt ließ seine Schultern fallen und gab ein beredtes Seufzen von sich.

Rotters Kinn sank auf seine Brust.

Der Anwalt bestätigte mit einem bekümmerten Nicken. »Die Strafkammer des Landgerichts hat den Antrag auf Wiederaufnahme verworfen«, sagte er und fügte hinzu: »Ich würde lügen, wenn ich sagte, dass ich anderes erwartet habe.«

»Und … warum diesmal, Herr Doktor?«

»Die übliche Floskel. Der Antrag sei unbegründet. Man habe unsere Einwände schon einmal überprüft, überzeugende neue Fakten seien nicht hinzugekommen, weshalb bei einer erneuten Verhandlung nichts anderes als die Bestätigung der lebenslangen Zuchthausstrafe zu erwarten sei.«

Der klobige Schädel des Gefangenen sank zwischen seine Schultern. »Aber … das ist doch keine Gerechtigkeit nicht«, flüsterte er, »ich hab meine Frau nicht erschossen … Ich bin doch gar nicht an dem Platz gewesen, wo es passiert ist …«

»Aber das wissen wir doch!«, rief der Anwalt mit demonstrativer Überzeugtheit. »Und deshalb, Herr Rotter, geben wir nicht auf, hören Sie?«

Der Gefangene stierte auf die Brust des Anwalts.

Herzberg griff nach einer Stuhllehne. »Setzen wir uns doch erst einmal.« Er legte seinen Homburg auf die abgeschabte Tischplatte und setzte sich. Mit einer unwillkürlich ungeduldigen Handbewegung, die er sofort wieder bereute, bedeutete er seinem Mandanten, es ihm gleichzutun.

Der Sträfling löste sich aus seiner Starre und ließ sich auf der anderen Seite des Tisches nieder, während Herzberg eine Schriftmappe aus seiner Tasche zog und mit geschäftiger Geste aufschlug. »Ich habe natürlich sofort Beschwerde beim Obersten Landesgericht eingereicht. Ich rechne damit, dass wir in spätestens zwei Monaten eine Antwort haben. Ich weiß, dass das für Sie erneutes Warten bedeutet und es für Sie wie Hohn klingen muss, wenn ich sage: Sie sitzen nun schon seit fast zehn Jahren hier ein, da kommt es auf ein paar weitere Monate nicht mehr …« Er beendete den Satz nicht. Es klingt nicht nur wie Hohn, dachte er. Es ist Hohn.

Rotters Stimme war kaum zu hören: »Und wenn … wenn das auch wieder abgelehnt wird?«

»Dann gibts die nächste Beschwerde«, tönte der Anwalt mit gezwungener Zuversicht. »Das ist doch wohl selbstverständlich, Herr Rotter! Wir sind im Recht und werden Recht bekommen!« Er setzte ein überlegenes Lächeln auf. »Alles, was ich in den vergangenen Jahren an entscheidenden neuen Erkenntnissen beigebracht habe, als unmaßgeblich zu bezeichnen, wäre ja nun wahrlich ein starkes Stück.«

Er wich zurück. Der Gefangene hatte den Stuhl mit lautem Scharren zurückgestoßen und war aufgesprungen. Seine Augen brannten. »Es hat doch keinen Zweck mehr!«, brüllte er.

»Hock dich hin, Naz«, ließ sich der Wärter vernehmen.

»Bitte«, sagte Herzberg beschwörend. »Behalten Sie Ruhe, Herr Rotter. Wir wollen doch jetzt nichts riskieren.«

»Hinhocken«, wiederholte der Beamte ruhig. »Schreierei vertrag ich nicht. Da kann ich ganz ekelhaft werden. Das weißt ja, Naz. Oder nicht?«

»Bitte, Herr Rotter«, sagte der Anwalt.

Der Gefangene blickte wild um sich. Dann nickte er, tastete nach dem Stuhl und setzte sich wieder. Sein Kinn bebte. Er verbarg sein Gesicht in seinen Händen.

»Ich bins doch nicht gewesen …«, flüsterte er.

»Und genau deshalb geben wir nicht auf! Menschenskind! Rotter!«

Der Sträfling wischte sich mit dem Handrücken über die Wange.

»Aber … das … das geht doch ewig so weiter, und … und mir geht doch auch langsam das Geld aus …«

»Machen Sie sich deshalb keine Sorgen. Das wird sich regeln, wenn die Sache ausgestanden ist. Bestätigen Sie mir lediglich, dass Sie sich mit meinem weiteren Vorgehen einverstanden erklären.«

Der Gefangene brütete eine Weile vor sich hin. Schließlich nickte er.

»Was anderes … was anderes bleibt mir eh nimmer.«

»Es ist in der Tat das einzig Richtige, Herr Rotter«, munterte ihn Herzberg auf. »Noch einmal: Wir dürfen nicht aufgeben, hören Sie? Fassen Sie Mut. Achten Sie auf Ihre Gesundheit. Versprechen Sie es mir?«

Der Sträfling schien die Frage überhört zu haben. Er schüttelte kraftlos den Kopf und murmelte: »Wieso … wieso hätt ich meine Frau denn umbringen sollen?«

Herzberg beugte sich fragend vor. Wieder stieg Widerwillen in ihm auf. Wann würden die Landschulmeister den Landbewohnern endlich beibringen, sich verständlich auszudrücken. »Bitte was?«, fragte er beherrscht.

Rotter sah auf, als würde ihm erst jetzt wieder die Anwesenheit seines Anwalts bewusst. »Wieso ichs getan haben soll«, sagte er. »Dafür hätts doch gar keinen Grund nicht gegeben.«

»Das wissen wir doch, Herr Rotter.«

Nicht schon wieder, dachte Herzberg. Tausendmal haben wir das jetzt schon durchgekaut. Aber du musst ihn jetzt reden lassen. Er hat keinen anderen mehr. Es hilft ihm.

Er fuhr fort: »Leider wissen wir aber auch, dass das Gericht glaubt, darauf eine Antwort gefunden zu haben. Man sieht das

Tatmotiv eben darin, dass es um Ihre Ehe nicht zum Besten gestanden hat. Es sei erwiesen, dass Sie und Ihre Frau häufig lautstark gestritten haben.«

Der Gefangene blickte zur Seite. »So schlimm wars doch gar nicht«, sagte er leise. »Was meinen die denn, wies anderswo zugeht? Die Fanny ist halt eine arg ungeschickte Person gewesen. Eine große Hilfe ist sie mir nicht gewesen, und mit dem Geld hats erst recht nicht umgehen können. Aber was willst machen? Ich hab sie nun einmal geheiratet.«

Herzberg musterte ihn nachdenklich. Was Rotter über seine Frau äußerte, war für diese nicht weniger als vernichtend. Zumindest in einer ländlichen Gegend.

»Haben Sie eigentlich nie in Erwägung gezogen, sich scheiden zu lassen?«

Rotter schüttelte entgeistert den Kopf. »Wo denkens hin. Auf dem Land geht das nicht.«

»Verstehe«, sagte der Anwalt. Ich bemühe mich jedenfalls, dachte er. Auch wenn mir die Vorstellung widerstrebt, dass es ein Mann im besten Alter hinnimmt, sein Leben mit einer Frau zu verbringen, die er nicht mehr achten kann. War dieser Mann ein seelenloser Klotz? Oder hatte er trotzdem noch etwas für sie empfunden? Zumindest Dankbarkeit, dass sie ihm, dem zuvor mittellosen Fuhrknecht, den Traum vom eigenen Hof ermöglicht hatte? Die kraftlose Stimme seines Mandanten holte Herzberg aus seinen Gedanken: »Und überhaupt … was mir allweil noch nicht in den Kopf gehen möcht … die Ludmilla hats dem Kommissär doch bezeugt, dass ichs nicht getan haben kann. Weil ich im Stall gewesen bin.«

Der Anwalt seufzte tief. Genau das ist unser Problem, dachte er. Wann geht das endlich in seinen Schädel?

»Wieso glaubt ihr denn keiner?«, hörte er Rotter.

Herzberg hob die Hände. »Das alles haben wir doch nun schon oft genug erörtert, Herr Rotter. Man stufte Ihre ehemalige Magd als unglaubwürdig ein, weil man den Verdacht hatte, sie könnte Ihnen« – er hielt inne, suchte nach dem geeigneten Wort – »zugetan gewesen sein.«

»Freilich ... die Ludmilla und ich ... Wir haben uns gut vertragen. Sie ist gut zum Haben gewesen bei der Arbeit. Ich hab nichts an ihr auszusetzen gehabt.«

»Ich weiß es«, sagte der Anwalt ungeduldig. Sag es nur immer wieder, dachte er. Der Staatsanwalt reibt sich die Hände.

»Wir sollten diesen Fakt aber nicht allzu sehr betonen, Herr Rotter.«

»Warum sollt ich lügen? Ist das eine Sünd? Muss doch nicht allweil Krieg sein zwischen dem Bauern und seinen Dienstboten.«

Herzberg betrachtete ihn nachdenklich. Wieder flackerte ein unbestimmtes Misstrauen in ihm auf. Er räusperte sich. »Herr Rotter, ich wiederhole mich jetzt vielleicht, wenn ich Ihnen sage, dass wir ganz offen zueinander sein müssen. Wie ich Ihnen auch noch einmal versichere, dass mir nichts Menschliches fremd ist.«

Rotter sah ihn verständnislos an.

Den Anwalt überkam eine plötzliche Gereiztheit. Er fixierte seinen Mandanten scharf. »Und deshalb zum letzten Mal, Herr Rotter. Ich lege mein Mandat augenblicklich nieder, wenn ich auch nur den leisesten Hinweis darauf erhalte, dass Sie mir keinen reinen Wein eingeschenkt haben, als sie mir beteuerten, mit Ihrer Magd kein geschlechtliches Verhältnis gehabt zu haben.«

Rotters Blick wanderte ungläubig über Herzbergs Gesicht. Dann verstand er. Er stöhnte auf. »Ich schwörs Ihnen zum hundertsten Mal, Herr Doktor. Ich hab seit meiner Hochzeit mit keiner mehr was gehabt!« Er sah mit einem Ruck auf. In seinen Augen war jetzt Leben. »Aber wie oft soll ichs eigentlich noch sagen?!«

Herzberg machte eine beschwichtigende Geste, doch der Häftling ließ sich nicht mehr besänftigen. »Allweil wieder kommts ihr mit dem Schmarren daher! Ihr Doktoren, ihr Richter, ihr … und streichts mein Geld ein … und …« Der Stuhl polterte hinter ihm auf den Betonboden, als er aufsprang und brüllte: »… und allweil wieder geht das saudumme Gered von vorn los!«

»Hinhocken«, sagte der Wärter. »Ich sags zum letzten …«

Rotter wirbelte herum. »Halt dein Maul, du blöder Hund!«

Der Wärter runzelte die Stirn. Er stand auf und zog seine Uniformjacke straff.

»Dann tät ich sagen, Naz, ist jetzt Feierabend, gell?«

»Beruhigen Sie sich, meine Herrschaften!«, versuchte Herzberg auszugleichen. Er fühlte, wie Schweiß auf seine Stirn trat.

Der Wärter ging auf den Sträfling zu und packte ihn am Arm. Rotter machte sich mit einer heftigen Bewegung frei und versetzte dem Wärter einen Faustschlag auf die Brust. Der Angegriffene duckte sich und stürzte sich auf Rotter.

Herzberg schoss aus dem Sitz. »Aufhören!«, brüllte er.

Mit geübtem Griff hatte der Wärter seinem Gefangenen die Arme auf den Rücken gedreht. Rotter stöhnte gepeinigt auf. Der Wärter schob ihn zur Tür. Er warf dem Anwalt einen ausdruckslosen Blick zu.

»Werden einsehen, dass ich das melden muss, Herr Doktor.«

Er stieß den Gefangenen zur Tür hinaus. Herzberg starrte ihnen nach.

Das bedeutet wieder Einzelhaft, dachte er, zwei, drei oder mehr Wochen. Lange hält Rotter das nicht mehr durch.

Mechanisch zog er ein Tuch aus seiner Tasche und wischte sich über die Stirn. Dann griff er nach Mappe und Hut.

Ich muss mir etwas einfallen lassen, dachte er.

4

Der dumpfe Mief von Leinöl, durchzogen vom Duft süßlichen Virginiatabaks, empfing Kajetan, als er in das Büro des neuen Leiters der Kriminalabteilung der Polizeidirektion München geführt wurde.

Regierungsrat Dr. Rosenauer war eine stattliche Erscheinung mit soldatisch ausrasiertem Bürstenschnitt und gepflegtem Knebelbart. Nachdem er den Kommissar mit einer Kopfbewegung aus dem Raum gewiesen hatte, winkte er Kajetan heran.

»Also Sie sind derjenige, der sich nicht davon abbringen lassen mag, dass er am Leben ist.« Er lehnte sich zurück und legte seine Hände auf die Schreibtischkante. »Der von den Toten Auferstandene, sozusagen.«

»Sozusagen«, echote Kajetan. Er nahm den Hut ab und versuchte ein Lächeln.

Sein Gegenüber erwiderte es nicht. Seine Lippen kräuselten sich abschätzig. »Wenn ich Sie mir so anschau, kann ich dem tatsächlich erst einmal nicht widersprechen. Jedenfalls schauns tatsächlich nicht aus wie einer, der ein paar Monat auf dem Ostfriedhof vor sich hingemodert hat.«

Er wies gebieterisch auf einen Stuhl. Kajetan gehorchte.

Es klopfte. Eine Sekretärin trippelte herein, legte ein Aktenbündel auf den Tisch des Kripoleiters und zog sich wieder zurück.

Rosenauer schickte ihr ein knappes Nicken hinterher, verschränkte seine Arme vor der Brust und betrachtete Kajetan mit ausdrucksloser Miene. »Ihr Erscheinen in der Einwohnermeldestelle scheint da aber irgendwo doch den Verdacht genährt zu haben, Sie könnten ein Schwindler sein.«

»Bin ich aber nicht. Ich …«

»Sie reden, wenn ich Sie etwas gefragt habe, verstanden?«, sagte der Kripochef schneidend.

Kajetan atmete flach. Er nickte.

»Also!« Rosenauer fixierte ihn streng. »Ich erwarte eine Erklärung für diese, wie Sie zugeben müssen, reichlich konfuse, zudem makabre Angelegenheit, Herr Kajetan. Und damit Sies gleich wissen: Das Märchen, Sie hätten Ihren Ausweis verloren oder er sei Ihnen gestohlen worden, können Sie Ihrer Großmutter auftischen.«

»Wieso? So was kommt doch immer wieder mal vor?«

»Da haben Sie recht«, erwiderte der Kripoleiter eisig. »Von derartigen Fällen unterscheidet sich Ihre Angelegenheit lediglich durch die Tatsache, dass man vor mehreren Wochen eine Leiche geborgen hat. Eine, die nur noch durch einige Fetzen eines Ausweises identifiziert werden konnte.« Er reckte sein Kinn gegen Kajetan. »Ihres Ausweises.«

Kajetan setzte zu einer Entgegnung an. Rosenauer hob abwehrend die Hand.

»Ich weiß, mit was Sie mir kommen möchten. Es könnte sich bei dieser Leiche schließlich um die Person gehandelt haben, die Ihnen Ihren Ausweis gestohlen hat, nicht wahr?«

Kajetans Unruhe wuchs. Diese Erklärung war es, die er sich zurecht gelegt hatte. Er versuchte, sich harmlos zu geben. »Liegt doch nah, oder?«

»Auf den ersten Blick, sicher«, räumte der Kripoleiter herablassend ein. »Was einen aber dennoch einigermaßen stutzig machen könnt, ist Ihr rätselhaftes Verschwinden unmittelbar nach dem Tod dieses angeblichen Diebes. Woraus sich die Frage ergibt, weshalb Sie untergetaucht sind. Dem Beamten in der Meldestelle habens was von einem längeren Erholungsaufenthalt im Gebirge weismachen wollen.«

»Aber es stimmt. Ich …«

»Schluss jetzt!« Rosenauer beugte sich mit einem Ruck vor. »Für wie dumm halten Sie uns?« Ohne eine Antwort abzuwarten, zog er das Aktenbündel heran. »Das ist Ihr Akt!« Er setzte seine Brille auf, schlug den Deckel zurück, beugte sich über die Papiere und las laut: »Paul Kajetan, geboren 21. Oktober 1888 in Unterföhring bei München. Einziges Kind der Eheleute Kajetan Jakob, zuletzt Ziegelei-Akkordant, und seiner Gattin Maria, geborene Schilleder. Während die Mutter eine gebürtige Münchnerin ist, handelt es sich beim jung verstorbenen Vater um einen naturalisierten Fremdarbeiter aus dem Friaul, dessen Geburtsname Giacomo Gaetano lautet. Übliche Schullaufbahn, Zensuren für ein Arbeiterkind über dem Durchschnitt, aber durchwachsenes Betragen. Danach Lehrzeit als Ziegelbrenner. Im Sechser Jahr nach Ableistung des Militärdienstes in die königliche Schutzmannschaft eingetreten, anschließend Übernahme in die Kriminalabteilung der Münchner Polizeidirektion. In den Jahren bis Kriegsbeginn in ungewöhnlich rascher Folge Beförderungen, zuletzt zum Kriminalinspektor. Danach mehrere Aufsehen erregende Ermittlungserfolge, unter vielen nur zu nennen der Tschurtschow-Fall, der Bohlen-Lewinski-Mord und der Einbruch in die Königliche Münze.« Rosenauer nahm die Brille ab und hob das Gesicht. »Sie galten als einer der besten Ermittler, Herr Kajetan. Wenn nicht sogar als der Beste.« Ein karges Schmunzeln umspielte seinen Mund. »Womit Sie sich nicht nur Freunde gemacht haben. Der alte

Reingruber jedenfalls soll regelmäßig Gift und Galle gespuckt haben, wenn er bloß Ihren Namen gehört hat.« Er setzte die Brille wieder auf und fuhr fort: »Anschließend August 14 freiwillige Meldung zum Fronteinsatz, Frühjahr 15 Verdienstkreuz III, anschließend jedoch …«

»Schon gut«, sagte Kajetan. »Hab verstanden.«

»So?« Rosenauer sah ihn über den Rand seiner Brille an. »Und das wäre was?«

»Dass Sie alles über mich wissen.«

»Weshalb ich mir sparen könnte, Ihnen das vorzulesen? Das seh ich, mit Verlaub, anders. Für mich, der ich erst vor einigen Wochen die Leitung der Kriminalabteilung übernommen habe, ist das sogar äußerst interessant.« Rosenauer schickte ein bekräftigendes Nicken hinterher. »Im Übrigen würde ich Ihnen empfehlen, mich nicht zu unterbrechen, ja? Es sollte Ihnen klar sein, dass Ihre Angelegenheit mit der Bezeichnung ›heikel‹ nicht einmal annähernd treffend beschrieben ist.« Rosenauer schob seine Brille wieder gegen die Nasenwurzel und las weiter: »Es folgen eine Verwundung bei einem Artilleriegefecht bei Fort Douaumont. Diese ist zwar eher unerheblich und hinterlässt keine bleibende Beeinträchtigung …«, er schlug das Blatt um, »… zieht jedoch einen mehrmonatigen Aufenthalt in einem Sanatorium für Nervenleiden und anschließende Entlassung nach sich.« Er warf ihm einen scharfen Blick zu. »Eine Simulation?«

Kajetan starrte ihn an. Rosenauer zuckte die Schultern. »Ist gar nicht so selten vorgekommen. Also?«

»Muss ich drauf antworten?«

»Ich empfehle grundsätzlich, auf jede meiner Fragen zu antworten.«

»Auch wenn sie eine Beleidigung sind?«

»In Ihrer Lage würde ich nicht die empfindliche Seele spielen«, sagte Rosenauer. »Ich habe das Recht zu erfahren, mit wem ich es zu tun habe, ja?«

Kajetan schwieg.

»Na gut.« Der Kripoleiter nickte bräsig. »Ich will das ausnahmsweise einmal als Antwort gelten lassen.« Er neigte sich wieder über den Personalakt und las murmelnd: »Eine mehrere Wochen andauernde vollständige Lähmung. Die Ärzte vermuteten einen Nervenschock als Auslöser …«

»Ist lang her«, unterbrach Kajetan gereizt.

Rosenauer ignorierte seinen Einwurf und las weiter. »… aber wie es scheint, sind Sie wieder vollständig gesund geworden, denn anschließend können Sie wieder den Dienst in der Kriminalabteilung aufnehmen … hm … sogar mit frischer Energie und wiederum guten Erfolgen … hm …« Er sah auf. »Dann aber scheint Sie irgendwann der Hafer gestochen zu haben, was? Die Beurteilungen durch Ihre Vorgesetzten werden jedenfalls reservierter. Wies scheint, haben Sies gegenüber einigen Vorgesetzten und Kollegen öfters an Respekt fehlen lassen.«

Kajetan zuckte die Achseln.

Der Finger des Kripoleiters glitt wieder über die Zeilen. »Hm … von den Ermittlungen im Mordfall Ministerpräsident Eisner werden Sie – offensichtlich auch auf staatsanwaltschaftliches Betreiben hin – ferngehalten, obwohl diese eigentlich in Ihr Ressort gefallen wären. Bald darauf geraten Sie mit einem meiner Vorgänger aneinander, dem sie mit Ihren Hypothesen über eine Offiziersverschwörung gegen den Präsidenten gehörig auf die Nerven gegangen sein müssen. Nach dem Einmarsch der Weißen beginnen Sie noch mit Ermittlungen zur Ermordung eines Redakteurs der ›Süddeutschen Freiheit‹. Wobei Sie einen hochrangigen Offizier der Weißen Garden ins Visier nehmen, was das Fass offensichtlich zum Überlaufen bringt. Ihre

Karriere endete jedenfalls abrupt, und Sie werden in eine kleine Bezirksinspektion im Chiemgau strafversetzt. Als Begründung wird angeführt, Sie hätten im Mai 19 einem politischen Verbrecher zur Flucht verholfen.« Er nahm die Brille ab. »Nun, eine gerechtfertigte, wenn nicht gar eher milde Entscheidung, würde ich sagen.«

»Ich nicht«, sagte Kajetan.

Der Kripoleiter hob die Brauen. »Einsicht zu zeigen, war offensichtlich noch nie eine Ihrer Stärken, wie?«

»Es ist ein Lehrbub aus meiner Nachbarschaft gewesen, noch keine siebzehn. Ich hab gewusst, dass er nichts getan hat. Und auch, wer seiner Mutter mit der Denunziation eins hat auswischen wollen.«

»Sie hätten sich im Prozess für ihn einsetzen können.« Rosenauer griff nach einem Etui und entnahm ihm eine Brissago, ohne sein Gegenüber aus den Augen zu lassen. »Ihre Stimme als Polizeibeamter hätte Gewicht gehabt.«

»Es war noch Standrecht. Der Bub wär auf der Stell erschossen worden.«

»Es ist trotzdem nicht zu billigen. Wo kämen wir hin, wenn jeder Beamter nach privatem Ermessen handeln würde?«

Kajetan sah zur Seite. »Vielleicht wars … nicht besonders geschickt von mir, ja.«

Rosenauer entfernte den Halm aus seiner Zigarre und zündete sie damit an. »Na, immerhin scheinens auch einmal was einzusehen. Übrigens – da Sie mit dieser Tat nicht hausieren gegangen sein werden, liegt doch nahe, dass Sie jemand verpfiffen hat. Oder was meinen Sie?«

»Habs nie rausgekriegt.«

Rosenauer paffte. »Es war die Mutter des Buben. Natürlich unabsichtlich. Aber in ihrer Erleichterung hat sie sich im Milchladen verplappert. Einen Tag später wusste ganz Giesing davon.« Er schmunzelte überheblich. »Sehens, so ein Blick in die Akten kann gelegentlich doch ganz aufschlussreich sein, findens nicht?« Wieder wartete er Kajetans Erwiderung nicht ab. Er sah auf den Akt und überlas murmelnd einige Zeilen. »Jedenfalls scheint es ab da mit Ihnen steil bergab zu gehen. In Dornstein im Chiemgau ermitteln Sie noch in einem Mordfall in einem Dorf namens …«

»Walching.«

»Richtig. Dabei versteigen Sie sich zu guter Letzt dazu, Ihrem dortigen Vorgesetzten eine Mittäterschaft anhängen zu wollen. Wofür Sie aber leider nicht ausreichend Beweise vorlegen können und deshalb endgültig entlassen werden. Danach – hier werden unsere Einträge naturgemäß ein wenig dürftiger – wursteln Sie sich eine Zeit lang mit einem eigenen Detektivbüro durch. Dabei sind Sie meist mit läppischen Betrugsfällen, dem Observieren unsolider Brautleute und ähnlichen Banalitäten befasst. Ihr wirtschaftlicher Erfolg hält sich jedenfalls deutlich in Grenzen.« Er registrierte Kajetans verblüfften Gesichtsausdruck. »Was schauens mich so an? Bilden Sie sich bloß nicht ein, Sie wären der einzige Münchner Bürger, über den ein Dossier vorliegt. Aber wenn Sies schmeichelt – der Umfang Ihres Akts zeigt, dass man Sie auch nach Ihrer Entlassung noch einer Beobachtung für würdig befand. Was besonders für die politische Abteilung gegolten zu haben scheint.« Der Anflug eines spöttischen Lächelns umspielte Rosenauers Lippen, um sogleich wieder zu ersterben. »Und jetzt erzählen Sie mir bloß nicht, dass Sie sich dessen nicht bewusst waren. So naiv können Sie nicht sein.«

Kajetan senkte den Kopf. Doch, dachte er, das war ich.

Rosenauer kam zum Ende: »Tja, und dann findet man Ende Sommer diesen Jahres in einer Laimer Kiesgrube einen Kadaver, den man als den Ihren zu erkennen glaubt. Damit hätte der Deckel zugemacht werden können, was manchem vermutlich nicht unlieb gewesen wäre. Einige Wochen später geht aber eine Meldung ein, dass sich ein verdächtiges Subjekt, dessen Beschreibung ziemlich genau auf Sie zutrifft, in einem Dorf an der Grenze herumtreiben soll. Es ist ein Dorf, das unter anderem dafür bekannt ist, dass dort Schmuggler ihr Unwesen treiben. Wie auch dafür, dass über die dortige Grüne Grenze hin und wieder politische Flüchtlinge außer Landes gebracht werden. Es ist zwecklos abzustreiten, dass Sie dort waren.«

»Tu ich auch nicht, aber ...«

Der Kripoleiter fiel ihm ins Wort: »Sie wollten sich von Ihren extraordinär hohen Honoraren den Luxus eines mehrmonatigen Erholungsurlaubs gönnen, möchtens sagen? Ich hab da eher den Verdacht, dass Sie sich ebenfalls außer Landes stehlen wollten. Was die Frage nach sich zieht, weshalb. Wie wärs, wenns mir das erklären würden?« Drohend fuhr er fort: »Und ich rat Ihnen zum letzten Mal: Verärgern Sie mich nicht!«

»Ich hab keine andere Erklärung als die, die ich ...«

Rosenauers Faust knallte auf den Tisch. »Ich stell fest, dass Sie den Ernst der Lage immer noch nicht begriffen haben! Deshalb sperrens jetzt einmal die Ohren auf: Auch noch der begriffsstutzigste Ermittler könnt einen Zusammenhang zwischen dem Leichenfund in Laim, ihrem unmittelbar danach erfolgten Abtauchen und Ihrem Aufenthalt in einem Dorf an der Grünen Grenze herstellen. Was soll mich also davon abhalten, Sie auf der Stelle verhaften zu lassen?«

Kajetan glaubte zu spüren, wie sich seine Nackenhaare aufstellten. »Ich hab keinen umgebracht«, sagte er heiser.

»Ach ja«, sagte Rosenauer gedehnt. »Wissens, mit einer Aussage wie dieser bin ich noch nie konfrontiert worden.« Bedächtig stippte er die Zigarre in der Aschenschale ab. »Ihnen ist klar, dass auf Mord in der Regel die Todesstrafe steht?« Ohne sein Gegenüber aus dem Auge zu lassen, fügte er mit betonter Beiläufigkeit hinzu: »Und dass sie sogar ziemlich sicher verhängt wird, sollt es sich – nur ein Beispiel, ja? – beim Opfer um einen Staatsbeamten gehandelt haben?«

Kajetans Herz machte einen Ruck. Seine Knie hatten unwillkürlich zu zucken begonnen. Durch das Rauschen in seinen Ohren hörte er: »Sagen Sie, Kajetan – kommen Sie sich nicht selbst allmählich ein bisserl kindisch vor?«

Kindisch?, dachte Kajetan. Ich komm mir eher vor wie die Maus in der Falle.

Rosenauer legte die Zigarre ab. »Gut. Sie wollen es nicht anders.«

Kajetan verlor die Beherrschung: »Herrgott! Was soll ich denn noch sagen!?«

»Die Wahrheit, Kajetan«, sagte Rosenauer ungerührt. »Schlicht und einfach die Wahrheit.«

»Aber …!«

»Bleiben Sie hocken!«, warnte der Kripoleiter. »Sonst lass ich Sie augenblicklich abführen.«

Kajetan sank auf den Stuhl zurück. Er schüttelte den Kopf.

»Aber … das ist die Wahrheit«, sagte er.

»Was ich Ihnen nicht abnehme, wie Sie bemerkt haben dürften.« Rosenauer seufzte. »Ehrlich gestanden, Sie fangen an, mich zu ermüden, Herr Kajetan.« Er stemmte sich aus dem Sessel und ging zum Fenster seines Amtszimmers. Eine Weile sah er wie abwesend auf die verregnete Straße unter ihm.

Was ist hier eigentlich los?, dachte Kajetan. Er ist auf der richtigen Spur. Worauf wartet er noch?

»Na gut«, begann Rosenauer. »Dann werd ich Ihnen ein wenig

auf die Sprünge helfen, Kajetan. Seit Ihrem Verschwinden aus München wird auch einer unserer Kriminalinspektoren vermisst. Einer, um den es nicht sonderlich schade ist, wenn ich aufrichtig sein soll. Er hat gehörig Dreck am Stecken gehabt. Solche Leute widern mich an. Konspirieren gegen die Republik, kennen aber kein Genieren, von ihr monatlich das Gehalt zu kassieren.« Er sah über die Schulter. »Sie wissen, wen ich mein, richtig?«

Kajetan starrte ihn an. Kein Zweifel, Rosenauer wusste Bescheid. Aber warum quälte er ihn noch?

Als rechne er gar nicht mit Antwort, stieß sich der Kripoleiter von der Fensterbank ab. Mit gemessenen Schritten, die Hände hinter dem Rücken verschränkt, ging er in der Amtsstube auf und ab. »Der Name des Schufts war Scharmann. Nach allem, was ich mir zusammengereimt hab, ist er es, der unter Ihrem Namen begraben worden ist. Wir wissen mittlerweile, dass er seit Längerem bei den Hitlerischen aktiv gewesen ist. Von diesen ist er beauftragt worden, all jene unserer Ermittlungen zu torpedieren, die ihre Partei gefährden könnten. Mein Amtsvorgänger hat nicht die Schneid gehabt dazwischenzufahren, und der damalige Leiter der Politischen Abteilung – der Herrgott hab diesen parfümierten Gecken ebenfalls selig – hat ihn gedeckt. Ich vermute, dass Sie dieser Bagage irgendwie in die Quer gekommen sind und der Scharmann deswegen auf Sie losgegangen ist. Wobei er dann aber den Kürzeren gezogen hat.« Er blieb stehen und sah Kajetan herausfordernd an. »Richtig?«

»Er … er hat mich in eine Falle gelockt.«

»Aber Sie waren schneller«, stellte Rosenauer fest.

»Nein. Hab bloß Glück gehabt.«

Rosenauer nickte wissend. »Das nehme ich Ihnen sogar ab. Aus der Leiche hat man nämlich eine Terzerol-Kugel geholt. Es hätt mich schwer gewundert, wenn jemand wie Sie sich einer läppischen Damenwaffe bedient hätte. Aber interessieren würd mich jetzt trotzdem noch, wer Scharmann letztlich erledigt hat. Na?«

Kajetan sah zur Seite. »Hab ich nicht sehen können.« Er fühlte den bohrenden Blick Rosenauers auf sich. Er weiß, dass ich es weiß, dachte er.

»Ich weiß, dass Sie es wissen, Kajetan«, sagte Rosenauer. »Ob Ihnen aber klar ist, dass Sie Ihren Kopf noch lange nicht aus der Schlinge gezogen haben, weiß ich wiederum nicht.«

»Da war eine Schießerei.« Kajetan hob hilflos die Hände. »Aber ich hab keine Ahnung, wer geschossen hat. Es ist finster gewesen.«

Der Regierungsrat sah auf Kajetan herab.

»Sie haben sehr wohl eine Ahnung, decken aber den Täter, weil er Ihnen das Leben gerettet hat.«

»Es ist finster gewesen«, wiederholte Kajetan. »Stockfinster!«

»Hören Sie doch endlich auf!«, polterte Rosenauer. »Es reicht.« Er straffte sich und kehrte wieder auf seinen Sessel zurück.

Idiot! Kajetans Magen krampfte sich. Er hatte sich hereinlegen lassen. Der Kripoleiter hatte das alte Spiel gespielt, das er früher selbst oft bei Vernehmungen gespielt hatte: Wir verstehen dich ja … wir sind völlig einer Meinung mit dir … wir kennen das doch … wir sind doch alle bloß Menschen … Warum war er nicht bei seiner Ausrede geblieben, er wäre bestohlen worden? Niemand hätte ihm das Gegenteil beweisen können!

Der Regierungsrat griff nach seiner Brissago und schien unschlüssig zu sein, ob er sie wieder anzünden sollte. »Jetzt passens einmal auf, Herr Kajetan«, begann er, »Sie können mir glauben, dass ich nicht die Absicht hab, diesen ganzen Dreck wieder aufzurühren. Diese Affäre gereicht der Polizeidirektion München wahrlich nicht zur Ehre.« Er legte die Zigarre auf die Schale und rieb sich die Nasenwurzel. »Erst recht werd ich mich nicht aufhängen, wenn ich mich mit solchem Gesindel nicht mehr herumärgern muss. Wir haben leider noch immer zu viel davon.« Er stutzte, als er die verdutzte Miene seines Gegenübers bemerkte. »Was ist?«

»Nichts«, sagte Kajetan. »Ich … ich hör Ihnen zu.«

Hatte die Stimme des Kripo-Leiters zuvor noch resigniert geklungen, so tönte sie jetzt entschlossen: »Aber zum Glück sehen das immer mehr meiner Kollegen auch so. Darunter dürften zwar etliche Helden sein, die ihre Tapferkeit erst wieder entdeckt haben, seit die Hitlerischen in letzter Zeit immer miserablere Wahlergebnisse einfahren. Nicht mal drei Prozent im Reichstag und lausige sechs Prozent bei der Landtagswahl haben sie geholt. Unser bayerischer Mussolini kutschiert zwar noch immer stolz mit seinem Mercedes-Kompressor durch die Gegend, aber den wird er auch bald mit einem Drahtesel austauschen müssen, weil seine Partei finanziell fast ruiniert ist.« Rosenauer brach kurz ab, die Vorstellung schien ihn zu erheitern. Er wurde wieder ernst. »Aber genauso viele waren mit mir schon immer der Überzeugung, dass mit der Unterwanderung der Münchner Polizei schon längst hätt Schluss gemacht werden müssen.« Er nahm seine Brille ab und sah Kajetan ins Gesicht. »Damit wir uns jetzt nicht falsch verstehen: Ich habs absolut nicht mit denen, die am liebsten die ganze Welt umbauen möchten, mit den Sozen, Kommunisten und wie diese unkommoden Gschaftlhuber alle heißen. Ich bin da bescheiden geworden. Ich wär schon damit zufrieden, wenn sich einfach nach dem gerichtet wird, was im Gesetz drin steht. Ich bin, wenn Sie so wollen, noch einer von der altmodischen Sorte. Verstehen Sie das?«

Kajetan nickte.

»Und täusch ich mich sehr, wenn ich vermute, dass wir zwei da gar nicht so weit auseinander sind?«

Kajetan räusperte sich. »Eher nicht.«

Rosenauer bedachte ihn mit einem zufriedenen Blick und fuhr fort: »Aber trotzdem. Es ist noch ein Haufen Holz, das da zu hacken ist. Da kann ich keine Maulhelden brauchen. Erst recht keine windigen Opportunisten, die bei der ersten Schwierigkeit gleich den Kopf einziehen. Sondern Leut, auf die Verlass ist. Leut von Ihrem Schlag beispielsweis, Herr Kajetan. Vielleicht ist was dran gewesen, wenn man Ihnen Sturheit vorgeworfen hat. Aber eins hat man Ihnen nie nachgesagt: Dass Sie ein Mucker waren.«

»Kann sein«, meinte Kajetan. »Aber jetzt bin ich halt nicht mehr dabei.«

»Leider wahr«, erwiderte der Kripoleiter grimmig. »Obwohl jeder in Direktion und Ministerium seit Langem weiß, dass Sie seinerzeit in Walching mit den Anschuldigungen gegen Ihren Vorgesetzten im Recht waren, da der Mann erwiesenermaßen gemeinsame Sache mit den Fememördern gemacht hat. Weshalb es nicht gerechtfertigt war, Sie zu feuern.«

So ähnlich seh ich das auch, wollte Kajetan sagen, begnügte sich aber mit einem nachdrücklichen Nicken. Träum ich eigentlich?, dachte er.

Der Kripoleiter seufzte. »Aber Polizei und Justiz ist es bekanntlich ja schon immer schwergefallen, Fehler einzugestehen. Als Begründung muss dann immer herhalten, dass das Ansehen der Behörde Schaden nehmen könnt.« Er schüttelte den Kopf. »Es gibt eben Leut, die immer bloß bis zum nächsten Hauseck denken können. Sie übersehen, dass gerade die Heimlichtuerei den größten Schaden anrichtet.«

Kajetan hatte sich noch nicht völlig von seiner Verblüffung erholt. Worauf wollte Rosenauer hinaus?

»Sie werden sich sicher fragen, worauf ich eigentlich hinaus will. Richtig?«

»Kann sein«, sagte Kajetan.

Rosenauer streifte ihn mit einem nachdenklichen Blick. Er griff zu seiner Brissago, setzte sie in Brand und beobachtete, wie eine Rauchwolke zur Decke schwebte. »Sagens, Herr Kajetan«, begann er, als wäre ihm gerade in diesem Augenblick dieser Gedanke gekommen, »wie säh es denn bei Ihnen aus, wenn ich mich dafür stark machen würd, dass Ihr Gesuch auf Wiedereinstellung endlich angenommen wird?« Sein Blick fiel auf Kajetan. »Herrgottnochmal! Jetzt schauens mich doch nicht so an wie ein Ochs! Wenn ich zuvor gesagt habe, dass ich Leute wie Sie brauche, dann war und ist das mein voller Ernst!«

Kajetan schluckte. »Danke«, sagte er.

»Ist das alles?«, drängte Rosenauer. »Hörens, ich verschwend meine Zeit nicht damit, jemandem Honig ums Maul zu schmieren. Was ist Ihre Antwort? Habens überhaupt noch Interesse daran? Wie siehts mit Ihren Plänen aus? Habens vielleicht vor, Ihre Auskunftei wieder aufzumachen?« Er kniff die Lider zusammen: »Untreue Ehemänner oder deren Weiber ausspionieren? Einem Charkutier, der regelmäßig die halbe Vorstadt vergiftet, nachweisen, dass er in seinen Leberkäs rotzt, damit sein Brät geschmeidiger wird?« Wieder ließ er eine Rauchwolke aufsteigen. »Aber ich sollt nicht boshaft sein. Auch so was muss schließlich gemacht werden. Wenn ich mich auch frage, ob ausgerechnet von jemand mit Ihren Fähigkeiten.«

Kajetan war sich noch immer nicht völlig sicher, ob er nicht doch träumte. Seine Gedanken schlugen Purzelbäume. Dass er in der Vergangenheit immer wieder versucht hatte, seine Entlassung rückgängig machen zu lassen, hatte weniger damit zu tun gehabt, dass er an einen Erfolg glaubte. Ums Prinzip war es ihm gegangen. Weil er sich gesagt hatte, dass es einfach Dinge gab, die man weder durchgehen lassen noch hinnehmen durfte.

Die Stimme des Kripoleiters holte ihn aus seinen Gedanken: »Ich hab durchaus auch noch was anderes zu tun, Herr Kajetan. Haben Sie mich nicht verstanden? Ich habe Sie gefragt, ob die Kriminalabteilung wieder auf Sie zählen kann. Und ob ich mich der Sache noch einmal annehmen soll. Ja oder nein? So machen Sie doch endlich Ihr Maul auf!«

»J…ja«, stotterte Kajetan.

»Na endlich!« Rosenauer sank wieder in seine Lehne zurück und nahm einen Zug aus der Brissago. »Dass sich bei uns etliches verändert hat, vom Funkwesen über die Bewaffnung bis zur Motorisierung, brauch ich nicht zu erwähnen. Grad im Bereich der Kriminaltechnik haben wir mittlerweile Möglichkeiten, von denen Sie in Ihrer aktiven Zeit noch nicht einmal geträumt haben. Auch hat sich unsere Kundschaft ein bisserl geändert. Die meisten Leut sind in den letzten Jahren ja nicht reicher geworden. Die Arbeiter beispielsweis werden von Tag zu Tag grantiger, weil ihnen immer mehr von dem abgenommen wird, was sie nach unserer Revolution erreicht haben. Vom Achtstundentag redet heut längst keiner mehr, und beim Wort ›Lohnerhöhung‹ lachen die Herrschaften da oben bloß noch. Da schepperts dann schon mal, könnens Ihnen ja wohl vorstellen, oder?« Rosenauer unterbrach sich. »Aber wenn Sie mich noch länger so verwirrt angaffen, komme ich doch langsam in Zweifel, ob ich bei Ihnen an der richtigen Adresse bin. Sie werden doch nicht übel nehmen, dass ich Ihnen vorhin ein wenig auf den Zahn gefühlt hab?«

Kajetan schüttelte den Kopf.

»Was schauens dann immer noch so skeptisch drein?«

Kajetan zuckte die Achseln. »Man wirds eben mit der Zeit.«

Rosenauer nickte verstehend. »Was Ihnen auch keiner verdenken kann. Aber auf die Gefahr hin, dass Sie mich für einen Sprüchmacher halten – ja, ich bin davon überzeugt, dass sich die Sache wieder einrenken lässt. Weil sich die Zeiten glücklicherweise doch ein bisserl geändert haben. Alle, die sich bisher gegen Ihren Antrag gestemmt haben, sind entweder weg oder haben nicht mehr viel zu melden.« Er stippte sorgfältig die Asche ab. »Allerdings muss alles seinen vorgeschriebenen Gang gehen. Was heißt, dass einige Gespräche zu führen sind und diverse Unterschriften eingeholt werden müssen. Ich schätz aber, dass die Formalien in ein paar Wochen über die Bühne gegangen sein werden. Solang müssten wir uns noch gedulden.« Er runzelte die Stirn und sah Kajetan ins Gesicht. »Wie siehts solang aus? Habens noch genügend Rücklagen?«

»Es ist knapp«, gab Kajetan zu.

»Da ich Sie nicht als Jammerlappen einschätz, heißt das wahrscheinlich, dass es mehr als das ist.« Der Kripoleiter schmunzelte väterlich. »Und dass Sie mir verhungern, möcht ich nicht riskieren. Lassens uns also überlegen, was wir tun können.« Er sank wieder in die Lehne zurück und legte seine Finger nachdenklich aneinander. »Passens auf«, begann er zögernd. »Ich hab mich da neulich in der ›Südtiroler Stuben‹ länger mit einem Rechtsanwalt unterhalten. Sehr angesehener Mann, Strafverteidiger. Er hat mir von einem seiner Fälle erzählt. Und davon, dass er Hilfe brauchen könnt.«

Bevor Kajetan etwas einwenden konnte, griff der Kripoleiter nach einem Zettel, machte eine Notiz und schob sie über den Tisch.

»Hier sind Adresse und Telefon der Kanzlei Dr. Herzberg.

Nicht weit von da, in der Gruftstraße, im Judenviertel hinter dem neuen Rathaus. Gehen Sie so bald wie möglich hin, bevor er sich für einen anderen entscheidet.« Er nickte aufmunternd. »Ich werd Sie schon mal avisieren lassen, einverstanden?«

5

»Raus!«, brüllte Johann Fürst.

Das Zimmermädchen der Pension »Prokosch« in Haidhausen starrte fassungslos in sein von Jähzorn entstelltes Gesicht.

»Bist taub, blöde Kuh? Hab ich nicht gesagt, dass bei mir nicht aufgeräumt zu werden braucht?! Raus!«

Sie spürte einen Speicheltropfen auf ihrem Gesicht und zuckte zusammen. Ihr Gesicht glühte, sie schnappte nach Luft, drehte sich mit einem Ruck um, zog die Tür hinter sich ins Schloss und polterte die Treppe hinunter.

In der Küche zog sie einen Stuhl heran, setzte sich an den Tisch und starrte, noch immer geschockt, ins Nichts.

Fast hätte sie das Klacken des Türschlosses überhört. Die Köchin kam vom Markt am Wiener Platz zurück. Schnaufend hievte sie den Korb auf die Arbeitsplatte und begann, das Gemüse auf der Fläche zu verteilen.

»Schon da, Moidl?« Sie streifte das Mädchen mit einem verwunderten Blick aus den Augenwinkeln, ohne ihre Arbeit zu unterbrechen. »Weißt schon, wie grantig die Frau Prokosch werden kann, wenn die Zimmer nicht anständig gemacht sind?«

Moidl schluchzte auf.

Die Alte drehte sich um. »No? Da wird mir doch nicht eine zu flennen anfangen?«

Das Mädchen kramte in ihrer Schürze nach einem Taschentuch und tupfte sich die Tränen aus den Augenwinkeln. Unter

Schluchzen stieß sie hervor: »Ich … ich tu doch eh alles, was von mir verlangt wird … aber dass einer dann so bös zu mir sein muss … das … das hab ich nicht verdient …«

»Was ist denn passiert? Und von wem redst denn?«

»Von dem Herrn auf Vierzehn«, schniefte das Mädchen.

»Der«, sagte die Köchin nur.

Moidl nickte und zog den Rotz hoch. »Ja … so gschert … so gemein ist er zu mir gewesen … wie ich bei ihm aufräumen hab wollen … so gemeine Sachen hat er gesagt …«

»Was denn?«

Moidl schüttelte den Kopf. »Möchts gar nicht sagen, Erna … so gschert …«

»Du bist einfach zu empfindlich«, versuchte die Alte zu beschwichtigen. Und ein gutmütiges Schaf obendrein, dachte sie. Die Stadt ist nichts für ein Trutscherl wie dich. Besser, du wärst bei deinen Leuten im Chiemgau unten geblieben.

Ernas Worte trösteten das Mädchen nicht. Es sei doch schon nach zehn gewesen, erklärte sie stockend, alle anderen Gäste hätten schließlich die Pension schon längst verlassen gehabt. Sie habe geklopft, doch nichts gehört, worauf sie in das Zimmer gegangen sei. Der Herr sei auf dem Bett gelegen, in der Hand ein komisches Gerät, sei aufgesprungen und habe sie angebrüllt wie ein Verrückter. Beleidigt habe er sie auch noch.

»Und du hast wieder mal dein Maul nicht aufgebracht«, schloss die Alte grimmig.

Das Mädchen hob die Schultern. »Ich … ich bin einfach so … so platt gewesen, dass …«

»Den hätt ich aber rasiert, das darfst mir glauben«, schimpfte die Köchin. Sie ging zum Spülstein, stellte eine Blechschale hinein und öffnete den Wasserhahn.

Moidl sah dankbar auf.

»Dabei bin ich allerweil so freundlich zu ihm gewesen.« Sie schneuzte sich ausgiebig. Trotzig fuhr sie fort: »Aber damit ists jetzt vorbei.«

»Recht hast«, sagte Erna. »Ein Zimmermadl ist auch ein Mensch.« Sie drehte den Hahn wieder zu und begann, die Kartoffeln in die Wasserschale zu werfen. »Was ich bloß nicht versteh: Mir ist vorgekommen, dass dir der Herr auf der Vierzehn am Anfang recht sympathisch gewesen ist. Und du ihm auch. Oder täusch ich mich?«

»Schon …«, sagte Moidl zögernd. Ihre Wangen färbten sich leicht.

»Hat er nicht sogar einmal mit dir tanzen gehen wollen?« Die Alte maß das Mädchen argwöhnisch. »Wirst dich aber nicht unterstanden haben, oder? Du weißt, wie fuchtig die Frau Prokosch werden kann, wenn eine von uns was mit den Gästen anfängt. Wir sind ein anständiges Haus, sagt sie, die Frau Prokosch.«

»Da hats ja auch ganz recht«, pflichtete ihr das Mädchen artig bei.

Die Köchin dachte: Und was mit den Herrschaften ist, die bloß für ein paar Stunden zum Ausrasten kommen, dafür aber den doppelten Zimmerpreis zahlen, das ist dir auch noch nicht aufgefallen, du Dapperl, gell?

»Und? Hast dann tanzt mit ihm? Tu mich nicht anlügen!«

»Als ob ich so was tät!« Dunkle Röte übergoss das kleine, runde Gesicht des Mädchens. »Ich habs ihm natürlich ausgeschlagen!«

»Aber wollen hättst schon?«

Moidl sah treuherzig auf. »Wenn ein Mannsbild ein ehrliches Interesse an einem hat, darf mans ihm am Anfang nicht gleich zu leicht machen.«

Die Köchin musste grinsen.

»Danach erst recht nicht, Moidl, sonst gehörst gleich der Katz, das lass dir gesagt sein.« Sie überlegte. »Aber – vielleicht ist er ja deswegen heut so grantig zu dir gewesen? Hats ihm denn recht gestunken, wie du ihm einen Korb gegeben hast?«

»Gar nicht!«, beteuerte Moidl. »Ein bisserl weh hat er bloß geschaut. Dass das recht schad wär, hat er gesagt. Sonst nichts.«

Die Köchin warf ihr einen wenig überzeugten Blick zu. Sie zuckte die Schultern. »Tja, es gibt eben seltsame Leut auf der Welt«, meinte sie. »Da gehört der Herr auf Vierzehn bestimmt auch dazu. Launisch ist er. An einem Tag schmeißt er mit Trinkgeld um sich, dass eins gar nicht weiß, ob er noch ganz bei Trost ist, und am anderen Tag kannst ihm gleich überhaupt nichts recht machen.« Sie hielt kurz inne, bevor sie nachdenklich fortfuhr: »Manchmal kommt er mir direkt vor, als wär er nicht mehr ganz gesund.« Sie nickte, als wolle sie sich selbst bestätigen. »Einmal hab ich ihn zu jemand sagen hören, dass er im Krieg gewesen ist. Als Flieger, wenn ich mich nicht verhört hab.«

Moidl hatte Zweifel. »Direkt ansehen tut man ihm eigentlich nichts.«

»Stimmt auch wieder«, sagte Erna. Kennerhaft fügte sie hinzu: »Aufs erste Hinschauen wär er sogar ein ziemlich fesches Mannsbild.«

Moidl sah nachdenklich zur Seite. Als spräche sie zu sich, meinte sie schließlich: »Aber irgend einen Schmerz hat er …«

»Ach was«, sagte Erna nüchtern. »Tut einem ja direkt weh, wie wenig du dich noch mit den Mannsbildern auskennst. Der auf Nummer vierzehn ist wahrscheinlich auch so einer, der bös auf die ist, die ihn mögen. Und der von denen gerngehabt werden möcht, die auf ihn runterschauen.«

Moidl schüttelte energisch den Kopf. »Geh! So dumm kann doch kein Mensch nicht sein.«

Erna warf ihr einen mitleidigen Blick zu. »Doch, du Patscherl. Solche gibt's. Und weißt, was eins mit denen machen muss?«

Das Mädchen sah sie neugierig an.

»Na, das Gleiche, was das Brunnenbuberl vom Wiener Platz mit den Leuten macht, die da einkaufen.«

»Und was tut es?«

»Es dreht ihnen seinen nackerten Arsch hin.«

Moidl hielt die Hand vor den Mund und prustete los.

»Aber Erna!«, tadelte sie kichernd. »So grobe Sachen sagst du!«

»Die Mannsbilder brauchens oft noch viel grober, da wirst schon noch drauf kommen. Und der auf der Vierzehn erst recht.«

Das Mädchen sah zur Seite.

Das stimmt nicht, dachte sie. Sie sagte leise: »Es ist halt so ... so ein Geheimnis um ihn ... manchmal schaut er so weh ... ich glaub, das ist so ein Mensch ... wo eine Rettung braucht.«

Erna warf ihr einen ungehaltenen Blick zu. »Was bist du bloß für ein Schaf, Moidl!«, schimpfte sie. »Schmerz hin oder her, den hat er gefälligst nicht an unsereinem auszulassen, kapiert?« Sie deutete befehlend auf den Korb. »Und jetzt hockst nicht länger herum, sondern hilfst mir beim Kartoffelschälen.«

Moidl sprang auf und trat an ihre Seite.

Die gute Erna, dachte sie. Sie hat nichts bemerkt.

In diesem Augenblick spürte sie es wieder, das leichte Krampfen im Bauch, den Hauch eines Schwindels.

Vom Flur näherten sich energische Schritte.

»Moidl?«, war die Stimme der Pensionsbesitzerin zu hören. »Schürt keiner Kohlen nach? Sollen unsere Gäst erfrieren?«

»Gleich, Frau Prokosch!«, rief Moidl eifrig. Sie eilte hinaus.

Erna sah ihr mit hochgezogenen Brauen nach.

Na so was, dachte sie. Lügt mir der Fratz pfeilgrad ins Gesicht. Wo soll das noch hinführen.

6

Sonderermittler Gustav Kull musste erneut einsehen, dass er sich bei diesem Auftrag nicht in seinem gewohnten Milieu bewegte. Schon als er im Münchner Zentralbahnhof den Zug aus Berlin verlassen und sich durch die zugigen Straßen zu seinem Hotel hatte kutschieren lassen, hatte ihn eine erste Ahnung beschlichen, dass er vielleicht gut auf die Hintergründe dieses heiklen Falles vorbereitet sein mochte, weniger jedoch auf das spätherbstliche Wetter im Süden des Reiches. Es hatte seit Tagen geregnet. Der Himmel war niedrig und lastend, die Spitzen der Kirchtürme verloren sich in einer schmutzgrauen Wolkendecke, geschwängert vom Rauch, der aus Tausenden von Kaminschloten quoll. Bereits am nächsten Tag hatte er sich im Kaufhaus Uhlfelder mit einem Stapel frischer Taschentücher eindecken müssen.

Aber das Münchner Klima war nichts gegen das, was ihn erwartete, als er gestern in diesem Gebirgsnest vor das niedrige Bahnhofsgebäude trat. Ein schneidend kalter Bergwind fegte Nebelschwaden und dünne Graupeln durch das enge Talbecken, und ein Wolkenbruch hatte kurz vor seiner Ankunft die Dorfgasse in eine Schlammpiste verwandelt. Wehmütig dachte er an die Weite des Savignyplatzes und des Gendarmenmarktes, als er, vorbei an geduckten Dorfhäusern, den Gasthof »Zur Post« ansteuerte.

Und jetzt auch noch das. Wütend starrte er dem Bergführer

hinterher, den ihm der Wirt an diesem Morgen vermittelt hatte. Federnd eilte der junge Mann auf dem steil nach oben führenden Pfad voraus. Völlig klar, dieser Bauernrüpel wollte ihm demonstrieren, dass er ihn für einen verweichlichten Stadtmenschen hielt. Wie albern.

Der Detektiv blieb stehen, musste Atem holen. Wie hasste er das Gebirge. Dieses Getue um frische Luft und körperliche Ertüchtigung. Gesund sollte es sein, dass ihm das Herz bis zum Hals schlug?

»He, Herr Alois!«, krächzte er. »Ich bin keine Gämse, ja?«

Der Bergführer blieb stehen und betrachtete seinen Schützling, der mit kurzen Beinen und flatterndem Trenchcoat auf ihn zu taumelte. Mit einer Miene, die sich nicht zwischen Bedauern und Herablassung entschließen wollte, rief er: »Was hast?«

Kull blieb keuchend vor ihm stehen. »So rasen Sie doch nicht wie ein Verrückter!«

»Hab nicht ewig Zeit.«

»Hören Sie mal!«, protestierte der Ermittler. »Ich habe Sie schließlich dafür bezahlt, ja?«

Zwischen den buschigen Brauen des jungen Mannes bildete sich eine Falte. »Aber nicht für einen ganzen Tag.« Er drehte ihm wieder den Rücken zu und schritt zügig aus.

Der Ermittler nahm den Hut ab und wischte sich mit dem Taschentuch über Glatze und Nacken, dessen Haut vom Gurt seiner Leica bereits angereizt war.

»Sind Sie überhaupt sicher, dass wir auf dem richtigen Weg sind?«

Alois warf ihm einen genervten Blick über die Schulter zu. »Weil ich den nicht wüsst! Schick dich endlich, sei so gut.«

Kull drückte den Hut wieder auf den Kopf. Murrend, den Blick auf den schmalen Pfad vor ihm geheftet, stolperte er voran.

Nach einigen Minuten lichtete sich der Bergwald. Der Steig querte einen Geröllhang und lief auf einen Felsgrat zu. Kull blieb stehen, stützte sich auf einen Felsblock und hechelte nach Luft. Dann ließ er seinen Blick suchend über die schütter bewaldete Bergflanke streichen. Obwohl er die Geländekarte in Berlin ausführlich studiert hatte, bereitete es ihm Mühe, sich zu orientieren.

Dann hielt er den Atem an.

»Warten Sie, Herr Alois«, rief er. »Bitte, ja?«

Der Bergführer drehte sich unwillig um.

»Was ist das hier?« Kull deutete auf ein leicht ansteigendes Felsplateau auf einer Geländerippe. »Ist hier ein Feuer gemacht worden, oder was?«

Der Bergführer sah in die Richtung, in die Kulls Finger wies.

»Da ist ein Flieger abgestürzt.«

Was du nicht sagst, dachte Kull. »Ach was!«, rief er. »Ein Flieger? Hier? Wann?«

»Ein paar Wochen ists her.«

»Nicht möglich!«, rief Kull. »Das muss ich mir angucken! Kommen Sie, Herr Alois!«

Ein schmaler Geländesattel verband die Flanke mit dem Plateau. Kull winkte dem jungen Mann auffordernd zu und stiefelte mit sichelnden Armbewegungen auf die Absturzstelle zu. Widerwillig folgte der Bergführer.

»Da siehst doch nichts mehr«, maulte er. »Die Trümmer sind schon in die Stadt gebracht worden.«

Sie erreichten die Absturzstelle. Der Ermittler atmete tief durch, um seinen Puls zu beruhigen. Noch immer dampfte der beizende Geruch verbrannten Treibstoffs aus dem Boden.

»Gehen wir wieder«, sagte Alois unwillig. »Aufs Kienhörndl ist es nimmer weit.«

Halt einfach deine Klappe, dachte Kull. »Nur einen kleinen Moment«, rief er. »Ich will mich nur kurz umgucken, ja? So was sieht man schließlich nicht alle Tage.«

Der junge Mann gab einen gequälten Ton von sich, entfernte sich einige Schritte, setzte sich auf einen Felsblock, ließ den schlaffen Rucksack von seinem Rücken gleiten und entnahm ihm eine abgegriffene Pfeife.

Der Ermittler ließ seinen Blick kreisen. Das Areal war klein, nicht größer als drei-, höchstens vierhundert Quadratmeter. An der höchsten Stelle war vom Wind und Wetter geschliffener, blanker Fels zu erkennen, dazwischen verkohlte Gräser, das Wurzelwerk ausgerissener und geborstener Kiefernstrünke, zerfurchtes, von Stiefelspuren übersätes Erdreich und Geröll, aus dem Metallsplitter blinkten. Kull pulte den Kopf einer abgerissenen Niete aus der aufgeweichten Erde und drehte sie nachdenklich zwischen seinen Fingern.

Er hob den Kopf. Das Hochtal stufte sich im Westen gemächlich in die Talniederung hinab. Nach Osten fiel das Gelände zunächst ebenfalls ab, um über eine Distanz von mehreren Kilometern wieder sachte anzusteigen. Es gab keine Engstelle, das Tal war in beiden Richtungen weit und offen. Womit ausgeschlossen werden konnte, dass sich der Flugzeugführer wegen eines Navigationsfehlers hierher verirrt hatte, in Unkenntnis des Geländes oder schlechter Sicht zu tief flog und die Maschine nicht mehr rechtzeitig hatte hochziehen können. Noch dem miserabelsten Piloten wäre es ein Leichtes gewesen, die Route zu korrigieren und wieder in das Inntal zu gelangen.

Er wandte sich an Alois: »Wann war der Absturz eigentlich? Ich meine die Uhrzeit?«

»Weiß nicht genau.« Der junge Mann stopfte seine Pfeife zuende.

»Ungefähr?«, bohrte der Ermittler nach.

»So gegen halb vier, hats geheißen.«

»Hm«, machte Kull. Die Sache wird interessant, dachte er. Die Junkers war um ein Uhr vom Flugplatz München-Oberwiesenfeld aufgestiegen. Wie sich Kull hatte versichern lassen, hatten die Flugwetterwarten an diesem Tag gute Bedingungen und keine erwähnenswerten Sichtbehinderungen gemeldet. Der Flug nach Innsbruck hätte höchstens eineinhalb Stunden dauern dürfen, für vierzehn Uhr dreißig war die Landung telefonisch angemeldet. Wieso stürzte die Maschine deutlich später ab? Und vor allem: Warum so weit abseits der eigentlichen Flugroute?

»Hast dus endlich gesehen?«, maulte der Bergführer.

»Interessiert Sie das gar nicht?«

»Kenns doch.«

»Sie waren schon mal hier?«

Alois nickte. »Bin bei der Feuerwehr.«

»Verstehe, dann hatten Sie ja hier einen Einsatz«, sagte Kull. »Wo lag die Maschine eigentlich, als Sie ankamen?«

»Wo wohl?« Alois' Pfeifenstiel zeigte nach oben. »Die Stelle, wo's noch ganz schwarz ist.«

»Ach ja, natürlich«, sagte der Ermittler. »Sagen Sie, Herr Alois – es muss doch ein furchtbarer Anblick gewesen sein, als Sie an der Absturzstelle ankamen, was?«

Der junge Mann paffte. »Kannst dir ja denken.«

Kull nickte mitfühlend. Er sah gedankenvoll nach oben, dann wieder zu Alois. »Wissen Sie zufällig, ob noch was Wertvolles gefunden worden ist?«

»Was meinst damit?«

»Was weiß ich? Geld vielleicht? Schmucksachen?«

Der Wind zauste den Schopf des Bergführers. »Mir nichts bekannt«, sagte er. Bedächtig drückte er den Tabak in den Pfeifenkopf und nahm einen tiefen Zug. »Da musst schon die Kriminaler fragen.« Er sah Kull an. »Sag, können wir dann weitergehen? Mir pressierts langsam.«

»Gleich. Sagen Sie, hat man im Dorf denn sehen können, wie das Flugzeug abgestützt ist?«

»Es ist neblig gewesen«, erwiderte Alois genervt. »Außerdem ist die Stell von unten aus nicht zu sehen.«

»Wie ist man dann überhaupt darauf aufmerksam geworden?«

»Keinen Dunst.«

Kull machte eine Kopfbewegung in die Tiefe. »Ich habe da unten eine freie Fläche erkennen können, sah aus wie eine kleine Rodung. Ein Haus hab ich nicht erkennen können, womöglich ist es aber nur von den Bäumen verdeckt. Wohnt da jemand?«

Der Bergführer schüttelte langsam den Kopf. »Da wohnt keiner mehr.«

»Der Hof ist verlassen?«

Alois sah Kull schief an. »Sag einmal, du möchst schon heut noch aufs Kienhörndl, oder?«

»Herrgott nochmal, Sie sturer Ochse!«, platzte Kull heraus. »Muss man Ihnen eigentlich jedes Wort aus der Nase zie …?«

»Ich glaub, da fängt einer fast an, mir zu gefallen«, fiel ihm der Bergführer ins Wort, gefährlich ruhig. »Wie heißt du mich?«

Der Ermittler rollte die Augen zum Himmel. »Was soll denn das jetzt?!«

»Wie du mich heißt«, beharrte Alois. Er sah an Kull vorbei zum Gipfel. »Kannst gern allein weitergehen, wenns dir lieber ist. Allerdings ist der Steig da oben nicht mehr markiert. Und es gibt ein paar haarige Stellen, wo es über hundert Meter senkrecht hinabgeht.«

Mimosen!, dachte Kull, alles Mimosen! Was ist das nur für ein

Volk? Da plauderst du ganz normal mit den Leuten, und schon sind sie eingeschnappt!

Aber noch durfte er es sich mit diesem Mann nicht verscherzen. Den Steig zurück würde er allein kaum mehr finden. Und vielleicht konnte er seinem Begleiter doch noch Informationen entlocken. Oder auch nur Hinweise auf Gerüchte, die im Dorf die Runde machten, Klatsch, wer mit wem verbündet oder verfeindet war.

Er warf die Hände in gespielter Verzweiflung in die Höhe. »Jetzt … aber das meinte ich doch nicht … ich wollte doch … Himmel, jetzt seien Sie doch nicht gleich so empfindlich, Herr Alois. Ist doch lächerlich!«

»Möchst allein weitergehn oder krieg ich eine Antwort?«

Der Ermittler schluckte. »Gut«, lenkte er ein. »Entschuldigung. Sie müssen verstehen … Ich … ich bin ein bisschen überanstrengt. Es war nicht so gemeint. Wirklich.«

Der junge Mann nickte befriedigt. »Ist ja bloß, dass wir uns verstehn, gell?«

»Natürlich.« Kull räusperte sich.

Alois klopfte seine Pfeife aus. »Packen wirs wieder?«

»Sofort«, sagte Kull. Er drehte sich um und marschierte zum höchsten Punkt des Plateaus.

Den Hut fest auf den Kopf gedrückt und sich gegen den Wind stemmend, starrte er in die Tiefe. Auf dem Hang unter ihm waren keine Anschleifspuren zu erkennen.

Der Ermittler überlegte. Hätte sich die Maschine wegen eines Maschinenschadens im Gleitflug befunden, wäre zu rasch gesunken und dann auf den Bergvorsprung geprallt, hätten sich an dieser Stelle deutliche Aufprallspuren, vielleicht sogar noch einige Wrackteile befinden müssen. Hätte die Junkers das Felshindernis im Gleitflug dagegen nur gestreift und wäre anschließend abgestürzt, müsste sie im östlichen Bereich des Plateaus aufgeprallt sein. Aber auch dort – es war die Stelle, an der sie den Unglücksort betreten hatte – war nichts zu erkennen gewesen. All das ließ nur eine Erklärung zu: Die Junkers musste wie ein Stein vom Himmel gefallen sein.

»Haben wirs dann langsam?«, hörte er Alois' Stimme in seinem Rücken. »Ich hab fei schon auch noch was anderes zum Tun, gell?«

»Ja doch, Herrgott nochmal!«, brüllte Kull hinab. Er ließ seinen Blick noch einmal über die Landschaft schweifen. Dann stapfte er nach unten. Der junge Mann erhob sich.

»Sie scheinen es wirklich nicht gerade drauf anzulegen, dass man Sie als Bergführer weiterempfiehlt«, fauchte ihm Kull entgegen.

»Wollt bloß wissen, wie langs noch dauert«, entgegnete der junge Mann unbeeindruckt. »Außerdem bin ich keiner, wo den Fremden in den Arsch kriecht.«

»Derartige Intimitäten habe ich auch nicht von Ihnen verlangt, ja? Warum schlagen Sie eigentlich ein, wenn Ihnen das alles zuwider ist?«

»Weils bei mir momentan mit dem Zins ein bisserl knapp ist.« Alois rieb Daumen und Zeigefinger. »Die hiesige Sägmühl hat uns alle ausgestellt.«

»Wie das?«

»Wir wollten ein paar Pfennig mehr, was sonst?«

»Bedauerlich für Sie. Aber dafür bin ich nicht verantwortlich.«

Der junge Mann zuckte die Achseln. »Weiß schon«, meinte er. »Aber besser aufgelegt bin ich deswegen auch nicht.«

»Das ist mir durchaus nicht entgangen. Deshalb schlage ich vor, wir brechen unseren romantischen Ausflug an dieser Stelle ab, d’accord?« Er sah zum Gipfel. »Zum Fotografieren bräuchte ich eh ein anderes Licht.«

Und ich habe genug gesehen, dachte er. Keine Notwendigkeit, mich noch länger mit diesem maulfaulen Rüpel abzugeben.

Alois stand auf. »Aber beim Geld bleibts, gell? Ist schließlich nicht meine Schuld, wenn einer nicht weiß, was er möcht.«

Der Ermittler winkte ab. »Können Sie behalten.«

»Dann sag ich merci.« Alois schulterte gleichmütig seinen Rucksack und wandte sich zum Gehen.

Kull warf einen letzten Blick auf die Absturzstelle. Er stutzte. »Augenblick!«, stieß er hervor, machte einige Schritte über die Brandstelle, ging in die Knie und zog einen winzigen Fetzen steifen Papiers aus dem Geröll. Er wusste augenblicklich, dass er den Schnipsel einer Banknote zwischen den Fingern hielt. Zerfetzt, dachte er. Nicht verbrannt.

Der junge Mann stand bereits am Einstieg des Rückwegs. »Was ist da?«

»Bloß ein Stück Papier, nichts Bedeutendes.« Kull klopfte sich Krümel feuchter Erde vom Knie. »Wir können gehen.«

7

»Tja, so schnell kanns gehen, gell?«, meinte der Hausbesitzer, nachdem er sich von seiner Überraschung erholt hatte, Kajetan vor sich zu sehen. Sein Bedauern war aufrichtig. »Nach so einem reellen Mieter, wie die Frau Süssmayr einer gewesen ist – Sie, da suchens heutzutag lang. Nie ist mir die Frau Süssmayr den Ladenzins auch bloß einen Tag schuldig geblieben.« Er seufzte tief. »Ein Schlagfluss, hat der Doktor gesagt. Mitten im Laden. Ihr Ziehsohn ist grad bei ihr gewesen. Wollt sie wahrscheinlich wieder um Geld anbetteln, der nichtsnutzige Kerl. Sie haben so laut gestritten, dass wirs bis zu uns rauf in den Dritten gehört haben. Das hat ihr Herz scheints nicht mehr mitgemacht.«

»Traurig.« Mehr brachte Kajetan nicht heraus.

»Ja, das ist es. Ich hab zu meiner Wally noch gesagt: Jetzt hat ers endgültig ins Grab gebracht, der Lump, der verkommene.«

Schon vor der Testamentseröffnung hatte der Erbe das Inventar des Ladens an einen durchtriebenen Schwabinger Antiquar verscherbelt.

»Der Kerl, dumm wie er war, hat sich einreden lassen, die ganze War wär nichts mehr wert. Und das wenige, was er gekriegt hat, war nach ein paar Wochen auch schon wieder versoffen und verhurt. Wie ich ihm jedenfalls sag, dass er mir den Laden schon auch noch renovieren müsst, hat er mich bloß blöd angezahnt und mir seine leeren Hosensäck gezeigt.« Der Hausbesitzer hob die Schultern. »Tja, und was Ihre alte Wohnung im

Hinterhäusl angeht, Herr Kajetan – da dürfens mir jetzt nicht bös sein. Was hätt ich denn anderes tun sollen, als mir eine neue Partei reinzunehmen? Die Leut rennen einem ja die Tür ein, so eine Wohnungsnot, wie wir heutzutag haben.« Kajetan nickte verstehend. Er hatte schon vorher einen Blick in den Hinterhof geworfen und festgestellt, dass seine alte Wohnung vermietet war. Das Geschrei eines Säuglings war zu hören gewesen.

»Es sind brave Leut mit einem Stall voller Kinder.« Der Hauswirt hob bedauernd die Schultern. »Na, und es hat ja dann auch geheißen, dass Sie gestorben sind. Mietzins ist schließlich auch keiner mehr gekommen. Warum habens denn auch nichts von sich hören lassen? Hätt ich gewusst, dass Sie einen Zeit lang auswärts zu tun haben, hätt ich mich ausgekannt.« Der Alte erriet Kajetans nächste Frage. »Was Ihre Sachen angeht – viel wars eh nimmer, was da noch zum Brauchen gewesen wär, es ist ja dann auch einmal eingebrochen worden und alles aufgerissen und zerdroschen worden.« Kajetan schluckte. »Alles ist weg?«

Der Hausbesitzer zuckte stumm die Achseln. In seiner Miene war zu lesen: Bitte fragens mich jetzt nicht auch noch, ob ich zufällig eine neue Unterkunft für Sie hab. Bei allem Respekt, guter Mann – aber Mieter, mit denen ich bloß Scherereien hab, können mir gestohlen bleiben.

Kajetan verabschiedete sich. Auf dem Trottoir vor dem Haus überlegte er. Bis zum Treffen mit Dr. Herzberg, dessen Sekretärin er an diesem Morgen angerufen hatte, blieb ihm noch knapp eine Stunde. Zu wenig, um noch beim Städtischen Wohnungsamt vorbeizuschauen oder sich in seiner Unterkunft ein wenig auszuruhen.

Er marschierte einige Schritte in Richtung Isar. Doch schon nach wenigen Metern hielt er inne und kehrte wieder zum Haus zurück. Er schob die Tür des Ladens auf, der einmal der Gebrauchtbuchladen der Frau Süssmayr gewesen war. Ein junger Schuster hatte sich mittlerweile dort seine Werkstatt eingerichtet.

»Die alte Frau könnt was für Sie aufgehoben haben, meinens?«, sagte er. »Wo denn? Ich hab nichts gefunden, wie ich eingezogen bin.«

Kajetan bat ihn, ihm in die ehemalige Küche zu folgen. Dort tastete er die Wandkachelung ab, bis eine davon zurückschwenkte und eine Nische freigab. Unter dem staunenden Blick des Schusters zog er eine mit Packpapier umwickelte Mappe hervor.

»Da schau her«, sagte der Schuster. »Ein Geld?«

Kajetan schüttelte den Kopf. Sie hats getan, dachte er gerührt. Seine frühere Nachbarin hatte damit gerechnet, dass er irgendwann wieder bei ihr auftauchen würde. Als seine Wohnung leergeräumt wurde, hatte sie seine privaten Papiere, Zeugnisse, Soldbücher und einige Familienfotos gerettet.

Der Schuster sah ihm über die Schulter. »Und das gehört auch bestimmt Ihnen?«

Kajetan riss den Umschlag auf, zog einige Fotografien heraus und hielt sie dem Fragenden vor die Augen. »Mein Vater«, sagte er und bemerkte im gleichen Moment, wie ihm die Kehle eng wurde. »Und das ist der Onkel Giuseppe beim Ziegelschlagen in Föhring draußen … und das …«, er zeigte auf das Bild einer jungen Frau, die, neben anderen Frauen auf einer übermannshoch geschichteten Mauer getrockneter Ziegel stehend, den Betrachter mit ernstem Blick ansah, »… ist meine …« Er fasste sich: »Meine Mutter. Sie ist gestorben, wie ich noch keine zehn war.«

Der Schuster bemerkte Kajetans Bewegung. Er wehrte dessen Dank ab, als sein Besucher den Laden verließ.

Ein Blick auf die Uhr des Rathauses sagte Kajetan, dass noch etwas Zeit bis zu seinem Besuch in der Anwaltskanzlei war. Er schlenderte durch die Theatinerstraße, überquerte den Odeonsplatz und machte es sich auf einer Bank im Hofgarten bequem. Eine weiche Brise umfächelte ihn. Er lehnte sich zurück, schloss die Augen und hing seinen Gedanken nach.

Er war wieder zuhause. Aber wie ging es weiter?

Wenn er bei diesem Anwalt ein paar Mark verdiente, es danach tatsächlich zu einer Wiedereinstellung bei der Kriminalpolizei käme, würde er sich als Erstes nach einer besseren Unterkunft umsehen müssen. Dass dies mittlerweile schwer geworden war, hatte er gleich nach seiner Ankunft festgestellt. Der Zuzug aus den ländlichen Gebieten hatte sich nicht gemindert, die Vorstädte platzten aus allen Nähten. Die Neuankömmlinge kamen mit nicht mehr an als dem, was sie auf ihrem Leib trugen, verdienten wenig, schoppten sich und ihre Familien in die winzigen Wohnungen, von denen es trotzdem viel zu wenig gab.

In der ersten Nacht hatte er gerade noch eine zufällig frei gewordene Liegestatt im Ledigenheim im Westend ergattern können, die er aber bereits am nächsten Tag wieder verlassen musste. Schließlich hatte er doch noch eine heruntergekommene Pension über einer Gaststätte in der Maxvorstadt gefunden. Doch der Lärm aus einem Saal im Rückgebäude hatte ihn schon in der ersten Nacht nicht schlafen lassen. Der Wirt des Gasthofs »Frühwein«, darauf angesprochen, hatte säuerlich auf den niedrigen Zimmerpreis verwiesen, dann aber schulterzuckend eingelenkt: »Künstlerbagage halt. Wer kann sich seine Kundschaft schon aussuchen?«

Aus der Altstadt wehten, leicht versetzt, die Töne mehrerer Kirchturmuhren. Kajetan stand auf, streckte sich und machte sich auf den Weg in die Gruftstraße.

8

Die Sekretärin der Kanzlei Dr. Leopold Herzberg lächelte entschuldigend. »Der Herr Doktor hat momentan furchtbar viel zum Tun.« Seufzend fügte sie hinzu: »Und er gönnt sich einfach viel zu wenig Ruhe.« Mit geübter Bewegung spannte sie Papier in die Schreibmaschine und begann emsig zu tippen. »Aber der Herr Doktor und auf mich hören …«

Kajetan spielte mit der Hutkrempe auf seinem Schoß. »Ich hab Zeit«, sagte er.

Verstohlen sah er nach der Uhr über ihrem Schreibtisch. Er wartete nun schon fast eine halbe Stunde.

Ohne die Augen von der Tastatur zu nehmen, fuhr sie fort: »Momentan hats der Herr Doktor besonders gnädig, müssens wissen. Weil ers auch immer so genau nehmen muss. Aber leider wird's ihm nicht immer gedankt.«

Sie streifte Kajetan mit einem Seitenblick. »Dass er ein bisserl einen anderen Glauben hat als unsereins, macht Ihnen ja nichts aus, oder?«

»Da komm ich jetzt nicht ganz mit. Was soll mir das ausmachen?«

Sie lächelte wohlwollend. »Ich seh schon, dass ich Sie das gar nicht hätt fragen brauchen.« Sie tippte weiter. »Wissens, ich sags bloß immer gleich. Es gibt halt allweil wieder so merkwürdige Leut, die sich am liebsten auf der Stell umdrehen würden, wenn's hören, dass der Herr Doktor mosaisch ist.« Sie zwinkerte verschmitzt. »Wenn er Ihnen dann aber geholfen hat, ist davon nichts mehr zu spüren.«

Sie beendete ihre Schreibarbeit, überflog das Geschriebene und zog die Blätter aus der Maschine.

Aus dem Telefonapparat vor ihr war ein leises Klicken zu vernehmen. Ihr Gesicht hellte sich auf. Sie stand mit einer raschen Bewegung auf und ging zur Tür eines Nebenraums. Auf ihr Klopfen forderte sie eine unwirsche Stimme zum Eintreten auf. Sie steckte den Kopf durch den Türspalt.

»Der Herr, den uns der Herr Doktor Rosenauer empfohlen hat, wär jetzt da.«

»Wer?!«

»Der Herr, den uns der Herr Doktor Rosenauer …«

»Warum sagen Sie das nicht gleich? Rein mit ihm.«

Die Sekretärin forderte Kajetan mit einer Kopfbewegung zum Eintreten auf, nahm ihm seinen Hut ab, ließ ihn an sich vorbei gehen und kehrte auf ihren Platz zurück.

Dr. Herzberg schob eine Kladde beiseite und sah auf.

Kajetan schätzte den Anwalt auf Anfang fünfzig. Er strahlte bürgerliche Solidität aus, hatte die kräftige Statur eines Genießers, ein kantiges, energisches Gesicht. Seine hellen Augen wirkten jedoch etwas müde. Vermutlich war das Gespräch, das er gerade geführt hatte, kein angenehmes gewesen.

Kajetan stellte sich mit einer angedeuteten Verbeugung vor. Der Anwalt nickte und wies mit knapper Geste auf einen der Stühle vor seinem Schreibtisch. »Doktor Rosenauer scheint ja viel von Ihnen zu halten.«

Kajetan wehrte bescheiden ab und setzte sich. Der Anwalt musterte ihn. »Nichts desto trotz ist auf derartige Empfehlungen nicht immer Verlass.«

Kajetan nickte irritiert. Was sollte diese Bemerkung?

»Es ist durchaus schon vorgekommen, dass manche Zeitgenossen sich damit einer lästigen Verpflichtung entledigen möchten«, erklärte Herzberg nüchtern. »Die Botschaft wäre in etwa: Ich möchte diese Person lieber nicht in meiner Umgebung haben, kann ihr das aber nicht so offen unter die Nase reiben und kaschiere dies mit dem freundschaftlichen Angebot, ihr bei der Stellungssuche zu helfen. Sie verstehen, was ich meine?«

»Schon«, meinte Kajetan. Er begann sich unbehaglich zu fühlen. Fängt ja schon gut an, dachte er. Gab es in der Stadt eigentlich noch Menschen, die nicht schlecht gelaunt, nicht misstrauisch waren?

»Um es anders zu sagen: Der gute Doktor Rosenauer lobte Sie zwar als erfahrenen Ermittler. Seinen Andeutungen war allerdings auch zu entnehmen, dass Ihre berufliche Laufbahn nicht unbedingt als geradlinig zu bezeichnen ist. Die Rede war von Strafversetzung und unehrenhafter Entlassung aus dem Polizeidienst. Sie werden verstehen, dass ich keinen Wert auf Mitarbeiter lege, bei denen Zweifel an deren Zuverlässigkeit besteht. Und die Sorte Schwätzer oder Abenteurer, von denen ich schon zur Genüge belästigt worden bin, kann ich ebenso wenig gebrauchen.«

Kajetan stand auf und wandte sich zur Tür.

Der Anwalt runzelte die Stirn. »Was soll das jetzt?«

»Ich glaub, das wird nichts mit uns«, sagte Kajetan.

»Einen Augenblick, ja? Ich muss wissen, mit wem ich es zu tun habe. Das werden Sie mir gefälligst zugestehen. Wenn nicht« – er wies zur Tür –, »dann pflegen Sie ruhig weiter Ihre gekränkte Eitelkeit.« Er schüttelte den Kopf. »Ziehen Sie eigentlich immer so schnell den Schwanz ein?«

»Ich brauch mich nicht wie ein Schulbub examinieren zu lassen.«

Herzberg sah Kajetan erstaunt an. »Das hatte ich auch nicht vor. Mir geht es lediglich darum zu erfahren, ob ich jemanden mit Aufgaben betrauen kann, die höchste Verantwortlichkeit erfordern. Und wenn Sie mir bisher genau zugehört hätten, so habe ich bisher mit keiner Silbe behauptet, dass Sie auf mich einen unfähigen Eindruck machen.« Der Anflug eines versöhnlichen Lächelns umspielte den Mund des Anwalts. »Und überhaupt – wie kommen Sie überhaupt auf die Idee, dass ausgerechnet ich jemanden verurteilen könnte, nur weil er mit der hiesigen Justiz und der Polizei Probleme bekommen hat?« Er deutete auf den Stuhl. »Und deshalb bitte ich Sie, wieder Platz zu nehmen. Sie dürfen mir nicht übel nehmen, dass ich ein Mann klarer Worte bin. Dass ich derzeit Grund zu guter Laune hätte, kann ich bedauerlicherweise ebenfalls nicht behaupten.«

Kajetan setzte sich zögernd. Herzberg nickte ihm auffordernd zu.

»Aber jetzt reden Sie. Sie waren also Kriminalbeamter. Weshalb wurden Sie entlassen?«

Kajetan berichtete. Herzberg hörte aufmerksam zu.

»Und obwohl man seit Jahren um die Verbrechen der Feme weiß, hat man sich geweigert, Sie zu rehabilitieren, richtig?« Er schüttelte den Kopf. »Was sich in Polizei und Staatsanwaltschaft abspielt, ist wahrlich ein erbärmliches Trauerspiel geworden.« Er blickte zur Seite. »Früher war es wenigstens gelegentlich noch eine Komödie.« Er fing Kajetans zustimmendes Nicken auf. »Aber wir sollten den Herrschaften nicht auch noch den Gefallen tun, ins Lamentieren zu verfallen. Da sind wir uns doch einig, nicht wahr?«

Kajetan nickte. »Glaub schon.«

»Gut. Dann sollten wir zur Sache kommen. Respektive dazu, was ich von Ihnen bräuchte.« Der Anwalt legte die Hände übereinander. »Haben Sie schon einmal vom Fall Rotter gehört oder gelesen?«

Kajetan überlegte, musste aber verneinen.

»Es geht um einen Landwirt aus dem Niederbayerischen, der nunmehr seit fast zehn Jahren im Zuchthaus zu Straubing einsitzt. Ignaz Rotter, so der Name, soll im Spätherbst achtzehn seine Gattin Franziska, vulgo Fanny, unweit seines Hofes erschossen haben. Er streitet die Tat bis heute ab, die Verurteilung erfolgte aufgrund von Indizien und Zeugenaussagen. Vor allem der einiger Nachbarn, die ihn gesehen haben wollen, wie er etwa zum Tatzeitpunkt den Hof verlassen und sich in die Richtung jenes Ortes begeben haben soll, an dem der Mord stattfand – ein kleines Waldstück, das die Frau auf dem Rückweg von einer Besorgung zu durchqueren hatte. Unglücklicherweise war die Ehe der beiden alles andere als harmonisch, was den Nachbarn natürlich nicht verborgen geblieben ist, und worin Anklage und Staatsanwaltschaft das Tatmotiv glaubten gefunden zu haben. Dennoch habe ich schon bei oberflächlicher Durchsicht der Akten feststellen können, dass der Mann unschuldig ist. Sie dürfen mir glauben, dass ich nicht zum ersten Mal mit fehlerhaften Ermittlungen und Fehlurteilen konfrontiert worden bin. Was ich allerdings hier zu lesen bekam, spottet jeder Beschreibung. Derart nachlässige, von Vorverurteilungen geleitete Ermittlungen sind mir noch nicht unter die Augen gekommen. Das Ganze ist eine einzige Schande für das bayerische Justizwesen.«

Kajetan verschränkte die Arme vor der Brust. Das sei ja nun wirklich nichts Neues, meinte er.

»Weshalb wir es hinnehmen sollten, wollen Sie sagen?«

»Habs probiert«, sagte Kajetan. »Hat aber nicht hingehauen.«

Der Anwalt lächelte spärlich. »Na, damit hätten wir doch bereits eine erste Gemeinsamkeit.« Er wurde wieder ernst. »Wenn wir uns über eine Zusammenarbeit verständigen können, würde ich Sie natürlich mit weiteren Details vertraut machen. Ich bin mir absolut sicher, dass Sie ebenfalls zum Ergebnis gelangen, dass wir es hier mit einem Justizirrtum zu tun haben. Sie dürften außerdem bereits festgestellt haben, dass ich kein Schwärmer bin. Das Ganze ist also keine Frage des Glaubens. Niemals würde ich ein derartiges Risiko, sowohl finanzieller Art als auch meinen Ruf betreffend, eingehen, wenn ich nicht felsenfest von der Unschuld des Mannes überzeugt wäre.«

Kajetan verstand. »Sie möchten eine Wiederaufnahme beantragen?«

Herzberg winkte halb ärgerlich, halb resigniert ab. »Das habe ich bereits zweimal getan. Die Anträge wurden jeweils mit der Behauptung abgelehnt, sie würden keine entscheidend neue Sachlage beinhalten. Ich stehe also derzeit vor der Notwendigkeit, für einen erneuten Antrag zusätzliche Beweise beizubringen.« Er seufzte tief. »Nur bringt mich diese Angelegenheit langsam an den Rand meiner Möglichkeiten. Nicht zuletzt, was den zeitlichen Aufwand betrifft, der längst in keinem Verhältnis mehr zu dem steht, was an diesem Fall zu verdienen ist. Aber um kein Missverständnis aufkommen zu lassen: Ihr Honorar wäre selbstverständlich gesichert.«

Kajetan schlug die Beine übereinander. »Bei was werd ich gebraucht?«

»Nun, eine der Schwierigkeiten besteht vor allem darin, dass der Fall sich im Niederbayerischen zugetragen hat, noch dazu in einem abgelegenen Weiler namens Riedenthal. Mein Mandant ist ein einfacher Landwirt. Auch alle anderen Beteiligten gehören einer Schicht an, die – nun, wie soll ich es ausdrücken, und bitte verstehen Sie mich nicht falsch – zu der nicht immer leicht Zugang zu finden ist. Obwohl ich von der Richtigkeit meiner

Annahmen überzeugt bin, habe ich manchmal das Gefühl, dass in dieser Angelegenheit noch etwas schlummern könnte, das zu ergründen ich nicht in der Lage bin, das aber dennoch einige der noch bestehenden Rätsel auflösen könnte.« Er sah Kajetan ins Gesicht. »Um es kurz zu machen: Ich brauche nicht nur einen guten und erfahrenen Ermittler, sondern vor allem jemand, der die Sprache der Leute versteht und spricht. Ich bin zwar geborener Münchner, aber manche Nuancen bleiben mir leider verborgen, verstehen Sie?«

Kajetan nickte.

»Sie dagegen treten nicht wie ich als bürgerlicher Stadtmensch auf. Sie könnten die Leute eher zum Reden bringen und herausfinden, ob damals Beobachtungen zurückgehalten wurden, ob es nicht doch noch Zeugen gibt, die seinerzeit nicht befragt oder übersehen wurden. Eine ihrer Aufgaben wäre aber zunächst, alle bisherigen Zeugen noch einmal auf Herz und Nieren zu überprüfen.«

»Ist ziemlich lang her«, gab Kajetan zu bedenken.

»Ich versprach zu keiner Zeit, dass diese Aufgabe einfach ist.«

Kajetan setzte sich wieder gerade.

»Warum sollt jemand falsch ausgesagt haben?«

»Können Sie sich das als ehemaliger Kriminalbeamter nicht vorstellen? Weil ihm der Ermittler etwas in den Mund gelegt hat, was ihm in den Kram passte, zum Beispiel. Oder weil er doch nicht so genau hingesehen hat und sich später genierte zuzugeben, dass er sich nur wichtig machen wollte. Für manche ist es verführerisch, wenigstens einmal im Leben im Mittelpunkt stehen zu dürfen. Herr Rotter stammt außerdem aus einer Ortschaft im vorderen Bayerischen Wald, war zuvor weitgehend mittellos und hat auf seinen Hof nur eingeheiratet. Es hat zwar den Anschein, dass man ihn in der Gemeinde durchaus respektierte, er lebte aber wohl noch nicht lange genug dort, um von den Einheimischen als einer der ihren akzeptiert zu werden. Hinzu kam, dass der Unfriede im Haus auch ihm angelastet wurde, teilweise nicht ganz zu Unrecht. Und dann war zur Tatzeit auch noch eine recht ansehnliche Dienstmagd auf dem Hof, die ebenfalls misstrauisch beäugt wurde. Wenngleich sie auch aufgrund eines unwiderlegbaren Alibis aus dem Kreis der Verdächtigen ausschied, gab ihre Anwesenheit bei einigen Dorfbewohnern doch Anlass zu allerlei Gerüchten. Sie können sich denken, wie rasch einem simpel gestrickten Ermittler da in den Sinn kommt, hier das fehlende Motiv vor sich zu haben. Was dann ja auch eingetreten ist. Rotter wurde übrigens zunächst zum Tode verurteilt, dann aber zu Lebenslänglich begnadigt. Man scheint seitens der Justiz doch auch das Gefühl gehabt zu haben, dass an dieser Sache nicht alles völlig koscher ist.«

Kajetan dachte nach.

»Wenns der Bauer aber nicht gewesen ist …«

»Nicht gewesen sein kann!«, bekräftigte der Anwalt.

»… dann muss es jemand anders gewesen sein.«

Der Anwalt sah ihn mit müder Herablassung an. »Sie verschmerzen es, für diese Erkenntnis von mir nicht überschwänglich belobigt zu werden?« Er bemerkte Kajetans reservierte Miene. »Pardon«, murmelte er. »Ich sollte mich davor hüten, bitter zu werden. Zumindest nicht im unangebrachten Moment.« Er nickte. »Ja. Natürlich habe ich eine Vermutung, wer …«

Es klopfte. Der Anwalt sah unwillig zur Tür. Die Sekretärin erschien im Türrahmen.

»Herr Doktor, Sie vergessen mir bittschön nicht den Termin am Landgericht?«

»Herrje!« Der Anwalt schlug sich mit der Hand auf die Stirn. Er stand auf. »Nun, Herr Kajetan, meinerseits könnte ich mir eine Zusammenarbeit mit Ihnen vorstellen. Wenn Sie bezüglich der Bezahlung keine allzu üppigen Vorstellungen haben – ich bezahle pro Tag zehn Mark, Spesen gehen selbstverständlich extra, wobei ich im Falle außergewöhnlicher Ausgaben zuvor unterrichtet werden möchte.« Er ging zur Garderobe und griff nach seinem Mantel. »Da die Sache eilt, erwarte ich, dass Sie ohne zeitlichen Verzug anfangen, am besten noch in dieser Woche. Wie ist Ihre Entscheidung?«

Auch Kajetan hatte sich erhoben. »Ich wär schon interessiert.«

Der Anwalt nahm es mit einem zufriedenen Nicken zur Kenntnis. Er streckte Kajetan seine Hand entgegen und schüttelte sie mit kräftigem Druck. »Ich werde veranlassen, dass Sie einen Vorschuss erhalten. Kommen Sie gleich morgen früh noch einmal hierher. Fräulein Agnes wird Ihnen die Unterlagen zu diesem Fall bereitlegen.«

9

Auf seinen Gehstock gestützt schlurfte der Reichsaußenminister über das Rondell des Kurhotels Bühlerhöhe. Mit müdem Nicken nach allen Seiten erwiderte er die Respektsbezeugungen des Personals und der wenigen Gäste, die sich, gebührenden Abstand haltend, wie er zum nachmittäglichen Spaziergang im Park aufgemacht hatten.

»Eure Exzellenz!«

Gustav Stresemann blieb stehen und wandte sich schwerfällig in die Richtung, aus der er gerufen wurde. Unter schweren Lidern sah er dem Heraneilenden entgegen.

»Schubarth«, sagte er mit mürber Stimme.

Das glatte Gesicht des Staatssekretärs war vor Eifer gerötet. Er verneigte sich ruckig. »Eure Exzellenz verzeihen vielmals die Störung.«

»Was müssen Sie mich denn schon wieder mit Ihrem Kram belästigen, Schubarth. Sie sehen doch, dass es mir miserabel geht.«

»Ich bedauere außerordentlich, Eure Exzellenz.« Der Staatssekretär beugte sich vor und senkte die Stimme. »Aber in einer gewissen Angelegenheit sind erneut Komplikationen aufgetreten.«

»Major Bischoff?«

Der Staatssekretär nickte geschmerzt. Der Außenminister schloss für einen Moment die Augen. Hört das nie auf?, dachte er.

»Wozu habe ich Sie eigentlich, Schubarth? Ich habe Ihnen

diese Sache schließlich in der Erwartung übertragen, dass Sie mir derartige Widrigkeiten vom Hals halten.«

»Ich bedaure außerordentlich«, wiederholte der Staatssekretär ergeben. »Ganz außerordentlich. Jedoch …«

»Sparen Sie sich Ihr Geschwätz. Es geht immer noch um den missglückten Transfer, nicht wahr?«

Der Staatssekretär nickte.

»Ich hatte eben mit Major Bischoff ein längeres Ferngespräch. Er ist sehr, äh …«

»Was?«

»Ich würde sagen: ungehalten.«

»Würden Sie sagen«, äffte Stresemann nach. »Wann begreifen Sie endlich den Unterschied zwischen diplomatischer Diktion und der eines Schlappschwanzes, Schubarth? Ich sage: Das Verhalten Major Bischoffs touchiert längst die Grenze zur Unverschämtheit!«

Der Staatssekretär sah zu Boden. Deines auch, alter Mann, dachte er.

»Sehr wohl, Eure Exzellenz. Aber …«

Der Reichsaußenminister unterbrach schroff: »Übermitteln Sie Major Bischoff erstens, dass wir nach wie vor nicht glücklich sind über die mehr als mageren Verwendungsnachweise, die er uns bisher zugemutet hat. Und machen Sie ihm weiters unmissverständlich klar, dass wir für Komplikationen nicht verantwortlich sind.« Er sah den Staatssekretär mit zusammengekniffenen Lidern an. »Es wurde doch der übliche Weg gewählt, nicht wahr?«

»Selbstverständlich, Eure Exzellenz. Unsererseits wurden alle Vereinbarungen genauestens eingelöst. Die Summe ging wie immer an die Deutsche Bank in München, Depositenkasse Ludwigstraße, à conto Freiherr von Lindenfeld.«

Der Außenminister winkte mürrisch ab. »Verschonen Sie mich gefälligst mit Ihren Kontoristen-Details. Entscheidend ist, dass die Abmachungen unsererseits erfüllt sind. Da der weitere Transfer nach Innsbruck von Major Bischoff selbst veranlasst wurde, was sein eigener und ausdrücklicher Wunsch war, geht uns die Sache nichts mehr an. Wie kommt er überhaupt auf die abwegige Idee, uns damit zu behelligen? Das ist doch eine Unverfrorenheit sondergleichen.«

»Ich stimme Eurer Exzellenz völlig zu.« Staatssekretär Schubarth räusperte sich angespannt. »Die Einlassung von Major Bischoff geht jedoch dahin, dass er den Verdacht geäußert hat, Stellen der Reichsregierung könnten den Transfer sabotiert haben. Ich habe ihm die Haltlosigkeit dieser Behauptung natürlich in aller Entschiedenheit entgegengehalten.«

»Und damit sollte es auch sein Bewenden haben«, brummte der Reichsaußenminister verärgert. »Sabotage. Lächerlich.«

»Lächerlich, jawohl. Das waren genau meine Worte«, sagte der Staatssekretär.

»Gut.« Der Reichsaußenminister zog ein Taschentuch aus dem Aufnäher seines Anzugs und tupfte sich die nassen Mundwinkel ab. »Dann lassen Sie mich jetzt in Frieden, ja?«

Der Staatssekretär zog die Schultern zusammen. »Ich fürchte nur, dass es mir bedauerlicherweise nicht gelungen ist, Major Bischoff zu überzeugen. Er sagte, dass der Aufbau seiner Organisation zwar vielversprechend verlaufe, er jedoch Rückschläge befürchte, wenn die erforderlichen Mittel wider Erwarten nicht zur Verfügung ständen. Er deutete an, vor äußerst wichtigen Verhandlungen in Innsbruck und Rom zu stehen, die zum Scheitern verurteilt wären, würde er mit leeren Händen kommen.«

Die Augen des Außenministers verengten sich. »Wollen Sie mir etwa sagen, dass er die gleiche Summe noch einmal möchte?«

Der Staatssekretär hüstelte betreten. »Doch.«

»Ist der Mann völlig meschugge geworden?«, fuhr der Außenminister auf, senkte aber sofort wieder die Stimme. »Kommt nicht in Frage! Was glaubt dieser Maulheld eigentlich, mit wem er redet? Und Sie, Schubarth, sind nicht in der Lage, diesen anfallsweise Größenwahnsinnigen an die Kandare zu nehmen? Und belasten mich mit derartigen Banalitäten, obwohl Ihnen bekannt ist, wie dringend ich Erholung benötige?«

»Ich bedaure außerordentlich«, haspelte der Staatssekretär. »Aber leider ist die Sache nicht ganz einfach. Major Bischoff deutete nämlich an, dass er zwar das bisherige gute Einvernehmen mit Eurer Exzellenz aufrechtzuerhalten wünsche. Würde er aber seitens Eurer Exzellenz kein Verständnis für seine Notlage finden, sähe er sich nicht mehr an gewisse frühere Vereinbarungen gebunden.«

Der Blick Stresemanns irrte ungläubig über das Gesicht seines Staatssekretärs. Dann hatte er verstanden.

Du könntest doch demissionieren, alter, müder Mann, dachte der Staatssekretär. Und nicht an deinem Stuhl kleben, bis er unter dir wegfault.

Er neigte den Kopf, zum Befehlsempfang bereit. »Was wünschen Eure Exzellenz, dass veranlasst wird?«

Der Reichsaußenminister brütete eine Weile vor sich hin. Dann sagte er tonlos: »Was schlagen Sie vor, Schubarth?«

»Ich würde Eurer Exzellenz raten, die Sache gründlich zu bereinigen. Die Verbindung zu Major Bischoff wird zunehmend zur Belastung. Es besteht die Gefahr, dass nicht nur der Ruf Eurer Exzellenz Schaden nimmt, sondern auch der der Reichsregierung.«

Stresemann nickte matt. »Gründlich, ja … aber wie, Schubarth?«

»Ich habe kürzlich dazu mit Herrn Ministerialdirektor Gohse konferiert. Er erinnerte an den Haftbefehl aus dem Jahr 1919 gegen Major Bischoff.«

»Was redet der Mann für einen Unsinn? Und Sie nicht weniger! Sie wissen beide doch genau, dass ich damals selbst eine Amnestie auf den Weg gebracht habe.«

»Gewiss. Herr Ministerialdirektor Gohse gab jedoch zu bedenken, dass diese Amnestie unter Umständen rückgängig gemacht werden könnte, wenn Major Bischoff nachzuweisen wäre, damals falsche oder unvollständige Angaben gemacht zu haben.«

»Das ist doch idiotisch ...«, murmelte Stresemann. Sein massiger Schädel sank tiefer zwischen seine Schultern.

Natürlich ist es das, alter Mann, dachte der Staatssekretär. Dann nämlich würde dein alter Kamerad Bischoff keine Sekunde zögern, dich zu vernichten. Er würde in die Welt hinausposaunen, dass ihr beide im Januar 19 in der Wohnung General Ludendorffs mit Noske darüber beraten habt, wie das Gardekavallerieschützenkorps mit den Gefangenen Rosa Luxemburg und Karl Liebknecht verfahren soll. Und dass du dich ein Jahr später als Minister zur Verfügung stellen wolltest, wenn Kapp mit seinem Putsch gesiegt hätte. Und wie du, der du dich mittlerweile als tadelloser Republikaner bekränzen lässt, dir Bischoffs Schweigen erkauft hast, indem du ihm und seinen Komplizen nicht nur eine Amnestie zugeschanzt, sondern seinen Verein jahrelang aus einem Geheimfond des Außenministeriums finanziert hast. Einen Verein, in dem Feinde der Republik üppig überwintern können. Und der für dieses Geld nichts als die verwaschene Absichtserklärung liefert, das »Deutschtum« im Ausland unterstützen zu wollen, in Wirklichkeit aber an einer faschistischen Internationale bastelt, die auch der deutschen Republik den Garaus machen will.

Stresemann gab einen gequälten Seufzer von sich. Er hob sein graues Gesicht. »Was … was ist eigentlich mit unseren eigenen Nachforschungen in dieser Angelegenheit? Haben Sie sie veranlasst?«

Schubarth nickte selbstzufrieden. »Die Sache ist im Fluss. Wir haben einen der fähigsten Spezialisten für derartige Ermittlungen nach Bayern entsandt. Er hat die Arbeit bereits aufgenommen.«

»Geschieht dies auch in strengster Diskretion? Weder die Öffentlichkeit noch Bischoff selbst dürfen etwas davon mitbekommen, dass unser Haus in die Sache involviert ist.«

»Eure Exzellenz können vollkommen beruhigt sein. Eingeweiht sind lediglich je eine absolut zuverlässige Gewährsperson im Reichsverkehrsministerium und bei einer Versicherungsgesellschaft.«

»Ich will Ihnen mal glauben.« Stresemann schnaufte. »Und? Gibt es bereits erste Erkenntnisse?«

»Vorerst nur einige Hypothesen, die ich mit dem Ermittler im Vorfeld erörtert habe. Die erste ist, dass es sich bei dem Absturz, bei dem die Summe verlorenging, tatsächlich um einen Unfall gehandelt hat, wobei nur noch die mehr als merkwürdigen Umstände des Absturzes aufzuklären wären. Zu dieser Hypothese neigt übrigens auch Bischoffs Kontaktmann in München, Major von Lindenfeld. Wenngleich dieser auch nicht völlig ausschließen will, dass die Nationalsozialisten ihre Finger im Spiel gehabt haben könnten. Bekanntlich stehen sie in Konkurrenz zu Bischoffs Organisation und sind davon überzeugt, dass nicht ihm, sondern ihnen diese Unterstützung zustände.«

Der Außenminister starrte auf den gepflegten Kies. Seine Unterlippe hing schlaff. Ohne den Kopf zu heben, fragte er: »Was ist davon zu halten?«

»Gewagt, Eure Exzellenz. Hitlers Leuten wird zwar eine gewisse Robustheit zugestanden, aber wenn sich das bewahrheiten würde und es zu einem Verfahren käme, würde es den Ruf seiner Partei massivst gefährden, besonders in jenem Teil des Bürgertums, der ihr durchaus gewogen ist. Gewagt und wenig überlegt auch deshalb, weil sich Major von Lindenfeld dann auch die Frage gefallen lassen müsste, wie die Kenntnis dieser Transaktion überhaupt nach außen dringen konnte. Nur er, sein engster Mitarbeiter und Major Bischoff selbst kannten die Details des geplanten Ablaufs, wie Abflugs- und Ankunftszeiten et cetera.«

»Und wieso stellt man ihm diese Frage eigentlich nicht?«

»Weil er sie bereits von sich aus beantwortet hat. Er versicherte, die Angelegenheit in der üblichen und bewährten Diskretion durchgeführt zu haben. Major von Lindenfeld hat außerdem, soweit es die Abwicklung aller bisherigen Transaktionen betrifft, niemals auch nur den geringsten Anlass zu einer Beschwerde gegeben.«

»Hat er …«, murmelte Stresemann. »Aber dann bleibt doch nur die Erklärung, dass es ein Unfall gewesen ist, nicht wahr?«

»Es gibt noch eine dritte Hypothese, Eure Exzellenz.« Der Staatssekretär wechselte das Standbein. »Sie lautet, dass Bischoff so schlicht wie dreist versuchen könnte, Eure Exzellenz zu betrügen. Sprich, dass er die Summe an sich gebracht und den Absturz inszeniert hat, um diesen Diebstahl zu kaschieren.«

Stresemann schüttelte seinen schweren Kopf. »Es wäre abenteuerlich.«

»Aber möglich. Bischoffs Fanatismus wird nur noch von seiner Skrupellosigkeit übertroffen.«

»Sein wahres Inneres ist eine kleine, erbärmliche Krämerseele, glauben Sie mir«, sagte der Außenminister angewidert.

»Wann also können wir mit dem Ergebnis der Untersuchung rechnen?«

»In Kürze, Eure Exzellenz. Ich darf wiederholen, dass der von mir engagierte Experte nach Auskunft aller Gewährspersonen als einer der besten privaten Ermittler Berlins gilt. Im Übrigen auch als einer der Schnellsten.«

Der Außenminister nickte.

»Gut. Dann spielen wir solange noch auf Zeit. Übermitteln Sie Major Bischoff meine verbindlichsten Grüße und versichern Sie ihm, dass wir alles in unseren Kräften Stehende tun werden, um seiner Organisation die notwendige Unterstützung zu gewähren.«

10

Mit der Miene einer barmherzigen Spenderin, dabei die unvernünftige Großmut ihres Herrn Doktors beklagend, händigte Fräulein Agnes den Vorschuss aus. Die Summe war anständig, aber nicht üppig. Doch das war in Ordnung. Schließlich hatte Kajetan noch nicht bewiesen, dass er den Erwartungen des Anwalts gerecht werden würde.

Beschwingt verließ er die Kanzlei. Stäubender Regen fiel, die Luft war nach ersten frostigen Herbsttagen Ende Oktober wieder milder geworden. Er spazierte die stille Gruftstraße entlang und bog in die Weinstraße ein, um kurze Zeit darauf in das Menschengewühl des Marienplatzes einzutauchen. Ohrenbetäubender Lärm schlug wie eine Woge über ihm zusammen, Trambahnen kreischten in den Schienen und bimmelten empört, Automobile und Lastwägen knatterten vorüber, Schwaden stinkender Auspuffgase wie Fahnen hinter sich herziehend.

Selig zog Kajetan den Geruch der Stadt in seine Nase. Er schlenderte er eine Weile ziellos um den Platz, dann marschierte er in Richtung des Karlstores weiter.

Im »Café Fahrig« gönnte er sich zwei Tassen Melange und kam mit einem redseligen Tischnachbarn ins Plaudern. Der füllige Privatier zeigte sich darüber empört, dass die Münchner Brauereiarbeiter in Streik getreten waren, weil sie die neuerliche Erhöhung der Arbeitszeit nicht hinnehmen wollten. Wie könnte die Arbeiterschaft bloß so unvernünftig sein? Und so egoistisch in diesen Zeiten der Krise? Hier müsse er der Sozi-Regierung in Berlin ausnahmsweise einmal recht geben: Das einzige Rezept seien Steuersenkungen und Kürzung der Sozialausgaben. Der Thomasbräu habe jedenfalls völlig recht, wenn er das verantwortungslose Gesindel vor die Tür jagte und durch Streikbrecher aus dem Umland ersetzte!

Er beugte sich zu Kajetan und zwinkerte ihm komplizenhaft zu. »Wenns nach mir ging, Herr Nachbar – die ganze Bagasch gehört an die Wand gestellt. Wie im Neunzehner Jahr. Anders wirst das Gesindel nicht los, glauben Sies mir.« Er nahm einen tiefen Schluck, setzte den Krug ab, wischte sich über den Mund und nickte bekräftigend. »Meine Meinung!«

Ein jüngerer Mann auf der anderen Seite des Tisches sah von seiner Zeitung auf. »Sei mir nicht bös, Herr Nachbar«, sagte er gelassen. »Mir sind schon viele Rindviecher in meinem Leben untergekommen. Aber so ein dermaßen saublödes wie du noch nicht.«

Der Angesprochene erwiderte ungerührt: »Sinds mir ebenfalls nicht bös, Herr Nachbar. Aber ich kann mich nicht erinnern, dass wir zusammen schon mal Säu gehütet hätten.«

»Kann auch gar nicht sein. Dazu bräuchts nämlich eine gewisse geistige Kapazität, die dir aber scheints abgeht.«

Das Gesicht des Privatiers hatte sich gerötet. »Da spricht der Experte. Von Politik und Wirtschaft aber hat wahrscheinlich jeder Esel mehr Ahnung als Sie.« Er wandte sich mit Zustimmung heischender Miene an Kajetan. »Und seine ehrliche Meinung wird man außerdem grad noch sagen dürfen, oder?«

»Stimmt«, pflichtete ihm dieser bei. »Ich jedenfalls hab noch nicht gehört, dass Dummheit neuerdings strafbar wär.«

Kajetan ignorierte die Empörung des Privatiers, rief nach dem Kellner, zahlte und ging. Die Luft war mild. Die Wolken über der

Stadt waren gestiegen und faserten in großer Höhe aus, dazwischen weiteten sich blassblaue Felder. Die Sendlinger Straße war belebt. Vor der Asamkirche hockten Bettler, ihre Krücken neben sich gelehnt. Unentschlossen streifte Kajetan durch die engen Straßen der Altstadt. Am Stachus-Kiosk kaufte er sich drei Zuban-Zigaretten, steckte sich eine davon an und kämpfte einmal mehr gegen ein unbestimmtes Unbehagen, er vertrödele seine Zeit.

Wenig später trat er mit einem Satz neuer Unterwäsche, Leinenhemd, Hose, Windjacke und Wintermantel an die Kasse des Kaufhauses Uhlfelder. Als er sein Portemonnaie öffnete, wurde er unsicher. Jahrelang hatte er jeden Pfennig dreimal umgedreht, bevor er ihn ausgab. War er jetzt dabei, jedes Maß zu verlieren? Nur weil er für ein, zwei Wochen einen passablen Verdienst in Aussicht hatte? Was kam danach? War es vernünftig, auf die Versprechungen Rosenauers zu bauen? Oder überschätzte dieser sich und seinen Einfluss?

Er zahlte, sprang auf das Trittbrett der überfüllten Sechzehner, wechselte an der Theresienstraße in die Zweier. In seinem Zimmer angekommen, schlüpfte er in seine neuen Kleider. Er betrachtete sich zufrieden im Spiegel, zog sich wieder aus, streckte sich auf dem Bett aus und dachte nach.

Der Anwalt hatte ihn durchaus beeindruckt. Herzberg dachte scharf und gründlich nach, formulierte klar, knüpfte Zusammenhänge, verbiss sich nicht stur in eine, sondern hatte vorurteilslos alle Hypothesen in diesem Fall geprüft. Auch sprach für ihn, dass er sich so entschieden für seinen Klienten einsetzte, obwohl er vermutlich nur mit einem mageren Honorar und unbeholfenen Dankesworten rechnen durfte. Der Fall hatte keinen Glanz, die Tat war ein plumper Gewaltakt ohne jede Raffinesse, die Motive der daran Beteiligten vermutlich armselig. In den Kreisen, denen Herzberg angehörte, war damit kein Beifall zu ernten. Warum also setzte sich jemand, der sich nach Feierabend vermutlich an Shakespeares Sonetten und einem Glas besten Bordeaux ergötzte, für einen eher simpel gestrickten, wahrscheinlich nicht einmal sonderlich sympathischen niederbayerischen Landwirt ein? Und warum so verbissen?

Etwas vertrug sich nicht mit Herzbergs akademischer Abgeklärtheit, seiner distinguierten Kontrolliertheit. Trieb ihn irgendein sportlicher Ehrgeiz, sich in diesen Fall derart zu vergraben? Hatte er mit einem der beteiligten Richter noch ein Hühnchen zu rupfen? Hatte es womöglich damit zu tun, dass er Jude war? Glaubte er, sich und dem dünkelhaften Münchner Establishment etwas beweisen zu müssen?

Kajetan verwarf den Gedanken. Herzberg war erfolgreicher Strafverteidiger, dessen Ruf weit über Stadt und Land hinausgedrungen war. Er wusste vermutlich genau, dass man sich in seinem Beruf davor hüten musste, persönliche Gefühle mit beruflichen Angelegenheiten zu vermischen.

Kajetan zündete sich eine Zuban an und starrte eine Weile zur Zimmerdecke. Er drückte die Zigarette aus, öffnete das Nachtschränkchen, zog die Mappe mit den Fotografien hervor, betrachtete sie abwesend und legte sie wieder zurück. Als er die Tür des Schränkchens zugedrückt hatte, schwang sie wieder auf. Der Federverschluss war ausgeleiert. Kajetan faltete ein Stück Papier, klemmte es ins Schloss und knipste die Nachttischlampe aus.

Stunden später wachte er vom Lärm der Bühne auf. Er machte Licht, zog sich fluchend an und ging in das Erdgeschoss hinab. Einem Anschlag entnahm er, dass an diesem Abend des verstorbenen Dichters Klabund gedacht werden sollte. Er warf einen Blick in den überfüllten Saal, aß in der Gaststube zu Abend, ging wieder in sein Zimmer und versuchte zu schlafen.

Immer wieder brandete johlender Beifall auf. Nachdem er sich eine Weile im Bett herumgewälzt hatte, stand Kajetan auf, schlüpfte in seine Kleider und verließ sein Zimmer.

Die Nacht war klar und kalt. Er trottete die kleinen Straßen der Maxvorstadt entlang, überquerte den Königsplatz. Im Licht der Straßenlaternen wirkten die antikischen Tempel wie die Kulissen eines Monumentalfilms. Er bog in die Brienner Straße ein, passierte die Residenz. Auf der Maximilianstraße herrschte noch dichter Verkehr. Er flanierte an den Läden und den hell erleuchteten Theaterfoyers vorbei und fand sich nach einiger Zeit am Isartor wieder. In der Westenriederstraße waren Nachtschwärmer unterwegs, im Schutz eines Torbogens und im dämmerigen Dunkel zwischen den Straßenlaternen lungerten einige Frauen herum. Er verlangsamte seinen Schritt.

Der lange Fußmarsch hatte ihn müde gemacht. Er beschloss, den Heimweg anzutreten. Er war bereits einige Schritte in die Richtung gegangen, aus der er gekommen war, als er einige Takte Klaviermusik vernahm. Sofort wurden sie wieder vom Lärm heranrollender Autos verschluckt. Er blieb stehen.

Der Neuner-Fritz!, dachte er gerührt.

Er drehte sich um. Die Lampen über dem Portal des Kinos am Isartor waren bereits ausgeschaltet. Der Scheinwerfer eines vorbeifahrenden Automobils bestrich das meterhohe Reklamegemälde. Es wurde »Des Oberförsters Töchterlein« gegeben.

Er trat näher. Die Tür des Foyers stand einen Spalt offen. Die anschwellende Musik zeigte, dass die Vorstellung ihrem Ende zuging.

Kajetan lauschte andächtig. Er war alles andere als ein Fachmann für klassische Musik. Wenn er sie, selten genug, bei den Übertragungen der »Deutschen Stunde in Bayern« empfangen konnte, hatte ihn mehr das technische Wunder einer Funkübertragung fasziniert als das, was ihm geboten wurde. Doch diese Melodien kannte fast die halbe Stadt. Der Kinopianist, von allen nur der Neuner-Fritz genannt, war Mitglied des Orchesters des Nationaltheaters gewesen, bis er sich einmal herausnahm, dem Orchesterleiter vor aller Ohren über den Mund zu fahren, als dieser wieder einmal von der Gefahr des – wie er es nannte – Musikbolschewismus schwadronierte. Stunden später hielt er seine Entlassungspapiere in der Hand. Er schlug sich eine Weile als mies bezahlter Kneipenmusiker durch und landete schließlich als Pianist am Isartor-Kino. Mit den Jahren war er jedoch zum Säufer geworden. Aber auch zur Legende. Denn egal, was über die Leinwand flimmerte, ob Heimatschnulze, Isarwestern, Kriminalfilm oder Liebesdrama, die neuesten Werke von Lang, Murnau oder Papst – alles untermalte er zuletzt mit Motiven aus einem einzigen Werk: Schuberts Neunter.

Eine schmale Wehmut ergriff Kajetan. War er nach der Vorstellung meist nicht noch ins nahe Thal gegangen und beim »Soller«-Wirt eingekehrt? Dort waren das Bier billiger als in anderen Gasthäusern, herrschten Leben und Trubel, und während sich in den vorderen Gasträumen klobige Lohnkutscher mit halbseidenen Giesinger Luckis in die Haare gerieten, palaverten im Hinterzimmer anarchistische Klubs über die Weltrevolution.

Kurze Zeit später schob er die Tür zum »Soller« auf. Ohrenbetäubender Lärm und ein sumpfiger Geruch von Bier, schlechtem Tabak und Schweiß schlugen ihm entgegen. Dichter Rauch dämpfte das spärliche Licht der Deckenlampen. Kajetan kniff die Augen zusammen. Fast alle Tische waren besetzt. Vergeblich suchte er nach einem bekannten Gesicht. Er wandte sich wieder zum Eingang. Den Türknauf hatte er bereits in der Hand, als er eine Stimme hinter seinem Rücken vernahm. Hatte jemand seinen Namen gerufen? Er drehte sich um.

Die Kellnerin Burgi stand an der Anrichte, ihre Linke haltsuchend aufgestützt. In ihrer anderen Hand schwappte ein Bierkrug. Ihre Lippen bewegten sich, als versuchten sie, Worte zu formen.

Kajetan trat erfreut auf sie zu.

Sie starrte ihn aus weit aufgerissenen Augen an. Dann gewann sie ihre Fassung zurück. »Jetzt … jetzt wär mir fast das Herz stehen blieben. Paule! Du … du lebst?«

Was hatte sie? Daraus, dass er einer jener Gäste gewesen war, die sie gerne bediente, hatte sie zwar nie einen Hehl gemacht. Aber da war er doch nicht der Einzige gewesen?

Er grinste schief. »Siehst doch.«

Sie deutete ihm zu warten, brachte das Bier an einen der Tische und kehrte zurück.

»Aber es hat doch sogar in der Zeitung gestanden, dass du …?«

Er winkte ab. »War ein Fehler im Meldeamt. Ich hab eine Zeit lang außerhalb zu tun gehabt und habs selber erst vor Kurzem gemerkt.«

Die Farbe auf ihren Wangen kehrte zurück. »Du bringst mich noch um, wirklich.« Sie stemmte die Fäuste in die Hüften und sah ihn strafend an. »Das zahlst mir zurück, Paule!«

Kajetan verstand nicht.

»Was, fragt er!«, schimpfte sie. »Ich dumme Kuh hab mein Geld rausgeschmissen und dir eine Messe in der Heiliggeistkirch lesen lassen!«

Von der Schänke tönte ein energisches Klingeln. »Burgi!«, brüllte der Schankkellner durch den Lärm. »Bist jetzt zum Arbeiten da oder zum Poussieren?!«

Kajetan sah entrüstet zu ihm hinüber. Burgi zwinkerte ihm zu. »Lass, Paule. Wenn der Alisi auf eine spinnt, ist er extra grob zu ihr.« Sie zeigte auf den Tisch neben der Türe. Auf der Wandbank war noch Platz. »Eine Halbe?«

Kajetan nickte und setzte sich. Burgi hastete zur Schänke, griff sich die gefüllten Bierkrüge und verteilte sie an den Tischen. Auf dem Rückweg nahm sie neue Bestellungen auf und gab sie an den Schankkellner weiter, der in der Zwischenzeit schon wieder ein halbes Dutzend Krüge gefüllt hatte. Sie war ein wenig außer Atem geraten, als sie den letzten auf Kajetans Tisch abstellte.

»Zum Wohl, Paule.« Sie wischte sich mit dem Handrücken über die feuchte Stirn. »Auf dein neues Leben. Und auf unsere städtischen Beamten. Dass sich eins einmal nicht über die ärgern muss, passiert auch nicht alle Tag.« Kajetan lachte und hob ihr das Glas entgegen.

»Hast übrigens gut dran getan, dass du noch mal bei mir reingeschaut hast«, sagte sie. »Ich bin nämlich bloß noch ein paar Tag da.«

Er stellte den Krug ab und sah sie fragend an.

Sie nickte ernst. »Ich geh fort von München.«

»Heiratst?«, fragte er. Im selben Augenblick spürte er einen Stich im Magen.

»Ja«, sagte Burgi lächelnd. Sie ließ eine niederträchtige Pause verstreichen, bevor sie hinzufügte: »Irgendwann schon.«

Wieder tönte die Glocke, diesmal fordernder.

»Gleich!«, rief sie über die Schulter, ohne Kajetan aus den Augen zu lassen. Er suchte nach Worten. Sie half ihm aus seiner Verlegenheit.

»Wir sehn uns schon noch mal, bevor ich fahr, hm? Ein bisserl feiern sollt einer das schon, wenn er noch lebt, findst nicht? Und überhaupt bist mir noch das Geld schuldig, das ich für dich aus dem Fenster geschmissen hab. Dafür könntest mich ruhig auf die Praterinsel einladen.« Sie stellte den Kopf schräg und sah ihn abwartend an.

»Müsst sich machen lassen«, sagte er. Er räusperte sich. »Bin schließlich noch keinem was schuldig geblieben.«

Ein Schatten huschte über ihr Gesicht. »Übertreibs nicht mit der Ekstase, Paule. Darfst schon auch Nein sagen.«

»Nein!«, stotterte er. »Nein, ich mein: Ja. Gern.«

Sie lachte leise auf. »Wenn ich dich nicht schon so lang kennen würd, Paule …«

»Burgi!!«, brüllte der Schankkellner. Sie beugte sich zu Kajetan und flüsterte: »Am Freitag ist mein letzter Tag. Da bin ich schon eher daheim. Weißt ja, wo ich wohn.«

Sie drehte sich mit schwingendem Rock um und lief zum Ausschank. Er glotzte ihr nach.

Kanns sein, dass ich ein Trottel war?, dachte er.

11

So wird das nichts, dachte der Sonderermittler. Den ganzen Vormittag war er im Nieselregen im Dorf umhergestapft. Keiner der Männer, die an der Bergung der Unglücksmaschine beteiligt waren, hatte seine Zähne auseinandergebracht. Zuletzt hatte er den Kommandanten der Freiwilligen Feuerwehr an dessen Arbeitsplatz aufgesucht. Kull hatte sich kaum vorgestellt, als ihm der Schmied schon wieder den Rücken zuwandte und in der Essenglut stocherte. Brüllend musste der Ermittler sich verständlich machen, und jeder Satz, den er dem maulfaulen Schmied doch noch entlocken konnte, wurde von einem funkensprühenden Schlag auf das glühende Eisen begleitet. Er musste es einsehen: Die Tarnung als einfältiger, ein wenig neugieriger Tourist nahmen ihm die Dorfleute nicht ab. Aber öffneten sie sich einem Fremden nur deshalb nicht, weil ihnen das Erlebte zu nahegegangen war, um sich bei einer oberflächlichen Plauderei darüber auszulassen? Oder konnte man ihn einfach nicht ausstehen? Aber wieso? Es konnte doch nicht an ihm liegen, dass sich die Leute derart abweisend verhielten! Er war doch höflich wie immer aufgetreten! Gut, dass er sich gleich am zweiten Tag über die klamme Bettwäsche beschweren und beim Abendessen die Zähigkeit des Ochsenfleisches reklamieren musste, sich dabei erst mit der Kellnerin, dann mit der tödlich beleidigten Köchin (und zuletzt mit einigen Wichtigtuern, die meinten, sich auf ihre Seite schlagen zu müssen) angelegt hatte, war schließlich nicht zu vermeiden gewesen. Das konnte doch unmöglich der Grund sein, dass diese bockbeinigen Bergler einen Bogen um ihn machten. Verübelte man ihm womöglich gar, dass er Berliner war? Und diese Stadt nun einmal in Preußen lag? Das konnte doch wohl nicht wahr sein! Lächerlich! War er vielleicht daran schuld, dass sich ihr dämlicher König vom ollen Bismarck hatte einseifen lassen? Das hatten sie doch selber verbockt! Ein Volk, das selbstständig bleiben will, bleibt es auch! Und eins mit Anstand hätte dieses grässliche Neuschwanstein, mit dem sich Preußen die bayerische Souveränität unter den Nagel gerissen hatte, als Denkmal seiner Schande längst in die Luft gesprengt!

Wie auch immer. So kam er nicht weiter. Er musste eine andere Strategie wählen, um diesen Dickköpfen die Zunge zu lösen. Aber welche?

Fluchend stampfte sich der Ermittler in der Diele des Gasthofs den Straßenkot von den Schuhen. War zu diesen Käffern eigentlich noch nicht durchgedrungen, dass man Straßen auch teeren konnte?

Er schüttelte den Regenschirm aus. Ein Plakat neben dem Eingang zur Gaststube erregte seine Aufmerksamkeit. Für das Wochenende war im Dorf eine Veranstaltung der SA angekündigt. Mit Aufmarsch unter Mitwirkung eines Spielmannszugs und anschließender Versammlung, sportlichen Vorführungen, einem Vortrag einer ehemaligen Reichswehrgröße im Dorfkino, betitelt mit »Ehre und Vaterland – wider die Schmach des Versailler Vertrages«. Für die Kinder eine Aufführung eines Stückes namens »Christelflein«. Danach im Festsaal Ehrung verdienter SA-Mitglieder.

»Idioten«, brummte der Ermittler. »Proleten und Idioten.«

Er warf einen Blick durch die geöffnete Tür des Gastraums. An einem Tisch in der Nähe des Kachelofens saßen zwei ältere

Männer. Den Bierseidel vor sich, suckelten sie an ihren Jägerpfeifen und schäkerten mit der drallen Kellnerin, die daran Spaß zu haben schien. Am Honoratiorentisch im hinteren Ende des Raums schlug ein Mann im Lodenanzug gerade eine Zeitungsseite um. An der Theke stand der Wirt. Er war in ein Gespräch mit zwei Männern in SA-Uniform vertieft. Kull schüttelte den Kopf. Das Mittagessen konnte noch warten. Er steuerte gerade den Treppenaufgang an, als er eine aufgeregte Stimme hinter seinem Rücken vernahm.

»Ein Momenterl bittschön, der Herr!«

Der Ermittler drehte sich missmutig um. Der Wirt stürzte auf ihn zu, beflissen seine Handrücken massierend.

»Bittschön, der Herr ... Wissen der Herr vielleicht jetzt schon, wann der Herr abzureisen gedenkt?«

Kull warf ihm einen ungnädigen Blick zu. »Kann morgen sein, übermorgen, vielleicht auch erst Sonntag. Habe ich bei der Ankunft nicht ausdrücklich erwähnt, dass ich mich wegen dieses Mistwetters noch nicht festlegen will?«

»Schon, schon«, beeilte sich der Wirt zu bestätigen. »Aber – hm, hm ...« Er zog die Stirn in Falten. »Aber ... sagens, Herr, würds dem Herr eventuell was ausmachen, wenn er ein anderes Zimmer kriegen tät?«

»Wieso? Es gefällt mir. Wenn es auch ein bisschen laut ist, wenn ich das bei dieser Gelegenheit anmerken darf.«

Das Gesicht des Wirts hellte sich auf. »Ich hätt noch eine Kammer hinten raus, Herr! Da hörens garantiert nichts mehr!«

»Zum Hof etwa?«, brauste Kull auf. »Mit Blick auf Ihren Misthaufen?«

»Aber wenns nicht runter, sondern hinauf schauen, mit wunderbarer Aussicht ins Gebirg, Herr!« Der Wirt senkte vertraulich die Stimme: »Wissens – ich mein, das dürfens net falsch verstehn, Herr. Aber wir haben doch übermorgen den Gautag, und da müsst ich halt wissen …«

»Den was?«, unterbrach der Ermittler unwirsch.

Der Wirt warf einen unbehaglichen Blick auf die beiden Uniformierten, die auf das Gespräch aufmerksam geworden waren und die Szene mit blasierter Miene verfolgten.

»Den Gautag, Herr. Ein paar hohe Herrschaften haben sich angesagt, und ich hätt die Anfrag, ob sie bei mir …«

Wieder fiel ihm Kull ins Wort: »Gautag von wem? Vom Trachtenverein, oder was?«

Der Wirt schüttelte den Kopf.

»Doch nicht etwa von den Nazis?«

Das Gesicht des Wirts verfärbte sich. Er presste die Lippen zusammen und nickte gequält.

»Ach, so ist das!« Kull warf den Kopf zurück. »Diese Hitler-Idioten machen neuerdings auch die Provinz unsicher, nachdem sie in der Stadt kein Mensch mehr will?«

Die Hände des Wirts flatterten beschwichtigend.

»Bittschön, Herr …«, stammelte er.

Einer der beiden SA-Männer hatte sich in Bewegung gesetzt. Der zweite folgte ihm. Sie bauten sich mit verschränkten Armen vor dem Ermittler auf.

»Wir haben uns doch eben nicht verhört?«

»Keineswegs.« Kull bedachte die Männer mit einem überheblichen Blick. »Man ist hier doch stolz darauf, ein Freistaat zu sein. Da wird man wohl noch seine Meinung sagen dürfen, oder?«

»Sie nehmen Ihre Frechheiten augenblicklich zurück«, sagte der Kräftigere der beiden.

Kull sah ihn fest an. »Eigentlich kann ich mich beim besten Willen nicht daran erinnern, Sie um Ihre Meinung befragt zu haben.«

Im Gesicht des Uniformierten zuckte es. Im Gastraum war es mit einem Mal still geworden. »Ein … ein Missverständnis«, stammelte der Wirt. »Bittschön, die Herrschaften … wir wollen doch …«

Der Ermittler fuhr verärgert herum. »Sorgen Sie einfach dafür, dass Ihre Gäste nicht belästigt werden, ja? Schließlich verdienen Sie Ihr Geld damit.«

Die Nasenflügel des Uniformierten bebten. Auf seiner Schläfe pulste eine dicke Ader. »Sie … Sie nehmen das zurück«, schnaubte er.

»Aber stante pede«, sekundierte sein Kamerad.

»Sagen Sie mal, sind Sie etwas schwer von Begriff? Habe ich nicht deutlich zum Ausdruck gebracht, dass ich keinerlei Bedürfnis habe, mich mit Flegeln wie Ihnen abzugeben?«

Vom Tisch der Alten war ein belustigtes »Hoho!« zu vernehmen.

Der Uniformierte griff nach Kulls Schulter und riss ihn herum. Mit der anderen, zur Faust geballten Hand holte er aus. Kull entwand sich flink, trat einen Schritt zurück und sah den Uniformierten herausfordernd an. »Behalten Sie Ihre ungewaschenen Pfoten gefälligst bei sich, ja?«.

»Die Herrschaften … bittschön …«, jammerte der Wirt. Er versuchte, sich zwischen die beiden Kampfhähne zu drängen. Der Uniformierte schleuderte ihn beiseite und stürzte sich wie ein gereizter Stier auf Kull.

Der Ermittler wich seinem Hieb aus, packte blitzschnell den Arm des Angreifers, duckte sich und stellte seinen Fuß breit aus. Der SA-Mann flog durch die Luft und landete krachend auf dem Steinboden. Stöhnend blieb er liegen.

»Hoho …«, sagte jemand. Es klang anerkennend.

Aus dem Gesicht des zweiten Uniformierten, der die sich neugierig nähernden Alten mit ausgebreiteten Armen am Eingang zurückgehalten hatte, war das Grinsen gefallen. Er schluckte.

Der Wirt, noch auf allen vieren, glotzte erst ihn, dann Kull an. Der Ermittler wischte sich mit einer gespreizten Bewegung einen imaginären Staubflusen vom Ärmel und richtete seine Krawatte. Überheblich blickte er in die Runde. »Jiu-Jitsu«, sagte er. »Letzter Schrei bei Polizei und Heer. Noch nie was davon gehört, Herrschaften?« Er fixierte den zweiten SA-Mann. »Der Kollege in Kackbraun – auch eine Demonstration gefällig?«

In den Angesprochenen kam jetzt Leben. Sein Gesicht hatte sich dunkel verfärbt.

»Aufhören ... so hörts doch auf ...«, zeterte der Wirt mit weinerlicher Stimme.

»Dann schauen wir mal, ob ihm das schmeckt.« Der Uniformierte hatte einen Dolch aus dem Gürtelschaft gezogen. Vom Schankraum war der erschrockene Ausruf der Kellnerin zu hören. Kull wich zurück. Der Angreifer kam näher, machte einen Scheinangriff. Kull zuckte zurück. Hilfesuchend blickte er um sich. Er musste seinen Gegner auf Distanz halten. Doch womit? Er sah hinter sich.

Er hörte ein dumpfes »Klonk« und fuhr herum. Der Dolch polterte auf die Fliesen, der Körper des SA-Mannes sank langsam auf die Knie, dann kippte er mit einem Ächzen zur Seite. Hinter ihm hatte sich die Köchin aufgebaut. Sie nickte befriedigt. An ihrer Rechten baumelte eine schwere Pfanne.

»Ja, spinnst du jetzt komplett, Wally?«, japste der Wirt. Sich an die Wand abstützend, rappelte er sich auf. »Das ... das ist doch Kundschaft! Du kannst doch net ...!«

Ihr Busen wogte. »Ob Soze oder Naze, bei mir herin wird nicht gerauft! Des fangen wir uns gar net erst an!«

»Was heißt da bei dir herin«, protestierte der Wirt. »Ich bin der Wirt!«

Sie warf ihm einen mitleidigen Blick zu. »Ein Lapp bist.« Sie wandte sich gebieterisch an die verschüchterte Kellnerin. »Und du schaust net so blöd, sondern schwingst dich rüber und sagst dem Gendarm Bescheid. Der soll die ganze Bagasch mitnehmen, ich möchts nimmer sehn.« Sie schoss einen zornigen Blick gegen Kull ab. »Du bist auch gemeint, Preuß, goscherter.«

Das Mädchen nickte stumm und hastete ins Freie. Die Köchin drehte sich um und watschelte wieder in ihr Reich zurück. Dabei warf sie noch einen Blick auf ihre Waffe. »Der Griff auch noch verbogen!«, brummte sie, »bloß wegen der Bagasch …«

»Hoho …«, prustete einer der Alten.

Der Wirt fuhr herum und brüllte ihn an: »Ich stopf dir gleich deine Pipp ins Maul!«

»Schon recht«, beschwichtigte der Angesprochene, nicht sonderlich beeindruckt.

Kurze Zeit später tauchte im Türrahmen der Umriss einer langen, hageren Gestalt auf, deren Mantel und Hosenbeine von einem Windstoß, der in diesem Moment wieder durch die Dorfgasse fegte, zum Schlottern gebracht wurden.

»Du kommst grad recht, Schmaus«, ächzte der Wirt. »Und wie allerweil zur rechten Zeit.«

»Red nicht so blöd daher.« Der Gendarm hielt seine Pickelhaube fest, duckte sich unter dem Türsturz hindurch und trat näher. Als sich seine Augen an die Dunkelheit des Hausflurs gewöhnt hatten, weitete er seinen Kragen. »Oha«, sagte er mit einer kehligen Stimme, die aus der Tiefe seines Brustkorbs zu kommen schien. »Was ist da passiert?«

Der Gast, der vor Beginn der Schlägerei am Honoratiorentisch seine Zeitung studiert hatte, schob sich geschäftig an den beiden Alten vorbei und zeigte auf Kull.

»Dieser Herr hier hat provoziert, Herr Wachtmeister!«

»Reden Sie doch keinen Quatsch, Mann!«, brauste der Ermittler auf. »Sie saßen ganz hinten.«

»Ruhe!«, befahl der Gendarm. »Nochmal, Herr Doktor?«

Der Angesprochene nickte bekräftigend. »Ich kann bestätigen, dass der Herr begonnen hat.«

»Sie sind ein Lügner, Mensch!«, bellte Kull.

Der Doktor schnappte nach Luft. »Wie wagen Sie mich zu nennen?!«

»Gut! Ich nehme den ›Mensch‹ zurück! Sie sind nichts als ein fieser, verlogener Denunziant!«

»Red ich eigentlich gegen eine Wand?«, donnerte der Wachtmeister.

Der Ermittler schwieg verärgert. Der Gendarm wandte sich an den Arzt und zeigte auf die beiden SA-Männer, die, noch immer benommen, versuchten, wieder auf die Beine zu kommen. »Herr Doktor Tobisch, wenns so gut sein möchten und sich bittschön um die Verletzten kümmern, ja? Und sagens ihnen, sie sollen sich auf der Station melden, wenn sie wieder so weit hergerichtet sind.«

Der Angesprochene nickte zackig. »Aber selbstverständlich, Herr Wachtmeister.« Er ging an Kull vorbei und zischte: »Das wird Ihnen noch leidtun.«

Der Dorfgendarm drehte sich zu Kull. »Und mit Ihnen tät ich gern ein Wörterl reden.« Er wies mit einer Kopfbewegung ins Freie. »Und zwar drüben auf der Station.«

»Ich wüsste nicht, was ich mir zuschulden habe kommen lassen«, protestierte der Ermittler. »Ich habe lediglich meine Meinung geäußert, ja? Und dieser Mann ist ein Lügner und Verleumder!«

»Ha!«, tönte es empört von hinten.

Der Wachtmeister sah gelassen auf ihn herab. »Machens bittschön keine Geschichten, Herr. Das mag ich nicht.«

Kull seufzte. »In Ordnung«, lenkte er kleinlaut ein. »Ein wenig Zeit kann ich erübrigen.«

»Das freut mich aber«, meinte der Wachtmeister. »Los jetzt.«

Wer sagts denn, dachte der Ermittler. Läuft doch.

12

»Schon durch?«, fragte der Anwalt, während er sich noch gegen die eiserne Fürsorglichkeit seiner Sekretärin, die ihm aus dem Mantel half, zu wehren versuchte.

»Fast.« Kajetan lehnte sich zurück und massierte seinen Nacken.

Herzberg rückte sich einen Stuhl zurecht, setzte sich ihm gegenüber und sah ihn erwartungsvoll an. »Und? Können Sie bereits etwas sagen?«

»Ich glaube nicht, dass es der Ignaz Rotter gewesen ist«, sagte Kajetan.

Der Anwalt nickte befriedigt. »Hätte mich auch gewundert, wenn Sie zu einem anderen Schluss gekommen wären.«

»Aber ...«

Herzberg hob die Brauen. »Aber?«

»Wenn Sies mir nicht übel nehmen, Herr Doktor: Ein Rest Zweifel bleibt.«

»Mag sein. Der entscheidende Punkt ist aber doch der, dass dieser Rest niemals zu einer Verurteilung hätte führen dürfen. Darüber sind wir uns doch einig?«

»Allerdings«, sagte Kajetan.

»Fein. Dann lassen Sie hören, worauf sich Ihre Zweifel gründen.«

»Da ist zum Beispiel, dass Ignaz Rotter öfters und in aller Öffentlichkeit gesagt haben soll, er würd seine Frau am liebsten umbringen.«

»Worauf sich der Ankläger natürlich mit Hurra gestürzt hat«, sagte Herzberg grimmig. »Aber wenn man sich mit der Mentalität des Landvolks ein wenig beschäftigt hätte, dann wüsste man, dass es nicht immer zart besaitet ist. Und, Hand aufs Herz, wie oft hat unsereins in seiner Wut nicht schon einmal ähnliche Äußerungen getan? Wie oft habe ich beispielsweise schon gesagt, dass ich am liebsten den gesamten Justizpalast ausräuchern würde?«

Kajetan grinste.

»Sehen Sie. Purer Unsinn, daraus eine Mordabsicht zu konstruieren«, schloss Herzberg. »Und weiter?«

»Diese Zeugen aus dem Weiler Riedenthal«, fuhr Kajetan fort, »die ihn gesehen haben wollen, wie er den Hof einige Minuten vor dem Mord in die Richtung des Tatorts verlassen hat …«

»Das waren zwei Buben aus der Nachbarschaft, zehn und elf Jahre alt. Die Aussage einer dritten Person, einer älteren Nachbarin, ist ebenfalls als Belastung gewertet worden. Zwar hatte die Frau zu Protokoll gegeben, dass sich zur fraglichen Zeit eine Gestalt von Rotters Hof entfernt hat. Sie hat aber stets hinzugefügt, nicht bestätigen zu können, dass es der Angeklagte war. Im Gegenteil. Sie bestand darauf, dass sie sein Gesicht definitiv nicht sehen konnte. Vor allem kenne sie seinen Gang. Die von ihr beobachtete Person jedoch sei anders als Rotter gegangen.«

»Wieso ist das nicht zu seinen Gunsten ausgelegt worden?«

»Der Ankläger behauptete, die Zeugin mache diese Einschränkung vermutlich aus einer Art nachbarschaftlicher Rücksichtnahme. Es habe außerdem bereits Dämmerung geherrscht, weshalb sie sich getäuscht haben könnte.«

Kajetan schnalzte leise mit der Zunge. »Was natürlich auch für die beiden anderen Zeugen zutreffen würde.«

»Eben. Und, wie Sie ja gelesen haben werden, sagten auch

die beiden Buben aus, dass Rotters Gesicht nicht zu erkennen war. Sie nahmen zwar an, dass er es war. Aber letztlich nur, weil sie sich nicht vorstellen konnten, wer es sonst gewesen sein sollte.«

»Aber sogar die Hausmagd«, Kajetan warf einen Blick auf seine Notizen, »Ludmilla Köller hat doch ausgesagt, dass der Bauer zur Tatzeit auf dem Hof gewesen ist?«

Herzberg machte eine wegwerfende Handbewegung. »Sicher. Aber auch hier wandte der Staatsanwalt ein, dass die Köller sich in der Küche aufhielt und letztlich nur bestätigen könne, dass sich Rotter wie üblich gegen vier Uhr zur Stallarbeit aufgemacht hatte und erst gegen halb sechs aufgebracht bei ihr in der Küche auftauchte, weil seine Frau schon längst mit dem Melken der Kühe hätte beginnen sollen. Er hätte sich, so der Staatsanwalt, schließlich unbemerkt in den Wald schleichen, seiner Frau auflauern, sie erschießen und anschließend wieder in den Stall zurückkehren können.«

»Soweit ich mir die Hauspläne angesehen habe, kann man den entsprechenden Hinterausgang wie auch den Weg zum Wald von der Küche aus tatsächlich nicht einsehen. Warum kann er sich nicht doch für kurze Zeit davongestohlen haben?«

»Weil nicht nur dieses Fräulein Köller, sondern auch die hinzugekommenen Nachbarn glaubhaft versichern konnten, dass alle Arbeiten mit der üblichen Sorgfalt erledigt worden waren. Das Vieh war gefüttert und getränkt, der Stall gesäubert. Diese Arbeiten können in einem Hof wie dem des Rotter unmöglich in der Hälfte der Zeit bewerkstelligt werden. Wovon ein Staatsanwalt natürlich keine Ahnung hat. Für ihn kommen Milch und Fleisch aus der Feinkostabteilung von Dallmayr. Deswegen wurde auch dieser Einwand abgeschmettert.« Herzbergs Miene wurde besorgt, als er fortfuhr: »Es hat sogar eher das Gegenteil bewirkt. Dass die Köller gerade dieses Argument mit großer Beherztheit vortrug, dass sie überhaupt – ja, wie eine Löwin – für den Bauern kämpfte, hat Ankläger und Richter auf eine neue Idee gebracht. Nämlich, dass sie und Rotter sich näher als erlaubt gestanden haben könnten. Was die junge Frau in ihren Augen natürlich umso unglaubwürdiger machte. Vor allem glaubte man, damit eine weitere Bestätigung des Mordmotivs zu haben. Rotter habe demnach seine Frau erschossen, um mit seiner Magd zusammen sein zu können.«

»Ganz abwegig wärs ja auch nicht«, wandte Kajetan ein. »Und was die Arbeiten im Stall angeht, so …«

Herzberg ergänzte ungeduldig: »… so könnte sie doch für ihn in der Zeit eingesprungen sein, in der er im Wald war und seiner Frau aufgelauert hat, wollen Sie sagen?«

Kajetan streifte sein Gegenüber mit einem forschenden Blick. Er ist angespannt, dachte er. Und ob ich mit seiner herablassenden Art wirklich warm werde, weiß ich auch noch nicht.

»In den Unterlagen heißt es zwar, dass die damals viereinhalb jährige Tochter des Ehepaares erkältet in der Stube nebenan gelegen ist. Aber …«

»Vergessen Sies.« Wieder schnitt ihm der Anwalt das Wort ab. »Das Kind hat eindeutig bestätigt, dass die Köller den Wohntrakt in der entsprechenden Zeit nicht verlassen hat. Die Tür zwischen beiden Räumen stand offen. Gewiss, die Kleine könnte kurz eingeschlafen sein, sich getäuscht oder den Sinn der Frage nicht verstanden haben. Aber wenn sogar die damaligen Ermittler das Kind als verständig einstuften, dürfen wir davon ausgehen, dass seine Aussage der Wahrheit entspricht. Und was die Beziehung zwischen Rotter und seiner Magd betrifft: Rotter schwor und beteuert bis heute, dass es bei ihm seit seiner Eheschließung keinerlei nichteheliche geschlechtliche Beziehungen mehr gegeben hat. Fräulein Köller äußerte sich nicht weniger entschieden, wurde aber seinerzeit nicht vereidigt.«

»Sowas haben schon viele geschworen«, warf Kajetan an.

»Geschenkt. Aber es gibt noch weitere Fakten, die gegen diesen Verdacht sprechen. Die Getötete hatte nachweislich eine Tendenz zu hysterischen Ausbrüchen. Sie soll ihre Nachbarn öfters mit haltlosen Anschuldigungen traktiert haben. Was bedeutet, dass sie mit Sicherheit beim geringsten Verdacht sofort Krach geschlagen hätte. Keiner der Nachbarn hat jedoch auch nur den Anflug einer entsprechenden Beobachtung berichten können. Von allen ist Ignaz Rotter als zwar raubeiniger, letztlich aber doch rechtschaffener Mann bezeichnet worden.«

Kajetan beugte sich vor, stützte seine Ellenbogen auf seine Knie und massierte nachdenklich seine Schläfen. »Was ist eigentlich mit der Tochter danach passiert?«

»Soweit ich in Erfahrung bringen konnte, wurde sie zunächst zu einem Verwandten seiner Mutter gegeben, dann in ein Waisenhaus bei Deggendorf verbracht. Von der Heimleitung ist Herrn Rotter nahegelegt worden, den Kontakt abzubrechen, da er schädlich für die Entwicklung des Kindes sei. Er hält sich daran, obwohl er darunter leidet.«

»Ein Tasserl Tee vielleicht für meine Herren?«, unterbrach die Sekretärin mit liebenswertem Lächeln. Die beiden Männer wehrten gleichzeitig ab.

»Dann noch was«, setzte Kajetan wieder an. »Es taucht immer wieder ein weiterer Beteiligter auf, ein …«

Herzberg nickte. »Richtig. Johann Fürst. Ein ehemaliger Heeresflieger, gebürtig aus der Region, der sich wie viele nach Kriegsende schwertat, wieder Fuß zu fassen. Von Beruf Schlosser, schlug er sich damals auf dem Land mit Reparaturarbeiten durch. Eine Zeugin – Sie haben es gelesen – gab zu Protokoll, dass dieser Mann am Tag des Mordes auf dem Hof Rotters zu Gast war. Rotter und die Hausmagd bestätigen es, sagen aber, dass er auf dem Hof lediglich zu Mittag gegessen und sich, nachdem an diesem Tag keine Reparaturen anstanden, gegen vier Uhr, also lange vor der Tatzeit, verabschiedet habe.«

»Ist gegen ihn ermittelt worden?«

Der Anwalt bestätigte nickend. »Wenn auch hier wieder empörend nachlässig und erst nach mehreren Wochen. Was man damit begründete, dass ja Bauer und Magd zuvor bestätigt hätten, Fürst habe um die von ihm genannte Zeit den Hof verlassen. Er selbst gab an, mit dem Zug nach Mühldorf gefahren zu sein, wo er ehemalige Regimentskameraden besucht habe. Ich habe mich vergewissert und festgestellt, dass der Fahrplan der entsprechenden Linie tatsächlich eine Abfahrt um fünf Uhr fünf vom Bahnhof in Thalbach vorsieht. Diese Station ist, grob geschätzt, fünfzig bis sechzig Fußminuten von Rotters Hof entfernt.«

»Er hat also ein Alibi.«

»Weil er einige Minuten vor Tatzeit im etwa vier Kilometer entfernten Bahnhof gerade den Zug bestiegen hat, richtig.« Herzberg nickte verdrossen. »Man sah offenbar keinen Anlass, die entsprechenden Angaben gründlicher zu überprüfen. Als Grund vermute ich, dass Fürst zum Zeitpunkt seiner Einvernahme bereits aktives Mitglied einer Freikorps-Einheit war, die sich in diesen Wochen gerade gebildet hatte. Nebenbei: Er nahm dann am Einmarsch in München teil, wobei er in einem Fall immerhin so auffällig geworden ist, dass es zu Ermittlungen gegen ihn kam. Er soll Mitte April an der Ermordung von Anhängern der Räteregierung beteiligt gewesen sein. Die Ermittlungen wurden jedoch eingestellt.«

»Was Sie nicht sagen.«

Der Anwalt quittierte die Bemerkung mit einem sarkastischen Nicken. »Übrigens ist nicht minder eigenartig, dass sich das Landshuter Gericht damals mit seiner schriftlichen Aussage begnügte. Zu Protokoll wurde auch die Stellungnahme seines damaligen Kommandeurs genommen, der seine Ankunft in Mühldorf bestätigte und ihm ein vor Lob geradezu strotzendes Zeugnis ausstellte und seine – ich zitiere, wohlgemerkt – ›Tapferkeit bei der Befreiung Münchens‹ hervorhob. Das Gericht ging offensichtlich davon aus, dass Helden wie er unmöglich die Unwahrheit sagen können.«

»Wie auch immer. Als Täter fällt er demnach aus.«

»Auch wenn Fürst und sein damaliger Kommandeur gelogen haben sollten – das Alibi ist in der Tat nach so langer Zeit nicht mehr angreifbar«, bestätigte Herzberg unfroh. Er sah auf. »Noch Fragen?«

Kajetan verneinte.

»Gut.« Der Anwalt sah Kajetan erwartungsvoll an. »Es darf keine Zeit mehr verloren werden. Sie sollten sich so bald wie möglich nach Riedenthal aufmachen, was meinen Sie?« Er wartete Kajetans zustimmendes Nicken ab und fuhr fort: »Es scheint mir nach meinen bisherigen Erfahrungen sinnvoll, zunächst verdeckt zu ermitteln. Haben Sie bereits eine Idee, wie Sie aufzutreten gedenken? Als Versicherungsagent? Als Reisender in Mehl und Hopfen?«

»Muss ich mir noch überlegen«, sagte Kajetan. »Vielleicht als der, der ich bin?«

Der Anwalt warf ihm einen zweifelnden Blick zu.

»Die Leut da unten sind nicht dumm«, sagte Kajetan.

»Das wollte ich damit nicht gesagt haben«, erwiderte Herzberg. »Die Frage ist nur, ob man dort über erneute Nachforschungen so erfreut sein wird. Aber gut. Es ist schließlich Ihr Metier.«

»Richtig«, sagte Kajetan.

13

Wachtmeister Schmaus schob den Ausweis über den Tisch und lehnte sich zurück.

»Was hat der Herr in meiner Gemeinde verloren?«

Der Ermittler steckte seine Papiere ein. »Darf man sich bei Ihnen nicht als Urlaubsgast aufhalten, ohne gleich verdächtigt zu werden?«

Schmaus legte die Hände übereinander. »Wie wärs, wenn wirs einfach so halten, Herr: Ich frag, und Sie antworten mir?«

»Ich habe diesen Streit eben nicht angefangen. Ich habe mich lediglich meiner Haut gewehrt. Einer der Burschen ist immerhin mit einem Messer auf mich losgegangen!«

»Nachdem Sie ihn offenbar bis aufs Blut gereizt haben.«

»Ich habe lediglich meine Meinung gesagt. Ist das hierzulande verboten?«

»Eigentlich nicht«, sagte der Gendarm ungerührt. »Aber ich hab eben gesagt: Ich frage. Drum nochmal. Was haben Sie hier zu suchen?«

»Meine Sache, ja?«, sagte der Ermittler. »Ich liebe eben das Gebirge.«

»Glaub ich Ihnen aufs Wort, Sie Sportskanone.«

Witzbold, dachte Kull.

»Wie sich vielleicht bereits herumgesprochen hat, bin ich Privatfotograf.«

Der Wachtmeister sah ihn unverwandt an. »Dem es aber

gegen den Strich zu gehen scheint, wenn die Hitler-Leut einen Propagandatag abhalten, und der sich …«

»Völliger Quatsch!«, fiel ihm Kull ins Wort. »Dieses Theater ist mir völlig schnuppe!«

»Dürft ich vielleicht einmal ausreden?«, sagte Schmaus scharf.

»Bitte.«

»… und der sich von gewissen Kunden, die ich schon seit einiger Zeit wegen Schmuggelei im Gucker hab, ins Gebirg führen lässt …«

»Nicht möglich!«, rief Kull. »Schmuggelei?«

Der Gendarm hob die Stimme, »… und der sich außerdem in ziemlich auffälliger Weis für ein abgestürztes Flugzeug zu interessieren scheint.«

Alois, dachte Kull. Bringt bei mir das Maul nicht auf, gibt im Dorf aber das Waschweib.

»Wofür?« Er spielte den Verwunderten. »Ach, das – richtig, ich kam zufällig an einem Ort vorbei, wo eine Maschine abgestürzt ist. Ist schließlich nichts alltäg …?«

»Jetzt hörens endlich auf mit diesem Krampf, ja?«, fuhr der Wachtmeister gereizt dazwischen. »Ein Wandergast wollen Sie sein? Sie haben ein Schuhwerk, bei dem man Ihnen bei Strafe verbieten müsst, auch nur einen Fuß ins Gebirg zu setzen. Zum letzten Mal: Was haben Sie bei uns verloren?«

Kull verschränkte die Arme vor der Brust. »Ich bin kein Papagei, ja?«, sagte er bockig. »Womit ich ausdrücken möchte, dass ich mich ungern wiederhole.«

Der Stationsleiter lehnte sich zurück. »Ich hab Zeit, Herr.« Er griff nach einer Dose vor ihm, entnahm ihr eine Prise Schnupftabak und schob sie sich mit der Handkante unter seine Nase. »Möchtens ein bisserl überlegen? Ich hätt da im Keller eine kleine Kammer. Ich tät sogar von außen zusperren, damits auch wirklich Ihre Ruh haben.« Er grinste boshaft. »Gut, ganz so gemütlich wie beim Postwirt ist es natürlich nicht.«

»Das können Sie nicht tun!«, brauste Kull auf. »Ich kenne die Vorschriften!«

»Die Vorschriften, jaja …«, seufzte der Wachtmeister. »Die kenn ich auch.«

»Dann halten Sie sich gefälligst daran, ja?«

Der Wachtmeister sah Kull mitleidig an. »Schauens, Herr Kull – wenn ich bei meinen Bezirksoberen vortrag, dass für den Gautag eine Störung zu befürchten war und ich deswegen sicherheitshalber eine Arretierung hab vornehmen müssen – glaubens, dass ich drauf was anderes als eine Belobigung zu hören krieg?« Er strich sich einige Krümel aus seinem Schnauzbart. »Die Sozen und die Kommunisten haben bei ein paar Kleinbauern und Holzknechten nämlich durchaus ihren Anhang. Ich hab mir sagen lassen, dass sie sich die Gaudi übermorgen auf keinen Fall bieten lassen werden. Da muss ich doch schließlich Maßnahmen treffen, oder?«

»Absolut lächerlich!«

Schmaus überging den Einwurf. »Außerdem hats, seit der Flieger abgestürzt ist, ein paar ziemlich seltsame Vorfälle gegeben. Einer von den Revierjägern hat schon einmal ein paar Auswärtige gesehen, die sich da oben rumgetrieben haben. Dass mich interessiert, was da dahinterstecken könnt, werden grad Sie gut verstehen.« Er genoss Kulls überraschte Miene, als er hinzufügte: »Man nennt Sie wahrscheinlich nicht umsonst ›Gustav, die Nase‹.«

Kull sah zum Telefon. Der Wachtmeister war seinem Blick gefolgt. »Richtig, mein Herr. Die bayerische Gendarmerie kann bereits mit einem Telefonapparat umgehen.« Er beugte sich mit einem Ruck vor und sagte scharf: »Gustav Kull, gebürtig aus

Berlin, daselbst auch wohnhaft. Privater Ermittler, war mehrere Jahre bei der deutschen Pinkerton-Niederlassung tätig, seit einigen Jahren selbstständig. Politisch undurchsichtig, eingebildeter und cholerischer Giftzwerg, der einem Streit nur dann aus dem Weg geht, wenn sichs nicht vermeiden lässt. Soll die Berliner Polizei immer wieder zum Wahnsinn bringen, leider aber manchmal richtigliegen.« Schmaus grinste schief. »›Vorsicht vor der Schnauze‹, hat mir der Berliner Kollege gestern noch als Warnung mitgegeben.«

Kull räusperte sich. »Wieso schikanieren Sie mich dann erst?«

»Da bin ich halt eigen.« Der Gendarm zuckte leichthin die Achseln. »Wenn einer meint, er könnt mich allzu leicht aufs Glatteis führen, lass ich ihn gern ein bisserl beizen.«

»Und? Zufrieden?«, murrte Kull.

Aus Schmaus' Miene sprach satte Genugtuung. »Tuts schon«, meinte er.

»Na gut«, sagte Kull. »Dann bringen wirs hinter uns. Jawohl, ich bin von der ›Olympia‹-Versicherung beauftragt, den Absturz noch einmal zu untersuchen. Es geht immerhin um eine ziemlich hohe Summe, die von der Gesellschaft zu bezahlen wäre, sollte es an der Maschine gelegen haben. Mein Auftraggeber wollte dabei, dass ich zunächst verdeckt vorgehe.« Er griff nach der Tischkante, um seinen Stuhl zurückzuschieben. »Alles geklärt? Kann ich gehen?«

Schmaus schien die Frage überhört zu haben. »Aber die Landeskriminalpolizei hat da oben doch jeden Stein zweimal umgedreht?«

Kull nickte herablassend. »Sie hat untersucht, richtig. Allerdings so, dass meiner Gesellschaft der eine oder andere Zweifel gekommen ist, ob alles mit der nötigen Sorgfalt durchgeführt worden ist. Die Junkers F13 gilt nämlich als äußerst zuverlässiges Flugzeug. Auf unsere Nachfrage bei der Kriminalpolizei wurde natürlich energisch zurückgewiesen, nachlässig gearbeitet zu haben. Allerdings ließ man durchklingen, die Ermittlungen seien durch den Umstand erschwert worden, dass die örtliche Gendarmerie unvorschriftsmäßig vorgegangen sei. Spuren seien zertrampelt worden, ob alle Beweisstücke ordnungsgemäß behandelt worden seien, sei ebenfalls fraglich. Und so weiter.«

»Was?!« Der Gendarm fuhr auf: »Diese … diese … aufgeblasenen …!«

»Regen Sie sich nicht auf, Herr Wachmeister«, tröstete Kull. »Ist doch schließlich bekannt, dass es immer das Einfachste ist, die Schuld auf andere zu schieben, nicht wahr?«

»Bagasch, eingebildete«, brummte Schmaus.

Kull öffnete die Hände. »Tja, nun wissen Sie Bescheid. Kann ich endlich gehen?«

So, dachte Kull. Und jetzt möchte ich was hören.

»Herr Wachtmeister? Ich fragte, ob ich jetzt gehen …?«

Der Gendarm sah an ihm vorbei. »Jaja … ich streit ja nicht ab, dass da … ein paar Dinge ziemlich komisch gewesen sind. Beispielsweis, dass wir eine Pistole gefunden haben. Hab mir noch gedacht: Zu was braucht man so was in einem Flieger? Ich kann mir keinen Grund vorstellen.«

»Ich ebenfalls nicht«, pflichtete ihm der Ermittler kollegial bei. »Wenn überhaupt, dann wäre doch die einzige Erklärung, dass die Fracht ungewöhnlich wertvoll war, oder?«

Von einer wertvollen Fracht sei ihm aber nichts bekannt, wandte der Wachtmeister ein. Was sollte das überhaupt gewesen sein? Als er bei der Absturzstelle eingetroffen sei, wären um das noch rauchende Wrack lediglich einige angesengte Geldscheine zu sehen gewesen. Keine wirklich große Summe. »Ein paar Zehnmarkscheine sinds gewesen, die noch ganz waren. Sonst sind bloß noch ein paar verbrannte Fetzen rumgeflogen. Den Resten nach können es aber nicht mehr als höchstens sechzig, siebzig Mark gewesen sein. Bei den zwei Piloten haben wir nichts mehr gefunden, sie sind ja…« Der Wachtmeister verstummte. Er erinnerte sich an das Bild, das sich ihm geboten hatte, als er die Leichen der Männer im ausgeglühten Wrack hatte entdecken müssen.

Er sah zur Seite. »War… nicht grad besonders schön…«. Er räusperte sich in seine Faust.

Kull ließ eine kurze Pause verstreichen, bevor er wieder ansetzte: »Sagen Sie – als Sie zum Unglücksort kamen, war doch bereits die Feuerwehr dort?«

»Und die hiesige Bergwacht, ja.«

»War der Aufprall eigentlich im Ort zu hören?«

Der Wachtmeister verneinte. »Der Platz liegt hinter dem Kienhörndl. Da hörst im Dorf nichts.«

»Wie haben Feuerwehr und Bergwacht dann überhaupt davon erfahren?«

»Dem Oberreither-Vale sein Hof liegt so, dass er das Feuer als Erster hat sehen können. Er hat Alarm gegeben.«

»Nach unseren Unterlagen ist die Feuerwehr erst ungefähr zweieinhalb Stunden später vor Ort eingetroffen, ist das richtig?« Der Ermittler wartete Schmaus' bestätigendes Nicken ab, bevor er fort fuhr: »Der Aufstieg aber dauert nicht länger als eine Stunde. Wie viel Zeit vergeht nach einem Alarm üblicherweise, bis die hiesige Feuerwehr abmarschbereit ist?«

»Je nach Rüstaufwand, Tageszeit und Wetter eine halbe bis eine dreiviertel Stunde, grob geschätzt.«

Kull verschränkte die Hände vor der Brust. »Dann sind, wenn ich mich nicht irre, zwischen Absturz und Alarm ungefähr eineinhalb Stunden vergangen, nicht wahr? Brauchte dieser Bauer denn so lange, um ins Dorf zu kommen und Alarm zu geben?«

»Nein. Mit dem Radl ist er in einer Viertelstunde im Oberland, da hat der Doktor Tobisch ein Telefon. Der hat dann im Gemeindeamt angerufen.«

»Tobisch? Ist das etwa dieser Lügenbold von vorhin?«

Der Wachtmeister nickte. »Aber die Beleidigung will ich überhört haben. Der Herr Doktor Tobisch hat ein Ansehen im Dorf, weil er als Arzt was taugt. Ob einer für die Nazen oder was anderes spinnt, ist jedem seine Sach.«

»Jaja ...« Kull wirkte für einen Moment zerstreut. Der Wachtmeister glaubte seine Gedanken zu erraten. »Sie fragen sich, wo die eineinhalb Stunden bleiben, stimmts? Das ist einfach zu erklären. Der Oberreither-Vale hats krachen gehört, hats Feuer gesehen und ist sofort aufgestiegen. Von ihm aus ist es ja nicht weit. Er hat gemeint, dass er vielleicht noch helfen kann. Wie er dann gesehen hat, dass er nichts mehr ausrichten kann, ist er gleich ins Dorf.«

Kull dachte kurz nach. Dann sagte er: »Wie hieß dieser Bauer gleich noch? Oberreither?«

»Der Schreibname ist Kienberger Valentin. Oder Vale, für die Leut. Oberreither ist bloß der Hausnam.«

»Zeigen Sie mir bitte den Weg zu diesem Hof. Ich muss mit dem Mann reden.«

Der Wachtmeister zögerte mit einer Antwort. Im gleichen Moment wusste Kull, was er hören würde.

»Das geht nimmer«, sagte Schmaus. Seine Stimme klang brüchig. »Der Vale ist tot. Er, seine Bäuerin und das Kleine.« Noch immer war ihm die Erschütterung ins Gesicht geschrieben. »Der Hof ist gute acht Tag später bis auf die Grundmauern abgebrannt.«

Kull starrte ihn an.

»Erzählen Sie«, bat er mit belegter Stimme.

Es hatten sich entsetzliche Szenen abgespielt. Als die Feuerwehr eintraf, stand der Wirtschaftstrakt schon in hellen Flammen, auch aus dem Wohnbereich quoll bereits schwarzer Qualm. Auf dem Balkon des Wohnhauses, das noch durch die Brandmauer geschützt war, stand die Bäuerin, verzweifelt um Hilfe rufend. Den Feuerwehrmännern gelang es noch, eine Leiter anzulegen und die halb Ohnmächtige vom Haus wegzuführen, als das Feuer mit ohrenbetäubendem Fauchen die Durchgänge der Feuermauer sprengte und auch das Wohngebäude in eine Flammenhölle verwandelte. Da hatte sich die Bäuerin plötzlich losgerissen und war mit dem Schrei »Mein Kind!« wieder in das Haus gestürzt. Die Männer hatten, als sie sie zuvor in panischer Eile von der Altane bargen, das kleine Bündel übersehen, in das sie ihren Sohn gewickelt und neben sich gelegt hatte. Es gelang den überraschten Männern nicht mehr, sie zurückzuhalten. Zwei der Männer hatten es versucht, doch die Wucht der Hitze hatte sie zurückgeschleudert. Ihr zu folgen, wäre purer Selbstmord gewesen. Die Frau ging vor ihren Augen in Flammen auf.

»Den Vale hat man beim Stall gefunden«, schloss der Wachtmeister bedrückt. »Und das … das ist auch eine der Sachen, die mir im Dorf seit einiger Zeit nimmer gefallen wollen.« Er wandte sein Gesicht ab und fügte leise hinzu: »Überhaupt nicht mehr …«

Der Ermittler hatte einen Augenblick geschwiegen. Dann fragte er: »Was war die Brandursache?«

Schmaus hob die Achseln. »Man hat zwar festgestellt, dass das Feuer zwischen Vorderstall und Heuboden ausgebrochen ist, wo man den Vale auch gefunden hat. Wodurch der Brand aber entstanden ist, hat man nicht mehr herausfinden können. Selbstentzündung ist in dieser Jahreszeit nicht wahrscheinlich. Also könnte es auch eine umgefallene Petroleumlampe gewesen sein.

Wobei wiederum die Frag ist, wie so etwas um ein Uhr in der Früh passieren kann.«

»Sind die Leichen obduziert worden?«

»Soweit noch was da war, was man obduzieren hat können, ja.«

»Mit welchem Ergebnis?«

»Der Kleine ist wie die Bäuerin verbrannt, wobei er wahrscheinlich schon vorher erstickt ist. Das Gleiche beim Vale. Bei ihm hat man immerhin noch sehen können, dass sein Schädel eingeschlagen war. Wahrscheinlich durch einen Balken, wie der Heuboden über ihm eingekracht ist.«

Der Ermittler befingerte seine Unterlippe. »Sie sagten, der Bauer ist nicht in seiner Schlafkammer gefunden worden, sondern in der Nähe des Stalles?«

»Zwischen Stall und Remise, vor einem kleinen Verschlag«, bestätigte der Dorfgendarm. »Er hat sich da eine kleine Werkstatt eingerichtet gehabt, mit Hobelbank und allem. Der Vale ist ja ein Machler gewesen, der sich das meiste selber hat richten können.«

Der Ermittler überlegte. Wäre das Feuer ohne das Zutun des Bauern ausgebrochen, so hätte dieser sich bei Ausbruch des Feuers doch in der Schlafkammer befinden müssen? Der Wachtmeister schien in dieselbe Richtung gedacht zu haben: »Dass er in Panik aufgeschreckt ist und erst das Vieh rauslassen wollt …« Er stockte und schüttelte den Kopf, »nein, das glaub ich nicht. Sosehr ein Bauer auch an seinem Vieh hängen mag – erst kommt der Mensch, dann das Vieh. Er hätt als Erstes seine Frau und seinen Buben aus dem Haus gebracht.«

»Ist denn nicht auch über einen Raubmord nachgedacht worden?«

»Na freilich. Aber es hat nichts Verdächtiges mehr festgestellt werden können, das Haus war ja komplett ausgebrannt. Beim Oberreither wär außerdem nicht viel zum Holen gewesen. So tüchtig er auch gearbeitet hat, neben der Bauernarbeit noch als Holzknecht und Torfstecher, er war ein Hungerleider, immer ist die Gant vor der Tür gestanden. Die Frau war auch nicht die gesündeste, Schwindsucht, hats geheißen. Es hat wohl damit angefangen, dass er zwei Geschwister hat auszahlen müssen, wobei er sich nicht hat lumpen lassen. Wie sich dann vor ein paar Jahren rausgestellt hat, dass der Kassierer vom hiesigen Raiffeisenverein alles verspielt hat, ist es ganz bergab gegangen mit ihm.«

»Hatte er Feinde?«

»Der Oberreither Vale? Nein«, sagte der Wachtmeister bestimmt. »Es ist bloß noch in Betracht gezogen worden, dass er was mit der Schmugglerei zu tun gehabt haben könnt und deswegen mit einem von der Bagage überkreuz gekommen ist. Wir haben uns nämlich drüber gewundert, dass in einem Versteck in seiner Werkstatt ein Ballen mit Seide war. Aber das hätt nicht zu ihm gepasst.«

»Klären Sie mich auf«, meinte Kull. »Was hat Sie an diesem Fund gewundert?«

»Weil wir uns gefragt haben, wieso er den Stoff nicht im Schlafzimmerkasten aufgehoben, sondern in seiner Werkstatt versteckt hat. Vor allem aber, wie die Oberreitherischen ihr Geld für so was rausschmeißen können, wenn sie schon mit den Schulden nimmer nachkommen. Aber vielleicht wars ein Geschenk, oder er hats noch von seinen Alten gehabt. Das Schmuggeln hätt eh nicht zum Vale gepasst. Er war anständig, fast zu anständig für die heutigen Zeiten. Dass er den Stoff gestohlen hat, glaub ich gleich dreimal nicht. Da leg ich meine Händ ins Feuer, und die Füß gleich dazu.«

Der Wachtmeister horchte auf. Das Mittagsgeläut der Pfarrkirche hatte eingesetzt.

»Und damit Schluss. Weiß überhaupt nicht, wieso ich so lang mit Ihnen ratsch.« Er sah Kull fest an. »Ich geb Ihnen noch den guten Rat, Herr. Nämlich den, so schnell wie möglich abzuhauen.«

»Ich lasse mir nicht vorschreiben, wann ich abzureisen habe.«

»Ich hab Ihnen nichts vorgeschrieben, sondern einen Rat gegeben. Die Burschen, die Sie vorhin aufs Kreuz gelegt haben, werden sich revanchieren wollen. Und wie ich die Helden kenn, werden sie dann nicht mehr bloß zu zweit sein. Hab ich mich klar genug ausgedrückt?«

»Ich bin nicht auf den Kopf gefallen«, sagte Kull.

Der Wachtmeister lachte freudlos. »Vor allem nicht aufs Maul.« Er stand auf. »Aber manchmal reicht das nicht aus, glauben Sies mir.«

14

Mit ohrenbetäubendem Kreischen glitt die Lok der Waldlinie Mühldorf-Pilsting auf die Unfallstelle zu. Als sie in einer Wolke aus Rauch und Staub zum Stehen kam, trennte sie nur noch eine Handbreit von dem Ochsenfuhrwerk, das mit gebrochener Achse auf dem Gleisübergang liegen geblieben war.

Einige Sekunden war nichts als das Stampfen der schweren Maschine zu hören. Dann öffnete sich die Tür des Tenders. Der Lokführer sprang heraus und rannte auf den schmächtigen Fuhrmann zu, der, noch immer totenbleich, wie angewurzelt neben seinem Gefährt stand. Mit einem Blick umfasste der Lokführer die Situation. Keine Verletzten. Die Zugtiere unruhig, aber wohlauf. Die Vorderachse des Fuhrwerks in zwei Teile zerborsten, eine der Seitenhalterungen ebenfalls gebrochen, die tonnenschweren Baumstämme über das Gleisbett verstreut. Das Fuhrwerk war völlig überladen gewesen. Der Lokführer begann zu toben.

Nachdem sich Kajetan und die anderen Passagiere von ihrem Schrecken erholt und das durch die Abteile gepurzelte Gepäck wieder verstaut hatten, verließen auch sie den Zug, um das Malheur zu besichtigen.

Noch immer prasselte eine Flut von Beschimpfungen auf den Fuhrmann hernieder. Der Junge, er war höchstens sechzehn Jahre alt, kämpfte mit den Tränen.

»Jetzt lassens doch endlich den Buben in Ruh!«, fasste sich

eine dicke Frau ein Herz. »Der tut doch auch bloß, was ihm von seinem Bauern angeschafft worden ist.«

»Genau!«, pflichtete ihr ein älterer Passagier bei. »Sind wir doch froh, dass nichts Schlimmeres passiert ist.«

»Nichts Schlimmeres passiert, du Hornochs?«, keifte der Zugführer zurück. »Und was ist mit meinem Fahrplan?« Er wandte sich wieder an den Jungen. »Dich werd ich anzeigen, du Verbrecher! An die Straf wirst noch lang denken, das garantier ich dir!«

»Ich kann doch nichts dafür«, schniefte der Gescholtene.

Der Lokführer durchbohrte ihn mit einem vernichtenden Blick. »Sieht doch jedes Rindvieh, dass du zu viel aufgeladen hast!«

»Wenns … wenns mir der … der Zimmermeister doch so angeschafft hat … ich habs ihm doch auch gesagt, dass …«

Der Lokführer brachte ihn mit einer verächtlichen Geste zum Schweigen und stiefelte auf eine Gruppe von Gaffern zu, die sich von einem nahegelegenen Hof genähert hatten. »Und ihr schauts nicht so blöd. Holts gefälligst eure Feuerwehr!«

Kajetan kam zum Schluss, dass er nicht gebraucht wurde. Er kehrte in sein Abteil zurück und streckte die Beine von sich. Er sah aus dem Fenster. Das kahle Buschwerk am Fuß des Bahndammes schauderte im scharfen Landwind. Regensatte Wolken segelten über das hügelige Land.

Kajetan war ein wenig eingenickt, als der Zug wieder Fahrt aufnahm. Er warf einen Blick auf seine Taschenuhr. Das Räumen der Unfallstelle hatte fast zwei Stunden gedauert. Er warf einen Blick aus dem Fenster. Die Sonne, hinter dunklen Wolken nur noch zu erahnen, stand bereits tief im Westen. Karg bewaldete Kuppen, nebelbestandene, von Herbstgüssen nässesatte Senken und abgeerntete Felder glitten vorüber.

Es dämmerte, als der Zug auf dem Thalbacher Bahnhof einfuhr. Kajetan sprang vom Trittbrett und sah sich verwundert um. Nur eine niedrige, von dichtem Wald umgebene Bahnstation war zu sehen, weit und breit kein anderes Gebäude, geschweige denn ein Dorf. Mit ihm war ein weiterer Passagier ausgestiegen, der sich jedoch bereits mit raschen Schritten entfernt hatte. Er fluchte leise. War er an der falschen Station ausgestiegen?

Der Stationsvorsteher gab das Signal zur Weiterfahrt. Der Zug ruckte an. Nach kurzer Zeit hatte ihn das Dämmerdunkel des Waldes verschluckt. Stille legte sich über den einsamen Bahnhof. Kajetan stapfte auf den Beamten zu.

Der Stationsvorsteher war ein hagerer Mann mit melancholischem Gesichtsausdruck, der den Anblick ratloser Reisender gewohnt zu sein schien. Er beruhigte Kajetan. Nein, er habe sich nicht geirrt. Das Dorf jedoch befände sich eine viertel – bis eine halbe Stunde entfernt, je nachdem, wie der Fahrgast zu Fuß sei. Herauszufinden, fügte er seufzend hinzu, wieso die Herrschaften von der »Bayerischen Ostbahn« die Station in dieser Waldeinsamkeit und nicht in der Nähe des Dorfes errichtet hatten, habe er schon vor langer Zeit aufgegeben.

Die Frage nach einer Fahrtmöglichkeit ins Dorf ließ den Vorsteher schmunzeln. Hier ginge man zu Fuß, ließe sich von Verwandten abholen oder könne auf den Bock eines Fuhrwerks aufspringen, das hin und wieder vorbeikäme. Hätte der Zug keine Verspätung gehabt, wäre das kein Problem gewesen. Aber diese abgelegene Waldlinie sei nun einmal problematisch, mal fielen Bäume auf die Gleise, ein anderes Mal würde schweres Rotwild queren, oder es sorge eben ein ungeschickter Fuhrknecht dafür, dass der Fahrplan durcheinanderkäme. Jetzt jedenfalls, so kurz vor Einbruch der Nacht, befänden sich die Gespanne längst wieder in ihren Remisen.

»Aber Sie sind ja noch gut beieinand«, sagte der Beamte aufmunternd. »Viel Gepäck habens auch nicht dabei. Es wird zwar bald zu regnen anfangen, aber wenns jetzt gleich losmarschieren, kommens nicht mehr drunter. Es ist nicht weit …«

»Ich wollt eigentlich nicht direkt ins Dorf«, sagte Kajetan. »Ich such eine Einöd namens Riedenthal.«

Der Beamte warf ihm einen merkwürdigen Blick zu.

»Wartet da wer auf Sie?«

Kajetan verneinte.

»Da rat ich Ihnen ab, Herr. Da sinds mehr als eine Stund unterwegs, der Weg geht meistteils durch den Wald. Bald wirds stockfinster sein, da verlaufens Ihnen garantiert. Und in der Nacht kanns auch schon gefrieren, das überlebens vielleicht gar nicht.« Er schüttelte bestimmt den Kopf. »Tuns mir das nicht an. Gehens runter ins Dorf, Herr. Vielleicht mag der Wirt noch anschirren. Wenn nicht, ist morgen auch noch ein Tag.«

Kajetan sah es ein. Er ließ sich den Weg erklären, bedankte sich, schlug den Kragen hoch und marschierte los.

Als er das Dorf Thalbach vor sich sah, war es bereits dunkel. Feiner Regen setzte ein. Der Ort lag wie ausgestorben vor ihm. Aus einigen Fenstern schimmerte warmes Licht auf die unbefestigte Dorfstraße. Über der Tür eines Gasthofs schaukelte eine trübe Hängelampe im Wind.

Im Hausflur traf er auf den Wirt. »Anschirren, heute noch?«, fragte dieser ungläubig. »Und auch noch nach Riedenthal?« Der Wirt schüttelte den Kopf. Man sähe ja bald nicht mehr die Hand vor den Augen, das Wetter würde auch schlechter.

»Außerdem weiß ich nicht, obs den Riedenthalern so recht ist, wenn man im Finstern noch zu denen kommt. Die sind nämlich eine eigene Rass. Wenns Pech haben, brennt Ihnen einer von den Bauern mit seinem Schießprügel eine drauf, weil er glaubt, dass bei ihm einbrechen wollen.

Kajetan gab sich amüsiert. »Hört sich an, als wärs schon mal passiert?«

Der Wirt blieb ernst. »Da draußen ist schon viel passiert.« Er öffnete die Tür zur Gaststube, ging voraus und bedeutete Kajetan mit einer einladenden Geste, ihm zu folgen. »Heut werdens außerdem nirgendwo mehr hinkommen, der Omnibus auf Riesbach ist auch schon fort. Ich tät Ihnen ein Zimmer herrichten lassen, zum Essen müsst auch noch was da sein.« Er machte eine Kopfbewegung zu einem Alten mit ungekämmtem Schopf, der neben zwei nur wenig jüngeren Kartenspielern an einem Tisch in der Nähe der Schänke saß und auf seinen Bierkrug stierte. »Der Dore muss morgen Vormittag eh in die Richtung, der könnt Ihnen mitnehmen.« Er hob die Stimme: »Dore? Du fahrst doch morgen früh ins Holz. Kannst den Herrn doch mitnehmen, oder?«

»Was möcht ern da?«, brummte der Angesprochene.

Der Wirt streifte Kajetan mit einem fragenden Blick, bevor er mit ratloser Geste antwortete: »Geht uns nichts an. Nimmst ihn mit oder nicht?«

»Von mir aus.«

Der Wirt nickte zufrieden. »Sehns, Herr, schon passt alles. Dann lass ich jetzt das Zimmer herrichten, gell?«

Kajetan überlegte kurz. Dann willigte er ein. Der Wirt drehte sich zur Küchentür.

»Mamma? Kannst dem Herrn noch was zum Essen herrichten?«

»Freilich.« Im Türrahmen neben der Schänke erschien eine schlohweiße Alte. Sie blinzelte Kajetan an, schmatzte mit den Lippen ihres zahnlosen Mundes und krähte freundlich: »Ein Schweinernes mit Knödel und Kraut hätt ich noch. Oder ein rösches Gröstl. Was halt lieber ist.«

Kajetan entschied sich für den Schweinebraten. Die Alte verschwand in der Küche, der Wirt zapfte ihm einen Krug Bier, bevor er sich verabschiedete, um das Zimmer vorbereiten zu lassen.

Kajetan zog seinen Mantel aus, hängte ihn an den Garderobenhaken und setzte sich an einen Tisch neben dem Eingang. Er nickte den Kartenspielern grüßend zu. Sie erwiderten es mit einer spärlichen Geste und setzten ihr Spiel fort.

Eine Standuhr tickte. Die Fensterscheiben klirrten leise, der Wind war stärker geworden. Die Kartler, in ihr Spiel vertieft, unterhielten sich murmelnd. Das anschwellende Rauschen eines Wolkenbruchs drang in die Gaststube, begleitet von einem fernen Donner.

Kajetan gähnte. Er fing den verstohlenen Blick eines der Kartenspieler auf. Als er ihn erwiderte, wandte sich der Mann mit ausdrucksloser Miene ab.

15

Obwohl sich die vormittägliche Sonne unter einer dichten Wolkendecke verbarg, war der Sonderermittler ins Schwitzen gekommen. Er schob seinen Hut in den Nacken, wischte sich mit dem Ärmel über die feuchte Stirn und ließ seinen Blick über die Ruine des Oberreither-Hofs kreisen. Das Gebäude stand am Rand einer kleinen, im Westen zu einem bewaldeten Hügel ansteigenden Rodung – jener, die er von der Absturzstelle aus gesehen hatte. Der Wohnbereich war nach Osten ausgerichtet, hinter der geschwärzten Brandmauer waren die Überreste des Wirtschaftstraktes mit Stallung und Heuschober zu erkennen.

Noch hatte sich niemand die Mühe gemacht, den Brandschutt zu beseitigen. Kull duckte sich unter einem geborstenen Türsturz, kletterte über verkohltes Balkenwerk und Mauertrümmer. Noch immer hing beizender Brandgeruch in der Luft.

Kalksand rieselte auf ihn herab, als er die Reste der Eichentür zur Seite drückte, die den Wohnbereich vom Wirtschaftstrakt getrennt hatte. Der aasige Gestank verbrannter Tierkadaver verstärkte sich. Er befand sich jetzt in einem Vorraum, von dem eine Türöffnung in den Stall, eine andere ins Freie mündete. Eine dritte Öffnung führte in eine kleine Kammer. Es musste die Werkstatt des Bauern gewesen sein, vor der man seine Leiche gefunden hatte.

Von dem einfachen Verschlag, der einst die Tür gewesen war, war außer verbogenen Scharnieren und einigen Holzresten nichts übrig geblieben. Der Boden war mit Balkentrümmern, Gesteinsbrocken und dem Gewirr von verbogenen Eisenteilen übersät, die nur noch mit Mühe als die Reste einer Heugabel, eines Vorschlaghammers, einer Handsäge und einer Harke zu erkennen waren. Vor einer kleinen Fensterluke musste sich die Werkbank befunden haben; in die Wand eingelassene Eisenstreben hatten die massive hölzerne Arbeitsfläche gehalten. Von ihr waren nur noch zu Boden gesackte karbonisierte Planken zu sehen.

Kull griff nach einem Eisenstück und stocherte herum. Die verkohlten Bohlen der Arbeitsbank lösten sich mit einem mürben Geräusch aus der Verankerung und gaben den Blick auf eine Mauernische frei.

Der Ermittler ging in die Knie. Die Nische, nicht größer als einen halben Meter im Quadrat und ebenso tief, musste von einer Steinplatte verschlossen gewesen sein. Die Brandhitze hatte sie gesprengt und in das Innere der Wandvertiefung gedrückt. Kull beugte sich tiefer und schob die Scherben zur Seite. Im hintersten Teil des Verstecks hatten einige Stofffetzen das Feuer überstanden. Er griff hinein und wühlte in der mehligen Asche. Er zog ein stumpffarbenes Knäuel hervor, schüttelte körnige Brandreste und Ascheflusen ab und nahm es vorsichtig auseinander. Das dünne, im Inneren des Knäuels noch immer geschmeidige schwarze Gewebe roch nach verbranntem Horn.

Seide, dachte Kull. Echte, verdammt teure Seide.

Ein gedämpftes Tuckern war zu hören, es näherte sich und erstarb wenig später. Kull hörte, wie eine Wagentür geöffnet und wieder zugeschlagen wurde.

Kull nickte zufrieden. Sehr schön, dachte er. Der Gendarm hatte sich den Vorwurf nicht bieten lassen, unvorschriftsmäßig vorgegangen zu sein und bei der Bezirks-Kripo Krawall geschlagen.

»He! Sie!«, hörte er eine barsche Stimme. »Rauskommen!«

Kull stopfte den Stoff ohne Hast zurück und stakste ins Freie.

Der Rufer, ein stämmiger Mann mit gestutztem Schnauzer und militärisch rasiertem Schädel, erwartete ihn.

»Das ist noch immer fremdes Eigentum, das niemand zu betreten hat, verstanden?«, bellte er.

Der Ermittler trat vor ihn und fixierte ihn angriffslustig. »Ich bin nicht schwerhörig, mein Bester«, gab er mit gleicher Lautstärke zurück. »Und wenn Sie sich hier unbedingt aufspielen möchten, darf ich Sie darauf hinweisen, dass es strenge Vorschriften dafür gibt, wie eine Brandstelle zu sichern ist, ja? Wo sehe ich eine polizeiliche Verbotstafel oder eine Absperrung? Na?«

Für den Bruchteil einer Sekunde huschte Unglauben über das Gesicht des Fremden. »Werden Sie nicht frech, Mann! Was haben Sie hier zu suchen?«

Kull warf den Kopf in den Nacken. »Wer will das wissen?«

Der Schnauzbärtige funkelte den Ermittler wütend an.

»Kriminalpolizei. Ihre Papiere. Dalli.«

Kull reichte sie ihm. Der Beamte betrachtete sie stirnrunzelnd. Mit finsterer Miene gab er sie zurück.

»Ich wart aber noch immer auf die Antwort, was Sie hier zu suchen haben.«

»Ich kam zufällig vorbei, Herr Kommissar. Das Wandern ist nun mal meine Leidenschaft.«

Das Gesicht des Beamten verdunkelte sich. »Ich rate Ihnen, sich nicht über mich lustig zu machen«, blaffte er. »Wenn Sie nicht augenblicklich antworten, werden Sie in der Bezirksinspektion Gelegenheit haben darüber nachzudenken, ob es sich lohnt, eine amtliche Aufforderung zu wahrheitsgemäßer Auskunft zu verweigern.«

»Sie wissen, dass Sie dazu keinerlei Recht haben«, entgegnete

Kull scharf. »Oder muss ich Sie auch noch an das Strafvollzugsgesetz erinnern?« Er hob die Stimme. »Aber gut! Beenden wir das Affentheater. Ja, ich bin nicht zu meinem Vergnügen hier, sondern aus beruflichem Anlass. Dass ich das nicht gleich an jedermann hinauströte, dafür werden Sie Verständnis haben.«

Der Beamte runzelte die Stirn.

»Beruflich?«

Du bist ein schlechter Schauspieler, dachte Kull. Ihr Kerle wisst es doch längst.

»Ich bin privater Ermittler«, sagte er.

»Soso. Und das soll ich Ihnen abnehmen.«

»Es ist mir, ehrlich gesagt, völlig egal, ob Sie das tun. Wenn Sie Zweifel haben, dann überprüfen Sies.«

»Darauf können Sie sich verlassen.«

»Fein.«

»Soso. Ermittler.« Der Kommissar verschränkte die Arme vor seiner Brust. »Was gäbs denn bei uns Interessantes zu ermitteln?«

Kull erklärte es ihm.

»Wieso stöberns dann ausgerechnet auf dem Oberreither-Hof herum? Der Flieger ist woanders abgestürzt.«

»Vielleicht deshalb, weil Ihre Behörde übersehen hat, dass beide Vorkommnisse miteinander zu tun haben könnten?«

»Schmarren!«, fauchte der Beamte. »Wir haben nichts übersehen!«

»Ich beneide Sie um Ihre von keinen Zweifeln getrübte Selbsteinschätzung, Herr Kommissar. Ich persönlich ziehe es allerdings vor, sorgfältiger an meine Aufgaben heranzugehen.«

Der Polizist stellte die Beine aus und stemmte seine Fäuste in die Hüften. »Jetzt sperren Sie mal Ihre Löffel auf, Sie … Sie aufgeblasenes …«

»Nur heraus damit. Ich gebe mit Vergnügen weiter, wie kooperativ sich die hiesige Polizei verhält, wenn die deutsche Versicherungswirtschaft nichts anderes tut, als ihre berechtigten Anliegen zu verfolgen.«

»Das gibt Ihnen noch lange keinen Freibrief, sich in behördliche Ermittlungen einzumischen!«

»Ach?« Der Ermittler hob die Brauen. »Ich dachte, sie sind bereits abgeschlossen?«

Der Kommissar schnaubte. »Sind sie auch.«

»Natürlich.« Kull nickte sarkastisch. »Vor allem mit einem Ergebnis, das an Klarheit wirklich nichts mehr zu wünschen übrig lässt. Und mit einem derart faulen Befund soll sich mein Auftraggeber zufrieden geben? Wo es für ihn bedeuten würde, dass er den Großteil des Schadens zu übernehmen hat?«

»Dafür werden meines Wissens Versicherungen abgeschlossen und bezahlt!«

»Richtig. Trotzdem macht es nun mal einen Unterschied, ob es sich um einen Unfall oder um Sabotage gehandelt hat.«

»Schwachsinn! Für Sabotage hat es keinerlei Hinweise gegeben!«

»Weil offensichtlich auch nicht danach gesucht worden ist.« Kull seufzte gespielt. »Herr Kommissar, nun mal ganz ohne Schmus, ja? Mein Auftraggeber würde ungern an die große Glocke hängen, etwa durch eine Beschwerde an die Landespolizeidirektion, dass die Untersuchung durch die hiesige Inspektion über weite Strecken mehr als oberflächlich ausgeführt und vor allem zu früh abgeschlossen wurde. Dass sie, mit anderen Worten, ein ziemlich unprofessioneller Murks war. Deshalb wäre meine Empfehlung, dass Sie mir jetzt nicht mehr weiter die Zeit stehlen, einverstanden?«

Der Polizist starrte ihn an. Seine Kiefer mahlten.

»Ich warne Sie«, presste er durch die Lippen. Er drehte sich brüsk um und stapfte davon.

Kull sah dem abfahrenden Wagen mit grimmiger Genugtuung nach.

Die Sache kommt ins Rollen, dachte er. Einige Kameraden werden nervös.

16

Über dem Hügelland lasteten regenschwere Wolken. Das Fuhrwerk rumpelte die Schotterstraße entlang. Die ausgefurchte Piste wand sich zwischen abgeernteten Feldern hindurch und lief, nachdem sie mehrere flache Senken durchquert hatte, auf das dunkle Band einer Waldung zu.

Der Hausknecht lenkte das Gefährt mit ruhiger Hand. Das Zugtier, ein gutmütiger Rottaler, schien an den Alten gewohnt; bereitwillig gehorchte es seinen Befehlen.

Kajetan klammerte sich an das schmale Sitzbrett.

»Bist eigentlich schon länger beim Wirt, Dore?«, fragte er, bemüht, beiläufig zu klingen.

Der Fuhrknecht blickte stoisch über den dampfenden Rücken des Zugtieres auf die Straße. »Mein Lebtag lang«, sagte er nach einer Weile.

»Dann hast den Rotter wahrscheinlich gekannt, hm?«

Die eisenbeschlagenen Räder knirschten durch eine Kuhle. Schlamm spritzte auf.

»Schon«, hörte Kajetan.

»Was … sagt man denn so im Dorf über ihn?«

»Wüah!«, dirigierte der Alte und schlug die Zügel. Der Rottaler schnaubte und beschleunigte seinen Trott. Bald wies die Piste wieder festeren Grund auf.

Kajetan machte einen erneuten Versuch: »Was meinst? Hat er seine Frau damals umgebracht, oder nicht?«

Der Alte kniff die Lippen zusammen. Sie hatten den Waldrand erreicht, das Fuhrwerk furchte durch abgefallenes, feuchtes Laub. Über ihren Köpfen glitt kahles Geäst vorüber. Es war unmerklich dunkler geworden.

»Ob ers getan hat …«, setzte der Fuhrknecht an, brach aber ab.

Kajetan nickte ihm aufmunternd zu. »Hm?«

»… das weiß bloß unser Herrgott …«

Kajetan sah ihn von der Seite an. Die Kiefer des Alten mahlten.

»… oder der Teufel«, stieß er mit unvermuteter Heftigkeit hervor. »Der, der in den Weibern drinsteckt!«

Das Ross schnaubte auf. Kajetan warf dem Alten einen verblüfften Blick zu.

»Wie meinst das, Dore?«

Der Alte gab ein abweisendes Brummen von sich. Für einen Moment wirkte er, als verwirre ihn selbst, was er soeben gesagt hatte.

Der Wald trat hinter ihnen zurück. Eine weite Rodung öffnete sich.

»Eho!«, rief der Fuhrmann, zog die Zügel und brachte das Gefährt an einer Weggabelung zum Stehen. Mit einer Kopfbewegung wies er auf eine Gruppe von Gebäuden, die sich um eine langgestreckte, von einem Bachlauf durchschnittene Senke gruppierten.

»Da drüben«, sagte er.

Kajetan bedankte sich und stieg ab. Das Fuhrwerk setzte sich wieder in Bewegung und war bald hinter einem niedrigen Hügel verschwunden. Kajetan streckte sich. Er ließ seinen Blick über die Rodung schweifen. Die Einöde Riedenthal bestand aus drei Höfen. Er rief sich den Ortsplan wieder ins Gedächtnis. Das Anwesen, das Ignaz Rotter und seine Frau einst bewohnt hatten, musste über dem westlichen Hang der Senke liegen. Der heutige Besitzer war ein Cousin des Mordopfers.

Kajetan schlug den Kragen hoch und folgte einem Weg entlang des Bachlaufs. Kurz verschwanden die Gebäude aus seinem Sichtfeld, dann tauchte das Dach des ehemaligen Rotter-Hofes über der Geländekante auf. Aus dem Kamin stieg dünner, vom Wind verwirbelter Rauch. Ein Hofhund rasselte heulend auf, als Kajetan das Tor zum Innenhof aufdrückte und auf den Wohntrakt zuging.

Eine schroffe Stimme hinter seinem Rücken ließ ihn zusammenfahren.

»Was möchst?«

Der Bauer stand unter dem Balkensturz einer offenen Remise, einen armlangen Schraubenschlüssel in der ölverschmierten Faust.

Kajetan ging einige Schritte auf ihn zu und lüpfte seinen Hut. »Der Herr Schwaiger, nehm ich an?«

Der Bauer brachte den Hund mit einem barschen Befehl zum Schweigen.

»Bin ich«, bestätigte er. »Kannst dich aber gleich wieder schleichen. Ich brauch nichts.«

Kajetan stellte sich vor und schilderte sein Anliegen.

Das gegerbte Gesicht des Bauern verschloss sich endgültig.

»Gibt nichts zum Reden«, sagte er. »Die Sach ist außerdem schon hundertmal angeschaut worden.«

»Aber der Rechtsanwalt Herzberg ist davon überzeugt, dass der Herr Rotter zu Unrecht im Zuchthaus hockt«, wandte Kajetan ein. »Es kann euch doch nicht egal sein, ob eine Schand auf der Familie liegt oder nicht?«

»Wär mir neu, dass der aus meiner Familie ist«, knurrte der Bauer. »War schon genug, dass die Fanny so blöd gewesen ist, so einen notigen Grattler zu heiraten. Der hat doch von Anfang an bloß eins im Sinn gehabt.«

»Sicher, er hat zugegeben, dass es öfters Unfrieden …«

Der Schwaiger gab einen verächtlichen Ton von sich. »Unfrieden! Gleich lach ich! Dass ihr Advokaten so blöd sein könnts und euch von dem Hundsfott einwickeln lassts? Verdroschen hat der Sauhund sie! Wie sies mir wieder einmal vorgejammert hat, bin ich zu ihm hin. Habs ihm auf den Kopf zugesagt, dass er ein dahergelaufener Hofschleicher ist. Und was meinst, was ich drauf zu hören krieg? Zugegeben hat ers, dass er den Bauern hat spielen wollen!« Er nickt bekräftigend und wandte sich wieder zum Maschinenraum. »Und jetzt stiehlst mir nimmer länger die Zeit.« Über die Schulter fügte er hinzu: »Das Haus ist jetzt jedenfalls meins. Das kriegt er nimmer.«

»Weiß ich. Sie haben es ihm abgekauft«, sagte Kajetan. »Der Preis soll auch ziemlich günstig gewesen sein.«

Der Bauer trat einen Schritt auf ihn zu. Der Schraubenschlüssel in seiner Faust pendelte drohend.

»Du kannst es dir jetzt aussuchen, ob du ein paar geschmiert kriegen möchst oder ob ich den Hund auslassen soll. Es gäb auch noch ein Drittes: Dass du dich von meinem Grund schwingst, und zwar auf der Stell.«

17

Die Dorfnäherin wohnte in einem bescheidenen Dorfhaus unterhalb der Pfarrkirche. Die junge Witwe und ihre kleine Tochter waren gerade im Aufbruch begriffen, als Kull eintrat. Er streifte seine verschlammten Schuhe ab, hob den Hut und grüßte.

Die junge Frau erwiderte den Gruß und musterte ihn mit offenem Blick. Der gnädige Herr wünsche?

Sie gehe doch in der Gemeinde auf die Stör, vergewisserte sich Kull.

Sie bestätigte. Nähen, flicken oder stopfen, sie mache ihm, was er brauche. Wenn es etwas Größeres sei, müsse sie ihn allerdings auf den übernächsten Tag vertrösten. Außerdem komme er im Moment etwas ungelegen, eine Kundin im Oberland erwarte sie mit Ungeduld.

Es wäre nur eine winzige Sache, erklärte Kull. Leider habe er nicht viel Zeit. Er schlug den Mantelschoß zurück und deutete auf einen kleinen Riss in seiner Hose, den er dort angebracht hatte, bevor er zu ihr aufgebrochen war. Sie warf einen Blick darauf.

»Hm«, überlegte sie. »Wär eigentlich gleich gemacht.«

»Ich wäre Ihnen sehr verpflichtet, gnädige Frau. Ich habe nämlich noch eine nicht unwichtige gesellschaftliche Verpflichtung, verstehen Sie? Ich würde mich erkenntlich zeigen und selbstverständlich sofort bezahlen.«

Sie seufzte. »Meinetwegen, tun Sies her.« Sie hing ihren Mantel an den Haken und deutete auf eine Spanische Wand. »Dahinter können Sie sich derweil hinhocken, wenns wollen.« Sie wandte ihr Gesicht ab. »Oder auch nicht, ich schau schon keinem was weg.«

Sie befahl ihrer Tochter, sich auf eine Bank zu setzen, nahm die Hose in Empfang und griff nach ihren Nähutensilien. »Sinds wo hängen geblieben, hm?«

Auf einer Wanderung sei es passiert, erklärte Kull. Er sei zufällig bei einem abgebrannten Bauernhof vorbeigekommen. Neugierig wie er leider nun einmal sei, habe er sich die Ruine näher ansehen müssen.

»Wird auf der Oberreith gewesen sein.« Die Näherin nickte bekümmert. »Sind so brave Leut gewesen, der Vale und seine Thekla. Wüsst keinen, der ihnen was nachgeredet hätt.«

»Es waren arme Leute, sagt man.«

»Viel zum Beißen hats da nicht gegeben, das ist wahr. Und obwohl der Vale noch die Arbeit im Wald und in der Filzen gehabt hat, hat er jeden Pfennig dreimal umdrehen müssen. Aber da ist er nicht der Einzige gewesen.«

»Die Polizei soll sich darüber gewundert haben, dass beim Aufräumen ein Ballen mit Seide gefunden worden ist.«

Sie warf ihm einen kurzen Blick zu. »Habs auch gehört«, sagte sie beiläufig. Aus dem Augenwinkel nahm sie wahr, wie ihre Tochter eine geschmerzte Grimasse zog und sich im Haar kratzte.

»Als Störnäherin kommen Sie doch viel herum, oder?«

»Schon«, sagte die junge Frau. Sie schlug der Kleinen auf die Hand. »Hör auf zum Kratzen, Elfriede!«

»Da werden Sie ja auch öfters bei diesen bedauernswerten Leuten gewesen sein?«

»Eher selten. Beim Oberreither ist nichts zum Verdienen gewesen. Was zu flicken war, hat die Bäuerin meistens selber gemacht.«

»Aber der Stoff soll beste Qualität gewesen sein.«

»Seide ist nicht grad billig, das ist wahr«, pflichtete ihm die Näherin ausweichend bei.

»Aber dann könnte die Sache ja vielleicht mit Schmugglerei zu tun haben, oder?« Kull legte ein Lächeln in seine Stimme. »Entschuldigen Sie, aber ich interessiere mich privat für Kriminalgeschichten.«

»Der Vale ein Schwirzer?« Sie verneinte bestimmt. »Jeder andere, aber nicht er. Der Vale hätt sich eher die Hand abgehackt, als was Unrechtes zu tun.«

»Ich meinte nur: Wozu braucht man denn überhaupt Seide auf dem einfachen Land?«

»Für ein Trachtengewand«, erklärte die Näherin kundig. »Ein ›Röcki‹. Ganz was Schönes. Aber bloß die Besseren können es sich bei uns leisten.«

»Verzeihung, aber wie kann das zusammenpassen? Die Leute haben kein Geld, und trotzdem liegt teure Seide bei ihnen herum?«

»Gleich haben wirs«, meinte die junge Frau. Sie zog den Faden aus, verknotete ihn und griff nach der Schere.

»Haben Sie dafür eine Erklärung?«, hakte Kull nach.

»Na ja …« Sie schüttelte belustigt den Kopf, als würde ihr erst in diesem Moment die Albernheit ihres Gedankens bewusst, »jetzt gilts ja eigentlich eh nimmer, oder?«

Kull verstand nicht.

»Dass ich noch mein Versprechen halten muss, das ich dem Vale gegeben hab«, erläuterte sie. »Er lebt ja nimmer.«

»Verzeihung. Welches Versprechen?«

»Na, dass ich zu keinem was davon sag, dass ich ihm ein Röcki für seine Frau machen sollt. Wissens, er wollt ihr damit eine Freud machen. Ich hab ihm gesagt, dass das einen Haufen Geld kostet. Aber er hat gemeint, dass mich das nicht zu kümmern braucht.« Eine leichte Trauer huschte über ihre Augen. »Ihr Maß hab ich der Thekla mit einer Ausred abgeluchst. Auf Weihnachten hätt sie das Röcki kriegen sollen.«

»Er muss sie wirklich sehr gerne gemocht haben.«

Sie nickte weh. »Die zwei sind sich gut gewesen. Das hast schon gespürt, wennsd bei der Tür rein bist. Eine Wärm war da, da hast gleich gar kein Ofen mehr gebraucht.«

»Wenn ich jetzt …« Der Ermittler räusperte sich gehemmt, »… jemandem auf diese Weise eine große Freude machen wollte, gnädige Frau – würde ich Sie eventuell darauf ansprechen können?«

Sie warf ihm einen wissenden Blick zu.

»Dafür bin ich ja da.«

»Woher könnte ich diesen schönen Stoff denn bekommen? Doch nicht hier im Ort?«

»In der Stadt drin.«

Kull zog die Stirn in Falten. »Wo die Preise vermutlich ziemlich gesalzen sind.«

»Könnens laut sagen.«

»Gäbe es vielleicht auch, wie soll ich sagen, günstigere Gelegenheiten?«

Die Näherin schnitt den Faden ab und prüfte ihre Arbeit gegen das Tageslicht. Dann sagte sie zögernd: »Vielleicht … Sie könnten einmal mit dem Alois darüber reden.« Eilig fügte sie hinzu: »Aber das habens jetzt nicht von mir gehört, gell?«

Sie stand auf, reichte ihm die Hose und nannte den Preis. Kull warf einen zufriedenen Blick auf die Naht, zog sich an und reichte ihr einige Münzen. Er verneigte sich leicht.

»Der Rest ist für Sie, gnädige Frau. Sie haben mir wirklich aus einer großen Verlegenheit geholfen.«

Von Kulls gespreizter Höflichkeit belustigt, antwortete sie lächelnd: »Gern geschehen, der Herr.« Dann, mit leichter Unruhe, fügte sie hinzu: »Aber jetzt muss ich mich wirklich schicken, sinds mir nicht bös.«

Sie griff nach einer Handnähmaschine, legte sie auf eine Kraxe und ging ein wenig in die Knie, um in die Gurte schlüpfen zu können. Kull half ihr. Sie dankte ihm mit einem freundlichen Nicken, richtete sich auf, winkte ihre Tochter zu sich und öffnete die Tür.

»Das Gewand von der Frau Doktor Tobisch muss nämlich bis heut auf die Nacht fertig sein. Sie möcht doch was hermachen, wenn der Herr Doktor morgen seine große Ansprach hat auf dem Gautag.«

»Verstehe.« Kull ging an ihr vorbei. »Da müssen Sie sich natürlich sputen.«

Sie verabschiedeten sich. Kull marschierte die Gasse zum Kirchplatz hinauf. Das Mittagsgeläut setzte ein.

Er passierte das Gemeindeamt. Die Türe des Schulhauses flog auf, ein Schwarm lärmender Kinder strömte ins Freie. An der Pforte des Dorfriedhofs standen einige ältere Männer, die sich leise unterhielten und missbilligende Blicke auf eine Handvoll junger Männer warfen, die, von einem wichtigtuerischen Uniformierten befehligt, neben dem Dorfbrunnen letzte Nägel in ein Holzpodium schlugen. Alois war unter ihnen. Er wirkte mürrisch.

»Idioten«, grummelte der Ermittler. »Idioten und Proleten.«

Seine Gedanken waren jedoch bereits woanders.

Was er gehört und gesehen hatte, bestätigte eine der Vermutungen, die ihm schon zu Beginn seiner Ermittlung in den Sinn gekommen waren.

Er ging in den Gasthof, packte, beglich die Rechnung und erkundigte sich nach der Abfahrtszeit des Zugs nach München.

18

Kajetan stelzte über den zerfurchten, vor Nässe schmatzenden Innenhof des Schlehberger-Hofs. Die Haustür war nur angelehnt. Der Geruch von alter Milch und Schweiß drang an seine Nase. Er hielt unwillkürlich die Luft an.

»Niemand daheim?«

Sein Ruf hallte aus. Am Ende des Flurs öffnete sich eine Tür. Eine kräftig gebaute Mittvierzigerin, das Gesicht mit Sommersprossen übersät, näherte sich und blieb, sich die Hände an der Schürze trocknend und ihn misstrauisch beäugend, einige Schritte vor ihm stehen. Kajetan lüftete seinen Hut. »Die Schlehbergerin?«

»Was möchst?«

Kajetan stellte sich vor und erklärte ihr den Grund seines Besuches.

Die Bäuerin wurde zugänglicher. Sie sei im Bilde, meinte sie. In der Gemeinde habe sich schon herumgesprochen, dass sich Ignaz Rotter einen neuen Anwalt genommen hatte. Nur leider sei ihr Mann nicht da, er habe mit einem der Söhne im Wald zu tun.

Kajetan zog Luft durch die Zähne. Er könne natürlich auch noch versuchen, später vorbeikommen. Aber dann liefe er Gefahr, den Mühldorfer Zug nicht mehr zu erreichen. Er würde sie auch bestimmt nicht lange aufhalten.

Sie zögerte. Er lächelte gewinnend.

»Von mir aus. Gescheiter wärs zwar schon, wenn der Bauer dabei wär. Aber wenn du jetzt schon einmal da bist...« Die Schlehbergerin ging, ein wenig hüftsteif, in die Stube voraus und deutete auf den Esstisch. »Bin gleich da. Hock dich derweil hin.«

Während sie in der Küche nebenan hantierte, sah sich Kajetan um. Die Stube war sauber und aufgeräumt. Durch die kleinen Fenster drang graues Tageslicht, das jedoch nur eine Seite des Raums erhellte und den Rest in dämmerigem Dunkel beließ. Im Esswinkel hing ein Kruzifix, umgeben von gerahmten Fotografien verstorbener Familienmitglieder, darunter die eines Kleinkindes. Zwei der Abgebildeten trugen Uniform.

Die Bäuerin zog die Küchentüre hinter sich zu, setzte sich auf die Wandbank und bedeutete Kajetan, es ihr gleichzutun. Er griff nach einem Stuhl und nahm Platz, darauf achtend, dass zwischen ihm und der Bäuerin ein Stuhl frei blieb.

Sie legte ihre Hände auf ihrem Schoß übereinander. »Frisch ists bei uns heraußen, gell?«

Kajetan stimmte höflich zu. »Herbst halt.«

»Bist ja auch nicht grad geschickt angezogen für so ein Wetter«, tadelte sie besorgt. »Wirst dir gewiss noch einen Katarrh holen.«

Kajetan schmunzelte. »Auch wenn ich ein Stadterer bin, Bäuerin – ich halt schon was aus.«

Ihr Blick sagte, dass sie nicht völlig davon überzeugt war, sie ließ es aber dabei bewenden. Sie senkte den Blick auf ihre Hände. Dann, nach einem tiefen Atemzug, begann sie zu erzählen.

»Was kann ich dir zu der Sach noch sagen? Ist ja alles schon so lang her. Ist keine gute Zeit gewesen, damals, nach dem Krieg. Ein Haufen Gesindel hat sich rumgetrieben. Allweil wieder hast hören müssen, dass da eingebrochen worden ist, dort die Leut auf einem abgelegenen Ödhof ausgeräubert oder gleich umgebracht worden sind. Da haben wir oft schon eine rechte Angst haben müssen.«

Kajetan unterbrach sie nicht.

»Sind ja oft frühere Soldaten gewesen. Das Leut-Umbringen hat denen nimmer viel ausgemacht.«

Ein Rascheln, von einem kurzen, fast unhörbaren Wimmern gefolgt, ließ Kajetan herumfahren. Im Dämmerdunkel nahm er eine zusammengeschrumpfte Gestalt wahr, die auf einer Bank vor dem Sitzofen kauerte.

»Der Altbauer«, klärte die Schlehbergerin auf. Sie beugte sich zur Seite und rief freundlich: »Alles recht, Vater?«

»Kalt … ists …«, klagte der Greis.

»Gell?« Sie lachte gutmütig. »Werden schon bald Schnee kriegen, was meinst, Vater?«

»Kalt … ists …«

»Jaja.« Sie wandte sich wieder Kajetan zu. »Tja, und dann auf einmal die Geschicht mit dem Ignaz und der Fanny …«, sie unterbrach sich, für einen Moment gedankenverloren. Bedrückt fuhr sie fort: »Keiner hat sich vorstellen können, dass der Ignaz so was hat tun können. Aber wies halt dann aufs Gericht gegangen ist und die Herren festgestellt haben, dass er sie doch erschossen hat, da haben dann viele gemeint, dass es wohl schon seine Richtigkeit haben wird. Die hohen Herrschaften haben das ja studiert, haben die Leut gesagt. Die sind eben gescheiter als unsereins.«

»Hast du es dann auch geglaubt?«, fragte Kajetan.

Sie betrachtete wieder ihre Hände. »Habs halt auch müssen.« Sie hob den Kopf. »Und wies dann geheißen hat, dass ihm jetzt der Kopf dafür runterkommen soll, da hab ich mir gedacht: So was werden die Herrschaften nicht tun, wenns auch nur einen einzigen Zweifel gegeben hätt.«

Kajetan verbiss sich eine Bemerkung. »Zwei deiner Buben haben den Herrn Rotter ja auch gesehen, wie er damals aus seinem Haus in den Wald gegangen ist, wo der Mord dann passiert ist, stimmts?«

»Ja.« Sie wies mit dem Kinn nach draußen. »Der Steff und der Franz haben Indianer gespielt, hinten beim Obstgarten. Da haben sie ihn gesehen. Eine gute Viertelstund später haben sie es dann auch im Wald krachen gehört.«

Kajetan hakte nach: »Und die Buben sind sicher gewesen, dass es der Herr Rotter war?«

Die Bäuerin schüttelte den Kopf. »Das haben mein Mann und ich sie auch immer wieder gefragt. Sein Gesicht, haben sie gesagt, haben sie nicht sehen können. Aber er hätt ausgeschaut wie der Ignaz. Und einen schwarzen Mantel angehabt. Einen, den sie auch beim Ignaz schon gesehen haben. Habs ja verstanden, die Buben. Wer solls auch sonst gewesen sein? Um diese Zeit? In der Gegend, so weit weg vom Dorf? Besuch kommt selten raus zu uns. Und so gemütlich wars bei den Rotterischen auch nicht, dass die Leut gern bei ihnen eingekehrt wären.«

Wieder ließ sich ein mürbes Rascheln vernehmen.

»Kalt … kalt ists …«

»Ja, Vater!«, rief die Bäuerin geduldig. »Geht halt schon langsam auf den Winter zu, gell?«

Das Wimmern erstarb.

Die Schlehbergerin schenkte dem Alten ein wohlwollendes Lächeln und wandte sich wieder Kajetan zu. »Wo sind wir stehen geblieben?«

»Dass die Buben sein Gesicht nicht gesehen haben, haben Sie doch bestimmt auch dem Kommissär erzählt, oder?«

»Ja, freilich!«, beteuerte die Bäuerin. »Mein Mann und ich habens ihm auch noch extra gesagt. Wir bräuchten uns nichts denken, hat der Herr Kommissär gemeint, er hätts schon drin in seinem Protokoll.«

Sie stand rasch auf und verschwand in der Küche. Kajetan hörte das Öffnen und Schließen einer Ofenklappe. Kurze Zeit später nahm sie wieder auf der Bank Platz.

»Hab grad noch ein Scheitl nachlegen müssen«, erklärte sie. »Dauert, scheints, doch ein bisserl länger, hm?«

Kajetan lächelte entschuldigend. »Wir werdens bald haben.«

»Schon recht«, sagte sie. »Wenn der Ignaz nämlich tatsächlich keine Schuld hat, dann wären wir die Letzten, die ihm nicht helfen möchten.« Sie seufzte auf. »Wir haben eine gute Nachbarschaft gehabt. Zerkriegt sind wir nie gewesen. Freilich, ein bisserl harsch hat er hie und da sein können. Wenn du aber was gebraucht hast von ihm, und er hats geben können, dann hast es gekriegt.«

»Harsch war er, sagst du?«

»Das darfst laut sagen. Wenn der Ignaz grantig gewesen ist, bist ihm besser nicht untergekommen.« Sie nickte einige Male mit Nachdruck. Nachdenklicher fuhr sie fort: »Aber es ist ihm schließlich auch nicht zu verdenken gewesen. Man soll den Gestorbenen zwar nichts nachsagen, aber er hat oft eine arge Not gehabt mit seinem Weib. Die Rotter-Fanny hat sich schon saudumm anstellen können bei der Arbeit. Da bist als Bauer schnell aufgeschmissen, wenn du dir so was eingefangen hast. Dann hats auch noch alle daumlang mit den Leuten Streit angefangen. Einmal hat er sogar Straf dafür zahlen dürfen – du, da hat er sie zusammengestaucht! Aber wie! Bis zu uns rüber hast es gehört.«

»Er soll auch einmal gesagt haben, dass er sie am liebsten erschlagen würd.«

Sie hatte davon gehört. »Das ist ihm wohl einmal im Wirtshaus rausgerutscht. Aber in der Wut redet eins schnell einmal dumm daher, oder?« Sie schlug die Hände vor ihrem Gesicht zusammen und meinte erheitert: »Was hab ich zu dem Meinem nicht schon alles gesagt? Damals, wie er heimgekommen ist vom Krieg und gemeint hat, er könnt auf einmal das Militari einführen und mir anschaffen? Wo ich drei Jahr lang die ganze Wirtschaft ohne ihn geschmissen hab?« Ihre Augen leuchteten triumphierend. »Da hab ich ihn aber rasiert, das darfst mir glauben.« Mit zufriedenem Lächeln fügte sie hinzu: »Und trotzdem haben wir allweil wieder gut miteinander geschafft.«

Kajetan lenkte das Gespräch wieder auf ihren ehemaligen Nachbarn: »Aber gachzornig hat der Rotter schon werden können, hm?«

Sie tat es mit einer Handbewegung ab. »Ist aber genauso schnell wieder gut mit einem gewesen.« Sie schüttelte bestimmt den Kopf. »Nein, das mit dem Erschlagen war nicht ernst gemeint. Dumm daher geredet ist schnell. Aber reden und tun sind zwei Paar Stiefel.« Sie legte ihre Rechte auf den Tisch. »Ich müsst jetzt langsam wieder in die Küch.«

»Bloß noch zwei Fragen, Schlehbergerin. Der Ignaz soll am Nachmittag Besuch gehabt haben. Von einem Schlosser, der bei ihm nach Arbeit gefragt hat.«

Sie dachte kurz nach. »Stimmt. Jetzt fällts mir wieder ein. Den hab ich aber bloß gesehen, wie er am Bach unten vorbei und zum Ignaz rübergegangen ist.«

»Ihr seid aber doch die Ersten am Weg. Bei euch hat er nicht angefragt?«

Sie verneinte. »Obwohl wir, glaub ich, sogar was zum Richten gehabt hätten.«

Wieder ließ sich die mürbe Stimme des Alten vernehmen: »Kalt … kalt ists mir …«

»Geh zu, Vater!«, schalt die Bäuerin gutmütig. »Ich kann doch nicht jetzt schon in der Stuben anschüren! Ist doch noch nicht einmal Niklas!«

Sie wandte sich wieder Kajetan zu. Ihre Ungeduld war nicht mehr zu übersehen. »Noch was?«

»Bloß noch eins: Der Herr Rotter hat doch damals noch einen Dienstboten gehabt. Hast du sie gekannt?«

Die Bäuerin erinnerte sich sofort. »Die Ludmilla, ja. Das war eine Tüchtige. Ohne die wär der Ignaz direkt aufgeschmissen gewesen.«

»Dann hat er sich mit ihr wohl gut vertragen, oder? Womöglich besser als mit seiner Frau?«

Sie sah ihn von der Seite an. »Weiß schon, auf was du rausmöchst. Aber dass der Ignaz und sie – nein, das kann ich mir überhaupt nicht vorstellen. Es stimmt, dass die zwei gut mitnand ausgekommen sind. Die Ludmilla hat ja auch gewerkt wie ein Mannsbild. Da hat er nie was über sie kommen lassen. Aber eins darfst mir glauben: Wenns da auch bloß das Geringste zwischen dem Ignaz und der Ludmilla gegeben hätt, dann wär die Fanny die Erste gewesen, die da sofort so ein Theater gemacht hätt, dass das ganze Dorf zusammengelaufen wär.«

Sie nahm Kajetans zweifelnden Blick wahr.

»Nein«, wiederholte sie entschieden. »Da hats nichts gegeben. So was siehst. Und wenn dus nicht siehst, dann spürst es. Und wenn du das nicht tust, dann schmeckst es.« Ein kleines, heimliches Funkeln glomm in ihren Augen auf. »Ein Mannsbild, das es mit einem Weib hat, schmeckt anders.«

Kajetan bestippte seinen Schnauzbart, ein wenig fahrig. »Und, ah, wie?«

Für einen Moment sah es aus, als wollte sie losprusten, doch sie entschied sich für einen strafenden Blick, als sei er es gewesen, der dem Gespräch eine leicht frivole Wendung gegeben hätte.

»Jedenfalls dampft er nicht bloß nach Viech und Stall, wies der Ignaz getan hat!« Sie griff nach der Tischkante. »So. Und jetzt muss ich wieder in die Küch. Sonst steigen mir meine Mannsbilder noch aufs Dach.«

»Bloß noch eine allerletzte Frag, Bäuerin«, beeilte sich Kajetan. »Wie der Rotter auf die Ludmilla gekommen ist, weißt nicht zufällig?«

Sie sank wieder auf die Banklehne zurück. »Wie der Ignaz auf die Ludmilla … hm …« Sie kippte ihre Augen zur Stubendecke und dachte laut nach. »Hats nicht einmal geheißen, dass sie ein Ziehkind gewesen ist oder so was? Bei einem Bräu in Neumarkt unten? Und kommt nicht auch der Ignaz von da in der Näh her? Oder bring ich da jetzt was durcheinand?« Sie sah Kajetan an. »Nein. Sei mir nicht bös, aber da müsst ich jetzt direkt lügen.«

Sie stand auf. Das Gespräch war beendet.

Sie begleitete ihn vor die Türe. Er ließ sich den Weg zum Kramerhof beschreiben, dem dritten der Riedenthaler Anwesen.

Mit einem Nicken wies sie auf den gegenüberliegenden Hof. »Beim Schwaiger Schorsch warst schon? Was hat er eigentlich dazu gemeint?«

»Er hat mich rausgeschmissen.«

Sie nickte geringschätzig. Das sähe ihm ähnlich. Er habe Ignaz Rotter nie gemocht und auf ihn herabgeblickt, weil dieser vor seiner Hochzeit nur ein schlecht bezahlter Fuhrknecht gewesen war und tatsächlich kaum mehr als den Käse zwischen seinen Zehen gehabt hatte. Er habe Rotter sogar einmal vor aller Ohren vorgeworfen, seine entfernte Cousine nur aus Berechnung geheiratet zu haben. Dabei sei die Wahrheit, dass der Schwaiger selbst gehofft hatte, dass das Mädchen ledig bliebe und ihre bereits hinfälligen Eltern den Hof ihm, dem zwar nur weitschichtig, aber immerhin Verwandten, übertragen würden.

Kajetan drückte den Hut auf seinen Kopf und machte die Andeutung einer Verneigung. »Dann dank ich dir noch mal recht schön, Schlehbergerin.«

»Schon recht«, winkte sie ab. »Schau lieber zu, dass du nicht ins Wetter kommst.« Sie sah prüfend zum Himmel. »Aber vielleicht hälts ja noch bis auf die Nacht.« Sie hielt gedankenverloren inne, bevor sie hinzufügte: »Es ist ein Wetter wie seinerzeit …«

Kajetan sah sie fragend an.

»Na, wie an dem Tag, an dem die arme Fanny hat sterben müssen«, sagte sie.

19

»Kommen Sie in drei Wochen wieder«, fauchte der Gutachter. »Wie wärs außerdem damit, sich vorher anzumelden? Habe ich nichts anderes zu tun, als auf irgendwelche Besucher zu warten?«

Kull betrachtete sein Gegenüber. Anton Graber war ein stämmiger Mann Anfang der Vierzig mit bereits schütterem Haarkranz und rundem, leicht gerötetem Gesicht. Der Ruf eines mürrischen Zeitgenossen eilte ihm voraus. Er galt aber auch als einer der gewissenhaftesten Luftfahrtsachverständigen innerhalb der Bayerischen Flugpolizei.

Er sei nicht irgendein Besucher, erwiderte Kull kühl. Wie seinem Gegenüber bekannt sein dürfte, versichere seine Gesellschaft fast das gesamte Flugwesen des Reichs. Und der rasant wachsende Luftverkehr und laufende technische Neuerungen erfordern eine regelmäßige Aktualisierung der Risikobewertung.

»Dennoch stören Sie mich gerade bei einem Gutachten, das schon längst bei Gericht liegen sollt«, raunzte Graber zurück. »Worüber die Leitung der hiesigen Flugwache sehr wohl informiert ist. Wie kommt der Major Huber überhaupt dazu, Sie mir aufzuhalsen?«

Der kleine Detektiv drückte sein Kreuz durch. »Weil ich ihm das Begleitschreiben meines Auftraggebers und die darin enthaltene Ermächtigung vorgelegt habe, bei allen Flugwachen die notwendigen Erkundigungen einzuziehen. Dazu einen offiziellen lettre de commis des Reichsverkehrsministeriums, persönlich unterzeichnet von Herrn Staatssekretär Achenbach. Sie können gerne einen Blick darauf werfen und sich vergewissern, dass das Ministerium meiner Gesellschaft nicht nur das Anrecht auf Auskunft zubilligt, sondern Kooperation erwartet.«

»Soso.« Der Beamte sah ihn böse an. »Und ich kann mir vorstellen, dass man in Berlin noch immer Schwierigkeiten mit der Einsicht hat, dass das Deutsche Reich kein Zentralstaat ist. Unsere Flugwache hier in Schleißheim jedenfalls ist eine Behörde der Bayerischen Landespolizei.«

»Verehrter Herr Ingenieur Gruber.« Kull schürzte maliziös die Lippen. »Ich könnte Ihnen zwar jetzt empfehlen, das Reichsluftfahrtgesetz dazu noch einmal genauer zu studieren, möchte Ihnen das aber angesichts Ihrer knappen Zeit nicht zumuten. Sie sollten jedoch zumindest einen Gedanken daran verschwenden, wie man im Reichsministerium reagieren wird, wenn sein Schreiben als wertloser Wisch bewertet wird.«

»Habe ich das getan?«, ruderte der Gutachter zurück.

Der Ermittler sah ihn an. »Ich habe nur einige wenige Fragen«, sagte er.

Graber wetzte auf seinem Stuhl hin und her. Schließlich legte er seinen Stift beiseite und knurrte: »Machen Sies kurz, ja?«

Kull griff nach der Lehne eines Stuhls und setzte sich. Er erklärte, den kürzlich zwischen Reichenhall und Innsbruck erfolgten Absturz einer F13 als Beispiel für seine Untersuchung ausgewählt zu haben. Die Maschine sei bei seiner Gesellschaft versichert gewesen. Das, was die Behörden zur Absturzursache verlauten ließen, habe aber nicht wirklich befriedigt. Um es höflich zu sagen.

Die Lider des Gutachters verengten sich.

»Ich könnte es jetzt eine Unverfrorenheit nennen, ein von mir erstelltes Gutachten als fehlerhaftes Geschmiere zu bezeichnen. Und Sie mit einem Tritt vor die Tür befördern.«

Der Sonderermittler nickte konziliant. »Das könnten Sie, zweifellos.«

»Und ich gestehe, dass ich größte Lust dazu verspüre.«

Mach mir nichts vor, dachte Kull. Du weißt genau, dass da einiges nicht koscher gewesen sein kann.

Kull nickte wieder. »Vollstes Verständnis. Da ich Sie zwar nicht eben als Musterexemplar des charmanten Salonplauderers bezeichnen würde, Sie aber als akkuraten Fachmann wie auch als Person von Format einschätze, gäbe es da vielleicht noch andere Möglichkeiten.«

»Und die wären?«

»Das überlasse ich Ihnen. Ich vermute allerdings, dass Sie in diesem Fall mit mehr als ärgerlichen Versäumnissen der örtlichen Ermittler konfrontiert waren, was ihr Gutachten mehr als erschwert hat.«

Der Gutachter sah ihn von der Seite an.

»Ihre Fragen«, sagte er schließlich.

Kull setzte sich gerade. »Ihr Gutachten legt sich in der Frage der Absturzursache nicht fest. Sie verweisen auf den Zustand des Wracks. Was heißt das?«

»Dass die Maschine bereits am Absturzort auseinandergenommen wurde, was mir mit der Unzugänglichkeit des Geländes erklärt wurde. Außerdem wurden einzelne Teile beim Transport beschädigt oder gingen dabei verloren.«

»Wer hat den Abtransport veranlasst und durchgeführt?«

»Die Landespolizei, unterstützt von örtlicher Feuerwehr und Bergwacht. Ein Beamter der Versuchsanstalt für Luftfahrt war zwar zugeteilt, verletzte sich aber beim Aufstieg und konnte die

Arbeiten nur vom Tal aus überwachen. Daraus erklärt sich auch der Zustand des Unfallorts. Wie der aussah, nachdem Dutzende von Leuten darauf herumgetrampelt waren, können Sie sich vorstellen.«

Kull konnte es. »Kommen wir zur Absturzursache. Sie schlossen eine technische Ursache zwar nicht grundsätzlich aus, tendierten aber zu einem Fehler des Flugzeugführers.«

»Ich ›tendiere‹ nicht, um das klarzustellen, ja?!«, polterte der Gutachter. »Spekulationen überlasse ich Schwaflern wie Ihnen. Ich habe lediglich darauf hingewiesen, dass einige Fakten in diese Richtung wiesen, habe aber auch in aller Deutlichkeit festgestellt, dass es dafür keine verlässlichen Beweise gibt. Warum, habe ich Ihnen eben zu erklären versucht. Ob sich ein Besitzer oder eine Versicherungsgesellschaft darüber freuen oder nicht, hat dabei keine Rolle zu spielen.«

Warum erwähnst du das?, dachte Kull.

»Natürlich«, sagte er. »Aber ich habe mir die Stelle selber noch einmal angesehen. Dass ein Motorenschaden aufgetreten wäre, sich die Maschine deshalb in Sink- und Gleitflug begab und dann an diese Felsrippe geprallt wäre, ist nach Geländeform, der Lage des Wracks und dem Radius des Trümmerfelds definitiv ausgeschlossen. Ein Defekt des Leitwerks ist ebenso unwahrscheinlich.«

»Woher wollen Sie das so genau wissen?«, hielt Graber aufgebracht dagegen. »Hören Sie zu, Sie Schlauberger: Das Wrack war derart ausgeglüht und verformt, dass über den Zustand von Seilen und Ruder keinerlei Aussage mehr gemacht werden konnte!«

»Könnten Sie sich dazu überwinden, eine andere Meinung zumindest einmal zu erwägen?«, sagte der Ermittler gereizt. »Ein Defekt des Leitwerks ist deshalb wenig wahrscheinlich, weil auch hier die Situation des Absturzortes dagegen spricht.

Außerdem gilt die Junkers F13 als technisch zuverlässig, sie war erst zwei Jahre alt, wurde nach meinen Unterlagen laut Flugtagebuch vor dem Abflug noch einmal gewartet und betankt.«

»Wie es nicht nur Vorschrift ist«, warf der Gutachter überheblich ein, »sondern von uns auch in entsprechender Sorgfalt ausgeführt wird.«

»Woran niemand zweifelt«, gab Kull konziliant zurück. »Demzufolge bliebe als Ursache doch eher menschliches Versagen. Eine bislang unentdeckte Krankheit des Flugzeugführers Staimer, beispielsweise.«

Der Gutachter schüttelte energisch den Kopf. »Der Staimer war knapp dreißig und kerngesund. Und wenn, dann hätt der Bordmechaniker, der Hartinger Hermann, noch eingreifen können.«

»Eine plötzlich auftretende Nervenkrise? Selbstmord?«

»Genauso abwegig. Staimer war seelisch stabil. Außerdem hat er erst vor einem Dreivierteljahr geheiratet. Seine Frau steht kurz vor der Entbindung.«

»Oder irgendein anderer Konflikt an Bord? Es wurde immerhin eine Pistole gefunden.«

»Dafür gab es ebenfalls keinerlei Hinweise. Staimer und Hartinger hatten zuvor kaum miteinander zu tun. Beide waren außerdem erfahren genug, um zu wissen, dass sie mit ihrem Leben spielen, wenn sie in der Luft aufeinander losgehen. Und was diese Pistole betrifft, so war sie noch voll geladen. Dass sie mitgeführt wurde, lag wohl an der Bedeutung der Fracht.«

»Wie erklären Sie sich aber, dass die Maschine weit abseits der eigentlichen Flugroute abgestürzt ist?«

»Gar nicht«, gab Gruber verdrossen zurück. »Das ist und bleibt mir ein Rätsel. Ein Defekt, etwa im Bereich des Seitenruders, würde nie eine derartige Abweichung bewirken, könnte außerdem von einem erfahrenen Piloten kompensiert werden.« Er hob die Schulter. »Ein Irrtum des Piloten. Eine andere Erklärung habe ich nicht.«

»Obwohl das Wetter entlang der Flugroute an diesem Tag gut war und der Flugzeugführer nur dem Lauf des Inns hätte folgen müssen?«

»Ich kann Ihnen nur sagen, dass dies meine einzige Erklärung ist. Haben Sie eine andere, Sie Klugscheißer?«

Die habe ich allerdings, dachte Kull.

Er faltete die Hände und führte sie nachdenklich an seine Lippen. »Wenn ich ehrlich sein soll, noch nicht. Aber wenn wir die Situation am Absturzort betrachten und aus ihr folgern können, dass die Maschine fast senkrecht zur Erde gerast sein muss, und wenn wir technisches oder menschliches Versagen und auch Witterungsgründe ausschließen, bleibt doch nur noch eines, oder?«

Graber nickte grämlich. »Wenn sie nicht abgeschossen worden ist, was angesichts des unzugänglichen Geländes und auch sonst mehr als unwahrscheinlich ist – richtig.«

»Eine Explosion, nicht wahr? Nicht erst am Boden, wie man zuerst annehmen musste, sondern bereits in der Luft? Bitte korrigieren Sie mich, wenn ich Unsinn rede, ja?«

»Wenn ich einen Anlass habe, mit größtem Vergnügen«, knarzte der Gutachter.

Kull stand abrupt auf und ging nachdenklich umher, sein Kinn knetend. Er schüttelte den Kopf. »Aber nein. Völliger Unsinn. Dann hätten die Wrackteile ja in weitem Umkreis verstreut gewesen sein müssen.«

»Korrekt.«

»Was sie aber nicht waren.«

Der Gutachter schwieg eine Weile und starrte Kull mit zusammengekniffenen Augen an. Dann rührte er sich. »Nicht unbedingt«, begann er, sich räuspernd. »Es käme auf die Menge des Explosivstoffs an. Sowie darauf, wo dieser sich befindet. Im hinteren Teil des Laderaums zerstört sie sofort das Leitwerk, vor allem das Höhenruder, wodurch augenblicklich eine Änderung der Lastigkeit eintritt und die Maschine mehr oder weniger senkrecht zu Boden schießt.«

»Und warum lese ich darüber nichts in Ihrem Gutachten?«, fragte Kull.

»Weil ich weder Dichter noch Spekulierer bin, Herrgottnochmal! Für mich zählen allein Fakten! Und Fakt ist, dass weder Spuren einer Explosion nachzuweisen waren noch ein Hinweis darauf, ob das Feuer bereits in der Luft oder erst beim Aufprall ausgebrochen ist! Wie oft muss ich es Ihnen noch erklären?«

Kull hob beschwichtigend die Hände. »Ich hab es begriffen.«

»Und gibts in Ihrer blühenden Phantasie auch eine Antwort darauf, wer überhaupt von so was profitieren könnt? Wenns jemand auf die Fracht abgesehen hat, dann hätt er sich doch keine dümmere Methode aussuchen können, oder?«

»Wohl kaum«, stimmte der Ermittler zu.

»Eben.« Der Gutachter legte klatschend die Hände auf die Schreibtischplatte. »Sind wir dann fertig? Ich hab zu tun.«

»Sofort. Sagen Sie mir nur noch: Wenn sich in der Frachtkiste, sagen wir einmal, eine größere Menge Banknoten befunden hätte …«

Der Gutachter hob die Brauen. »Geld war drin? Keine Dokumente?«

»Ich sagte: Wenn«, erwiderte Kull. »Dann nämlich wäre meine Frage: Hätten dann nicht entsprechende Überreste gefunden werden müssen?«

Der Gutachter dachte eine Weile nach, bevor er antwortete.

»Eine Explosion und der drauffolgende Brand mit Ausglühen der Maschine sind zwei Paar Stiefel. Loses Material hätte durchaus beim Aufprall plus Explosion größtenteils herausgeschleudert werden können. Dagegen spricht aber, dass am Absturzort nur einige Fetzen gefunden wurden.«

»Wurde die Fracht eigentlich kontrolliert?«

Grabers Miene machte keinen Hehl daraus, dass er diese Frage wieder für ausgesprochen naiv hielt. »Selbstverständlich. Nachdem sich immer mehr zeigt, dass auch das kriminelle Gelichter mit der Zeit geht, sind Flugpolizei und Zoll in letzter Zeit sogar gehalten, stärker zu kontrollieren. In diesem Fall handelte es sich aber um Diplomatenfracht. Auf dem Flugplatz Oberwiesenfeld wurden also nur noch die entsprechenden Zertifizierungen geprüft. Wie ich selbst feststellen konnte, waren sie vom Reichsaußenministerium ausgestellt und über jeden Verdacht erhaben.«

»Die Maschine ist aber nicht vom Außenministerium geordert worden?«

Der Gutachter verneinte. »Von einem Herrn von Lindenfeld, der sich als Beauftragter des Ministeriums ausweisen konnte.«

»Major Hugo von Lindenfeld?«

Graber nickte. »Wenn, dann Major außer Dienst. Soviel ich weiß, ist er ein hier ansässiger Geschäftsmann.«

»Wer hat die Maschine beladen?«

»Die Fracht wurde von einem Beauftragten des Kunden angeliefert und vom Bordmechaniker im Laderaum vorschriftsmäßig verstaut und vergurtet.«

»Könnte …?«

»Nein! Könnt es nicht!«, unterbrach der Gutachter ärgerlich. »Es ist völlig unmöglich, dass jemand in der Nacht zuvor eine Sprengladung angebracht haben könnt. Alle Flugzeuge bleiben über Nacht hier in Schleißheim und werden strengstens bewacht.«

Kull hob die Hand zu einer begütigenden Geste. »Ich glaube es Ihnen.«

»Freut mich außerordentlich. Hätten wirs dann endlich?«

»Nur noch diese Frage: Wieso befand sich für diesen kurzen Flug eigens ein Schmiermaxe an Bord?«

»Weil der Kunde auf Begleitung durch einen Bordmechaniker bestand, ganz einfach. Wir hatten zunächst keinen Mann dafür frei, doch Hartinger erklärte sich bereit einzuspringen. Er war erst seit einigen Monaten bei uns. Ich vermute, er wollte besonderen Eifer zeigen, um als Flugzeugführer eingestellt zu werden. Es gab jedoch Zweifel an seiner Belastbarkeit aufgrund einer Kriegsverletzung. Und jetzt ...!«

Kull sagte freundlich: »Ich habe nur noch ein Anliegen, Herr Graber. Ich benötige Namen und Anschrift aller Personen, die mit der Abwicklung des fraglichen Flugs betraut waren.«

»Für diesen Kram ist meine Schreibkraft zuständig.«

»Fein. Und eine allerletzte Bitte: Würde es Ihnen etwas ausmachen, mich einen Blick in das Wachbuch werfen zu lassen?«

Zwischen den Brauen des Gutachters bildete sich eine steile Falte. »Soll ich jetzt etwa mit Ihnen stundenlang die Einträge durchsehen?!«

Der Ermittler lächelte entwaffnend. »Das wäre äußerst entgegenkommend von Ihnen.«

Der Gutachter durchbohrte ihn mit einem wütenden Blick. Er brüllte in Richtung der Tür: »Mittelmeier!! Das Buch!!«

20

Auf dem Kramerhof wurde Kajetan von einer resoluten Küchenmagd abgefertigt. Die Bäuerin sei noch im Dorf, sie selbst erst seit Kurzem auf dem Hof. Von den alten Geschichten wisse sie nur vom Hörensagen. Ohne Erlaubnis des Bauern wolle sie ohnehin nichts sagen. Der aber sei noch bei der Waldarbeit. Ob er außerdem nicht sehe, dass er ihr im Weg herumstehe?

Kajetan konnte immerhin noch in Erfahrung bringen, dass der Kramerbauer nach dem Essen nicht mehr in seinen Wald zurückkehren wollte. Er ging ins Dorf zurück, aß beim Wirt zu Mittag, machte der Köchin sein Kompliment, bezahlte Essen und Übernachtung und verabschiedete sich.

Am späten Nachmittag kam er wieder in Riedenthal an. Er passierte die Abzweigung zum ehemaligen Rotter-Anwesen und folgte der sich um einen Hügel windenden Schotterstraße. Sie endete vor dem Kramer-Hof.

Man schickte ihn auf den Heuboden. In einer Wolke wirbelnden Staubs war der Bauer gerade dabei, Heu durch eine Luke in den darunterliegenden Stall zu werfen.

Seine Magd habe ihn bereits informiert, sagte er abweisend. Aber er und seine Frau könnten zu der ganzen Sache nichts sagen.

»Ich möchts auch nicht«, fügte er hinzu. »Wir haben lang genug unter dem dummen Gered über uns Riedenthaler zu leiden gehabt. Wir sind froh, dass endlich Gras drüber gewachsen ist. Und da kommst du daher und möchst die ganze Gschicht wieder aufstieren.«

»Der Doktor Herzberg ist sich sicher, dass der Herr Rotter unschuldig ist.«

Der Kramer arbeitete stur weiter. »Der Schwaiger und ich wohnen Grund an Grund. Da musst dir schon dreimal überlegen, ob dus dir mit deinem Nachbarn verscherzt.« Er hielt inne, lehnte die Gabel an seine Brust und wischte sich mit dem Hemdsärmel über die schweißglänzende Stirn. »Und dass das klar ist, ein für alle Mal: Wenn sie den Ignaz doch zu Unrecht eingesperrt haben sollten, sind wir nicht dran schuld. Unsere Mutter – der Herrgott hab sie selig, letztes Jahr haben wir sie eingegraben – hat dem Herrn Kommissär allweil wieder gesagt, dass sie zwar ein Mannsbild hat sehen können, wo vom Haus zum Wald gegangen ist. Aber dass es der Ignaz nicht gewesen sein kann, weil der einen anderen Gang hat. Und so zusammengewerkelt sie zum Schluss auch gewesen sein mag, Augen hats noch gehabt wie ein Habicht. Und im Hirn ist sie erst recht noch frisch gewesen. Merken hat sie sich alles können.«

Er stieß seine Gabel ins Heu. Wieder wirbelte Staub auf. Kajetan hüstelte.

»Der Ignaz hat damals einen Dienstboten gehabt, die Ludmilla. Hast du sie gekannt?«

»Habs hie und da gesehen.«

»Und meinst du, dass der Ignaz und …«

»Ist gut jetzt!« Der Bauer wies mit der Heugabel zum Tor. »Da gehts raus.«

Kajetan gab auf. Er bedankte sich und wandte sich zum Gehen. Der Bauer rief ihm nach: »Wenn ihr den Ignaz rauskriegt, vergönnen wirs ihm. Das kannst ihm sagen.«

Das würde er tun, versprach Kajetan.

Gott mit dir, du Land der Helden, dachte er.

Wieder im Freien, schneuzte er sich ausgiebig. Er warf einen Blick auf seine Landkarte, dann auf den Waldrand. Er betrat einen Feldweg entlang einer Zaunreihe, die den Beginn des Schwaigerschen Grundstücks markierte und kurz vor dem Waldrand endete. Kurze Zeit später hatte er eine Gabelung erreicht, von der ein Fußweg auf die Rückfront des Schwaiger-Hofs zulief; es war die Strecke, auf der die Nachbarn den Mörder gesehen haben wollten, wie er das Anwesen verließ. Eine breitere Piste führte durch den Wald zu einer benachbarten Rodung, um, nach einer weiteren Gabelung, zum Thalbacher Bahnhof zu führen.

Die Dämmerung hatte eingesetzt; die Sonne, hinter einem Wolkenschleier kaum noch auszumachen, war fast zur Gänze hinter dem dunklen Riss des Waldes versunken. Aus Landschaft und Gebäuden war alle Farbe gewichen. Kajetan kniff die Augen zusammen. Hinter dem Schwaiger-Anwesen senkte sich der Hang zum Bachgrund, auf der anderen Seite stieg er zum Schlehberger-Hof wieder an. Die Gebäude des Schwaigerhofs lagen weniger als hundert Meter, der Schlehberger-Hof dagegen fast einen halben Kilometer entfernt. Er war nur noch als schwarzer Kubus in einem um Grade helleren Hang zu erkennen.

Die Sonne war untergegangen. Kajetan überlegte. In etwas weniger als einer Stunde würde es stockdunkel sein. So lange würde er auch brauchen, um den Bahnhof auf diesem Weg zu erreichen. Auf dem Weg, den auch das Opfer genommen hatte und auf dem es seinem Mörder begegnet war.

Er drückte den Hut fest auf seinen Kopf und marschierte los. Unter seinen Sohlen raschelte das Laub. Ein hohler Käuzchenruf ertönte. Irgendwo ächzte ein alter Baumstamm.

Er war kaum zehn Minuten gegangen, als sich der Weg zu einer kleinen Lichtung weitete. Er blieb stehen und nahm eine alte Buche in den Blick. Hier, an ihren Stamm gelehnt und halb sitzend, hatte man die Bäuerin damals gefunden. Mit einer klaffenden Wunde in der Schläfe, aber in geordneter Kleidung, von einer angerissenen Ärmelnaht abgesehen. Und im Aufnäher ihrer Wolljacke einige Münzen, die sie zuvor von einer Nachbarin als Lohn für eine kleine Flechtarbeit erhalten hatte.

Kajetan überlegte. Was hatte der Täter eigentlich im Sinn gehabt? Raub? Vergewaltigung? Die Bäuerin war als zierliche und schwächliche Person beschrieben worden. Sie zu überwältigen wäre für einen normal kräftigen und entschlossenen Täter nicht schwer gewesen.

Hatte sich Rotters Frau doch so entschieden zur Wehr gesetzt, dass der Unbekannte von seinem ursprünglichen Vorhaben abließ? Wenn ja – wieso suchte er dann nicht einfach das Weite? Bis die Bäuerin in Riedenthal Alarm geschlagen, man sich im Dunkel der Nacht und weglosem Dickicht auf die Jagd nach ihm gemacht hätte, wäre er längst über alle Berge gewesen. Warum also schoss er ihr in die Schläfe?

21

Es war nicht gerade einfach gewesen, sich im Gassenlabyrinth der Haidhauser »Grube« zur Kohlenhandlung Hartinger durchzufragen. Als der Ermittler das bescheidene, mit seinem Holzverschlag fast ländlich anmutende Haus endlich entdeckte, dunkelte es bereits.

Das Kohlenlager war in einem flachen Schuppen im zweiten Hinterhof untergebracht. Matter Lichtschein beschien den grob geschotterten Hof. Das Schaben einer Schaufel und ein gedämpftes Gespräch verrieten, dass im Inneren des Lagers noch ein später Kunde abgefertigt wurde. Ein schäbiges Schild wies zum Kundenbüro im Haupthaus. Kull gelangte durch ein schmales Treppenhaus in den ersten Stock.

Auf sein Klopfen öffnete sich eine Nebentüre. Im Rahmen stand eine kleine, gebeugte Frau in den Fünfzigern, eine graue Küchenschürze über dem hochgeschlossenen Trauerkleid.

Kull hob seinen Hut. »Frau Hartinger?«

Die Mutter des Bordmechanikers bejahte zögernd. Der Detektiv stellte sich wieder als Versicherungsagent vor. Seine Gesellschaft führe gerade eine Nachuntersuchung durch, die eine neuerliche Überprüfung der bereits gewährten Angehörigenentschädigung nach sich ziehen könnte.

»Ich kann Ihnen selbstverständlich nichts versprechen, gnädige Frau«, schloss er.

Die Türklinke noch in der Hand, verharrte die Frau unschlüssig, als müsse sie sich vergewissern, das Gehörte auch richtig verstanden zu haben. »Und da … da kommens jetzt auf die Nacht noch daher?«

»Ich war zufällig in der Nähe.« Der Ermittler lächelte verbindlich. »Die Sorgen und Nöte unserer Kunden sind uns ein großes Anliegen, gnädige Frau. Aber um die richtigen Entscheidungen treffen zu können, ist es oft sehr hilfreich, sich vor Ort ein Bild von den Lebensumständen der Kunden machen zu können, nicht wahr?« Bekümmert fügte er hinzu: »Und obwohl ich bereits jetzt sehe, dass dies nicht für Sie zutrifft, habe ich leider auch schon feststellen müssen, dass manche Notlage nur vorgetäuscht ist.«

»Jaja … da habens schon recht … die Welt ist nimmer ehrlich.« Sie trat beiseite und ließ ihn eintreten. Kull sah sich in der kleinen Wohnküche um. Sie war bescheiden möbliert. Auf einem Wamsler-Herd köchelte ein Topf mit Wasser.

»Entschuldigens, dass nicht zusammengeräumt ist.« Frau Hartinger nahm eine flache Schüssel mit geschnittenem Kohl vom Tisch und entleerte sie in den Kochtopf.

»Hockens Ihnen hin, Herr«, sagte sie. »Und nehmen Sies mir nicht übel, Herr, wenn ich ein bisserl misstrauisch gewesen sein sollt. Aber es gibt ja so einen Haufen schlechte Leut heutzutag.« Sie lächelte matt. »Da muss man sich schon genauer anschauen, wem man bei der Tür reinlässt.«

Kull setzte sich. Sie kehrte an den Tisch zurück.

»Erst noch einmal mein allerherzlichstes Beileid, Frau Hartinger«, begann er. »Es muss ein schwerer Schlag für Sie gewesen sein. Ihr Sohn Hermann war noch so jung.«

Sie wischte mit der Hand mechanisch über die Tischfläche. »Mags allweil noch nicht glauben.« Ihr Kinn zitterte. »Wenn der Manne bloß nicht allweil so fliegerdamisch gewesen wär. Aber was willst machen, wenn das halt einmal dein Leben ist? Ganz zerschlagen ist er gewesen, wie sie ihn nach dem Krieg nicht mehr haben brauchen können.«

Kull seufzte teilnahmsvoll. »Da war er leider nicht allein. In diesem Beruf ist es auch noch heute fast unmöglich, eine Anstellung zu finden. Tja. Das haben wir den Siegermächten zu verdanken, die dem Reich verboten haben, ein neues Flugwesen aufzubauen.«

»Eine Schand, so was.«

Kull nickte. »Sie sagen die Wahrheit, gnädige Frau.«

»Drum bin ich ja dann auch so froh gewesen, dass er auf dem Flughafen draußen endlich wieder eine Arbeit gekriegt hat. Also das – das werd ich dem Herrn Major von Lindenfeld nie vergessen, dass er sich so für meinen Buben eingesetzt hat.«

»Ach, der Herr von Lindenfeld hat ihm die Stelle verschafft?«

»Ja. Kennens ihn auch? Ein ganz nobler Mensch, gell?«

»Zweifellos, gnädige Frau. Ich hatte persönlich leider noch nie das Vergnügen. Aber der Herr Major war einer der angesehensten Offiziere der Reichswehr. Darf ich vermuten, dass Ihr Sohn früher unter Herrn Major von Lindenfeld Dienst tat?«

Frau Hartinger bejahte. »Und obwohl das schon ein paar Jahre her gewesen ist, hat er sich sofort wieder an meinen Manne erinnert. Ist das nicht nobel von ihm …«

Sie unterbrach sich und schaute zur Tür. Auf dem Flur näherten sich Schritte. Ein stämmiger junger Mann in grauem Arbeitsmantel, Gesicht und Arme mit Kohlestaub bedeckt, trat ein. Als er Kull sah, verschloss sich sein Gesicht.

»Mein Jüngerer, der Hans«, erklärte Frau Hartinger. Sie wandte sich an ihren Sohn: »Der Herr ist von der Versicherung.«

Kull stand auf und deutete eine Verbeugung an.

»Gestatten, Kull.«

Der Ankömmling kniff die Augen zusammen.

»Versicherung? Von was für einer?«

»Von der ›Olympia‹. Wie ich Ihrer Frau Mutter schon erklären durfte, soll der Unfall noch einmal untersucht werden. Meine Gesellschaft will größere Gewissheit bezüglich der Absturzursache. Wir haben uns nämlich davon überzeugt, dass sowohl der Flugzeugführer als auch der Bordmechaniker als äußerst erfahren und gewissenhaft galten. Weshalb wir mit dem offiziellen Gutachten, das eine Mitverantwortung der Besatzung nicht ausschließt, nicht einverstanden sind.«

»Und?«

»Nun, sollte eine neuerliche Untersuchung ergeben, dass die Besatzung doch keine Schuld trägt, könnte die Entschädigung für Ihre Frau Mutter neu berechnet werden.«

»Das könnten wir doch brauchen, Hans, oder?«, sagte die Frau. »Aber jetzt wasch dir erst einmal Händ und Gsicht. So hockt man sich nicht an den Tisch. Noch dazu, wenn Besuch da ist.«

Der junge Mann warf noch einen argwöhnischen Blick auf den Detektiv, bevor er seinen Arbeitsmantel auszog und sich zum Waschstein begab. Kull setzte sich wieder.

»Nein, wirklich«, setzte Frau Hartinger wieder an. »Da ist mir direkt ein ganzer Felsbrocken vom Herzen gefallen, wie der Manne endlich wieder was Ordentliches gefunden hat.«

Hans schüttete Wasser aus einer Karaffe in seine Hände und rieb sich das Gesicht ab. »Er ist halt dein Herzipopperl gewesen«, sagte er über die Schulter.

Seine Mutter sah ihn mit unglücklicher Miene an.

»Er ist tot, Hans«, sagte sie leise, »brauchst nimmer zu eifern.«

»Wer eifert?«, gab er gereizt zurück. »Ich sag bloß, wies ist. Ein stinkfauler Stingl ist er gewesen, und du hast ihms Geld hint und vorn reingeschoppt.«

»Geh zu …«, widersprach die Mutter schwächlich.

»Nicht ›geh zu‹. Daheim mithelfen, nachdem der Vater gestorben ist, wie wärs damit gewesen?«

»Wenn ihn halt das Kohlengeschäft nicht so interessiert hat«, sagte Frau Hartinger. Sie wandte sich achselzuckend an Kull: »Er wollt allweil wieder zu den Fliegern. Was anders hats einfach nicht gegeben für ihn.«

»Allerdings«, pflichtete Hartinger seiner Mutter gallig bei. »Wenn er sonst wenig zustand gebracht hat – sich an die Falschen zu hängen, hat noch immer funktioniert.«

»Das dürfen Sie so nicht sagen«, entgegnete Kull mild. »Gerade die Fliegerkameradschaft ist ja nun geradezu sprichwörtlich.«

»Schmarren«, knurrte der junge Mann.

»Aber das ist doch bekannt, Herr Hartinger«, widersprach Kull mit nachsichtigem Lächeln. »Und das meinten Sie doch sicher nicht mit den ›Falschen‹, oder?«

Hans Hartinger griff nach einem Handtuch und trocknete sich Gesicht und Hände ab.

»Geht keinen was an, was ich mein.«

»Und wahr ist es auch nicht, Hans. Sein Kamerad beispielsweis, der Herr Fürst, der ist ein ganz anständiger Mensch gewesen. Der hat wenigstens noch gewusst, was sich gehört. Darfst mir glauben, so einer ist mir lieber gewesen als wie die Revoluzzer, wo du immer dahergebracht hast, und wo nicht mal mehr in die Kirch gehen.«

Kull hatte aufgehorcht. Fürst? Ein Mann dieses Namens war es gewesen, der die Frachtkiste in Major Lindenfelds Auftrag auf dem Flughafen angeliefert hatte.

Hans gab einen verächtlichen Ton von sich und schwieg.

»Und überhaupt musst nicht allweil so zwider sein«, tadelte

die Mutter vergrämt. »Was weißt denn du, was der Manne im Krieg hat mitmachen müssen?« Sie sah Kull mit einem um Zustimmung flehenden Blick an. »Eine Mutter spürt doch so was, gell, Herr?«

Sie stand auf, schlurfte zum Küchenbuffett und kehrte mit dem gerahmten Foto ihres toten Sohnes zurück. Kull warf einen Blick darauf. Der junge Soldat, vor dem kitschigen Landschaftsdekor eines billigen Fotoateliers um eine Heldenpose bemüht, trug eine Infanterie-Uniform.

»Traurig«, sagte Kull. »In der Blüte der Jugend … nicht wahr?«

Sie nickte stumm, den Blick auf das Bild geheftet.

»Von wann ist das Foto? Ich meine – er trägt doch …«

Er konnte seine Frage nicht beenden. Von Kummer wieder überwältigt, schluchzte die alte Frau laut auf. »Mein Bub …«, brach es aus ihr heraus, »… mein Manne … dass er so grausig hat sterben müssen …«

Hans schluckte. »Jetzt … Mamm …«, versuchte er zu trösten.

Sie hörte es nicht. »Sie haben ihn mich gar nimmer anschauen lassen … wenigstens hat mir der Herr vom Flughafen gesagt, dass er nicht hat leiden müssen … ich täts so gern glauben …«

»Das können Sie, Frau Hartinger«, sagte Kull. »Bei einem derartigen Unfall ist das so.«

Sie sah ihn aus tränenverschleierten Augen an. »Bestimmt, Herr?«

Kull nickte nachdrücklich. »Glauben Sie mir, gnädige Frau.«

Sie warf ihm einen dankbaren Blick zu, kramte ein Tuch aus ihrer Schürzentasche und schnäuzte sich.

»Und das wissen Sie bestimmt von denen, die schon so gestorben sind«, warf ihr Sohn grimmig ein.

»Das sagt Ihnen jeder Fachmann«, erwiderte Kull ruhig.

»Dass du so bitter geworden bist, Hans …« Die alte Frau

schüttelte bekümmert den Kopf. »Wo wir doch jetzt zusammenhelfen müssen. Ich bin doch froh, dass wenigstens du mir noch geblieben bist. Wenn ich dich nicht hätt, hätt ichs Geschäft schon lang aufgeben müssen.« Sie wandte sich an Kull. »Es ist doch ein Glück, wenn einem noch wer bleibt, sagens doch auch, Herr, gell?«

Der Ermittler nickte ernst. »Sie haben völlig recht, gnädige Frau.« Er stand auf. »Doch wenn Sie mir gestatten, würde ich mich jetzt gerne verabschieden. Was Ihr berechtigtes Anliegen betrifft, kann ich Ihnen naturgemäß noch keine festen Zusagen machen. Aber ich bin durchaus guter Dinge.« Er schnüffelte genießerisch in Richtung des Herdes. »Es riecht ja schon vorzüglich.«

»Ich bring Sie runter«, sagte Hans. »Im Parterre fällts Licht ab und zu aus. Sie könnten hinfallen.«

»Das Licht im Parterr, sagst du?« Frau Hartinger war erstaunt. »Seit wann?«

»Seit heut«, sagte Hans und öffnete die Tür. »Bin bloß noch nicht dazu gekommen, die Leitung zu flicken.«

Kull verabschiedete sich. Schweigend stiegen sie die Treppe hinab. Am unteren Treppenabsatz angekommen, deutete Kull zur Decke.

»Ihre Befürchtung war unbegründet«, sagte er. »Die Lampe brennt.«

»Was du nicht sagst!« Der junge Mann packte ihn am Mantelrevers und presste ihn gegen die Wand. »Was hast du von der Mamm wollen, du verlogener Hund? Ich hab zigmal um einen Aufschlag für die Mutter eingegeben, aber sie haben mirs schwarz auf weiß gegeben, dass sie keinen Pfennig mehr rausrücken. Außerdem wärs das Allerneueste, dass sich die Herrschaften von der Versicherung dazu herablassen, zu unsereinem zu gehen.« Er schüttelte Kull. »Also! Was hast wollen? Red! Sonst dresch ichs aus dir raus, dass dich deine sauberen Freunderl mit der Trag abholen können.«

Der kleine Ermittler befreite sich mit einem harten Ruck, beugte sich seitwärts, packte den Arm seines Gegners und drehte ihn auf dessen Rücken. Mit dem anderen Arm umschlang er den Hals seines Gegners.

»Ist jetzt endlich Schluss mit dem Quatsch?!«, schnaubte er. Der junge Mann gab einen schmerzerfüllten Laut von sich. »Lass mich aus …«, krächzte er.

»Wenn Sie mir versprechen, keinen Blödsinn mehr zu machen«, sagte Kull. »Und wenn Sie mir sagen, wen Sie mit ›Freunderl‹ meinen.«

Hans rang nach Luft.

»Wen Sie meinten, habe ich gefragt!«

»Euch … euch Nazen …«

Kull ließ ihn los, trat einen Schritt zurück und zischte: »Wenn Sie noch ein einziges Mal sagen, dass ich zu diesem Pack gehöre, werden Sie mich wirklich kennen lernen! Kapiert?«, sagte Kull.

»Aber …«

»Halten Sie Ihre Klappe und hören Sie mir zu: Ja, Sie haben richtig vermutet. Um einen Aufschlag geht es nicht. Wenn auch nicht ausgeschlossen ist, dass einer dabei herausspringt, wenn sich die Angelegenheit so entwickelt, wie ich es erwarte.«

Hans rieb sich die schmerzende Schulter.

»Aber was …?«

»Ich bin privater Ermittler, Herr Hartinger. Ich will herausbekommen, wie Ihr Bruder wirklich ums Leben gekommen ist.«

»Wer …?«

»Wer mich beauftragt hat, geht Sie nichts an.«

»Aber … es ist doch ein Unfall gewesen?«

»Auf den ersten Blick, richtig. Genauso gut ist aber möglich, dass Ihr Bruder das Opfer eines Verbrechens wurde. Vielleicht ist er sogar von den Kerlen hereingelegt worden, die Sie mir als meine angeblichen ›Freunderl‹ andichten wollten. Deshalb raus damit: Wen genau meinten Sie damit?«

Der junge Mann hatte sich wieder gesammelt. »Hab ich doch gesagt. Die Nazen.«

»Und welchem Grund sollte ich haben, mich bei Ihnen einzuschleichen, wenn ich Nazi wäre?«

»Tät ich doch auch gern wissen. Jedenfalls waren schon einmal zwei von denen da. Haben sich als Kameraden vom Manne ausgegeben. Und während der eine die Mamm mit seinem Beileidsgered eingeseift hat, hab ich den anderen erwischt, wie er in der Kammer vom Manne rumgesucht hat. Ich hab die Bagasch hochkant rausgeschmissen.«

»Woher wollen Sie überhaupt wissen, dass es Nazis waren?«

»Weil ich einen von denen einmal bei einem Propagandaumzug im Viertel gesehen hab.«

»Kamen die Kerle noch einmal?«

Hans bejahte. »Obs die Gleichen waren, kann ich nicht sagen. Jedenfalls ist die Haustür aufgestemmt gewesen, wie wir zwei Tag später von der Beerdigung heimgekommen sind. Ich habs richten können, bevors die Mamm gespannt hat. Die ist an dem Tag ja eh schon halbtot vor Kummer gewesen.«

»Was ist gestohlen worden?«

»Bei der Mamm und mir nichts. Aber ich hab sehen können, dass die Kammer vom Manne durchsucht worden ist. Er hat eine Kassette gehabt, in der er seine Zeugnisse, Dienstbescheinigungen, Soldbücher und das ganze Zeug aufgehoben hat. Sie ist immer abgesperrt gewesen.«

»Und dann war sie offen«, verkürzte Kull. »Was fehlte?«

»Herrgott, soll ich mir das Maul fransig reden? Ich weiß es nicht!«

Kull betrachtete ihn nachdenklich. »Als die Kerle damals Ihrer Mutter kondolierten, haben sie sich als Kameraden Ihres Bruders vorgestellt, sagten Sie?«

»Ja. Die Mamm hat mir gesagt, dass sie von der Einheit und den Standorten geredet haben, die ihr auch aus seinen Briefen bekannt gewesen sind. Deswegen hat sies ihnen ja auch geglaubt.«

»Welche Einheiten? Welche Standorte?«

»Weiß nimmer genau. Meistens irgendwelche Fliegerhorste. Sie hat mir seine Briefe ja nie zu lesen gegeben, bloß immer die Grüße von ihm ausgerichtet.«

»Eher ungewöhnlich, oder?«

»Ja und nein. Die Briefe müssen manchmal schon recht komisch gewesen sein. In einen hab ich reingelesen, wie die Mamm grad einmal nicht hergeschaut hat.« Hans schüttelte den Kopf. »Es hat sich fast so gelesen, als wie wenn er beim Schreiben einen Mordsrausch gehabt hätt. So … übertrieben, irgendwie …« Er suchte nach Worten. »Es hat bloß so gewimmelt von ›grandios‹ und ›enorm‹, von ›den Himmel bezwingen‹, ›grenzenloses Glücksgefühl‹ und lauter so Schmarren. Hab gar nicht glauben können, dass der Manne so was geschrieben hat. Er hat ja früher nie sein Maul gescheit aufgebracht.«

»Er hat es geschrieben«, sagte Kull. »Allerdings war er vermutlich nicht besoffen, sondern mit irgendwelchen Rauschmitteln vollgepumpt.« Er nahm Hans' verständnislose Miene wahr. »Das war gang und gäbe. Diese Drogen wurden speziell an die Flieger ausgegeben, damit die sich nicht vor Angst in die Hose machten. Wenn Sie nämlich da oben sind und jede Sekunde damit rechnen müssen abgeschossen zu werden, wäre das die einzig wahre und menschliche Reaktion, verstehen Sie?«

»Arme Sau …«, sagte Hans leise.

»Ja«, stimmt der Ermittler zu. »Und jetzt sagen Sie mir bitte noch …«

»Hans?«, tönte es besorgt von oben. »Wo bleibst denn? Essen wird kalt.«

»Komm gleich, Mamm!« Der junge Mann deutete mit dem Daumen nach oben. »Ich muss rauf. Seit der Manne tot ist, kriegt sie immer öfter das Hysterische. Manchmal tagelang nicht, dann aber fängt sie schon zu spinnen an, wenn ich bloß auf den Abort geh.«

»In Ordnung«, sagte Kull. »Erklären Sie mir bloß noch eins: Auf dem Gedenkfoto trägt Ihr Bruder Infanterie-Uniform. Dabei war er doch bei der Luftwaffe?«

»Die Fotografie ist erst nach dem Krieg gemacht worden. Wie der nämlich endlich aus war, ist dem Manne nichts Besseres eingefallen, als sich zum Freikorps Oberland zu melden, wo er im Neunzehner Jahr dann mitgeholfen hat, die Leut bei uns in der Vorstadt zusammenzuschießen.«

»Hat er in dieser Zeit womöglich diesen Herrn Fürst, den Ihre Mutter vorhin erwähnt hat, kennen gelernt?«

»Weiß nicht. Kann aber gut sein.«

»Allerletzte Frage: War Ihr Bruder zuletzt bei den Hitlerischen? Oder bei einem anderen völkischen Verein? Stahlhelm? Deutscher Schutzbund? Jungdeutscher Orden? Oder sonst wo?«

»Kann ich nicht sagen. Der Manne und ich haben fast kein Wort mehr miteinander geredet, seit er damals mit seinem Freikorps-Gesindel durch Haidhausen marschiert ist.« Sein Blick wurde bitter. »Ich weiß bloß eins: Dass er sich allweil an die Falschen gehängt hat.«

22

Kajetan war erleichtert. Die Lichter des Thalbacher Bahnhofs flimmerten durch die Finsternis. Der Weg war zuletzt nur noch mit Mühe zu erkennen gewesen. Aber es war ihm gelungen, die Strecke in fast genau der Zeit zurückzulegen, die auch der wandernde Schlosser zu Protokoll gegeben hatte. Der Zug nach Mühldorf würde in ein paar Minuten eintreffen. Kajetan beschleunigte seine Schritte.

Minuten später stieß er die Tür zur Wartehalle auf. Sie war unbeleuchtet. Aus dem Raum hinter der Kassenkabine drang matter Lichtschein. Hinter ihm fiel die Tür klackend ins Schloss.

»Hallo?«, rief Kajetan.

Ein gedämpftes, gelassenes »Komm gleich!« antwortete ihm. Wenig später erschien der Stationsleiter in der Kassenkabine und sah sich in der düsteren Halle suchend um. Kajetan trat auf ihn zu. Ein spärliches Lächeln des Wiedererkennens hellte die Miene des Beamten auf.

»Hättens Ihnen gar nicht so beeilen brauchen, Herr«, sagte er, während er den obersten Kragenknopf schloss. »Der Fünfezug fällt heut aus. Lokschaden, irgendein Viehzeugs ist wieder mal aufs Gleis gelaufen. Der nächste geht erst wieder um drei viertel acht.«

Kajetan ließ die Schultern hängen. Noch eine Nacht in dieser weltvergessenen Gegend? Der Stationsbeamte beruhigte ihn: »Wenns den Dreiviertelacht-Zug nehmen, könntens in Mühldorf den letzten Zug nach München grad noch erwischen.« Er deutete auf die Wartebank und ging zum Lichtschalter. »Mögens Ihnen derweil hinhocken? Ich reib Ihnen das Licht auf, wenns recht ist.«

Er wartete Kajetans Antwort nicht ab. Eine trübe Deckenlampe flackerte auf. Der Beamte hob bedauernd die Schultern und gähnte. »So ist es halt einmal bei uns heraußen, gell? Passiert öfters, leider.«

»Kann man nichts machen«, seufzte Kajetan.

»Ja. Muss man nehmen, wies kommt.« Der Beamte lächelte traurig. »Aber man gewöhnt sich dran.«

Kajetan nickte, nahm auf der Bank Platz und streckte die Beine von sich.

Bleibt einem auch nichts anderes übrig, dachte er.

Der Stationsleiter wirkte zerstreut. Er rieb sich die Hände. »Frisch ists geworden, gell?«

Kajetan sah nach draußen. Die Nacht war schwarz. »Ist eben nimmer Sommer.«

»Da habens recht«, sagte der Beamte. »Der ist vorbei. Könnt eins ganz trübselig werden.« Wieder gähnte er. »Aber man findet sich mit der Zeit drein. Man muss sich halt beschäftigen, gell? Ich hab einen Garten hinterm Haus und ein bisserl Viech, da wirds mir nicht langweilig.«

»Aha«, sagte Kajetan abwesend.

»Und wenn ich Zeit hab, schreib ich Gschichterl. Was alles so passiert auf so einem kleinen Bahnhof, verstehens? Das ist oft schon interessant.«

Kajetan gähnte. »Glaub ich«, sagte er.

»Bin ja jetzt auch schon seit dem Krieg da. Im Winter vorletztes Jahr hab ich mein Zehnjähriges gehabt.«

Kajetan zog die Füße ein.

»So lang schon?«

Der Beamte nickte mit müdem Stolz. »Wenn ichs sag.«

»Sie müssen doch bestimmt auch ein Journal führen, oder?«

»Freilich. Wann der Zug gekommen und abgefahren ist, obs besondere Vorkommnisse gegeben hat, alles muss eingetragen werden. Ist Pflicht.«

»Interessant«, sagte Kajetan. Sein Herz klopfte schneller. »Wenn ich jetzt beispielsweis wissen möcht, ob der Fünfer-Zug am – sagen wir mal irgendeinem Tag…?«

Der Beamte nickte aufmunternd. »Sagens mir irgendeinen.«

»– sagen wir, am zweiten Dezember achtzehn…?«

Der Beamte bekräftigte stolz: »Dann steht das alles drin. Ob er pünktlich gekommen und abgefahren ist, wie viele Billetts ich verkauft hab und alles. Glauben Sie's mir nicht? Soll ich Ihnen das Achtzehner Journal einmal holen?«

Kajetan zuckte die Achseln. »Warum nicht? Dann vergeht die Warterei schneller.«

»Genau.« Der Beamte lachte verhalten. »Ich selber muss auch hie und da wieder reinschauen. Damit ich seh, was ich überhaupt tu.« Er verschwand in seinem Büro und kam kurz darauf wieder mit dem gebundenen Journal zurück.

»Habs auch gleich gefunden, Herr«, sagte er. Er zeigte auf eine Eintragung. »Zweiter Dezember achtzehn. Wetter: bewölkt, Frühfrost, mittags sechs Grad Celsius…«

»Der Fünfezug tät mich interessieren.«

»Momenterl – da! Fünfer-Zug: ausgefallen. Klammer auf, Ursache: Kohlerationierung, Klammer zu. Gleicher Tag: Dreiviertelacht-Zug nach Mühldorf. Ankunft und Abfahrt gemäß Fahrplan. Ein Passagier. Dritte Klasse, Klammer auf, KB, Klammer zu.«

»KB?«, fragte Kajetan.

»Der Passagier hat nach Kriegsbeschädigten-Tarif bezahlt«, erklärte der Stationsleiter.

Kajetan starrte auf das Register. Der Beamte lächelte.

»Wollens noch einen Tag wissen?«

»Nicht nötig«, sagte Kajetan.

23

Beinahe hätte Johann Fürst vergessen, dass er an diesem Abend noch etwas Dringendes zu erledigen hatte. Er hatte dem »Tabarin« nur einen kurzen Besuch abstatten wollen. Doch dann hatte er hinter seinem Rücken ein perlendes Lachen gehört und sich neugierig umgedreht. Er war nicht allein damit. Alle Männer in der Bar hatten nach der hübschen jungen Frau mit dem pechschwarz gefärbten Bubikopf gesehen.

Doch nur von ihm ließ sie sich schließlich einladen. Er fühlte sich großartig, scherzte mit ihr, machte ihr anzügliche Komplimente, die sie mit gespielter Empörung kichernd zurückwies.

Als der Kellner die zweite Champagner-Flasche auf den Tisch stellte, dachte er verstohlen an seine Barschaft. Doch ein Blick in die Augen seiner Eroberung machte diesen Gedanken zunichte. Er legte den Arm um sie und genoss den Neid der anderen Männer. Sie schmiegte sich an ihn. Bald hatte er keinen Zweifel mehr, wie dieser Abend enden würde. Und vielleicht nicht nur dieser. War es ihm zuvor noch darum gegangen, seine Konkurrenten auszustechen, so begann ihm dieses Mädchen jetzt wirklich zu gefallen.

Er war immer mehr in Fahrt gekommen, als er spürte, dass sie ein wenig von ihm abrückte. Als bereite es ihr mit einem Mal Mühe, sich aus plötzlicher Gedankenverlorenheit zu befreien, reagierte sie verzögert auf seine Fragen, und ihr Blick unter schweren Lidern schien ihm jetzt dunkel und unergründlich. Irritiert zog er sie an sich, tätschelte ihre Schultern, raunte ihr Zärtlichkeiten ins Ohr, wurde drängender.

Bis sie schließlich den Zeitpunkt gekommen sah, ihn mit ihren Geschäftsbedingungen vertraut zu machen. Stockend berichtete sie von einer schweren Erkrankung der geliebten Mutter, der Arbeitslosigkeit ihres hinfälligen Vaters und ihrer Sorge, die gesalzenen Preise für deren Medikamente nicht mehr aufbringen zu können. Geschweige denn, die Mäuler ihrer noch minderjährigen Geschwister stopfen zu können.

Ihm wurde augenblicklich klar, dass sie ihn als beschränkten Hinterwäldler eingeschätzt hatte, der sich das Geld widerstandslos aus dem Sack ziehen lassen würde. Er ohrfeigte sie hart, zahlte, wartete das Rückgeld nicht ab und eilte, verfolgt von hämischem Gelächter, aus dem Lokal.

Wenig später schlug Fürst an die Tür eines einstöckigen Hauses in Untergiesing. Er wartete, sah sich um, atmete durch und klopfte erneut. Endlich hörte er Schritte auf einer Holztreppe. Ein Riegel fuhr zurück. Im Türspalt tauchte ein knochiges Gesicht auf und musterte ihn mürrisch.

»Du?«

»Frag nicht so blöd, Loder«, sagte Fürst.

Der Mann grunzte unwillig. Er sandte flinke Blicke in beide Richtungen der Gasse, dann winkte er seinen Besucher wortlos herein. In einer kleinen Wohnküche angekommen, maulte er, sich einen Hemdzipfel in den Hosenbund stopfend: »Um acht wolltest da sein. Hab mich schon hingelegt gehabt.«

Fürst machte eine entschuldigende Geste.

»Halt einfach deinen Schnabel«, winkte der Hagere mürrisch ab. »Bringen wirs hinter uns. Und dann haust ab. Ich bin saumüd.«

»Hast was, Loder?«, fragte Fürst.

»Hast Glück«, sagte der Hagere. »Wenn ich mich auch frag, ob du das Zeug zum Abort runterschüttest.«

»Geht dich nichts an.«

»Ist mir ja auch wurscht.«

Der Hagere drehte sich ab, nahm eine Fliese hinter dem Herd ab, holte ein Fläschchen mit einer trüben Flüssigkeit aus einer Wandvertiefung und stellte es auf den Tisch. »Aber so geschenkt wie früher gibts das Zeug nimmer, damit dus gleich weißt. Sechs Mark oder du lässt es bleiben.«

Fast das Doppelte! In Fürst stieg Zorn hoch. Der Hagere hob die Achseln.

»Ich zwing keinen«, sagte er. »Aber neuerdings wird im Spital kontrolliert, da ist mein Risiko größer.«

»Hats dich?«, schnaubte Fürst. »Möchst mich ruinieren?«

»Deine Sach«, sagte der Hagere. »Andere machen kein Theater.«

»Das … das zahl ich nicht! Du Jud!«

Ein verschlagenes Grinsen verzog das zerfurchte Gesicht Loders. »Auch recht. Dann machen wir halt kein Geschäft mehr miteinander. Kein Grund, mich deswegen gleich zu beleidigen.«

Er streckte die Hand nach dem Fläschchen aus. Fürst packte ihn an der Hemdbrust und zog ihn mit einem Ruck zu sich heran. Ein widerwärtiger, von Fusel und dem Geruch faulender Zähne geschwängerter Atem dampfte über sein Gesicht.

»Ich glaub, du bringst was durcheinander, Loder. Ich bin keiner von den armen Säuen, die sich von dir ausnehmen lassen wie eine Kirchweihgans. Mich legt keiner aufs Kreuz. Eine Drecksau wie du schon gleich gar nicht!«

Der Hagere wand sich unter seinem Griff. »Jetzt nimm doch eine Vernunft an, Fürst«, stammelte er. »Wir sind doch allerweil gut ausgekommen. Weißt nimmer, wie ich dich damals im Lazarett …«

Fürst warf ihn herum und drückte ihn gegen die Wand.

»Weißt du, was du bist?!«

Seine Rechte griff nach der Kehle Loders.

»Ein Haufen Dreck bist du!« Fürst schüttelte den schmächtigen Krankenpfleger und brüllte: »Sag mir, was du bist!«

»Ich gebs dir ja …«, krächzte Loder. »Brauchst doch nicht …«

Fürsts Hand wurde zur Kralle. Die Augen des Mannes weiteten sich in Todesangst.

»Sags!«, schrie Fürst.

Loders Stimme war nur noch ein heiseres Flüstern. »Ein … ein … Haufen …«

Fürst grunzte verächtlich und schleuderte ihn von sich. Loder torkelte durch die kleine Kammer, stolperte und riss im Fallen einen Stuhl mit sich. Durch die Mauer zur Nebenwohnung drang ein empörter Ruf, gefolgt von einem energischen Klopfen.

»Jetzt … jetzt mach doch keine Geschichten …«, wimmerte Loder. »Du kriegst es ja …«

Fürst packte das Fläschchen und ließ es in seiner Manteltasche verschwinden. Er grinste boshaft. »Das nehm ich als Präsent. Für langjährige und treue Kunden. Bist doch einverstanden, oder?«

Loder keuchte. »Ja … ja …«

Fürst beugte sich zu ihm hinunter. »Und wenn dir wieder einmal einfallen sollt, dass du mich aufs Kreuz legen möchst, oder gar meinst, mir das nächste Mal die Tür vor der Nase zuhauen zu können, dann könnts passieren, dass das Spital in der Tristanstraß eine kleine Nachricht kriegt.«

»Da … das darfst nicht tun …«, stammelte Loder.

Fürst spuckte auf den Boden und warf die Türe schmetternd hinter sich zu.

24

Kajetan rannte über den Perron des Mühldorfer Bahnhofs. Das Gellen des Abfahrtssignals bereits im Ohr, riss er die Wagontür des Nachtzugs nach München auf. Er war noch auf der Suche nach einem Sitzplatz, als die Lok auch schon anruckte. Er hatte keine Lust auf Konversation, fand ein unbesetztes Abteil und ließ sich neben dem Fenster auf die Bank fallen. Das Abteil war ausgekühlt, in der verbrauchten Luft stand der Geruch billigen Landtabaks. Kajetan zog seinen Mantel vor die Brust, verschränkte die Arme und streckte die Beine von sich. Nach einiger Zeit erschien ein wortkarger Schaffner, perforierte die Fahrkarte und verschwand wieder.

Kajetan ließ sich in die Lehne fallen und döste vor sich hin.

Johann Fürst hatte also gelogen. Hatte er doch länger für seinen Fußmarsch gebraucht, sich aber später nicht mehr genau erinnern können, wann er wirklich eingestiegen war? Möglich. Aber wie konnte dann von jener Freikorpseinheit, mit deren Mitgliedern er den anschließenden Abend verbracht haben wollte, seine Ankunft in Mühldorf am frühen Abend bestätigt werden? Auch ein Irrtum? Und ein eigentlich verständlicher, da es in diesen Wochen, in denen die Weißgardisten den Einmarsch in München vorbereiteten, schließlich mehr als turbulent zugegangen war?

Hatte sich auch Rotters Magd getäuscht, als sie angab, der wandernde Schlosser habe sich schon eine Stunde vor der Tat in

Richtung Bahnhof verabschiedet? Könnte Fürst es gewesen sein, den die Schlehberger-Buben für Rotter gehalten hatten?

Oder hatte die Magd gar absichtlich gelogen, um den Verdacht nicht auf ihn zu lenken?

Wie aber sollte das damit zusammengehen, dass sie sich bei allen Vernehmungen so entschieden für Rotter eingesetzt hatte?

Irgendetwas passte hier nicht zusammen. Er musste mit Rotters ehemaliger Magd und mit diesem Schlosser sprechen, so bald wie möglich. Die Adresse Ludmilla Köllers hatte sich in Herzbergs Unterlagen gefunden, nicht aber die Fürsts. Der Mann musste in den vergangenen Jahren unzählige Male den Wohnsitz gewechselt haben. Wie konnte er ihn finden? Ob ihm Dr. Rosenauer …?

Kajetan gähnte.

Er erwachte, als der Zug in den Hauptbahnhof einfuhr. Der Bahnhofsplatz war in dichten Nebel gehüllt, der das Licht von Straßenlaternen und den Scheinwerfern weniger Autos verschwimmen ließ. Er hastete über das Pflaster und sprang in die gerade abfahrende Zweier.

Die Müdigkeit saß ihm in allen Gliedern. Doch die Hoffnung auf eine ruhige Nacht war vergeblich. Noch bevor er die Tür zu seiner Unterkunft aufstieß, drang bereits der Lärm eines ausgelassenen Festes an sein Ohr. Die Stimmung schien gerade ihren Höhepunkt erreicht zu haben; eine durchdringende Frauenstimme sang gegen ihr betrunkenes Publikum an, immer wieder unterbrochen von kreischendem Gelächter und Applaus.

Der Pensionswirt stand hinter der Theke und zapfte Bier. Er sah auf, als Kajetan an ihm vorbei zum Treppenhaus ging, winkte ihn mit mürrischer Geste zu sich und drückte ihm ein Kuvert in die Hand. Bereits gestern sei es von einem Boten abgegeben worden.

In seinem Zimmer angekommen, riss Kajetan den Umschlag auf.

Die Sache mache Fortschritte, schrieb Rosenauer, erste Hürden seien genommen. Er erwarte ihn umgehend in der Polizeidirektion, um ihn über den Stand zu informieren, einige wichtige Formalitäten zu erledigen und das weitere Vorgehen zu besprechen. Kajetan wog den Brief in seiner Hand. So neugierig er war – die entscheidende Verhandlung im Fall Rotter rückte näher, und dieser Auftrag hatte Vorrang. Aber vielleicht ließe sich am nächsten Morgen noch ein kurzer Besuch in der Polizeidirektion einschieben, bevor er sich zu seinem Auftraggeber aufmachte?

Kajetan zog sich aus, wusch sich und legte sich ins Bett. Sein Blick fiel auf das Nachtschränkchen. Er öffnete es und holte die Fotografien hervor. Zerstreut betrachtete er das Hochzeitsfoto seiner Eltern, dann legte er sie wieder zurück und verklemmte die Tür des Schränkchens.

Wieder ließen Lachsalven die Fensterscheiben erzittern. Er legte sich auf die Seite und drückte das Kissen an sein Ohr. Es war vergeblich. Er fluchte.

Eine Wohnung musste her. Bald.

25

Nanu?, dachte Kull. Bertha, die während seiner Abwesenheit in seinem Berliner Büro die Stellung hielt, schien sich tatsächlich zu freuen, seine Stimme zu hören. Will sie etwa schon wieder mehr Geld? Kommt nicht in Frage!

Aber fleißig ist sie, dachte er anerkennend. Schon so früh am Morgen im Büro. Ich hätte keine Bessere kriegen können.

»Quassle mir nicht die Ohren voll«, raunzte er. »Ich will wissen, was zuhause läuft.«

»Nichts Neues, Chef«, sagte Bertha. »Der Doktor Barkowski hat immer noch nicht gezahlt. Er müsse mit Ihnen noch mal über die Summe sprechen, sagt er.«

»Ach! Weil ich seinen Mist zackiger erledigt habe als geplant, will der Geizkragen eine Kürzung? Nichts da. Hör zu: Du unternimmst nichts, ich werd ihm auf die Eisen steigen, sobald ich wieder zurück bin. Was sonst?«

»Ein gewisser Herr Mahler vom städtischen Fundbüro lässt ausrichten, dass er dringend auf einen ersten Zwischenbericht wartet. Er hat ziemlich nervös gewirkt, wenn nicht gar penetrant. Was soll ich ihm sagen?«

»Dass der Bericht kommt, wenn es etwas zu berichten gibt. Und dass ich in dieser Provinz nicht auf Urlaubsreise bin.«

»Ooch. Gefällt es Ihnen nicht in München?«

»Es geht dich zwar nichts an, aber: Einiges hier ist ja ganz putzig. Trotzdem bin ich mir noch nicht sicher, ob es nicht doch nur ein ziemlich dummes Nest ist. Beim Frühstück vorhin erzählte man sich jedenfalls, dass gestern Abend im hiesigen Schauspielhaus eine Vorstellung abgebrochen werden musste, weil irgendein pfäffischer Tugendwächter eine Handvoll Ratten im Zuschauerraum ausgesetzt hat.«

»Igitt«, rief Bertha. »So eine Gemeinheit.«

Kull lachte. »Quatsch, du Dussel. So was ist prima fürs Geschäft. Die Bude wird ab jetzt voll sein.«

»Sie meinen, ich sollte es so sehen?«

»Natürlich ist es eine Schweinerei«, brummte Kull.

»Sie hören sich trotzdem gut an, Chef«, sagte Bertha. »Kommen Sie denn gut voran?«

»Wie oft soll ich dir noch sagen, dass ich diese Frage hasse!«, blaffte der Ermittler in die Sprechmuschel. »Ich beherrsche meinen Beruf halbwegs, ja? Folglich wird es auch bereits das eine oder andere Ergebnis geben!«

Er hörte ein leises Lachen. »Das heißt, Sie kommen mehr als gut voran. Darf ich diesem gewissen Herrn wenigstens das sagen?«

»Mach, was du willst.« Der Staatssekretär saß offenbar auf Kohlen. Das war bereits bei seinem ersten Besuch im Außenministerium bemerkbar. Was ging da eigentlich vor? Ging es tatsächlich nur darum, diesen Absturz zu untersuchen? Nur um das verschwundene Geld? Oder hatte ihm der Staatssekretär etwas vorenthalten?

»Bist du schreibbereit?«, fragte er.

»Immer bereit«, flötete Bertha.

»Hör zu: Ich brauche alles zu einem sogenannten ›Schutzbund für das Deutschtum im Ausland‹.«

»In dessen Auftrag die Maschine geflogen ist, richtig?«

»Unterbrich mich gefälligst nicht! Notier mit: Ich brauche

Gründungsjahr und Gründungsmitglieder, aktuelles Führungspersonal et cetera. Versuche herauszufinden, wie dieser Bund zu den anderen Vaterländischen und Deutschnationalen steht, auch zu den Nazis.« Er ließ ihr eine kurze Pause. »Und dann alles, was du über einen Major Freiherr von Lindenfeld, Vorname Hugo, finden kannst. Hast dus?«

»Ich bin erstens nicht dusslig und kann zweitens zufällig Stenografie.«

»Zu von Lindenfeld brauche ich Regimentszugehörigkeit, Funktion bei den bayerischen Einwohnerwehren und der Schwarzen Reichswehr, politische und geschäftliche Kontakte. Und damit du Zeit sparst: Bekannt ist bereits, dass er Kontaktmann dieses krausen Schutzbundes ist und die Verbindung zwischen ihm und dem Außenministerium hält. Im hiesigen Gewerberegister ist er als Besitzer einer Ziegelei eingetragen.«

»Bis wann brauchen Sies?«

»Habe ich mich gerade verhört?«

Bertha seufzte. »Bis gestern also wieder einmal«, sagte sie. »Sie sind gemein, Chef. Ich wollt heut Abend mit Emil tanzen gehen. Er meckert eh schon, dass ich nie Zeit für ihn hab. Wird nicht mehr lang dauern, dann klemmt ihn mir irgend ne andere. Am Schluss muss ich noch son kleinen Giftzwerg wie Ihnen heiraten.«

Er verabschiedete sich und legte auf.

Kleiner Giftzwerg!, dachte er und gluckste unwillkürlich. Das Mädchen gefällt mir immer besser.

Er ließ die Schwingtür langsam hinter sich zufallen und sah in ihrem Spiegel wieder einen der Männer, die ihn bereits seit gestern beschatteten.

Fein, dass ihr euch um mich kümmert, dachte Kull. Aber wäre

es nicht langsam an der Zeit, dass ihr euch wenigstens vorstellt? Von Höflichkeit noch nie was gehört?

Er stöhnte leise. Diese Stadt war einfach Provinz, tiefste Provinz.

26

Kajetan rieb sich die Augen, sah auf die Uhr und erschrak. Neun Uhr! Zu spät, um noch einen Abstecher in die Ettstraße zu machen. Er wusch und rasierte sich und fuhr mit der Tram ins Stadtzentrum.

»Der Herr Doktor ist auf dem Gericht. Sie wissen ja, wo Sie die Akte finden«, sagte Fräulein Agnes. In mütterlichem Ton fügte sie hinzu: »Sie schauen übrigens ein bisserl müd aus. Achten Sie schon auf sich?«

Kajetan nickte ihr flüchtig zu, zog den Rotter-Akt aus dem Regal und schlug ihn auf.

Schon bei der ersten Durchsicht war ihm aufgefallen, dass das Dossier über Ludmilla Köller umfangreicher als das der meisten anderen Beteiligten war. Herzberg hatte sich auffallend gründlich mit Rotters Magd beschäftigt. Kajetan begann zu lesen.

Nach der Verhaftung Rotters hatte Ludmilla Köller den Hof noch einige Monate allein weitergeführt. Der Bauer, damals noch fest mit seinem Freispruch rechnend, hatte sie darum gebeten. Dann aber hatte das Gericht auf »schuldig« erkannt. Das Schafott vor Augen, ließ sich Rotter einen teuren Landshuter Anwalt aufschwatzen. Diesem gelang es immerhin noch, das Todesurteil in »Lebenslänglich« umwandeln zu lassen. Damit schien er sich aber zufriedengegeben zu haben. Weil er nicht an den Erfolg eines Antrags auf Wiederaufnahme glaubte und ihn der Fall anzuöden begonnen hatte, versäumte er schon einmal, rechtzeitig einen Einspruch zu erheben. Niemals aber, gepfefferte Rechnungen zu stellen.

Rotter hatte seinen Besitz verkaufen müssen. Die Unterschrift unter dem Kaufvertrag war noch nicht trocken gewesen, als der neue Besitzer Ludmilla aus dem Haus jagte.

Schon nach kurzer Zeit musste ihr klar geworden sein, dass sie in der näheren Umgebung keine Anstellung mehr finden würde. Für einige Monate kam sie in Landshut als Kellnerin unter, wo sie von Wirt, Kollegen und Gästen gut aufgenommen und wegen ihrer Arbeitsamkeit geschätzt wurde. Dann aber erinnerte sich ein Schänkenbesucher daran, sie im Landgericht als Zeugin gesehen zu haben. In das Gemunkel mischten sich bald verdruckte Andeutungen, schließlich bösartige Verdächtigungen. Dienstherr und Kollegen gingen auf Distanz.

Wieder packte sie ihren Koffer, wobei sie nun offenbar darauf achtete, dass ihre neue Bleibe in einer Entfernung lag, in der man sie nicht mehr mit den Geschehnissen in Riedenthal in Verbindung bringen würde.

Für mehrere Jahre verdingte sie sich auf einem Hof im Ostallgäu. Der Bauer und seine Familie waren strenggläubig. Man bürdete ihr schwerste Arbeiten auf, knauserte mit dem Lohn. Trotzdem überzeugte sie schon bald mit Tatkraft und Umsicht, nahm ernsthaft an den täglichen religiösen Verrichtungen teil und fehlte bei keinem Kirchgang. Die Kinder des Hauses hingen mit abgöttischer Verehrung an ihr. Berichtet wurde, dass sie stets gepflegt und sittsam gekleidet auftrat, sie als Beispiel mustergültiger und frommer Rechtschaffenheit wahrgenommen wurde. Sah man auf den Fotografien der Ermittler noch eine verhärmte Stallmagd, so war sie nun zu einer Schönheit erblüht. Vom strengen Zopfkranz, zu dem ihr kräftiges, kastanienbraunes Haar geflochten war, stand keine Strähne ab.

Der Kontrast zwischen reizvollem Äußeren und fast nonnenhafter Strenge musste die Phantasien einiger Dörfler entflammt haben, denn nicht nur einmal gab der Hofherr aufdringlichen Verehrern mit Griff zur Ochsenpeitsche zu verstehen, dass er jede Art unzüchtigen Ansinnens auf seinem Hof nicht duldete. Und – egal, ob Dorf-Casanova oder redlicher Interessent – auch sie erstickte alle Avancen mit einem einzigen, scharf tadelnden Blick bereits im Keim, worauf die so siegesgewiss Angetretenen wie begossene Pudel davonschlichen. Hoch angerechnet wurde ihr von allen dazu Befragten, dass sie nach dem tragischen Unfall des Bauern der verzweifelten Witwe selbstlos beistand. Weshalb niemand so recht verstehen konnte, dass diese sie ziehen ließ, nachdem ein halbes Jahr später ein neuer Bauer das Regiment übernommen hatte …

Jedenfalls gab Ludmilla kurz danach dem Werben eines Pensionärs namens Egidius Kummerer nach, der in der Gegend öfters seine Sommerfrische zugebracht hatte. Sie folgte dem Witwer in dessen Stockdorfer Villa, in der sie – als Haushälterin seine einsamen Tage mit Wärme und weiblicher Fürsorge schmücken sollte, wie er es einmal schwärmerisch ausgedrückt haben musste.

»Kuponschneider, sehr begütert, vergöttert die K.«, hatte Herzberg an der Seite handschriftlich vermerkt.

Kajetan notierte die Adresse, ließ sich von Agnes den nächsten Zug in Richtung Starnberg aus dem Fahrplan heraussuchen und verließ die Kanzlei. Am Marienplatz hechtete er der gerade abfahrenden Tram nach, fuhr auf dem Trittbrett zur nächsten Station, wo er sich in den überfüllten Waggon quetschte. Am

Starnberger Bahnhof löste er ein Billett. Der Zug nach Garmisch wartete bereits auf dem Gleis.

In Stockdorf musste er sich zur Bennostraße durchfragen. Schließlich stand er in einer schmalen, von entlaubten Kastanien gesäumten Straße. Hinter Mauern und Zäunen waren mehrstöckige, schlossähnliche Wohnhäuser zu sehen. Ratlos sah er auf seine Notiz.

Ein Mädchen mit artiger Hahnenkammfrisur und abstehenden Zöpfen, einen klobigen Schulranzen auf dem Rücken wippend, kam ihm entgegen. Seine Miene hellte sich sofort auf, als es hörte, nach wem er suchte. Bereitwillig führte es ihn vor ein geschmiedetes Tor.

»Da wohnen der Herr Kummerer und das Fräulein Ludmilla«, sagte die Kleine. Lächelnd fügte sie hinzu: »Das Fräulein Ludmilla ist eine ganz, ganz liebe. Allweil schenkt sie uns Gutterl.«

Kajetan bedankte sich. Das Tor war nicht versperrt. Nach wenigen Schritten auf einem Kiesweg, vorbei an akkurat gepflegten Rabatten, stand er vor einer gedrungenen Villa mit Walmdach, das an der Seite von einem Zierturm überragt wurde.

Er zog die Türglocke. Erst nach geraumer Zeit näherten sich schlurfende Schritte. Egidius Kummerer öffnete die Tür einen Spalt, bereit, sie sofort wieder zuschlagen zu können.

Kajetan zog seinen Hut, stellte sich vor und erklärte den Grund seines Besuchs.

»Mit dem Fräulein Ludmilla möchtens sprechen?« Der Alte befingerte einen Knopf seiner welken Strickjacke. »Was … was Wichtigs?«

Kajetan nickte ernst. Kummerer schwankte einen Moment, doch dann öffnete er die Tür und ließ seinen Besucher an sich vorbei in ein kleines Foyer gehen. Er wies auf die offene Tür zum Salon.

»Nehmens doch derweil drinnen schon Platz. Ich werd …«

Er verstummte. Aus einer Seitentür trat Ludmilla Köller, ein Bündel Weißwäsche vor der Brust tragend. Sie stutzte unmerklich, grüßte Kajetan mit einem flüchtigen Nicken und steuerte den Salon an.

Kummerer taperte ihr nach. »Der Herr wär wegen dir da, Milla«, sagte er.

Sie drehte sich um und sah fragend zwischen den beiden Männern hin und her. »Um was gehts denn?«

»Der Herr …«

Kajetan nannte seinen Namen und machte die Andeutung einer Verneigung. »Von der Kanzlei Dr. Herzberg.«

»Milla, der Herr kommt von einem Rechtsanwalt in München und meint, es geht um einen früheren Dienstherren von dir.«

Kajetan nickte bestätigend. Er betrachtete die junge Frau. Sie hatte tatsächlich nichts mehr von jener reizlosen Stallmagd an sich, als die sie auf dem Foto in den Ermittlungsakten abgebildet war. Das kräftige, dunkelbraune Haar über ihrem schönen und gleichmäßigen, ein wenig bäuerlich breiten Gesicht war zu einem strengen Dutt frisiert. Sie legte den Stoff beiseite und zog die Decke des Teetisches ab.

»Hat mehrere gegeben«, sagte sie unbeteiligt. Ihre Stimme passte zu ihrem Aussehen, sie war melodisch, ein wenig dunkel … »Ich versteh nicht.«

»Der Herr sagt, er möcht mit dir reden, um … um …«

Kajetan kam ihm wieder zu Hilfe. »Es geht um den Herrn Rotter. Ignaz. Sie werden sich bestimmt an ihn erinnern. Ich wär Ihnen sehr verbunden, wenn Sie einen Augenblick für mich Zeit hätten, Fräulein …« Er sprach nicht weiter. Ludmilla Köhler hatte leise aufgestöhnt. Aus ihrem Gesicht war die Farbe gewichen. Sie tastete haltsuchend nach einer Stuhllehne.

»Was hast?«, rief der Pensionär beunruhigt.

Die junge Frau winkte mit einer kraftlosen Bewegung ab und ließ sich auf den Stuhl fallen. »Nichts«, flüsterte sie. Kummerer eilte auf sie zu. »Soll der Herr wieder gehen, Milla? Sags! Ich lass nicht zu, dass dich irgendwer …?«

»Lass, Gide«, flüsterte sie. »Es ist bloß … am liebsten wär mir gewesen, wenn ich nie mehr was davon gehört hätt …«

Kummerer warf sich in die Brust. »Aber dann sag mir, dass ich ihn fortschicken soll!« Er legte seine Hände wie schützend auf ihre Schultern und warf Kajetan einen erbosten Blick zu. »Und wenn er nicht geht, dann … dann ruf ich die Gendarmerie!«

»Das tust nicht, Gide«, sagte sie ergeben. »Jetzt ist er schon extra gekommen. Es … es nutzt ja nichts. Werds schon aushalten.« Sie griff nach seiner Hand, tätschelte sie und sah bittend zu ihm auf. »Tust mir bloß den Gefallen, Gide, und lass mich mit dem Herrn ein Momenterl allein, hm?«

»Aber was ist denn damals gewesen?«

»Ich erzähls dir dann schon«, sagte sie leise. Sie wiederholte, jetzt eine Spur bestimmter: »Lass uns ein Momenterl allein, ja?«

Er durchforschte ratlos ihr Gesicht. Dann nickte er stumm und zog sich mit schleppendem Schritt zurück. Ludmilla Köller schaute ihm nach, hörte das Klacken der ins Schloss gezogenen Türe und lauschte den sich entfernenden Schritten. Schlagartig veränderte sich ihr Gesichtsausdruck. Sie stand mit einem Ruck auf. Ihre Augen sprühten.

»Der Ignaz ist unschuldig!«, rief sie heiser. »Er ist es nicht gewesen!«

»Fräulein Köller …«, Kajetan fasste sich schnell. »Genau deswegen bin ich da.«

»Nehmen Sies mir nicht krumm, Herr, wenn ich vorhin ein bisserl Theater hab machen müssen. Aber der Herr Kummerer regt sich so schnell auf, und ein schwaches Herz hat er auch. Und ich selber hab lang genug drunter zu leiden gehabt, dass die Leut sich das Maul über mich zerrissen haben.«

Kajetan nickte verstehend. »Dann wollens mithelfen, dass der Herr Rotter wieder in Freiheit kommt?«

»Dass Sie da noch fragen?« Sie legte beide Hände auf ihren Busen. In ihren Augenwinkeln glitzerte es. »Alles tu ich dafür, alles! Der arme Ignaz! So ein braver Mensch! Und muss allweil noch unschuldig im Zuchthaus hocken!«

Kajetan war erfreut. »Dann reden wir nicht mehr lang um die Sach herum. Ich bin dabei, alle damaligen Zeugen noch einmal zu befragen. Vielleicht ist einem später noch was in den Sinn gekommen, was ihm in der ersten Aufregung nicht gleich eingefallen ist. Oder einer von den Kommissären hat ihn verkehrt verstanden.«

»Oder verstehen wollen«, unterbrach sie. »Weils praktischer ist, wenn man gleich einen hat, dem man was anhängen kann!« Sie ballte die Fäuste. »Aber der Ignaz wars nicht. Ich schwörs.«

»Ich weiß.« Kajetan winkte ungeduldig ab. »Fräulein Köller – Sie haben damals zu Protokoll gegeben, dass der Herr Rotter den Mord deswegen nicht begangen haben kann, weil er zum Zeitpunkt der Tat im Stall gewesen ist.«

»Ja! Und das beschwör ich bei unserem Herrgott und allen Heiligen!«

»Aber Sie haben ebenfalls ausgesagt, dass Sie sich damals in der Küche aufgehalten haben. Von wo aus sie aber gar nicht hätten sehen können, ob jemand aus dem Hintereingang in den Wald geht.«

»Stimmt, das Fenster geht zur anderen Seite raus. Aber was ich gesehen hab, ist, dass der Ignaz kurz vor vier zum Stall rübergegangen ist. Und dass er kurz vor halb sechs ziemlich wutig zu mir in die Küche gekommen ist, weil die Bäuerin schon längst mit dem Melken hätt anfangen sollen.«

»Mit der Stallarbeit ist er da schon fertig gewesen?«

»Wie jedes Mal um die Zeit. Und deswegen kann er nicht für längere Zeit weg gewesen sein. Verstehens? Wer hätt das alles tun sollen, wenn er bloß die halbe Zeit dafür gehabt hätt? Ein guter Geist, oder was? Schön wärs, aber glauben Sie an so was? Ich nicht.«

»Ich noch weniger«, sagte Kajetan. »Drum denkens bittschön noch mal ganz genau nach: Ist um diese Zeit irgendjemand anders im oder beim Haus gewesen?«

»Hab ich doch auch schon tausendmal erzählt! Lang vorher, um Mittag, da hat ein Schlosser angefragt, obs was zum Reparieren gäb. Wir haben nichts zum Richten gehabt, aber er hat eine Suppen gekriegt. Ich weiß bloß noch, dass er einen Mordshunger gehabt haben muss, weil ich ein paar Mal hab nachschöpfen dürfen. Die Bäuerin hat mich ganz zwider angeschaut deswegen.«

»Dieser Schlosser – das ist ein Herr Fürst gewesen, ja?«

»Fürst?« Auf ihrer glatten Stirn bildeten sich Falten. Dann sagte sie zögernd: »Ja, kann sein. Auf dem Gericht hab ich den Namen, mein ich, einmal gehört.«

»Was ist das eigentlich für ein Mensch gewesen?«

»Was für ein Mensch?«, wiederholte sie nachdenklich. »Weiß nicht. Vom Einmal-sehen kannst schließlich nicht viel sagen. Ich erinner mich bloß noch, dass er mich ein bisserl erbarmt hat. Er ist nach der Suppen nämlich noch hocken geblieben und hat erzählt, was er durchmachen hat müssen im Krieg, und was alles so passiert in München droben mit der Revolution. Und dass es für Leut wie ihn jetzt kaum noch eine Arbeit gibt, weil die Leut immer geiziger werden.«

»Wann genau ist er gegangen?«

»So gegen vier. Das weiß ich deswegen, weil er da auf die Uhr geschaut hat und auf einmal ganz eilsam geworden ist. Er müsst den Fünfer-Zug in Thalbach noch erwischen, hat er gesagt und wissen wollen, wie lang man zu Fuß dahin braucht.«

»Nicht ganz eine Stund«, sagte Kajetan. »Ich bins extra gegangen.«

Sie streifte ihn mit einem eigenartigen Blick. Dann nickte sie. »Genau. Das hab ich ihm auch gesagt. Drauf ist er schnell fort.«

»Hat auch der Herr Rotter gesehen, wie der Fürst gegangen ist?«

Sie schüttelte den Kopf. »Hab doch gesagt, dass der Ignaz kurz vorher schon in den Stall rüber ist.«

»Und die Frau Rotter? Wann ist die aus dem Haus gegangen?«

»Auch um die Zeit.«

»Ich brauchs genauer, Fräulein Köller. Ist der Schlosser noch im Haus gewesen, wie sich die Bäuerin zum Nachbarn aufgemacht hat?«

»Ist doch schon so lang her«, sagte sie zögernd. »Aber – doch, ja, jetzt fällts mir wieder ein. Sie ist kurz nach ihm gegangen.«

»Hat sie ihm gegenüber angekündigt, gleich noch aus dem Haus zu gehen?«

Sie schüttelte den Kopf. »Bestimmt nicht. Sie haben kaum miteinander geredet.«

»Hat ihn der Herr Rotter eigentlich gekannt? Von früher vielleicht?«

Sie schüttelte nachdrücklich den Kopf. »Er nicht, und auch nicht die Bäuerin. Die waren nämlich erst ziemlich raunzig zu ihm, weils gemeint haben, dass wieder einer aus der Stadt zum Hamstern kommt.«

Kajetan knetete nachdenklich sein Ohrläppchen. »Noch mal

zum Zeitablauf, Fräulein Köller. Gegen vier, habens gesagt, ist der Herr Fürst gegangen.«

Sie bestätigte. »Ein paar Minuten danach.«

»Aber ob er seinen Zug auch erwischt hat, wissens nicht.«

»Ob er …? Woher soll ich denn das wissen? Ich bin doch die ganze Zeit nicht aus dem Haus gekommen.« Sie sah ihn schief an. »Aber warum fragens mich das alles? Das Wichtigste ist doch, dass der Ignaz im Stall gewesen ist, wie seine Frau …«, sie unterbrach sich. Mit ungläubiger Miene fuhr sie fort: »Oder … oder meinen Sie gar, dass der …?«

»Allerdings, Fräulein Köller. An der ganzen Geschicht ist nämlich komisch, dass der Herr Fürst den Fünfer-Zug nicht genommen haben kann. Weil der an dem Tag gar nicht gefahren ist.«

Ihre Augen wurden groß. »Woher … woher wollens das wissen?«

Kajetan berichtete ihr von seinem Gespräch mit dem Thalbacher Stationsbeamten.

»Und jetzt meinen Sie …«

»Ich mein nichts«, sagte Kajetan.

Sie ignorierte den Einwurf. »… dass der Schlosser zwar um vier fortgegangen sein könnt, dann aber im Wald draußen die Bäuerin abgepasst hat?« Sie dachte kurz nach. »Aber woher hätt er denn wissen sollen, dass der Bäuerin noch einfällt, dass sie zum Nachbarn gehen möcht?«

Kajetan hob ratlos die Hände. »Ich hab keinen Dunst. Ich weiß bloß eins: Wenn der Herr Rotter seine Bäuerin nicht erschossen hat, dann muss es jemand getan haben, der um diese Zeit in der Näh gewesen ist. Und das war nur dieser Schlosser. Alle Leut aus den Weilern in der Nachbarschaft waren nachweislich daheim.«

Sie sah ihn zweifelnd an. »Schon, schon … Aber warum hätt er das tun sollen? Wegen ein paar Markl, die die Bäuerin dabeigehabt hat? Soweit ich mich erinner, haben nicht einmal die gefehlt.«

»Das gilts jetzt eben rauszufinden«, sagte Kajetan. »Aber ich muss Sie zum Schluss noch eins fragen, Fräulein Köller. Und ich brauch eine ehrliche Antwort.«

»Das find ich jetzt zwar nicht grad freundlich, dass sie mir das mit der Ehrlichkeit noch extra sagen. Aber fragens.«

»Habt ihr zwei was miteinander gehabt?«

Flammende Röte überzog ihre Wangen.

»Nein!« Ihre Augen füllten sich mit Tränen. »Jetzt … fangen Sie auch noch damit an …!«

»Entschuldigens, Fräulein Köller.« Kajetan fühlte sich unbehaglich. »Aber ich muss das fragen.«

»Jaja …« Sie wischte sich mit dem Handrücken über ihre Wangen und sammelte sich. »Ich hab mich gut mit dem Ignaz vertragen. Er ist allweil anständig zu mir gewesen. Für so einen Dienstherrn darfst als Dienstbot deinem Herrgott auf den Knien danken.« Sie sah Kajetan ernst an. »Vielleicht hätt sogar was werden können mit uns. Wenn er nicht schon verheiratet gewesen wär. Aber das war er.«

»Wenn auch nicht gut.«

Sie sah zur Seite.

»Wies einen halt trifft«, sagte sie leise. »Aber was der arme Ignaz getan hat, dass unser Herrgott bei ihm so fest zugedroschen hat, das …« Sie beendete den Satz nicht und senkte den Kopf.

Kajetan notierte seinen Namen und Herzbergs Adresse. »Für den Fall, dass Ihnen noch was Wichtiges einfällt, ja?«

Sie überflog den Zettel und nickte.

Kajetan setzte seinen Hut auf, richtete die Krempe aus und streckte ihr die Hand zum Abschied entgegen. Sie umklammerte sie fest mit beiden Händen.

»Wenn ich irgendwas für ihn tun kann, dann tu ichs«, sagte sie mit bebender Stimme. »Ich hab sogar ein bisserl Geld gespart, wenns daran liegen sollt, dass er nicht mehr zahlen kann. Und wenns mich als Zeugin brauchen, die den Herrschaften endlich sagt, was der Ignaz für ein guter Mensch ist und so was nie, nie getan haben kann, dann werd ich da sein!«

Kajetan war berührt. Er tätschelte unbeholfen ihre Schulter. »Das Gesparte behaltens lieber, Fräulein Köller. Und wenn wir Sie vor Gericht brauchen, rühr ich mich.«

Was vermieden werden muss, so lange es geht, dachte er besorgt. Denn dass du ihn geliebt hast und es noch immer tust, sieht ein Blinder.

»Bestimmt?«

»Ganz bestimmt«, sagte Kajetan. Er verabschiedete sich.

Sie sah ihm nach. Ihr Herz klopfte.

Er wird alles rausfinden, dachte sie. Wenn es einer schafft, dann er.

27

Weiter, dachte Kull. Wo stehe ich. Was habe ich bisher herausgefunden. Was ist daraus zu schließen.

Sicher war nur das: Auch wenn der Gutachter dies ins Reich der Spekulation verbannt haben wollte – es musste jemandem vor dem Abflug gelungen sein, alle Kontrollen zu umgehen und einen Sprengkörper mit Zeitschalter im hinteren Teil des Laderaums zu platzieren. War es mit den Kontrollen auf dem Flughafen Oberwiesenfeld doch nicht so weit her?

Weiter. Ebenfalls sicher ist: Der bedauernswerte Bergbauer war Zeuge des Absturzes gewesen. Wahrscheinlich hatte er tatsächlich zunächst die ehrliche Absicht gehabt, Hilfe zu leisten, konnte dann aber offenbar der Versuchung nicht widerstehen, einige der herumflatternden Banknoten einzustecken. Und machte dann den verhängnisvollen Fehler, mit der gutmütigen, aber auch redseligen Dorfnäherin Kontakt aufzunehmen, die ihm wiederum einen Schmuggler vermittelte, um an bezahlbare Seide für ein Festtagskleid, das er seiner Frau schenken wollte, heranzukommen. Zu den Kundinnen der Näherin gehörte auch die Gattin des Doktor Tobisch, des Dorf-Nazis. Diese Vertrauensseligkeit bezahlten der Oberreither und seine Familie mit ihrem Leben. Wer auch immer hinter der wertvollen Fracht her war – als durchsickerte, dass der junge Bauer als Erster am Unglücksort war und danach über ungewöhnlich viel Geld verfügte, brauchte er nur noch eins und eins zusammenzählen. Also überfiel man den Armen, quetschte das Geldversteck mit aller Brutalität aus ihm heraus und legte anschließlich Feuer, um die Spuren der Tat zu vernichten.

Andererseits – Grabers Gutachten hatte von einem komplett ausgeglühten Wrack gesprochen. Konnte die Geldkiste einen derart vernichtenden Absturz überhaupt überstanden haben?

Wenn ja, dann müsste die Bande jetzt eigentlich zufrieden sein. Sie hatte den Schatz. Und niemand hegte Verdacht. Ermittler und Gutachter hatten den Absturz wie auch das Feuer auf dem Oberreither-Hof als tragische Unfälle eingestuft.

Warum aber hatte die Landespolizei den Fall entgegen ihrer offiziellen Verlautbarung noch nicht zu den Akten gelegt? Gab es doch noch – oder wieder – Zweifel? Sollten unbequeme Wahrheiten unter Verschluss gehalten werden? Beschattete man ihn deshalb seit seiner Rückkehr aus den Bergen auf Schritt und Tritt?

Beim Verlassen des Telefonamts hatte sich wieder ein Mann an seine Fersen geheftet. Kull hatte sich einen Spaß daraus gemacht, seinen Verfolger durch die Innenstadt zu hetzen. Bis er es schließlich satt hatte, den Amateur mit einem simplen Trick abhängte und sich in einem Gasthaus mit Sicht auf das Isartor niederließ. Freundlich war man für ihn beiseitegerückt.

»Einen recht guten Appetit, der Herr!« Die stämmige Kellnerin strahlte ihn wohlwollend an, als sie ihm den dampfenden Suppenteller vorsetzte. Kull lächelte zerstreut, griff nach dem Löffel und begann zu essen.

Weiter, dachte er. Oder vielmehr, noch einmal zurück. Wer war hinter dem Geld des Außenministeriums überhaupt her? Es war für den »Schutzbund« in Innsbruck bestimmt gewesen. Der Bordmechaniker Hartinger jedoch hatte nicht Kontakt zum Schutzbund, sondern zu den Nazis. Andererseits war unter seinen Kameraden wiederum dieser Johann Fürst, der für den Schutzbund-Agenten Major Lindenfeld arbeitete und dessen Name im Wachbuch des Flughafens Oberwiesenfeld vermerkt war. Dieses Register enthielt nicht nur sämtliche An- und Abflugzeiten, sondern auch die einzelnen Dienststellen, die Namen und Dienstränge aller Personen, die an Vorbereitung, Kontrolle und Abwicklung dieses Fluges beteiligt waren.

Und Johann Fürst war es gewesen, der die Fracht kurz vor Abflug am Flughafen Oberwiesenfeld angeliefert hatte. Tagsüber. Unter den Augen von Flugpolizei, Pilot und Bordmechaniker. Wie hätte er unbemerkt eine größere Menge Sprengstoff in die Maschine schmuggeln, geschweige denn eine komplizierte Zündvorrichtung anbringen können? Die Frachtkiste selbst war laut Wachbuch verplombt gewesen und als Diplomatenfracht mit einem ministeriell beglaubigten Carnet versehen. Wie also kam die Zeitbombe in den Laderaum?

Und welche Rolle spielte der Bordmechaniker Hartinger dabei? Möglich, dass er und Fürst sich aus Freikorps-Zeiten kannten.

Hatte sich Fürst im Suff verplappert und Hartinger von der wertvollen Fracht erzählt? Und dieser sich bei seinen SA-Kameraden damit wichtig gemacht? Worauf die Nazis den Plan fassten, die Summe an sich zu bringen?

Oder steckten nur Fürst und Hartinger unter einer Decke? Wollten sie die Summe unter sich aufteilen? Kull schüttelte den Kopf. Schwachsinn. Der Gutachter hatte zwar angedeutet, dass sich Hartinger um diesen Flug geradezu gerissen hatte. Doch welcher Idiot besteigt eine Maschine, von der er weiß, dass sie abstürzen wird?

War Hartinger also doch unschuldig? Aber dann hätte er bei der Vorbereitung zum Abflug, als der Motor noch nicht angeworfen war, auf das ungewöhnliche Ticken im Laderaum aufmerksam werden müssen. Wieso reagierte er nicht darauf?

Der Ermittler setzte den Löffel ab und gab ein gequältes Seufzen von sich.

Nichts passte zusammen.

Außerdem war da noch immer die Sache mit der geänderten Flugroute. Warum machte die Maschine kurz nach Eintritt in das Gebirge plötzlich eine Kehre nach Osten? Der nächste Flughafen wäre im Reichenhaller Tal gewesen.

Was, wenn nicht Fürst Hartingers Komplize war, sondern der Flugzeugführer Staimer? Hatten Hartinger und er geplant, irgendwo auf einer befestigten Wiese zu landen und sich mit dem Geld aus dem Staub zu machen? Es war unwahrscheinlich. Der Flugzeugführer war von allen Befragten als ehrlich und zuverlässig beschrieben worden. Und mit Hartinger hatte er zuvor nie zu tun gehabt.

Wenn Hartingers Plan aber gewesen wäre, den Flugzeugführer mit vorgehaltener Waffe zur Kursänderung zu zwingen und die Maschine an einem geheimen Ort zur Landung zu bringen, das Geld zu rauben und sich anschließend abzusetzen – wozu dann noch eine Bombe?

Und der Auftraggeber, Major von Lindenfeld? Welche Rolle könnte er dabei gespielt haben? Zwar hatte Staatssekretär Schubarth versichert, dass der Major bisher nie auch nur den leisesten Anlass zu einer Beanstandung gegeben hatte. Andererseits – früher waren es immer nur kleinere Summen gewesen, die über sein Konto gelaufen waren, dreitausend, viertausend, höchstens einmal zehntausend Mark. Dieses Mal aber war es das Zehnfache. Grund genug, diesmal schwach zu werden?

Kull aß gedankenverloren weiter. Plötzlich ging sein Puls schneller. Er setzte den Löffel ab.

Du wirst langsam alt, Kull, dachte er. Wieso bist du nicht schon früher dahintergekommen?

Die Kellnerin nahte mit dem Hauptgang. Kull starrte entgeistert auf die Riesenportion eines Schweinebratens. Ein Grinsen glitt über sein Gesicht. So schaffen sich diese Leute also uns Preußen vom Hals, dachte er. Sie bringen uns einfach zum Platzen. Wohlig dehnte er sich, schnitt ein Stück vom Fleisch ab und kostete es. Er nickte anerkennend, rammte wieder die Gabel in den Braten und setzte das Messer an.

Er hatte gerade genüsslich zu kauen begonnen, als er ein merkwürdiges Geräusch unter sich hörte. Er legte das Besteck ab und sah unter den Tisch. Seine Augen wurden rund.

»He! Sie!«, sagte er entgeistert.

Sein Tischnachbar war ein behäbiger Alter mit breitem Schädel und roter, großporiger Nase. Er nahm seine Zigarre aus dem Mund und sah Kull mit freundlicher Neugierde an.

»Ha?«

»Ihr Hund!«, japste Kull.

»Was ist damit?«

»Er pinkelt gerade unter den Tisch!«

Der Alte sog an seinem Stumpen.

»Was tut er?«

»Ihr Köter! Pisst gerade! Unter dem Tisch!«

»Ah geh?« Der Alte warf einen kurzen Blick unter sich. »Stimmt«, sagte er. »Mei. Muss halt auch einmal, gell?« Er zuckte mit den Schultern. »Ein Hund ist eben auch bloß ein Mensch.«

»Wie?! Aber das geht doch nicht!«

»Sagen Sies ihm. Auf mich hört er ja nicht.«

»Aber es ist Ihr Köter! Das ist doch die Höhe!«

»Is eh schon fertig«, sagte der Alte versöhnlich. Andere Gäste waren auf das Gespräch aufmerksam geworden. Jemand aus der Tischrunde sekundierte fachmännisch: »Ist gut fürs Parkett.«

»Wie bitte?« In Kull kochte es.

»Ist wahr«, bestätigte der Hundebesitzer. »Dann hälts länger.«

»Eine Unverschämtheit!«, wetterte Kull. »Dann würde mich nur noch interessieren, wie es bei Ihnen zuhause riecht! Wahrscheinlich wie im Schweinestall!«

Der Alte sog an seinem Stumpen.

Die Gespräche am Tisch waren verstummt. Alle Blicke waren auf den Alten gerichtet. Gleich würde etwas geschehen. Unmöglich, dass der Schuster Saul sich diese Beleidigung gefallen ließ. Einst Fahrmeister bei der Pschorr-Großbrauerei, hatte er jahrzehntelang tonnenschwer beladene Fuhrwerke durch die Münchner Straßen gelenkt. Jetzt war er zwar seit vielen Jahren in Pension, aber die Kraft seiner Muskeln hätte noch immer ausgereicht, um einem Hänfling wie diesen preußischen Schreihals mit einem einzigen Hieb das Maul zu stopfen.

»Saul. Sag was«, murmelte jemand.

Aber nichts geschah. Der Alte sog an seinem Stumpen und tat, als habe er nichts gehört.

»Nee!« Kull schüttelte entrüstet den Kopf. »Mit so einem Schmutzfink an einem Tisch sitzen zu müssen kann einem ja den Appetit verderben!«

Empörtes Murmeln wogte auf. Die Kellnerin eilte herbei.

Kull warf sich in die Brust. »Gnädige Frau! Bitte entfernen Sie dieses Individuum und seinen inkontinenten Köter aus dem Lokal! Ich möchte meine Schuhe nicht in Hundepisse baden!«

Sie bückte sich und warf einen kritischen Blick in die Richtung, in die Kulls Finger gezeigt hatte. Sie stand wieder auf und wandte sich mit an den Alten.

»Könntst deinen Wastl ruhig auch mal draußen biseln lassen,

Saul«, tadelte sie mild. Zu Kull sagte sie ausgleichend: »Hat doch schon wieder aufgehört. Der Wastl ist doch sonst so ein braves Hunterl.«

Kulls Fassungslosigkeit wuchs.

»Das … das ist alles, was Sie dazu sagen?!«, schnaubte er.

In den Alten kam Bewegung. Er sog noch einmal kräftig an seinem Stumpen, stemmte sich ächzend aus dem Stuhl und griff nach der Leine.

»Komm, Wastl«, brummte er gemütvoll. »Wir gehen heim. Da haben wir unsere Ruh, gell?« Er taperte zur Garderobe und zog sich umständlich seinen Mantel über. Wenig später fiel die schwere Eingangstür hinter dem sichelnden Schwänzchen des altersschwachen Dackels ins Schloss. Ungläubige Blicke hatten ihn begleitet. Als sie zu Kull zurückkehrten, waren sie feindselig.

Die Kellnerin war aufrichtig enttäuscht. »Gehns, Herr, so unkommod hättens jetzt aber auch nicht sein müssen. Der Schuster Saul ist bei uns herin ja wie ein Möbel. Ich hoff bloß, dass er ab jetzt nicht woanders einkehrt«, sagte sie. »Wissens, bei uns gehts halt nicht so gespreizt zu.«

Kull verstand. Er schoss aus seinem Sitz.

»Gnädige Frau! Wenn das so ist – mir ist der Appetit vergangen. Adieu!«

Sie nickte gelassen. »Aber vorher zahlens.«

»Sehr witzig«, keifte Kull. »Sehr, sehr witzig! Könnt mich direkt ausschütten vor Lachen. Da mutet man mir zu, in einer Kloake zu …«

Sie stemmte die Fäuste in die Hüften und hob das Kinn. »Suppen. Halbe Bier. Schweinsbraten. Zwei Mark.«

Kull starrte sie an, dann in die Gesichter der anderen Gäste. Hass und Verachtung funkelten ihm entgegen.

»Zwei«, wiederholte sie, und ihre zuvor so herzenswarme

Stimme klang jetzt, als käme sie direkt aus einer Gruft. Aus jener, in die er fahren würde, wenn er sich dieser Frau widersetzte.

Er kramte in seiner Tasche und knallte die Münzen auf den Tisch. »Aber so viel Verständnis werden Sie haben, dass ich unter diesen Umständen nicht mit Trinkgeld um mich werfe.«

»Ein Gaudibursch ist er auch noch.« Sie strich die Münzen mit unbeteiligter Miene ein. »Den Ausgang findens?«

Kull antwortete nicht. Er hastete auf die Garderobe zu, griff nach seinem Mantel und schlüpfte in den ersten Ärmel. Plötzlich erstarrte er. Mit einem Ruck streifte er den Mantel wieder ab, hielt ihn hoch und kreischte: »Dieser … dieser Kretin hat seine brennende Zigarre in meine Tasche gesteckt!«

Ein herzliches Gelächter ließ die Wände des Gasthauses erbeben. Kull stürzte hinaus.

Blind vor Zorn rannte er in die Stadt zurück.

Diese Barbaren!

Er blieb stehen, stützte sich an einer Hauswand ab und rang nach Luft.

So!, dachte er. Und jetzt: Attacke!

28

Dr. Rosenauer erhob sich, ging um seinen Schreibtisch und streckte Kajetan die Hand entgegen.

»Nachricht erhalten? Schön«, sagte er.

Kajetan ergriff Rosenauers Hand und schüttelte sie.

»Eher gings nicht.«

»Nichts passiert.« Während Kajetan sich setzte, kehrte auch Rosenauer wieder auf seinen Sessel zurück. »Sie sind bei Doktor Herzberg vermutlich schwer beschäftigt, vermute ich. Der gute Doktor hat sich übrigens sehr lobend über Sie geäußert, wenn ich mir diese Indiskretion erlauben darf.«

Kajetan lächelte geschmeichelt. »Man tut, was man kann«, sagte er.

Der Kripo-Chef schmunzelte. »Sie und Ihre Bescheidenheit. Sie sind nicht zu retten, was?« Er lehnte sich zurück und verschränkte seine Hände vor seinem Bauch. »Aber gleich zur Sache. Als Erstes möcht ich Sie darüber informieren, dass ich in Ihrer Angelegenheit bereits erste Schritte eingeleitet habe. Mit dem erfreulichen Ergebnis, dass mir der Herr Polizeidirektor freie Hand lässt. Der zuständige Staatssekretär im Innenministerium macht zwar noch Bedenken geltend, hat aber, nachdem ich ihm sowohl die Sachlage als auch mein persönliches Interesse ausführlich dargelegt habe, ebenfalls durchklingen lassen, dass er der Sache positiv gegenübersteht. Leider ist er ein fürchterlicher Paragraphenreiter und besteht auf penible Einhaltung des vorgeschriebenen Procederes. Das ist eine Verzögerung, mit der ich, muss ich gestehen, nicht unbedingt gerechnet habe, worüber wir uns aber keine Sorgen machen müssen.« Er beugte sich vor, stützte seine Ellbogen auf die Tischplatte und legte die Hände übereinander. »Kurz gesagt: Auch wenn Ihnen das vielleicht schon zum Hals heraushängen mag, muss noch einmal ein formeller, von Ihnen unterzeichneter Antrag auf Wiedereinstellung eingereicht werden.« Er beugte sich zur Seite, kramte in einem Papierstapel und zog ein Formular hervor. »Im Wissen, dass Sie derzeit einigermaßen eingespannt sind, habe ich mir erlaubt, den Antrag vorzuformulieren. Auch, weil einige bürokratische Spitzfindigkeiten berücksichtigt werden müssen, die jemandem wie Ihnen vermutlich eher fremd sein dürften.« Er schob das Blatt über den Tisch. »Sagen Sie mir einfach, ob er in Ihrem Sinne ist.«

Kajetan griff danach und las.

Rosenauer begründete den Antrag mit einem Zitat eines Untersuchungsberichts des Landtagsausschusses zu den Feme-Morden, von dem nie etwas an die Öffentlichkeit gedrungen war. Die Abgeordneten waren zum Ergebnis gekommen, dass nicht nur Geheimkommandos der Einwohnerwehren, sondern auch unzuverlässige Elemente in der bayerischen Landespolizei sowohl in die Durchführung als auch bei der anschließenden Verfolgungsvereitelung verstrickt waren. Sämtliche Vorwürfe, die er, Kajetan, im Jahr 1922 in diesem Zusammenhang gegen den Leiter einer ländlichen Bezirksinspektion erhoben und die zu seinem Rauswurf geführt hatten, wurden bestätigt. Die Entlassung sei daher eindeutig zu Unrecht erfolgt und habe revidiert zu werden. Ein knapp gehaltener Hinweis auf tadellose und fachlich qualifizierte Berufsausübung in den Jahren davor schloss Rosenauers Text ab.

»Was dran auszusetzen?«

»Kein Wort zu viel, keins zu wenig«, sagte Kajetan.

»Auch meine Meinung«, sagte Rosenauer. Er hielt ihm einen Füllfederhalter entgegen. »Dann setzens jetzt Ihren Servus drunter.« Er wartete ab, bis Kajetan unterschrieben hatte. »Vielleicht ist die Sache ja auch schon früher ausgestanden. Es wäre sehr erfreulich. Für Sie, aber auch für uns.« Er zog das Blatt an sich und legte es beiseite. »Die Arbeit wird ja nicht weniger. Auch wenn wir mittlerweile erhebliche Fortschritte bei der Verbrechensbekämpfung gemacht haben – die Gegenseite hat leider ebenfalls nicht geschlafen.« Er griff nach der Zigarrenschachtel und zündete sich eine Brissago an. »Die Arbeit für Doktor Herzberg dürfte da ja schon einmal ein gutes Training sein, nehme ich an. Kommen Sie denn gut voran? Dass Sie mich übrigens jederzeit um Rat und Hilfe bitten können, muss ich doch nicht eigens erwähnen, oder?«

»Danke«, sagte Kajetan.

»Übrigens – fast hätt ichs vergessen: Was die Frage Ihrer offiziellen Wiederbelebung betrifft, so ist auch das erledigt. Ihre Papiere liegen im Meldeamt zur Abholung bereit. Zwar war dem Staatsanwalt nicht auszureden, noch eine Exhumierung der Leiche anzuordnen, die unter Ihrem Namen beerdigt worden ist. Deren Zustand dürft aber mittlerweile noch weniger geeignet sein, unnütze Fragen aufzuwerfen.« Rosenauer paffte genüsslich. »Und diejenigen, die es tun könnten, werden sich zurückhalten. Glaubens nicht?«

»Doch.«

»Eben.« Der Kripo-Chef nickte beifällig. »Freut mich übrigens, dass Sie mit Doktor Herzberg gut auskommen. Dass er den Ruf als einer der besten deutschen Strafverteidiger hat, wird Ihnen ja schon zu Ohren gekommen sein?«

Kajetan nickte unbestimmt.

»Vermutlich eine nicht eben einfache Sache, die Sie für ihn zu erledigen haben, was? Er wirkte jedenfalls ziemlich niedergeschlagen, als er mir seinerzeit davon berichtet hat. So hab ich ihn bisher gar nicht gekannt.«

Kajetan stimmte zu. Der Fall sei tatsächlich nicht einfach. Vor allem, weil die Tat schon sehr lange zurückliege.

Rosenauer war informiert. Er erinnerte sich an Rotters Verurteilung vor zehn Jahren, und daran, dass er sich bereits damals nicht des Eindrucks hatte erwehren können, dass die Ermittlungen im Fall Rotter alles andere als ein Ruhmesblatt für Kriminalpolizei und Gericht waren. Aber ob es Herzberg gelingen würde, den Fall nach so langer Zeit wieder aufzurollen? Den einen oder anderen Verfahrensfehler aufzulisten würde jedenfalls nicht ausreichen. Erfolgversprechend wäre allein, wenn ein neuer Verdächtiger präsentiert werden könnte, nicht wahr? Bestünden denn dafür Chancen?

Vielleicht, meinte Kajetan zurückhaltend. Bei einem der Beteiligten habe er immerhin schon herausfinden können, dass dessen Alibi nicht stimmen konnte.

Rosenauer nickte anerkennend. Und? Habe man diesem Burschen schon auf den Zahn gefühlt?

Kajetan verneinte. Der Mann führe offenbar ein sehr unstetes Leben, alle seine früheren Adressangaben seien nicht mehr gültig.

»Geben Sie mir seinen Namen«, sagte der Kripoleiter kurzentschlossen. »Wenn er noch lebt und sich nicht in einem Negerkral versteckt hat, dürfte es für uns kein Problem sein, ihn zu finden.« Er lächelte überlegen. »Sie werden staunen, wozu die Kriminalpolizei mittlerweile in der Lage ist.«

29

Am späten Nachmittag marschierte Kull zum Hauptpostamt und ließ sich eine Kabine zuweisen. Bertha war sofort am Apparat.

Sie klang müde. »Ich bin noch nicht ganz fertig. Außerdem bringen Sie mich noch ins Grab, Chef«, sagte sie. »Der Emil kennt mich inzwischen auch nicht mehr. Aber das interessiert Sie ja nicht.«

»Nee.«

»Eben.«

»Flenn mir jetzt nicht die Ohren voll, Bertha«, sagte Kull, und er fand, dass es ihm tatsächlich gelungen war, etwas Versöhnliches in seine Stimme zu legen. »Lass jetzt gefälligst hören, was du hast.«

Bertha seufzte. Dann berichtete sie.

Der »Schutzbund für das Deutschtum im Ausland« wurde im Jahr 1919 gegründet, nachdem das Deutsche Reich größere Gebietsabtretungen im Osten und Westen hatte hinnehmen müssen. Er residierte in einem Innsbrucker Hotel und diente laut Satzung »dem ganzen deutschen Volk ohne Rücksicht auf Staatsgrenzen«. Ins Leben gerufen wurde er von ehemaligen Offizieren der Reichswehr und mehreren Industrieverbänden, finanziert wurde er jedoch von Anfang an von der »Reichszentrale für Heimatdienst«, also direkt von der sozialdemokratisch geführten Regierung. Was jedoch nicht an die Öffentlichkeit dringen durfte. Schon gar nicht zu den Siegermächten. Diese hätten darin erste Maßnahmen zu einer künftigen Rückeroberung der verlorenen Gebiete geargwöhnt. Der »Schutzbund«, der seinen Finanziers nur gelegentliche Berichte über eine angeblich bevorstehende Invasion Mussolinis in Nordtirol lieferte, knüpfte binnen kurzer Zeit ein Netzwerk aus Reaktionären und Revanchisten. Er unterstützte deutschnationale Gruppierungen in den deutschsprachigen Auslandsgebieten, aber auch faschistische Bewegungen in anderen Staaten mit Propaganda, organisatorischer Logistik und Waffen. In West-Österreich gelang es ihm innerhalb weniger Jahre, mehrere zehntausend Bewaffnete zu rekrutieren, die er offiziell als Schützenverein tarnte. Ein weiteres Ziel des Bundes war, eine faschistische »Weiße Internationale« ins Leben zu rufen; über den Umweg einer starken europäischen Bewegung sollte schließlich auch der deutschen Republik der Garaus gemacht werden. Obwohl sich der »Schutzbund« nicht einmal die Mühe machte, dies alles zu verhehlen, floss die Finanzierung aus geheimen Fonds einzelner Reichsministerien üppig weiter, unabhängig davon, ob an der Spitze der Reichsregierung ein Bürgerlicher oder ein Sozialdemokrat stand.

»Hört sich wie ein schlechter Witz an, finden Sie nicht?«, meinte Bertha. »Unsere Regierung finanziert das Ausheben eines Grabes und scheint keinen Dunst zu haben, dass sie selber drin beerdigt werden soll. Kann man so doof sein?«

»Man kann«, sagte Kull. Wenn man beispielsweise einer alten Seilschaft angehört, dachte er. Oder wenn man Schiss hat, es sich mit den Nationalen zu verderben.

Er drängte: »Und, weiter?«

»Nicht mehr viel. Major Bischoff, der Führer dieses Bundes, scheint beste Beziehungen zu haben, sowohl zur Politik als auch zur Industrie. In Österreich ist er jedenfalls als Repräsentant sowohl einer ›Südosteuropäischen Handelsgesellschaft‹ als auch einer ›Rheinischen Metallwaren- und Maschinenfabrik‹ gemeldet. Was die Beziehung seines Bundes zu den anderen Vaterländischen betrifft, so hält er in jede Richtung gute Kontakte. Er genießt hohes Ansehen, gilt vor allem als energischer Organisator. Einige werfen ihm allerdings auch vor, sein eigenes Süppchen kochen zu wollen.«

»Wer?«

»Die Nazis halten ihn ein wenig auf Distanz, hab ich den Eindruck. Fragen Sie mich aber nicht, warum.«

»Weil sie Konkurrenz wittern«, sagte Kull. »Weiter. Was ist mit diesem Lindenfeld?«

»Fast unmöglich, das von Berlin aus zu erledigen, Chef. Der Mann stammt aus einer Nebenlinie eines alten Adelsgeschlechts, das aber in sämtlichen Wirtschaftskrisen seit den Siebzigern auf das falsche Pferd gesetzt hat und mittlerweile fast völlig pleite ist. In der Bayerischen Armee hat er es immerhin zum Major der Infanterie gebracht, wobei nichts über irgendwelche glänzenden Taten in Erfahrung zu bringen war. Um nach der Demobilisierung des Heeres nicht völlig auf dem Trockenen zu sitzen, hat er sich den bayerischen Einwohnerwehren angeschlossen, Angehörige seines früheren Bataillons aktiviert und mit ihnen beim Einmarsch im Mai 19 auf München teilgenommen. In diesem Zusammenhang wurden übrigens Ermittlungen wegen der Erschießung eines angeblichen Aufrührers gegen ihn eingeleitet, die aber wieder eingestellt wurden. In dieser Zeit scheint er auch auf rätselhafte Weise wieder zu etwas Kapital gekommen zu sein. Jedenfalls konnte er sich nach der Auflösung der Einwohnerwehren ein nobles Wohnhaus im Münchner Zentrum leisten und firmierte unter anderem als Geschäftsmann in Baumaterial.

Mitte der Zwanziger verlor er fast sein ganzes Vermögen nach einer Baisse von Holzaktien, konnte sich danach aber offenbar wieder aufrappeln. Vor ungefähr zwei Jahren jedenfalls hat er eine pleite gegangene Ziegelei bei München gekauft. Ob er damit eine glücklichere Hand als mit seinen früheren Geschäften hat, kann ich Ihnen nicht sagen. Man hört aber läuten, dass einige süddeutsche Ziegeleien im Moment schwer zu kämpfen haben.«

»Welches Verhältnis hat er zum Schutzbund?«

»Er ist dort seit Gründung Mitglied und scheint ein enger Vertrauter von Major Bischoff zu sein, mit dem er sich häufig trifft, meist in München oder in Innsbruck. Über seine Münchner Bankverbindung werden fast alle finanziellen Transaktionen ins Ausland für den ›Schutzbund‹ abgewickelt, wobei vermutlich eine kleine Provision für ihn herausspringt. Je nach Höhe der Summe organisiert er Kurierfahrten oder Flüge nach Österreich. Im Reichsaußenministerium schätzt man ihn als effizienten und verschwiegenen Mittelsmann, tut sich aber mit einer politischen Einordnung insofern etwas schwer, weil es Lindenfeld nicht nur mit Leuten seines Schlages, sondern auch mit anderen politischen Verbänden und sogar mit erklärten Republikanern bestens zu können scheint.« Sie machte eine Pause, um durchzuatmen und, etwas leiser, anzufügen: »Das ist erst mal alles, Chef.«

Das Mädel ist großartig, dachte er.

»Was?!«, rief er. »Wofür bezahle ich dich eigentlich?«

Sie seufzte kaum hörbar. »Stimmt, etwas hab ich vergessen: Er soll für sein Alter noch blendend aussehen, sehr gewandt sein und vor allem hinreißende Umgangsformen haben. Eigentlich fast Ihr Spiegelbild, Chef, finden Sie nicht?«

Der Ermittler wollte etwas Launiges erwidern, als er hörte, dass sie aufgelegt hatte. Er starrte verdutzt auf die Hörmuschel. Dann zuckte er die Schultern und ging ins Freie.

Er trat auf den Bahnhofsplatz und blieb stehen, als sei er unschlüssig, welchen Weg er einschlagen sollte. Aus den Augenwinkeln sah er, wie sich die Flügeltüre des Telefonamtes öffnete. Sein Verfolger war ein gedrungener Mann von etwa fünfunddreißig Jahren. Er stutzte unmerklich, blieb auf der Vortreppe stehen und ließ seinen Blick über den nebelverhangenen Platz schweifen, als suche er nach einem Bekannten. Schließlich schlug er seinen Kragen hoch, rückte seinen Hut zurecht, kramte umständlich ein Päckchen aus seiner Manteltasche und zündete sich eine Zigarette an.

Sie lernen es nie, dachte Kull.

Der Ermittler setzte sich in Bewegung, ließ einige Autos an sich vorbeirauschen, überquerte die Prielmayerstraße und schlenderte die Schillerstraße hinab. Als hätte er sich verirrt, verharrte er an der Ecke Schommerstraße und schlug wieder die Richtung zur Altstadt ein. Nach wenigen Schritten bog er in die stille, nur vom milchigen Schimmer der Straßenlaternen beleuchtete Zweigstraße ein.

Er ging jetzt schneller. Bald hatte er gefunden, wonach er suchte. Er machte einen Satz und drückte sich in die Laibung einer Wagenremise.

Als sein Verfolger an ihm vorbeiging, sprang er hervor.

»Junger Mann?«

Der Angesprochene blieb ruckartig stehen und drehte sich um.

Kull ging auf ihn zu. »Ich bin äußerst geschmeichelt, dass Sie sich so für mich interessieren, mein Herr. Aber wäre es nicht Gebot der Höflichkeit, wenn Sie sich endlich vorstellen würden?«

Das Gesicht des Mannes wurde dunkel. »Lassens mich in Ruh.«

»Den Teufel werd ich tun. Wer ist Ihr Auftraggeber?«

Der Beschatter drehte sich brüsk um. Kull ergriff seine Schulter und zog ihn zurück. »Ich habe Sie etwas gefragt.«

Der Beschatter riss seinen Arm hoch und holte aus. Kull beugte sich zur Seite, packte seinen rechten Arm, riss ihn sich über die Schulter und wirbelte ihn durch die Luft. Sekunden später lag der Beschatter auf dem Pflaster und glotzte ihn überrascht an.

»Drücke ich mich so undeutlich aus?«, sagte Kull. »Wer ist …?«

Blitzschnell war sein Gegner wieder auf den Beinen. Er griff in seine Manteltasche.

Kull trat einen Schritt zurück.

»Mach jetzt nichts verkehrt, Meister«, sagte der Unbekannte. »Das Ding ist geladen, und ich bins noch mehr.«

Er führte seine Linke zum Mund und ließ einen kurzen, scharfen Pfiff ertönen. Eine unbeleuchtete Simson-Supra-Limousine näherte sich.

30

»Ausgezeichnet«, sagte der Anwalt aufgekratzt, nachdem Kajetan seinen Bericht beendet hatte. »Allein schon, was Ihre Beobachtung zu den damaligen Sichtverhältnissen betrifft. Ich werde mich sofort mit Professor Kahl von der Technischen Hochschule in Verbindung setzen. Er lehrt Astronomie und Optik und ist eine reichsweit anerkannte Koryphäe.« Er schürzte die Lippen. »Ihr Honorar ist jedenfalls gut angelegt.«

»Ich tu bloß meine Arbeit«, sagte Kajetan.

Herzberg schmunzelte onkelhaft. »Vorsicht, Herr Kajetan. Wer zu bescheiden tut, macht sich verdächtig, in Wirklichkeit sehr wohl von sich eingenommen zu sein.«

Erwischt, dachte Kajetan.

»Gut«, fuhr der Anwalt fort. »Dann gehen wir die einzelnen Punkte noch einmal durch. Ihre bisherigen Beobachtungen haben im Wesentlichen die Fragwürdigkeit der Aussagen der Augenzeugen bestätigt. Hinzu gekommen ist, dass zumindest eine weitere Person ein Motiv gehabt haben könnte. Der jetzige Besitzer des Anwesens scheint sich vor Rotters Hochzeit berechtigte Hoffnungen gemacht zu haben, den Hof für ein Butterbrot überschrieben zu bekommen. Was durch Rotters Einheirat zunichtegemacht wurde, einen tiefen Groll bei ihm auslöste und zu wütenden Attacken und Beleidigungen nicht nur gegen Rotter, sondern auch gegen dessen Frau führte …«

»Aber er hat ein Alibi«, sagte Kajetan.

»Das ihm von seinen Familienangehörigen gegeben wurde. Könnte er diese nicht unter Druck gesetzt haben, für ihn einzustehen?«

Kajetan schüttelte den Kopf. »Der Schorsch Schwaiger ist zu dumm dazu.«

»Man muss nicht intelligent sein, um einen Menschen zu töten«, gab Herzberg zu bedenken. »Ich würde sogar behaupten, im Gegenteil.«

»Aber ihn so vorzubereiten und auszuführen, dass kein Verdacht auf einen fällt, dazu darf man kein Dummkopf sein. Der Schwaiger dagegen ist ein Mensch, der bloß von einem Zaunpfosten zum nächsten denkt.«

»Aber sollten wir uns nicht wenigstens fragen, woher diese Vehemenz rührt, mit der der Mann darauf besteht, dass Rotter ein Verbrecher ist? Daran, dass der Hof rechtsgültig auf ihn übergegangen ist, würde sich doch nichts ändern, wenn Rotter wieder freikäme.«

»Das lässt sich wahrscheinlich damit erklären, dass der Rotter seinen Hof damals in höchster Not an ihn verkaufen hat müssen. Wenn sich jetzt herausstellen würd, dass der Schwaiger seinerzeit einen Unschuldigen mit einem schandbar niedrigen Preis über den Tisch gezogen hat, könnt ihm das heut noch übel genommen werden. Nicht aber, wenn der Rotter nach wie vor als Mörder dasteht.«

»Leuchtet ein«, pflichtete ihm der Anwalt bei. »Nächster Punkt: Dieser Schlosser, Johann Fürst, hat eindeutig die Unwahrheit gesagt. Was für uns doch nicht weniger bedeutet, als dass er damit wieder in den Kreis der Verdächtigen rückt, nicht wahr?«

»Wobei es bei der Frage nach dem Tatmotiv wiederum ziemlich mager aussieht.«

Herzberg nickte ernst. »Da haben Sie leider recht. Raub und

versuchte Vergewaltigung scheiden ja aus, persönliche Gründe ebenfalls, da er und die Rotter-Leute sich zuvor nie gesehen hatten. Auch haben Rotter ebenso wie die Köller damals ausgeführt, dass Fürst auf sie einen anständigen Eindruck gemacht und mit dem späteren Opfer nur einige Worte gewechselt hat. Trotzdem sollten wir uns fragen, wie sich die Lage darstellen würde, wenn diese Köller sich geirrt oder gar gelogen hätte und er es gewesen wäre, der von den Nachbarskindern kurz vor der Tat in Richtung Wald gegangen ist. Dann nämlich hätte er auf die auf dem selben Weg heimkehrende Bäuerin treffen müssen.«

Kajetan stimmte ihm zu.

Der Anwalt schwieg eine Weile. Dann sagte er nachdenklich: »Was wissen wir von diesem Johann Fürst?« Er gab sich selbst die Antwort: »Als uneheliches Kind und früher Waise der Fürsorge übergeben und bei wechselnden Pflegefamilien im Niederbayerischen aufgewachsen, konnte er immerhin bei einem entfernten Verwandten den Beruf eines Schlossers erlernen. Den Krieg hat er vom ersten Tag an mitgemacht. Zuletzt war er bei der Luftwaffe, aus der er nach einem Absturz, den er knapp überlebte, noch vor Kriegsende entlassen wurde. Ab Jahresende war er bis zu deren Auflösung in der Einwohnerwehr und unter anderem an der Niederschlagung der Räteregierung beteiligt. Anschließend unterschiedliche Tätigkeiten, vom Mechaniker angefangen bis zum Chauffeur, dazwischen auch einmal reisender Handelsvertreter.« Er sah Kajetan an. »Nicht die besten Voraussetzungen für ein sorgenfreies Leben. Warum könnten wir nicht zu seinen Gunsten annehmen, dass er sich bei seiner Aussage schlicht geirrt hat?«

»Vielleicht, weil er sie zu oft wiederholt hat?«

»Auch meine Meinung«, sagte der Anwalt. »Die nächste Frage wäre dann: Wie kommt sein ehemaliger Kommandeur dazu, ihm dieses falsche Alibi zu bestätigen?« Er blätterte in den Akten und zog mehrere Blätter hervor. »Hier. Hugo von Lindenfeld gibt zu Protokoll, dass Fürst gegen sieben Uhr bei seiner Einheit erschienen ist.« Er schob die Blätter beiseite. »Auch wenn wir dem Gericht nachweisen, dass er nicht vor neun Uhr aufgetaucht sein kann, wird es dem falschen Alibi kein entscheidendes Gewicht beimessen. Aber es ist immerhin einer der vielen Bausteine, mit denen wir die damaligen Ermittlungen in summa als fragwürdig darstellen können. Helfen würde uns dabei zusätzlich, wenn wir nicht nur bei Fürst, sondern auch bei dem Major ein wenig nachbohren. Was denken Sie?«

»Der Lindenfeld ist eine Drecksau«, sagte Kajetan.

Der Anwalt sah ihn überrascht an. »Ich hätte zwar nicht unbedingt diesen Ausdruck gewählt, aber vermutlich liegen Sie richtig. Der Mann ist der klassische deutsche Opportunist, großmäulig, intrigant, rücksichtslos. Ich hatte schon einmal indirekt das Vergnügen mit ihm, weil ich die Witwe eines von seinen Soldaten getöteten angeblichen Spartakisten vor dem Reichswirtschaftsgericht vertrat. Sie kennen ihn demnach ebenfalls?«

Kajetan nickte grimmig. »Aber ein Vergnügen war es eher nicht.«

»Erzählen Sie.«

»Anfang Mai 1919 war Hugo von Lindenfeld mit seinem Adjutanten zu einem Haus bei Landsberg gefahren, hatte dort geklingelt, den öffnenden Bewohner nach seinem Namen gefragt und, als ihn dieser arglos genannt hatte, den Revolver gezogen und geschossen. Das Opfer war verantwortlicher Redakteur eines wenig bekannten Blättchens namens ›Süddeutsche Freiheit‹ gewesen. Der Form halber leitete die Münchner Kriminalpolizei Ermittlungen ein. Der zuständige Beamte war …«

»Ich vermute einmal: ein Kriminalinspektor namens Paul Kajetan«, führte der Anwalt zu Ende. »Und das Ganze ging wie das Hornberger Schießen aus, richtig?«

»Der Fall ist mir weggenommen worden.«

»Ersparen Sie mir einen Kommentar dazu«, meinte Herzberg. »Aber zurück. Bringt uns die Tatsache weiter, dass dieser Johann Fürst offensichtlich auch später noch hin und wieder für ihn tätig war?«

»Möglich.«

»Gut, wir werden sehen«, schloss der Anwalt. »Dann zuletzt zu Rotters ehemaliger Magd. Ob das Fräulein Köller in Rotter verliebt ist oder ob sie ihm einfach beistehen möchte, weil er sie damals anständig behandelte, ist für uns ohne Belang. Aber wenn sie vor Gericht so beherzt für ihn eintritt, wie Sie es schilderten, ist es für den Staatsanwalt in der Tat ein gefundenes Fressen. Kann man ihr denn nicht klarmachen, wie sehr sie ihm damit schadet? Wie schätzen Sie sie ein?«

Kajetan wiegte den Kopf. »Intelligent genug wär sie. Trotzdem geb ich keine Garantie, dass ihr nicht sofort wieder die Ross durchgehen, wenn sie bloß ein falsches Wort hört.«

»Sie scheint in der Tat von äußerst gefühlsbetonter Wesensart zu sein. Ich selbst fand sie übrigens, als ich damals meinen ersten Antrag vorbereitete und dazu mit ihr sprach, nicht unangenehm. Vor allem hatte ich in keinster Weise den Eindruck, eine ausgebuffte Lügnerin vor mir zu haben.«

»Ich eigentlich auch nicht«, sagte Kajetan.

Herzberg runzelte die Stirn. »Das kam ein wenig zögerlich.«

Kajetan sah an ihm vorbei. »Möglich.«

Leichte Gereiztheit lag in der Luft. »Hätten Sie vielleicht die Güte, mir mitzuteilen, was in Ihrem Gehirn gerade vor sich geht?«

»Ich denk erst nach, bevor ich mein Maul aufmach«, konterte Kajetan säuerlich. »Und das tät ich auch gern beibehalten.«

»Natürlich«, lenkte der Anwalt ein. »Allerdings wäre ich nicht unglücklich darüber, wenn ich bereits Zeuge davon sein dürfte, wie Sie Ihre Gedanken verfertigen. Ich habe bemerkt, dass Sie eine sehr eigene Art zu denken haben, Herr Kajetan. Was durchaus als Kompliment gemeint ist.«

Kajetan tat es mit einer Handbewegung ab. Er sah Herzberg ins Gesicht. »In den Prozessakten habe ich keine Information darüber gefunden, ob sich Fürst und die Köller nicht doch schon vor der Tat kannten. Hab ich was überlesen?«

Der Anwalt streifte ihn mit einem anerkennenden Blick. »Das haben Sie nicht, weil sich unsere damaligen Meisterermittler nicht mehr dafür interessierten, nachdem Major von Lindenfeld das Alibi Fürsts bestätigt hatte. Womit ich mich natürlich nicht zufriedengeben konnte. Doch mehr als das, dass sich die beiden theoretisch in der Vorkriegszeit begegnet sein könnten, habe ich nichts in Erfahrung bringen können. Sie muss es alles andere als leicht gehabt haben. Als Findelkind war sie bis zu ihrem zwölften Lebensjahr in einem Waisenhaus bei Deggendorf, danach wurde sie Magd auf einem größeren Anwesen in Neumarkt an der Rott. Sie gehörte nicht zur Familie, Gerüchte sprachen allerdings davon, dass sie die Frucht einer unerlaubten Beziehung ihres Dienstherren mit einer seiner ehemaligen Mägde gewesen sein könnte. Fürst wiederum lebte in den letzten drei Jahren vor seiner Einberufung bei einem Schlossermeister im Nachbarort.«

»Womit nicht auszuschließen ist, dass sich die beiden dabei schon mal über den Weg gelaufen sein könnten.«

»Das ist richtig. Aber angesichts dessen, dass die Köller vermutlich sehr streng gehalten wurde, ist es nicht sehr wahrscheinlich. Sie selbst behauptete jedenfalls mir gegenüber, keine Erinnerung daran zu haben, ihn schon einmal getroffen zu haben. Fürst äußerte sich gleichlautend.«

»Sie haben gründlich nachgeforscht«, bemerkte Kajetan. »Worauf wollen Sie hinaus?«

»Dass Sie, obwohl Sie einen guten Eindruck von der Köller gehabt haben, in Betracht gezogen haben, dass zwischen Fürst und ihr eine Beziehung bestanden hat und sich daraus ein Motiv ergeben könnt.«

»Richtig erkannt.« Herzberg ließ sich in die Lehne zurücksinken. »Ich habe mir angewohnt, jedem Menschen alles zuzutrauen. Das sage ich nicht, weil mich mein Beruf bitter gemacht hätte. Sondern aus der Einsicht, dass in der menschlichen Natur nichts unmöglich ist. Das Glück des Menschen nämlich ist, dass er über die Gabe der Reflexion verfügt. Gleichzeitig ist es aber auch sein Unglück. Denn anders als ein Tier kann er sich damit vorstellen, vernichtet zu werden. Von den Mächten der Natur ebenso wie von Menschen, die ihm als Feinde gegenübertreten. Das versetzt ihn in Angst, und die wiederum ist es, die ihn antreibt. Wird er eher ungünstig in die Welt gestellt, muss er dieser allgegenwärtigen Bedrohung mit aller Macht begegnen. Der eine tut es, indem er sein Leben mit Anpassung und Vorsichten auslegt, bis er daran erstickt. Der andere, indem er zum rasenden Ehrgeizling wird, Kriegsheld, Industrieführer, Diktator sein möchte. Ein dritter wird zum Verbrecher.«

»Kann sein«, meinte Kajetan.

Herzberg lächelte entschuldigend. »Sehen Sie mir bitte nach, wenn ich gelegentlich ins Schwadronieren gerate. Aber die Erforschung der menschlichen Seele ist eben zu einem meiner Steckenpferde geworden. Und tatsächlich haben mir diese Erkenntnisse nicht nur oft bei meiner Arbeit entscheidend weiter geholfen, sondern mich auch davor bewahrt, zum Zyniker zu werden, verstehen Sie? Aber um darauf zurückzukommen: Ja, ein Komplott der beiden habe ich sehr wohl in Erwägung gezogen.« Er machte eine wegwerfende Handbewegung. »Allerdings bin ich mir mittlerweile ziemlich sicher, dass das ein Holzweg ist. Gäbe es diese Beziehung, so wäre völlig unverständlich, warum die Köller immer wieder die Unschuld Rotters betont hat.«

»Womit sie ja den Verdacht eher wieder auf Fürst lenken würde.«

»Völlig richtig. Und sie – wenn sie ihn zu diesem Mord tatsächlich angestiftet hätte – dadurch Gefahr laufen würde, selbst als Komplizin entlarvt zu werden. Womit sie ein unglaubliches Risiko eingegangen wäre, da auch für die Anstiftung zum Mord die Todesstrafe verhängt werden kann. Und was hätten sowohl Fürst als auch die Köller vom Tod der Bäuerin überhaupt profitieren können? Nichts. Sie hätte ihre zwar nicht gerade komfortable, aber immerhin sichere Anstellung verloren. Und Fürst selbst war völlig mittellos, zudem kriegsbeschädigt. Als Paar hätten sie keinerlei Existenzgrundlage gehabt. Und nicht zuletzt: Wenn sich die Köller trotzdem Fürst anschließen wollte – was hätte sie daran gehindert, den Hof einfach zu verlassen? Sie war keine Sklavin. Wozu also noch ein Mord?«

»Um die Frau zu berauben?«

»Und sie dann zu erschießen, weil sie ihn erkannte?« Der Anwalt schüttelte den Kopf. »Absurd. Die Köller hatte mit Sicherheit Einblick in die finanziellen Verhältnisse der Rotter-Leute und musste sich darüber im Klaren gewesen sein, dass bei der Bäuerin außer einigen Kreuzern nichts zu holen war.« Wieder schüttelte er den Kopf, nun nachdrücklicher. »Wirklich, damit sollten wir keine weitere Zeit verschwenden. Auch, weil ich bei Ludmilla Köller – und da wiederhole ich mich – absolut nicht den Eindruck einer durchtriebenen oder moralisch fragwürdigen Person hatte.«

Kajetan nickte bedächtig. »Den Eindruck«, sagte er, eher zu sich.

»Sie zweifeln an meinem Urteilsvermögen?«

»Nicht mehr als an meinem eigenen. Trotzdem habe ich mich schon hundertmal getäuscht.«

Der Anwalt musterte ihn stumm.

»Na schön«, sagte er schließlich. »Darüber, was jetzt zu tun ist, sind wir uns wohl einig. Ich werde sofort versuchen, einen Termin bei Professor Kahl zu vereinbaren, am besten gleich morgen Vormittag. Ebenso wichtig ist jetzt, diesen Johann Fürst genauestens unter die Lupe zu nehmen. Warum haben Sie ihn sich eigentlich noch nicht vorgeknöpft?« Er registrierte Kajetans reservierte Miene. »Lediglich eine Frage.«

»Wenn einer alle paar Monate seine Wohnung wechselt, ist er nicht so schnell zu finden«, sagte Kajetan.

»Verstehe. Verzeihen Sie. Ich bin … bin ein wenig ungeduldig, ich gestehe es.«

Kajetan winkte ab.

»Es hat auch ein wenig damit zu tun, dass ich zu allem Überfluss für einige Tage auf Fräulein Agnes verzichten muss. Sie wurde vor dem Haus angepöbelt, übrigens nicht zum ersten Mal. Ich habe darauf bestanden, dass sie sich ein paar Tage Erholung gönnt.«

Kajetan verstand nicht.

»Der übliche Dreck«, sagte der Anwalt. »Ob sie sich als deutsche Frau nicht schämen würde, einem Itzig wie mir zu Diensten zu sein.« Der Anwalt seufzte. »Sie glauben nicht, welch verklemmter und widerwärtiger Unflat in den Gehirnen dieser wahrhaft Deutschen brütet. Und hervorquillt, wenn diese meinen, einen Schwächeren vor sich zu haben.« Er grinste matt. »Zum Glück hat nur das Parapluie Schaden genommen, mit dem sie dem Flegel den Scheitel gezogen hat.«

»Was werden Sie tun?«

»Ihr die Reparatur bezahlen.«

»Sonst nichts?«

Herzberg schüttelte resigniert den Kopf. »Auch wenn ziemlich offenkundig ist, wer dahintersteckt. Ich hoffe mittlerweile nur noch darauf, dass die Dummheit irgendwann ausstirbt.«

»Kann dauern«, meinte Kajetan.

»Ich verspreche mir nichts mehr davon, mit juristischen Mitteln dagegen vorzugehen. Ich habe jahrelang Zeit damit vergeudet, nach jeder Verleumdung, nach jeder Attacke gegen mich oder meinesgleichen öffentlich zu protestieren, habe jeden, der mir namentlich bekannt war, mit Prozessen eingedeckt. Ich bin dabei wahrlich nicht zimperlich vorgegangen und habe in den meisten Fällen den Sieg davongetragen. Jeder andere Gegner hätte sich vor weiteren Belästigungen gehütet. Aber das Gegenteil war der Fall. Es bewirkte nichts anderes, als dass die Attacken umso rücksichtsloser wurden. Ich war beinahe schon geneigt, eine derartige Unbeugsamkeit zu bewundern. Bis ich verstand, dass ihr Wille zur Macht kein Zeichen von Stärke, geschweige denn das einer bedachten Strategie ist. Sondern, dass diese Leute gar keine andere Wahl haben. Weil es nichts als erbärmliche Angst ist, die sie antreibt.«

Kajetan hörte zu.

»Das wackere deutsche Bürgertum nämlich hat die Hosen voll bis zum Stehkragen. Der Großbürger unter ihnen befürchtet, dass wieder geschehen könnte, was er in der Revolutionszeit für einige Monate erleiden musste. Den Kleinbürger versetzt es in Hysterie, dass er wieder in jene Verhältnisse zurücksinken könnte, aus denen er sich so mühsam emporgearbeitet hat. Also hält man Ausschau nach einem Feind, der dafür verantwortlich zu machen ist. Und findet ihn – trefflich munitioniert auch von der bürgerlichen Presse – unter Sozialisten, Anarchisten, Kommunisten. Und allen, die anders als er aussehen, denken und glauben. – Sie glauben nicht, dass es so einfach ist?«

»Doch«, sagte Kajetan. »Genau so einfach.«

Und genau so kompliziert, dachte er.

»Aber kümmern wir uns jetzt wieder um das, was vor uns liegt«, sagte Herzberg. »Sie wirken übrigens heute ein wenig zerstreut, wenn ich das anmerken darf. Alles in Ordnung? Oder gibt es etwas, was Sie neben Ihrem Auftrag belastet?«

Kajetan schüttelte den Kopf. »Nichts«, sagte er. »Es wird bloß langsam interessant.«

Geht dich nichts an, mit wem ich heut Abend noch auf die Praterinsel geh, dachte er.

31

»Ich bin enttäuscht von Ihnen, Herr Kull.« Der SA-Mann deutete auf einen Stuhl und wies Kulls Begleiter mit einer gebieterischen Handbewegung aus dem Büro. »Auf die Idee, dass sich unser Mann mit Absicht so dilettantisch angestellt hat, scheinen Sie zu keiner Minute gekommen zu sein. Sie kamen sich besonders gewitzt vor und wollten ihn in eine ruhige Seitengasse locken. Damit haben Sie genau das getan, was wir brauchten, um Ihrer habhaft zu werden.«

»Kompliment«, sagte Kull finster. Er taxierte sein Gegenüber. Bebrillt, noch keine dreißig, fleischige Wangen, Schmiss.

»Und wozu das Theater?«

»Nun, unter anderem geht es uns auch immer um Erziehung, nicht? Eine Lehre dürften Sie daraus ja wohl schon einmal gezogen haben. Nämlich die, dass Sie uns nicht unterschätzen sollten.« Der SA-Mann nickte befehlend zum Stuhl. Kull setzte sich.

»Aber ich kann Sie beruhigen. Ich möchte lediglich ein wenig mit Ihnen plaudern.« Er hob die Hände zu einer bedauernden Geste. »Diese Methode musste gewählt werden, weil nicht ausgeschlossen werden konnte, dass Sie einer höflichen Einladung nicht Folge leisten würden. Sollten meinen Männern dabei Grobheiten unterlaufen sein, möchte ich mich ausdrücklich dafür entschuldigen. Wenn, dann waren sie höchstens ein unwillkürlicher Reflex darauf, dass auch Sie zuweilen nicht gerade zimperlich agieren.« Er seufzte gespielt. »Aber wir sind nun mal in Bayern, nicht wahr? Ein bisschen kräftiger zuzulangen ist gewissermaßen eine Eigenheit dieses Stammes. Nehmen Sie es also nicht allzu persönlich.«

»Ich bemühe mich«, sagte Kull. »Dürfte ich aber jetzt wissen, mit wem ich es eigentlich zu tun habe?«

»Ich bin Mitglied der Kreisleitung. Mehr braucht Sie nicht zu interessieren.«

»Und Sie haben mit Parteifinanzen zu tun.«

»Sie kommen schnell auf den Punkt.« Der SA-Mann lächelte anerkennend. »Womit ich mir weitere Einleitungen sparen kann. Ja, es ist uns zu Ohren gekommen, dass Sie in einer Angelegenheit ermitteln, die uns ebenfalls beschäftigt. Eine, bei der es sich für Sie unter Umständen lohnen könnte, mit uns zu kooperieren.«

»Was ist, wenn ich daran kein Interesse habe?«

Ein mokantes Lächeln umspielte den lippenlosen Mund des Finanzbeauftragten. »Das überlasse ich Ihrer Vorstellungskraft, Herr Kull. Sie stehen ja im Ruf, nicht gerade auf den Kopf gefallen zu sein. Warten Sie einfach ab, was ich Ihnen zu sagen habe, und denken Sie anschließend sorgfältig darüber nach.«

»Werden Sie endlich deutlicher? Worum geht es?«

»Wenngleich ich fast sicher bin, dass Sie es längst wissen, erkläre ich es Ihnen gerne noch einmal, Herr Kull. Also: Die nicht unerhebliche Summe von etwa hunderttausend Reichsmark ist während eines Transportfluges verschwunden. Da uns die offiziellen Erklärungen dazu nicht zufrieden gestellt haben, haben wir selbst nach dem Verbleib geforscht und sind zunächst zu dem Ergebnis gekommen, dass das Geld leider abgeschrieben werden muss, da die Banknoten bei einem Flugzeugabsturz vernichtet wurden.«

»Tja. Die modernen Verkehrsmittel. Kein Fortschritt ohne Risiko, nicht wahr?«

Der Finanzbeauftragte überging den Einwurf. »Dann aber kam uns zu Ohren, dass diese Version auch von anderer Seite angezweifelt wurde und sich ein gewisser Gustav Kull, seines Zeichens Privatermittler mit beeindruckenden Referenzen, der Sache angenommen hatte. Was unserem ursprünglichen Verdacht, die Summe könnte doch nicht vernichtet sein, neue Nahrung gab. Wozu sonst würde das Reichsaußenministerium einen Ermittler Ihres Kalibers damit beauftragen?« Er kam Kulls Erwiderung zuvor. »Verschwenden Sie meine Zeit nicht mit Ihrem Märchen, im Auftrag der ›Olympia‹-Versicherung unterwegs zu sein. Dass das Außenministerium den ›Schutzbund‹ finanziert, ist seit Langem bekannt.«

»Trotzdem müssen Sie mir das erklären. Die NSDAP wird doch darüber keine Tränen verlieren, wenn Major Bischoff nicht zu seinem Geld kommt?«

»Gewiss nicht. Wir machen uns eher Sorgen darüber, dass unsere Partei nicht dazu kommt. Wir sind nämlich der Auffassung, dass uns, die wir innerhalb des Reiches für die nationale Erhebung kämpfen, diese Mittel zustehen. Vor allem haben wir uns gefragt, warum nicht unsere Partei unterstützt wird, sondern – Sie verzeihen die Drastik – ein abgehalftertes Großmaul wie Major Bischoff. Und die Antwort liegt auf der Hand: Der Reichsaußenminister verfolgt damit die Strategie, ihn und andere zu einer Konkurrenz aufzubauen, die unsere Partei schwächen soll. Weil sie es ist, die seine Politik auf das Entschiedendste bekämpft.« Der SA-Mann sah Kull ins Gesicht. »Dass wir dem nicht tatenlos zusehen, können Sie nachvollziehen?«

»Und deshalb planten Sie, das Geld zu rauben, indem der Pilot durch einen Ihrer Leute zum Verlassen der Flugroute gezwungen werden sollte, um bei einer Landung auf dem freien Feld die Summe an sich zu bringen?«

Der Finanzbeauftragte schwieg. Kull fuhr fort: »Und um den Verdacht von Ihnen abzulenken, sollte die Maschine beim Rückflug abstürzen, richtig? Kein übler Plan, muss ich zugeben. Mit einigen Haken allerdings. Vor allem dem, dass man im Wrack nur noch die Leiche des Piloten gefunden hätte. Ihr Mann, der Bordmechaniker Hartinger, war ja in den Plan eingeweiht und hätte sich schwerlich dazu bewegen lassen, nach dem Raub wieder in die Maschine zu steigen. Auch der dümmste Kriminalbeamte hätte in der Folge herausgefunden, dass Hartinger Teil des Komplotts gewesen sein muss. Von da bis zur Entdeckung seiner Mitgliedschaft in Ihrer Partei wäre es nur noch ein kleiner Schritt gewesen. In einen derartigen Skandal verwickelt zu werden kann die NSDAP aber gerade jetzt am allerwenigsten gebrauchen.«

»Nur zu.« Der SA-Mann lächelte spöttisch. »Ich liebe Schauergeschichten. Allerdings frage ich mich, ob Sie begriffen haben, wo Sie sich gerade befinden.«

»Leider ging das in die Hose«, fuhr Kull unbeeindruckt fort. »Die Bombe ging zu früh hoch. Entweder wurde die Zündvorrichtung durch die Vibrationen während des Flugs beeinflusst, oder der Pilot hat doch mehr Zicken als erwartet gemacht, als ihm der Mechaniker die Pistole unter die Nase gehalten hat. Möglicherweise ist aber bereits beim Scharfmachen gepfuscht worden. Wie auch immer. Die ganze schöne Pinke ist jedenfalls futsch. Pech.«

»Ich weiß nicht, was ich mehr an Ihnen bewundern soll, Herr Kull. Ihre überbordende Phantasie oder Ihre Waghalsigkeit. Ich habe dazu nur eine Frage: Haben Sie für Ihre abenteuerliche Hypothese auch nur den Anflug eines Beweises?«

»Leider ist weder das eine noch das andere Ihrer Komplimente gerechtfertigt. Was Sie als Phantasie bezeichnen, ist lediglich das Ergebnis meiner bisherigen Erkenntnisse.«

»Wobei Sie mir auf die Frage nach Beweisen noch immer die Antwort schulden. Woraus ich den Schluss ziehe, dass Sie keinen haben. Sie bluffen, Kull.«

»Dieser Schluss könnte falsch sein.« Kull lächelte überheblich. »Und was meine vermeintliche Waghalsigkeit betrifft, so versichere ich Ihnen, dass ich ein äußerst vorsichtiger Zeitgenosse bin. Wenn ich Ihnen also sage, wie sich die Sache nach meiner Überzeugung abgespielt hat, dann tue ich das nicht, weil ich mich danach sehne, den Märtyrer zu spielen.«

»Das ist wiederum vernünftig von Ihnen. Sondern?«

»Es ist ganz einfach. Ich verdiene mein Geld als privater Ermittler. Als solcher habe ich einen Auftrag erhalten. Den ich, weil ich ordentlich dafür entlohnt werde, ebenso ordentlich erledigen möchte. Verstehen Sie, was ich damit sagen möchte?«

Der SA-Mann betrachtete ihn nachdenklich. »Durchaus. Sehr gut sogar«, sagte er. »Deshalb hören Sie mir jetzt genau zu. Erstens: Wir werden rücksichtslos gegen jeden vorgehen, der es wagt, verleumderische Gerüchte über die Partei in die Welt zu setzen. Zweitens: Wie bereits erwähnt, sind wir der festen Überzeugung, dass es die Partei des Führers ist, der diese finanzielle Unterstützung zusteht. Drittens dürfen Sie davon ausgehen, dass wir allen Versuchen, die nationale Bewegung zu dividieren, erbarmungslos entgegentreten werden.«

»Ähnliches habe ich vermutet«, sagte Kull. »Damit ist mir aber immer noch nicht klar, warum ich hier sitze.«

»Sollten wir Ihre Intelligenz doch überschätzt haben? Was vermuten Sie?«

»Ich bin mir nicht ganz sicher, ob Sie mich nur deshalb zu dieser Plauderstunde eingeladen haben, damit ich mit dem Eindruck nach Hause gehe, dass das Geld auf keinen Fall bei Ihrer Partei gelandet ist.«

Der Finanzbeauftragte lächelte fein. »Um schädliche Gerüchte aus der Welt zu schaffen, würden simplere Methoden ausreichen.« Er wurde wieder ernst. »Nein. Sie haben einen hervorragenden Ruf als Ermittler, Herr Kull. Unsere eigenen Untersuchungen dagegen, muss ich leider gestehen, sind ein wenig ins Stocken geraten. Nicht, dass ich mit der Arbeit unserer Leuten unzufrieden sein müsste. Aber auch wenn eine gewisse Robustheit gelegentlich angebracht ist, so sind andernorts doch eher Intelligenz, Raffinesse, vor allem Erfahrung erforderlich. Kurzum: Ich biete Ihnen Zusammenarbeit an. Sie wäre nicht nur in Ihrem, sondern auch in unserem Interesse.«

»Was hätte ich davon?«

»Einiges. Sie könnten davon ausgehen, dass wir das Honorar, das Sie mit dem Reichsministerium ausgehandelt haben, auf jeden Fall verdoppeln würden. Es würde sich außerdem mit Sicherheit auch positiv für Ihre körperliche Unversehrtheit auswirken, wenn Sie dieses Angebot annähmen.«

»Sie sind ein Mann der klaren Worte.«

»Das sagt man mir nach, richtig.« Der SA-Mann nickte selbstgefällig. »Ich kann Ihnen auch versichern, dass sich Ihr Aufwand in Grenzen halten würde. Er bestände lediglich darin, dass Sie mich über Ihre Ermittlungen auf dem Laufenden halten. Beispielsweise darüber, ob es Ihnen gelungen ist, der Mutter oder dem Bruder eines gewissen Hermann Hartinger relevante Informationen zu entlocken.«

»Was soll diese Frage?«, fuhr Kull ärgerlich auf. »Halten Sie mich für beschränkt? Hartinger war doch Ihr Mann!«

»Leider irren Sie. Die Partei verzichtet auf Individuen, die nicht mehr die Gewähr bieten, ihr kraftvoll und entschlossen dienen zu können. Hartinger war nicht unser Mann. Er wollte es zwar sein, war aber ein Krüppel.«

»Wollen Sie mir weismachen, dass es nicht Fürst war, der Hartinger von der geplanten Transaktion unterrichtet hat? Und Hartinger es war, der diese Information an Sie weitergegeben hat?«

»Meine Lust, mir Ihre Spekulationen noch länger anzuhören, hat Grenzen, Herr Kull. Auch die, Ihnen Ihre Arbeit abzunehmen.« Der Finanzbeauftragte legte seine Arme auf die Lehne. »Was mein Angebot betrifft, gebe ich Ihnen bis morgen Bedenkzeit.«

»Ich lasse mich ungern drängen«, sagte Kull. »Um präzise zu sein: Nie.«

»So wenig wie ich bereit bin, mich hinhalten zu lassen.« Er griff zum Telefon und wählte eine Nummer. »Passieren lassen«, befahl er.

Kull stand auf. »Letzte Frage«, sagte er.

»Nur zu.«

»Sagen Sie: Wie geht es eigentlich derzeit der bayerischen Ziegelindustrie?«

Der SA-Mann schien von der Frage nicht überrascht zu sein. »Möchten Sie investieren?« Er lächelte. »Ich rate ab. Investieren Sie lieber in uns.«

Kull machte eine ironische Verbeugung. »Ich danke vielmals für diesen Ratschlag.«

Damit wäre auch das klar, dachte Kull. Die Sache ist diesen Schlaubergern ein wenig aus dem Ruder gelaufen. Und jetzt haben sie auch noch die Hosen voll, dass Reichsregierung und Öffentlichkeit davon Wind bekommen könnten. Warum sie mir aber mit einem schmierigen Angebot kommen, anstatt mich einfach aus dem Weg zu räumen, kann nur eines bedeuten: Die Kerle haben noch immer keine Ahnung, wieso ihr großartiger Plan nicht aufgegangen ist.

32

Kajetan spürte eine Hand an seiner Schulter.

»Du musst gehen, Paule«, flüsterte Burgi.

Er brummte schläfrig. Sie rüttelte ihn sacht.

»Komm. Die Sonn wird bald aufgehen.«

Er ächzte leise und wandte ihr das Gesicht zu. In ihren Augen spiegelte sich der schwache Widerschein einer Straßenlaterne vor dem Fenster.

Er roch den Duft ihres Körpers. Die Erinnerung kehrte zurück.

Der Abend im Gasthaus auf der Praterinsel war schön gewesen. Kein Krampf, kein Gegockel, kein verschämtes Getue. Kajetan war gar nicht zum Nachdenken darüber gekommen, ob es gut oder schlecht, vernünftig oder unvernünftig war, dass er Burgi noch in ihre Kammer gefolgt war. Es war, wie es war. Wie es sein musste. Und wie es nicht anders sein konnte.

Sie hatten miteinander geschlafen. Kein großes Theater, beide waren ein wenig beschwipst, aber es war in Ordnung. Dann hatte der Schlaf seinen Tribut gefordert.

Kajetan grunzte wohlig und zog sie an sich. »Ist noch ein bisserl Zeit«, raunte er.

Sie gab ihm einen Kuss und schob seinen Arm weg. »Ich hab meiner Hausfrau versprochen, dass ich ihr kein Mannsbild über die Nacht ins Haus bring. Versprochen ist versprochen. Auch wenn ich bald auszieh.«

Er lachte leise. »Bist halt doch eine keusche Jungfer.«

»Depp.« Sie gab ihm einen leichten Stoß mit dem Ellenbogen.

Er beugte sich über sie, schob eine Haarsträhne aus ihrem Gesicht und küsste ihren Mund. Sie nahm sein Gesicht in ihre Hände und erwiderte den Kuss.

»Armer Paule.« Ihre Stimme lächelte. »So arg ist er wieder enttäuscht worden, der Arme, stimmts?«

»Furchtbar, ja.«

Sie kicherte leise und schlang ihre Arme um ihn. Er spürte die Hitze, die von ihrem Körper ausging. Es trieb ihn auf sie. Sie nahm in auf. Das Bettgestell knarzte leise. Die Zeit blieb stehen. Er bäumte sich auf. Sie legte ihre heiße Hand auf seinen Mund und schniefte leise.

Dann rollte er neben sie. Sein Brustkorb hob und senkte sich. Burgi gab ein leises Prusten von sich. »Schnaufst ja wie ein Bräuross«, flüsterte sie. »Könnt eins direkt Angst kriegen um dich.

»Wenns halt an der Übung fehlt?«

Sie gab ihm eine zärtliche Ohrfeige und lachte leise. »Lügen auch noch.«

Sie schwiegen eine Weile. Ihr Atem wurde ruhiger.

»Musst wirklich gehen?«, sagte er schließlich.

»Hör auf«, sagte sie.

Als sie beim Unionsbräu aßen, hatte Burgi ihm erklärt, warum sie München verließ. Ihr jüngerer Bruder war kürzlich gestorben, eine harmlose Verletzung bei der Arbeit hatte sich in nur wenigen Tagen zur tödlichen Sepsis ausgewachsen. Ihre alten Eltern hatten sich außerstande gesehen, die Gastwirtschaft in Kraiburg allein weiterzuführen und sie gebeten, wieder nachhause zu kommen.

»Hast deinen Bruder gern mögen, hm?«

Sie ließ sich mit der Antwort Zeit. »Bruder ist Bruder«, sagte sie schließlich. »Aber was meinst, warum ich von daheim fort bin? Der Maxl ist nicht unrecht gewesen, aber furchtbar rechthaberisch. Hat nie gelten lassen können, was ein anderer sagt. Was eine Frau meinen könnt, hat schon gleich gar nicht gezählt.«

»Da ist er bei dir an die Falsche gekommen«, stellte Kajetan fest.

Sie drehte sich auf die Seite, legte den Arm über seine Brust und barg ihr Gesicht in seiner Halsbeuge. Ihr warmer Atem dampfte über seine Haut. »Da liegst nicht ganz verkehrt«, sagte sie.

Er schüttelte leicht den Kopf. »Aber du als Wirtin …?«

»Wer einmal beim ›Soller‹ Kellnerin gewesen ist, den haut nichts mehr um.«

»Wirst es dir ja auch gut überlegt haben.«

»Ich überleg nie lang, Paule. Ich weiß einfach, wanns passt. Heut, mit uns zwei, hats auch gepasst. Glaub bloß nicht, dass ich gleich einen jeden an mich ranlass.«

»Tu ich nicht.«

»Außerdem hats pressiert. Das mit dir hab ich einfach noch wissen müssen, bevor ich fortgeh.«

Er suchte im dämmerigen Dunkel ihren Blick.

»Und? Was weißt jetzt?«

Sie seufzte. »Frag nicht so blöd.«

»Sags trotzdem.«

Sie hob den Kopf und schaute ihn an. Ihre Lippen zuckten.

»Hat gepasst.« Sie strich über seine Wange. »Wärst schon zum Brauchen.«

Sein Herz pochte. Er schmiegte sich an sie und flüsterte ihr ins Ohr: »Du auch«, sagte er. »Mit dir könnt ichs glatt aushalten.«

Sie kicherte leise.

»Nicht gleich gar so stürmisch, Paule.«

»Ich meins ehrlich.«

»Tät ich dir auch raten.«

Sie ließ ihren Kopf wieder auf seine Brust zurücksinken. Er spürte ihr schweres Haar.

»Ich hör dein Herz pumpern, Paule«, flüsterte sie.

Er sagte nichts und drückte sie an sich. Sie lauschten in die Stille.

»Schad«, sagte er nach einer Weile.

»Was?«, murmelte sie.

»Dass du fortgehst.«

»Mhm ...«, hörte er.

Ausgerechnet jetzt, dachte er.

Das Leinen raschelte, als sie sich mit einem Ruck aufrichtete. Auf ihren Ellenbogen gestützt, sah sie ihm ins Gesicht.

»Komm mit«, sagte sie.

»Was?«

Ich hab mich verhört, dachte Kajetan.

»Ich könnt dich brauchen. Oder hält dich was in der Stadt? Eine andere?«

Er wich ihrem Blick aus. »Es gibt keine«, sagte er.

»Was dann?«

Was mich hält?, dachte er. Nichts als die Kleinigkeit, dass ich mich jahrelang abgestrampelt hab, um wieder bei der Polizei eingestellt zu werden. Und es jetzt danach ausschaut, dass ich nicht umsonst gekämpft hab.

»Sag«, hörte er.

Er schwieg. Sie lachte leise.

»Jetzt wird's dir ganz zweierlei, was?«

»Schmarren.«

»Aber du denkst, jetzt spinnt sie, hm?«

Er räusperte sich einen Kloß aus dem Hals. »Nein, aber ...«

»Oder dass ichs nötig hätt, weil ich ja auch schon auf die dreißig zugeh?«

»Hab ich alles nicht gesagt«, widersprach er schwächlich.

»Das brauchst nämlich schon gleich gar nicht zu meinen. Die Wirtschaft daheim geht gut. Wir haben die großen Hochzeiten, die Taufen und Beerdigungen. Einen schönen Wirtsgarten gibts, die Vereine kommen, ein schönes Theater haben wir auch. Kannst mir ruhig glauben: Ich werd eine gute Partie sein. Ich werd mir die Mannsbilder wahrscheinlich grad so aussuchen können. Ewig einschichtig werd ich nicht bleiben.«

»Ich hab nichts gesagt«, wiederholte er verärgert.

»Lüg nicht. Wir sind zum ersten Mal zusammen, denkst du, und schon kommt sie mir mit so was. Gibs zu.«

»Bissl schnell gehts schon«, gestand er. »Und ich … in einer Wirtschaft … ich mein, so was muss eins doch gelernt haben.«

»Das hättst du dir schnell beigebracht. Das Wichtigste ist, dass einen die Leut mögen. Und dass ein Wirt was darstellt. Ein Wirtshaus musst dir vorstellen wie eine Theaterbühne.«

»Glaubs dir schon.«

Aber so geht das nicht, dachte Kajetan. So geht das einfach nicht.

»Außerdem … Herrgott, Burgi! Du kennst mich doch kaum.«

»Hör ich recht?« Sie kicherte leise. »Ich dich nicht kennen, Paule? Hast vergessen, dass du jahrelang bei mir eingekehrt bist? Ich weiß, was für ein Essen dir schmeckt und was für eins nicht, weiß, wie viel Bier du vertragst, ich kenn dein Gesicht, wenn du eine Sorg hast, und kenns, wenn du mit dir zufrieden bist. Und wie du zum ersten Mal in den Soller gekommen bist, da hab ich mir gedacht: So also schaut der aus, den du mal nimmst.« Sie schlug leicht auf seine Brust. »Aber ihm, dem Stenz von Giesing, dem war eine Kellnerin ja nicht gut genug.«

»Schmarren!«, protestierte er.

Wo hab ich bloß die ganze Zeit meine Augen gehabt?, dachte er.

Sie betrachtete ihn belustigt. »Hast echt nie was gespannt? Respekt, Herr Oberinspektor.« Sie rollte sich zur Seite und wandte ihm den Rücken zu.

Dann sagte sie leise: »Und?«

Er sah zur Zimmerdecke. »Ich … ich überlegs mir.«

Ausgerechnet jetzt, wo sich alles zum Guten wendet!, dachte er. Kajetan spürte, dass sie ein wenig von ihm abrückte.

»Wirklich«, beteuerte er. »Ich überlegs mir, ehrlich. Ich … muss bloß erst noch eine Arbeit fertig machen. Ich habs versprochen.«

Sie sah ihn forschend an. Dann drehte sie sich wieder weg.

Eine Weile blieb sie stumm. Dann gähnte sie. »Vielleicht spinn ich ja wirklich«, sagte sie leise. Nüchtern fügte sie hinzu: »Und jetzt musst gehen, Paule.«

Er seufzte, rollte sich aus dem Bett und tastete nach seinen Kleidungsstücken. Es war kalt in der Kammer, er zitterte. Sie knipste die Nachttischlampe an und sah ihm zu, wie er sich anzog. Als er sich zu ihr beugte und sie zum Abschied küsste, schlang sie ihre Arme um ihn.

»Ich wart auf dich, Paule«, flüsterte sie. »Aber nicht mehr ewig.«

»Ich werd kommen«, sagte er. Er grinste schief. »Hab ja auch noch Schulden bei dir.«

Sie erwiderte sein Lächeln nicht.

Er öffnete behutsam die Tür und verließ die Kammer.

Sie hörte seine Schritte leiser werden. Ihr Herz klopfte. Etwas Salziges rieselte in ihren Mund.

Dumme Kuh, dachte sie.

Sie löschte das Licht.

Eisige Kälte empfing Kajetan, als er auf die Straße trat. Er zog die Schultern zusammen. Durch den dichten Nebel schimmerte eine Straßenlampe. Er schritt schnell aus.

Ausgerechnet jetzt, dachte er.

33

Nach Tagen quälender Schlaflosigkeit hatte Fürst kurz vor Sonnenaufgang endlich einschlafen können. Als er wieder die Augen aufschlug, fand er sich neben seinem Bett liegend. Er streckte die Arme aus, versuchte sich aufzurichten. Seine Glieder gehorchten ihm nicht. Er rollte stöhnend zur Seite, kroch auf allen vieren durch das Zimmer und zog sich an der Waschkommode hoch.

Die Hände auf dem kühlen Stein der Tischplatte aufgestützt, starrte er in den Spiegel. Ein wächsernes Gesicht glotzte zurück, die Augen rot umrandet und wässerig. Aus den Mundwinkeln troffen Speichelfäden, durch die halb geöffneten Lippen schimmerte stumpf das Gebiss. Aus einer Nasenöffnung löste sich ein schleimiges Rinnsal und sickerte über die Oberlippe in den Mund.

Wer ist dieser Mensch?, dachte er noch, bevor ihn der Krampf wie ein Peitschenschlag traf und zu Boden warf. Er schlug um sich, rang röhrend nach Luft, vor seinen Augen blitzten Funkengarben, in seinen Adern brach ein Orkan los, als strömten Lava, dann wieder Eisblöcke durch sie hindurch, als fräßen Termiten sein Innerstes auf, seine Narben glühten, in seinen Ohren schwoll ein grelles Kreischen an und sägte sich durch sein Gehirn, durch das Fetzen der Erinnerung an den vergangenen Abend torkelten: Wie er sich in die Menge im übervollen »Steyrer« am Bahnhof gestürzt hatte, einen Maßkrug nach dem anderen in sich geschüttet, geschunkelt, gebrüllt und gejohlt hatte, getrieben von einer strotzenden, verrückten Lust, mit der aber auch ein namenloser Hunger angewachsen war, der sich nie mehr stillen lassen würde. Und wie er danach im Pulk mit anderen Betrunkenen zu Madame Henriette wankte, die in einem heruntergekommenen Haus in einer Seitengasse der Sendlinger Straße einen illegalen, als Schneiderei getarnten Salon betrieb. Üppige junge Frauen in tief ausgeschnittenen Kleidern hatten sie empfangen und in ein dämmeriges und verrauchtes, mit abgewetzten Fauteuils möbliertes Hinterzimmer geführt, in dem ein hagerer, schäbig gekleideter Pianist versuchte, sich über Gegröle und grellem Gelächter hindurch Gehör zu verschaffen. Madame Henriette hatte zwei junge Frauen mit energischem Wink auf ein niedriges Podium gescheucht und einen »Schönheitstanz« angekündigt, der, nachdem schon bald die dünnen Tücher gefallen waren, in eine säuisch besoffene Orgie übergegangen war.

Wie er nachhause gekommen war, wusste Fürst nicht mehr. Er kroch wimmernd zum Nachttisch, fingerte nach der Pravaz, zog sie mit zitternden Fingern auf, senkte die Nadel in die Vene. Noch immer von Spasmen geschüttelt, drückte er den Kolben hinab.

Ein Schauder durchlief ihn. Sofort flutete ihn selige Ruhe. Er kippte den Kopf zurück, atmete tief ein. Dann zog er die Nadel heraus. Er trocknete sein tränenüberströmtes Gesicht, schnäuzte sich, legte sich auf das Bett und streckte die Arme von sich, als erwarte er eine Umarmung.

Er lag eine Weile in völligem Frieden da, als es verhalten klopfte. Er sah zur Tür, zögerte kurz. Er stand auf, strich mit der Hand durch sein zerwühltes Haar und drückte die Klinke herunter.

Moidls Wangen glühten. »Ent… entschuldige, Johann«, stammelte sie.

»Du …«, sagte er weich. Er ließ sie eintreten und drückte die Tür hinter ihr zu.

»Schön, dass du mich besuchst.« Er schmunzelte onkelhaft: »Die Frau Chefin ist wohl grad außer Haus, hab ich recht?«

Die ängstliche Anspannung wich aus ihrem Gesicht. Sie nickte erleichtert.

»Freuts dich?«, sagte sie leise.

»Dass du das fragst«, sagte er gespielt vorwurfsvoll, sandte seinen Worten jedoch ein Lächeln nach.

Sie stürzte auf ihn zu und schlang ihre Arme um ihn. Ein merkwürdiges Gefühl schnürte ihm plötzlich die Kehle zu. Wie lieb das Mädel war. Wie warm und weich ihr Körper. Er tätschelte ihren Rücken.

»Ich muss mit dir reden«, hörte er sie flüstern.

Er sah fragend auf sie herab.

»Nicht jetzt«, sagte sie mit bebender Stimme. »Die Erna wartet unten auf mich.«

Er griff unter ihr Kinn und hob es an. »Der alte Drachen scheucht dich ganz schön umeinand«, sagte er schmunzelnd. »Dann kehren wir halt wieder mal irgendwo ein, hm?« Er lächelte aufmunternd. »Aber gut. Ich lass es dich wissen, wanns mir ausgeht. Ists recht?«

Sie nickte stumm, löste sich von ihm und huschte hinaus. In der Tür hielt sie inne und drehte sich zu ihm. Sie kicherte einfältig. »Gott, bin ich ungeschickt.« Sie griff in ihre Schürzentasche. »Da ist ein Brief für dich abgegeben worden.« Sie reichte ihm den Umschlag. »Ein Bub hat ihn in der Früh der Erna gebracht. Bevor sie ihn was fragen hat können, ist er schon wieder fort gewesen.«

Er hob fragend die Brauen und nahm ihn entgegen.

»Was für ein Bub?«

»Moidl!«, hallte die ungeduldige Stimme der Köchin durch das Treppenhaus. Das Zimmermädchen drehte sich um und lief die Treppe hinunter.

Fürst schloss die Tür, riss den Umschlag auf und las.

Jemand sei ihm auf der Spur. Er müsse vorsichtig sein.

Seine Stirn runzelte sich. Durch sein wattiges Wohlbefinden sickerte Unruhe.

34

Kajetan erwachte mit einem Ruck. Zehn Uhr. Schon wieder verschlafen. Er fluchte, zog sich hektisch an, warf sich ein wenig Wasser ins Gesicht, kämmte sich und schlüpfte in seinen Mantel.

Er hatte die Türklinke bereits in der Hand, als sein Blick auf das Nachttischschränkchen fiel. Die Tür stand offen. Er kniete sich nieder, nahm die Mappe heraus und öffnete sie. Er hielt als Erstes das Foto, das seinen Vater mit seinen Arbeitern vor einem Trockenregal der Ziegelei zeigte, in der Hand. Hatte er aber nicht zuletzt das Hochzeitsfoto seiner Eltern angeschaut?

Seltsam, dachte er. Dann eilte er hinaus.

Eine halbe Stunde später stand er vor dem Schreibtisch des Professors und stotterte eine Entschuldigung. Der alte Herr winkte ab.

»Machen Sie mir eine Skizze«, befahl er.

Kajetan war vorbereitet. Er griff in seine Manteltasche, holte ein Blatt Papier heraus, entfaltete es und schob es über den Tisch. Der Professor rückte seinen Kneifer zurecht und beugte sich darüber.

»Die Zeitangaben sind korrekt? Zweiter Dezember 1918? Zwischen sechzehn Uhr fünfundvierzig und siebzehn Uhr, ja?«

Kajetan nickte.

»Und das Geschehen trug sich im Amtsbezirk Dingolfing zu, sagten Sie?«

»Richtig.«

»Warten Sie einen Augenblick.« Mit einer behänden Bewegung erhob sich der Professor, ging zu seinem Bücherregal, fuhr mit dem Zeigefinger eine Reihe von Buchrücken entlang und zog einen der Bände heraus. Er schlug ihn auf und las murmelnd.

Kajetan unterdrückte ein Gähnen.

»Hier!« Der Professor wandte sich um. »An diesem Tag ging die Sonne in dieser Gegend gegen 16:25 Uhr unter. Da kann ich Ihnen schon einmal vorab versichern, dass auch bei klarstem Himmel die Sichtweite bereits massiv reduziert ist. Hinzu kommt, dass sich dies minütlich ändert. Um 16:45 Uhr haben Sie nur mehr ein Viertel der normalen Sehschärfe, um 17 Uhr nur noch ein Zehntel.«

»Das bedeutet, dass …?«

Der Professor ließ sich wieder auf seinem Sessel nieder und strich mit seiner Hand über seinen Bebelbart. »Es bedeutet, dass ein Verdächtiger, um ihn eindeutig identifizieren zu können, in einer Distanz von höchstens dreißig Metern an diesem Zeugen vorbeigehen müsste. Ab einer Distanz von höchstens sechzig Metern wäre auch keine Gestalt mehr wahrnehmbar, geschweige denn die Farbe der Kleidung. Ein grauer, dunkelblauer, dunkelgrüner Mantel kann schwarz erscheinen, noch dazu vor dunklem Hintergrund. Sagten Sie nicht auch, dass sich das Geschehen am Waldrand zutrug?«

Kajetan nickte.

»Und wie viel betrug die tatsächliche Entfernung zwischen Zeugen und Verdächtigtem?«

»Ungefähr dreihundertfünfzig Meter.«

Der Professor nahm den Kneifer ab.

»Was soll ich noch sagen?«, meinte er kopfschüttelnd. »Und aufgrund dieser Beobachtungen wurde jemand zum Tode verurteilt? Verzeihen Sie, aber das kann ich unmöglich glauben.« Er lehnte sich zurück. »Richten Sie dem verehrten Herrn Doktor Herzberg bitte aus, dass ich ihm vor Gericht dafür jederzeit und selbstverständlich zur Verfügung stehe. Wäre der Anlass nicht so deprimierend, würde ich sogar sagen: mit dem größten Vergnügen!«

Kajetan bedankte sich, stand auf und verabschiedete sich. In der Tür drehte er sich noch einmal um.

»Und … und das kann man wirklich nach so langer Zeit noch so genau sagen?«

»Junger Mann.« Der Professor schmunzelte nachsichtig. »Wenn Uhrzeit und Entfernung feststehen, könnte ich Ihnen sogar noch die Sichtverhältnisse bei der Seeschlacht von Salamis berechnen. Und diese fand, wie allseits bekannt, bereits vor zweieinhalbtausend Jahren statt.«

35

Ludmilla Köller war gerade beim Bügeln, als sie hörte, wie sich hinter ihr die Türe behutsam öffnete.

»Milla«, sagte Egidius Kummerer.

»Ja?«, sagte sie freundlich, ohne ihre Arbeit zu unterbrechen.

Er trat einige Schritte näher und hüstelte in seine Hand.

»Ich … ich möcht dich was fragen, Milla.«

Sie zuckte die Achseln.

»Dann tus.«

»Du hast es doch gut bei mir, oder?«

»Sag ich was?«

»Nein, nein … aber …«

Red endlich, dachte sie.

»… aber du bist so …«, Kummerer musste sich wieder räuspern, »… ein bisserl anders bist geworden, seit der Herr da gewesen ist. Weißt schon, den der Advokat geschickt hat.«

»Wie anders?«

»So … in dir drin …«, er starrte auf ihren Rücken und suchte nach Worten, »… als wie wenn dir seitdem was durch den Kopf gehen tät, seit …«

»Ach wo«, sagte sie schnell. »Das bildst dir bloß ein.«

Die Bohlen knarrten verhalten, als er einen weiteren Schritt auf sie zu tat.

Sie spürte, wie es in ihr zu kochen begann. Rühr mich nicht an, dachte sie. Rühr mich ja nicht an.

»Schau mich an«, bat er unterwürfig.

Sie zwang sich zu einem beiläufigen Ton: »Aber ich hab doch eine Arbeit, Gide!«

»Bittschön, Milla. Schau mich an.«

Sie warf ihm einen fragenden Blick über die Schulter zu.

Kummerers Stimme zitterte: »Was der Herr dich gefragt hat… und wo du gesagt hast, dass du… dass du nichts mit deinem früheren Dienstherren…«

Ludmilla hielt inne. Kummerer hatte also gelauscht. Die Knöchel ihrer Finger, mit denen sie den Griff des schweren Bügeleisens umklammerte, wurden wächsern.

»Red weiter«, sagte sie heiser.

»… und dass du ihn vielleicht noch allerweil…«

Er hob unwillkürlich die Hände zur Abwehr, als sie sich mit einem Ruck umdrehte und ihn wutentbrannt anfunkelte.

»Sagst jetzt du auch noch, dass ich lüg?!«

Der alte Mann zuckte zusammen. Er schüttelte bestürzt den Kopf.

»Nein… nein! Ich…«

Sie drehte ihm mit einer heftigen Bewegung den Rücken zu, verbarg das Gesicht in den Händen und schluchzte leise auf. Stockend flüsterte sie: »Dass du… dass du mich bloß so… so dermaßen… enttäuschen kannst.«

Kummerer schluckte und trat hinter sie.

»Ich… ich habs doch nicht so gemeint«, sagte er mit kläglicher Stimme. »Ich glaubs dir doch, Milla.« Er sah berührt auf ihre zuckenden Schultern. Seine Hände vollführten eine hilflose Geste.

»Hab dir doch bloß sagen wollen… dass ich dich lieb hab, Milla…«

»Geh«, flüsterte sie.

Er nickte schuldbewusst und gehorchte. An der Türe drehte er sich noch einmal um. »Und … ich hab dir bloß sagen wollen, dass … dass ichs dir nicht übel nähm, Milla. Ich … bin doch schon ein gutes Stück länger auf der Welt … Ich weiß doch, wies Leben ist …« Seine Stimme brach, und von Schluchzen durchstoßen schloss er: »Und … und wenns so wär … ich … halt dich nicht …«

Als sie die Türe zufallen hörte, atmete Ludmilla tief durch. Sie wischte sich mit dem Handrücken über ihre Augenwinkel. Verblüfft betrachtete sie ihre Hände. Sie waren nass. Für die Dauer eines Herzschlags schoss ihr in den Sinn, dass sie verloren sein könnte.

Sie griff nach dem nächsten Hemd und breitete es sorgfältig auf dem Bügelbrett aus.

36

Was die Geräusche betraf, die hin und wieder aus dem rückwärts gelegenen kleinen Gastgarten in die Stube drangen, so waren die Gäste des »Gaiser-Wirts« einiges gewohnt. Kaum einen bekümmerte je, ob ein Eifersüchtiger seiner Angebeteten eine Tracht Prügel verabreichte, weil sie einem anderen schöne Augen gemacht hatte. Oder ob ein Pärchen nicht mehr an sich halten konnte und sich gleich im Hinterhof laut stöhnend übereinander hermachte.

Doch dieses herzzerreißende Weinen, das Gebrüll eines Mannes in maßloser Erregung und die schallenden, klatschenden Geräusche, denen die schmerzerfüllten Schreie einer Frau folgten, war zu viel. Beunruhigt eilten der Schankkellner und zwei Gäste hinaus. Sofort erfassten sie die Lage. Eine wimmernde junge Frau wand sich auf dem Hofpflaster, vor ihr stand breitbeinig ein Mann, die Rechte zum erneuten Schlag erhoben.

»Schluss!«, dröhnte der Schankkellner.

Fürst drehte sich um.

»Misch dich du da nicht ein, du Bauernfünfer, du blödgesoffener!«

Der Kellner wechselte einen Blick mit den anderen Gästen.

»Das lass dir nicht gefallen, Biwi«, sagte einer der Umstehenden verhalten. Der Kellner machte einen schweren Schritt auf Fürst zu. »Sag das noch mal«, sagte er und versetzte ihm einen Haken. Fürst klappte zusammen und blieb benommen liegen. Der Kellner trat vor ihn, die Fäuste kampfbereit. »Du sollst es noch mal sagen.«

Fürst schüttelte sich, richtete sich taumelnd auf und sah wild um sich.

»Kapiert?«, sagte der Kellner. »Und jetzt verziehst dich und lässt dich nie wieder bei mir sehen. Grattler, elendiger!«

Fürst duckte sich, stürzte mit einem Wutschrei vor und konnte dem Kellner noch einen ungezielten Faustschlag unter die Augen versetzen, ehe dieser zu einem mörderischen Bauchschwinger ausholte. Stöhnend ging Fürst zu Boden. Der Kellner wischte sich über Gesicht und Nase und bemerkte, dass er blutete. Er zog seinen Kopf zwischen die Schultern. Sein Blick wurde dunkel.

»So«, sagte er gepresst. Er ging auf den Liegenden zu, riss ihn an der Jacke hoch, drückte ihn an die Ziegelwand und begann, auf ihn einzuschlagen. Fürsts Kopf knallte an die Wand. Er sank in die Knie, der Kellner bückte sich, um ihn wieder hochzuziehen.

Auf die junge Frau hatte keiner mehr geachtet. Mit einem Aufschrei stürzte sie sich dazwischen und schlang ihre Arme schützend um den Liegenden. Der Kellner starrte sie verdutzt an und wich zurück.

»Aufhören«, flüsterte Moidl atemlos.

Die Männer sahen sich erstaunt an. Der Kellner runzelte die Stirn. Dann winkte er verächtlich ab und stapfte in die Gaststube zurück. Die anderen folgten ihm.

»Wie blöd ist die denn noch?«, meinte einer.

Dann waren beide allein. Moidl hielt ihn noch immer umarmt und streichelte ihn unbeholfen. Als sie sein geschwollenes Gesicht berührte, stöhnte er auf. Sie zuckte zurück, legte ihren Kopf auf seine Brust. Sie weinte leise.

»Es ist von dir, Johann … ich schwörs … Ich fall auf der Stell tot um, wenn ich lüg … Ich hab mit keinem anderen was gehabt.«

Fürst öffnete die blutverklebten Augen. »Ich bring ihn um …«, murmelte er. Ein Husten schüttelte ihn.

»Ich tät dich doch so mögen, Johann«, schluchzte Moidl. »So gern, wenn du … wenn du bloß nicht allerweil so gachzornig wärst …«

Langsam kam ihm wieder zu Bewusstsein, was geschehen war. Er hatte Moidl ins Luitpold-Tabarin ausgeführt, sie hatten getanzt, es war nicht aufregend mit ihr gewesen, aber es hatte ihm gutgetan, von ihr angehimmelt zu werden. Danach waren sie noch beim »Gaiser-Wirt« eingekehrt. Er war mit den Gedanken schon dabei gewesen, wie er mit ihr in ihrem Hauseingang noch saftig poussieren würde, als sie plötzlich das angebotene Bier zurückgewiesen und mit eigenartigem Lächeln darüber geklagt hatte, dass ihr in letzter Zeit öfters schlecht werden würde. Schließlich hatte sie sich an sein Ohr geneigt und ihm etwas zugeflüstert. Woraufhin er sie aufgefordert hatte, mit ihr in den Hof zu gehen. Als sie allein waren, hatte er ihr vorgeworfen, ihn aufs Kreuz legen zu wollen. Sie hatte widersprochen und zu heulen begonnen, er wollte ihr den Mund zu halten, sie heulte lauter, schlug um sich. Und dann war wieder etwas in ihm geplatzt.

Er spürte, wie Tränen über seine Wangen liefen. Mit mir nicht, dachte er verzweifelt. Mit mir nicht.

»Du musst …«, begann er krächzend, »du musst … dich putzen lassen.«

Sie sah in sein Gesicht. In ihrer Miene spiegelte sich Unglauben. Dann Entsetzen. Ihr Kopf sank auf seine Brust zurück. Eine Weile schwieg sie, schien kaum noch zu atmen. Dann flüsterte sie: »Ich möcht sterben.«

Er hörte es nicht. Ein Krampf erfasste seinen Körper. Er neigte sich zur Seite und erbrach sich.

37

Dr. Herzberg nippte an seinem Tee und stellte die Tasse ab. »Dann lassen Sie uns noch einmal zusammenfassen«, begann er aufgeräumt. »Wir können mit folgenden neuen Erkenntnissen aufwarten. Erstens, dass sämtliche Zeugenbeobachtungen bis auf die Tatsache, dass ein Unbekannter den Rotter-Hof kurz vor der Tat verlassen hat, keinen Pfifferling wert sind. Zweitens, dass Johann Fürst bei seinem Alibi gelogen hat. Womit sich, und das nicht nur theoretisch, die Möglichkeit eröffnet, dass er sich zum Zeitpunkt des Mordes noch in der Nähe des Tatortes aufhielt.« Er ließ sich in die Lehne zurückfallen. »Dabei wäre allerdings die Frage, ob es reicht, auf das Tagesjournal des Thalbacher Bahnhofs zu verweisen. Fürst könnte sich doch auf einen schlichten Irrtum seinerseits hinaus reden. Bei dem Durcheinander, das damals im Land herrschte, wäre das durchaus nachvollziehbar.«

Kajetan nickte. »Komisch dabei ist bloß, dass sich dann auch noch derjenige geirrt haben müsst, der ihm seine Ankunft bestätigt hat.«

Der Anwalt betrachtete Kajetan nachdenklich. »Allerdings. Das ist in der Tat mehr als seltsam. Aber auch dieser Major von Lindenfeld könnte sich auf einen Erinnerungsirrtum hinausreden und wie ich die Neigung des Gerichts kenne, vor Leuten wie ihm vor Respekt zu erstarren, würde er damit ohne weiteres durchkommen.«

Kajetan stimmte ihm zu.

Herzberg fuhr fort: »Was Rotter seinerzeit neben den Zeugenaussagen bekanntlich das Kreuz gebrochen hatte, war die Frage des Tatmotivs. Das Gericht war davon überzeugt, dass er seine Frau nicht allein aus Hass getötet hat, sondern vor allem, um damit für seine damalige Magd frei zu werden. Dass beide dies von sich gewiesen haben, wurde – ohne den geringsten Gegenbeweis – als nicht glaubhaft gewertet. Mit anderen Worten: Wenn wir das Gericht von dieser Hypothese abbringen wollen, müssen wir mit einem überzeugenden anderen Tatmotiv aufwarten. Und mit einem anderen Täter.«

Kajetan nickte. Was denn sonst, dachte er.

»Dazu böte sich bisher am ehesten dieser Fürst an. Aber haben wir schon einmal ausführlicher die Möglichkeit erwogen, ob es nicht doch noch den großen Unbekannten geben könnte?«

»Schließ ich eher aus«, sagte Kajetan.

»Was macht Sie so sicher? Woher wollen Sie wissen, ob sich in Tatortnähe nicht doch irgendwelches Gesindel herumtrieb? Die Gegend ist waldreich und wenig bevölkert.«

»Eben deshalb. Es mag für Durchreisende so ausschauen, als ob man sich da leichter verstecken könnte. Aber das Gegenteil ist der Fall. Jeder Fremde fällt sofort auf. Und auch die Wälder werden bewirtschaftet, grad um diese Zeit.«

»Damit könnten Sie recht haben«, sagte Herzberg. »Dann bleibt doch nur wieder dieser ambulante Schlosser. Und die Frage nach seinem Motiv. Doch weder haben wir einen Hinweis für eine Beziehung zwischen Fürst und Köller, noch ergäbe die Tat einen Sinn.« Er verstummte. Nachdenklich fuhr er fort: »Aber vielleicht sollten wir davon abrücken, nach einem Sinn zu suchen. Vielleicht ist gerade das unser Denkfehler?«

»Vielleicht«, sagte Kajetan. »Aber auch ein Verrückter hat so was wie ein System, nach dem er handelt.«

»Völlig richtig. Eben ein verrücktes im Sinne des Wortes.« Er redete schneller. »Was wäre also, wenn wir es mit einer Art von Hörigkeit zu tun haben? Wenn zwischen Fürst und Köller doch eine Art Beziehung bestand, vielleicht auch nur in seinem Wahn? Dann könnte er doch versucht haben, sie durch diese Tat für sich zu gewinnen?«

»Aber nach allem, was wir bisher wissen, hat er mit ihr nur für ein paar Stunden geredet. Kann sich so was so schnell aufbauen?«

»Nun, bei entsprechend krankhafter Disposition? Es gibt schließlich auch den coup de foudre in der Liebe.« Er bemerkte Kajetans fragenden Blick. »Die berühmte Liebe auf den ersten Blick.«

»Aber niemand hat ihn danach auf dem Hof oder in der Nähe gesehen. Wenn er aber die Tat ihr zuliebe begangen hätt, müsst er sich um seinen Lohn betrogen gefühlt haben, nachdem sich die Köller ja hinterher auf die Seite vom Rotter gestellt hat. Und damit gegen ihn. Dafür aber, dass er sie danach in irgendeiner Weise bedrängt hätt, haben wir keinerlei Hinweise. Gäb es sie, hätt sie es erwähnt. Sie aber hat sich kaum mehr an seinen Namen erinnert.«

Herzberg nickte schwer. Er schlug mit der Hand auf den Tisch und sprang auf. »Herrgott nochmal! Das alles haben wir doch schon hunderte Male durchgekaut!«

Er stockte. »Verzeihen Sie. Es richtet sich nicht gegen Sie, Herr Kajetan.«

Er stand auf, öffnete das Fenster und sog tief Luft ein. »Es … es ist nicht meine Art. Aber vielleicht verstehen Sie mich, wenn ich Ihnen sage, dass ich mit einigen weiteren Problemen zu kämpfen habe. Wie ich heute erfuhr, liegt Rotter nach einem nervlichen und körperlichen Zusammenbruch im Gefängnislazarett. Man hatte ihn in Einzelhaft gesteckt, nachdem sich einer der Wärter von ihm beleidigt fühlte. Ich muss ihn sobald wie möglich aufsuchen.« Er seufzte. »Nicht weniger Sorgen bereitet mir, dass seine Barschaft in Kürze aufgebraucht sein wird. Was, wie ich bereits sagte, natürlich nicht Ihre Sorge zu sein hat. Mit Sicherheit aber bald meine, wenn ich die Sache erneut vergeige. Dann nämlich gibt es weder Schadensersatzzahlungen noch irgendeine andere Vergütung.« Er kehrte wieder auf seinen Sessel zurück. »Aber noch einmal: Das alles ist allein mein Problem.«

»Wir waren bei einem möglichen Motiv«, sagte Kajetan.

Herzberg nickte matt. »Verzeihen Sie. Ich wollte nicht jammern. Sprechen Sie.«

Kajetan beugte sich vor, stützte seine Ellenbogen auf seine Knie und nahm seine Schläfen in die Hand. »Also ...«, begann er, »sicher ist, dass Fürst nicht zu der von ihm immer wieder behaupteten Zeit am Thalbacher Bahnhof war, sondern wahrscheinlich noch in der Nähe des Tatortes.«

»Und?«, sagte der Anwalt ungeduldig. »Das steht doch jetzt wirklich nicht mehr in Frage, Herr Kajetan. Wir rätseln über den Sinn, den sein Mord gehabt haben könnte!«

Kajetan sah gereizt auf. »Oder darüber, ob wir mit unseren Antworten nicht auf dem Holzweg sein könnten.«

»Richtig«, räumte Herzberg ein. »Worauf wollen Sie hinaus?«

Kajetan richtete sich auf. »Was ist, wenns bloß eine kranke Laune war, aus der heraus er die Bäuerin umgebracht hat?«

Der Anwalt runzelte die Stirn. »Bitte was? Eine Laune?«

Kajetan nickte. »Stellen wir uns vor: Fürst geht allein durch den Wald, sieht die Frau, erinnert sich daran, wie sie ihn zuvor behandelt hat, es kommt zum Streit, und er sieht rot?«

Herzberg hatte aufmerksam zugehört. Er hob die Hand und ergänzte lebhaft: »Oder sie ist es, die es in dieser Situation instinktiv mit der Angst zu tun bekommt! Dass die Bäuerin einen Zug zur Hysterie hatte, ist schließlich belegt.« Die Augen des Anwalts leuchteten auf. »Ja! Es wäre keine Entschuldigung für seine Tat, aber eine Erklärung: Sie sieht Fürst auf sich zukommen, beginnt zu schreien, beschimpft ihn, unterstellt ihm, sie berauben oder vergewaltigen zu wollen, droht ihn anzuzeigen, die Sache eskaliert, er gerät in Panik. Und zieht die Waffe!«

»So ungefähr«, sagte Kajetan.

»Ja.« Herzbergs Schultern sanken wieder herab. »Dann bliebe nur noch das unbedeutende Problem, wie wir das jemals beweisen wollen.«

Ganz einfach, dachte Kajetan. Indem wir ein Geständnis von ihm kriegen. Aber dazu muss ich ihn erst einmal finden.

38

Hugo von Lindenfeld beherrschte sich. »Habe ich Ihnen nicht deutlich gesagt, dass ich Sie gewisse Zeit nicht mehr bei mir sehen möchte?«

Fürst saß vor ihm, die Beine gespreizt, als müsse er sich abstützen, um nicht vom Stuhl zu kippen.

»Schon … aber …«

Der Major machte eine ungeduldige Handbewegung. »Und hatte ich Ihnen nicht ebenso klar und deutlich erklärt, warum ich dies für erforderlich halte? Und nicht zuletzt auch darauf hingewiesen, dass dies nicht nur mein Wunsch ist, sondern –«, er hob seine Stimme, »ein Befehl, auf dessen strikte Einhaltung ich bestehe? Oder sind Sie schon so zivil degeneriert, dass Sie vergessen haben, was das Wort ›Befehl‹ bedeutet?« Wie sieht der Bursche überhaupt aus, dachte er. Die Visage mit blauen Flecken übersät. Hat sich wohl wieder geprügelt, dieser Prolet.

»Hab ich ja getan.« Fürsts Achseln zuckten schlaff. »Eine … eine gewisse Zeit.«

Der Major reckte ihm sein Kinn entgegen: »Deren Dauer aber nicht Sie bestimmen! Haben Sie das verstanden?«, wetterte er.

»Schon«, sagte Fürst tonlos.

»Dann verschwinden Sie jetzt«, sagte der Major. Versöhnlicher fügte er hinzu: »Ich war mit Ihren Leistungen keineswegs unzufrieden, Fürst. Sie werden von mir hören, wenn ich wieder eine Beschäftigung für Sie habe.« Er deutete zur Tür. »Und jetzt – bitte.«

Fürsts wässeriger Blick folgte dem ausgestreckten Zeigefinger und kehrte wieder zurück. Er machte keine Anstalten, sich zu erheben.

Eine Ader war auf der Stirn des Majors angeschwollen. »Schwer von Begriff, oder was?«

Fürst senkte den Kopf. »Ich wär doch nicht gekommen, wenns nicht wichtig wär«, sagte er dumpf.

»Wie, wichtig?«

Fürst nickte stumm.

Der Major atmete durch. »Also gut. Dann raus damit. Sagen Sie, was Sie zu sagen haben, und dann verschwinden Sie. Ich habe zu tun.« Eine Ahnung, die den Major schon beim Eintreten seines ehemaligen Untergebenen beschlichen hatte, verstärkte sich. Er kniff die Augen zusammen. »Was die Löhnung betrifft, steht ja außer Frage, dass wir quitt sind, ja? Sie haben erhalten, was vereinbart war.«

»Schon …«

»Dann wüsste ich nicht, was sonst noch so dringlich wäre, dass Sie mir meine wertvolle Zeit klauen.« Er schlug mit der flachen Hand auf den Tisch. »Herrgott! Reden Sie endlich.«

»Ich brauch noch was«, sagte Fürst.

Also doch, dachte der Major. Was für ein erbärmlicher Kretin.

Er explodierte: »Wie? Sie wollen nachfordern? Schlagen Sie sich das ja aus dem Kopf! Wollen Sie mir außerdem sagen, dass Sie alles bereits versoffen und verhurt haben?! Haben Sie denn den Verstand verloren?«

»So viel wars ja nicht«, wandte Fürst leise ein.

Die Nasenflügel des Majors zitterten vor Entrüstung. »Also Geld will der feine Herr Kamerad. Erst einschlagen und sich mit allem einverstanden erklären, und dann …« Er schüttelte fassungslos den Kopf. »Fürst, verdammt noch mal! Sie waren doch ein vorbildlicher Soldat! Diszipliniert! Schneidig! Ein Bild von einem Kerl! Und zeigen jetzt eine derartige Rückgratlosigkeit? Eine Schande!«

Fürst kippte nach vorne und presste seine Hände an seine Schläfen. »Ich … ich brauchs … ich …«

»Nichts da!«, brüllte der Major. Er stand auf. »Und jetzt hinaus!«

Wenn diese erbärmliche Kreatur jetzt auch noch wagt, mich zu erpressen, ist sie tot.

Fürsts Blick kroch über die Brust des Majors nach oben.

»Die Schmerzen«, sagte er tonlos. »Sie werden schlimmer. Ich … ich halts bald nimmer aus …«

Der Major starrte ihn an. Verdammt, dachte er. Verdammt.

Er sank auf seinen Sessel zurück.

»Die Schmerzen?«, sagte er mit belegter Stimme.

Fürst nickte. »Und … es ist einer hinter mir her …«

»Wie, hinter Ihnen her?«

»… wegen einer Sach von früher …«

Lindenfeld versuchte, seine wachsende Unruhe zu verbergen. Verfolgungswahn, dachte er. Der Bursche ist krank. Er dreht mir durch.

»Nun mal ganz sachte«, sagte er begütigend. »Keine Panik, ja? Es gibt für alles eine Lösung.«

39

Kajetan stampfte wütend auf. Er hatte die letzten Meter von der Haltestelle der Elfer-Tram zum Bahnsteig im Laufschritt zurückgelegt, sah aber nur noch, wie sich die Lichter des Zugs nach Mühldorf in nebliger Ferne verloren. Er hatte Burgi überraschen, sie vor ihrer Abreise noch einmal umarmen und ihr versichern wollen, sie zu besuchen, sobald es ihm sein Auftrag erlauben würde. Für einen Tag vielleicht. Und eine Nacht. Vielleicht auch ein wenig länger.

Verdrossen trat er auf den Platz vor dem Ostbahnhof. Hatte er überhaupt richtig entschieden? War es richtig gewesen, Burgi zu verschweigen, dass er bald wieder als Kriminalbeamter arbeiten würde? Hätte er nicht doch besser ihr Angebot angenommen? Was wäre, wenn sich Rosenauer als unleidlicher Despot, die Kollegen als missgünstige Konkurrenten entpuppten? Wenn der Wind sich doch wieder drehte und man Rosenauer kaltstellte? Danach sah es zwar nicht aus. Der Kripo-Chef war durchsetzungsstark. Mit Hochdruck, und oft bis spät in die Nacht, arbeitete er daran, seinen Stall auszumisten. Und er hatte ihn an diesem Abend zu sich bestellt und angedeutet, eine wichtige Information für ihn zu haben.

Kajetan sah auf die Bahnhofsuhr. Zu spät, um noch im Wohnungsamt vorbeizuschauen. Er warf einen Blick nach oben. Der Himmel war hoch, fette Wolken schwammen gemächlich auf den westlichen Horizont zu, wo sie sich vor die sinkende Sonne schoben. Es würde nicht regnen. Gelegenheit, sich noch ein wenig frische Luft um die Ohren wehen zu lassen und sich auf der Praterinsel noch einen Schluck Bier zu genehmigen.

Er schlenderte über den Orleansplatz, verließ das Franzosenviertel und schlug den Weg ins alte Haidhausen ein. Er überquerte den Johannis- und Wiener Platz, blieb stehen, zündete sich eine Zigarette an, ging weiter. Aus den Isaranlagen wehte eine frische Brise. Nur noch wenige Fußgänger waren im Park unterwegs.

Die Sonne ging unter. Die Dämmerung schritt rasch voran. Unter Kajetans Sohlen raschelte Laub. Er erreichte die Bohlenstiege, die über den Isarhang zu einer kleinen Waldung am Ufer führte. Die hölzernen Stufen waren glitschig. Durch das kahle Geäst blinkten bereits die Lichter des Gasthauses auf der Praterinsel. Kajetan blieb stehen und sah um sich. Er war schon lange nicht mehr hier gewesen. Hier musste sich doch der Steg über den Mühlbach befinden, von dem aus man über die Praterbrücke zur Insel gelangte? Er suchte das Bachufer ab. Im dunklen Gehölz neben ihm knackte ein Zweig. Das Rauschen des Baches verstärkte sich.

In diesem Augenblick krachte es neben ihm, als bräche ein schweres Tier aus dem Unterholz. Er wirbelte herum, sah einen dunklen Schatten auf sich zuhechten, konnte gerade noch schützend die Hände heben, als er schon einen heftigen Schlag gegen seine Schulter verspürte. Er ruderte mit den Armen, bekam ein Stück Stoff des Angreifers zu fassen. Aus dem Stand gerissen, torkelte der Unbekannte sekundenlang, ging jedoch sofort wieder in Angriffsstellung. Er keuchte, in seiner Faust schimmerte es metallen. Kajetan wich zurück, seine Ferse stieß an eine niedrige Einfassung, er verlor den Halt, fiel auf den Rücken und prallte mit dem Hinterkopf auf eine harte Wurzelknolle. Blendende Garben blitzten vor seinen Augen. Bevor er das Bewusstsein verlor, glaubte er noch einen scharfen Befehl zu hören.

Er erwachte davon, dass ihm eine Hand rechts und links auf die Wange schlug. Sein Schädel dröhnte. An seinem Oberarm weitete sich ein pochender Schmerz.

»Geschieht Ihnen nur recht, Sie Dussel«, hörte er durch das Rauschen seiner Ohren. »Wie können Sie nur so unvorsichtig sein.«

Kajetan stützte sich auf seinen Ellenbogen ab und schaute sich um. Vor ihm kniete eine schmächtige Gestalt, deren Gesichtszüge im Nachtschatten kaum auszumachen waren.

»Der Bursche ist abgehauen. Hatte dann doch keine Lust auf eine Kugel.« Der Unbekannte setzte sich auf eine Wegeinfassung, griff in seine Manteltasche und holte ein flaches Fläschchen hervor. »Hier. Ein Wundermittel. Auch bekannt als Pflaumenschnaps.«

Kajetan nahm einen Schluck. Das scharfe Getränk rieselte heiß durch seine Kehle.

Er hustete. »Scharf«, flüsterte er.

»Der Trick ist ganz einfach. Sie vertreiben einen Schmerz einfach durch den anderen.«

Kajetan grinste matt. »Funktioniert«, sagte er. Er gab die Flasche zurück.

Der Fremde verstaute die Flasche wieder in seinem Mantel.

»Sag ich doch.«

Eine Weile schwiegen sie. Kajetan spürte, wie seine Kräfte wiederkehrten.

»Jetzt wäre nur die Frage, wieso der Kerl Sie angegriffen hat, nicht wahr?«

Kajetan zuckte die Achseln. »Raubüberfälle kommen vor.«

»Sagen Sie, haben Sie doch einen etwas kräftigeren Schlag auf den Schädel gekriegt? Glauben Sie vielleicht auch noch, dass es Zufall ist, dass ich gerade in der Nähe war und Ihnen aus der Patsche geholfen habe? Jetzt erzählen Sie mir bloß nicht, dass Ihnen nicht aufgefallen ist, dass der Kerl schon seit Stunden hinter Ihnen herschnüffelt!«

Kajetan verneinte verblüfft.

»Sind Sie blind? Der Kerl hat sich zuerst in der Gruftstraße herumgetrieben. Als Sie aus dem Haus gingen, ist er Ihnen erst zum Ostbahnhof gefolgt, und dann hierher!«

»Aber ... warum?«

»Würde mich ebenfalls brennend interessieren. Der Name des Burschen lautet übrigens Fürst. Johann Fürst.«

»Fürst?«, japste Kajetan.

»Na, da scheint ja endlich einmal der Groschen zu fallen«, sagte Kull. »Liege ich übrigens richtig, dass Sie und ich in ähnlichen Berufen tätig sind?« Er tippte an seine Hutkrempe. »Gestatten, Kull. Privater Ermittler. Und Sie?«

Kajetan nannte seinen Namen.

»Und, weiter? Wenn ich bedenke, wie dämlich Sie sich eben angestellt haben, vermute ich: Bayerische Kripo?«

Kajetan schwieg verärgert.

»Ein Kollege also. Allerdings einer, der offenbar noch eine Menge zu lernen hat.«

Kajetan schnappte entrüstet nach Luft. »Jetzt hörens einmal zu, ja?! Sie haben mir vielleicht eben grad geholfen ...«

»Vielleicht habe ich Ihnen eben das Leben gerettet, mein Lieber.«

»Ja!«, maulte Kajetan. »Könnts aber trotzdem sein, dass Sie ziemlich eingebildet sind?«

Kull grinste. »Der Herr Kollege geben die gekränkte Leberwurst? Gut, wenns Spaß macht, bitte sehr.« Er wurde wieder ernst. »Ein Vorschlag: Ich habe Ihnen Ihre Naivität vorgeworfen und bin für Sie ein eingebildetes Arschloch. Pari, würde ich sagen. Vergessen wir also das Spielchen und konzentrieren uns auf Wichtigeres. Nämlich, dass es da einen Kerl namens Johann Fürst gibt, der Sie seit geraumer Zeit auf dem Kieker hat. Wie ich ihn. Womit also ziemlich naheliegt, dass die Fälle, an denen jeder von uns arbeitet, miteinander zu tun haben. – Für wen arbeiten Sie übrigens?«

Kajetan zögerte mit einer Antwort. Dann nannte er Herzbergs Namen.

»Guter Mann.« Kull nickte anerkennend. »Damit sind Sie schon mal in meiner Achtung gestiegen, Paulchen. Herzberg würde keine Pfeife einstellen.«

»Ich bin nicht Ihr Paulchen, ja?«, murrte Kajetan.

»Schon wieder ist er eingeschnappt! Verzeihung, Herr Kollege – jemand versucht Sie umzubringen, und Sie haben keine anderen Sorgen?« Er wartete Kajetans Antwort nicht ab. »Sollten Sie aber, Kollege. Hören Sie mir jetzt zu: Ich ermittle in der Sache eines nicht ganz koscheren Flugzeugunfalls. Dabei bin ich auf diesen Burschen gestoßen. Er könnte nämlich in die Sache verwickelt sein.« Er sah Kajetan erwartungsvoll an. »Und jetzt Sie. Was haben Sie mit ihm zu tun?«

Kajetan berichtete. Als er geendet hatte, meinte Kull herablassend: »Nimm mirs nicht krumm, Paulchen, aber ich kapier einfach nicht, wie man eine derartig lange Leitung haben kann. Die Sache ist doch klar wie Fensterglas. Dein Bauer hat vermutlich tatsächlich nicht geschossen. Aber zwischen ihm und dieser Magd ist was faul. Er oder sie oder beide haben diesen Fürst dazu angestiftet. Also wirklich, Paulchen. Dauert es bei dir immer so lange, bis der Groschen fällt?«

»Ich bin nicht Ihr Paulchen, und geduzt möchte ich auch nicht werden, kapiert?!«

Kull stand auf. »Es reicht jetzt, Sie Mimose!«, blaffte er. »Machen Sie doch, was Sie wollen. Aber hören Sie genau zu: Ich habe vorhin schon überlegt, ob ich es überhaupt riskieren darf, dass Fürst auf mich aufmerksam wird. Ich gebe Ihnen daher einen guten Rat, ja? Wagen Sie ja nicht, mir noch einmal in die Quere zu kommen, Sie Pfuscher!«

40

»Ihr Antrag liegt im Ministerium«, sagte Dr. Rosenauer, noch ehe Kajetan sich gesetzt hatte. »Der Herr Innenstaatssekretär hat mir in die Hand versprochen, die Sache vorrangig zu behandeln.« Er lehnte sich zufrieden zurück. »Ich würde sagen, die Zeichen stehen nicht schlecht.«

»Gut«, sagte Kajetan.

»Sie schauen ein bisserl abgekämpft aus, Herr Kajetan. Alles in Ordnung?«

»Schon. Bis darauf, dass mich die Schwabinger Kunstwelt um den Schlaf bringt.«

»Fein.« Rosenauer schob ihm ein Blatt Papier zu. »Hier erst einmal die Adresse von unserem Kunden. Johann Fürst, Pension Prokosch, gleich vis-à-vis von der Johann-Baptist-Kirch in Haidhausen oben. Nicht grad die nobelste Adresse, nebenbei bemerkt.«

»Danke.« Kajetan steckte die Notiz ein.

»Keine Ursache. War nicht weiter schwierig. Ich sagte ja, die Ermittlungstechnik hat sich seit Ihren Tagen weiterentwickelt.« Er präparierte eine Brissago und zündete sie an. »Mein Mitarbeiter hat mich übrigens darauf hingewiesen, dass es sich bei diesem Fürst um einen alten Kunden handelt. Ich habe daraufhin einen kurzen Blick in die Kartei geworfen. Er taucht einmal bei Vorermittlungen zu einem Fall im Mai 19 auf, wo er mit seinem Vorgesetzten an der Erschießung eines angeblichen Spartakisten beteiligt gewesen sein soll. Die Sache ist damals untergegangen, nicht aber, dass er vor ungefähr vier Jahren wegen Diebstahls vor Gericht stand. Er hat in einem Krankenhaus lange Finger gemacht. Morphium. Trauriger Fall, dieser Fürst. Stammt aus dem Niederbayerischen, ist als Waise von einer Pflegefamilie zur anderen gereicht worden, wurde dabei in den meisten Fällen verdroschen und ausgenutzt. Trotzdem scheint er sich immer wieder am eigenen Schopf aus dem Dreck gezogen zu haben, denn bis zu seiner Einberufung hat er ein wenn auch ärmliches, so doch anständiges und arbeitsames Leben geführt. Nützt Ihnen das was?«

»Schon«, sagte Kajetan.

»Eigentlich ein verdienter Mann, dieser Fürst. Ehemaliger Heeresflieger, das wurde nicht jeder. Abwärts ging es mit ihm im mehrfachen Sinne des Wortes, nachdem er mit seinem Kampfflugzeug abgestürzt und schwer blessiert worden ist. Das Gericht zeigte in dieser Diebstahlssache jedenfalls Milde, weil auch der Gefängnisarzt bestätigt hatte, dass er an den Verletzungen noch lange gelitten haben musste. Ob er heute noch süchtig ist, kann ich nicht sagen, ausgeschlossen ist es nicht. Geben Sie also Obacht. Leute wie er sind unberechenbar.«

»Werd ich tun.«

»Schön. Mit Herzberg kommen Sie noch immer gut aus?« Kajetan nickte.

»Und dieser Fall selbst? Sie kommen voran?«

Kajetan nickte. »Mit der Adresse, die ich jetzt hab, auf jeden Fall.«

Wie ich den Mann aber anpacken soll, weiß ich noch nicht, dachte er.

»Wenn ich mich recht erinnere, so haben Sie doch bereits herausgefunden, dass sein Alibi falsch war, oder nicht?« Dr. Rosenauer schüttelte den Kopf. »Kaum zu glauben, dass es nicht schon damals überprüft worden ist. Ist doch wirklich das kleine Einmaleins jeder Ermittlung.«

»Man hat es sich geschenkt, weil es von seinem damaligen Kommandeur bestätigt worden ist.«

Rosenauer sog an seiner Brissago. »Handelte es sich bei diesem damaligen Vorgesetzten übrigens um einen gewissen Major Hugo von Lindenfeld?«

Kajetan nickte überrascht.

»Ich fand es vorhin nicht der Erwähnung wert, dass Johann Fürst in den Jahren danach immer wieder einmal für ihn tätig war«, erklärte Rosenauer und fügte mit ironischem Lächeln hinzu: »Der Major scheint jedenfalls eine sehr fürsorgliche Ader für seine ehemaligen Untergebenen zu haben.« Er stutzte und kniff die Augen zusammen. »Was habens übrigens da über Ihrer Schläfe? Diese Beule da? Ein Unfall?«

Kajetan wehrte ab. Nicht der Rede wert. Er berichtete vom Überfall auf ihn.

»Der Kerl, nach dem Sie suchen, war bereits hinter Ihnen her?«, sagte der Kripo-Leiter mit ungläubiger Miene. »Was ist das? Eine Komödie?«

Kajetan grinste schief. »Dafür wars nicht lustig genug.«

»Aber habens denn eine Erklärung dafür, warum er auf sie losgegangen ist?«

Kajetan zuckte die Schultern. Darüber hatte er sich ebenfalls schon den Kopf zerbrochen. Zwar hatte er mit mehreren Leuten über Fürst gesprochen, doch keiner von ihnen hätte eine Veranlassung gehabt, den Mann auf ihn zu hetzen.

Rosenauer stippte bedächtig seine Asche in eine Schale. »Und dass es sich tatsächlich um den Fürst gehandelt hat, wissen Sie von diesem Detektiv aus Berlin? Der wiederum selbst hinter ihm her gewesen sein will? Wie soll denn das zu verstehen sein? Hat der Doktor Herzberg vielleicht einen weiteren Ermittler engagiert? Ohne es Ihnen zu sagen? Wirklich, eine bizarre Geschichte.« Er kniff die Augen zusammen. »Oder was für eine Erklärung hat Ihnen Ihr Kollege für dieses seltsame Aufeinandertreffen gegeben?«

»Er hat von einem Flugzeugabsturz erzählt, den er für eine Versicherung aufklären soll.«

»Ach. Und er vermutet, dass dieser Fürst etwas damit zu tun zu hat?«

Kajetan nickte unbestimmt. »Schaut danach aus.«

»Wirklich seltsam, das alles.« Rosenauer wischte wie abwesend Aschereste von der Tischplatte. »Ich nehm an, dass es da um den Absturz vor einigen Wochen im Chiemgau geht. Wahrscheinlich sucht die Versicherung nach Argumenten, um sich vor der Auszahlung drücken zu können.« Er schüttelte belustigt den Kopf. »Aber Zufälle gibts, nicht wahr? Diesem dürfen wir sogar noch dankbar sein. Wär doch einigermaßen ärgerlich gewesen, wenn Sie kurz vor Ihrem Wiedereintritt noch unter die Räder gekommen wären, hm?« Wieder stieg eine Rauchwolke empor. Der Kripo-Chef blinzelte. »Was denkens übrigens? Könnens die Arbeit für den Doktor Herzberg vorher noch abschließen? Der Fall scheint mir doch einigermaßen kompliziert. Wie wollens überhaupt weiter vorgehen?«

»Wenn ichs so genau wüsst«, sagte Kajetan.

»Vielleicht kann ich Ihnen den einen oder anderen Rat geben?«

»Glaub nicht. Was der Doktor Herzberg braucht, sind neue Beweise.«

»Aber das falsche Alibi von diesem Fürst ist doch schon mal was?«

»Sagen Sie und sag ich. Aber obs fürs Gericht ausreicht?«

Rosenauer nahm die Zigarre aus dem Mund. »Da könntens recht haben. Das allein wird nicht überzeugen, solang nicht auch der Lindenfeld einknickt und bestätigt, dass Fürst damals noch in der Näh vom Tatort gewesen sein muss.« Er überlegte. »Aber jetzt mal eins und eins zusammengezählt: Aus der Tatsach, dass Fürst und dieser Major Lindenfeld damals gelogen haben, kann doch geschlossen werden, dass da was vertuscht werden soll. Woraus in der Umkehr logisch folgt, dass die beiden Informationen haben müssen, die mit diesem Mord zusammenhängen. Oder?«

»Aber wenns schon schwierig werden wird, den Fürst zum Reden zu bringen, dann erst recht beim Major.«

Rosenauer wiegte den Kopf. »Möglich.« Ein feines Schmunzeln kräuselte seine Lippen. »Aber würd es Sie sehr wundern, wenn ich sag, dass es manchmal nicht zu vermeiden ist, gewisse ausgetretene Pfade zu verlassen?«

»Das heißt jetzt was?«

Rosenauer zuckte leichthin die Achseln. »Na, ich – wenn ich an Ihrer Stelle und nicht ein Mann des Gesetzes wär, der ich aber nun einmal bin – würd mir eben überlegen, wie dieser Major etwas gesprächiger gemacht werden könnte, verstehens mich?« Er beugte sich vor und senkte die Stimme. »Beispielsweise mit einer Aussicht, die einen Geschäftsmann, der derzeit von der wirtschaftlichen Konjunktur eh ein wenig gebeutelt wird, nicht sonderlich erfreulich sein dürfte. Nämlich, dass bekannt wird, dass er im letzten Kriegsjahr bei mehreren Bauern im Werdenfelser Land Pferde requirieren hat lassen und das mit der Notwendigkeit des Endkampfes, für den jeder Opfer zu bringen hätt, begründet hat. Er aber dann so dreist war, nicht nur die Tiere einem adeligen Gutsbesitzer ausgerechnet im gleichen Amtsbezirk mit Aufpreis zu verkaufen, sondern auch einen harmlosen Redakteur, der darüber in seinem Blatt eine vage Andeutung gemacht hatte, eine Kugel in die Brust zu jagen. Und dass ihm bei seiner selbstherrlichen Exekution dieses angeblich brandgefährlichen Spartakisten mit großer Wahrscheinlichkeit ein Untergebener namens Johann Fürst assistiert hat, dessen Schweigen er sich vermutlich unter anderem mit seiner Falschaussage im Fall Rotter erkauft hat.« Rosenauer lehnte sich zufrieden zurück. »Was meinen Sie? Was wird er wählen, unser Held? Dass diese Schweinerei wieder ans Tageslicht kommt, oder dass er sich lediglich die kleine Lässlichkeit vorwerfen lassen muss, sich im Trubel des glorreichen Abwehrkampfes gegen die bolschewistische Gefahr bloß ein bisserl in der Uhrzeit vertan zu haben?«

Kajetan nickte zweifelnd. »Aber wie würd der Fürst drauf reagieren?«

»Na, wie wohl? Natürlich wird er probieren, den Lindenfeld seinerseits hinzuhängen.« Der Kripo-Chef lachte. »Aber meinen Sie im Ernst, dass Gericht und Öffentlichkeit einem soeben überführten Mörder noch einen Funken Glaubwürdigkeit zugestehen?« Er zog seine Taschenuhr hervor und klappte den Deckel auf. »Oh«, sagte er. Er stand eilig auf. »Sinds mir nicht bös, Herr Kajetan. Aber das Tarocken in der ›Südtiroler Stuben‹ kann ich unmöglich auslassen.« Er zwinkerte vertraulich. »Das wäre übrigens meine letzte Empfehlung, mein Lieber. Man muss sich hin und wieder die eine oder andere Entspannung gönnen.« Auch Kajetan hatte sich erhoben und rückte den Sessel an den Schreibtisch. Rosenauer schlüpfte in seinen Mantel und griff nach der Türklinke. »Denkens immer dran, Herr Kajetan: Wie soll einer dafür sorgen, dass es unserer Gesellschaft besser geht, wenn er zu dumm ist, sichs selber gut gehen zu lassen?«

Kajetan lachte. »Werds mir durch den Kopf gehen lassen.«

»Fein«, sagte der Kripo-Chef. Er zog die Tür auf und ließ Kajetan an sich vorbeigehen. »Alles Gute«, sagte er. »Wir sehn uns bald wieder, ja?«

41

Ein Schimmer des Wiedererkennens leuchtete im Gesicht der Kellnerin der »Walserstube« auf, als Kull das Lokal betrat. Er stampfte sich den Straßenkot von den Schuhen und steuerte einen der Fensterplätze an, von dem aus er gute Sicht auf den Eingang der Pension Prokosch hatte.

In der Nähe des gusseisernen Ofens tuschelte ein Pärchen miteinander, am Tisch neben der Schänke schwiegen sich zwei klobige Handwerker vor ihren Bierkrügen an, die Füße von sich gestreckt. Neben Kull waren zwei schäbig gekleidete Pensionäre in ihr Schachspiel vertieft. Mit dem Ticken eines alten Regulators vermischt, war hin und wieder das gedämpfte Zischen eines Wagens zu hören, der den regennassen Platz querte.

Das Mädchen stieß sich vom Buffet ab und näherte sich seinem Tisch.

Kull bestellte eine Melange, zündete sich eine Zigarette an und sah auf den nebelverhangenen Platz. Nur wenige Passanten und Radfahrer waren unterwegs. Von der Johannisstraße kommend zog ein ambulanter Händler einen Gemüsekarren über das Pflaster. Am Eingang der Pension Prokosch rührte sich nichts.

Kurze Zeit später brachte das Mädchen das dampfende Getränk, rückte das Zuckergefäß zurecht und wischte mit dem Handrücken imaginäre Krümel von der Tischplatte. Sie rieb sich die Oberarme und wies mit einer Kopfbewegung nach draußen.

»Grausig heut wieder, das Wetter, hm?«

Kull widersprach nicht. Er führte die Tasse an seinen Mund. Der Kaffee war heiß und schmeckte nach Zichorie. »Geht halt langsam auf den Winter zu«, setzte sie nach. »Aber nachmittags solls besser werden.«

»Vermutlich.«

Das Mädchen wiegte sich träge in den Hüften. »Der Herr sind nicht von da, gell?«

Kull vermied, sie anzusehen. »Woran wollen Sie das erkennen?«

Zieh Leine, dachte er. Ich bin bei der Arbeit.

»Man hat so seine Kenntnis«, meinte sie. »Vor allem hört mans.«

»Soso.« Er sah wieder auf die gegenüberliegende Seite des Platzes. Ein schwarzer Simson-Supra näherte sich von der Nordseite des Platzes und glitt langsam an der Pension vorüber.

»Sie werden beruflich da sein, hm?« Das Mädchen fing Kulls reservierten Blick auf und zuckte die Schultern. »Ich mein bloß. Weil um die Zeit hats wenig Fremde. Bei uns in Haidhausen heroben schon gleich gar nicht. Zum Sehn gibts ja nichts.«

»Meinen Sie?«, gab Kull zurück, während sein Blick einer Trambahn folgte, die ihm die Sicht auf die Pension nahm. Gedämpft drang metallenes Kreischen in die Gaststube. Der Regen hatte sich abgeschwächt. Mehrere Frauen eilten Körbe tragend über den Platz und verschwanden in der schmalen Gasse, die zum Markt am Wiener Platz führte. Die Kellnerin gab auf und kehrte hinter die Theke zurück.

Kull dehnte sich. Noch immer fühlte er sich wie gerädert. In der vergangenen Nacht war er erst weit nach Mitternacht in sein Bett gefallen. Er hatte seine Beschattungsaktion abgebrochen, nachdem Fürst wieder mit einer Horde Betrunkener in einem verwahrlosten Haus in der Altstadt verschwunden war.

Kulls Tasse war fast leer, als die Turmuhr schlug. Er warf einen Blick auf das Zifferblatt des Regulators. Elf Uhr. Fürst hatte seine Schlafstelle noch nie so spät verlassen. War er bereits ausgeflogen?

Von der Metzgerstraße näherten sich zwei Passanten, die Hüte schützend in die Stirn gezogen, die Hände in den Manteltaschen vergraben. Vor der Pension blieben sie stehen und sahen prüfend die Fassade empor. Sie schienen sich kurz zu beraten. Dann verschwanden sie in der Tür.

Kull setzte die Tasse ab. Er atmete unwillkürlich schneller. Ohne die gegenüberliegende Häuserfront aus den Augen zu lassen, rief er nach der Kellnerin. Sie zog ihre Arme aus der Spüle, wischte sich die Hände an ihrer Schürze ab und setzte sich bedächtig in Bewegung.

Die Tür der Pension öffnete sich. Die beiden Männer hatten Fürst in ihre Mitte genommen. Hastig kramte Kull in seiner Geldbörse nach Münzen, drückte sie dem Mädchen in die Hand und hastete ins Freie.

Er sah gerade noch, wie das Trio an der Ecke der Preysingstraße einen dunklen Simson-Supra bestieg und sich in den Verkehr in Richtung Osten einfädelte.

Kull starrte ihnen nach.

Die Herrschaften machen plötzlich Tempo, dachte er beunruhigt. Was zum Teufel ist passiert? Habe ich etwas übersehen?

42

»Wenn die Bemerkung gestattet ist, Eure Exzellenz. Die Kur auf Schloss Bühlerhöhe scheinen Eurer Exzellenz sehr gutgetan zu haben.«

Der Außenminister setzte Messer und Gabel ab und maß seinen Untergebenen unwillig. »Gut getan hat mir nur, eine Weile nicht von meinen Mitarbeitern belästigt zu werden.«

»Es war unumgänglich, Eure Exzellenz müssen mir zustimmen.«

»Ja…«, sagte Stresemann gedehnt. »Aber wollten Sie außer dem, dass ich nach Ihrer Ansicht wieder vor Gesundheit strotze, noch etwas mitteilen? Hat Major Bischoff geschluckt, was Sie ihm sagten?«

»Er lässt Eurer Exzellenz herzlichste Grüße und beste Wünsche für das Wohlergehen Eurer Exzellenz übermitteln.«

Der Außenminister trennte ein Fleischstück ab, führte es zum Mund, ließ das Besteck aber wieder sinken. »Sie sind aber nicht zu mir gekommen, um mich deshalb beim Essen zu stören. Und mich mit Dingen zu beschwatzen, die ich mir bereits denken konnte?«

Der Staatssekretär schüttelte den Kopf. »Ich dachte mir, ich sollte Eure Exzellenz in dieser Sache davon in Kenntnis setzen, dass ich kürzlich eine Unterredung mit Major von Lindenfeld hatte. Er rief mich an. Die Sache lässt ihm offensichtlich keine Ruhe. Soweit ich es heraushören konnte, scheint er um seinen guten Ruf besorgt zu sein.«

Der Außenminister mampfte. »Soso. Und was geht uns das an?«

Der Staatssekretär senkte die Stimme: »Er deutete unter dem Siegel strengster Verschwiegenheit seine Vermutung an, dass es tatsächlich ein geheimes Kommando der Nationalsozialisten gewesen sein könnte, das das Geld rauben wollte. Was aber aus noch ungeklärten Gründen schiefgegangen sein muss und, wie bekannt, mit der Vernichtung des Geldes endete.«

»Aber Beweise dafür hat er nicht, richtig?«

Der Staatssekretär verneinte bekümmert.

»Nichts anderes habe ich erwartet«, sagte Stresemann. »Schubarth! Sehen Sie denn nicht, dass der Mann Derartiges nur deshalb in die Welt setzt, weil er davon ablenken will, dass er möglicherweise Mist gebaut hat? Idiotisch, wenn Sie mich fragen.« Er ließ das Besteck sinken und schob den Teller von sich. »Auch deshalb, weil Lindenfeld dabei vergisst, dass es, träfe diese abenteuerliche Vermutung tatsächlich zu, den Schluss nahelegt, dass er selbst es mit der Geheimhaltung nicht sonderlich genau genommen haben kann.«

»Das scheint ihm bewusst zu sein. Aber nach wie vor bestreitet er vehement, dass in seiner Umgebung ein Leck gewesen sein könnte. Er gibt zu bedenken, dass sich der verunglückte Bordmechaniker durchaus Zugang zu den Abflugzeiten verschafft haben könnte. Und von diesem Mann habe er in Erfahrung bringen können, dass eine Zugehörigkeit zur NSDAP nicht gänzlich ausgeschlossen werden kann.«

Der Außenminister sah Schubarth scheel an.

»Und damit rauben Sie mir die Zeit? Mit einer Spökenkiekerei, die sich der Mann aus den Fingern saugt, um von seinem Versagen abzulenken? Im Übrigen haben wir nach wie vor keine Gewissheit, dass es sich nicht doch um einen bedauernswerten Flugunfall gehandelt hat. Wie geht es eigentlich mit den Ermittlungen Ihres Meisterdetektivs voran? Der Mann kreucht doch offensichtlich schon eine ganze Weile in Bayern herum. Haben Sie vielleicht doch wieder einmal aufs falsche Pferd gesetzt, Schubarth?«

Die Wangen des Staatssekretärs verfärbten sich. Er hüstelte. »Er hat seinen Bericht für morgen angekündigt. Ich werde Eure Exzellenz umgehend davon in Kenntnis setzen.«

»Das wäre außerordentlich wünschenswert, mein lieber Schubarth.« Stresemann sah an ihm vorbei. »Besser jedenfalls als mich darüber auf dem Laufenden zu halten, ob sich in München jemand in die Hose macht. Ich habe leider noch ein paar wichtigere Sorgen.«

Schubarth schloss kurz die Augen und neigte den Kopf.

»Das ist mir bewusst, Eure Exzellenz«, sagte er mit belegter Stimme. »Ich dachte lediglich …«

Der Außenminister unterbrach ihn mit einer Handbewegung. »Aber wenn ich es recht bedenke, wäre diese Variante nicht einmal die Übelste. Wir wären fein raus. Dann nämlich wäre es nicht ein ungünstiges Schicksal, das Bischoff in seinen Schlamassel gebracht hat, sondern seine eigene Nachlässigkeit.«

Wieder hüstelte der Staatssekretär. »Das war es, was ich Eurer Exzellenz damit mitteilen wollte.«

Stresemann überging seinen Einwurf. Er nickte grimmig. »Bischoff kann sich auf den Kopf stellen. Wenn er, der sich doch als meisterlichster Stratege aller Zeiten fühlt, nicht einmal imstande ist, seinen eigenen Transport zu schützen, dann soll er die Sache mit dem Diebsgesindel selbst ausfechten.«

Staatssekretär Schubarths Rücken krümmte sich leicht.

»Ich bin mit Eurer Exzellenz völlig einer Meinung.«

43

Der schwarze Simson-Supra überquerte die Zoobrücke und erklomm den Isarhang. Fürst beugte sich zwischen den Vordersitzen nach vorne.

»Zu was eigentlich solche Umständ?«, fragte er. »Ich wär auch zu ihm rausgefahren.«

Allzu viel wird der Geizkragen eh nicht springen lassen, dachte er. Wozu also der Aufwand?

Über dem Kragen des Beifahrers bildete sich ein Wulst, als er sich nach hinten drehte. »Darfst uns nicht fragen, Kamerad. Wir haben unsere Anweisungen, verstehst?«

»Weiß man ja, wie grantig der Herr Major werden kann, wenn man sich nicht dran hält«, ergänzte der Mann an seiner Seite. Er war hager, sein jung wirkendes Gesicht narbig.

Allerdings, dachte Fürst. Schlaftrunken hatte er den beiden Männern die Tür geöffnet. Sie erklärten, von Major von Lindenfeld beauftragt worden zu sein, ihn zu einem Treffen abzuholen. Der Herr Major habe gemeint, Fürst wisse schon Bescheid.

Fürst hatte erfreut genickt. Lindenfeld hielt sein Versprechen. Er ließ ihn nicht hängen. Vermutlich nicht gern, aber egal.

Aber wohin fuhren sie überhaupt? Das Büro des Majors war doch in Unterföhring?

»Bloß ein bisserl aus der Stadt raus«, erklärte der Fahrer. »Der Herr Major hat gemeint, für gewisse Sachen wärs besser, wenns so wenig Zeugen wie möglich gibt.«

»Verstehe«, sagte Fürst. »Ist nie verkehrt.«

»Eben.«

Der Fahrer sah geradeaus. Im Dorfzentrum von Grünwald verlangsamte er die Fahrt und bog in die Tölzer Straße ein. Bald hatten sie die letzten Häuser des Vororts verlassen. Es hatte zu regnen aufgehört. Auf den Feldern stand Nebel.

Der stiernackige Beifahrer gähnte. »Bissl nervös kommt er mir aber schon vor in letzter Zeit, unser Herr Major.«

»Könntst recht haben«, meinte der Fahrer. »Aber gehts uns was an? Jeder hat heutzutag so seine Sorgen, oder?« Er drehte Fürst sein Profil zu. »Hab ich nicht recht, Kamerad?«

»Kann sein«, gab Fürst zurück. Eine leichte Übelkeit überkam ihn. Er kippte den Kopf zurück und schloss die Augen. Er hätte gestern nicht so viel saufen sollen. Er hörte plötzlich, wie Schotter gegen den Wagenboden prasselte. Er sah hinaus. Sie hatten die Hauptstraße verlassen und befand sich auf einem Feldweg. Als hätte er Fürsts Unruhe erspürt, wandte sich der Beifahrer um und nickte ihm beruhigend zu.

»Wir habens gleich.« Kurze Zeit später trat die Piste in ein Waldstück ein und senkte sich zum Flusstal hinab. Nach einer weiteren Abzweigung bremste der Fahrer ab und hielt vor einem gedrungenen Jagdhaus.

Fürst sah sich verwundert um. Die Fensterläden waren verriegelt. Wo war der Major?

»Sind wir zu früh, oder was?«

»Glaub nicht.« Der Stiernackige hielt die Pistole auf ihn gerichtet und machte eine unmissverständliche Bewegung. »Raus.« Der Fahrer hatte bereits den Wagen umrundet und empfing ihn auf seiner Seite. Auch er hatte eine Pistole gezückt.

Mit erhobenen Händen stieg Fürst aus. Sein Magen verkrampfte sich. Ein Stoß mit der Pistole trieb ihn in das Innere der Hütte. Der Hagere drehte seine Arme auf den Rücken, fesselte ihn und drückte ihn auf einen Schemel. Eine Sturmlaterne flammte auf. Der Stiernackige verstaute seine Waffe am Gürtel und stellte seine Beine aus.

»Wir haben glatt vergessen, dem Herrn Major Bescheid zu sagen, dass wir vorher ein bisserl mit dir reden müssen, Fürst. Aber das wirst dir ja schon gedacht haben, oder?«

»Was … was …«, stammelte Fürst. Der Hagere schlug zu. Ein rasender Schmerz schoss durch Fürsts Schulter. Eine Stahlrute, wusste er. Ein weiterer Schlag folgte, diesmal auf seinen Oberarm. Fürst brüllte auf, ein Krampf erfasste seinen Körper. Er stürzte zu Boden.

»Tut nicht grad gut, gell?«, hörte er. »Es geht aber so lang weiter, bis du uns sagst, was wir von dir wissen wollen.«

Der Hagere griff in seinen Nacken und zog ihn mit einem Ruck wieder auf den Sitz.

Ein Hustenkrampf schüttelte Fürst. »Was … was …?«

»Du weißt es«, hörte er. »Aber vielleicht brauchst doch noch eine kleine Nachhilfe.«

Wieder sirrte die Stahlrute.

»Ich red ja!«, röhrte Fürst.

»Das ist gescheit«, sagte der Hagere. »Dann los.«

»Sie …«, Fürst atmete hechelnd. »Sie wars … Ja! Sie!«

Die beiden Männer wechselten einen Blick.

»Sie?«, fragte der Hagere.

»Ja! … die Milla hats mir eingeredet … sie hat mir gesagt, dass sie beim Rotter bloß so tun, als hätten sie nichts … derweils im Geld grad so schwimmen … und dass die Bäuerin wieder einen Haufen Geld dabeihaben wird, wenns heimkommt … dann hab ichs eben abgepasst … aber sie hat sich gewehrt und … hat mich erkannt … und hat zu schreien angefangen …« Seine Stimme ging in haltloses Schluchzen über. »Und … und ein Geld hats auch keins gehabt …«

»Kommst du da mit?«, fragte der Stiernackige.

Der Hagere dachte nach. »Glaub schon«, sagte er schließlich. »Unser Freund probierts auf die raffinierte Tour. Spielt auf Idiot.«

Sein Kompagnon hob die Stahlrute. Der Hagere gebot ihm mit einer Handbewegung Einhalt. Er beugte sich zu Fürst hinab.

»Du hast es scheints allweil noch nicht begriffen, Freunderl«, sagte er. »Wir werden dich so lang ausquetschen, bis du uns alles gesagt hast.« Er hielt eine glänzende Klinge vor Fürsts geweitete Augen. »Und damit du dirs nicht zu leicht machst und uns umfällst, wirds immer grad so wehtun, dass dus noch spürst.«

»Aber … was wollts … denn noch?«, wimmerte der Gefangene.

»Dass du uns jetzt genau sagst, was in der Zeit passiert ist, nachdem du einen bestimmten Koffer von der Bank in der Ludwigstraß abgeholt hast. Und bevor du ihn auf dem Oberwiesenfeld in den Flieger gelegt hast.«

Ein haltloses Zittern durchlief Fürst. »Nichts …«, keuchte er.

»Du hast das Geld abgeholt, Fürst. Dann hast du die Frachtkiste hergerichtet. In ein Seitenfach hast du den Sprengstoff und die Zeituhr eingebaut. Dann aber hast nicht das ganze Geld reingetan, sondern bloß noch ein paar hundert Mark. Damits danach ausschaut, als wär die Kiste voll gewesen.« Er griff unter Fürsts Kinn und hob es mit einem Ruck hoch. »Jetzt wär bloß noch die Frage, wo du das ganze Heu versteckt hast.«

Fürst starrte ihn aus blutunterlaufenen Augen an. Sein Mund zuckte.

Der Stiernackige richtete sich wieder auf. »Ich möcht ehrlich zu dir sein, Fürst. Du bist schon tot. Genauso tot wie unser

Kamerad Hartinger, den du auf dem Gewissen hast. Du kommst nimmer raus aus der Geschicht, glaubs uns. Du kannst dir bloß noch aussuchen, ob du dein Maul aufmachst und wirs dann kurz und schmerzlos hinter uns bringen.« Er trat hinter Fürst und griff nach dessen Hand. »Oder halt so.«

Fürst wand sich verzweifelt unter dem eisernen Druck, mit dem der Hagere seine Schultern nach unten presste. Er spürte das Metall der Klinge.

»Schöne Finger hat er«, sagte der Hagere. »So fein.«

»Spielt bestimmt Klavier«, sagte der Stiernackige.

»Aber ob sichs mit neun Fingern auch noch so gut anhört?«

»Oder mit noch weniger?«

Fürst fühlte den Stahl.

»Ich red!«, schrie er.

44

Rotters eingefallene Züge belebten sich unmerklich, als sich der Anwalt durch die Bettenreihen des Zuchthauslazaretts näherte.

»Sie …«, flüsterte er.

Herzberg sah ihn besorgt an. Der Häftling hatte zuletzt jede Nahrungsaufnahme verweigert. Erst als er ohnmächtig aufgefunden wurde, hatte man sich bequemt, den lebensgefährlich Kollabierten in das Lazarett zu verlegen und seinen Anwalt zu informieren.

»Wie können Sie nur so eine Dummheit begehen«, schalt ihn der Anwalt milde. »Was in Gottes Namen wollten Sie denn mit ihrem Hungerstreik erreichen, Herr Rotter?«

»Es ist kein … kein Streik nicht gewesen«, sagte der Gefangene mit brüchiger Stimme. »Ich … ich hab einfach … nimmer mögen …«

Er wollte raus, dachte Herzberg bestürzt. Egal wie. Und wenn es auf der Totentrage war.

Er atmete durch. »Hören Sie, Rotter. Unterstehen Sie sich, auch nur daran zu denken! Wenn Sie jetzt aufgeben, habe ich all die Jahre umsonst für die Sache gekämpft!« Er beugte sich vor und fuhr eindringlich fort: »Die Eingabe an das Oberlandesgericht ist so gut wie fertig, ich brauche nur noch ein, zwei Tage, um sie abzuschließen. Wir haben wichtige neue Beweise gefunden, Herr Rotter. Wir können jetzt endgültig nachweisen, dass sämtliche belastenden Augenzeugenberichte wertlos sind. Und dass das Alibi des Mannes, der sich zur Tatzeit in der Nähe des Mordschauplatzes aufhielt, nicht stimmen kann.«

Rotter wandte Herzberg das Gesicht zu. Der Anwalt nickte nachdrücklich: »Sie haben richtig gehört. Dieser Schlosser, der am Nachmittag des Mordtages auf ihrem Hof war, hat eindeutig gelogen.«

»Der …?«, sagte der Gefangene.

»Jawohl, gelogen!«, sagte der Anwalt triumphierend. »Und damit sind die entscheidenden Punkte widerlegt, die damals zu Ihrer Verurteilung führten. Kein Zeuge hat Sie beim Verlassen des Hofes gesehen, und eine andere Person hat sich zum Tatzeitpunkt in der Nähe des Geschehens aufgehalten. Damit geht es jetzt nur noch darum, die Spekulationen über Ihr angebliches Motiv auszuhebeln. Aber auch da bin ich mir sicher, dass wir in Kürze zu einem Ergebnis kommen werden.«

»Aber … aber wieso … soll der …?«

»Entweder hat er Ihre Frau aus schlichter Habgier getötet, oder …«, Herzberg zögerte, »… er wurde dazu angestiftet.«

Der Gefangene glotzte ungläubig. Der Anwalt nickte bekräftigend.

»Von wem, kann ich Ihnen noch nicht beantworten. Aber es ist nicht auszuschließen, dass ihre damalige Magd etwas damit zu tun haben könnte. Ich habe zwar noch keine endgültige Bestätigung, aber es besteht sehr wohl die Möglichkeit, dass sich Köller und Fürst schon von früher her kannten.«

»Die Ludmilla? Angestiftet?«, flüsterte Rotter. »Aber wieso denn? Die Fanny hat ihr doch nichts getan.«

Herzbergs Blick ruhte nachdenklich auf dem Gesicht des Liegenden. Ja, verdammt, dachte er. Wieso.

Er öffnete fragend die Hände. »Vielleicht hat sie sich davon versprochen, die Stelle der Bäuerin einzunehmen? Sie haben doch selbst eingeräumt, dass Sie sich gut mit ihr verstanden hätten.«

»Schon ...« Das Sprechen bereitete dem Bauern Mühe. »Aber dass die Ludmilla so was ... das kann nicht sein. Sie hat nie ... nie danach getan, dass sie mich ... Ich hätts doch merken müssen ... und ich hab ihr kein einziges Mal irgendwas ... irgendeine Hoffnung gemacht ...« Er schüttelte den Kopf. »Nein, Herr Doktor. Nie hätte sie so was getan. Die Ludmilla ist allerweil handsam und vernünftig gewesen.«

»Ich glaube Ihnen ja, dass Sie diese Wahrnehmung hatten, Herr Rotter. Aber in Erwägung ziehen müssen wir es. Es besteht nämlich kein Zweifel daran, dass Fräulein Köller Ihnen mehr als zugetan war und es im Übrigen noch immer ist. Und wenn ihre Gefühle für Sie auch noch heute derart stark sind, dann ist nicht auszuschließen, dass sie damals noch um vieles stärker waren.«

»Aber die Ludmilla kann den Kerl nicht dazu angestiftet haben, Herr Doktor. Sie hat ihn doch höchstens zwei, drei Stunden gesehen. Und auch da sind die meiste Zeit ich und die Fanny dabei gewesen. Wie kann eins da einen überreden, so was zu tun?«

»Richtig, das ist ziemlich unwahrscheinlich«, räumte Herzberg ein. »Die einzige Erklärung wäre, dass Fräulein Köller diesen Burschen von früher her kannte. Immerhin wissen wir, dass beide einen Teil ihrer Jugend in Neumarkt an der Rott und Umgebung verbracht ...« Er unterbrach sich und lächelte unfroh. »Aber zugegeben, es ist vorerst nicht mehr als eine Hypothese.«

Der Blick des Gefangenen wanderte zur Decke des Krankenraums. Er presste die Lider zusammen.

»Aber was auch immer das Motiv des Täters war, Herr Rotter«, fügte der Anwalt entschlossen hinzu. »Wir werden es herausfinden. Ebenso, ob Ludmilla Köller darin verwickelt ist. Denn, und damit wiederhole ich mich, es deutet alles darauf hin, dass sie damals in Sie verliebt war.«

Rotters Gedanken schienen weit entfernt zu sein. Eine Weile war nichts als sein röchelnder Atem zu hören.

Halt durch, dachte Herzberg. Behutsam berührte er die Schulter des Gefangenen und rüttelte sie sacht.

»Dann hätt sie mich also doch noch gemocht…«, murmelte Rotter.

Herzberg stutzte. Hatte er sich verhört? Sein Puls ging unwillkürlich schneller. »Was meinten Sie eben?«

Rotters Augen blieben geschlossen. Er atmete tief ein. »Wenn stimmen tät, was Sie sagen, Herr Doktor, dann… dann hätt sie mich ja doch noch gemocht… am Anfang wenigstens…«

»Was meinen Sie mit ›noch‹?!«, stieß Herzberg hervor. »Sagen Sie jetzt bloß nicht, dass – Rotter! Haben Sie mich doch die ganze Zeit belogen?! Sie schworen, kein Verhältnis mit Ihrer Magd gehabt zu haben!«

Rotter öffnete die Augen. Gepeinigt schüttelte er den Kopf. »Ich hab Sie nicht angelogen, Herr Doktor! Sie… Sie haben mich gefragt, ob ich neben der Fanny mit der Ludmilla was gehabt hab, und das hab ich nicht. Aber frühers… ganz frühers einmal… es ist bloß ganz kurz gewesen, und… nichts Wichtiges… ich bin halt ein junger Bursch gewesen damals…«

Der Anwalt war aufgesprungen. »Was, Rotter! Was!!«, brüllte er außer sich.

»Herr Doktor!« Der Wärter räusperte sich warnend aus dem Hintergrund. »Alles was Recht ist. Wir sind da im Lazarett, gell?«

Herzberg hörte es nicht.

»Reden Sie, Rotter«, keuchte er. »Reden Sie endlich.«

45

Ludmilla zog die Tür des Waschhauses hinter sich zu. Sie beugte sich zu einem gefüllten Wäschekorb, richtete sich mit einem Ruck auf und stapfte über den Kies des Vorplatzes auf den Seiteneingang des Haupthauses zu. Als sie um die Ecke bog, sah sie Kummerer gegen die blendende Herbstsonne. Er stand auf einer Leiter und stocherte mit einer kurzen Schaufel in der Dachrinne, um sie von verrottetem Laub zu säubern. Sie stellte den Korb ab, legte ihre Hand schützend über ihre Augen und rief tadelnd zu ihm hinauf: »Lass das doch von wem machen, Gide.«

»Bis da mal einer kommt«, gab er zurück, vor Anstrengung keuchend. »Außerdem kost das alles bloß wieder einen Haufen Geld.«

Sie beobachtete, wie er sich zur Seite beugte und mit einer Hand am Rand der Blechrinne festhielt. Die Leiter schwankte. Sie schüttelte unmerklich den Kopf. Wie ungeschickt er sich wieder anstellte.

»Aber gib Obacht«, sagte sie besorgt.

»Keine Sorg. So tatterig bin ich dann auch noch nicht.« Er unterbrach seine Arbeit und feixte einfältig zu ihr hinab. »Meinst nicht auch?«

Sie antwortete nicht, hob den Korb und ging zum Haus. Sie drückte die Klinke mit dem Ellenbogen herunter und trat in den dunklen Flur. Die massive Tür fiel scheppernd hinter ihr ins Schloss.

Plötzlich befahl ihr etwas, nicht weiter zu gehen. Ein Schauer kroch ihr über den Rücken, sie krümmte sich fröstelnd, klapperte mit den Zähnen. Ihre Knie gaben nach, sie ließ den Korb fallen, stürzte auf das Treppengeländer zu und klammerte sich an den Knauf. Sie atmete hechelnd. Die Lider wie im Krampf zusammengepresst, vernahm sie ein leises Wimmern. Im selben Moment wusste sie, dass sie es war, aus deren Kehle es drang.

Es klang wie damals.

Als sie noch nicht einmal vierzehn war und der tyrannische Neumarkter Bräu auf sie eindrosch, immer wieder. Bis sie ihm, schon halb ohnmächtig, ihre Knie öffnete.

Und als ihr einige Jahre später ihr Geliebter ankündigte, er würde in ein paar Tagen das Aufgebot bestellen. Aber dass man auf der Schautafel des Gemeindeamtes nicht ihren Namen lesen würde.

Einen Sommer waren sie und Ignaz Rotter hinter dem Rücken des cholerischen Bräuwirts zusammen gewesen. Sie hatte den unbekümmerten und kräftigen Fuhrgehilfen geliebt, sein freundliches Gesicht, seinen breiten, lachbereiten Mund, den Schalk in seinen Augen, seine Lust zu leben. Mit ihm hatte sie zum ersten Mal in ihrem Leben das Gefühl gehabt, dass sie mehr war als Unrat, der dankbar dafür sein musste, dass man sie überhaupt aufgenommen hatte. Dass es jemand gab, der sie begehrte, der vor Wohlgefühl seufzte, wenn sie ihn umarmte. Der sie, seinen zerbeulten Waldlerhut schief auf dem Kopf, beim Tanz jauchzend herumwirbelte. Mit dem sie zum ersten Mal erfuhr, dass die Liebe nichts mit Schmutz und Erniedrigung zu tun haben musste, sondern auch etwas Heiteres sein konnte. Die Liebe zu Ignaz verlieh ihr Kräfte, die sie nie zuvor an sich verspürt hatte. Zuvor war sie ein dünnes, abgehärmtes Wesen, jetzt aß sie wieder mit Appetit, ihr Körper rundete sich weiblich, auf ihre Wangen kehrte die Farbe zurück. Sie hatte gespürt, dass auch Ignaz mit ihr glücklich war. Sie sah voller Hoffnung in die Zukunft. Bald würde sie achtzehn. Einwände des Amtsvormunds gegen eine Heirat waren nicht zu erwarten, er würde froh sein, sie vom Hals zu haben. Dann endlich würde sie dem Mief der Stallungen entfliehen können, den Nachstellungen des geilen Wirts, dem Gefühl von Hilflosigkeit und Unwert. Sie liebte ihn mit jeder Faser ihres Körpers. Schon der Gedanke an seine Berührungen ließ sie erbeben.

Bis zu dem Tag im Herbst, an dem er ihr seinen Entschluss mitteilte. Freimütig gestand er, dass er seine Braut nicht sonderlich liebe. Aber diese habe nun mal einen Hof geerbt. Nie wieder würde er so eine Chance bekommen. Sein Leben lang habe er von einem eigenen Bauernhof geträumt – Ludmilla sei doch vernünftig und könne das bestimmt verstehen. Schon, gell?

Ihr Kopf musste sich geweigert haben, das Gehörte zu verstehen, denn sie hatte wie ein Automat genickt. Er war erleichtert, schwätzte noch ein wenig mit ihr. Hätten sie nicht eine schöne Zeit miteinander verbracht? Aber was nützte es, wenn er doch nichts hatte und auch sie nur wenig mehr als das, was sie auf dem Leib trug? Sie reichten sich die Hände und verabschiedeten sich. Ignaz war ein wenig melancholisch gewesen und ihrem Blick ausgewichen.

Als sie wieder allein war, dachte sie: Hat er nicht gehört, wie es in meiner Brust gekracht hat? Wie es mir das Herz zerrissen hat?

Wochenlang war sie wie versteinert gewesen. Doch sie zerbrach nicht. Sie fühlte, dass es sie vernichten würde, wenn sie diesen ungeheuren Verrat hinnähme. An dem Platz in ihrem Innersten, den zuvor ihre Liebe ausgefüllt hatte, machte sich stählern kalter, grenzenloser Hass breit.

Sie nahm den Kampf auf. Ihr Dienstherr war ihr erstes Opfer.

Der mächtige Brauereibesitzer war ohne Chance. Gnadenlos hatte sie ihn beiseite gefegt. Von einem Anonymus angezeigt (so jedenfalls verlautete es aus der Neumarkter Gendarmerie) und der Vergewaltigung und Schwängerung einer seiner minderjährigen Stallmägde angeklagt und verurteilt, erhängte sich der Bräu wenige Wochen später in einer Zelle des Landshuter Zuchthauses. Unter dem neuen Eigentümer stieg Ludmilla rasch zur weitum geachteten Großdirn auf.

Dann, zu Lichtmess des letzten Kriegsjahres, traf sie Ignaz am Rande des Dingolfinger Dienstbotenmarkts wieder. Zufällig, wie sie ihn glauben machte. In Wirklichkeit hatte sie ihn nie aus den Augen gelassen und erfahren, dass er Sorgen hatte. Er war aufrichtig erfreut, sie zu sehen. Auch sie tat, als habe sie ihm verziehen. In einem Gasthaus am Stadtplatz plauderten sie miteinander, fast wie in alten Zeiten. Bald schon kippte Ignaz' gute Laune. Er war froh, jemandem sein Herz ausschütten zu können. Vertrauensvoll schilderte er Ludmilla, wie er auf seinem Hof zu kämpfen habe. Ungeschickt sei seine Bäuerin, das wenige Geld werfe sie zum Fenster hinaus, grundlos lege sie sich mit der Nachbarschaft an, verstände sich weder auf Stallarbeit noch auf das Kochen. Dumm sei sie zudem, klagte er, sie keife ihm die Ohren voll, und mittlerweile grause es ihn nur noch, wenn er die Schlafkammer betrat. Aber das sei noch das geringste Problem, denn wirklich geliebt habe er sie ja nie. Sorgen mache er sich nur um den Hof. Wie bisher könne es unmöglich weitergehen, sonst käme der Hof über kurz oder lang auf die Gant. Er sei deshalb auf den Lichtmessmarkt gekommen, um nach einer tüchtigen Dienstbotin Ausschau zu halten. Bisher habe sich jedoch außer ein paar kränkelnden und zerwerkelten Alten oder Weibsbildern mit fragwürdigen Zeugnissen, denen Liederlichkeit und Faulheit aus dem Gesicht sprang, keine Magd dazu bereit erklärt.

Was er diesen auch nicht verübeln könne, angesichts des lächerlichen Jahreslohns, den er anbieten könne.

Ludmilla hatte verständnisvoll zugehört. Sie schlug ein. Er war erleichtert. Schon nach wenigen Wochen hatte sie sich auf dem Rotterhof unentbehrlich gemacht. Die Schikanen der labilen und neiderfüllten Bäuerin ließ sie klaglos an sich abperlen. Wurde es wieder einmal zu viel, sorgte Rotter mit einem Donnerwetter für Ruhe. Bald ging es mit dem Hof wieder bergauf. Sie wartete.

Als sie bei einer ihrer Besorgungsfahrten nach Dingolfing bei einer Heimkehrerfeier einen jungen Mann wiedersah, den sie noch aus ihrer Kindheit kannte, gewann ihr Plan Gestalt. Dass der entlassene Soldat seelisch gebrochen war, ein ausgehungertes Nervenbündel mit zitternden Händen, hatte sie sofort erkannt.

Sie gab sich betroffen, bestärkte ihn in seiner Verbitterung, teilte mit ihm seine Empörung über die bäuerischen Geizkrägen, die auf ihren Vorräten säßen und nicht daran dächten, jenen etwas zuzustecken, die für das Vaterland gekämpft hatten und statt eines Danks nun vor einer ruinierten Zukunft ständen. Sie deutete an, dass auch ihr Dienstherr leider keine Ausnahme sei, obwohl er sich eine gelegentliche Spende sehr wohl leisten könnte. Sie selbst könne leider nicht viel für ihn tun. Aber vielleicht wäre es einen Versuch wert, einmal beim Rotterhof vorbeizusehen? Er dürfe jedoch keinesfalls zu erkennen geben, dass sie es war, die ihm diesen Hinweis gegeben hatte. Und er solle sich auch nicht als Bettler ausgeben, sondern Arbeit anbieten.

Der junge Mann war der Empfehlung gefolgt und eines Tages auf dem Hof erschienen. Wie zu erwarten war, verhielt sich die engstirnige Bäuerin feindselig. Erst nach einer harschen Zurechtweisung Rotters ließ sie sich dazu bewegen, dem vermeintlichen Schlossergesellen wenigstens noch einige Schöpfer der

Mittagssuppe zukommen zu lassen. Es blieb dem frustrierten Besucher nicht verborgen, dass der Bauer, bevor er sich schließlich zur Stallarbeit verabschiedete, seine Frau anwies, bei einem Nachbarn Schulden einzutreiben. Nachdem sie aufgebrochen war, erklärte ihm Ludmilla in beiläufigem Ton, welchen Weg die Rotterin nehmen würde. Kurz vor Einbruch der Dämmerung verließ er den Hof. Da es bereits dämmerte, konnte er weder sehen, dass auf dem Nachbarhof eine ältere Frau gerade vom Stall zum Wohnhaus ging, noch, dass auf dem Hof gegenüber zwei Buben Cowboy und Indianer spielten.

Als man die Bäuerin wenige Stunden danach erschossen im Wald auffand, fiel der Verdacht sofort auf Rotter, da allgemein bekannt war, dass er mit seiner Frau in ständigem Unfrieden gelebt hatte. Ludmilla zeigte sich über die Anschuldigung erschüttert. Heftig beteuerte sie wieder und wieder, dass sich der Bauer zur Tatzeit auf dem Hof aufgehalten habe und niemals der Täter sein könne. Wie sehr sie Rotter damit schadete, weil ihre leidenschaftlichen Ausbrüche nur die Vermutungen der Ermittler bestärkten, war ihr bewusst. Auch das Risiko, dass man damit auch ihr eine Komplizenschaft anhängen könnte, schätzte sie richtig ein. Denn nie würde es einen Beweis für ein ehebrecherisches Verhältnis zwischen ihr und dem Bauern geben. Oder gar dafür, dass sie die Tat mit ihm ausgeheckt hatte. Sie selbst hatte ein Alibi. Und der eigentliche Täter würde schweigen, wollte er sich nicht selbst belasten.

Als Ludmilla zu Ohren kam, dass Rotter auf dem Schafott sterben sollte, fühlte sie kaum mehr als ein leichtes Frösteln. Sie schob es auf den Böhmischen Wind, der an diesem Tag über das Land fegte, und zog sich eine Wolljacke über. Sie empfand keinen Triumph, fühlte nur, wie sie die Gewissheit flutete, dass die Erde, auf der sie stand, nie mehr unter ihr wanken würde. Etwas war aus der Welt geschafft, was sich einst angeschickt hatte, sie zu vernichten. Es tat gut.

Doch das Tor ins Dunkel war durchschritten. Es regte sich schon nichts mehr in ihrer versiegelten Seele, als das Urteil in Lebenslänglich umgewandelt wurde.

Als sich dann der pfäffische Allgäuer Großbauer an sie heranmachte, hielt sie ihn auf Abstand. Er gab jedoch nicht auf, steckte ihr in unbeobachteten Momenten Geschenke zu, klagte ihr sein Leid mit seiner frömmelnden Ehefrau, die seine Leidenschaft nicht erwidere. Ludmillas Reserviertheit heizte sein Begehren noch an. Schließlich – er hatte sie mit einem fadenscheinigen Auftrag in die Heutenne befohlen – war er außer sich geraten und über sie hergefallen. Als sie sich ihm entwand und drohte, ihn öffentlich anzuschwärzen, bleckte er nur hämisch die Zähne. Was denke sie wohl, wem man Glauben schenken würde? Ihr, einer dahergelaufenen Stallmagd? Oder ihm, einem der angesehensten und einflussreichsten Bauern des Bezirks? Als ob auch nur einer aus der Gemeinde es wagen würde, sich mit ihm anzulegen! Er griff erneut an, aufgestachelt von ihrem Widerstand, lodernd vor Wut und Geilheit.

Ihr Blick fiel auf die Bodenluke. Als er, ihr Verstummen als ängstliches Einlenken deutend, erneut auf sie zustürmte und sie zu umarmen suchte, drehte sie sich mit einem energischen Ruck zur Seite, hakte nach seinem Fuß und versetzte ihm einen Stoß. Er stürzte kopfüber in die Tiefe, auf das darunterliegende Steinpflaster. Wenige Stunden später starb er, ohne das Bewusstsein wiedererlangt zu haben.

Keiner hatte den Vorfall mitbekommen. Niemand verdächtigte sie. Aufopfernd bemühte sie sich in den folgenden Wochen um die trauernde Familie. Sie betete noch häufiger als zuvor. In der Beichte, die sie regelmäßig ablegte, erwähnte sie nichts von ihrer Tat. Wie der leidige Traum einer Nachtwandlerin nach dem Aufwachen in Vergessenheit sinkt, war in ihr ausgelöscht, was sie getan hatte.

Doch auch der teigige Hagestolz, in dessen Stockdorfer Villa sie einige Monate später einstand, hatte mehr mit ihr im Sinn gehabt, als er es sie vor Dienstantritt hatte wissen lassen. Bald war sie seine lauernden Blicke und unbeholfenen Komplimente leid. Ihre Distanz machte dem Privatier mehr und mehr zu schaffen. Er flehte, drängte. Seine Devotheit, seine täppische Anmache, seine erpresserische Güte stießen sie nur umso mehr ab.

Eines Abends war er betrunken von einem Tarock-Abend nach Hause chauffiert worden. Sie hatte seinen schweren Körper ins Bett gehievt, ihn ausgezogen und voller Abscheu betrachtete. Der Geruch von Urin stieg ihr in die Nase, als er sich plötzlich wie ein verlorenes Kind an sie klammerte und ihr einen Heiratsantrag machte. Sie überlegte. Sie liebte ihn nicht und würde es nie tun. Aber immerhin – er war nicht bösartig. Eher einfältig und gutmütig. Und sie würde für immer versorgt sein. Sie ließ schließlich erkennen, nicht abgeneigt zu sein. Er war glücklich.

Das aber rief umgehend seinen in München lebenden Sohn, einen herrisch auftretenden, verknöcherten Assessor, auf den Plan. Durch die Kaminklappe im darüberliegenden Zimmer konnte Ludmilla den Streit verfolgen.

Der Junior hatte getobt. Wie könne sein Vater sich nur dazu herablassen, einer niederklassigen Bediensteten einen Antrag zu machen? Seines Standes unwürdig und lächerlich sei das, noch dazu in seinem Alter. Ob er sich nicht schäme? Sei ihm nicht klar, dass es seine Anwartschaft auf eine Beamtenstelle beschädige, wenn dies ruchbar würde? Wie könne er ihm das nur antun? Nicht nur ihm, sondern der gesamten Familie? Wenn ihn sein erbärmlicher Johannistrieb so arg plage, würde niemand etwas einwenden, wenn er sein Verhältnis fortführe. Aber, bitte, mit Rücksicht auf seine Familie doch in angemessener Diskretion, ja?!

Der Alte knickte ein. Sich vor schlechtem Gewissen windend, stotterte er von einem kleinen Aufschub, für den er sie um Verständnis bat. Sie würde es doch einsehen, nicht wahr?

Wieder hatte sie zugehört. Schweigend, mechanisch nickend.

Er war erleichtert. Es sei schön, dass sie ihn verstehe. Und so vernünftig sei.

Vernünftig, hallte es in ihr nach.

Etwas platzte in ihr. Sie löste sich vom Treppengeländer. Ihr Puls stampfte jetzt, sie rannte ins Freie, gegen das blendende Licht, packte die unterste Sprosse der Leiter und riss sie um. Kummerer gab einen verblüfften Laut von sich, dann stürzte er in die Tiefe. Ludmilla ging auf den Liegenden zu, griff unter seinen Nacken und betrachtete das Gesicht des Sterbenden. Aus den aufgerissenen Augen Kummerers sprach Fassungslosigkeit. Seine Lippen bewegten sich zuckend, als wollten sie Worte formen. Statt ihrer quoll ein blutiges Rinnsal hervor. Sein Blick brach. Sie streichelte über seine Stirn.

Geh, dachte sie. Geht alle. Wieder empfand sie das Gefühl tiefen Friedens.

Ein gellender Schrei ertönte. Ludmilla erwachte aus ihrer Betäubung und zwinkerte gegen die sengenden Strahlen der Nachtmittagssonne.

Am Gartentor stand ein kleines Mädchen mit Zöpfen und Hahnenkammfrisur, in der Hand noch den Herbstblumenstrauß, den sie der verehrten Nachbarin gepflückt hatte. Ludmilla ließ Kummerers Kopf zurückfallen und schoss empor. Das Gesicht zur Grimasse entstellt, duckte sie den Kopf zwischen die Schultern wie ein von einer Hundemeute gestelltes Wild.

»Ich habs gesehen!«, kreischte das Mädchen und rannte davon.

Wenige Stunden später wurde Ludmilla Köller in der Nähe des Würmufers festgenommen. Sie wehrte sich wie eine Tobsüchtige. Erst die Ohrfeigen des Polizisten brachen ihren Widerstand.

Der diensthabende Kriminalinspektor in der Münchner Polizeidirektion brach das Verhör bald ab. Er besprach sich mit seinen Kollegen und dem Leiter der Kriminalabteilung. Dann ließ er der Universitäts-Nervenklinik die Überstellung einer zweifelsfrei Wahnsinnigen ankündigen.

Als auf den Fluren der Kriminalabteilung wieder Ruhe eingekehrt war, ließ sich der Inspektor mit einem Ächzen in seinen Sessel plumpsen. Er zündete sich eine Zigarette an und paffte eine Weile vor sich hin. Dann wandte er sich an seinen Kollegen: »Nach dem, was ich aus dem ganzen Gefasel rausgehört hab, fürcht ich fast, dass wir nicht drum rum kommen werden, uns den einen oder anderen kalten Fall aus letzter Zeit noch einmal vorzunehmen. Was meinst?«

Der Angesprochene nickte mürrisch.

»Fürcht ich auch.« Er seufzte. »Aber ist eh schon egal. Wir haben ja sonst nichts zu tun.«

46

»Richte diesem Plagegeist aus, dass er seinen Bericht morgen, spätestens übermorgen in Händen hat!«, bellte Kull in die Sprechmuschel.

»Wird gemacht, Chef. Hör ich aus Ihrer wieder mal besonders guten Laune heraus, dass Sie den Fall schon fast gelöst haben?«

»Dusselige Frage«, schnaubte Kull. »Natürlich! Sag mir lieber, was du noch herausbekommen hast. Und ein bisschen presto, ja? Bin in Eile.«

»Erst mal noch eine Ergänzung zu Ihrem ›Schutzbund‹. Ist vielleicht nur am Rande interessant, wirft aber ein treffendes Licht auf diesen Verein. Sein Führer, dieser Major Bischoff, hat sein Zelt nicht zufällig in Österreich aufgeschlagen. Er hat sich deshalb aus dem Staub gemacht, weil er einer der Hauptverdächtigen im Luxemburg- und Liebknecht-Mord ist. Scheint so, als wärs ihm trotz Amnestie noch immer zu riskant, sich im Reich sehen zu lassen.«

»Hm«, brummte Kull. Hat erst mal nichts mit meinem Fall zu tun, dachte er.

»Weiter? Was hast du über die Firma von diesem Lindenfeld rausbekommen?«

»Außer Mutmaßungen und Andeutungen wenig, dazu bin ich einfach zu weit weg. Eine florierende Ziegelfabrik scheint aber anders auszusehen. Seine Fabrik ist irgendwo im Münchner Norden. Haben Sie nen Stift für die Adresse?«

»Denkst du, ich liege hier auf der faulen Haut?!«

»Hoffe doch nicht auf ner schönen Münchnerin.«

Kull schnappte nach Luft. »Bertha!«, wetterte er. »Ist das der Ton, in dem man mit seinem Chef spricht?«

»Mit manchem schon. Und ein bisschen Spaß dürfen Sie mir ruhig vergönnen, wenn Sie schon sonst so knauserig sind.«

Großartig, dachte Kull. Die Kleine ist einfach großartig.

»Ich hab jetzt absolut keine Zeit für dein dummes Gequatsche, ja?«, knurrte er. »Was ist mit dem Rest? Oder war das schon wieder alles?«

»Nicht ganz. Ich hab noch was zu den Nazis. Die scheinen im Moment nicht bloß Sorgen mit ihren Wählern zu haben, sondern auch mit ihren Finanzen. Sie sind nahezu pleite und mussten sogar ihren diesjährigen Parteitag in Nürnberg absagen.«

Passt, dachte Kull. »Sonst noch was?«

»Nein, Chef. Außer, dass Emil wieder auf den Knien vor mir herumrutscht. Aber das ist Ihnen ja egal.«

Kull legte grußlos auf und atmete durch, die Fäuste geballt.

Emil, dachte er. Kaum ist man einmal ein paar Tage weg, tanzen die Mäuse auf dem Tisch. Na warte!

Er hastete aus dem Telefonamt. Vor dem Bahnhof winkte er einer Droschke und ließ sich in den Fond fallen.

»Oberföhring«, befahl er. »Und bisschen Tempo-Tempo, wenn ich bitten dürfte, kapiert? Habs eilig.«

Der Fahrer rührte sich nicht. »Das hab ich jetzt grad ein bisserl schlecht verstanden«, sagte er.

Kull begriff.

»Bitte«, sagte er gepresst.

Der Fahrer grunzte befriedigt und legte den Gang ein.

47

Es reicht nicht, dachte Kajetan, während er sich das lauwarme Wasser der Pensionsdusche über seinen Rücken rieseln ließ. Herzberg macht sich was vor. Er muss vor Gericht mehr auf den Tisch legen als die Vermutung, Fürst könnte sich zur Tatzeit in der Nähe des Tatorts aufgehalten haben und somit der Mörder sein. Was sein falsches Alibi betraf, würde sich Fürst eine läppische Ausrede einfallen lassen, Lindenfeld einen lässlichen Irrtum geltend machen. Niemand würde es nach all den Jahren noch widerlegen können.

Wir brauchen mehr, dachte Kajetan. Fürst muss überführt werden. Es darf keine Zeit mehr mit nutzlosen Observationen vergeudet werden.

Es gibt nur noch einen Weg. Er muss dazu gebracht werden, einen Fehler zu begehen.

Die Chancen standen nicht schlecht, Fürst war gewalttätig, hatte mit seiner kopflosen Attacke in den Isarauen aber auch gezeigt, dass er leicht die Nerven verlor. Er musste in Unruhe versetzt werden, musste zur Überzeugung kommen, dass es nur noch eine Frage der Zeit war, bis man ihn verhaftete. Und man musste ihm einreden, dass Lindenfeld ihn belasten würde, um seinen eigenen Hals zu retten.

Das Gasventil schloss sich, das Wasser wurde kalt. Kajetan fluchte, stieg aus dem Duschbecken, trocknete sich ab und ging in sein Zimmer zurück, um sich anzuziehen.

Eine halbe Stunde später sprang er am Wiener Platz vom Trittbrett der Tram und marschierte zum Johannisplatz.

Die alte Hausbedienstete, die er auf dem Flur der Pension Prokosch antraf, war schlecht gelaunt.

»Der Herr ist schon fort«, sagte sie kurz angebunden.

»Wissen Sie zufällig …?«

»Sollt ich mich jetzt auch noch drum kümmern, wo einer hingeht?«

»Entschuldigens, ich kann mich jetzt grad nicht dran erinnern, dass ich nicht höflich gefragt hätt.«

Die Alte lenkte mürrisch ein. »Sinds mir nicht bös, Herr. Aber ich bin heut allein und hab einen Haufen Arbeit. Ich weiß nicht, wo der Herr hin ist oder wann er wieder da ist. Heimkommen tut er auch immer, wenn anständige Leut schon lang im Bett liegen. Ich weiß bloß, dass ihn zwei Herrschaften am Vormittag abgeholt haben.« Sie verstummte und sah über seine Schulter zur Eingangstür. Ein junger Polizist war eingetreten. Er tippte grüßend an seinen Pickelhelm und wandte sich an die Alte.

»Sprech ich mit der Inhaberin?«

Sie wandte sich um und rief in den Hintergrund. »Frau Prokosch! Polizei!«

Eine Tür klapperte. Die Pensionsbesitzerin rauschte heran.

»Die Polizei schon wieder? Unerhört! Wir sind ein anständiges Haus, bitte ja?«

»Bleibens ganz ruhig, Frau«, sagte der Gendarm. »Ich wär bloß wegen einer Identitätsermittlung da.«

»Wegen was?!«

»Bloß um eine Identität täts gehen«, wiederholte der Polizist sachlich. »Ist bei Ihnen eine Person abgängig, weiblich, Alter ungefähr Mitte zwanzig, eventuell jünger, ein bisserl korpulent, zirka eins fünfundsechzig groß, dunkelbraunes Haar?« Er fügte erklärend hinzu: »Sie hat einen Zettel dabeigehabt, wo Ihre Adresse drauf zu lesen gewesen ist.«

»Das Moidl …«, hauchte die Alte.

Die Pensionsbesitzerin warf ihr einen unwilligen Blick zu. »Du bist nicht gefragt, Erna. In die Küche, ja?« Sie wandte sich wieder dem Beamten zu. »Und ob! Das feine Fräulein darf sich als entlassen betrachten. Diese lose Person kommt mir nicht mehr über die Schwelle. Sie ist heute früh nicht zum Dienst erschienen!«

Die alte Köchin hatte sich nicht von der Stelle bewegt. Wankend trat sie vor den Polizisten und sah zu ihm hinauf. Tränen schossen ihr in die Augen.

Der Wachtmeister nickte ernst.

»Gestern Nacht, ja«, sagte er. »In den Stauden von der kleinen Isar, beim Museum unten. Aber zum Glück ist grad einer vom Schwanenwirt rausgekommen und hats gehört. Sie liegt im Schwabinger Krankenhaus draußen. Reden kann man noch nicht mit ihr, und die Doktoren wissen auch noch nicht, ob sie durchkommt.«

48

Binnen einer einzigen Generation hatte sich die Einwohnerzahl der Stadt München mehr als verdreifacht. Aus der biederen Residenzstadt war die drittgrößte Stadt des Deutschen Reiches geworden. Zwischen Reichsgründung und Weltkrieg erlebte die Bauwirtschaft einen rauschhaften Aufstieg. Ob monumentale Regierungsgebäude im Zentrum, prachtvolle Villen oder Mietskasernen in den Vorstädten – die Ziegel für Mauerwerk und Dächer wurden aus dem Lehm der Föhringer Flur im Nordosten der Stadt gefertigt. Die einheimischen Unternehmer lockten für das Schlagen und Brennen der Ziegel friaulische Saisonarbeiter nach München. Aus der unscheinbaren Landschaft um die Föhringer Dörfer, die über Jahrhunderte nur aus einigen Dutzend bäuerlicher Anwesen mit ein paar Hundert Einwohnern bestanden, waren begehrte Gewerbestandorte geworden, um die sich die Spekulanten rissen. Nach Krieg und Inflation kam das Gewerbe bald wieder auf Touren. Die stagionali aber, die man in den Zeiten nationaler Besoffenheit als unerwünschte Ausländer schmählich ausgeschafft hatte, kehrten nie mehr wieder.

Kull ließ sich am Ortsende von Oberföhring absetzen. Nachdem er sich versichert hatte, dass ihm niemand gefolgt war, marschierte er nach Norden. Der Himmel hatte aufgeklart, ein kalter Wind trieb abgestorbenes Laub und Staub vor sich her.

Schon ragten hinter den Alleebäumen der Münchner Straße die ersten Schlote der Brennöfen auf. Die über eine weite, metertief abgetäufte Senke verteilten Ziegeleien erstreckten sich bis zum Horizont.

Am Bahndamm blieb Kull stehen. Die Lindenfeldsche Fabrik war einer der letzten Betriebe, die sich an die Straße nach Freising reihten. Kull schlug den Kragen hoch, bog von der Landstraße ab und betrat einen Schotterdamm.

Sein Plan stand. Die Zeit für Umwege und Tricks war vorbei. Gaunern wie Lindenfeld war nur beizukommen, indem man sie dazu brachte, sich selbst ein Bein zu stellen. Zwar war der Major kein Dummkopf, wie er mit seinem gewieften Vorgehen schließlich gezeigt hatte. Doch seine Schwachstelle war seine Gier.

Würde er alle Anschuldigungen noch als unbewiesene Spekulation parieren – aufhorchen würde er, wenn sich sein Gegenüber als nicht minder korrupt und rücksichtslos zu erkennen gäbe.

Kull würde ihm auf den Kopf zusagen, hinter der ganzen Schweinerei zu stecken. Und ihm ein Geschäft vorschlagen: Ein Anteil an der Beute dafür, dass weder das Ministerium, noch sein Kamerad Bischoff und die Nazis von seinen Machenschaften erfuhren.

Wäre der Major unschuldig, würde er ihn ohne Umschweife vor die Tür setzen. Wenn nicht, würde er unruhig werden, sofort die Konsequenzen abwägen. Und zuletzt reagieren, wie auch immer.

Danach würde es für Kull nur noch darum gehen, eine Weile auf der Hut zu sein. So lange, bis Lindenfeld in die Falle tappte.

Staub wirbelte auf. Zwei Lastwägen mit leerer Ladefläche rumpelten auf eine der Ziegeleien zu; in den meisten der Betrieben wurde noch gearbeitet. Die Piste teilte sich. Ein staubig verschliertes Schild wies den Weg zur Fabrik Lindenfelds. Nach einer Reihe schier endlos langer Trockenstadel erreichte Kull wieder freies Gelände. Die Schotterstraße führte in einer leichten Kehre auf eine Ansammlung von Gebäuden zu, die vom villenartigen Hauptgebäude und der massigen Anlage des Ringofens überragt und gegen Osten von einer mit Stauden bewachsenen Böschung begrenzt wurden. Dahinter weitete sich Ackerland. Kull schlenderte über die zur Ziegelei führende Abzweigung hinaus. An der Stelle, wo der Wirtschaftsweg die Staudenlinie durchbrach, schlug er sich zur Seite und schlich im Schutz des Gebüschs an die Ziegelei heran. Bald hatte er einen Platz erreicht, von dem aus er auf den Innenhof sehen konnte.

Kull runzelte die Stirn. Der Platz vor dem Verwalterhaus und dem Brennofen lag wie ausgestorben vor ihm. Vor dem Portal des Hauptgebäudes parkte eine dunkle Adler-Limousine. Sein Blick schwenkte nach oben. Aus dem Schornstein stieg feiner Rauch. Die Ziegelei war also in Betrieb. Wo aber waren die Arbeiter?

Gebückt arbeitete sich Kull vorwärts.

Dann sah er, halb verdeckt in einer verschatteten Lücke zwischen Presshaus und Ofen, den dunklen Simson-Supra.

Du hast gepennt, Kull, dachte er. Die Kerle sind dir zuvorgekommen. Sie haben Fürst hierher gebracht, haben ihn und Lindenfeld wahrscheinlich längst in der Zange. Und wenn sie ihr Geschäft verstanden, hatten sie irgendwo auf dem Gelände eine Wache postiert, um vor Überraschungen geschützt zu sein.

Kull fluchte leise und duckte sich tiefer. Die kleine Beretta drückte gegen seine Brust. Das Tageslicht hatte abgenommen. Von den Äckern im Osten säuselte dünner Wind heran. Als er sich für einen Moment abschwächte, horchte Kull auf.

Aus dem Verwalterhaus drang ein dumpfes, unregelmäßiges Hämmern.

Hört sich nicht gut an, dachte Kull. Gar nicht gut.

49

Kajetan überlegte. Bis er Fürsts Spur wieder aufnehmen konnte, würde zu viel Zeit vergehen. Er würde Rosenauers Rat befolgen. Major von Lindenfeld musste dazu gebracht werden, seine frühere Aussage zurückzuziehen. Das Gericht käme nicht mehr umhin anzuerkennen, dass es noch andere Tatverdächtige gab. Es wäre verpflichtet, dieser Möglichkeit nachzugehen. Und damit konnte auch das Wiederaufnahmeverfahren nicht mehr abgelehnt werden.

Er sah auf die Kirchturmuhr. Halb vier. Wenn er sich beeilte, könnte er Major von Lindenfeld noch in seinem Firmenbüro antreffen. Er fuhr mit der Tram zum Ostbahnhof. Er hatte Glück. Der »Krautexpress« nach Ismaning stand zur Abfahrt bereit. In Unterföhring verließ er den Lokalbahnhof und machte sich nach Süden auf.

Im Westen näherte sich ein schmales Wolkenband der untergehenden Sonne. Über dem Horizont glühte der Himmel in zerfließenden Farben. Die Schatten wurden weich. Die Dämmerung brach an.

Dann sah er die ersten Schlote. Dünne Rauchsäulen stiegen in den dunkelblauen Himmel.

Noi siamo fornaciai … summte es in seinem Kopf. Ein wehmütiges Gefühl überfiel ihn. Bis zum Tod seines Vaters war hier seine Heimat gewesen. Seine Eltern, viele Familienmitglieder und er selbst hatten hier gearbeitet, Lehm gestochen, Ziegel geschlagen, die Öfen bestückt und beheizt. Seit seine Verwandten bei Kriegsbeginn aus dem Land gewiesen worden waren, war er nicht mehr hier gewesen.

Die Salcherische Ziegelei, in der er als Kind gespielt hatte, war längst aufgelassen und zu einem Arbeiterwohnheim verwandelt worden. Einer der Bewohner wies ihm den Weg.

Der Platz vor dem Verwalterhaus der Lindenfeldschen Ziegelei lag bereits im Schatten. Kajetan hatte zuvor in einigen anderen Ziegeleien noch Betriebsamkeit festgestellt. Diese jedoch wirkte wie ausgestorben. Er erinnerte sich. Um diese Jahreszeit wurden keine Ziegel mehr geschlagen, der Nachtfrost ließ es nicht mehr zu. Die Arbeiter waren entlassen, es wurden nur noch die bereits während der vergangenen Monate in der Luft getrockneten Ziegel gebrannt. Dafür genügten ein Heizer und hin und wieder einige Arbeiter, die die Öfen befüllten und leerten.

Kajetan marschierte auf das Verwalterhaus zu. Er klopfte an die Türe, wartete eine Weile, klopfte erneut. Nichts rührte sich im Haus. War der Besitzer nicht da? Aber hier stand doch ein Automobil?

Um sicherzugehen, drückte er die Klinke herunter. Die schwere Tür schwang zurück. Er ging einen Schritt in den Flur.

»Herr Major?!«

Er wiederholte seinen Ruf. Irgendwo knarzte eine Bohle.

Ein Geräusch ließ ihn herumfahren. Bevor er wusste, wie ihm geschah, wurde er am Arm gepackt, mit einem Ruck zur Seite gezogen und in ein Zimmer geschleudert. Schmetternd fiel die Tür ins Schloss. Im gleichen Moment fetzten zwei Schüsse durch die Türkassetten. Ein empörter Aufschrei und ein lauter Knall antwortete ihnen. »Wenn einer in die Nähe der Tür kommt, knallt es!«, brüllte Kull.

Kajetan lag auf dem Rücken. Benommen starrte er auf Kull,

der neben der Tür stand, die Beretta in Brusthöhe. Er warf Kajetan einen zornigen Blick zu und zischte:

»Habe ich dir nicht gesagt, dass du mir nicht mehr in die Quere kommen sollst, du Arschloch?!«

50

Schon als er die Gruftstraße entlangstürmte, hatte der Anwalt gesehen, dass die Fenster seines Büros erleuchtet waren.

»Sie?« Er schob die Tür hinter sich zu. »Aber ich sagte Ihnen doch …?«

»Und was ist mit der Strafsache Poschinger gegen Kammerloher?«, sagte Agnes. »Morgen früh läuft die Frist aus.«

Herzberg schlug sich mit der Hand auf die Stirn.

»Herrje!«

Sie bedachte ihn mit mütterlichem Augenaufschlag und sagte mild tadelnd: »Sehens. Das hab ich mir gedacht.«

Herzberg lächelte gerührt. Sie wich seinem Blick aus und tippte weiter.

»Fräulein Agnes … ich …«

»Ich habs gleich, Herr Doktor. Dann brauchens bloß noch unterschreiben.«

»Wunderbar.« Der Anwalt legte seinen Hut auf den Kleiderständer und knöpfte seinen Mantel auf. »Wunderbar«, wiederholte er. »Aber lassen Sie jetzt trotzdem alles liegen und stehen und kommen sofort zu mir herein, ja?«

Sie hörte zu tippen auf. »No? Dass Sies gar so gnädig haben, Herr Doktor?«

Der Anwalt war noch immer ein wenig außer Atem. »Es gibt gute Neuigkeiten im Fall Rotter. Aber wir müssen sofort handeln, Fräulein Agnes.«

»Sie haben …?«

Er reckte die Brust. »Ja. Ich denke, dass ich den wahren Mörder habe. Wie auch die Person, die alles nur deshalb eingefädelt hat, um Rotter vernichten zu können.« Er nickte energisch. »Wir stellen also nicht nur den Antrag auf Wiederaufnahme, sondern erstatten zusätzlich Anzeige gegen die beiden. Damit haben wir gewonnen!«

Er machte einen Schritt auf die Bürotür zu, drehte sich aber noch einmal um. »Hat sich eigentlich der Herr Kajetan schon gemeldet?«

Die Sekretärin schüttelte den Kopf. »Heut noch nicht.«

»Der lässt es aber auch gemütlich angehen«, sagte Herzberg. Er runzelte die Stirn. »Hockt wahrscheinlich schon längst im Gasthaus.«

»Sinds nicht so streng, Herr Doktor«, sagte Agnes. »Ich glaub, der hats manchmal auch nicht so leicht.«

51

»Du treibst mich noch in den Wahnsinn«, sagte Kull gepresst. »Was in Teufels Namen hast du Pfeife hier verloren?« Er gab ein verächtliches Knurren von sich. »Und du hast natürlich wieder mal keinen blassen Schimmer, was hier vor sich geht, stimmts?«

»Wer sind die da draußen?«, flüsterte Kajetan. Er kauerte im schmalen Winkel des Schrankes, mit dem sie die Tür verbarrikadiert hatten. Kull schlich gebückt heran und hockte sich neben ihn.

»Eine Sorte Mensch, die dem deutschen Volk unbedingt wieder Ehre, Pflichterfüllung und Opfermut beibringen möchte.«

»Nazen?«

»Aus dir wird direkt noch was, Paulchen.«

»Sie werdens ja wissen«, zischte Kajetan. »Und nennens mich nicht Paulchen, ja?«

»Das darf doch nicht wahr sein, du elende Mimose! Kapierst du nicht? Wir hocken gemeinsam im Dreck, Kollege! Würdest du also endlich aufhören, die beleidigte Leberwurst zu geben? Und mit deiner blöden Siezerei? Und mir vor allem erklären, wieso du mich schon wieder in einen Schlamassel bringen musst? Die Kerle hatten keinen Dunst, dass ich von hinten ins Haus bin, nachdem ich mir ausrechnen konnte, dass vorne einer von den Kerlen Schmiere steht. Ich wollte mich schon wieder verdrücken, als ich sehen muss, wie du Einfallspinsel auf das

Haus zugehst!« Er schnaubte. »Ich hätte dich abknallen lassen sollen, jawohl! Dann säße ich jetzt nicht in der Tinte!«

Kajetan schwieg verärgert. Die Wand hinter seinem Rücken vibrierte. Über ihm dröhnten Hammerschläge.

»Sie stemmen die Wand auf, um an den Tresor zu kommen«, erklärte Kull flüsternd. »Scheint aber nicht so einfach zu sein. Zu unserem Glück, denn so lang sind wir noch einigermaßen sicher. Vermutlich treiben sich in der einen oder anderen Ziegelei in der Nähe noch Leute herum. Die Kerle können nicht riskieren, dass von ihnen jemand die Polizei …«

Kajetan unterbrach hastig: »Aber das ist komisch …«

»Was?«

»Es müsst noch mindestens ein Arbeiter auf dem Gelände sein.«

»Quatsch. Davon hab ich nichts bemerkt. Die Kerle werden abgewartet haben, bis er Feierabend macht.«

»Feierabend, Blödsinn. Ich hab vorhin Rauch gesehen. Das heißt, dass der Brennofen in Betrieb ist. Und wenn er das ist, muss er Tag und Nacht beheizt werden! Mindestens ein Heizer muss noch drüben sein.«

Kull schwieg einen Moment. Dann sagte er verdrossen: »Dann ist zu befürchten, dass sie ihn gleich zu Beginn ausgeschaltet haben, um nicht gestört zu werden …«

Er ächzte leise.

»Was ist?«

»Nichts«, sagte Kull erstickt. »Ne kleine Schramme. Der Querschläger von vorhin.«

Er atmete tief durch. Dann sagte er: »Und du? Du wolltest diesem Fürst den Mord an deiner Bauersfrau anhängen, bist aber nicht weitergekommen, stimmts? Hast dann aber rausgekriegt, dass unser Major von Lindenfeld nicht bloß sein früherer Kommandeur war, sondern einer dem anderen auf irgendeine Weise verpflichtet sein muss.«

Kajetan bejahte unwillig. »Und du?«

»Warum ich hier bin? Vielleicht, weil unser Freund auch auf meiner Hochzeit tanzt?«

Kajetan erinnerte sich. »Der Absturz?«

»Es war Sabotage, wie vermutet. Es sollte eine Menge Geld ins Ausland geschafft werden, gute hunderttausend. Lindenfeld hat einen Plan ausgeheckt, um sich die Summe zu klemmen. Geholfen hat ihm dabei, dass er der Verbindungsmann zwischen meinem Auftraggeber in Berlin und einem ›Schutzbund für das Deutschtum im Ausland‹ war. Nie davon gehört?«

»Schutzbund?«

»Ja. Schon komisch, was? Schutzbund, Schutzstaffel – dauernd sind die Kerle sich am schützen. Müssen ja permanent in verschissenen Hosen herumlaufen. Wahrscheinlich haben sie sich deshalb die braune Farbe für ihre Uniform ausgesucht. Damit es nicht auffällt, wie ihnen die Kacke aus der Hose schwappt.«

Kajetan entfuhr ein leises Lachen.

»Wenns nur ein Witz wär, Paulchen«, seufzte Kull. »Wenns nur einer wär.«

»Paul«, sagte Kajetan. »Ich heiß Paul.«

Kulls seufzte leise auf. Sein Profil hob sich gegen den schwachen Lichtschein, der vom Fenster in das geräumige Büro drang.

»Und weiter?«, setzte Kajetan nach.

Der Ermittler atmete rasselnd. »Lindenfeld stand mit seiner Ziegelei kurz vor dem Bankrott. Also wanzt er sich an die Nazis ran, macht ihnen vor, eigentlich auf ihrer Seite zu stehen, steckt ihnen die Information vom bevorstehenden Transfer zu und unterbreitet ihnen einen Plan, wie sie an die Pinke kommen können. Sein Vorschlag lautet, dass ein als Bordmechaniker eingeschleuster Parteigenosse den Flug begleiten und den Flugzeugführer zwingen sollte, die Flugroute zu ändern und irgendwo auf einem Feld im Chiemgau zu landen, wo die Herrschaften das Geld in aller Ruhe aus der Maschine holen könnten.«

»Hm«, machte Kajetan. »Und was hat er davon?«

»Das war ja auch nur der erste Teil seines Plans. Die Nazis mussten natürlich darauf achten, dass der Verdacht nicht auf sie fällt. In den Schlagzeilen als ordinäres Raubgesindel entlarvt zu werden wäre ziemlich fatal für sie gewesen, gerade jetzt. Das Problem bestand darin, dass der Flugzeugführer keiner von ihnen war und bei dieser Aktion genug mitbekommen hätte, um der Flugpolizei Hinweise geben zu können. Dieses Problem sollte so gelöst werden, dass die Maschine nach erfolgtem Raub beim Rückflug abstürzt, wahrscheinlich irgendwo über dem Chiemsee. Dafür haben die Kerle in der Frachtkiste, die ja als Diplomatenfracht nicht kontrolliert wurde, eine Zeitbombe versteckt. Ganz schön gerissen, was?«

»So schlau auch wieder nicht. In dem Wrack wär bloß der Flugzeugführer gewesen.«

»Aber nur, wenn die Trümmer auf dem Boden gelandet wären und nicht in achtzig Meter Seetiefe. Zunächst klappte wohl auch alles. Der Bordmechaniker kaperte über Kufstein die Maschine und zwang den Piloten, nach Osten zu fliegen. Bevor er aber am vereinbarten Treffpunkt landen konnte, explodierte der Sprengsatz. Unsere Freunde waren natürlich zuerst einigermaßen zerschmettert, weil wieder mal einer ihrer grandiosen Pläne in die Hose gegangen war und sie mit dem Geld schon fest gerechnet hatten. Weil aber Gauner immer von sich ausgehen und deshalb davon, dass auch ihre Umwelt nur aus Gaunern besteht, wurden sie misstrauisch. Sie fingen an, die Absturzstelle nach

Resten des Geldes zu untersuchen. Einen Moment glaubten sie sogar, fündig geworden zu sein, weil ihnen zu Ohren kam, dass ein Hungerleider, der in der Nähe der Absturzstelle hauste, auf wundersame Weise zu Geld gekommen ist. Aber auch da zogen sie eine Niete, weil der arme Kerl höchstens ein oder zwei angesengte Hunderter eingesteckt hatte. In der Frachtkiste befanden sich nämlich nur ein paar Scheine, um den Anschein zu erwecken, sie wäre prallvoll gewesen. Was guckst du mich so zweifelnd an?«

»Red weiter.«

»Du ahnst, wo der Hase hinläuft?«

»Der Lindenfeld wollt auch die Nazen austricksen.«

Kull nickte. »Unser pfiffiger Major hat sie zu dieser ganzen Aktion angestiftet, um einen ganz anderen Plan zu verfolgen. Er holte das Geld von der Bank ab und versteckte es an einem sicheren Platz, wahrscheinlich hier irgendwo im Haus. Fürst, der ihm auf bizarre Weise ergeben war, erhielt von ihm den Befehl, die Frachtkiste mit einer Zeitschaltuhr zu versehen und diese so zu manipulieren, dass die Maschine vor der geplanten Landung in Innsbruck abstürzt. Das funktionierte dann auch bestens. Alles sah danach aus, dass das Geld dabei vernichtet worden ist. Lindenfeld, der gegenüber den Nazis wie auch seinen Auftraggebern den Erschütterten spielte, war fein raus. – Eigentlich nicht übel, was?«

»Weiter.«

Kull stockte. Kajetan konnte erkennen, dass sich der Detektiv krümmte.

»Diese … Hunde«, keuchte er.

»Was hast?«

Kull atmete schwer. »Die Schramme scheint … scheint doch ein bisschen tiefer zu sein …« Er richtete sich wieder auf. »Tja.

Den Rest kann ich kurz machen. Wie gesagt: Das Gefühl, dass an der Sache doch etwas faul sein könnte, sind die Geschröpften nie ganz losgeworden. Es erhielt Auftrieb, als sie mitbekamen, dass man mich mit der Sache betraut hatte. Da sie selbst nicht recht vorwärts gekommen waren, hefteten sie sich an meine Fersen. Was mir wiederum sehr recht war. Weil ich meinerseits darauf spekuliert habe, dass einer der Beteiligten irgendwann unruhig werden und einen Fehler machen würde. Ich hatte ja zunächst jeden in Verdacht, sogar meinen Auftraggeber. Dann aber war die Sache schnell klar. Ich wollte den Halunken heute aufsuchen, um ihm einen Vorschlag zu machen, den er nicht hätte ablehnen können, wenn er auch nur ein Gramm Hirn in seinem Schädel gehabt hätte. Nämlich, das Geld rauszurücken.«

»Und dann?«

»Hätte ich das Geld meinem Auftraggeber ausgehändigt, meinen Rapport abgeliefert und Schluss. Die Entscheidung, was mit Lindenfeld und Konsorten geschehen sollte, hat sich mein Auftraggeber vorbehalten.«

»Das heißt, der Lindenfeld wär womöglich verschont geblieben? So was lässt du durchgehen? Die Drecksau ist ein mehrfacher Mörder!«

»Reg dich wieder ab, du Moralapostel. Ich hab nie Zweifel daran gehabt, dass er nicht früher oder später dafür bezahlt. Unter meinen Busenfreunden befinden sich nämlich einige, die sehnsüchtig auf die Information gewartet haben, wer sie da über den Tisch gezogen hat.«

»Verstehe«, sagte Kajetan leise. Er kippte den Kopf nach oben. Die Schläge über ihnen wurden heftiger. »Aber jetzt ... wo ist er überhaupt? Oben?«

»Der Lindenfeld? Nein.«

»Hat er abhauen können?«

»Auch nicht. Wie ich vorhin reingeschlichen bin, hab ich ihn als Erstes gesehen.« Ein kurzer, harter Husten schüttelte den Detektiv. »Kannst froh sein, dass es hier dunkel ist«, sagte er. »Ist nichts für schlechte Nerven. Er liegt dahinten, zwischen Schreibtisch und Wandschrank. Sie haben ihn gefoltert. Aber … er muss ihnen unter ihren Fingern weggestorben sein, bevor er ihnen auch noch den Tresorcode verraten konnte. Wahrscheinlich Herzschlag. War schließlich nicht mehr der Jüngste.«

Kajetan schluckte. »Und der Fürst?«

»Den werden sie schon vorher ausgequetscht und dann erledigt haben.« Wieder hustete Kull. »Anders kann ich mir nämlich nicht erklären, wie sie so schnell auf den Major gekommen sind. Ich frag mich, woher …«

Er sprach nicht weiter. Die wummernden Schläge über ihnen waren in kurzes, nervöses Hämmern übergegangen. Dann trat eine Pause ein. Durch die Zimmerdecke waren gedämpfte Stimmen zu hören. Kajetan hörte, wie Kull die Luft anhielt.

»Verdammt«, flüsterte der Detektiv. »Sind sie etwa schon durch?«

»Was jetzt?«

»Hab ich doch gesagt. Stürmen werden sie nicht, sondern versuchen, uns auszuräuchern.«

»Dann müssen wir vorher raus«, sagte Kajetan.

»Und uns wie die Hasen abknallen lassen?«, fuhr Kull auf, senkte aber sofort wieder die Stimme. »Nein – ich hab zwar noch genügend Kugeln im Magazin, aber wir kämen nicht weit. Sie bewachen die Tür und die Fenster und warten bloß darauf, dass wir …«

Er sprach nicht weiter. Das Hämmern hatte wieder eingesetzt. Kull atmete rasselnd aus. Er redete schneller: »Aber wir haben nicht mehr endlos Zeit, Paulchen. Außerdem gehts mir beschissen. Mein linker Arm wird langsam taub.« Er holte schnaubend Luft. »Hör zu: Ich schätze, dass sie zu viert, höchstens zu fünft sind. Einer wird im Flur stehen, ein weiterer draußen. Die anderen kloppen noch oben rum. Wenn sie damit fertig sind, haben wir alle gegen uns. Außerdem wissen wir nicht, ob sie nicht schon längst Verstärkung angefordert haben. Das Telefon hier unten ist aus der Wand gerissen, aber möglicherweise gibts noch eins im ersten Stock.«

»Nicht gut«, sagte Kajetan.

»Hab mich auch schon besser amüsiert.« Der kleine Detektiv atmete schwer. »Und jetzt würd mich … brennend interessieren, ob du … ob du auch mal andere Einfälle hast, als die, mit denen du mich … dauernd in die Scheiße reitest. Irgend nen Kniff, Paulchen, verstehst du?«

Nenn mich nicht …!

»Ich habs«, sagte Kull. »Scheinausbruch.«

»Was?«

»Hör zu: Es gibt hier zwei nebeneinanderliegende Fenster. Mehr als einen Posten werden sie dafür nicht abgestellt haben. Er hat sich wahrscheinlich im Ofenhaus drüben verschanzt, das ist die beste Stelle. Auf ›Los!‹ markiert einer von uns am rechten Fenster, als würde er ausbrechen wollen. Damit zieht er sofort die Aufmerksamkeit auf sich, sieht aber gleichzeitig am Mündungsfeuer, wo der Mann steht, und hält dagegen. Das nutzt der andere aus, um aus dem anderen Fenster zu springen und um die Ecke zu flitzen, wo er Schutz durch den geparkten Wagen hat und hinter Maschinenhaus und Brennofen zum ersten Trockenstadel rennen kann. Ich hab beim Hergehen sehen können, dass hinter ihnen eine Hecke beginnt. Dahinter ist ein zwar freier Acker, aber bei den Lichtverhältnissen werden sie sich mit dem Zielen schwertun. Außerdem wird derjenige, der im Haus zurückbleibt, sie noch eine Zeit lang in Schach halten können.«

»Und dann?«

»Hinter dem Acker fängt das Dorf an. Dort kann Hilfe organisiert werden. Alles kapiert?«

»Hm«, machte Kajetan. Er stieß sich von der Wand ab, ging geduckt zum Fenster, drückte sich neben der Laibung an die Wand, beugte sich blitzschnell vor und ging sofort wieder in Deckung.

»Könnt hinhauen«, flüsterte er. »Wenns funktioniert.«

»Es muss. Eine andere Möglichkeit haben wir nicht.«

»Gut«, sagte Kajetan. »Wer tut was?«

»Ich lenk sie ab. Du, Paulchen, flitzt.«

Kajetan fuhr herum. »Nenn mich nicht …!!«

Ein dumpfes Poltern ertönte. Schemenhaft sah Kajetan, wie sich Kull nach vorne beugte und auf dem Boden nach seiner Beretta tastete. »Mist …«, hörte er.

»Was hast?«, fragte er alarmiert.

»Nichts. Dieser … verdammte Arm …«

Kajetan kramte ein Feuerzeug aus seiner Tasche, tappte zu Kull, ging in die Knie und entzündete es. Der Detektiv gab ein unwilliges Grunzen von sich. An seinem Trenchcoat klaffte unterhalb des linken Schlüsselbeins ein münzgroßes, fransig umrissenes Loch. Kajetan knöpfte den Mantel auf. Jacke und Hemd schimmerten dunkel. Auf dem Boden hatte sich eine Blutlache gebildet.

»Siehst du?«, murmelte Kull. »Zu irgendwelchen … Turnereien bin ich nicht mehr zu gebrauchen. Dir Feuerschutz zu geben krieg ich aber noch hin. Und jetzt … trödle gefälligst … nicht mehr rum, kapiert?«

»Das packst du doch nicht mehr!«

Kull stieß einen gepressten Laut aus. Er hob die Pistole und richtete sie auf Kajetans Stirn. »So?«

»Du packst das nicht!«, wiederholte Kajetan.

Die Pistole sank herab. »Hör jetzt mal zu, du elender Sturkopf. Ich … ich hab dir mal geholfen, und jetzt … jetzt revanchierst du dich gefälligst. Mir geht langsam die Puste aus.«

»Aber …«

»Verdufte endlich! Ich mach hier … noch ein bisschen Zirkus, um sie abzulenken. Wenn du dann im Dorf bist …«

»Alarmier ich die Polizei«, zischte Kajetan. »Ich bin kein Depp.«

»Bist du noch zu retten?«, ächzte Kull. »Doch nicht die Polypen! Wie naiv bist du noch? Die Feuerwehr muss her!« Er hustete. »Erzähl denen was von … Wasserschaden, oder dass der Brennofen dabei ist in die Luft zu gehen, oder … irgendein Märchen. Es muss vor Zivilisten wimmeln, bevor die Grünen kommen, hörst du?«

»Wieso …?«

Kull stöhnte. »Tu, was wir besprochen haben. Und wenn du mir auch noch nen Doktor mitbringst, wär ich dir nicht böse. Ich … verlass mich auf dich.« Er machte eine kraftlose Kopfbewegung. »Und jetzt geh endlich auf Position!« Er senkte die Stimme. »Sobald der erste Schuss von draußen fällt und ich weiß, wo er steckt, decke ich ihn ein. Sobald ich loslege, springst du raus und rennst los, verstanden?«

»Verstanden«, sagte Kajetan. Kull schälte sich aus seinem Mantel, knüllte ihn zu einem Bündel und ging gebückt zum Fenster, wo er sich an die Wand neben die Laibung presste und die Beretta hob. Auch Kajetan war auf allen vieren zum zweiten Fenster gerobbt. Er duckte sich unter die Fensterbank und sah nach oben. Das Fenster hatte einen Knaufverschluss.

»Bereit«, flüsterte er. »Auf drei?«

»Auf drei«, gab der kleine Detektiv leise zurück. »Aber… warte noch. Würdste mir noch nen Gefallen tun, Paulchen? Für den Fall, dass… dass die Chose doch ein bisschen blöde ausgeht?«

Paulchen! »Was denn?« raunte Kajetan gereizt.

Kull unterdrückte einen gurgelnden Husten. »Sag Bertha, dass… sag ihr… dass ich ein verdammter Feigling bin, und… ich sie schon lang gefragt hätte, wenn ich nicht so viel Schiss davor gehabt hätte, dass… sie mir nen Korb gibt… versprochen?«

Welche Bertha?, dachte Kajetan.

Das Hämmern über ihnen hörte plötzlich auf. Ein dumpfes Poltern ließ die Mauern erzittern. Gedämpfte Freudenschreie drangen durch die Decke.

»Los!«, flüsterte Kull. Er begann leise zu zählen. Bei »Drei« schnellte seine Rechte an den Fensterknauf. Die Fensterflügel prallten scheppernd gegen die Laibung. Sofort duckte Kull sich wieder hinter die Mauer und schwenkte den Mantel durch die Öffnung. Ein Schuss bellte auf und fuhr klockend in das Parkett. »Los, Paulchen!«, schrie Kull, sprang vor und feuerte in rascher Folge auf das gegenüberliegende Fenster. »Nenn mich nicht Paulchen, verdammt noch mal!«, brüllte Kajetan. Er riss das Fenster auf, hechtete hinaus, rollte sich ab und hetzte mit weiten Sprüngen um die Ecke des Hauses. Hinter ihm spritzte Schotter auf. Er duckte sich hinter den Wagen und rannte gebückt vorwärts. Wieder knallten Schüsse, vom Klirren berstender Fensterscheiben begleitet. Sie wurden von einer Serie dumpfer Einschläge in das Mauerwerk des Ofengebäudes beantwortet. Eine Männerstimme brüllte etwas. Dann war es still.

Der Himmel war klar und sternenübersät. Kajetan hastete an der Rückfront des Brennofens vorbei, als er am Ende des Gebäudes den ersten Verfolger auftauchen sah. Er duckte sich und verharrte einige Sekunden. Der Weg zur Böschung war versperrt. Entfernt wummerten wieder Schüsse auf, gefolgt vom durchdringenden Sirren eines Querschlägers.

Kajetan schlich vorsichtig rückwärts und lugte in den Durchlass zwischen Maschinenhaus und Ofengebäude. Er hielt den Atem an. Der Bewaffnete bewegte sich zwischen Maschinenhaus und Brennofen in seine Richtung.

Kajetan presste seinen Rücken an die Wand und schob sich langsam nach oben. Die Schritte kamen näher. Eine Türklinke bohrte sich in Kajetans Rücken. Er tastete danach und drückte sie herab. Die Tür schwang mit verhaltenem Knirschen in den Angeln zurück. Sofort ertönte ein greller Pfiff.

Kajetan hastete durch die Halle. Vor einem der Fenster huschten die dunklen Umrisse seiner Verfolger vorüber. Kajetan überlegte fieberhaft. Neben der Ziegelpresse führte eine Eisenleiter auf die Beschickebene. Mit fliegenden Bewegungen hangelte sich Kajetan nach oben und legte sich flach auf den Boden.

Die Verfolger stießen die Türen auf. Einer der Männer riss ein Streichholz an. Dann flammte das elektrische Licht auf. Kajetan atmete flach. »Da unten ist nichts«, hörte er.

»Aber er ist da rein!«

»Dann kann er bloß noch oben sein.«

Kajetan versuchte seinen hämmernden Puls unter Kontrolle zu bringen.

Das nennt dieser Maulheld also Ablenkung, dachte er.

Fiebernd sah er um sich. Vor der Beschicköffnung stand eine Lore. Ihre Gleise führten zu einem niedrigen, von einem Lattengitter verschlossenen Durchlass.

Die Leiter unter ihm ächzte. Ein Zittern durchlief die eiserne Plattform.

Kajetan stieß sich vom Boden ab, machte einen Satz nach vorne, entriegelte mit zitternden Fingern die Lore, schob sie bis zum Beginn der Schräge und sprang hinein. Gebrüll brandete an seine Ohren, als der eiserne Kasten auf die Lattentür zuschoss, sie mit ohrenbetäubendem Krachen durchbrach, die steile Rampe hinabsauste, die weite Abbausenke entlangratterte und kurze Zeit später vor einem Eimerbagger zu stehen kam. Kajetan sprang heraus. Seine Verfolger waren aus dem Presshaus gestürzt und liefen entlang des Gleises auf ihn zu. Kajetan sah sich fieberhaft um. Der Abbauhang lag frei vor ihm. Die Oberkante war abgeholzt. Er würde ein gutes Ziel abgeben, wenn er versuchen würde, ihn hinaufzuklettern. Und die Dorfhäuser waren auf der entgegengesetzten Seite.

Er wirbelte herum, rannte seitwärts zu einem der Trockenlager und schlich in dessen Schutz wieder auf die Ziegelei zu. Erleichtert stellte er fest, dass sein Plan aufzugehen schien. Die Männer suchten noch die Umgebung des Baggers ab. Er blieb stehen und linste zwischen die leeren Regale auf den Hauptplatz. Ein weiterer Wagen war angekommen und stand, noch tuckernd und mit aufgeblendeten Scheinwerfern, vor dem Verwaltergebäude. Mehrere Männer standen zusammen und palaverten erregt durcheinander. Kajetan atmete schneller. Der Platz lag doch in Kulls Schussfeld? Dieser Maulheld!

Kajetan überlegte. Er musste die gegenüberliegende Seite erreichen. Vor dem Ofengebäude würden man ihn sofort entdecken, dahinter liefe er den Männern, die vom Abbauhang wieder zurückkehrten, direkt in die Hände.

Ich muss durch den Ofen, dachte Kajetan. Eine andere Chance habe ich nicht.

Er kroch auf allen vieren unter der Rampe des Maschinenhauses hindurch, robbte zur Mauerkante des Durchlasses zwischen Presshaus und Ofengebäude. Von der Dunkelheit in der schmalen Passage gedeckt, riskierte er einen Blick auf den Platz vor dem Hauptgebäude. War Verstärkung eingetroffen? Im blendenden Scheinwerferlicht liefen mehrere Männer aufgeregt umher. Zwei von ihnen mühten sich, einen schweren Kasten in den Wagen zu hieven.

Kull? Wo steckst du?

Laute Flüche ertönten. Der Suchtrupp, der ihn zur Lehmgrube verfolgt hatte, kehrte zurück. Kajetan hastete in die Mitte des Durchlasses, schlüpfte durch das Tor des Ofenhauses und ließ das Schloss behutsam hinter sich zuschnappen. Er hielt einige Atemzüge inne, bis sich aus dem Dunkel die Umrisse einer Treppe schälten. Vorsichtig tastete er sich zur Schürebene empor. Sofort spürte er die Wärme unter seinen Sohlen.

Für den Bruchteil einer Sekunde stiegen wieder Kindheitserinnerungen in ihm auf. Auf den Schürebenen hatte er trotz Verbots im Winter mit den Kindern der stagionali gespielt und mit ihnen fasziniert beobachtet, wie die Heizer das Tor zu den rotglühenden Höllen unter ihnen öffneten und wieder verschlossen.

Es war stockdunkel. Er tastete sich am Kaminbau vorbei und setzte vorsichtig Schritt vor Schritt. Aus dem Boden strahlte Hitze. Immer wieder stieß seine Schuhspitze an eine der Schüröffnungen, deren Abdeckungen knöchelhoch aus dem Boden ragten. Gedämpft hörte er die Stimmen auf dem Vorplatz. Die Lautstärke nahm zu. Eine Stimme bellte einen scharfen Befehl.

Kajetan tastete sich langsam vorwärts. Die Hälfte der Schürebene musste er schon durchquert haben. Plötzlich flog ein Tor im Erdgeschoss auf. Stimmengewirr füllte die untere Halle.

»Alles nach oben!«, brüllte jemand. Kajetan begann zu rennen. Plötzlich segelte er durch die Luft. Er stieß einen Schrei aus, prallte mit der Schulter auf eine der eisernen Schüröffnungen. Er spürte einen dröhnenden Schlag gegen seinen Schädel, dann nichts mehr.

Als er die Augen aufschlug, glühte über ihm eine matte Funzel. Ein halbes Dutzend Männer umstand ihn, die Mündungen ihrer Waffen auf ihn gerichtet. Er rollte die Augen zur Seite. Neben ihm lag der blutüberströmte Körper des Heizers. Kajetan versuchte den Kopf zu heben. Ein rasender Schmerz durchzuckte ihn.

»Keine falsche Bewegung!«, hörte er eine Bassstimme. »Haben wir dich endlich.«

»Und jetzt?«, fragte eine andere Stimme. Sie klang nervös.

»Gleich«, sagte der Bass.

Kajetan ließ den Kopf zurücksinken und schloss die Augen. »Brennen wir ihm doch ein paar drauf und Feierabend.«

Wieder ließ sich der Bass hören. »Gleich, hab ich gesagt. Möcht bloß noch sehen, wie er in die Hosen bieselt.«

Raunendes Gelächter wogte auf. Es verstummte, als sich von der Treppe stampfende Schritte näherten. Der Kreis teilte sich respektvoll.

Kajetans Augen wurden rund.

»Steckts eure Schießprügel ein«, herrschte Dr. Rosenauer die Männer an. »Habts schließlich schon genug Radau gemacht, ihr Helden.«

Die Mündungen sanken herab.

Rosenauer trat einen Schritt vor. »Na, Herr Kajetan? Hab ich recht damit gehabt, dass wir uns bald wiedersehn? Freuen Sie sich?«

Kajetan spürte, wie seine Augenwinkel feucht wurden. Ein Zittern durchlief seinen Körper.

»Das dürfens auch. Ich hab nämlich eine gute Nachricht für

Sie. Möchten Sies hören?« Rosenauer wartete nicht auf die Antwort: »Ihr Fall ist so gut wie gelöst. Unser Freund Fürst hat zugegeben, die Bäuerin damals über den Haufen geschossen zu haben. Dem Weibsbild, das es ihm eingegeben hat, wirds in Kürze nicht anders ergehen.« Seine Mundwinkel zuckten spöttisch. »Was sagens jetzt? Sehens ein, dass wir heut doch ein bisserl wiefer sind als wie Sie in Ihrer guten alten Zeit?«

Kajetans Puls raste.

»Aber vor allem, dass der erst noch geboren werden muss, der meint, die Bewegung aufhalten zu können?« Rosenauer schüttelte den Kopf. »Und jetzt kapierens immer noch nichts, stimmts?«

Kajetan würgte.

»Es ist wirklich ein Jammer, Kajetan«, seufzte Rosenauer. »Aus Ihnen hätt wirklich was werden können. Sie sind ein guter Mann gewesen. Ja, glatt könnt ich sentimental werden. Sie waren ja immerhin einmal einer von uns. Deswegen habens irgendwie verdient, dass ich Ihnen noch erklär, was Ihnen das Kreuz am End gebrochen hat.« Er unterbrach sich und deutete befehlend auf einen der Männer, die stumm auf die Szene geglotzt hatten. »Du bleibst da. Die anderen hauen ab und sorgen dafür, dass keiner von den Nachbarn aufs Gelände kommt, verstanden?«

Die Männer nickten und zogen sich wortlos zurück. Rosenauer ging einen Schritt auf Kajetan zu und beugte sich zu ihm hinab.

Er senkte die Stimme. »Sie haben immer gedacht, dass Sie der Beste sind, was? Aber keine Sekunde daran, dass Sie uns bloß helfen sollten, dieser Drecksau von Lindenfeld auf die Spur zu kommen.«

Er schmunzelte eitel. »Ich selber hab ja offiziell nicht ermitteln können. War zu riskant, dass die Rolle der Partei ans Licht gekommen wär. Aber wie Sie dann wegen Ihrer Ausweisgeschichte bei uns aufgetaucht sind, ist mir die Idee gekommen, wie wir die Geschichte anpacken könnten. Freilich war mir bekannt, dass Sie der Bewegung immer wieder in die Quer gekommen sind. Aber auch, dass Sie einer der besten Ermittler waren, der jemals in der Ettstraße ein- und ausgegangen ist. Und somit der Einzige, dem noch zuzutrauen war, die Sach aufzuklären. Also hab ich Sie mit diesem Itzig aus der Gruftstraße zusammengebracht. Weil der mir nämlich in der ›Südtiroler Stuben‹ einmal vorgewinselt hat, dass ihn einer seiner Fälle ziemlich fuchst. Und er dabei einen Burschen namens Fürst am Wickel hätt, den er aber nicht festnageln könnt. Der Nam war mir gleich geläufig, weils sich zufälligerweis um denselben Lumpen gehandelt hat, den wir in Verdacht gehabt haben, seine Pfoten in dieser Sauerei zu haben. Allerdings haben wir zu wenig in der Hand gehabt, um den Burschen einmal grober anzupacken. Hätten wir uns nämlich getäuscht, hätten sich nicht bloß der Lindenfeld und der Schutzbund, sondern auch das Außenministerium ausrechnen können, dass die Sache mit dem Absturz auf unserem Mist gewachsen ist. Ich wiederum hab drauf spekuliert, dass einem Spürhund wie Ihnen nicht lang verborgen bleiben wird, was der Fürst noch alles auf dem Kerbholz haben könnt. Dazu gekommen ist, dass wir kurz vorher einen Wink gekriegt haben, dass auch die Berliner einen ziemlich scharfen Hund auf die Sache losgelassen haben. Ab dem Moment war für uns endgültig klar, dass wir mit unserem Verdacht richtiggelegen haben. Wie Sie mir dann treuherzig bestätigt haben, dass auch eine respektable Spürnase wie dieser Kull ebenfalls keinen anderen als den Fürst und damit diese verkommene Sau von Lindenfeld ins Visier genommen hat, war für uns endgültig keine Frage mehr, wo wir die Schrauben anziehen müssen. Was dann auch in angemessener Gründlichkeit gemacht worden ist.

Beide haben gestanden, und das Geld ist da, wo es hingehört, nämlich bei uns.«

Rosenauer nickte halb höhnisch, halb respektvoll. »Ja, Kajetan. Das dürfen Sie sich ans Revers heften. Sie haben unsere Erwartungen erfüllt. Ihnen verdankt die Bewegung, dass wir diesen Verrätern auf die Schliche gekommen sind.«

Er beugte sich tiefer. »Aber jetzt, nachdem sie alle anderen immer für blöd gehalten haben, dürftens mich auch einmal loben. Das hab ich doch gar nicht so schlecht hingekriegt. Findens nicht, Sie eingebildetes Arschloch?«

Kajetan fühlte, dass die Taubheit aus seinen Armen wich. Der Deckel einer der Schüröffnungen drückte gegen seine Schulter. Er war heiß.

»Was ist mit dem Kull?«, flüsterte er.

»Der Preuß hat Glück gehabt, dass er den Löffel abgegeben hat, bevor er uns zwischen die Finger gekommen ist.«

Rosenauer richtete sich auf. Ohne sich umzudrehen, winkte er den Bewaffneten heran.

»Aber was wir jetzt mit Ihnen tun müssen, werden Sie sich denken können. Einer wie Sie passt einfach nicht mehr in die heutige Zeit.«

Kajetans Finger krampften sich unmerklich. Er spannte seine Muskeln.

»Du … du wolltst doch, dass … ich dich lob …«, sagte er.

Rosenauer wirkte für den Bruchteil einer Sekunde irritiert. Er bedeutete dem Bewaffneten, sich nicht weiter zu nähern und sah mit gehobenen Brauen auf Kajetan herab.

»Wollt ich, ja. Aber ehrlich gesagt, du blöder Hund: Ich kann auch so weiterleben.«

Kajetan flüsterte: »… ich tus auch nicht … du hast nämlich … was Wichtiges … übersehn.«

Rosenauer verzog den Mund und beugte sich zu Kajetan hinab.

»Und was?«, fragte er überheblich.

»Das«, zischte Kajetan und hob mit einer raschen Bewegung den Deckel des Schürloches. Explosionsartig fauchte eine Säule glühendheißer, von Garben glimmender Kohlenreste durchsetzter Luft empor. Sie traf Rosenauer mitten ins Gesicht. Bart und Haare standen sofort in Flammen. Er gab einen gurgelnden Laut von sich, schnellte zurück und stand für den Bruchteil einer Sekunde wie die Statue eines Höllenwesens, mit gefletschten Zähnen im brandschwarzen, schmorend umknisterten Gesicht, bevor er sich krümmte, sich kreiselnd um die eigene Achse drehte und auf dem Boden aufschlug. Der Bewaffnete hatte einen entsetzten Schrei ausgestoßen, war zurückgewichen, über die Erhebung eines Schürlochs gestolpert und ebenfalls zu Boden gestürzt. Kajetan rollte sich aus der Rückenlage, sprang auf und rannte in weiten Sprüngen davon, verfolgt vom Gestank verbrannten Fleisches und versengten Haares, dem Röcheln des Sterbenden und den unartikulierten Hilferufen des Bewaffneten. Er riss den Riegel des Tors zur Kohlerampe zurück und wand sich durch die Öffnung, als hinter ihm ein Schuss aufbellte und neben seinem Gesicht mit dumpfem »Klock« in die Bretterwand schlug. Kajetan befand sich bereits auf der Rampe, als ein zweiter Schuss folgte. Die Kugel durchschlug das Tor, prallte an der eisernen Strebe des Vordachs ab und schwirrte durch die Luft.

Kajetan spürte einen Stoß in seiner linken Schulter. Ein feines Brennen folgte, kaum schmerzhafter als der Stich einer zornigen Hornisse. Er rannte weiter, die Rampe hinab, erreichte die Böschung und kletterte auf allen vieren nach oben. Ein betäubender Schmerz begann sich in seinem Rücken zu weiten. Er schlug das Gebüsch zurück. Der weite Acker lag vor ihm. Ein Schwarm

Sterne beleuchtete die Ebene. In der Ferne glühten die warmen Lichter des Dorfes.

Er rannte weiter.

Dann stockte er. Ein Schwindel wogte heran. In seiner Brust pochte es. Die Geräusche um ihn versanken.

Er stand aufrecht.

Plötzlich bewegte sich der Horizont. Er hob sich in unendlicher Langsamkeit, stieg und stieg, bis er Himmel und Sterne verhüllte.

Ein merkwürdiger Frieden überkam Kajetan. Brocken kühlfeuchter Erde pressten sich auf seine Stirn und seine Lippen.

Schmeckt komisch, dachte er. Süß. Und bitter. Komisch.

Dann wurde es dunkel um ihn.

NACHWORT DES AUTORS

Zu dieser Erzählung wurde ich durch einen Fall aus den Jahren der Weimarer Republik angeregt, der damals die Schlagzeilen der deutschen Presse über Wochen beherrschte, und über den einer von vielen Berichterstattern zum Schluss kam, dass er »zweifellos zu den interessantesten Kriminalfällen in ganz Bayern zählt und, um das vorwegzunehmen, einstmals vielleicht als Musterbeispiel eines Justizirrtums angeführt werden wird«. (»Nürnberger Zeitung« vom 19. November 1932)

Obwohl er nach fast eineinhalb Jahrzehnten mit der vollständigen Rehabilitation des ursprünglich Beschuldigten sein Aufsehen erregendes Ende fand, konnten die wahren Hintergründe bis heute nicht vollständig aufgeklärt werden.

Mehr als diese Ausgangssituation haben historische Wirklichkeit und Roman jedoch nicht gemeinsam. Von wenigen Ausnahmen abgesehen habe ich neues Personal hinzuerfunden, allen voran natürlich Ex-Inspektor Paul Kajetan. Viele Schauplätze existieren zwar auch in Wirklichkeit (und können von Kundigen aus der Region sicherlich identifiziert werden), tragen aber andere Namen oder sind aus dramaturgischen Gründen umgestaltet.

In Grundzügen wiederum korrekt wiedergegeben ist die Darstellung der verhängnisvollen Strategie damaliger politischer Eliten im Umgang mit dem aufkommenden Faschismus. Besonders ergiebig waren hierzu u. a. die Arbeiten von Reinhard Weber über den legendären Strafverteidiger Dr. Max Hirschberg, sowie Klaus Gietingers aufschlussreiche Biografie Waldemar Pabsts.

Einige für Verständnis und Atmosphäre wichtige Begriffe sind im Anhang erklärt. Bei alltagssprachlichen Dialogen habe ich auch dieses Mal wieder versucht, vor allem die Eigenheiten ihrer Syntax und Rhetorik abzubilden, mich aber ansonsten an den (deutschen) Wortstämmen der jeweiligen Ausdrücke orientiert – wer nicht über die entsprechende Dialektkompetenz verfügt, würde über eine allzu lautschriftliche Wiedergabe stolpern. Wer sie jedoch besitzt – und von daher weiß, wann etwa ein »ch« verhaucht (etwa bei »nicht« oder »ich«) oder der Doppellaut »ei« als »oa« gesprochen wird (bei »zwei«, nicht aber bei »drei«) –, kann diese Textteile gewissermaßen im »Originalton« genießen.

Ein herzlicher Dank für ihre Unterstützung bei der Recherche geht an Petra Schreiner, sowie an Gerhard Filchner, Herrn Holzer (Flugwerft Schleißheim und Deutsches Museum, Abt. Luftfahrt) und Anita Kuisle (Büro für Technikgeschichte). Ebenso wertvolle Hinweise verdanke ich Marei Madwig, Gerti, Sepp und Nanei Gschwendtner, Alexander Wandinger (Trachteninformationszentrum Benediktbeuern), Herrn Leutner (Ziegel- und Kalkmuseum Flintsbach/Winzer), Dr. Winkler (Bayr. Wirtschaftsarchiv), Georg Rettenbeck (Stadtarchiv Dingolfing), Herrn Tausche (Stadtarchiv Landshut), sowie Dr. Maria Rothhammer, Juliane Roderer, Vanessa Gutenkunst, Catarina Kirsten, Georg Simader, Richard Oehmann, Stefan Betz, Martina Janzen und Walter Schwarzmeier, Martin Bauer und, keineswegs zuletzt, meinem Lektor Martin Mittelmeier.

GLOSSAR

(an)schirren	das Pferd einspannen
(Licht) aufreiben	Die Lichtschalter in dieser Zeit wurden gedreht
Aufstieren	aufwühlen
Bezirk	bedeutete damals noch: Landkreis
Brissago	Zigarrenmarke
Charkutier (a. d. Frz.)	Die bayerischen Metzger bestanden noch bis in die 30er-Jahre auf dieser Berufsbezeichnung.
damisch	benommen, auch: fanatisch
eifern	sich missgünstig verhalten, neiden
Einmarsch der Weißen	In den ersten Maitagen des Jahres 1919 wurde die Münchner Räteregierung von den sog. »Weißen Garden« blutig niedergeschlagen.
Ett-Straße	Sitz der Polizeidirektion
fei	schwer übersetzbares rhetorisches Adverb, hier: durchaus
Feme	rechtsradikale Mordkommandos
Filzen	Torfmoor
Fuchtig	zornig
gach	heftig
Gant (a. d. Ital.)	Zwangsversteigerung
goschert	großmäulig
(es) gnädig (haben)	sehr beschäftigt sein

Grattler	Habenichts, Herumtreiber
Gruftstraße	Sie befand sich auf dem Gelände des heutigen Marienhofs. Ihren Namen erhielt sie von einem unterirdischen jüd. Ritualbad a. d. Spätmittelalter.
gschert	gemein, unhöflich (Leibeigene und Häftlinge waren einst an geschorenen Schädeln zu erkennen)
Gucker	Fernglas
Gutterl	Bonbon
halbscharig	zweifelhaft, unentschieden
Holz	hier: bewirtschafteter Wald, Forst
Hunterl	kleiner, harmloser Hund
Itzig	Verballhornung von Isaak, abwertend für: Jude
jäh	plötzlich, auch: steil
Jiu-Jitsu	asiat. Kampfsport, während des 1. Weltkrieges bei Reichswehr und Polizei eingeführt
Kasten	hier: Kleiderschrank
Kuponschneider	Besitzer eines Aktienvermögens
Machlergeschickter	Amateurhandwerker
(das) Militari (einführen)	militärische Befehlsstrukturen einführen
Niklas	St.-Nikolaus-Fest, 6. Dezember
Noi siamo fornaciai	»Wir sind die Ziegelbrenner« (Lied)
notig	bedürftig
(Ein-)Öd	Hat nichts mit dem umgangssprachlichen »öde« zu tun, sondern leitet sich von »Etter« ab, der Bezeichnung für Umzäunung (eines Anwesens oder einer landwirtschaftlichen Nutzfläche).
Pipp	Tabakpfeife

poussieren (a. d. Frz.)	knutschen, schmusen
(sich) putzen (lassen)	abtreiben (damals streng strafbewehrt)
Pravaz	Medizinspritze
Rass	Menschenschlag
Schuberts »Neunte«	wird heute als 8. Symphonie gezählt
Schwindsucht	Tuberkulose
Schwirzer	Schmuggler
Simson-Supra	populäre Automarke der 20er-Jahre
Spartakist	Aus dem Spartakusbund ging die KPD hervor
Stagionali	Wander- und Saisonarbeiter
Störnäherin	ambulante Schneiderin
Trutscherl, Dapperl	liebenswertes, aber naives Mädchen
Tuchent, auch: Tuchert	Federbettdecke
(an-)zahnen (an-)lächeln	hier: verspotten
Zins	hier sarkastisch für: Lohn, Geld
zwider	hier: verärgert

Dieses Buch ist auch als E-Book erhältlich.

MIX
Papier aus verantwortungsvollen Quellen
FSC® C083411

Verlagsgruppe Random House FSC® N001967

1. Auflage
Sonderausgabe Juni 2020
by btb Verlag in der Verlagsgruppe Random House GmbH,
Neumarkter Str. 28, 81673 München

Umschlaggestaltung: semper smile, München
Umschlagmotiv: © Bridgeman Images / Look and Learn
Satz: Uhl + Massopust, Aalen
Druck und Einband: CPI books GmbH, Leck
ts · Herstellung: sc
Printed in Germany
ISBN 978-3-442-77074-8

www.btb-verlag.de
www.facebook.com/btbverlag